OBLÓMOV

IVAN GONTCHARÓV

Oblómov

Tradução do russo e apresentação
Rubens Figueiredo

2ª reimpressão

COMPANHIA DAS LETRAS

Copyright da tradução © 2019 by Rubens Figueiredo
Tradução baseada em: Ivan Gontcharóv, *Sobránie Sotchinienii v vosmi tomakh* [Obras reunidas em oito volumes]. Moscou: Gossudárstviennoie Izdátielstvo Khudójstviennoi Litieraturi, 1953. v. 4.

Grafia atualizada segundo o Acordo Ortográfico da Língua Portuguesa de 1990, que entrou em vigor no Brasil em 2009.

Título original
Обломов

Capa
Victor Burton

Foto de capa
shank_ali/ Getty Images

Preparação
Cacilda Guerra

Revisão
Angela das Neves
Isabel Cury

Dados Internacionais de Catalogação na Publicação (CIP)
(Câmara Brasileira do Livro, SP, Brasil)

Gontcharóv, Ivan Aleksandrovich, 1812-1891.
 Oblómov / Ivan Gontcharóv ; tradução do russo e apresentação Rubens Figueiredo. – 1ª ed. – São Paulo : Companhia das Letras, 2019.

 Título original: Обломов.
 ISBN 978-85-359-3246-1

 1. Romance russo I. Figueiredo, Rubens. II. Título.

19-26913   CDD-891.73

Índice para catálogo sistemático:
1. Romances : Literatura russa 891.73
Iolanda Rodrigues Biode – Bibliotecária – CRB-8/10014

Todos os direitos desta edição reservados à
EDITORA SCHWARCZ S.A.
Rua Bandeira Paulista, 702, cj. 32
04532-002 — São Paulo — SP
Telefone: (11) 3707-3500
www.companhiadasletras.com.br
www.blogdacompanhia.com.br
facebook.com/companhiadasletras
instagram.com/companhiadasletras
twitter.com/cialetras

Sumário

Apresentação — Rubens Figueiredo, 7

OBLÓMOV

PARTE I, 11
PARTE II, 185
PARTE III, 351
PARTE IV, 461

Apresentação

Rubens Figueiredo

Nascido em 1812, Gontcharóv pertence à geração de Gógol, Bielínski, Liérmontov e Herzen, imediatamente anterior à de Turguêniev, Dostoiévski e Tolstói. Situa-se, portanto, no momento em que os membros da intelligentsia literária russa começam a empenhar suas obras, de modo mais consciente e incisivo, num debate incomum sobre os destinos do país. Em poucas palavras, tratava-se de compreender, por meio do ensaio ou da ficção, as transformações decorrentes da acelerada introdução das relações capitalistas numa sociedade com arraigadas tradições agrárias, tidas como arcaicas. A forma peculiar que essa reflexão assume nas obras russas corresponde à novidade do problema histórico geral vivido naquele meio.

A maneira que *Oblómov* encontra para exprimir esse tipo de questionamento consiste em contrapor um senhor de terras indolente, Oblómov, a um dinâmico empreendedor capitalista, o "alemão" Stolz. Uso as aspas porque, a exemplo dos tártaros, cossacos, judeus, poloneses, mongóis, finlandeses, tchuvaches etc., os alemães constituíam uma das numerosas nacionalidades presentes e integradas na sociedade multinacional formada pelo Império Russo. E, de saída, é preciso ressaltar a relevância de Gontcharóv ter optado por um personagem "não russo", como se dizia, e, ainda mais importante, identificado com a Europa ocidental, para encarnar a figura que se contrapõe a Oblómov.

Publicado em 1859, apenas dois anos antes da abolição da servidão na Rússia, *Oblómov* surge no momento em que a polêmica generalizada acerca das perspectivas do país dá sinais de que está ganhando uma feição mais agressiva. De um lado, o governo do tsar Alexandre II se dedicava com afinco a implementar reformas de cunho modernizador, ou seja, introduzia formas capitalistas na matriz histórica russa. De outro, o movimento revolucionário, em curso pelo menos desde os decembristas de 1821, assumia uma dimensão mais radical, sob o influxo da militância dos jovens intelectuais conhecidos como "os homens dos 60". É esse o tema do romance *Pais e filhos*, de Ivan Turguêniev, publicado logo em seguida, em 1862.

E assim como viria a ocorrer com o livro de Turguêniev, *Oblómov* suscitou um rico debate, no qual se destacou o longo artigo de Dobroliúbov "O que é o oblomovismo" (1859). Dobroliúbov foi justamente um dos "homens dos 60" e, embora toda a sua obra tenha sido escrita entre 1857 e 1861, quando morreu, aos 25 anos, representou um marco na vida cultural russa, ao lado de seus companheiros Píssarev e Tchernichévski. Em seu artigo, Dobroliúbov se esforça em definir o caminho e o significado dos principais tipos sociais da Rússia, vistos pelo prisma do romance de Gontcharóv. No personagem principal de *Oblómov*, ele identificou a manifestação mais acabada do "homem supérfluo", tipo humano representativo da antiga elite russa, já delineado em obras de Púchkin e Liérmontov. Assim, quer no material que constitui sua fonte, quer na maneira como foi recebido e assimilado, *Oblómov* é um livro imerso em seu tempo e que dele extrai sua força e seu alcance.

Na verdade, *Oblómov* parece ter sido fruto de uma demorada reflexão. Em 1849, portanto dez anos antes do lançamento do livro, Gontcharóv publicou numa revista o texto que, mais tarde, viria a ser o capítulo nove da primeira parte do romance. Na ocasião, trouxe o título de *Episódio de um romance inacabado*, mas na redação final do livro se intitulou "O sonho de Oblómov". Trata-se de uma vasta pintura pastoral do mundo patriarcal dos senhores de terra. O ponto de vista infantil adotado por Gontcharóv e a luz idílica e nostálgica que incide sobre todos os detalhes descritos contribuem para transpor os personagens e os cenários para uma dimensão mítica. Na ilusão de superproteção e de alheamento das necessidades cotidianas e comuns, percebe-se o esforço de Gontcharóv para captar o âmago da experiência do mundo patriarcal e representar a visão que se tem da vida a partir de dentro dele. Com tudo isso, é inegável que o capítulo se destaca do conjunto do romance. Gontcharóv parece ter concebido e escrito o livro em torno desse trecho, num demorado processo de maturação. Por outro lado, à luz de "O sonho de Oblómov", podemos ler e compreender com mais proveito o livro em seu todo.

A exemplo de Turguêniev, Gontcharóv se revela, em *Oblómov*, um prosador esmerado e consciente. Sua prosa comporta, de um lado, uma crítica ao Romantismo, tido como inadequado para a realidade russa. E, de outro, tenta encontrar e construir um âmbito novo que permita certa dose de expansão lírica, ainda que controlada e mesclada com o humor. A contraposição de caracteres constitui o principal eixo estruturador do romance, como exemplificam os pares dos seguintes personagens: Oblómov e Stolz, Oblómov e seu criado Zakhar, Olga e Agáfia Matviéievna. Além disso, os diálogos sublinham tais contrastes com marcações quase teatrais. O forte componente humorístico, tão presente no desdobramento de situações insólitas, se apoia também nessas mesmas marcações das falas. Esta tradução tentou ao máximo preservar traços dessa ordem.

Ivan Gontcharóv nasceu em Simbirsk (hoje Uliánovsk), a cerca de novecentos quilômetros a leste de Moscou, numa família de comerciantes abastados. Foi estudar em Moscou e logo depois se tornou funcionário público, profissão que exerceu durante 32 anos (de 1835 a 1867). Nos doze últimos anos de sua carreira, foi diretor do departamento do Estado incumbido da censura das publicações em todo o império. Era pouco sociável, nunca se casou. Há vários indícios de ter sido uma personalidade nervosa, sujeita a desconfianças que beiravam a paranoia. O caso mais célebre registra as acusações de plágio que fez contra Flaubert e Turguêniev. Gontcharóv parecia estar convencido de que um enredo de sua autoria tinha sido usado por Flaubert em *A educação sentimental* e que Turguêniev fora o responsável por haver contado aquele enredo ao escritor francês.

Além de *Oblómov*, Gontcharóv escreveu os romances *Obiknoviénnaia istória* [Uma história comum] (1847) e *Obriv* [O precipício] (1869). É também autor de um importante livro de viagem intitulado *Fregat Pallada* [A fragata Pallas] (1858), no qual narra o que talvez tenha sido a única viagem que fez. Na condição de secretário de um almirante, Gontcharóv participou de uma longa expedição naval e científica ao Japão, de onde, no entanto, voltou por terra, cruzando toda a Sibéria. A partir da década de 1870, publicou vários textos de crítica e de memórias, mas antes de morrer, em 1891, movido por remorsos ou desgostos obscuros, queimou obras ainda inéditas.

Queimar os próprios escritos, os rompantes de insanidade, a vida reclusa e a matriz de um humor permeado pelo desespero e pelo absurdo associam necessariamente Gontcharóv a Gógol. Escritores concentrados no mundo russo e nas perspectivas históricas de seu tempo, suas obras alcançaram o século xx e outros países, com a capacidade de inspirar inovações e experiências literárias, como as do irlandês Samuel Beckett. Mas, na literatura russa, questões literárias estavam longe de ser apenas literárias. Há motivos para crer que agora *Oblómov* possa chegar ao século xxi, e ao nosso país, com fôlego para inspirar questionamentos renovados também sobre a maneira como encaramos a própria literatura e sua relação com a história.

PARTE I

I.

Na rua Gorókhovaia,* num daqueles casarões cujo número de habitantes equivale à população de todo um povoado da zona rural, Iliá Ilitch Oblómov estava deitado na cama de seu quarto, pela manhã.

Tratava-se de um homem de uns trinta e dois anos, estatura mediana, aspecto simpático, olhos cinzentos e escuros, mas com o rosto privado de qualquer ideia definida e sem nenhum traço de concentração. O pensamento, como um pássaro solto, vagava pelo rosto, voava sobre os olhos, pousava nos lábios entreabertos, escondia-se nas rugas da testa, depois desaparecia por completo, e então em todo o seu rosto cintilava a luz neutra da indiferença. Do rosto, a indiferença se transmitia para a atitude de todo o corpo, até as pregas do roupão.

Às vezes seu olhar era ofuscado por uma expressão que parecia de cansaço ou de tédio; mas nem o cansaço nem o tédio conseguiam, por um minuto sequer, afastar do rosto a mansidão, que era a expressão predominante e característica não só do rosto, mas de todo o espírito; e o espírito rebrilhava com muita clareza nos olhos, no sorriso e em todos os movimentos da cabeça e das

---

* Uma das ruas centrais de São Petersburgo. [Todas as notas são do tradutor.]

mãos. Um observador frio e superficial que olhasse de passagem para Oblómov diria: "Deve ser um simplório, um ingênuo!". Alguém mais profundo e mais receptivo, que contemplasse demoradamente seu rosto, teria se afastado com um sorriso e uma reflexão benévola.

A cor do rosto de Iliá Ilitch não era rubra, nem morena, nem francamente pálida, mas sim indefinida, ou assim parecia talvez porque Oblómov engordara demais para a sua idade: o motivo era a falta de movimento ou de ar puro ou, quem sabe, de ambas as coisas. A julgar pela cor desbotada e excessivamente branca do pescoço, pelas mãos pequenas e roliças, pelos ombros moles, seu corpo, no conjunto, parecia afeminado demais para um homem.

Seus movimentos, mesmo quando estava inquieto, também eram contidos pela brandura e por uma preguiça a que não faltava certo tipo de encanto. Quando no rosto perpassava uma nuvem de preocupações do espírito, o olhar se nublava, surgiam rugas na testa, tinha início um jogo de nuances de dúvida, de pesar, de medo; mas raramente aquela inquietação se consolidava na forma de uma ideia determinada e mais raramente ainda se transformava numa intenção. Toda inquietação se resolvia com um suspiro e se apaziguava na apatia ou num cochilo.

E como as roupas domésticas de Oblómov casavam bem com as feições tranquilas do rosto e com o corpo afeminado! Vestia um roupão de tecido persa, uma autêntica túnica oriental, sem a menor alusão à Europa, sem franjas, sem arremates de veludo, sem cintura, muito folgado, a tal ponto que mesmo Oblómov poderia se enrolar duas vezes no roupão. As mangas, de perfeita feição asiática, subiam dos dedos até os ombros cada vez mais largas. Embora o roupão tivesse perdido seu frescor original e em certos pontos houvesse trocado seu lustro primitivo e natural por um outro, artificial, ainda conservava no todo o brilho de uma beleza oriental e a resistência do tecido.

Aos olhos de Oblómov, o roupão possuía uma infinidade de méritos inestimáveis: era macio, flexível; o corpo não sentia seu toque; como um escravo obediente, ele se submetia ao mais ínfimo movimento do corpo.

Em casa, Oblómov sempre ficava sem gravata e sem colete, porque adorava o desembaraço e a liberdade. Seus sapatos eram compridos, macios e largos; quando, sentado na cama, baixava os pés no chão, sempre se calçava na primeira tentativa, mesmo sem olhar.

Ficar deitado não era para Iliá Ilitch nem uma necessidade, como é para um doente ou para alguém que deseja dormir, nem um acaso, como é para alguém que está cansado, nem um prazer, como é para um preguiçoso: tratava-se de um estado normal. Quando estava em casa — e quase sempre estava em casa —, ele ficava o tempo todo deitado, e sempre no mesmo quarto onde o encontramos e que lhe servia de dormitório, escritório e sala de visitas. Sua casa tinha ainda três quartos, mas Oblómov raramente punha os olhos naqueles cômodos, exceto pela manhã, e nem todos os dias, só quando o criado varria seu quarto, o que ele não fazia diariamente. Naqueles cômodos, a mobília estava coberta por panos e as cortinas ficavam fechadas.

Desde o primeiro olhar, o quarto onde Iliá Ilitch estava deitado parecia esplendidamente mobiliado. Tinha uma escrivaninha de mogno, dois sofás estofados com seda, um lindo biombo com bordados de pássaros e de frutas que não existem na natureza. Tinha cortinas de seda, tapetes, alguns quadros, peças de bronze, porcelana e uma infinidade de quinquilharias bonitas.

Mas o olho experiente de uma pessoa de bom gosto, com um só olhar de relance para tudo o que havia ali, identificaria o mero desejo de guardar o decoro e manter as indispensáveis aparências, tão só para não contrariá-las. Oblómov, está claro, tinha apenas isso em mente quando mobiliou seu escritório. Um gosto apurado não se contentaria com aquelas cadeiras pesadas e deselegantes de mogno, com as instáveis estantes de livros. O encosto de um sofá tinha tombado para trás, e o verniz da madeira havia descascado em alguns pontos.

Os quadros, os vasos e os objetos decorativos mostravam esse mesmo aspecto.

O próprio dono da casa, porém, olhava para a decoração de seu quarto de maneira fria e indiferente, como se perguntasse com os olhos: "Quem escolheu e trouxe tudo isso para cá?". Devido à maneira fria como Oblómov encarava sua propriedade, e talvez também devido à maneira ainda mais fria como seu criado Zakhar a encarava, o aspecto do quarto, quando observado com toda a atenção, revelava o descuido e a negligência que reinavam ali.

Nas paredes, em torno dos quadros, pendia uma teia de aranha semelhante a uma grinalda cheia de poeira; os espelhos, em lugar de refletir os objetos, poderiam servir antes como pergaminhos para escrever recados e lembretes no pó depositado sobre eles. Os tapetes estavam manchados. Sobre o sofá, jazia uma toalha esquecida. Na mesa, pela manhã, era raro não estar o prato do jantar da véspera, ainda não removido, com o saleiro, um ossinho chupado e migalhas de pão espalhadas.

Não fosse aquele prato, e um cachimbo recém-fumado e encostado à cama, ou não fosse o próprio dono da casa deitado na cama, poderíamos pensar que ali não morava ninguém — de tanto que tudo estava empoeirado, desbotado e, no geral, privado dos traços vivos da presença humana. Nas estantes, de fato, havia dois ou três livros abertos, um jornal com as folhas espalhadas; na escrivaninha, um tinteiro e penas de escrever; mas as páginas em que os livros estavam abertos se encontravam cobertas de pó e amareladas; era evidente que os livros tinham sido abandonados havia muito tempo; o exemplar do jornal era do ano anterior e, se alguém introduzisse uma pena no tinteiro, dali talvez saísse somente, acompanhada por um zumbido, uma mosca assustada.

Ao contrário do costume, Iliá Ilitch acordara muito cedo, às oito horas. Algo o deixara muito ansioso. No rosto, surgiam alternadamente o medo, o tédio e a irritação. Era evidente que uma luta interior estava em curso e que a razão ainda não viera em seu socorro.

A questão era que, na véspera, Oblómov recebera da aldeia, redigida por seu estaroste, uma carta de conteúdo desagradável. Sabe-se muito bem que tipo de coisas desagradáveis pode escrever um estaroste: fracasso da colheita, atraso no pagamento, redução das rendas etc. Embora o estaroste tivesse escrito para seu patrão no ano anterior, e também dois anos antes, cartas exatamente daquele mesmo teor, esta última produziu um efeito tão forte quanto o de qualquer surpresa desagradável.

E do que se tratava? Era preciso pensar em como conseguir meios para tomar certas providências. De resto é necessário fazer justiça à preocupação de Iliá Ilitch com seus negócios. Ao receber a primeira carta desagradável do estaroste, alguns anos antes, ele já começara a elaborar em pensamento um plano para diversas medidas e melhorias na organização de sua propriedade rural.

Aquele plano pressupunha a introdução de várias novas medidas econômicas, políticas e de outras naturezas. Mas o plano ainda estava longe de ser concluído, e as cartas desagradáveis do estaroste repetiam-se todos os anos, empurravam-no para a atividade e, em consequência, perturbavam a calma. Oblómov tinha consciência de que era necessário pôr em prática algo decisivo ainda antes de concluir seu plano.

Assim que acordou, ele prontamente resolveu que iria levantar-se, lavar-se e, após beber seu chá, refletir de modo adequado, chegar a alguma conclusão, anotá-la e, no geral, ocupar-se com aqueles assuntos da maneira devida.

Continuou deitado por mais meia hora, atormentando-se com aquela intenção, mas depois considerou que ainda teria tempo de fazer aquilo após o chá e que poderia muito bem tomar o chá como de costume na cama, tanto mais porque nada o impedia de pensar e continuar deitado.

Assim fez. Depois do chá, tratou de baixar as pernas e quase se levantou; lançou um olhar para os sapatos e até começou a esticar um pé na direção do sapato junto à cama, mas logo em seguida recuou.

O relógio bateu oito e meia, Iliá Ilitch teve um sobressalto.

— O que estou fazendo, afinal? — disse num sussurro, com irritação. — É preciso admitir: já passou da hora de cuidar da vida! É só a gente relaxar um pouco e... Zakhar! — gritou.

No quarto, separado do escritório de Iliá Ilitch apenas por um pequeno corredor, ouviu-se de início algo semelhante ao rosnado de um cão de guarda, depois a batida de pés que saltavam de algum lugar. Era Zakhar, que saltara da cama de tijolos, junto à estufa, onde ele em geral passava seu tempo, imerso em profundos cochilos.

Entrou no quarto um homem de idade, de casacão cinzento com um rasgão embaixo do braço do qual sobressaía o tecido da camisa, de colete cinzento com botões de bronze, o crânio nu, semelhante a um joelho, e com costeletas ruivas com um toque acinzentado, tão extraordinariamente largas e espessas que de cada uma delas daria para fazer três barbas.

Zakhar não se empenhava em mudar não só a figura que Deus lhe dera, como também as próprias roupas que antes usara no campo. Seu vestuário seguia o modelo que ele trouxera de lá. Gostava do casacão e do colete cinzentos também porque, naquela vestimenta vagamente semelhante a um uniforme, ele via uma fraca recordação da libré que usara em outros tempos, quando acompanhava o falecido patrão à igreja ou nas visitas que fazia; e em sua lembrança a libré era o único testemunho da dignidade da casa dos Oblómov.

Mais nada recordava ao velho a vida luxuosa, farta e extinta na aldeia remota. Os velhos patrões haviam morrido, os retratos de família tinham sido deixados no velho casarão rural, seguramente largados em algum canto do sótão; as histórias que falavam do antigo modo de vida e da importância da família haviam emudecido de todo, ou sobreviviam apenas na memória de poucas pessoas, já velhas, que tinham ficado na aldeia. Por isso, o casacão cinzento era caro a Zakhar: no casacão, bem como em alguns traços que ainda perduravam no rosto e nas maneiras do patrão, que lhe lembravam o pai, e também em seus caprichos, para os quais Zakhar resmungava consigo mesmo ou em voz alta — mas que ao mesmo tempo estimava interiormente como uma manifestação da liberdade do patrão, dos direitos do patrão —, ele distinguia vagos sinais da antiga grandeza.

Sem aqueles caprichos, Zakhar de certo modo não sentiria o patrão sobre si; sem eles, nada faria reviver sua mocidade, a aldeia que haviam deixado para trás muito tempo antes, as histórias sobre aquela casa antiga, as crônicas transmitidas pelos antigos servos, criadas e preceptoras, de geração para geração.

A casa dos Oblómov, naquele tempo, era rica e famosa em sua região, mas depois, Deus sabe por quê, empobreceu sem parar, perdeu importância e por fim, de maneira imperceptível, desapareceu em meio a novas famílias da nobreza. Só os criados mais grisalhos da família guardavam e transmitiam uns aos outros a memória fiel do passado, cara a eles como algo sagrado.

Por isso Zakhar gostava tanto de seu casacão cinzento. Talvez tivesse apreço também por suas costeletas porque, em sua infância, tinha visto muitos criados com aquele antigo ornamento aristocrático.

Iliá Ilitch, imerso em devaneios, demorou muito tempo para notar a presença de Zakhar. O criado estava na sua frente, de pé, em silêncio. Por fim, tossiu.

— O que você quer? — perguntou Iliá Ilitch.

— O senhor não chamou?

— Chamei? Para que foi mesmo que chamei?... Não lembro! — respondeu e espreguiçou-se. — Vá para seu quarto enquanto tento me lembrar.

Zakhar saiu, e Iliá Ilitch continuou deitado e pensando na maldita carta. Passaram-se quinze minutos.

— Bem, chega de ficar deitado! — disse. — É preciso levantar... No entanto, vamos ler de novo com atenção a carta do estaroste e depois eu levanto... Zakhar!

De novo o mesmo pulo e um rosnado mais forte. Zakhar entrou, e Oblómov mais uma vez mergulhou em devaneios. Zakhar ficou quieto uns dois minutos, descontente, um pouco de lado, observando o patrão, e por fim andou na direção da porta.

— Aonde vai? — perguntou Oblómov de súbito.

— O senhor não diz nada. Para que vou ficar aqui à toa? — retrucou Zakhar com uma voz rouca, na falta da outra voz que, nas suas palavras, ele perdera quando um vento forte bateu na sua garganta, numa caçada com cães a que tinha ido com o antigo patrão.

Zakhar estava meio virado, no centro do quarto, e continuava a olhar de lado para Oblómov.

— Por acaso suas pernas ficaram secas para que você não possa ficar de pé um pouco mais? Está vendo como estou preocupado, portanto espere um pouco! Já não ficou tempo de sobra deitado no quarto? Encontre a carta que recebi ontem do estaroste. Onde você a enfiou?

— Que carta? Não vi carta nenhuma — disse Zakhar.

— Você mesmo a trouxe quando o carteiro entregou: estava muito suja!

— E como posso saber onde a colocaram? — disse Zakhar, batendo com a mão de leve nos papéis e em diversos objetos sobre a mesa.

— Você nunca sabe de nada. Lá, no cesto, vá olhar! Ou será que caiu atrás do sofá? Olhe só o encosto do sofá, até agora não consertaram; por que não chama o marceneiro para consertar? Foi você mesmo que quebrou. Você não pensa em nada!

— Não fui eu que quebrei — respondeu Zakhar. — Quebrou sozinho; não pode durar para sempre: um dia tem de quebrar.

Iliá Ilitch não julgou necessário contestar.

— Pronto, aqui estão as cartas.

— Mas não são essas.

— Bom, não tem mais cartas aqui — disse Zakhar.

— Ah, está bem, pode ir embora! — disse Iliá Ilitch com impaciência. — Vou levantar e eu mesmo encontro a carta.

Zakhar foi para o quarto, mas, mal pousou as mãos no leito de tijolos junto à estufa a fim de saltar sobre ele, soou de novo o grito: "Zakhar! Zakhar!".

— Ah, meu Deus do céu! — Zakhar rosnou e dirigiu-se de novo para o quarto do patrão. — Para que todo esse tormento? Quem dera a morte chegasse logo de uma vez!

— O que o senhor quer? — perguntou Zakhar, segurando a porta do quarto com a mão e olhando para Oblómov, num sinal de descontentamento, de um ângulo em que só podia fitar o patrão com o canto dos olhos e, por sua vez, o patrão só conseguia ver uma de suas imensas costeletas, de onde se podia esperar que saíssem voando dois ou três passarinhos.

— O lenço do nariz, depressa! Você devia adivinhar: não está vendo? — ordenou com severidade Iliá Ilitch.

Zakhar não demonstrou nenhum descontentamento especial nem surpresa com a ordem e a repreensão do patrão, provavelmente julgando que as duas coisas eram completamente naturais.

— E quem é que vai saber onde está esse lenço? — rosnou ele, entrando de repente no quarto, tateando em todas as cadeiras, embora se pudesse ver claramente que nada havia ali.

— Vive perdendo tudo! — disse e abriu a porta da sala de visitas para ver se não estava lá.

— Aonde vai? Procure aqui! Faz três dias que não entro aí. Depressa! — disse Iliá Ilitch.

— Onde está esse lenço? Sumiu! — disse Zakhar, abanando os braços e espiando em todos os cantos. — Ah, ali está ele — exclamou com voz rouca e irritada —, bem embaixo do senhor! Olhe a pontinha aparecendo. O senhor está bem em cima dele e fica perguntando onde está o lenço!

E, sem esperar a resposta, Zakhar fez menção de sair. Oblómov ficou um pouco sem graça com o próprio lapso. Rapidamente tratou de encontrar outro motivo para criticar Zakhar.

— Como você limpa mal este lugar: está tudo sujo e empoeirado, meu Deus! Lá, ali, olhe nos cantos… você não faz nada!

— Como assim, não faço nada?… — exclamou Zakhar com voz ofendida. — Eu me esforço, não poupo minha vida! Tiro o pó e varro quase todo dia…

Apontou para o meio do chão e para a mesa na qual Oblómov almoçava.

— Olhe lá, e ali — disse ele —, tudo varrido e arrumado, como se fosse para um casamento… O que quer mais?

— E o que é isso? — cortou Iliá Ilitch, apontando para as paredes e para o chão. — E isso? — Apontou para uma toalha largada ali desde a véspera e para um prato esquecido sobre a mesa com um pedaço de pão.

— Ora, isso, com sua licença, eu vou levar — disse Zakhar em tom condescendente, e pegou o prato.

— Só isso? E o pó nas paredes, as teias de aranha? — disse Oblómov, apontando para as paredes.

— Isso eu vou limpar antes da Semana Santa: aí eu limpo os ícones e tiro as teias de aranha...

— E os livros, os quadros, não vai espanar?

— Dos livros e dos quadros eu cuido antes do Natal: aí eu e Aníssia vamos limpar e arrumar todas as estantes. Agora, como é que se pode fazer uma faxina? O senhor fica o tempo todo em casa.

— Às vezes vou ao teatro e faço visitas: você podia...

— Onde já se viu fazer faxina de noite?

Oblómov fitou-o com ar de censura, balançou a cabeça e suspirou, mas Zakhar olhou com indiferença para a janela e também suspirou. O nobre pelo visto pensava: "Ora, irmão, você é ainda mais Oblómov do que eu"; e Zakhar na certa pensava: "Trapaceiro! Você é um senhor que só serve para falar palavras complicadas e patéticas, e não liga nem um pouco para o pó e para as teias de aranha".

— Será que você não entende — disse Iliá Ilitch — que o pó faz proliferar as mariposas? Às vezes chego a ver percevejos na parede!

— No meu quarto tem pulgas! — retrucou Zakhar com indiferença.

— E por acaso isso é bom? Veja que imundície! — falou Oblómov.

Zakhar sorriu com todo o rosto, o sorriso apoderou-se até das sobrancelhas e das costeletas, que se deslocaram para os lados, e uma mancha vermelha se alastrou por todo o rosto, até o alto da testa.

— Que culpa tenho eu se há percevejos neste mundo? — disse ele com ingênua surpresa. — Por acaso fui eu quem inventou os percevejos?

— Isso é por causa da sujeira — cortou Oblómov. — Como você diz absurdos!

— Também não fui eu quem inventou a sujeira.

— Lá no seu quarto os ratos ficam correndo de noite... eu escuto.

— Também não fui eu quem inventou os ratos. Em toda parte tem esses bichos aos montes, ratos, gatos, percevejos.

— E como é que na casa dos outros não há nem mariposas nem percevejos?

No rosto de Zakhar estampou-se uma expressão de incredulidade, ou, melhor dizendo, de tranquila certeza de que aquilo não acontecia.

— No meu quarto tem um monte — respondeu sem titubear. — A gente não percebe todos os percevejos, eles não deixam rastro para a gente seguir.

E ele parecia até estar pensando: "E como é que se pode dormir sem percevejos?".

— É só você varrer, tirar o pó dos cantos, que não vai ter mais nada disso — ensinou Oblómov.

— Vou limpar, e amanhã vai ter um monte de novo — disse Zakhar.

— Não vai — cortou o patrão —, não é assim.

— Vai ter um monte, eu sei — insistiu o criado.

— Se tiver, então você vai varrer outra vez.

— Mas como? Quer que eu limpe todos os cantos todo dia? — perguntou Zakhar. — Por acaso isso é vida? É melhor que Deus leve logo minha alma!

— Por que a casa dos outros é limpa? — objetou Oblómov. — Veja a casa em frente à do afinador: dá gosto de olhar, e só tem uma criada…

— Mas de onde é que os alemães iam trazer sujeira? — retrucou Zakhar de repente. — O senhor olhe bem como eles vivem! A família inteira rói o mesmo osso a semana toda. O casaco passa dos ombros do pai para os ombros do filho, e do filho de novo para o pai. A mulher e as filhas usam uns vestidinhos curtinhos: as pernas ficam encolhidas embaixo delas feito pernas de ganso… Desse jeito, de onde é que vão trazer sujeira? Na casa deles não tem montanhas de roupas velhas e usadas largadas nos armários há anos, como na nossa casa, nem um canto todo cheio de cascas de pão durante o inverno inteiro… Na casa deles nenhuma casquinha é deixada de lado: fazem torradas e comem com cerveja!

Zakhar chegou a cuspir entre os dentes, pensando em como era miserável aquela morada.

— Falar não adianta nada! — retrucou Iliá Ilitch. — É melhor você fazer uma limpeza.

— Eu até gostaria de limpar de vez em quando, mas o senhor não deixa — disse Zakhar.

— Já começou outra vez! Quer dizer que sou eu que impeço?

— Claro, o senhor mesmo; fica sempre em casa, o tempo todo. Como é que se pode fazer a limpeza com o senhor parado aqui dentro? Fique fora de casa um dia inteiro e aí, sim, faço uma limpeza.

— Era só o que faltava você inventar… Vamos, saia! É melhor voltar para o seu quarto.

— É verdade! — insistiu Zakhar. — Mas, olhe, se hoje o senhor saísse, eu e Aníssia deixávamos tudo arrumado. Mas só nós dois não íamos dar conta: era preciso contratar mais uma empregada para lavar tudo.

— Eh! Mas que ideia! Uma empregada! Vá para o seu quarto — disse Iliá Ilitch.

Ele já estava arrependido de ter começado aquela conversa com Zakhar. Sempre se esquecia de que bastava tocar naquele assunto delicado para criar uma grande confusão.

Oblómov gostaria que a casa estivesse limpa, porém gostaria também que isso fosse feito como que de modo imperceptível, por si mesmo; mas Zakhar sempre criava o maior caso assim que começavam a exigir dele que tirasse o pó, lavasse o chão etc. Ele logo tratava de mostrar a necessidade de enormes transtornos em casa para cumprir aquelas tarefas, sabendo muito bem que só pensar naquilo já enchia o patrão de horror.

Zakhar saiu, e Oblómov afundou em reflexões. Após alguns minutos, o relógio bateu mais meia hora.

— O que é isso? — disse Iliá Ilitch quase com horror. — Daqui a pouco vão dar onze horas, e eu ainda não levantei, não me lavei até agora. Zakhar, Zakhar!

— Ah, você de novo, meu Deus! Puxa! — ouviu-se no quarto vizinho, e depois o já conhecido barulho de um pulo.

— A água para me lavar está pronta? — perguntou Oblómov.

— Está pronta há muito tempo! — respondeu Zakhar. — Por que o senhor não levanta?

— E por que não me disse que estava pronta? Eu já teria levantado há muito tempo. Escute, agora vá que eu já sigo você. Tenho assuntos para resolver, vou me sentar e escrever.

Zakhar saiu, mas voltou um minuto depois com um caderno ensebado, todo rabiscado, e com uns pedaços de papel.

— Olhe, se o senhor vai escrever, então é melhor aproveitar e conferir estas contas: é preciso dinheiro para pagar.

— Que contas? Que dinheiro? — perguntou Iliá Ilitch com insatisfação.

— Para o açougueiro, para o verdureiro, para a lavadeira, para o padeiro: todo mundo está pedindo dinheiro.

— Só me falam em dinheiro e aborrecimentos! — resmungou Iliá Ilitch. — E por que você não me dá as contas aos poucos, em vez de me apresentar assim, todas ao mesmo tempo?

— Mas é o senhor mesmo que vive me expulsando: deixe para amanhã, deixe para amanhã...

— Pois bem, e agora, será que não se pode deixar para amanhã?

— Não! Eles não largam do meu pé: não vão vender mais nada fiado. Hoje é o primeiro dia do mês.

— Ah! — exclamou Oblómov com enfado. — Mais uma preocupação! Bem, por que está aí parado? Ponha tudo sobre a mesa. Vou levantar num instante, vou me lavar e depois tratar do caso — disse Iliá Ilitch. — Então quer dizer que a água para eu me lavar está pronta?

— Prontíssima! — disse Zakhar.

— Bem, então agora...

Com um gemido, fez menção de soerguer-se na cama, para levantar-se.

— Eu me esqueci de dizer ao senhor — comentou Zakhar —, agora há pouco, quando o senhor ainda dormia, o administrador mandou o porteiro dar um recado: diz que temos de deixar nossa residência... a todo custo.

— Ora, por que tanta confusão? Se é preciso, então é claro que vamos embora. Por que você fica me aborrecendo? Você já me falou três vezes sobre esse assunto.

— Eles também não largam do meu pé.

— Diga para eles que vamos embora.

— Eles dizem: já faz um mês que disseram que iam embora, prometeram, mas não saíram; e dizem: nós vamos chamar a polícia.

— Pois que chamem! — disse Oblómov, resoluto. — Vamos nos mudar assim que o tempo ficar um pouco mais quente, daqui a umas três semanas.

— Em três semanas não pode ser! O administrador diz que daqui a duas semanas vão vir os operários: vão pôr tudo abaixo... Diz: "Saiam amanhã ou depois de amanhã...".

— Eh-eh-eh! Assim é depressa demais! Vejam só, era só o que faltava! Ele ordena que nos mudemos de imediato? E você não se atreva sequer a me lembrar da residência outra vez. Já o proibi uma vez; mas você insiste. Tome cuidado!

— Mas o que vou fazer? — retrucou Zakhar.

— O que vai fazer? Vejam só como ele quer se livrar de mim! — respondeu Iliá Ilitch. — Ele pergunta para mim! E o que é que eu tenho a ver com isso? Contanto que não me perturbe, você pode fazer o que quiser, tome qualquer providência, é só não nos mudarmos daqui. Você não consegue cuidar bem de seu patrão, não é?

— Mas que providência vou tomar, patrãozinho Iliá Ilitch? — começou Zakhar em voz sibilante e suave. — A casa não é minha: como posso não sair de uma casa que é dos outros, se estão me mandando ir embora? Agora, se fosse minha casa, eu teria a enorme satisfação de...

— Será que não há um meio de convencê-los? Diga assim: "Moramos aqui há muito tempo, pagamos sempre em dia".

— Já falei isso — respondeu Zakhar.

— E eles?

— Nem ligam! Repetem a mesma história: "Mudem-se para outra casa. Temos de reformar a residência". Querem fazer deste apartamento e também do apartamento do médico ao lado um outro bem maior, para o filho do proprietário, que vai casar.

— Ora essa, meu Deus! — exclamou Oblómov com enfado. — Quer dizer que ainda existem burros que se casam!

Virou-se de costas.

— O senhor poderia escrever para o proprietário — disse Zakhar —, quem sabe assim ele não deixa de incomodar o senhor e manda os operários pôr abaixo primeiro o apartamento do lado?

E Zakhar apontou com a mão para o lado direito.

— Bem, está certo, assim que eu levantar vou escrever... Você vá para seu quarto enquanto eu reflito. Você não sabe fazer nada direito — acrescentou. — Eu mesmo vou ter de pôr em ordem essa bagunça.

Zakhar saiu, e Oblómov começou a pensar.

Mas ficou em apuros, sem saber no que pensar: na carta do estaroste, na mudança para um apartamento novo ou nas contas que era preciso acertar? Oblómov perdeu-se na torrente de preocupações cotidianas e continuou deitado, virando-se de um lado para o outro. De vez em quando ouviam-se apenas exclamações repentinas: "Ah, meu Deus! Não se pode fugir da vida, ela alcança a gente por todos os lados".

Não se pode saber por quanto tempo ele teria continuado naquela indecisão, mas na entrada soou a campainha.

— Chegou alguém! — disse Oblómov, embrulhando-se no roupão. — E eu ainda não levantei da cama... Que vergonha! Quem pode ser, assim tão cedo?

E, deitado, com curiosidade olhou para a porta.

II.

Entrou um jovem de uns vinte e cinco anos, radiante de saúde, com faces, dentes e olhos risonhos. Dava inveja só de olhar para ele.

Estava penteado e vestido de forma impecável, o frescor do rosto, do linho, das luvas e do fraque chegava a ofuscar. Sobre o colete, pendia uma correntinha com uma porção de enfeites minúsculos. Pegou um lenço de cambraia finíssimo, inalou os perfumes do Oriente, depois, com displicência, passou o lenço no rosto, no chapéu lustroso e umedeceu os sapatos envernizados.

— Ah, Vólkov, bom dia! — disse Iliá Ilitch.

— Bom dia, Oblómov — respondeu o cavalheiro radiante, e aproximou-se dele.

— Não chegue perto, não chegue perto: você está vindo do frio! — disse.

— Oh, seu mimado, seu sibarita! — disse Vólkov, procurando um lugar para deixar o chapéu, e ao ver poeira em toda parte não o colocou em lugar nenhum; abriu as abas do fraque a fim de sentar, mas, após examinar a poltrona com atenção, ficou de pé.

— Mas ainda não saiu da cama? E o que é isso? Está com essa túnica medieval? Já pararam de usar essas coisas faz muito tempo — disse, envergonhando Oblómov.

— Não é uma túnica medieval, é um robe — disse Oblómov, embrulhando-se com amor nas largas abas do roupão.

— E está bem de saúde? — perguntou Vólkov.

— Dane-se a saúde! — respondeu Oblómov, bocejando. — Estou péssimo! A congestão me tortura. E o senhor, como tem passado?

— Eu? Tudo bem: saudável e contente... muito contente! — acrescentou o jovem com entusiasmo.

— De onde está vindo assim tão cedo? — perguntou Oblómov.

— Do alfaiate. Veja, o fraque ficou bonito? — perguntou e deu uma volta na frente de Oblómov.

— Excelente! De muito bom gosto — respondeu Iliá Ilitch —, mas por que é tão largo atrás?

— É um fraque de montaria: para andar a cavalo.

— Ah! Então é isso! Quer dizer que o senhor vai cavalgar?

— E como não? Mandei fazer o fraque para usar exatamente hoje. Pois hoje é Primeiro de Maio: vou andar a cavalo no parque Iekatieringof com Goriunóv. Ah! O senhor não sabe? Promoveram Micha Goriunóv, e hoje vamos comemorar — acrescentou Vólkov com entusiasmo.

— Ora, vejam! — exclamou Oblómov.

— Ele tem um cavalo alazão — continuou Vólkov —, no regimento dele são todos alazões, mas o meu é um murzelo. E o senhor, irá como? A pé ou de carruagem?

— Bem... eu não vou — respondeu Oblómov.

— Não vai ao parque Iekatieringof no dia Primeiro de Maio! O que há com você, Iliá Ilitch? — disse Vólkov com surpresa. — Todo mundo vai!

— Nem todo mundo! Não, nem todo mundo! — protestou Oblómov com preguiça.

— Vamos lá, meu querido Iliá Ilitch! Sófia Nikoláievna e Lídia irão sozinhas na carruagem, e o banquinho de frente para elas está vago: o senhor poderia ir com elas...

— Não, eu não consigo me sentar num banquinho tão pequeno. Além do mais, o que vou fazer lá?

— Pois bem, então quer que Micha arranje outro cavalo para o senhor?

— Até Deus duvida das coisas que ele inventa! — exclamou Oblómov quase que para si mesmo. — Por que o senhor se interessa tanto por Goriunóv?

— Ah! — Vólkov ruborizou-se e disse. — Quer que eu conte?

— Conte!

— Não pode dizer para ninguém. Palavra de honra? — continuou Vólkov, sentando-se perto dele, no sofá.

— É claro.

— Eu... estou apaixonado por Lídia — sussurrou.

— Que ótimo! Faz muito tempo? Ela parece muito encantadora.

— Já faz três semanas! — respondeu Vólkov com um suspiro profundo. — E Micha está apaixonado por Dáchenka.

— Que Dáchenka?

— Onde é que você anda, Oblómov? Não conhece Dáchenka? A cidade inteira está enlouquecida com a maneira como ela dança! Hoje vou com ele ao balé; Micha vai jogar um buquê. É preciso apresentá-lo às pessoas: ele é tímido, ainda um noviço... Ah! Ainda tenho de arranjar as camélias...

— Para quê? Chega disso tudo, era melhor o senhor almoçar comigo: assim conversaríamos. Tenho duas infelicidades...

— Não posso: vou almoçar na casa do príncipe Tiumiénev; lá estarão todos os Goriunóv e ela, ela... Lídinka — acrescentou num sussurro. — Por que o senhor não vai mais à casa do príncipe? Que casa alegre! Tão bem instalada! E a casa de veraneio, então? Mergulhada em flores! Construíram uma galeria em estilo gótico. Dizem que no verão vão promover bailes, encenações. O senhor irá?

— Não, acho que não vou.

— Ah, mas que casa! Neste inverno, às quartas-feiras, nunca havia menos de cinquenta pessoas, e de vez em quando chegava a haver cem pessoas...

— Meu Deus! Que maçante... deve ser um verdadeiro inferno!

— Como assim? Maçante? Quanto mais gente, mais alegre. Lídia esteve lá, eu nem reparava nela, mas de repente...

Tentei esquecê-la, mas foi inútil.
E quero domar a paixão com a razão...

Vólkov cantarolou os versos e sentou-se na poltrona, distraído, mas de repente se levantou de um salto e começou a tirar o pó da roupa.

— Como sua casa tem pó por todo lado! — disse.

— É o Zakhar! — lamentou-se Oblómov.

— Bem, está na minha hora! — disse Vólkov. — Tenho de arranjar as camélias para o buquê de Micha. *Au revoir.**

— Venha à noite tomar chá comigo, depois do balé: me conte o que aconteceu lá — sugeriu Oblómov.

— Não posso, dei minha palavra aos Mussínski: hoje é o dia deles. O senhor podia ir até lá. Quer que eu o apresente?

— Não, o que vou fazer lá?

— Na casa dos Mussínski? Francamente, metade da cidade estará lá. Como pergunta o que vai fazer? É uma casa incrível, onde se fala de tudo…

— É isso que acho maçante, que falem de tudo — disse Oblómov.

— Bem, então vá à casa dos Mezdrov — sugeriu Vólkov —, lá falam sempre de um só assunto: arte. Só se escuta falar da escola veneziana, Beethoven e Bach, Leonardo da Vinci…

— É sempre a mesma coisa… que aborrecimento! Devem ser uns pedantes! — disse Oblómov, e bocejou.

— Mas não há como contentar o senhor, hein? Existem muitas outras casas! Todas têm seu dia específico: na casa dos Savínov, jantam às quintas-feiras; na casa dos Makláchin, às sextas; na casa dos Viáznikov, aos domingos; na casa do príncipe Tiumiénev, às quartas-feiras. Estou ocupado todos os dias! — exclamou Vólkov, com os olhos radiantes.

— E o senhor não se cansa de andar para lá e para cá dia após dia?

— Que cansar nada! Cansar-me de quê? É só alegria! — respondeu, despreocupado. — De manhã, é preciso ler as notícias, temos de ficar *au courant** de tudo, saber das novidades. Graças a Deus o meu emprego no serviço público não me obriga a ficar no escritório. Só duas vezes por semana vou almoçar na casa do general, depois vou fazer minhas visitas, casas aonde não vou há muito tempo; pois é… e também aparece sempre uma atriz nova, ora no teatro francês, ora no teatro russo. As óperas vão começar, e tenho de fazer minha assinatura. Agora estou apaixonado… O verão vai começar; prometeram dar uma licença para Micha; vamos passar um mês na propriedade rural

---

* Em francês, "até logo".
** Em francês, "a par".

dele, para variar. Lá se pode caçar. Ele tem uns vizinhos excelentes, promovem *bals champêtres*.* Eu e Lídia vamos passear no bosque, andar de bote, colher flores... Ah!... — E deu rodopios de alegria. — Mas está na minha hora... Até logo — disse e tentou em vão mirar-se de frente e de costas no espelho empoeirado.

— Espere — Oblómov o reteve —, eu queria conversar com o senhor sobre negócios.

— *Pardon*,** não tenho tempo — apressou-se Vólkov —, fica para outra vez. Mas o senhor não quer ir comigo comer ostras? Então poderíamos conversar. Vamos, Micha paga para nós.

— Não, muito obrigado! — disse Oblómov.

— Então, até logo.

Foi em frente e virou-se.

— O senhor viu isto aqui? — perguntou mostrando a luva, que parecia ser a própria pele da mão.

— O que é que tem? — perguntou Oblómov, perplexo.

— São *lacets**** novos! Veja como se encaixam esplendidamente: a gente não precisa ficar duas horas se torturando para fechar os botõezinhos; é só puxar o cadarço e pronto. Acabaram de chegar de Paris. Quer que eu traga um par para o senhor experimentar?

— Está bem, traga! — respondeu Oblómov.

— E veja isto aqui; vai dizer que não é uma beleza? — disse e pegou uma das muitas coisinhas que trazia consigo. — Um cartão de visita com o canto dobrado.

— Não consigo decifrar o que está escrito.

— Pr. M. é *prince***** Michel — disse Vólkov —, e o sobrenome Tiumiénev não coube; ele me deu isto na Páscoa, em lugar de um ovo. Bem, até logo, *au revoir*. Ainda tenho de ir a dez lugares... Meu Deus, quanta alegria existe no mundo!

E foi embora.

---

* Em francês, "bailes campestres".

** Em francês, "desculpe".

*** Em francês, "cadarços"; luvas com cadarços em lugar de botões.

**** Em francês, "príncipe". Na Rússia, príncipe era um título de nobreza equivalente ao de duque.

"Dez lugares num mesmo dia... que infortúnio!", pensou Oblómov. "E isso é vida?" Sacudiu os ombros com força. "Onde está a graça? Para que ele se dispersa e estraga a própria vida desse jeito? Claro, não é ruim assistir ao teatro e se apaixonar por essa tal de Lídia... Ela é bonita! Ir ao campo colher flores com ela, passear, isso é bom; mas ir a dez lugares num mesmo dia é uma infelicidade!", concluiu e virou o corpo, deitando de costas, e alegrou-se por não ter tais desejos e pensamentos vazios, por não se atormentar e, em vez disso, ficar deitado ali, preservando sua dignidade humana e sua calma.

Um novo toque da campainha interrompeu suas reflexões.

Entrou um novo visitante.

Era um cavalheiro num fraque verde-escuro de botões estampados com as armas do Estado, barba raspada, costeletas escuras que debruavam simetricamente sua face, nos olhos uma expressão de consciência tranquila mas fatigada, o rosto desgastado e um sorriso pensativo.

— Bom dia, Sudbínski! — saudou-o Oblómov com alegria. — Há quanto tempo não vejo meu velho colega! Não chegue perto, não chegue perto! Você está vindo do frio.

— Bom dia, Iliá Ilitch. Faz tempo que planejo vir visitá-lo — disse —, mas, sabe como é, vivemos diabolicamente cheios de trabalho! Olhe só, estou levando uma mala cheia de papéis para fazer um relatório; e agora, se me pedirem alguma coisa, mandei o mensageiro vir correndo para cá me avisar. Não dá para guardar nem um minuto para si.

— Ainda está a caminho do trabalho? Mas por que tão tarde? — perguntou Oblómov. — Antigamente chegava às dez horas...

— Antigamente, sim; agora é diferente: chego ao meio-dia e eu vou de carruagem. — E enfatizou as últimas palavras.

— Ah! Entendi! — disse Oblómov. — Virou chefe de departamento! Desde quando?

Sudbínski inclinou a cabeça de modo expressivo.

— Desde a Semana Santa — respondeu. — Mas quantos problemas... é um horror! Das oito ao meio-dia, em casa; do meio-dia às cinco, na repartição, ocupado até de noite. Nunca vejo as pessoas!

— Hum! Chefe de departamento, ora, vejam só! — disse Oblómov. — Meus parabéns! Quem diria? E dizer que trabalhamos juntos sob a mesma chefia. Aposto que no ano que vem você será nomeado conselheiro de Estado.

— Que nada! Deixe disso! Ainda neste ano tenho de ganhar a Comenda da Coroa: achei que iam me dar uma condecoração por excelentes serviços prestados, mas agora recebi um novo cargo: é impossível ser promovido em dois anos seguidos...

— Venha almoçar comigo, vamos beber para comemorar sua promoção! — disse Oblómov.

— Não, hoje vou almoçar na casa do vice-diretor. Tenho de preparar um relatório para quinta-feira... uma trabalheira infernal! Não se pode confiar nos pareceres das províncias. É preciso conferir pessoalmente os dados. Fomá Fomitch é tão desconfiado: quer conferir tudo pessoalmente. Hoje eu e ele vamos nos reunir depois do jantar e trabalhar.

— Será possível? Depois do jantar? — perguntou Oblómov, incrédulo.

— Está pensando o quê? Vai ser muito bom se, mais cedo, eu ainda tiver tempo de dar uma volta no parque Iekatieringof... Aliás, vim aqui convidar você: não quer dar um passeio? Eu passo aqui e pego você.

— Não estou me sentindo muito bem, não posso! — respondeu Oblómov e franziu o rosto. — Além do mais tenho muita coisa para fazer... não, eu não posso!

— Que pena! — disse Sudbínski. — E o dia está tão bonito. Hoje é o único dia em que tenho alguma esperança de poder respirar ar puro.

— E então, quais são as novidades? — perguntou Oblómov.

— Ah, muitas coisas: nas cartas, não se escreve mais "obedientíssimo servidor"; escrevem "queira aceitar nossas garantias"; não mandam mais que apresentemos as listas protocolares em duas vias. Acrescentaram três seções ao nosso departamento e dois funcionários com tarefas especiais. Nossa comissão foi fechada... Tanta coisa!

— Sei, mas e quanto aos nossos antigos colegas?

— Até agora, nada de mais; Svínkin perdeu uns documentos!

— É mesmo? E o diretor? — perguntou Oblómov com a voz trêmula. Por força de antigas recordações, sentiu medo.

— Mandou suspender sua condecoração, enquanto os documentos não aparecerem. É coisa importante: "sobre as penalidades". O diretor acha — acrescentou Sudbínski quase num sussurro — que ele perdeu os documentos... de propósito.

— Não pode ser! — disse Oblómov.

— Não, não! Isso não tem fundamento — confirmou Sudbínski com ar importante e condescendente. — Svínkin é um cabeça de vento. Às vezes só o diabo sabe que confusão ele faz nas contas, embaralha todos os dados. Eu me canso com ele; mas, não, nunca se viu ele fazer nada de... Ele não faria, não, não! Simplesmente esqueceu os documentos em algum canto; qualquer hora, aparecem.

— Pois bem, então é assim: você anda ocupado o tempo todo! — disse Oblómov. — Trabalha.

— Um horror, um horror! Mas, é claro, com um homem como Fomá Fomitch, trabalhar é uma coisa agradável: ele não deixa ninguém sem uma recompensa; e não esquece nem aqueles que não fazem nada. Aqueles que cumpriram o prazo, ele indica para uma promoção; para quem ainda não tem o tempo necessário para outro posto, para ganhar uma medalha, ele solicita um abono em dinheiro...

— E quanto você ganha?

— Ora, muito pouco: mil e duzentos rublos de salário, além de setecentos e cinquenta para alimentação, seiscentos para habitação, um abono de novecentos, e mais quinhentos para viagens, e também mil rublos de gratificação.

— Puxa! Com mil diabos! — exclamou Oblómov e saltou da cama. — Será que você tem uma voz tão boa assim? Ganha tanto quanto um cantor de ópera italiano!

— Ora, isso não é nada! O Peresvetov ganha um adicional, trabalha menos e não entende nada. Mas, é claro, ele não tem tanta reputação. Por mim, eles têm muito apreço — acrescentou com modéstia, baixando os olhos —, há pouco, o ministro falou a meu respeito, disse que sou "um galardão do ministério".

— Que beleza! — exclamou Oblómov. — Mas, também, trabalhando das oito ao meio-dia, do meio-dia às cinco, e depois ainda em casa... ora, ora!

Balançou a cabeça.

— Mas o que eu faria se não cuidasse do serviço? — perguntou Sudbínski.

— Muita coisa! Ler, escrever... — disse Oblómov.

— Mas eu já faço isso tudo, leio e escrevo.

— Mas não é a mesma coisa; você poderia publicar...

— Nem todo mundo pode ser escritor. Olhe só para você: você não escreve — retrucou Sudbínski.

— Em compensação tenho uma propriedade para cuidar — disse Oblómov, e suspirou. — Elaboro novos planos; imagino vários melhoramentos. Eu me atormento o tempo todo... Já você cuida dos assuntos dos outros, não dos seus próprios.

— O que se pode fazer? Se a gente recebe, tem de trabalhar. No verão vou descansar: Fomá Fomitch prometeu criar uma missão especialmente para mim... Olhe, vou receber uma subvenção para pagar cinco cavalos para minhas viagens, uma verba diária de três rublos, e depois uma gratificação...

— Puxa, eles não fazem por menos! — exclamou Oblómov com inveja; depois suspirou e ficou pensativo.

— Preciso de dinheiro: vou me casar no outono — acrescentou Sudbínski.

— Não me diga! Verdade? Com quem? — perguntou Oblómov com simpatia.

— É sério, com a filha dos Muráchin. Lembra? Eles ficaram na casa de veraneio ao lado da minha. Você tomou chá em minha casa e acho que a viu.

— Não, eu não lembro. É bonita? — perguntou Oblómov.

— Sim, uma graça. Vamos jantar na casa deles, se quiser...

Oblómov hesitou.

— Sim... está certo, só que...

— Semana que vem — disse Sudbínski.

— Certo, certo, semana que vem — alegrou-se Oblómov —, minhas roupas ainda não estão prontas. E que tal? É um bom partido?

— Sim, o pai é conselheiro de Estado efetivo; ganha dez mil rublos, tem uma residência oficial. Vai deixar a metade da casa só para nós, doze cômodos; a mobília, o aquecimento e a iluminação, tudo por conta do Estado: dá para viver...

— Puxa, dá mesmo! Como não? Que sorte, Sudbínski! — acrescentou Oblómov, não sem inveja.

— No casamento, Iliá Ilitch, vou chamar você para ser padrinho: veja...

— Puxa, será um prazer! — disse Oblómov. — Mas e o Kuznetsóv, o Vassíliev, o Makhov?

— Kuznetsóv casou há muito tempo, Makhov ficou no meu lugar e Vassíliev foi transferido para a Polônia. Ivan Petróvitch ganhou a Ordem de São Vladímir e Oliéchkin agora é "Sua Excelência".

— É um bom sujeito! — disse Oblómov.

— Bom, muito bom; ele merece.

— Muito bom, um caráter sereno, equilibrado — disse Oblómov.

— Tão prestativo — acrescentou Sudbínski. — E além disso, você sabe, não é de bajular, não é de fazer intrigas, de passar a perna nos outros nem de tomar o lugar dos colegas... faz tudo o que pode para ajudar.

— Uma pessoa excelente! Se a gente faz confusão num documento, deixa alguma coisa de fora, cita uma lei errada ou dá uma opinião inconveniente num memorando, ele nem liga: apenas manda outro funcionário refazer. Uma pessoa formidável — concluiu Oblómov.

— Mas o nosso Semión Semiónovitch continua o mesmo incorrigível de sempre — disse Sudbínski —, só serve para enrolar os outros; nisso ele é um mestre. Veja só o que fez ainda há pouco tempo: chegou um requerimento das províncias pedindo para construir canis perto dos prédios pertencentes ao nosso departamento, a fim de proteger as propriedades do governo contra pilhagens e depredação; nosso arquiteto, homem diligente, digno e honesto, fez uma estimativa muito razoável do custo; de repente Semión Semiónovitch achou muito caro e fez uma pesquisa para saber quanto pode custar a construção de um canil. Conseguiu fazer por trinta copeques a menos e na mesma hora mandou um memorando...

A campainha da porta soou de novo.

— Até logo — disse o funcionário —, fiquei tempo demais conversando, sou necessário lá...

— Fique mais um pouquinho — reteve-o Oblómov. — Aliás, queria pedir seu conselho: tenho duas preocupações...

— Não, não, é melhor eu voltar daqui a alguns dias — disse ele ao sair.

"Está atolado, querido amigo, atolado até as orelhas", pensou Oblómov, seguindo-o com os olhos. "Cego, surdo e mudo para todo o resto do mundo. Mas vai ser importante, com o tempo, vai cuidar de negócios importantes e subir de posto... É o que também nós chamamos de carreira! E para isso o homem precisa de tão pouco: inteligência, força de vontade, sentimento... para que servem? Isso é um luxo! E assim ele vai viver sua vida até o fim e não

vai se perturbar com tantas, com tantas... Enquanto isso, ele trabalha do meio-
-dia às cinco no gabinete, e das oito ao meio-dia, em casa... Que infortúnio!"

Experimentou um sentimento de alegria serena porque, das nove às três, e das oito às nove, ele podia ficar em seu quarto, no sofá, e orgulhou-se por não ter de fazer relatórios, redigir documentos, e por dispor de vasto espaço para seus sentimentos e para sua imaginação.

Oblómov estava filosofando e não percebeu que, junto à cama, estava de pé um cavalheiro muito magrinho, moreninho, todo encoberto pelas suíças, pelos bigodes e pelo cavanhaque. Vestia-se com um descuido estudado.

— Bom dia, Iliá Ilitch.

— Bom dia, Piénkin; não chegue perto, não chegue perto: o senhor está vindo do frio! — disse Oblómov.

— Ah, seu excêntrico! — disse ele. — Sempre o mesmo preguiçoso des-preocupado e incorrigível!

— Despreocupado, pois sim! — disse Oblómov. — Vou lhe mostrar a carta que recebi do estaroste: fico aqui quebrando a minha cabeça e o senhor ainda me chama de despreocupado! De onde está vindo?

— De uma livraria. Fui saber se não saíram umas revistas. Leu o meu artigo?

— Não.

— Vou lhe mandar. Leia.

— Sobre o quê? — perguntou Oblómov em meio a um enorme bocejo.

— Sobre o comércio, sobre a emancipação das mulheres, sobre os lindos dias de abril que nos foram concedidos e sobre um equipamento recém-in-ventado para apagar incêndios. Como o senhor pode deixar de ler tais revis-tas? Lá está nossa vida atual. E acima de tudo propugno pela tendência rea-lista na literatura.

— E o senhor anda com muito serviço? — perguntou Oblómov.

— Sim, bastante. Dois artigos por semana no jornal, depois tenho de exa-minar os escritos dos romancistas, e aliás acabei de escrever um conto...

— Sobre o quê?

— Sobre um chefe de polícia de uma cidade provinciana que dava mur-ros na boca dos pequenos comerciantes...

— Sim, isso é de fato uma tendência realista — disse Oblómov.

— Não é verdade? — confirmou o literato, feliz da vida. — Vou lhe dizer qual é minha ideia e sei que é nova e audaciosa. Um viajante de passagem testemunhou aquelas agressões e queixou-se num encontro com o governador. Este mandou que um funcionário, que estava indo para lá fazer uma investigação, aproveitasse para verificar aquilo e para colher informações em geral sobre a personalidade e o comportamento do chefe de polícia. O funcionário convocou os pequenos comerciantes como se fosse para discutir sobre o comércio, mas na hora passou a falar também daquele assunto. O que acha que fizeram os pequenos comerciantes? Fizeram reverências, acharam graça e cobriram de elogios o chefe de polícia. O funcionário foi buscar informações em sigilo e lhe disseram que os pequenos comerciantes eram uns trapaceiros terríveis, vendiam coisas podres, trapaceavam no peso, fraudavam até os impostos, eram todos corruptos, então aquelas surras eram um castigo merecido...

— Então as surras do chefe de polícia representam, no conto, o papel do *fatum* nas tragédias da Antiguidade? — perguntou Oblómov.

— Exatamente — confirmou Piénkin. — O senhor tem muito tato, Iliá Ilitch, devia escrever! Dessa forma tive sucesso em demonstrar a arbitrariedade do chefe de polícia e a corrupção dos costumes no povo simples; a má organização das ações dos funcionários subalternos e a necessidade de medidas severas, mas dentro da lei... Não é verdade que essa ideia... é bastante nova?

— Sim, sobretudo para mim — respondeu Oblómov. — Leio tão pouco...

— De fato, não se veem livros em sua casa! — disse Piénkin. — Mas, eu suplico ao senhor, há uma coisa que não pode deixar de ler: vai sair um poema, podemos chamar assim: "O amor de um funcionário corrupto por uma mulher caída". Não posso lhe dizer quem é o autor: ainda é segredo.

— E do que trata?

— Abrange todo o mecanismo que move nossa sociedade, e sempre em matizes poéticos. Todas as molas são deixadas à mostra; todos os degraus da escada social são examinados. Assim, como num julgamento, o autor convoca um magnata fraco, mas cruel, e toda uma horda de funcionários corruptos, que o enganam; e toda uma série de mulheres caídas é analisada... francesas, alemãs, finlandesas, e tudo, tudo... com uma fidelidade chocante e cheia de vida... Ouvi alguns trechos... um autor formidável! Faz lembrar um Dante, um Shakespeare...

— O senhor está indo longe demais! — disse Oblómov, admirado, e sentou-se na cama.

Piénkin calou-se de súbito, vendo que de fato tinha ido longe demais.

— Leia o senhor mesmo e julgue por si — acrescentou, já sem fervor.

— Não, Piénkin, não pretendo ler.

— E por quê? Está causando sensação, já andam comentando...

— Pois deixe que falem! Algumas pessoas não têm mais o que fazer do que falar. É uma espécie de vocação.

— Mas leia, nem que seja só por curiosidade.

— O que há nele que eu não tenha visto? — disse Oblómov. — Para que escrevem essas coisas? Só para se distrair...

— Como para se distrair? Tem tanta fidelidade, tanta fidelidade! Até dá vontade de rir. São como retratos vivos. Qualquer um que se escolha, seja um funcionário, seja um oficial, seja um guarda-cancela, é um retrato da própria vida.

— E por que então eles se esforçam tanto? Só pela diversão de tomar uma pessoa e mostrar com fidelidade como ela é? Só que a vida mesma não está aí: não há compreensão da vida, nem compaixão, nem aquilo que o senhor chama de humanidade. Só há vaidade e mais nada. Descrevem ladrões, mulheres caídas, como se os tivessem apanhado na rua e levado para a prisão. Nos contos deles se percebem não as "lágrimas invisíveis", mas apenas se veem risadas rudes, a maldade...

— E o que mais é necessário? É ótimo, o senhor mesmo declarou: a maldade chocante, o combate encarniçado contra a depravação, o riso de desprezo contra a pessoa decaída... tudo está lá!

— Não, nem tudo! — exclamou de súbito Oblómov. — Retrate um ladrão, uma mulher caída, um palerma cheio de si, está certo, mas não esqueça a pessoa mesma. Onde está a humanidade? O senhor quer escrever só com a cabeça! — quase chiou Oblómov. — O senhor acha que, para os pensamentos, não é necessário o coração? Não, a vida frutifica com o amor. Estenda a mão para a pessoa caída, para que ela se levante, ou chore amargamente por ela, se pereceu, mas não zombe. Ame, lembre que ela é como o senhor, trate essa pessoa como se fosse a si mesmo, e aí, sim, eu lerei seus escritos e curvarei minha cabeça diante do senhor... — disse Oblómov e deitou-se de novo tranquilo no sofá. — Eles imaginam ladrões, uma mulher caída — disse —, mas esquecem o próprio homem, ou não são capazes de imaginá-lo. Então que tipo de arte é essa, que belezas poéticas os senhores encontraram? Ponham a nu o deboche, a sordidez, mas, por favor, sem a pretensão de fazer poesia.

— Então o senhor quer que se descreva a natureza: rosas, rouxinóis ou a geada da manhã, enquanto tudo ferve e se agita à nossa volta? Precisamos apenas da nua fisiologia da sociedade; agora não há espaço para canções...

— O homem, o homem, me deem o homem! — disse Oblómov. — Amem...

— Amar um agiota, um hipócrita, um funcionário tolo ou um ladrão... será possível? Aonde o senhor quer chegar? É evidente que o senhor tem interesse por literatura! — exaltou-se Piénkin. — Não, é preciso castigá-los, bani-los do meio civil, da sociedade...

— Bani-los do meio civil! — exclamou de repente Oblómov, inspirado, e se pôs de pé diante de Piénkin. — Isso significa esquecer que dentro desse invólucro imprestável está presente um princípio mais elevado; que esse é um homem degradado, mas continua a ser um homem, exatamente como os senhores. Banir! E como o senhor vai banir seres humanos da esfera da humanidade, do seio da natureza, da misericórdia divina? — quase gritou, com os olhos em chamas.

— Está indo um pouco longe demais! — disse Piénkin por seu turno, com espanto.

Oblómov percebeu que tinha ido longe demais. Calou-se de repente, ficou parado um momento, bocejou e deitou-se lentamente no sofá.

Os dois mergulharam no silêncio.

— Mas o que o senhor anda lendo? — perguntou Piénkin.

— Eu... livros de viagem, em geral.

Mais silêncio.

— Então vai ler o poema quando for publicado? Mandarei para o senhor... — perguntou Piénkin.

Oblómov fez um sinal negativo com a cabeça.

— Bem, e o meu conto, posso mandar?

Oblómov fez um sinal afirmativo com a cabeça.

— Na verdade, já está na hora de eu ir à tipografia! — disse Piénkin. — Sabe por que vim à sua casa? Queria convidar o senhor para ir ao parque Iekatieringof; tenho uma caleche. Amanhã preciso escrever um artigo sobre o passeio no parque: podíamos observar juntos o ambiente, e o senhor me apontaria aquilo que eu não percebesse; vai ser mais divertido. Venha...

— Não, não me sinto bem — respondeu Oblómov, franzindo o rosto e cobrindo-se com a manta. — Tenho medo da umidade, o tempo ainda não está seco. Mas o senhor podia almoçar comigo hoje: vamos conversar... Tenho algumas preocupações...

— Não, toda a nossa redação vai almoçar hoje no São Jorge e de lá iremos para o passeio no parque. De noite tenho de escrever e despachar o texto para a tipografia de madrugada. Até logo.

— Até logo, Piénkin.

"Escrever de noite", pensou Oblómov. "E quando dorme, então? Mas deve ganhar uns cinco mil por ano! Já dá para pagar o pão! Mas escrever sem parar, consumir o pensamento e a alma com ninharias, mudar de opinião, fazer comércio com a razão e a imaginação, violar a própria natureza, agitar--se, exaltar-se, inflamar-se, não saber o que é o sossego e ter sempre de ir a algum lugar... E escrever e escrever sem parar, como uma roda, como uma máquina: escrever amanhã, depois de amanhã; vão vir as férias, o verão vai começar, e ele vai ficar sempre escrevendo? Quando vai parar e descansar? Que infortúnio!"

Virou a cabeça para a mesa onde tudo estava sossegado, o tinteiro havia secado, não havia nenhum sinal de penas para escrever, e Oblómov se alegrou por estar deitado, indolente, como um bebê recém-nascido, sem ter de se desdobrar em atividades, sem ter de vender nada...

"E a carta do estaroste? E o apartamento?", lembrou-se de repente e ficou pensativo.

Todavia tocaram de novo a campainha.

— Mas que multidão é essa na minha casa hoje? — disse Oblómov, e esperou para ver quem era.

Entrou um homem de idade indeterminada, fisionomia indeterminada, naquela fase da vida em que é difícil adivinhar a idade; não era bonito nem feio, não era alto nem baixo, não era louro nem moreno. A natureza não lhe dera nenhum traço marcante, notável, nem ruim, nem bom. Muitos o chamavam de Ivan Ivánitch, outros, de Ivan Vassílievitch, e outros, ainda, de Ivan Mikháilitch.

Quanto ao sobrenome de família, também havia diferenças: uns diziam que era Ivánov, outros o chamavam de Vassíliev ou Andréiev, e outros ainda achavam que era Alekséiev.

Um desconhecido que o visse pela primeira vez e escutasse seu nome o esqueceria logo em seguida, e esqueceria também seu rosto; o que ele falava nem se percebia. Sua presença nada acrescentava à sociedade, assim como sua ausência nada retirava dela. Sua mente não possuía senso de humor, originalidade, nem outros traços peculiares, a exemplo do corpo.

Talvez ele soubesse pelo menos contar tudo o que via e escutava e com isso despertar o interesse dos outros; no entanto, não ia a parte alguma: como nascera em Petersburgo, não viajava a lugar nenhum; em consequência, via e escutava aquilo que os outros também sabiam.

Seria simpático aquele homem? Será que amava, odiava, sofria? Na certa, devia amar e não amar, sofrer, porque afinal ninguém está a salvo disso. Mas, sabe-se lá como, ele achou um jeito de amar todo mundo. Existem pessoas assim, em quem os outros, por mais que se esforcem, não conseguem despertar nenhum espírito de animosidade, de vingança etc. Não importa o que façam com tais pessoas, elas sempre se mostram amáveis. De resto, é preciso lhes fazer justiça e reconhecer que seu amor, se o dividirmos em graus, jamais alcança o nível do ardor. Embora digam que tais pessoas amam a todos e por isso são boas, no fundo não amam ninguém e são boas apenas porque não são más.

Se diante de um homem assim alguém dá esmola a um mendigo, ele lhe joga também sua moedinha, e se alguém xinga, expulsa ou faz algo atrevido com outras pessoas, ele age da mesma forma. Não se pode dizer que é rico, porque é antes pobre do que rico; mas positivamente tampouco se pode dizer que é pobre, porque na verdade há muita gente mais pobre do que ele.

Tem uma espécie de renda de uns trezentos rublos por ano e, além disso, tem um cargo irrelevante no serviço público e ganha um salário irrelevante: não passa necessidades, não toma empréstimos de ninguém e, menos ainda, não passa pela cabeça de ninguém lhe pedir dinheiro emprestado.

No seu emprego, não tem nenhuma ocupação especial e constante, porque os colegas e os chefes não conseguem de maneira nenhuma saber o que ele faz pior e o que faz melhor, de tal modo que é impossível determinar para o que ele é especialmente capaz. Se lhe dão isto ou aquilo para fazer, ele o faz de tal modo que o chefe sempre se vê em apuros, sem saber como avaliar seu trabalho; examina, examina, lê, relê, e só consegue dizer: "Deixe para lá, depois examino melhor... Sim, está quase como deve ser".

Nunca passa pelo seu rosto o menor traço de preocupação, de fantasia, que demonstre que, naquele minuto, ele está conversando consigo mesmo, e ele nunca é visto dirigindo um olhar cobiçoso a algum objeto exterior, indicativo de que deseja mantê-lo sob sua alçada.

Um conhecido o encontra na rua: "Aonde vai?", pergunta. "Pois é, estou indo para o trabalho, ou às compras, ou vou visitar alguém." E o outro diz: "É melhor vir comigo ao correio, ou então vamos juntos ao alfaiate, ou vamos dar um passeio". E ele o acompanha, vai ao alfaiate, ao correio e passeia na direção oposta à que antes estava indo.

É difícil que alguém, exceto sua mãe, tenha percebido seu aparecimento no mundo, muito poucos reparam nele no decorrer da vida, mas seguramente ninguém vai notar como ele desaparecerá do mundo; ninguém vai perguntar por ele, nem vai lamentá-lo, e ninguém vai se alegrar com sua morte. Ele não tem inimigos nem amigos, mas seus conhecidos são numerosos. Talvez só o cortejo fúnebre atraia atenção de um passante, que renderá homenagem àquele rosto indeterminado, pela primeira vez objeto da honra de uma reverência em que se abaixa bastante a cabeça; talvez até algum outro curioso venha correndo para a frente do cortejo a fim de saber qual é o nome do falecido, para logo depois esquecê-lo.

Pois esse Alekséiev, Vassíliev, Andréiev ou como preferirem é uma espécie de alusão incompleta e impessoal à matéria humana, uma reverberação surda de seu vago reflexo.

Até Zakhar, que nas conversas francas, nas reuniões junto ao portão ou nas vendinhas fazia diversas imitações de todos que iam visitar o patrão, sempre encontrava dificuldades quando a conversa se voltava para aquele... vamos chamá-lo de Alekséiev. Zakhar refletia durante muito tempo, procurava algum traço saliente a que pudesse se agarrar, ou no semblante, ou nas maneiras, ou no caráter daquele rosto, por fim abanava as mãos e se exprimia desta forma: "Ah, esse não tem cara, expressão nem gestos!".

— Ah! — Oblómov reparou nele. — É o senhor, Alekséiev? Bom dia. De onde está vindo? Não chegue perto, não chegue perto: não vou apertar sua mão, o senhor está vindo do frio!

— O que está dizendo? Não está frio! Eu não estava pensando em vir à sua casa hoje — disse Alekséiev —, mas encontrei Ovtchínin, que me levou à casa dele. Vim buscar o senhor, Iliá Ilitch.

— Para ir aonde?

— Ora, à casa de Ovtchínin. Vamos. Lá estão Matviei Andreitch Aliánov, Kazímir Albértitch Pkhailo, Vassíli Sevastiánitch Kolimiáguin.

— Para que se reuniram lá e por que precisam de mim?

— Ovtchínin convidou o senhor para almoçar.

— Hum! Almoçar… — repetiu Oblómov em tom monótono.

— Depois partiremos todos para Iekatieringof: mandaram pedir ao senhor que alugasse uma carruagem.

— O que há para fazer lá?

— Como assim? Hoje há um passeio festivo no parque. Será possível que o senhor não saiba? Hoje é Primeiro de Maio.

— Sente-se um pouco; vamos pensar um pouquinho… — disse Oblómov.

— Ora, levante-se! Está na hora de trocar de roupa.

— Espere um pouquinho: ainda é cedo.

— Que cedo nada! Eles combinaram ao meio-dia, vamos almoçar mais tarde, às duas horas mais ou menos, e depois vamos passear. Vamos logo! Quer que eu chame alguém para ajudar o senhor a se vestir?

— Como assim, me vestir? Eu nem me lavei ainda.

— Então se lave, vamos.

Alekséiev pôs-se a andar de um lado para o outro pelo quarto, depois se deteve diante de um quadro que tinha visto mil vezes antes, olhou de relance para a janela, tomou um objeto qualquer da estante, revirou-o nas mãos, observou-o de todos os lados e colocou-o de novo no lugar, e dali voltou a andar, assoviando — tudo isso era só para não incomodar Oblómov, enquanto se levantava e se lavava. Assim passaram dez minutos.

— Mas o que há com o senhor? — perguntou de súbito Alekséiev para Iliá Ilitch.

— Como assim?

— Continua deitado?

— E por acaso tenho de levantar?

— Mas é claro! Estão à nossa espera. O senhor não queria ir?

— Ir aonde? Não quero ir a lugar nenhum…

— Escute aqui, Iliá Ilitch, acabamos de falar que íamos almoçar na casa de Ovtchínin e que depois íamos passear no parque Iekatieringof...

— Não vou sair no meio dessa umidade toda! E o que é que vou ver lá? Está armando a maior chuva, o tempo lá fora está horrível — disse Oblómov com preguiça.

— Não tem uma nuvem no céu, e o senhor fica inventando chuva. O dia parece escuro porque faz muito tempo que o senhor não limpa suas janelas. É sujeira, olhe, tem sujeira até nas janelas! Não se enxerga nada, mesmo com a cortina quase toda aberta.

— Eu sei, eu sei, mas tente só falar sobre isso com o Zakhar que na mesma hora ele vai dizer que é preciso contratar uma empregada e que eu tenho de ficar fora de casa um dia inteiro!

Oblómov ficou pensativo enquanto Alekséiev tamborilava com os dedos na mesa junto à qual estava sentado, correndo os olhos distraídos pelas paredes e pelo teto.

— Então, e quanto a nós? O que vamos fazer? O senhor vai trocar de roupa ou vai continuar desse jeito? — perguntou após alguns minutos.

— Para quê?

— Ora, não vamos ao parque Iekatieringof?...

— O senhor cismou com esse tal de Iekatieringof, francamente! — retrucou Oblómov, irritado. — Por que não fica aqui mesmo? Está frio no quarto, ou está sentindo algum cheiro ruim, para o senhor ficar assim, olhando o tempo todo para fora?

— Não, em sua casa sempre me sinto bem; estou satisfeito — respondeu Alekséiev.

— Então, se aqui está bom, para que deseja ir a outro lugar? É melhor ficar aqui comigo o dia todo, jantar, e de noite... vá aonde quiser!... Ah, eu já ia esquecendo: não posso sair! Tarántiev vai vir jantar aqui: hoje é sábado.

— Se é assim... por mim, tudo bem... como o senhor quiser... — disse Alekséiev.

— Por acaso ainda não falei com o senhor sobre meus negócios? — perguntou Oblómov, animado.

— Que negócios? Não sei de nada — respondeu Alekséiev, fitando-o com os olhos muito abertos.

45

— Por que acha que estou demorando tanto a levantar? Fiquei aqui deitado pensando num jeito de resolver minha situação.

— Do que se trata? — perguntou Alekséiev, tentando fazer cara de assustado.

— São duas infelicidades! Não sei como agir.

— Quais são elas?

— Estão me pondo para fora deste apartamento; imagine o senhor, tenho de ir embora: demolições, transtornos... só de pensar dá medo! E moro aqui há oito anos. O proprietário me pregou uma peça: "Mude-se, e bem depressa", diz ele.

— E ainda por cima depressa! Portanto é preciso se apressar. É muito aborrecido mudar-se: numa mudança, há sempre muitos incômodos — disse Alekséiev —, coisas se perdem, se quebram. É muito maçante! E o senhor mora num apartamento tão confortável... quanto paga?

— Onde vou encontrar outro igual? — disse Oblómov —, e ainda mais às pressas! O apartamento é seco, é quente; dentro de casa, é agradável: só fomos roubados uma vez! Olhe, o teto não parece muito seguro: dá para ver que o emboço está soltando... mas ainda não caiu.

— Puxa, quem poderia imaginar? — exclamou Alekséiev, balançando a cabeça.

— O que se pode fazer para... que eu não precise me mudar? — Oblómov perguntou, pensativo, para si mesmo.

— O senhor alugou o apartamento com contrato? — perguntou Alekséiev, olhando o quarto, do teto ao chão.

— Sim, mas o prazo do contrato expirou; durante todo esse tempo eu paguei mensalmente... só não lembro desde quando.

— E o que senhor planeja fazer? — perguntou Alekséiev após um breve silêncio. — Vai se mudar ou vai ficar?

— Não planejo nada — respondeu Oblómov —, aliás, nem quero pensar no assunto. Vou deixar que Zakhar invente alguma coisa.

— Sabe, tem gente que gosta de se mudar — disse Alekséiev —, parece que só nisso encontra prazer, mudar-se de casa...

— Pois que essa "gente" se mude então. Já eu não consigo suportar nenhuma mudança! Mas o apartamento não é nada! — exclamou Oblómov. —

46

Veja, olhe só o que o estaroste escreveu para mim. Vou lhe mostrar a carta... Onde foi que ela se enfiou? Zakhar, Zakhar!

— Ah, você, meu Deus do céu! — Zakhar resmungou consigo mesmo, saltando de sua estufa. — Quando é que Deus vai se lembrar de levar minha alma deste mundo?

Entrou e olhou para o patrão com uma fisionomia pesada.

— E então, você não achou a carta?

— E como é que vou achar? Por acaso eu sei que carta é essa que o senhor quer? Eu nem sei ler.

— Não faz diferença, procure — disse Oblómov.

— O senhor mesmo estava lendo uma carta ontem à noite — disse Zakhar —, e depois eu não a vi mais.

— Onde ela foi parar? — reclamou Iliá Ilitch, irritado. — Eu não a engoli. Lembro muito bem que você tomou a carta de mim e colocou em algum canto. Ah, olhe só onde ela está, olhe!

Sacudiu o cobertor: de uma dobra, uma carta caiu no chão.

— Pronto, e o senhor põe sempre a culpa em mim!...

— Está bem, está bem, pode ir! — gritaram Oblómov e Zakhar ao mesmo tempo, um para o outro.

Zakhar saiu, e Oblómov começou a ler a carta que parecia escrita com *kvás** num papel cinzento, selada com um lacre pardo. Letras enormes e pálidas que se estendiam numa procissão solene, sem se tocarem umas às outras, em linhas oblíquas, do canto superior para o inferior da folha. O desfile era às vezes interrompido por um grande borrão acinzentado.

— "Prezado senhor" — começou Oblómov —, "Vossa Senhoria, nosso pai e nosso protetor, Iliá Ilitch..."

Nesse ponto Oblómov saltou várias saudações e votos de saúde e continuou do meio:

— "Comunico a Vossa Magnânima Senhoria que em sua propriedade e patrimônio, nosso protetor, tudo corre esplendidamente. Não chove há cinco semanas: quer dizer, irritaram o Senhor Deus, por isso não tem chuva. Ninguém se lembra de outra seca igual: o trigo da primavera queimou, como se

---

* *Kvás*: refresco feito com pão de centeio fermentado.

tivesse pegado fogo. O do inverno, a praga arrasou, e o que sobrou foi comido pela geada; ceifamos para plantar o trigo da primavera, mas não se sabe se vai pegar ou não. Vamos rezar para que o Senhor Misericordioso tenha piedade de Vossa Senhoria, pois conosco não nos preocupamos: tanto faz que estiquemos as canelas ou não. No dia de santo Ivan, fugiram mais três mujiques: Laptiev, Volotchov e também o Vaska, filho do ferreiro, que fugiu sozinho. Mandei as mulheres atrás dos maridos: essas mulheres não voltaram, e eu soube que estão morando em Tchólki; um parente meu foi a Tchólki, vindo de Verkhliovo, o administrador mandou que ele fosse até lá; parece que trouxeram um arado estrangeiro, e o administrador mandou meu compadre para Tchólki para examinar o tal arado. Eu então mandei meu compadre saber dos mujiques que fugiram; o chefe de polícia pediu desculpas e disse: 'Mostre o documento e então todos os meios serão empregados para enviar os camponeses para seu local de residência'. E nada falou além disso, e eu me joguei aos pés dele e supliquei com lágrimas nos olhos; ele berrou como um possesso: 'Fora, fora daqui! Já disse a você o que será feito, contanto que traga o documento!'. Mas não mandei o documento. E não há como contratar alguém para trabalhar por aqui, todos foram para o Volga, foram trabalhar nas barcas... Agora o povo aqui ficou muito burro, nosso protetor e paizinho Iliá Ilitch! Não vai ter linho nosso nenhum na feira este ano: tranquei o secador e o branqueador numa cela e mandei Sitchuga ficar de guarda, noite e dia. Ele é um mujique que não quer saber de bebida; e, para que não meta a mão em nada que pertença ao patrão, eu mesmo fico de olho nele noite e dia. Os outros bebem horrivelmente e preferem pagar o tributo ao proprietário para poderem trabalhar na própria terra e não terem de trabalhar na terra do senhor, onde não ganham nada. Não são poucos os que estão com o pagamento atrasado: neste ano vamos mandar ao senhor, nosso paizinho, nosso benfeitor, uma renda mais ou menos dois mil rublos menor que a do ano passado, contanto que a seca não leve tudo à ruína no final; se não for assim mandaremos a Vossa Excelência aquilo que combinamos."

Depois, seguiam juras de dedicação e a assinatura: "O seu estaroste e humilíssimo escravo Prokófi Vitiáguchkin, com a própria mão, coloca sua assinatura sobre esta folha". E, como não sabia escrever nem ler, riscou uma cruz. "E, pelas palavras deste estaroste, isto foi escrito por seu cunhado, Diemka Krivói."

Oblómov lançou um olhar para o final da carta.

— Não tem o mês nem o ano — disse —, na certa a carta ficou jogada no quarto do estaroste desde o ano passado; aqui fala do dia de santo Ivan e da seca! Depois ele resolveu mandar!

Oblómov refletiu.

— Hein? — prosseguiu. — O que o senhor acha? Ele propõe "mais ou menos dois mil rublos a menos"! Tirando isso, o que sobra? Afinal, quanto recebi no ano passado? — perguntou, olhando para Alekséiev. — Não falei com o senhor na época?

Alekséiev voltou os olhos para o teto e ficou pensando.

— É preciso perguntar ao Stolz, quando ele vier — prosseguiu Oblómov —, deve ser aí por volta de sete mil, oito mil… Que pena eu não ter anotado! Então agora ele me despeja seis mil e pronto! Vou morrer de fome! Como se pode viver assim?

— Para que se preocupar, Iliá Ilitch? — disse Alekséiev. — É preciso nunca se render ao desespero: no fim dá tudo certo.

— Mas o senhor não escutou o que o estaroste escreveu? Em vez de me mandar o dinheiro, de me consolar de algum jeito, ele, como que por escárnio, faz de tudo para me desagradar! E todo ano é a mesma história! Não sei mais o que vai ser de mim! "Uns dois mil a menos"!

— Sim, é um grande prejuízo — disse Alekséiev —, dois mil, isso não é brincadeira! Sabe, dizem que Aleksei Loguínitch também só recebe hoje em dia doze mil rublos por ano, em vez de dezessete…

— Quem dera eu ganhasse doze, e não seis — cortou Oblómov. — O estaroste me deixou completamente furioso! E se for de fato assim, a colheita ruim e a seca, para que me perturbar antes da hora?

— Sim… de fato… — começou a dizer Alekséiev. — Não convinha. Mas como esperar tais cortesias de um mujique? Esse povo não entende nada.

— Pois é, mas o que o senhor faria em meu lugar? — perguntou Oblómov, olhando para Alekséiev com ar interrogativo, na doce esperança de que ele, quem sabe, inventasse algo para tranquilizá-lo.

— É preciso pensar, Iliá Ilitch, é impossível resolver de uma hora para outra — disse Alekséiev.

— Quem sabe se eu escrevesse para o governador? — disse Iliá Ilitch, pensativo.

— E quem é o governador? — perguntou Alekséiev.

Iliá Ilitch não respondeu e refletiu a fundo. Alekséiev ficou em silêncio enquanto também excogitava alguma coisa.

Oblómov, amassando a carta entre os dedos, apoiou a cabeça nas mãos, escorou-se nos cotovelos e assim ficou parado algum tempo, atormentado por uma torrente de pensamentos inquietantes.

— Quem dera que o Stolz chegasse logo! — disse. — Ele escreveu para dizer que ia chegar aqui logo, mas só o diabo sabe por onde ele anda! Stolz saberia dar um jeito!

De novo afundou na tristeza. Os dois ficaram muito tempo em silêncio. Por fim, Oblómov recuperou-se primeiro.

— Já sei o que se deve fazer! — disse com ar resoluto e quase levantou da cama. — E o quanto antes, não há por que adiar… Primeiro…

Nesse instante, soou desesperada a campainha na porta, Oblómov e Alekséiev tiveram um sobressalto, e na mesma hora Zakhar pulou de seu leito junto à estufa.

III.

— Tem alguém em casa? — perguntou um homem na entrada, em voz alta e bruta.

— Aonde ele iria a uma hora dessas? — retrucou Zakhar, mais bruto ainda.

Entrou um homem de uns quarenta anos, pertencente à categoria dos grandalhões, sujeito alto, volumoso nos ombros e no torso, com os traços do rosto muito marcados, cabeça grande, pescoço forte e curto, olhos grandes e protuberantes, lábios grossos. Um olhar fugaz para aquele homem fazia nascer a ideia de algo bruto e desagradável. Era evidente que não se empenhava em vestir-se com elegância. Nunca era possível vê-lo de barba feita. Mas pelo visto aquilo não importava para ele; não se abalava por causa da roupa e a vestia com uma espécie de dignidade cínica.

Tratava-se de Míkhei Andréievitch Tarántiev, um conterrâneo de Oblómov.

Tarántiev contemplava tudo com ar tristonho, com um semidesprezo, com uma evidente antipatia por tudo aquilo que o rodeava, pronto a reprovar a tudo e a todos no mundo, como que ofendido por alguma injustiça ou ferido em sua dignidade, enfim, como um caráter forte perseguido pelo destino, ao qual se submete a contragosto, mas sem pesar.

Seus movimentos eram atrevidos e largos; falava alto, rápido e quase sempre zangado; se ouvido a certa distância, era igual a três carroças vazias passando sobre uma ponte. Nunca hesitava na presença de quem quer que fosse, não tinha papas na língua e, no geral, era bruto no trato com todos, inclusive com seus amigos, e parecia dar a entender que, ao falar com uma pessoa, e até ao almoçar ou jantar na casa dela, ele lhe concedia uma grande honra.

Tarántiev era um homem de inteligência ágil e sagaz; ninguém melhor do que ele para analisar uma questão prática cotidiana ou um complexo problema jurídico: na mesma hora elaborava um plano de ação, tanto num caso como no outro, e apresentava os argumentos com muita argúcia, mas na conclusão quase sempre falava de modo rude com quem lhe pedia algum conselho.

No entanto, tendo obtido um cargo de escrevente numa repartição, vinte e cinco anos antes, persistiu naquele mesmo cargo até os cabelos ficarem grisalhos. Não passava pela sua cabeça, nem pela de nenhuma outra pessoa, que ele um dia fosse subir de posto.

A questão era que Tarántiev era mestre só em uma coisa: falar. Nas palavras, ele resolvia tudo com facilidade e clareza, sobretudo aquilo que competia aos outros; mas, assim que era preciso mexer um dedo, mover-se de lugar — em suma, aplicar a teoria criada por ele mesmo e dar a ela um rumo prático, imprimir rapidez à administração —, era uma pessoa totalmente diferente: mostrava-se incapaz — de uma hora para outra, tornava-se lerdo ou adoentado, ou desajeitado, ou se metia a fazer outra coisa, que também não continuava, e se continuava acabava fazendo uma grande confusão. Era como uma criança: ou não prestava atenção no que fazia, ou ignorava as coisas mais banais, ou se atrasava e acabava largando a tarefa pela metade, ou começava pelo fim e estragava tudo de tal forma que era impossível remediar, e, mesmo assim, depois ficava reclamando de todo mundo.

Seu pai, um advogado de província dos velhos tempos, pretendia que o filho herdasse a arte e a capacidade de cuidar dos assuntos dos outros e sua experiência profissional adquirida no encaminhamento dos processos nas repartições públicas; mas o destino tinha outros planos. O pai, que no passado estudara em russo por ter poucos recursos, não queria que o filho ficasse atrasado em relação a seu tempo e desejava que aprendesse algo além da ardilosa ciência da condução dos processos judiciais. Mandou o filho estudar para sacerdote durante três anos, em latim.

Bem-dotado pela natureza, o menino em três anos dominou a gramática e a sintaxe latina e ia começar a analisar Cornelius Nepos,* mas o pai resolveu que já era o suficiente e que aquele conhecimento lhe daria uma enorme vantagem sobre as gerações antigas e que, por fim, outras atividades talvez prejudicassem seu trabalho nas repartições públicas.

Aos dezesseis anos, sem saber o que fazer com seu latim, Míkhei, morando na casa dos pais, começou a esquecê-lo, mas, em compensação, à espera da honra de apresentar-se no tribunal de um *zémstvo* ** ou de uma província, frequentava todas as farras promovidas pelo pai, e, nessa espécie de escola, em meio às conversas mais francas, a inteligência do jovem se tornou mais aguda.

Com o espírito impressionável dos jovens, ele escutava os relatos do pai e de seus colegas sobre diversos processos cíveis e criminais, sobre fatos curiosos que passavam pelas mãos de todos aqueles escrivães dos velhos tempos.

Mas tudo aquilo não o levou a nada. Míkhei não se tornou um profissional das negociatas e das chicanas, a despeito de todos os esforços do pai dirigidos para esse objetivo, que naturalmente teriam alcançado sucesso se o destino não tivesse destruído os planos do velho. Míkhei, de fato, assimilara toda a teoria aprendida nas conversas com o pai, só faltava colocá-la em prática, mas com a morte deste ele não conseguiu trabalhar como advogado e acabou levado para Petersburgo por certo benfeitor, que lhe arranjou uma vaga como escrivão numa repartição, mas depois disso se esqueceu dele.

Assim Tarántiev permaneceu apenas como um teórico durante toda a vida. Em seu emprego em Petersburgo, ele não tinha nada para fazer com seu latim nem com suas sutis teorias de como manipular a seu arbítrio as causas justas ou injustas; enquanto isso, tinha consciência de que levava dentro de si uma força adormecida, aprisionada para sempre dentro dele por causa das circunstâncias adversas, sem esperança de se manifestar, como os espíritos malignos dos contos de fadas, aprisionados entre as paredes de um feitiço e privados do poder de fazer o mal. Talvez por causa dessa consciência de ser o portador de uma força inútil, Tarántiev se mostrava rude no trato, bruto, sempre irritado e pronto a xingar.

* Cornelius Nepos (*c.* 99-24 a.C.): historiador romano.
** *Zémstvo*: assembleia rural formada por senhores de terra (existiu entre 1864 e 1918).

Encarava com amargura e desprezo seu trabalho atual: fazer cópia de documentos, arquivar processos etc. Uma única e última esperança ainda lhe sorria: conseguir uma vaga na concessionária que detinha o monopólio da venda de bebidas alcoólicas.* Naquela direção é que ele via a única alternativa vantajosa à função para a qual o pai o encaminhara e que ele jamais havia conseguido obter. E, enquanto esperava por aquilo, a teoria de como agir na vida, preparada e criada para ele pelo pai, a teoria da propina e da trapaça, não tendo conseguido na província um campo importante e digno dela, Tarántiev a aplicava em todas as minúcias de sua insignificante existência em Petersburgo e em todas as suas relações com os amigos, na falta de relações com autoridades.

Era um subornável convicto, segundo a teoria, e na ausência de processos e requerentes inventava meios de receber propinas de colegas, de amigos, só Deus sabe como e para quê — onde pudesse e quando pudesse, ora com astúcia, ora com servilismo, ele compelia os outros a lhe prestar algum serviço, exigia de todos considerações injustificadas, era rigoroso ao extremo. Nunca o perturbava a vergonha de sua roupa surrada, mas não raro ficava abalado ante a perspectiva de um dia em que talvez não conseguisse um enorme jantar com a quantidade adequada de vinho e vodca.

Por isso, no círculo de seus conhecidos, ele representava o papel de um grande cão de guarda que late para todos, não deixa ninguém se mexer, mas, ao mesmo tempo, abocanha no ar um pedaço de carne, não importa de que lado o tenham jogado.

Assim eram as duas visitas mais assíduas de Oblómov.

Por que aqueles dois proletários russos iam à sua casa? Eles sabiam muito bem por quê: para beber, comer, fumar bons charutos. Ali encontravam um abrigo aquecido, confortável e sempre a mesma recepção, se não cordial, pelo menos indiferente.

Mas por que Oblómov os recebia — a isso ele não sabia responder. Na certa era pela mesma razão por que, até aquela época, em nossa distante Oblómovka, todas as casas abastadas se enchiam de pessoas daquele tipo, de ambos os sexos, sem comida, sem ofício, sem habilidade para atividades produtivas e

---

* A venda de bebidas era exclusividade de certos concessionários escolhidos pelas autoridades.

só com uma barriga pronta para consumir, mas quase sempre portadoras de um cargo e de um título.

Havia também os sibaritas, que precisam de tais suplementos para a vida: eles se aborrecem na falta de pessoas supérfluas. Quem lhes trará a tabaqueira que deixaram sabe-se lá onde? Quem pegará o lenço que caiu no chão? A quem irão se queixar da dor de cabeça e receber a justa compaixão? Para quem vão contar um pesadelo e exigir uma explicação? Quem vai ler um livro para chamar o sono e ajudá-los a dormir? Às vezes um proletário desse tipo é enviado à cidade mais próxima para comprar alguma coisa, ou presta uma ajuda nas tarefas da casa — pois não se pode esperar que eles mesmos saiam por aí para resolver tudo!

Tarántiev fez um bocado de barulho e retirou Oblómov da imobilidade e do tédio. Gritou, discutiu, deu uma espécie de espetáculo, salvando o nobre preguiçoso da necessidade de falar e agir. Para o quarto onde reinavam o sono e a calma Tarántiev trazia a vida, o movimento, e às vezes também notícias do mundo lá fora. Oblómov era capaz de ficar escutando e olhando, sem mover um dedo, para algo vivo que se agitasse e falasse bem na sua frente. Além do mais, tinha a ingenuidade de acreditar que Tarántiev era de fato capaz de lhe dar conselhos válidos. Oblómov tolerava as visitas de Alekséiev por outro motivo, não menos importante. Se ele quisesse viver a seu jeito, ou seja, ficar deitado em silêncio, cochilar ou ficar andando pelo quarto, Alekséiev parecia que nem estava ali: também ficava em silêncio, cochilava ou olhava um livro, observava os quadros e os enfeites com um bocejo preguiçoso até as lágrimas. Podia ficar assim durante três dias inteiros. Mas, se Oblómov se cansava de ficar sozinho e sentia a necessidade de se expressar, falar, ler, raciocinar, mostrar uma emoção, tinha nele sempre um ouvinte obediente e prestativo, que compartilhava com a mesma aceitação seu silêncio, sua conversa, sua emoção e sua forma de pensar, qualquer que ela fosse.

Outras visitas vinham poucas vezes, ficavam um minuto, como as três primeiras; com todos eles, Oblómov reduzia cada vez mais os laços da vida. Às vezes se interessava por alguma novidade, por cinco minutos de conversa, e depois, satisfeito com aquilo, ficava em silêncio. Todavia era preciso pagar-lhes na mesma moeda; Oblómov tinha de tomar parte naquilo que lhes interessava. Eles mergulhavam na vida da multidão; cada um compreendia a vida à sua maneira, não como Oblómov queria compreendê-la, e eles confundiam a vida e também Oblómov: tudo aquilo lhe desagradava, o repelia, o incomodava.

Só um homem lhe inspirava afeição: ele também não lhe dava sossego; gostava das novidades, das coisas mundanas, da ciência e da vida em geral, porém de um modo mais profundo e sincero — e Oblómov, embora fosse gentil com todos, só dele gostava com sinceridade, só nele acreditava, talvez porque havia crescido, estudado e vivido junto com ele. Era Andrei Ivánovitch Stolz.

Ele estava fora, mas Oblómov esperava sua chegada a qualquer momento.

IV.

— Bom dia, meu conterrâneo — disse Tarántiev de modo brusco, estendendo para Oblómov a mão cabeluda. — Por que ainda está aí deitado feito uma tora, até esta hora do dia?

— Não chegue perto, não chegue perto: você está vindo do frio! — disse Oblómov, encolhendo-se debaixo do cobertor.

— Ora essa, mas que ideia, não está frio! — reclamou Tarántiev. — Vamos, aperte minha mão, estou estendendo a mão para o senhor! Daqui a pouco vai dar meio-dia, e ele continua na cama!

Quis erguer Oblómov do leito, mas este se antecipou, baixou rapidamente os pés para o chão e na mesma hora os enfiou nos sapatos.

— Eu queria mesmo levantar — disse Oblómov, bocejando.

— Eu sei muito bem como o senhor se levanta: fica aí estirado até a hora do jantar. Ei, Zakhar! Onde você se meteu, seu velho tolo? Venha logo trocar a roupa do patrão.

— É melhor o senhor primeiro arranjar seu próprio Zakhar para depois ralhar com ele! — exclamou Zakhar, entrando no quarto e lançando um olhar malévolo para Tarántiev. — Olhe as pegadas sujas de terra que deixou no chão, parece um mascate! — acrescentou.

— Puxa, e ainda me responde, seu cara-suja! — disse Tarántiev, estendendo a perna na frente de Zakhar para ele tropeçar e cair; mas Zakhar parou, voltou-se para ele e encheu-se de raiva.

— Tente só tocar em mim! — falou com voz rouca e violenta. — Onde é que nós estamos? Eu vou embora... — disse, e andou para trás, na direção da porta.

— Ora, vamos, Míkhei Andreitch, como você é impaciente! Para que ficar tão irritado com ele? — disse Oblómov. — Zakhar, me dê o que é necessário!

Zakhar virou-se e, desviando-se de Tarántiev, passou por ele rapidamente.

Oblómov, apoiando-se no cotovelo, de má vontade, como alguém muito cansado, ergueu-se da cama e, também de má vontade, andou até uma poltrona grande, afundou-se nela e ficou imóvel, na mesma posição em que sentou.

Zakhar pegou na mesinha uma pomada perfumada, um pente e uma escova, empomadou-lhe a cabeça, fez uma risca no cabelo e em seguida o penteou com a escova.

— Agora vai se lavar? — perguntou Zakhar.

— Vou esperar mais um pouquinho só — respondeu Oblómov —, você pode ir.

— Ah, o senhor também está aqui? — falou Tarántiev de repente, voltando-se para Alekséiev na hora em que Zakhar penteava Oblómov. — Nem o vi. O que veio fazer aqui? Mas que porco é aquele seu parente! Faz tempo que eu queria falar com o senhor...

— Que parente? Não tenho parente nenhum — retrucou Alekséiev, em tom humilde, abrindo muito os olhos para Tarántiev.

— Ora, aquele sujeito que ainda trabalha no serviço público, como se chama?... Afanássiev, não é isso? Então não é seu parente? É parente, sim.

— Mas não me chamo Afanássiev, e sim Alekséiev — explicou —, e não tenho nenhum parente.

— Como não tem parente? E aquele desengonçado igual ao senhor que também se chama Vassíliev Nikolaitch?

— Palavra de honra, não é meu parente; e além do mais me chamo Ivan Alekséitch.

— Não importa, parece o senhor. Só que é um porco; diga isso para ele quando o encontrar.

— Eu nem o conheço, nunca o vi — disse Alekséiev, abrindo uma tabaqueira.

— Dê-me um pouco de rapé! — disse Tarántiev. — Mas o seu é comum, não é francês? Sim, é isso mesmo — disse depois de cheirar. — Por que não é francês? — acrescentou em seguida em tom severo. — Pois é, nunca vi um porco feito o parente do senhor — prosseguiu Tarántiev. — Faz tempo, uns dois anos mais ou menos, que peguei cinquenta rublos emprestados com ele. Pois é, cinquenta rublos não são grande coisa, certo? Era de imaginar que fosse esquecer, não é? Mas nada disso, ele lembrou: um mês depois, começou a cobrar e, toda hora que me encontra, vai logo me dizendo: "E aquela dívida?". Encheu-me a paciência! E, como se não bastasse, ontem entrou na nossa repartição: "Disseram-me que o senhor acabou de receber seu salário, certamente pode me pagar agora". Eu lhe dei o dinheiro: passou a maior vergonha na frente de todos e só a muito custo achou o caminho da porta. "Sou um homem pobre, estou passando necessidade!" Como se eu também não passasse necessidades! Por acaso ele acha que sou rico para lhe dar cinquenta rublos assim sem mais nem menos? Vamos, me dê um charuto, meu conterrâneo.

— Os charutos estão lá, dentro da caixinha — respondeu Oblómov, e apontou para uma estante.

Ficou na poltrona, pensativo, em sua pose preguiçosa e bela, sem perceber o que acontecia e o que se falava à sua volta. Com amor, observava e acariciava suas mãos pequeninas e brancas.

— Ora essa! Não me diga que são os mesmos de antes! — exclamou Tarántiev com severidade, após pegar um charuto, olhando para Oblómov.

— Sim, são os mesmos — respondeu Oblómov mecanicamente.

— Mas eu não lhe disse que era melhor comprar outros, importados? Será que você não se lembra do que falam para você? Trate de arranjar outros charutos para o sábado que vem, sem falta, do contrário não virei mais aqui durante muito tempo. Olhe só que porcaria! — prosseguiu e, depois de tragar o charuto e soltar uma nuvem de fumaça no ar, inalou outra nuvem. — É impossível fumar isto.

— Você chegou cedo hoje, Míkhei Andreitch — disse Oblómov bocejando.

— Como assim? Por acaso está farto de mim?

— Não, só reparei; em geral você vem na hora do jantar, mas ainda é só uma hora.

— Cheguei cedo de propósito, para saber qual vai ser o jantar. Você sempre me alimenta com porcarias, por isso vim saber o que você mandou preparar hoje.

— Vá saber lá na cozinha — disse Oblómov.

Tarántiev saiu.

— Faça-me o favor! — disse ele, ao voltar. — Carne de boi e de vitela! Eh, caro Oblómov, como você, um senhor de terras, não sabe viver! Que tipo de nobre é esse? Você vive como um pequeno-burguês; não sabe oferecer um banquete a um amigo! Bem, mas o vinho Madeira foi comprado, não foi?

— Não sei, pergunte ao Zakhar — disse Oblómov, sem dar nenhuma atenção ao que ele dizia —, na verdade, tem um vinho metido em algum canto por aí.

— É aquele mesmo de antes, o alemão? Não, faça o favor de comprar outro na loja inglesa.

— Ora, esse mesmo está bom — disse Oblómov —, não vou mandar mais ninguém buscar nada!

— Deixe por minha conta, me dê o dinheiro, eu mesmo vou buscar; ainda tenho de fazer outra visita.

Oblómov remexeu na gaveta e pegou uma velha nota vermelha de dez rublos.

— O Madeira custa sete rublos — disse Oblómov —, e aqui tem dez.

— Deixe comigo: eles vão me dar o troco, não se preocupe!

Tomou a cédula das mãos de Oblómov e meteu-a rapidamente no bolso.

— Bem, já vou — disse Tarántiev, pondo o chapéu —, estarei de volta às cinco horas; tenho de dar uma passadinha num lugar: me prometeram um emprego num empório de bebidas e por isso pediram que eu fosse até lá... A propósito, Iliá Ilitch: não vai alugar uma carruagem para ir ao parque Iekatieringof hoje? Eu podia ir também.

Oblómov balançou a cabeça negativamente.

— O que é? Preguiça ou pena de gastar dinheiro? Ora, vamos, abra essa mão! — disse ele. — Bem, então, até daqui a pouco...

— Espere, Míkhei Andreitch — interrompeu Oblómov —, preciso de um conselho seu.

— O que foi? Fale depressa: não tenho a vida toda.

— Sabe, de repente fui acometido por dois infortúnios. Estão me expulsando de casa...

— É claro, você não paga: bem feito! — Tarántiev disse e fez menção de sair.

— Não, nada disso! Pago sempre adiantado. Não, eles estão querendo juntar este apartamento com o outro... Espere! Aonde vai? Diga-me o que devo fazer: estão apressados, querem que eu saia em uma semana...

— E o que eu ganho para lhe dar conselhos?... Está perdendo seu tempo se imagina que...

— Não estou imaginando nada — respondeu Oblómov —, não grite nem faça barulho, é melhor pensar no que eu devo fazer. Você é um homem prático...

Tarántiev já nem o escutava mais e pensava em alguma coisa.

— Está bem, assim seja, você vai me agradecer — disse ele, tirando o chapéu e sentando-se —, e mande servir champanhe no jantar: seu problema está resolvido.

— Como assim? — perguntou Oblómov.

— Vai ter champanhe?

— Talvez, se o conselho valer a pena...

— Não, só por você não vale a pena dar um conselho. Não acha que vou lhe dar conselhos de graça, não é? Olhe, peça para ele — acrescentou, apontando para Alekséiev — ou para o parente dele.

— Vamos, vamos, já chega, diga logo! — pediu Oblómov.

— É o seguinte: trate de mudar-se de casa amanhã mesmo...

— Eh! Que grande ideia! Disso eu já sabia...

— Espere, não me interrompa! — gritou Tarántiev. — Amanhã você vai se mudar para a residência da minha comadre, lá para o lado de Víborg...

— Mas que ideia é essa? Para o lado de Víborg? Dizem que lá, no inverno, os lobos invadem tudo.

— Preste atenção, eles vêm das ilhas, sim, mas o que isso importa para você?

— Lá é maçante, vazio, não tem ninguém.

— Mentira! Minha comadre mora lá: na casa dela tem uma grande horta. É uma mulher correta, viúva, com dois filhos; um irmão solteiro mora com

61

ela: tem uma boa cabeça, não é que nem esse aí, sentado no canto — disse, apontando para Alekséiev —, sabe mais do que eu e você juntos!

— E o que tudo isso tem a ver comigo? — disse Oblómov, impaciente. — Não vou me mudar para lá.

— Pois você vai ver só, é claro que vai se mudar. Afinal, você não me pediu um conselho? Então agora escute o que estou dizendo.

— Não vou me mudar — disse Oblómov em tom resoluto.

— Ora, que o diabo o carregue! — respondeu Tarántiev, enfiando o chapéu na cabeça e andando na direção da porta. — Que criatura mais excêntrica é você! — disse, e virou-se. — Então aqui lhe parece um lugar muito gostoso?

— Como não? É tão perto de tudo — disse Oblómov —, tem lojas, teatros, pessoas conhecidas... o centro da cidade, tudo...

— Ah, é? — interrompeu Tarántiev. — E há quanto tempo você não sai de casa, hein? Diga. Faz pouco tempo que foi ao teatro? Que conhecidos você visitou? Para que diabo você quer tanto ficar perto do centro, permita que eu lhe pergunte!

— Mas como para quê? Por uma porção de motivos!

— Está vendo só? Nem você mesmo sabe! E lá, pense bem: vai morar com minha comadre, mulher correta, com tranquilidade, no sossego; ninguém vai perturbar você; sem barulho, sem falatório, um lugar limpo, arrumado. Olhe bem, você vive aqui como se fosse numa hospedaria de estrada, e ainda mais um nobre, um senhor de terras! Lá, tem silêncio, limpeza; sempre há uma pessoa com quem conversar, não há como se aborrecer. Além de mim, ninguém irá visitá-lo. Há duas crianças... você vai brincar com elas o quanto quiser! O que mais quer? E a economia, que economia vai fazer. Quanto paga aqui?

— Mil e quinhentos.

— Pois lá vai pagar mil rublos pela casa quase inteira! E que quartos claros, graciosos! Há muito tempo que ela procura um inquilino sossegado, cuidadoso... Vou indicar você e pronto...

Oblómov, distraído, fez que não com a cabeça.

— Bobagem, você vai se mudar! — disse Tarántiev. — Pense só, vai gastar duas vezes menos: vai economizar quinhentos rublos. E ainda vai viver duas vezes melhor, com mais limpeza; sem o cozinheiro, sem o Zakhar para roubar você...

Ouviu-se um rosnado na antessala.

— E tudo muito mais arrumado — prosseguiu Tarántiev. — Pois agora é horrível sentar-se à sua mesa para comer! A gente quer a pimenta, e não está no lugar, o vinagre, não compraram, as facas não foram lavadas; as roupas brancas, pelo que você diz, estão se desfazendo, e tem pó para todo lado, uma coisa medonha! Lá, há uma mulher que vai cuidar das coisas da casa: não vai ser você, nem esse cretino do Zakhar...

O rosnado na antessala ressoou mais forte.

— Aquele cachorro velho — continuou Tarántiev — não vai ter de se preocupar com nada: vai estar tudo prontinho para você viver. Por que fica pensando tanto? Mude-se logo e pronto...

— Como é que eu, de uma hora para outra, sem mais nem menos, vou me mudar para Víborg...

— Ora essa! — exclamou Tarántiev, enxugando o suor do rosto. — Agora estamos no verão: é como ficar numa casa de veraneio. Para que ficar apodrecendo aqui na rua Gorókhovaia o verão inteiro?... Lá você tem os Jardins Bezboródkin, o rio Ókhta fica ali do lado, o rio Nevá fica a dois passos, quase no seu jardim... Sem poeira, sem abafamento! Sem nada para se preocupar: posso falar com ela daqui a pouco, ainda antes do jantar... você me paga o aluguel da carruagem... e amanhã você se muda...

— Mas que homem! — disse Oblómov. — De uma hora para outra inventa Deus sabe o quê: ir lá para as bandas de Víborg... Não adianta nada imaginar isso. Não, você tem é de imaginar um jeito astucioso de eu permanecer aqui mesmo. Moro aqui há oito anos, não tenho vontade de me mudar...

— Isto está resolvido: você vai se mudar. Vou agora mesmo falar com minha comadre e deixo para tratar do meu emprego num outro dia...

Fez menção de sair.

— Espere, espere! Aonde vai? — deteve-o Oblómov. — Tenho outro assunto ainda mais importante. Veja só a carta que recebi do estaroste e resolva o que devo fazer.

— Puxa, você tem cada uma! — retrucou Tarántiev. — Não sabe fazer nada sozinho. Sou sempre eu e eu! Afinal, para que você serve? Não é um homem: é só um espantalho!

— Mas onde está essa carta? Zakhar, Zakhar! Onde foi que ele enfiou a carta outra vez? — disse Oblómov.

— Aqui está a carta do estaroste — disse Alekséiev, e pegou uma carta amarrotada.

— Pronto, aqui está ela — repetiu Oblómov e começou a ler em voz alta. — O que acha? Como devo agir? — perguntou Iliá Ilitch, depois de ler até o fim. — A seca, os pagamentos atrasados...

— Você é um homem perdido, completamente perdido! — disse Tarántiev.

— Perdido por quê?

— E não está perdido?

— Bem, e se estou perdido, como você diz, o que devo fazer?

— O que eu ganho?

— Já foi dito, vai ter champanhe: o que quer mais?

— O champanhe foi por ter arranjado uma casa para você: eu lhe fiz um favor enorme, e você não mostra gratidão, ainda discute: você é um mal-agradecido! Vá procurar uma casa sozinho para ver só! E o mais importante é que você vai ter muito sossego: a mesma coisa que morar com a irmã. Duas criancinhas, um irmão solteiro, e eu vou aparecer lá todos os dias...

— Está bem, está bem — interrompeu Oblómov —, então agora me diga: o que devo fazer com o estaroste?

— Não, antes acrescente cerveja *porter* ao jantar, aí eu respondo.

— Agora ele também quer cerveja! Nunca está satisfeito...

— Bem, então adeus — disse Tarántiev, pondo o chapéu de novo.

— Ah, meu Deus! O estaroste escreve que a renda será "uns dois mil a menos", e ele ainda por cima me pede cerveja *porter*! Ora, está bem, pode beber sua cerveja.

— E também me dê um dinheiro! — disse Tarántiev.

— Pode ficar com o troco dos dez rublos.

— E para alugar a carruagem até Víborg? — perguntou Tarántiev.

Oblómov tirou do bolso uma moeda de um rublo e lhe deu, com enfado.

— Seu estaroste é um trapaceiro, é o que eu lhe digo — começou Tarántiev, enfiando a moeda no bolso —, e você acredita nele, de boca aberta. Veja que lorotas ele conta para você! A seca, a colheita ruim, os atrasos, os muji-ques fujões. Mentira, tudo mentira! Eu soube que em nossa terra, nas proprie-dades de Chumílov, a colheita do ano passado deu para pagar todas as dívidas, e então como é que na sua propriedade, sem mais nem menos, tem seca e a colheita vai por água abaixo? A terra de Chumílov fica apenas a cinquenta verstas * da sua: por que lá o trigo não queimou com a seca? E ainda inventou os tais pagamentos atrasados! Do que ele estava cuidando, então? Por que não tomou providências? De onde vieram os atrasados? Por acaso em nossa região não há trabalho ou não há feiras? Ah, ele é um ladrão! Deixe que vou ensinar a ele! E aposto que os mujiques fugiram porque o próprio estaroste tomou de-les alguma coisa e depois deixou que fossem embora, e nem pensou em dar queixa ao chefe de polícia.

— Não pode ser — disse Oblómov —, ele até reproduz na carta a respos-ta do chefe de polícia... e de forma tão natural...

— Ah, só você mesmo! Não entende nada. Os trapaceiros sempre escre-vem de forma natural... Acredite em mim! Veja, por exemplo — prosseguiu, apontando para Alekséiev —, ali está uma alma pura, o cordeirinho dos cor-deirinhos, e ele consegue escrever com essa naturalidade toda? Nunca. Mas o parente dele, um patife e um rematado porco, vai escrever assim. Já você não vai escrever com naturalidade! O seu estaroste, portanto, é um patife por isso, porque escreveu de forma natural e habilidosa. Veja como ele seleciona as palavras uma a uma: "Enviar os camponeses para seu local de residência".

— E então o que vou fazer com ele? — perguntou Oblómov.

— Mande o homem embora imediatamente.

— E quem vou pôr no lugar? O que sei sobre mujiques? Um outro tal-vez seja ainda pior. Não vou lá faz doze anos.

— Cuide da aldeia você mesmo: sem isso, é impossível; passe lá o verão e, no outono, vá direto para a casa nova. Vou cuidar para que esteja tudo pron-to para você.

— Casa nova, aldeia, eu mesmo! Que medidas mais desesperadas você propõe! — disse Oblómov, com desprazer. — Em vez de evitar excessos e manter o meio-termo...

---

* Versta: medida russa, equivalente a 1,067 quilômetro.

— Bem, meu caro Iliá Ilitch, você está totalmente perdido. Em seu lugar, eu teria hipotecado as terras e comprado outra propriedade, ou então uma casa aqui, num bom local: vale tanto quanto a sua aldeia. E também teria hipotecado a casa e comprado outra... Deixe sua propriedade por minha conta que logo, logo vou ficar famoso entre o povo.

— Pare de contar vantagem e pense num meio de eu não ter de me mudar de residência, nem ir para a aldeia, e num meio de os negócios prosperarem... — disse Oblómov.

— E por acaso algum dia você vai se mexer? — perguntou Tarántiev. — Olhe só para você: para que serve? Que utilidade tem para a pátria? Nem consegue ir para a própria aldeia!

— Ainda é cedo para eu ir — respondeu Iliá Ilitch —, antes tenho de terminar o plano das reformas que tenciono implementar na aldeia... Sabe de uma coisa, Míkhei Andreitch? — disse Oblómov de súbito. — Vá até lá você. Você entende de negócios, conhece bem a região; terei prazer em cobrir suas despesas.

— Não vai querer que eu seja seu administrador, não é? — retrucou Tarántiev em tom arrogante. — Além do mais, perdi o traquejo de lidar com os mujiques...

— O que fazer? — perguntou Oblómov, pensativo. — Francamente, não sei.

— Bem, escreva para o chefe de polícia: pergunte a ele se falou de fato com o estaroste sobre os mujiques que fugiram — recomendou Tarántiev —, peça que ele vá à aldeia; depois escreva para o governador e peça que ele mande o chefe de polícia dar informações sobre o comportamento do estaroste. "Vossa Excelência tenha a bondade de voltar sua atenção e seus olhos paternais e misericordiosos para o infortúnio aterrador que ameaça me esmagar, em consequência da conduta escandalosa de meu estaroste, e pense na ruína completa que há de se abater sobre mim, minha esposa e doze filhos pequeninos que ficarão sem nenhum recurso e sem um pedaço de pão..."

Oblómov deu uma gargalhada.

— Mas onde é que vou arranjar essa criançada toda, se me pedirem que mostre meus filhos? — perguntou.

— Bobagem, escreva assim: doze filhos; vai entrar por um ouvido e sair pelo outro, ninguém vai procurar informações. Em compensação, vai parecer "natural"… O governador vai passar a carta para um secretário, só que ao mesmo tempo você vai escrever também para o secretário, com um anexo, é claro, e ele tomará as providências. E pergunte também aos vizinhos: quem são eles?

— Dobrínin tem terras lá perto — disse Oblómov —, e eu o encontro por aqui muitas vezes; está aqui agora.

— Então escreva para ele também, peça com jeitinho: "Seria uma enorme bondade se me fizesse um favor muito pessoal, como cristão, como amigo e como vizinho". E junto com a carta acrescente algum brinde de Petersburgo… Um charuto, quem sabe? É assim que deve agir, mas parece que você não entende nada mesmo. Mexa-se, homem! Eu já teria feito esse estaroste cortar um dobrado: eu daria uma boa lição nele! Quando sai a carruagem de posta para lá?

— Depois de amanhã — disse Oblómov.

— Então sente-se aí e escreva logo.

— Ora, é só depois de amanhã, para que escrever agora? — ponderou Oblómov. — Pode ficar para amanhã. Escute, Míkhei Andreitch — acrescentou —, você podia ainda completar sua "boa ação": assim eu acrescento ao jantar um peixe ou alguma ave.

— O que mais quer? — perguntou Tarántiev.

— Fique aqui e escreva. Vai lhe tomar muito tempo rabiscar três cartas? Você diz as coisas de forma tão "natural"… — acrescentou, tentando esconder um sorriso —, e o Ivan Alekséitch podia copiar…

— Eh! Mas que conversa fiada! — respondeu Tarántiev. — Quer que eu escreva? No trabalho, faz três dias que não escrevo nada: na hora em que sento, lágrimas começam a correr do olho esquerdo; veja como ele está inchado, e além do mais minha cabeça fica zonza assim que a inclino para baixo… Você é muito preguiçoso! Você é um caso perdido, meu caro Iliá Ilitch, não vale nem um copeque!

— Ah, quem dera o Andrei chegasse de uma vez! — disse Oblómov. — Ele logo daria um jeito nisso tudo…

— Ora vejam, que belo benfeitor você foi arranjar! — interrompeu Tarántiev. — Um alemão desgraçado, um canalha astuto!…

Tarántiev nutria uma aversão instintiva por estrangeiros. A seus olhos, franceses, alemães, ingleses eram sinônimos de patifes, impostores, espertalhões ou bandidos. Nem sequer fazia distinção entre as nacionalidades: eram todos a mesma coisa a seus olhos.

— Escute, Míkhei Andreitch — exclamou Oblómov, severo —, já pedi a você que controle sua língua, sobretudo quando fala de uma pessoa próxima a mim...

— Uma pessoa próxima! — retrucou Tarántiev com desprezo. — Ele tem algum parentesco com você? Um alemão, todo mundo sabe disso.

— Mais próximo até do que um parente: eu e ele crescemos juntos, estudamos juntos, e não vou admitir palavras impertinentes...

Tarántiev ficou vermelho de raiva.

— Ah! Se você prefere um alemão a mim — disse ele —, não vou pôr mais os pés em sua casa.

Pôs o chapéu na cabeça e seguiu rumo à porta. Oblómov se acalmou no mesmo instante.

— Você devia respeitar o meu amigo e se referir a ele de maneira mais cautelosa. É só isso que exijo! Não parece um favor tão complicado assim — disse.

— Respeitar um alemão? — disse Tarántiev com enorme desprezo. — Por que faria isso?

— Eu já lhe disse. No mínimo, porque ele e eu crescemos e estudamos juntos.

— Grande coisa! Todo mundo vai à escola junto com os outros!

— Se ele estivesse aqui, há muito tempo teria me desembaraçado de todos os apuros, e sem me pedir cerveja *porter* nem champanhe... — disse Oblómov.

— Ah! Está querendo me repreender, não é? Então que o diabo o carregue, você e sua cerveja *porter* e seu champanhe! Tome, pegue seu dinheiro de volta... Onde foi que eu o coloquei? Não é que esqueci completamente onde enfiei o maldito dinheiro?

Tirou do bolso um papel amarrotado e rabiscado.

— Não, não é isto! — disse ele. — Onde foi que enfiei?

Revirou os bolsos.

— Não se dê todo esse trabalho, deixe para lá! — disse Oblómov. — Não estou censurando você, só peço que se refira com mais respeito a uma pessoa que me é próxima e que fez tanto por mim...

— Fez tanto! — retrucou Tarántiev com maldade. — Pois espere só para ver quanto mais ele vai fazer. Faça o que ele diz, para ver só!

— Por que está me dizendo isso? — perguntou Oblómov.

— Porque quando esse seu alemão depenar você até o último copeque, aí você vai saber o que significa trocar um conterrâneo, um russo, por um vagabundo qualquer...

— Escute, Míkhei Andreitch... — começou Oblómov.

— Escuto coisa nenhuma, já escutei demais, já tive muitas aflições por sua causa! Deus está vendo quantos insultos tive de aguentar... Aposto que lá na Saxônia o pai dele não tinha nem o que comer, mas aqui ele anda de nariz empinado.

— Por que você mexe com os mortos? Que culpa tem o pai dele?

— Os dois são culpados, o pai e o filho — retrucou Tarántiev em tom sombrio, e abanou o braço. — Bem que meu pai dizia para tomar cuidado com esses alemães, e olhe que ele conheceu todo tipo de gente no seu tempo!

— Mas, afinal, por que você tem raiva do pai dele? — perguntou Iliá Ilitch.

— Porque ele chegou aqui em nossa província só com um casaco e um par de sapatos, em setembro, e de repente deixou uma grande herança para o filho. O que isso quer dizer?

— Ele só deixou para o filho uma herança de quarenta mil rublos. Uma parte disso ele recebeu de dote da esposa e o resto ganhou dando aulas para crianças e administrando uma propriedade rural: ganhava um bom salário. Está vendo que não há por que acusar o pai. Então por que acusar o filho?

— Sei, que bom menino! De uma hora para outra, dos quarenta mil do pai ele forma um capital de trezentos mil rublos, no serviço público, chega ao posto de conselheiro da Corte, é um homem culto... e agora, ainda por cima, viaja! O pirralho mete o nariz em tudo! Por acaso um bom e autêntico russo andaria por aí fazendo tudo isso? Um russo escolheria uma coisa só e mesmo assim sem afobação, devagar e sempre, tudo tem sua hora! Se ele tivesse ganhado uma concessão exclusiva do governo para vender bebida, bem, aí dava para entender por que enriqueceu; mas não houve nada disso, não é? Hein? Foi desonestidade! Gente assim devia ser processada! E agora, ainda por cima, foi vagabundear Deus sabe onde! — prosseguiu Tarántiev. — Para que ele fica vagabundeando em terras alheias?

— Quer aprender, estudar, ver tudo, conhecer.

— Estudar! Para que quer estudar mais ainda? Como é que pode? Ele mente, não acredite nele: engana você bem na sua cara, como se fosse uma criança. Por acaso os adultos ainda estudam alguma coisa? Escute bem o que ele diz. Onde já se viu um conselheiro da Corte estudar? Você estudou na escola e agora por acaso ainda fica estudando? E ele (apontou para Alekséiev) estuda? O parente dele estuda? Alguma pessoa decente estuda? Acha que Stolz está lá numa escola alemã, sentadinho, fazendo lições? É mentira! Eu soube que ele foi observar certa máquina e encomendar uma: não tem nem dúvida, é uma prensa para imprimir dinheiro russo! Se fosse eu, o mandaria logo para a cadeia... E tem uma história de ações na bolsa... Ah, esse negócio de ações me deixa com a cabeça zonza!

Oblómov deu uma gargalhada.

— Para que fica mostrando os dentes assim? Por acaso não é verdade o que estou dizendo? — exclamou Tarántiev.

— Vamos, deixe disso! — cortou-o Iliá Ilitch. — Vá com Deus, para onde quiser, e eu e Ivan Alekséiev vamos escrever todas essas cartas, e também vou tentar esboçar no papel o meu plano, o mais depressa possível: quem sabe consigo fazer tudo de uma vez só?...

Tarántiev ia saindo, mas voltou da porta mais uma vez.

— Eu me esqueci completamente! Vim à sua casa de manhã para tratar de outro assunto — começou, já sem o menor traço de brutalidade. — Fui convidado para um casamento amanhã: Rókotov vai se casar. Deixe-me usar seu fraque, meu conterrâneo. O meu, veja, está um pouco surrado...

— Mas como? — disse Oblómov, de sobrancelhas franzidas em face daquele novo pedido. — Meu fraque não vai caber em você...

— Não vai caber? É claro que cabe! — interrompeu Tarántiev. — Não lembra que já experimentei seu casaco? Como caiu bem em mim! Zakhar, Zakhar! Venha cá, sua besta velha! — gritou Tarántiev.

Zakhar rosnou como um urso, mas não foi.

— Chame-o, Iliá Ilitch. Mas que criatura você foi me arranjar! — queixou-se Tarántiev.

— Zakhar! — gritou Oblómov.

— Ah, que o diabo o carregue! — ressoou ao lado, junto com a batida dos pés no chão, quando ele desceu da cama de tijolos junto à estufa. — O que o senhor quer agora? — perguntou ele para Tarántiev.

— Traga o meu fraque preto! — ordenou Iliá Ilitch. — Míkhei Andreitch vai experimentá-lo para ver se cabe nele: amanhã tem de ir a um casamento...

— Não vou dar o fraque — disse Zakhar em tom resoluto.

— Como se atreve? O patrão está mandando! — gritou Tarántiev. — O que está esperando, Iliá Ilitch, para mandar esse sujeito para o hospício?

— Pois sim, era só o que faltava! Mandar o velho para o hospício! — disse Oblómov. — Vamos, Zakhar, traga o fraque, não seja teimoso!

— Não vou trazer! — respondeu Zakhar friamente. — Primeiro ele tem de devolver o colete e a camisa: faz cinco meses que estão com ele. Ele pegou para um aniversário, e nós nunca mais os vimos: aquele colete de veludo e aquela camisa holandesa fininha: custaram vinte e cinco rublos. Não vou trazer o fraque!

— Ora, adeus! Que o diabo os carregue! — concluiu Tarántiev com raiva e saiu, ameaçando Zakhar com o punho cerrado. — Mas, veja bem, Iliá Ilitch, sou eu quem vai arranjar uma casa para você morar, lembra? — acrescentou.

— Tudo bem, tudo bem! — disse Oblómov com impaciência, só para se desembaraçar dele de uma vez.

— E trate de escrever como mandei — prosseguiu Tarántiev — e não se esqueça de escrever para o governador que você tem doze filhos "bem pequenininhos". E que às cinco horas a sopa esteja servida! Você ainda não mandou fazer uma torta?

Mas Oblómov ficou em silêncio; já fazia muito tempo que não o escutava e, de olhos fechados, pensava em outra coisa.

Com a saída de Tarántiev, baixou no quarto um silêncio impenetrável, que durou dez minutos. Oblómov estava desconcertado com a carta do estaroste, com a iminente mudança de casa e também, em parte, estava cansado por causa da agitação de Tarántiev. Por fim despertou.

— Por que o senhor não escreve? — perguntou Alekséiev em voz baixa. — Eu posso afiar a pena para o senhor escrever.

— Afie a pena, sim, e pode ir embora, vá com Deus, vá para qualquer lugar! — disse Oblómov. — Vou tratar disso sozinho, e o senhor pode copiar depois do jantar.

71

— Muito bem, senhor — respondeu Alekséiev. — De fato, eu estou atrapalhando, de certo modo... Vou sair e direi que não nos esperem no parque Iekatieringof. Até logo, Iliá Ilitch.

Mas Iliá Ilitch não escutou: com as pernas dobradas embaixo do corpo, ele estava quase deitado na poltrona e, com ar desanimado, afundou num cochilo, ou nas próprias reflexões.

V.

De família nobre, com o posto de secretário colegiado, Oblómov vivera doze anos ininterruptos em Petersburgo.

De início, quando os pais estavam vivos, levava uma vida mais modesta, ocupava dois cômodos, contava apenas com os serviços de Zakhar, que ele trouxera da aldeia; porém, após a morte do pai e da mãe, ele se tornou proprietário de trezentas e cinquenta almas, que lhe couberam por herança, numa distante província, quase na Ásia.

Em vez de cinco mil rublos anuais, ele ganhava já sete mil ou dez mil rublos de renda das terras; então sua vida ganhou outras dimensões, mais amplas. Alugou um apartamento maior, acrescentou um cozinheiro à sua equipe doméstica e adquiriu uma parelha de cavalos.

Ainda era jovem na época e, se não se pode dizer que era uma pessoa cheia de vida, pelo menos tinha mais vida do que agora; ainda estava cheio das mais variadas aspirações, sempre tinha alguma coisa em vista, esperava muita coisa do destino e de si mesmo; estava sempre se preparando para alguma empreitada e para desempenhar seu papel — antes de tudo, é claro, no serviço público, que foi o propósito de sua vinda para Petersburgo. Além disso, ele pensava em seu papel na sociedade; por fim, numa perspectiva distante, na passagem da mocidade para a idade madura, então sua imaginação brilhava e sorria com as imagens da felicidade familiar.

Porém os dias iam passando, um após o outro, os anos se sucediam, o buço tornou-se uma barba dura, os olhos radiantes se transformaram em dois pontos turvos, a cintura se alargou, os cabelos começaram a cair implacavelmente, Oblómov cruzou a casa dos trinta anos, não dava um passo sequer para concretizar nenhum projeto e continuava sempre no limiar de sua arena, no mesmo ponto onde estava dez anos antes.

Mas continuava se organizando e se preparando para começar a viver, sempre projetava em pensamento o esquema de seu futuro; mas, a cada ano que passava por cima de sua cabeça, era preciso alterar alguma coisa naquele esquema, pôr alguma coisa de lado.

A vida a seus olhos dividia-se em duas partes: uma era formada por trabalho e aborrecimentos — para ele, as duas coisas eram sinônimas; a outra parte era formada por calma e alegria serena. Por isso, o propósito principal de sua vida — a carreira no serviço público — desde o início o desconcertou, da maneira mais desagradável.

Educado nos confins da província, em meio a costumes amenos e cordiais, e habituado à terra natal, passando, ao longo de vinte anos, dos braços dos pais para os braços de amigos e conhecidos, ficou a tal ponto imbuído do princípio da vida em família que até a futura carreira no serviço público parecia a seus olhos uma espécie de ocupação familiar, semelhante, por exemplo, à preguiçosa anotação das receitas e das despesas num caderno, como seu pai fazia.

Oblómov supunha que os funcionários de um local constituíam entre si uma família harmoniosa e unida, incansavelmente preocupados com o sossego e a satisfação mútua, e que a ida ao local de trabalho estava longe de ser uma obrigação rotineira que era preciso cumprir diariamente, e que o tempo chuvoso, o calor ou a simples indisposição sempre podiam servir como desculpas suficientes e legítimas para não ir ao trabalho.

Porém ficou muito amargurado quando viu que era preciso nada menos do que um terremoto para impedir que um funcionário em perfeitas condições de saúde comparecesse ao trabalho e, por infelicidade, não havia terremotos em Petersburgo; uma inundação, é claro, também podia servir como pretexto, mas até isso era raro acontecer.

Oblómov ficou ainda mais preocupado quando começaram a reluzir diante de seus olhos os pacotes com a inscrição *importante* e *importantíssimo*, quando o obrigaram a fazer diversas averiguações, levantamentos, vasculhar processos, escrever cadernos com dois dedos de grossura, que, como que por zombaria, eram chamados de *notas*; além do mais exigiam tudo depressa, todo mundo vivia afobado, ninguém parava um minuto: mal as mãos daquela gente se livravam de um processo, logo agarravam furiosamente outro, como se ali estivesse a coisa mais importante do mundo, e, terminado aquele, esqueciam-no e se atiravam a um terceiro processo — e isso nunca tinha fim!

Por duas vezes vieram acordá-lo de noite e o obrigaram a escrever as "notas", várias vezes um mensageiro foi buscá-lo quando estava de visita na casa de alguém, e sempre por causa daquelas mesmas "notas". Tudo aquilo causou em Oblómov um pavor e um grande enfado. "Quando é que vou viver? Quando vou viver?", repetia ele.

Em casa, tinha ouvido dizer que um chefe era um pai para os funcionários, e por isso formou a imagem mais risonha, mais familiar daquela pessoa. Concebeu-o como uma espécie de segundo pai, que vivia apenas para o bem dos funcionários, merecessem eles ou não, sempre a seu lado, empenhado em recompensar seus subordinados, preocupado apenas com as necessidades deles e com sua satisfação.

Iliá Ilitch pensava que o chefe se colocava no lugar de seu subordinado a tal ponto que lhe perguntava, solícito, como havia passado a noite, por que seus olhos estavam turvos e se não estava com dor de cabeça.

Mas ele se decepcionou amargamente logo no primeiro dia de trabalho. Com a chegada do chefe, começou a correria, a agitação, todos ficaram desnorteados, esbarravam-se e derrubavam uns aos outros, e alguns alisavam a roupa com receio de que não estivessem com a aparência boa o bastante para poder se apresentar diante do chefe.

Como Oblómov veio a reparar depois, aquilo acontecia porque havia chefes que, no medo atordoante no rosto dos subordinados que acudiam às pressas para atendê-los, viam não só o respeito por eles, mas também um sinal de inveja e, às vezes, de competência no trabalho.

Iliá Ilitch não precisava ter medo de seu chefe, homem bondoso e simpático no trato: nunca fazia nada de mau a ninguém; os subordinados não podiam estar mais satisfeitos e nada desejavam de melhor. Ninguém jamais ouviu dele nenhuma palavra desagradável, nenhum grito, nenhum ruído; ele nunca exigia nada, sempre pedia. Havia algo para fazer, ele pedia; tinha de chamar um subordinado à sua casa, ele pedia; tinha de mandar alguém para a prisão, ele pedia. Nunca tratava ninguém por "você"; era sempre "o senhor": falando para um funcionário só ou para todos juntos.

Porém, todos os seus subordinados se intimidavam em sua presença; a suas perguntas delicadas, respondiam não com a própria voz, mas com uma voz diferente, que nunca usavam para falar com os outros.

E de repente Iliá Ilitch também passou a se intimidar, sem que ele mesmo soubesse por quê, quando o chefe entrava em sua sala; sua voz começava a sumir, parecia a voz de outra pessoa, fininha e repulsiva, tão logo o chefe começava a falar com ele.

Iliá Ilitch sofria muito no trabalho, com o medo e a angústia, apesar do chefe bondoso e indulgente. Só Deus sabe o que seria dele, se por acaso tivesse um chefe severo e exigente!

Oblómov trabalhou ali mais ou menos dois anos; talvez tivesse resistido ainda mais um ano, até ganhar uma promoção, mas um incidente particular obrigou-o a abandonar o serviço público mais cedo.

Certo dia, mandou um documento importante para Astrakhan, em vez de mandar para Arkhanguélsk. O caso veio à tona; foram procurar o culpado.

Todos os outros aguardaram com curiosidade para ver como o chefe ia chamar Oblómov, como ia perguntar com frieza e calma: "O senhor mandou o documento para Arkhanguélsk?", e todos tentavam imaginar com que voz Iliá Ilitch responderia.

Alguns supunham que ele nada responderia: não seria capaz.

Só de olhar para os outros, o próprio Iliá Ilitch ficava assustado, embora ele mesmo e todos os demais soubessem que o chefe se contentaria com uma advertência ligeira; mas a própria consciência já era uma repreensão imensamente mais severa.

Oblómov não esperou a penitência merecida, foi para casa e mandou um atestado médico.

No atestado estava escrito: "Eu, abaixo assinado, atesto, com a estampa de meu carimbo, que o secretário colegiado Iliá Oblómov padece de inchaço do coração com alargamento do ventrículo esquerdo (*Hypertrophia cordis cum dilatatione eius ventriculi sinistri*), e também de uma dor crônica no fígado (*hetitis*), que ameaça de forma perigosa a saúde e a vida do paciente, cujos ataques ocorreram, é preciso supor, devido à ida diária ao trabalho. Portanto, a fim de prevenir a repetição e o agravamento dos ataques mórbidos, considero necessário interromper por um tempo o comparecimento de Oblómov ao trabalho e, no geral, recomendo a suspensão de ocupações mentais e de qualquer outra atividade".

Mas isso ajudava só por certo tempo: um dia, era inevitável recuperar a saúde — e com isso havia a perspectiva de voltar a ir todos os dias ao trabalho. Oblómov não suportou aquilo e mandou seu pedido de exoneração. Assim terminou — para não ser mais retomada — sua carreira no serviço público.

Na vida social, até que ele deu a impressão de se sair melhor.

Nos primeiros anos de sua estada em Petersburgo, em seus anos precoces de juventude, as feições tranquilas de seu rosto se animavam com maior frequência, os olhos brilhavam por mais tempo com a chama da vida, deles se derramavam raios de luz, de esperança, de força. Ele se empolgava, como todos, tinha esperança, alegrava-se com bobagens e não sofria por bobagens. Mas tudo aquilo tinha ficado para trás havia muito tempo, ainda na idade gentil em que o homem supõe ter em qualquer outra pessoa um amigo sincero, se apaixona quase que por qualquer mulher que apareça e está sempre disposto a pedir a mão dela em casamento, o que alguns chegam de fato a fazer, não raro para seu grande arrependimento posterior, e pelo resto da vida.

Naquela época abençoada, Iliá Ilitch também teve seu quinhão de não poucos olhares suaves, aveludados e até apaixonados do bando de beldades, sorrisos promissores, dois ou três beijos protocolares e ainda mais apertos de mãos amistosos, com dor e até com lágrimas.

De resto, nunca se viu cativo das beldades, nunca foi escravo delas, nem mesmo um admirador devotado, porque, para começar, a proximidade com as mulheres criava grandes problemas. Em vez disso, Oblómov se contentava com uma idolatria de longe, a uma distância respeitosa.

Raramente o destino o impelia para tão perto de uma mulher que ele pudesse inflamar-se por alguns dias e julgar-se apaixonado. Por isso suas intrigas amorosas nunca se desdobravam em romances: detinham-se bem no início e, em sua inocência, simplicidade e pureza, se equiparavam à história de amor de uma aluna de colégio interno.

Mais que tudo, ele evitava as mocinhas pálidas, melancólicas, em geral de olhos pretos, nos quais rebrilhavam "dias angustiantes e noites inócuas", mocinhas com alegrias e aflições que ninguém conhecia, mocinhas que sempre tinham alguma coisa para confidenciar, dizer, e que quando era preciso falar hesitavam, engasgavam com lágrimas repentinas, e depois, de repente, enlaçavam o pescoço do amigo com os braços, fitavam-no demoradamente nos olhos, depois olhavam para o céu, diziam que a vida delas estava condenada por uma maldição e às vezes tombavam desfalecidas. Oblómov, com temor, afastava-se de tais mocinhas. Sua alma ainda era pura e virginal; talvez esperasse seu amor, seu momento, sua paixão patética, e depois, com os anos, parece, parou de esperar e desistiu.

Iliá Ilitch, ainda mais friamente, afastou-se da multidão de amigos. Logo depois da primeira carta do estaroste sobre os pagamentos atrasados e a colheita frustrada, ele substituiu seu melhor amigo, o cozinheiro, por uma cozinheira, depois vendeu os cavalos e, por fim, se desfez dos outros "amigos".

Quase nada o fazia sair de casa, e a cada dia, de modo cada vez mais firme e tenaz, ele se aferrava a seu apartamento.

De início era penoso para ele passar o dia inteiro vestido, depois veio a preguiça de jantar na casa dos outros, exceto no caso de uns poucos conhecidos, em geral na casa de solteiros, onde podia tirar a gravata, desabotoar o colete e onde podia "esticar-se" ou tirar um cochilo de uma horinha.

Em pouco tempo cansou de ir a festas: tinha de vestir fraque, fazer a barba todo dia.

Oblómov leu em algum lugar que só os vapores da manhã eram benéficos e que os do início da noite eram nocivos, e assim passou a temer a umidade.

Apesar de todos esses motivos, um amigo seu, Stolz, ainda conseguia arrastá-lo para a vida social; mas Stolz muitas vezes se ausentava de Petersburgo, ia a Moscou, Níjni, Crimeia, e mais tarde passou a viajar para o exterior — e, sem ele, Oblómov de novo se afundou até as orelhas em sua solidão e isolamento, dos quais só poderia ser retirado por algo extraordinário, alheio à série de fenômenos cotidianos da vida; mas nada semelhante acontecia, nem parecia provável de acontecer.

Além de tudo isso, com os anos, voltou a Oblómov certa timidez infantil, uma expectativa de perigo e maldade em tudo aquilo que não pertencia à esfera da sua existência cotidiana — consequência do afastamento dos variados acontecimentos exteriores.

Ele não se assustava, por exemplo, com uma fenda no chão de seu quarto: estava habituado a ela; nem lhe passava pela cabeça que o ar eternamente abafado do quarto e a constante permanência em um local fechado eram quase tão perigosos para a saúde quanto a umidade da noite; que encher demais o estômago todos os dias era um tipo particular de suicídio gradual; pois ele estava habituado a isso e não se assustava.

Oblómov não estava acostumado ao movimento, à vida, a muita gente junta e ao rebuliço.

No meio de uma multidão, sentia falta de ar; num barco, ficava na expectativa nervosa de chegar logo e a salvo à outra margem; numa carruagem, achava que os cavalos iam disparar e tombar o veículo.

De tempos em tempos tinha um ataque nervoso: apavorava-se com o silêncio à sua volta, ou simplesmente, nem sabia por quê, arrepios percorriam seu corpo. Às vezes ficava espiando apreensivo um canto escuro, na expectativa de que sua imaginação lhe pregasse uma peça e mostrasse um fenômeno sobrenatural.

Assim se consolidou o papel que ele desempenhava na sociedade. Com um gesto preguiçoso, pôs de lado todas as esperanças juvenis que o traíram ou que foram traídas por ele, todas as recordações tristes, doces e radiantes que às vezes fazem bater mais forte o coração, mesmo na velhice.

VI.

O que ele fazia em casa? Lia? Escrevia? Estudava?

Sim: se caísse em suas mãos um livro, um jornal, ele lia.

Se ouvisse falar de uma criação notável, sentia logo uma ânsia de conhe-cê-la; procurava, pedia o livro e, se o conseguisse em pouco tempo, logo se punha a ler e começava a formar uma ideia sobre o assunto; mais um passo, e ele dominaria o assunto, porém, em vez disso, vejam só, ficava deitado, olhando apático para o teto, e o livro jazia a seu lado, sem ser lido até o fim, sem ser compreendido.

Uma frieza o dominava ainda mais depressa do que o interesse apaixona-do: nunca mais voltava a atenção para o livro abandonado.

No entanto, havia estudado como os demais, como todos, ou seja, até os quinze anos, no colégio interno; depois, os velhos Oblómov, após longa luta, resolveram mandar Iliucha para Moscou, onde ele, por bem ou por mal, teve de seguir seus estudos até o fim.

O caráter tímido e apático o impedia de manifestar com plenitude sua preguiça e seus caprichos entre estranhos no colégio, onde não davam privi-légios a filhos mimados. Na aula, tinha de ficar sentado com os ombros retos, escutar o que os professores diziam, porque era impossível fazer qualquer outra coisa, e com dificuldade, com suor, com suspiros, aprendia as lições que lhe davam.

Considerava tudo aquilo um castigo que o céu enviara para punir nossos pecados.

No livro, não enxergava nada além da linha na qual o professor, com a unha, traçava o limite de sua aula; nunca fazia perguntas e não pedia exemplos. Contentava-se com o que estava escrito no caderno e não demonstrava nenhuma curiosidade incômoda, mesmo quando não entendia tudo o que escutava e lia.

Se de alguma forma conseguia ler até o fim um livro sobre estatística, história, economia política, ficava totalmente satisfeito.

Quando Stolz lhe trazia livros para ler além dos que havia estudado, Oblómov se demorava olhando em silêncio para ele.

— Até tu, Brutus, estás contra mim! — dizia, com um suspiro, apanhava os livros e começava a ler.

Aquela leitura imoderada lhe parecia penosa e forçada.

Para que todos aqueles cadernos que consumiam tanto papel, tanto tempo e tanta tinta? Para que os livros educativos? Para que, enfim, seis ou sete anos de isolamento, tantos rigores, tantas cobranças, toda inatividade e aflição, debruçado sobre lições, proibido de correr, de pular, de se divertir, enquanto não tivesse terminado tudo?

"Então, quando é que se vive?", perguntava de novo para si mesmo. "Quando é que afinal vou pôr em circulação esse capital de conhecimentos, dos quais grande parte ainda não serve para nada na vida? Economia política, por exemplo, álgebra, geometria — o que vou fazer com elas em Oblómovka?"

E até a história também o fazia afundar no tédio: a gente estuda, lê que em tal lugar e em tal ano uma catástrofe infelicitou as pessoas; depois elas reuniram suas forças, trabalharam, sofreram horrivelmente, comeram o pão que o diabo amassou, sempre se preparando para dias melhores. Enfim os tais dias melhores começam — aqui, tem-se a impressão de que a história vai dar um descanso: mas, não, de novo as nuvens se avolumam, de novo os prédios viram ruínas, de novo imensos trabalhos, sofrimentos... Os dias melhores não duram, passam depressa — e a vida corre, corre sem parar, sempre de uma debacle para outra debacle.

As leituras sérias deixavam-no fatigado. Os pensadores não conseguiam despertar nele o desejo de buscar as verdades especulativas.

Em compensação, os poetas o conduziam para a vida: como todo mundo, ele chegou à mocidade. E para ele teve início aquele momento feliz da vida que não é negado a ninguém, que sorri a todos, o momento em que florescem as forças, as esperanças na vida, as aspirações de felicidade, de valentia, de realizações, a época em que bate forte o coração, o pulso, a época dos calafrios, das palavras emocionadas e das lágrimas doces. Razão e coração resplandeceram: Iliá Ilitch afastou a sonolência, a alma exigia atividade.

Stolz ajudou a prolongar aquele momento o máximo possível para uma natureza como a de seu amigo. Aproveitou o interesse de Oblómov pelos poetas e durante um ano e meio o manteve sob a férula do pensamento e da ciência.

Tirou proveito do voo entusiasmado do jovem fantasioso e acrescentou à leitura dos poetas outras finalidades além do mero prazer; apontava com rigor, ao longe, para os rumos de sua vida e da vida de seu amigo e o atraiu para o futuro. Os dois se emocionaram, choraram, fizeram um ao outro promessas solenes de seguir o caminho da razão e da luz.

O ardor juvenil de Stolz inflamou Oblómov, e ele ardia de vontade de trabalhar para fins remotos, mas fascinantes.

Porém a flor da vida desabrochou e não deu frutos. Oblómov voltou a si, passou aquele inebriamento, e só de vez em quando, por indicação de Stolz, lia talvez um livro aqui e outro ali, mas não com ímpeto, sem pressa nenhuma, sem vontade, apenas correndo os olhos preguiçosamente pelas linhas.

Por mais interessante que fosse o trecho em que se encontrava, se estivesse na hora do jantar ou de dormir, ele punha o livro de lado, voltado para baixo, e ia jantar, ou soprava a vela e deitava para dormir.

Se lhe davam o primeiro tomo de uma obra, encerrada a leitura, ele não pedia o segundo, mas, se lhe dessem, ele o lia lentamente até o fim.

Mais tarde, passou a não ter forças sequer para terminar o primeiro tomo e passava a maior parte do tempo livre com o cotovelo apoiado na mesa e a cabeça apoiada no cotovelo; às vezes, em lugar do cotovelo, usava o livro que Stolz lhe mandara para ler.

Assim se cumpriu o estágio de estudos de Oblómov. A data em que assistiu à última aula foram as Colunas de Hércules de seu conhecimento. A assinatura do diretor em seu diploma, como antes a marca da unha do professor em seu livro, assinalava a linha além da qual nosso herói já não julgava necessário estender seus esforços de adquirir conhecimentos.

Sua cabeça constituía um complicado arquivo de grandes feitos mortos, de personalidades, épocas, religiões e cifras mortas, de verdades, conceitos e doutrinas políticas, econômicas, matemáticas e outras sem nenhum nexo.

Parecia uma biblioteca formada apenas por tomos dispersos por vários setores do conhecimento.

A cultura produzia um efeito estranho em Iliá Ilitch: para ele, entre a ciência e a vida, abria-se todo um abismo que ele nem tentava atravessar. Para ele, a vida era uma coisa, e a ciência era outra.

Estudou todas as leis que existiam e as que já não existiam havia muito tempo, fez o curso de prática processual, mas, quando acontecia de haver um roubo em sua casa, e era preciso redigir um documento para a polícia, ele pegava uma folha de papel, pensava, pensava e acabava deixando a tarefa para um escrivão.

A contabilidade na aldeia era feita pelo estaroste. "O que a ciência tem a ver com isso?", refletia Oblómov em sua perplexidade.

E voltou-se para a solidão sem o fardo do conhecimento, que poderia dar uma direção aos pensamentos que vagavam a esmo em sua cabeça ou que adormeciam com indolência.

Então o que ele fazia? Continuava a delinear o esquema da própria vida. Nela, e não sem certo fundamento, ele encontrava tanta sabedoria e tanta poesia que, mesmo sem livros e sem estudos, a tarefa nunca se esgotava.

Tendo deixado para trás o serviço público e a vida social, ele começou a resolver a questão da existência de outra forma, refletia sobre seu papel na vida e, por fim, descobriu que seu horizonte de atividade e de existência tinha de ser encontrado dentro dele mesmo.

Entendeu que a felicidade familiar e os afazeres em sua propriedade constituíam o destino que lhe restara. Até então Oblómov não tinha uma ideia clara de suas finanças: às vezes Stolz cuidava disso para ele. Oblómov desconhecia suas receitas e suas despesas, nunca planejava nenhum orçamento — não fazia nada.

O velho Oblómov deixou sua propriedade para o filho da mesma forma como a recebera do pai. Embora tivesse passado toda a vida na aldeia, não refletia a fundo, não quebrava a cabeça com técnicas novas, como fazem hoje em dia: de que forma descobrir novas fontes de produtividade da terra ou ampliar e reforçar as fontes antigas etc. Os campos eram cultivados do mesmo modo que no tempo do avô, bem como a maneira de comercializar os produtos continuava a mesma.

Porém, o velho ficava muito satisfeito se a colheita fosse boa ou se o valor de venda fosse alto e desse uma receita maior do que no ano anterior: chamava isso de bênção divina. Ele só não gostava de invenções e de manobras para ganhar dinheiro.

— Nossos pais e avós não eram mais tolos do que nós — dizia, em resposta a algum conselho que lhe parecesse prejudicial — e viviam muito felizes; como nós vivemos. Se Deus quiser, não vamos passar fome.

Recebendo da propriedade, e sem nenhuma manobra astuta, a renda necessária para almoçar e jantar todos os dias sem restrições, com a família e vários convidados, ele agradecia a Deus e considerava um pecado tentar ganhar mais.

Se o administrador lhe pedia dois mil rublos, depois de pôr outros mil no bolso, e com lágrimas nos olhos reclamava do granizo, da seca, da safra ruim, o velho Oblómov se benzia e também com lágrimas nos olhos exclamava: "É a vontade de Deus; não se pode discutir com Deus! É preciso ser grato ao Senhor por aquilo que se tem".

Desde a morte dos velhos, os negócios da propriedade não só não tinham melhorado como ficaram ainda piores, conforme demonstrava a carta do estaroste. Estava claro que Iliá Ilitch precisava ir até lá pessoalmente procurar de perto as causas da constante redução das receitas.

Pretendia fazer isso, mas sempre adiava, em parte porque a viagem era para ele uma façanha, algo quase novo e desconhecido.

Em sua vida, só fizera uma viagem, numa carruagem antiga, sem trocar de cavalos, em meio a almofadas de penas, arcas, malas, pernis de porco, bolos de passas, carne assada e frita, de vaca e de várias aves, e em companhia de diversos criados.

Assim ele concluíra a única viagem de sua aldeia até Moscou, e aquela viagem se tornou a norma para as viagens em geral. Agora tinha ouvido dizer que não se viajava mais assim: era preciso galopar a toda a velocidade!

Além disso, Iliá Ilitch adiava a viagem também porque não havia se preparado como devia para tratar de seus negócios.

Já não era como seu pai ou seu avô. Tinha estudado, vivia na sociedade: tudo aquilo o conduzia a diversas ideias estranhas para eles. Entendia não só que a aquisição não era um pecado como também que o dever de todo cidadão era aumentar a riqueza geral por meio do trabalho honesto.

Por isso, a maior parte do padrão de vida que Oblómov traçara em seu isolamento se dedicava a um plano novo, condizente com as necessidades do tempo, para reestruturar a propriedade e lidar com os camponeses.

A ideia fundamental do plano, sua disposição e partes principais — tudo estava pronto havia muito tempo em sua cabeça; só restavam alguns detalhes, cálculos e números.

Havia alguns anos que trabalhava arduamente em seu plano, pensava, refletia, andando, deitado, ou em companhia de outras pessoas; ora o complementava, ora mudava alguns itens, ora procurava na memória algo imaginado na véspera e esquecido durante a noite; e às vezes, de repente, como um raio, irrompia um pensamento novo, inesperado, aquilo entrava em ebulição em sua cabeça — e o trabalho recomeçava.

Ele não era de forma alguma um mero executor de ideias alheias e prontas; era o criador e o executor das próprias ideias.

Levantava da cama pela manhã e prontamente se deitava no sofá, depois do chá, com a cabeça apoiada na mão, e meditava sem poupar forças, até que por fim a cabeça se fatigava daquele trabalho árduo e a consciência lhe dizia: por hoje chega de trabalhar para o bem comum.

Só então ele se resolvia a repousar dos trabalhos e substituir sua posição preocupada por outra, menos compenetrada e austera, mais confortável para o devaneio e a beatitude.

Libertando-se das preocupações com os negócios, Oblómov gostava de mergulhar em si mesmo e viver num mundo criado por ele.

Os prazeres dos pensamentos elevados lhe eram acessíveis; não era alheio às aflições humanas universais. Às vezes, no fundo da alma, chorava amargamente pelas desgraças da humanidade, experimentava sofrimentos obscuros, anônimos, uma angústia e uma aspiração de um lugar distante, provavelmente no outro mundo, para onde às vezes Stolz o atraía.

Lágrimas doces corriam por seu rosto...

Acontecia também de ele se encher de desprezo pela imperfeição humana, pela mentira, pela calúnia, pela maldade que se alastrava pelo mundo, ardia de desejo de mostrar aos homens suas chagas, e de súbito pensamentos se inflamavam dentro dele, ficavam rodando dentro de sua cabeça como ondas no mar, depois cresciam em forma de intenções, faziam todo o seu sangue pegar fogo, os músculos se punham em movimento, as veias se dilatavam, as intenções se transfiguravam em aspirações: movido por uma força moral, num minuto ele mudava de posição duas, três vezes e, com olhos refulgentes, erguia metade do corpo na cama, estendia o braço e fitava ao redor com ar inspirado... Num instante, a aspiração ia se realizar, ia se converter numa proeza... e então, meu Deus! Que prodígios, que frutos maravilhosos se podiam esperar de um esforço tão sublime!...

Mas, vejam, a manhã passa, o dia já declina rumo ao entardecer, e junto com o dia declinam também, rumo ao repouso, as forças fatigadas de Oblómov: a tormenta e as ondas se aquietam na alma, a cabeça já não está mais inebriada com os pensamentos, o sangue flui mais devagar nas veias.

Oblómov, em silêncio, pensativo, gira o corpo e fica deitado de barriga para cima, lança um olhar tristonho para a janela, com tristeza acompanha o sol com os olhos, o sol que se põe grandioso atrás de um prédio de quatro andares.

E quantas e quantas vezes ele acompanhou assim o pôr do sol!

De manhã, de novo a vida, de novo a agitação, os devaneios! Ele adorava imaginar-se às vezes um comandante militar invencível, diante do qual não só Napoleão como também Ieruslan Lazariévitch* nada significam; inventava uma guerra e um motivo para ela: povos da África invadiam a Europa, ou ele organizava novas cruzadas, combatia para decidir o destino dos povos, arrasava cidades, era misericordioso, castigava, realizava proezas de bondade e de generosidade.

Ou então entrava na arena como um pensador, um grande artista: todos o adoravam; ele colhia os louros; a multidão rastejava a seus pés, exclamando: "Vejam, vejam, lá vai Oblómov, o nosso famoso Iliá Ilitch!".

Em momentos amargos, ele sofria com preocupações, rodava de um la-

---

* Herói da literatura popular russa, conhecido desde os folhetos em verso do século XVII.

do para o outro, deitado com o rosto voltado para baixo, às vezes até perdia a cabeça completamente; nessas ocasiões se levantava da cama e ficava de joelhos, punha-se a rezar com fervor, com afinco, suplicava aos céus que repelissem de qualquer maneira a tormenta que o ameaçava.

Depois, tendo transferido para os céus o fardo de seu destino, instalavam-se nele uma tranquilidade e uma indiferença por tudo no mundo — que a tempestade fizesse o que bem entendesse.

Assim ele punha em movimento suas forças morais, assim ficava agitado não raro por dias inteiros, e então às vezes, com um suspiro profundo, só despertava de um devaneio fascinante ou de uma preocupação aflitiva quando o dia declinava rumo ao entardecer, e o sol, como uma esfera imensa, começava a descer grandiosamente atrás do prédio de quatro andares.

Então ele mais uma vez acompanhava o sol com seu olhar pensativo e com seu sorriso tristonho e repousava serenamente de sua agitação.

Ninguém conhecia nem via aquela vida interior de Iliá Ilitch: todos pensavam que Oblómov não tinha nada de mais; só fazia ficar deitado e regalar-se com a comida, e ninguém esperava mais nada dele; duvidavam até que articulasse pensamentos na cabeça. Era isso o que diziam sobre Oblómov, em toda parte, aqueles que o conheciam.

Quanto a seus talentos, quanto ao trabalho interior vulcânico de sua cabeça ardente e de seu coração humanitário, só Stolz o conhecia em detalhes e podia dar testemunho, mas Stolz quase nunca estava em Petersburgo.

Apenas Zakhar, cuja vida girava inteira em torno do patrão, conhecia seu ser interior com ainda mais detalhes; porém estava convencido de que ele e o patrão agiam muito bem e levavam uma vida normal, como se devia fazer, e que não convinha viver de outro modo.

VII.

Zakhar tinha mais de cinquenta anos. Não era um descendente direto dos Caleb* russos, os cavalheiros lacaios sem temor e sem mácula, inteiramente devotados a seus patrões até o autossacrifício, que se distinguiam por ter todas as virtudes e nenhuma falta.

Aquele cavalheiro tinha temor e mácula. Pertencia a duas épocas, e ambas deixaram nele sua marca. De uma recebera de herança a infinita dedicação à casa dos Oblómov, e da outra, a mais tardia, o refinamento e a corrupção dos costumes.

Embora fervorosamente devotado ao patrão, era raro o dia em que não mentia para ele. Um criado dos velhos tempos tentaria refrear as extravagâncias e a intemperança do patrão; no entanto, o próprio Zakhar gostava de beber com os amigos à custa de seu senhor; um criado à moda antiga era casto como um eunuco, mas este vivia correndo para uma amiga de reputação duvidosa. O outro guardava o dinheiro do patrão melhor do que um cofre-forte, mas Zakhar tinha por regra aumentar em dez copeques o valor de qualquer

---

* Referência ao personagem de Caleb de Balderstone, um velho criado devotado a seu patrão, do livro A *noiva de Lammermoor* (1819), de Walter Scott (1771-1832), ou ao personagem bíblico filho de Jefoné (Nm 13,16).

compra do patrão e sempre se apoderava de moedinhas que ficassem esquecidas sobre a mesa. Da mesma forma, caso Iliá Ilitch se esquecesse de pedir o troco a Zakhar, nunca mais veria a cor do dinheiro.

Não roubava somas de mais vulto, talvez porque suas necessidades se medissem por moedas de pequeno valor, ou porque temesse ser descoberto, porém, em todo caso, não era por excesso de honestidade.

Um velho Caleb, como um cão de caça excepcionalmente bem amestrado, preferia morrer a tocar sequer um dedo nos alimentos deixados sob seus cuidados; mas este estava sempre de olho numa chance de comer e beber aquilo que lhe tinha sido confiado; o outro só se preocupava com que o patrão comesse mais e chegava a ficar triste quando ele não comia; mas este criado se entristecia quando o patrão comia até o fim tudo o que pusessem no prato.

Além do mais, Zakhar era fofoqueiro. Na cozinha, na venda, nos encontros junto ao portão, todo dia ele se lamentava que a casa era ruim, que não existia um patrão pior no mundo: o patrão era caprichoso, avarento, zangado, nada o deixava satisfeito, em suma, era melhor morrer do que morar naquela casa.

Zakhar fazia isso não por maldade nem pelo desejo de injuriar o patrão, mas por um costume que herdara do avô e do pai — falar mal do patrão sempre que houvesse uma chance.

Às vezes, por tédio, por falta de assunto para uma conversa, ou apenas para despertar mais interesse em sua plateia, ele de repente disparava uma história fantástica sobre o patrão.

— Meu patrão pegou o hábito de ir visitar aquela tal viúva — dizia ofegante, em voz baixa, em tom confidencial —, ontem escreveu um bilhete para ela.

Ou proclamava que o patrão era um jogador de cartas e um beberrão como nunca se viu no mundo; que virava noites jogando cartas e bebendo terrivelmente, até de manhã.

Mas nada daquilo acontecia: Iliá Ilitch não visitava nenhuma viúva, dormia serenamente à noite, não suportava cartas nem bebida.

Zakhar era sujo. Raramente fazia a barba, e embora lavasse o rosto e as mãos parecia fazê-lo só para mostrar que se lavava; aliás, nenhum sabão conseguia limpar aquilo. Quando ia ao banheiro, as mãos, em vez de pretas, ficavam vermelhas durante uma ou duas horas, e depois voltavam a ficar pretas.

Era muito desajeitado: quando ia abrir os portões ou as portas duplas, abria uma metade enquanto a outra se fechava; corria para abrir esta e então a outra se fechava.

Nunca apanhava da primeira vez um lenço ou qualquer outra coisa do chão, sempre se abaixava umas três vezes, como se fosse pegá-la, e só na quarta vez apanhava, e ainda assim às vezes a deixava cair de novo.

Se levava pela sala uma pilha de pratos, talheres ou outras coisas, desde o primeiro passo os objetos que estavam por cima começavam a desertar da pilha e a escapar para o chão. De início, voava uma coisa; ele de repente fazia um movimento atrasado e inútil para evitar a queda, e assim derrubava mais dois objetos. Boquiaberto de espanto, olhava para os objetos que caíam, e não para os que continuavam em suas mãos, e por isso inclinava a bandeja, e as coisas continuavam a cair — e assim, às vezes, chegavam ao outro lado da sala apenas uma taça ou um prato, e às vezes, com uma imprecação e gritos de raiva, ele mesmo jogava no chão o último objeto que ainda restasse em suas mãos.

Ao atravessar a sala, ele esbarrava o pé ou o quadril na mesa, na cadeira, e ao cruzar uma metade das portas duplas quase sempre esbarrava o ombro na outra, e com isso xingava as duas partes da porta, ou o dono da casa, ou o marceneiro que as fizera.

No escritório de Oblómov, quase todas as coisas estavam quebradas ou danificadas, sobretudo as coisas pequenas, que exigiam um trato cuidadoso — e tudo isso graças a Zakhar. Ele aplicava sua maneira de tomar os objetos nas mãos igualmente a todas as coisas, sem fazer nenhuma diferença entre a maneira de lidar com isto ou aquilo.

Por exemplo, se mandavam apagar uma vela ou encher um copo de água, Zakhar empregava a mesma força necessária que para abrir um portão.

Mas era um deus nos acuda quando Zakhar se inflamava com o fervor de agradar ao patrão e cismava de tirar tudo do lugar, limpar, conferir e, rapidamente, de uma só vez, arrumar tudo de novo no lugar! Os acidentes e os danos não tinham fim: mesmo que um soldado inimigo invadisse a casa, o prejuízo não seria tão grande. Começava a quebradeira, a queda de vários objetos, os pratos rachados, as cadeiras tombadas; no final era preciso retirá-lo da sala, ou ele mesmo saía, entre pragas e impropérios.

Por sorte, era muito raro que Zakhar se inflamasse de tal zelo.

Tudo aquilo ocorria, está claro, porque Zakhar recebera sua educação e adquirira suas maneiras não na penumbra e no aperto de saletas e boudoirs suntuosos e decorados com requinte, onde só o diabo sabe que coisas se amontoam em todos os cantos, e sim na aldeia, na calma, na amplidão e ao ar livre.

Lá se habituara a servir entre objetos volumosos, onde nada tolhia seus movimentos: lidava com instrumentos grandes, sólidos e resistentes, como uma espada, um pé de cabra, puxadores de ferro nas portas, e cadeiras tão volumosas que era até impossível mudá-las de lugar.

Alguma coisa, um castiçal, um lampião, um quadro, um peso de papel, ficava três ou quatro anos no mesmo lugar — e tudo bem; mas, assim que Zakhar a pegava, pronto, se partia.

— Ah — dizia ele para Oblómov com surpresa, nas vezes em que aquilo acontecia. — Veja só, patrão, que curioso: eu mal peguei na mão essa besteirinha aqui e ela se quebrou!

Ou não dizia absolutamente nada, apenas recolocava o objeto no lugar, em segredo e rapidamente, e depois convencia o patrão de que tinha sido ele mesmo que o havia quebrado; às vezes se justificava, como vimos no início desta história, dizendo que as coisas, mesmo quando feitas de ferro, também tinham de ter um fim e que não iam existir para sempre.

Nos primeiros dois casos, ainda era possível discutir com Zakhar, mas quando ele, numa situação crítica, se armava com o último argumento, qualquer contestação se tornava inútil, e ele defendia sua posição de modo inapelável.

Zakhar traçara para si, e de uma vez por todas, um determinado círculo de atividades, que nunca transgredia voluntariamente.

De manhã preparava o samovar, limpava as botas e a roupa que o patrão pedia, mas de forma alguma as roupas que ele não pedia, mesmo que estivessem no cabide havia dez anos.

Depois varria — não todos os dias, no entanto — o centro do quarto, não chegava aos cantos, e só espanava o pó de uma mesa se sobre ela não houvesse nada, para não ter de tirar as coisas do lugar.

Com isso, já se julgava no direito de cochilar no leito junto à estufa ou conversar com Aníssia na cozinha e com a criadagem no portão, sem se preocupar com mais nada.

Se o mandassem fazer algo mais, ele cumpria a ordem de má vontade, depois de muita discussão, e convicto da inutilidade da ordem ou da impossibilidade de executá-la.

Era absolutamente impossível obrigá-lo a introduzir um item novo e constante no círculo de ocupações que ele traçara para si.

Se o mandassem limpar, lavar alguma coisa ou levar isto e trazer aquilo, Zakhar cumpria a ordem com o resmungo de costume; mas, se alguém quisesse que depois ele fizesse a mesma coisa constantemente e por si mesmo, era impossível consegui-lo.

No dia seguinte, no outro e assim sucessivamente, era preciso dar a mesma ordem outra vez e repetir as mesmas explicações desagradáveis.

Apesar de tudo isso, ou seja, de Zakhar beber, de fazer fofoca, de surrupiar o dinheiro trocado de Oblómov, de quebrar e danificar os objetos e de ficar à toa, mesmo assim era um serviçal profundamente devotado ao patrão.

Não pensaria duas vezes antes de se jogar no fogo ou de se afogar por Oblómov, não considerava aquilo uma façanha digna de admiração ou de alguma recompensa. Encarava-o como um assunto natural, algo que não poderia ser de outra forma, ou, melhor dizendo, não encarava de jeito nenhum, apenas agia, sem nenhuma reflexão.

Não tinha nenhuma teoria para aquele assunto. Nunca lhe passara pela cabeça fazer uma análise de seus sentimentos e de sua relação com Iliá Ilitch; ele mesmo não os inventara; provinham do pai, do avô, dos irmãos, dos criados, entre os quais Zakhar crescera e se educara, e se tornaram a carne e o osso de que era feito.

Zakhar morreria no lugar do patrão, julgando ser esse o seu dever inevitável e natural, e até sem julgar nada, simplesmente se lançaria para a morte da mesma forma que um cão ao deparar com uma fera na floresta se atira contra ela, sem raciocinar por que deve fazê-lo em lugar de seu dono.

No entanto, se por exemplo fosse necessário passar a noite inteira sentado junto ao leito do patrão, sem fechar os olhos, e se daquilo dependessem a saúde e até a vida do patrão, Zakhar forçosamente pegaria no sono.

Exteriormente, não só não manifestava servilismo pelo patrão como até se mostrava ríspido e informal demais no trato com ele, irritava-se a sério com o patrão por causa de ninharias e até, como já foi dito, o caluniava no portão; porém aquilo apenas encobria por um tempo, e nem de longe diminuía, seu sentimento arraigado, íntimo, de devoção não por Iliá Ilitch propriamente, mas por tudo o que portava o nome de Oblómov, que lhe era próximo, querido e precioso.

Talvez aquele sentimento até estivesse em contradição com a opinião particular de Zakhar sobre a personalidade de Oblómov, talvez um exame do caráter do patrão levasse Zakhar a outras convicções. Se lhe explicassem a que ponto chegava sua devoção a Iliá Ilitch, provavelmente Zakhar o contestaria.

Zakhar amava Oblómovka como um gato ama seu sótão, um cavalo, seu estábulo, um cão, o canil onde nasceu e cresceu. Na esfera desse apego, ele desenvolveu suas referências pessoais e particulares.

Por exemplo, gostava mais do cocheiro de Oblómovka do que do cozinheiro, gostava mais da vaqueira Varvara do que de ambos, e gostava menos de Iliá Ilitch do que de todos eles; porém, o cozinheiro de Oblómovka era para ele melhor e superior a todos os outros cozinheiros do mundo, e Iliá Ilitch era superior a todos os outros senhores de terra.

Zakhar não conseguia tolerar Tarás, o copeiro; mas não trocaria aquele Tarás nem pela melhor pessoa no mundo inteiro, só porque Taraska era da casa dos Oblómov.

Tratava Oblómov com a falta de cerimônia e a rudeza com que um xamã se dirige a seu ídolo: o xamã o espana, o deixa cair, às vezes pode até bater nele com irritação, mas em sua alma está sempre presente a consciência da superioridade da natureza daquele ídolo sobre sua própria natureza.

Bastava o motivo mais ínfimo para despertar aquele sentimento das profundezas da alma de Zakhar e obrigá-lo a ver seu patrão com veneração, e às vezes até rompia em lágrimas de tanta emoção. Que Deus o livrasse de colocar outro patrão acima do seu, ou até no mesmo nível! E que Deus protegesse quem se atrevia a fazer tal coisa!

Zakhar encarava com arrogância todos os outros senhores e visitantes que vinham à casa de Oblómov e lhes servia o chá e tudo o mais com certa condescendência, como se quisesse lhes dar a entender a honra que desfrutavam por estarem na casa de seu patrão. Ele os mandava embora com rudeza: "O patrão está dormindo", dizia, fitando o visitante com insolência, dos pés à cabeça.

Às vezes, em lugar de fazer fofocas e calúnias, Zakhar de repente se punha a enaltecer Iliá Ilitch de forma imoderada na venda, nos encontros no portão, e então não havia limite para seu entusiasmo. De repente começava a enumerar os méritos do patrão, a inteligência, o carinho, a generosidade, a bondade; e se no patrão não houvesse qualidades suficientes para um panegírico, Zakhar recolhia qualidades em outras pessoas e acrescentava a ele riqueza, gentileza ou um poder extraordinário.

Se era necessário meter medo no porteiro, no administrador da casa e até no próprio senhorio, Zakhar sempre os ameaçava com o patrão. "Agora chega, senão vou contar ao patrão", dizia em tom de ameaça. "Aí é que vocês vão ver!" Ele não imaginava nenhuma autoridade mais alta no mundo.

Mas as relações externas de Oblómov com Zakhar eram sempre um pouco hostis. Morando juntos, os dois se irritavam mutuamente. A proximidade estreita e diária entre duas pessoas não sai de graça, nem para uma pessoa nem para a outra: é preciso de ambas as partes muita experiência de vida, lógica e calor no coração para, desfrutando apenas os méritos, não irritar as deficiências do outro nem ser por elas irritado.

Iliá Ilitch já conhecia a qualidade incomum de Zakhar — a dedicação a ele —; estava acostumado com aquilo e, de sua parte, considerava até que não podia e não devia ser de outro modo; todavia, tendo se habituado a tal qualidade de uma vez por todas, Oblómov já não tinha prazer com aquilo e ao mesmo tempo, em sua indiferença por tudo, não conseguia suportar com paciência as inúmeras e pequeninas faltas de Zakhar.

Se Zakhar, nutrindo no fundo da alma a devoção ao patrão própria aos criados à moda antiga, diferia deles pelas deficiências contemporâneas, Iliá Ilitch, por sua vez, apreciando interiormente sua devoção, não tinha por ele aquela disposição amistosa, quase familiar, que os antigos senhores nutriam por seus criados. Às vezes se permitia sérios atritos com Zakhar.

Por seu lado, Zakhar também às vezes ficava farto do patrão. Tendo trabalhado como lacaio na casa senhorial desde a juventude, Zakhar fora indicado para ser camareiro de Iliá Ilitch e desde então passara a se considerar apenas um objeto de luxo, um acessório aristocrático da casa, destinado a preservar a integridade e o esplendor de uma antiga família, e não um instrumento meramente prático. Por isso, tendo vestido o patrãozinho pela manhã e tendo trocado sua roupa à noite, não fazia mais nada no resto do tempo.

Preguiçoso por natureza, Zakhar era preguiçoso também por sua formação de lacaio. Entre a criadagem, tomava ares de grande importância, não se dava ao trabalho de preparar o samovar nem de varrer o chão. Ou cochilava no corredor, ou saía para conversar na ala dos criados, na cozinha; ou então ficava horas inteiras de braços cruzados, de pé junto ao portão, e olhava para todos os lados com ar sonhador e pensativo.

Depois de uma vida como essa, de repente lançavam sobre seus ombros o pesado fardo dos serviços da casa inteira! Servia o patrão, varria, limpava e levava recados! Por tudo isso, formava-se em sua alma uma melancolia, e em seu ânimo surgiam aspereza e severidade; por isso ele resmungava toda vez que a voz do patrão o obrigava a descer do leito junto à estufa.

No entanto, apesar dessa melancolia e rudeza exteriores, Zakhar era um coração bastante brando e bom. Gostava até de passar o tempo com as criancinhas. No pátio, no portão, era visto muitas vezes com um bando de crianças. Ele apaziguava suas brigas, contava piadas, promovia brincadeiras ou simplesmente ficava com elas, sentava uma num joelho e outra no outro, e atrás do pescoço dele um capetinha ainda se enlaçava com as mãos, ou puxava suas costeletas.

E assim Oblómov perturbava a vida de Zakhar, exigindo a todo momento seus serviços e sua presença perto de si, quando seu coração, o costume adquirido, o amor à indolência e a eterna e nunca aplacada necessidade de mastigar alguma coisa impeliam Zakhar ora para a comadre, ora para a cozinha, ora para a venda, ora para o portão.

Os dois se conheciam havia muito tempo e fazia muito tempo que moravam juntos. Zakhar embalara nos braços o pequenino Oblómov, e Oblómov se lembrava dele como um jovem ágil, voraz e astuto.

O vínculo antigo entre os dois era indestrutível. Assim como Iliá Ilitch não era capaz de levantar-se, deitar-se para dormir, pentear-se, calçar-se nem alimentar-se sem a ajuda de Zakhar, assim também Zakhar não era capaz de conceber que pudesse ter outro patrão que não Iliá Ilitch, outra existência que não a de vesti-lo, alimentá-lo, amedrontá-lo, enganá-lo, mentir para ele e ao mesmo tempo, interiormente, reverenciá-lo.

VIII.

Zakhar, depois de fechar a porta atrás de Tarántiev e de Alekséiev quando estes foram embora, não ficou no leito junto à estufa, pois esperava que o patrão o chamasse dali a pouco, porque tinha entendido que Oblómov se preparava para escrever. Todavia, no quarto de Oblómov tudo estava em silêncio, como um túmulo.

Zakhar espiou por um vão — ora essa! Iliá Ilitch estava deitado no sofá, a cabeça apoiada na palma da mão; à sua frente, um livro. Zakhar abriu a porta.

— Por que o senhor deitou outra vez? — perguntou.

— Não me perturbe; não está vendo que estou lendo? — Oblómov falou bruscamente.

— Está na hora de lavar-se e de escrever — disse Zakhar, insistente.

— Sim, de fato está na hora — respondeu Oblómov, despertando. — Agora você pode ir. Eu vou pensar.

— E como foi que conseguiu deitar-se de novo? — resmungou Zakhar, pulando para seu leito junto à estufa. — Como é rápido!

No entanto, Oblómov conseguiu ler até o fim a página amarelada pelo tempo, na qual sua leitura se interrompera um mês antes. Pôs o livro no lugar e bocejou, depois mergulhou nos obsessivos pensamentos sobre os "dois infortúnios".

— Que tédio! — sussurrou, ora esticando, ora encolhendo as pernas.

Era um grande prazer ficar assim, entre devaneios; voltava os olhos para o céu, procurava sua estrela adorada, mas o sol estava no zênite e só derramava seu brilho ofuscante na parede de cal da casa, atrás da qual Oblómov o via declinar ao fim da tarde. "Não, primeiro os negócios", pensou com severidade, "e depois…"

A manhã no campo já terminara havia muito tempo, e a manhã de Petersburgo estava no fim. Do pátio, chegavam a Iliá Ilitch ruídos misturados de vozes humanas e não humanas: canções de artistas ambulantes, acompanhadas em geral por latidos de cães. Traziam um monstro marinho para exibir, diversas vozes anunciavam e ofereciam os mais variados produtos.

Ele deitou de costas e cruzou as mãos embaixo da cabeça. Iliá Ilitch ocupou-se com a elaboração do plano de reestruturação de sua propriedade. Em pensamento, repassou rapidamente diversas questões graves e cruciais sobre a renda paga pelos camponeses, a aragem do solo, inventou uma nova medida, mais rigorosa, contra a indolência e a vagabundagem dos camponeses e tratou da organização de sua própria vida na aldeia.

Ocupou-se da questão da construção de uma casa senhorial; com prazer, deteve-se alguns minutos na disposição dos cômodos, definiu o comprimento e a largura da sala de jantar, da sala de bilhar, pensou para qual lado estariam voltadas as janelas de seu escritório; lembrou-se até dos tapetes e dos móveis.

Depois disso tratou da localização dos anexos da casa, levando em conta o número de hóspedes que tencionava receber; definiu um lugar para o estábulo, para o celeiro, para os criados e também para algumas outras edificações acessórias.

Por fim pensou no jardim: resolveu deixar como estavam todas as antigas tílias e carvalhos, mas cortar os pés de maçã e de pera e em seu lugar plantar acácias; pensou num parque, porém, depois de fazer por alto um cálculo dos custos, achou caro, deixou aquilo para outra ocasião e passou para as flores e estufas.

Nesse ponto, a ideia tentadora dos frutos futuros relampejou de forma tão viva que de repente ele se transferiu para alguns anos adiante, no campo, quando a propriedade já estaria reestruturada segundo seu plano e quando ele estaria morando lá, em definitivo.

Imaginou-se num entardecer de verão, sentado na varanda, junto à mesa de chá, debaixo de um toldo de árvores impenetrável para o sol, com um cachimbo comprido na boca, inalando preguiçosamente a fumaça, deleitando-se pensativo com a paisagem por trás das árvores, com o ar fresco, com o silêncio; e ao longe os campos ficavam amarelos, o sol declinava atrás de um conhecido bosque de bétulas e iluminava um lago liso como um espelho; do campo subia um vapor; o ar esfriava, começava o crepúsculo; os camponeses seguiam para suas casas em bandos.

Criados ociosos sentavam-se junto ao portão; de lá, ouviam-se vozes alegres, risos, uma balalaica, meninas brincavam de pega-pega; à volta de Oblómov, saltitavam seus próprios filhinhos pequenos, galgavam seus joelhos, penduravam-se em seu pescoço; ela estava sentada junto ao samovar... a rainha de tudo à sua volta, sua deusa... a mulher! A esposa! Enquanto isso, na sala de jantar, arrumada com simplicidade elegante, acendiam lamparinas amistosas, cobriam de alimentos a grande mesa redonda; Zakhar, promovido a mordomo, com as costeletas totalmente grisalhas, servia a mesa, com um barulho agradável arrumava as taças de cristal e os talheres de prata, deixando a todo momento cair no chão ora um copo, ora um garfo; sentavam-se para o jantar abundante; ali estava também seu amigo de infância, seu amigo fiel, Stolz, e outros, todos conhecidos; depois iam dormir...

O rosto de Oblómov de repente foi inundado por um rubor de felicidade: o sonho era tão nítido, vivo, poético, que na mesma hora virou o rosto para o travesseiro. De súbito, sentiu um vago desejo de amor, de felicidade tranquila, de repente um anseio de viver nos campos e colinas de sua terra natal, em sua casa, de ter uma esposa e filhos...

Depois de ficar deitado de bruços mais ou menos cinco minutos, lentamente se pôs de novo de costas. O rosto reluzia com um sentimento comovido e doce: ele estava feliz.

Com prazer, esticou devagar as pernas e por isso a calça enrolou um pouco para cima, mas ele nem percebeu aquela pequena desordem. O sonho cativante o levava, de maneira fácil e livre, para longe, para o futuro.

Agora sua ideia predileta o dominara: pensava numa pequena colônia de amigos que se estabeleciam em aldeias e fazendas, quinze ou vinte verstas em redor de sua aldeia, amigos que se visitariam alternadamente todos os dias, para almoçar, jantar, dançar; via sempre dias radiantes, rostos radiantes, sem preocupações e aborrecimentos, rostos risonhos, redondos, com um rubor, de queixos duplos e com um apetite insaciável; seria um verão permanente, uma alegria permanente, comida doce e doce indolência.

— Meu Deus! — exclamou, repleto de felicidade, e despertou.

Ressoaram cinco vozes no portão: "Olha a batata! Areia, areia, quem vai querer? Carvão! Carvão!... Uma doação, senhores misericordiosos, para a construção de uma igreja!". E do vizinho, onde construíam uma casa nova, vinham batidas de machados, gritos de operários.

— Ah! — arquejou com amargura Iliá Ilitch.

"Que vida! Que horror essa barulhada da capital! Quando vai começar a vida paradisíaca tão desejada? Quando irei para o campo, para os bosques de minha terra natal?", pensava. "A esta hora, eu estaria deitado na grama, debaixo de uma árvore, contemplaria através dos ramos o meu solzinho e contaria quantos passarinhos habitam os galhos da árvore. E ali mesmo na grama eu almoçaria, tomaria o desjejum, trazido por uma criadinha linda, com os cotovelos desnudos, redondos e macios, e com o pescoço bronzeado de sol; baixaria os olhos, a marota, e sorriria... Quando tudo isso afinal vai começar?..."

"E o plano? E o estaroste, e este apartamento?" De súbito, veio-lhe a lembrança.

— Sim, sim! — exclamou Iliá Ilitch, afobado. — Agora mesmo, neste instante!

Oblómov ergueu-se depressa e sentou-se no sofá, depois baixou os pés ao chão, calçou de uma vez os dois sapatos e ficou sentado; em seguida se levantou de todo e ficou parado, pensativo, por um ou dois minutos.

— Zakhar, Zakhar! — gritou, olhando para a mesa e para o tinteiro.

— O que foi agora? — ouviu-se, junto com o barulho de um pulo. — Será que ainda consigo arrastar minhas pernas? — acrescentou Zakhar num sussurro rouco.

— Zakhar! — repetiu Iliá Ilitch com ar pensativo, sem desviar os olhos da mesa. — Olhe só, meu caro... — começou, apontando para o tinteiro, mas não terminou a frase e afundou de novo em pensamentos.

Seus braços se ergueram, os joelhos fraquejaram, ele começou a se espreguiçar, a bocejar...

— Ainda temos aí — exclamou ele, enquanto se espreguiçava com vontade — um pedaço de queijo. Pois é... traga um vinho Madeira; falta muito para o jantar, então vou beliscar alguma coisinha...

— E onde está esse queijo? — perguntou Zakhar. — Não sobrou nada...

— Como é que não sobrou? — cortou Iliá Ilitch. — Eu lembro muito bem: era um pedaço assim, olha...

— Não, não tem nada! Não sobrou pedaço nenhum! — retrucou Zakhar, obstinado.

— Sobrou! — disse Iliá Ilitch.

— Não sobrou — respondeu Zakhar.

— Então vá comprar.

— Por favor, o dinheiro.

— Ali tem um trocado, pode pegar.

— Só tem um rublo e quarenta copeques, e eu preciso de um rublo e sessenta.

— Ali tinha umas moedas de bronze.

— Não vi! — disse Zakhar, passando o peso do corpo de um pé para o outro. — Tinha uma moeda de prata, naquele canto ali, mas de bronze não tinha!

— Tinha, sim: ontem um vendedor ambulante em pessoa me deu as moedas na mão.

— Foi, sim, deu as moedas na minha frente — disse Zakhar —, eu vi que lhe deu o troco, mas não vi as moedas de bronze...

"Será que Tarántiev pegou?", pensou Iliá Ilitch, em dúvida. "Não, ele teria levado todas de uma vez."

— Então o que ainda temos para comer? — perguntou.

— Não tem mais nada. Vou perguntar para Aníssia se não sobrou um pouco do presunto de ontem — disse Zakhar. — Se tiver, quer que eu traga?

— Traga o que houver. Mas como pode não ter sobrado queijo nenhum?

— Pois é, não sobrou nada! — Zakhar disse e saiu.

Iliá Ilitch ficou andando pelo quarto, lento e pensativo.

— Puxa vida, quanta confusão — disse baixinho. — Vejamos o plano... quanto trabalho ainda falta!... Mas sei que sobrou queijo — acrescentou com ar pensativo —, foi o Zakhar que comeu, e depois vem dizer que não tem mais! E onde foram parar aquelas moedas de bronze perdidas? — disse, apalpando a mesa com a mão.

Quinze minutos depois, Zakhar abriu a porta com uma bandeja que segurava com as duas mãos e, ao entrar no quarto, quis fechar a porta com o pé, mas errou o alvo e bateu o pé no vazio: uma taça caiu, e junto com ela a tampa da garrafa e um pãozinho.

— Não consegue dar um passo sem acontecer isso! — disse Iliá Ilitch. — Vamos, pegue o que deixou cair; por que fica olhando admirado?

Zakhar, com a bandeja nas mãos, fez menção de abaixar-se para pegar o pão, mas se deteve, percebendo de repente que as duas mãos estavam ocupadas e que não havia como segurá-lo.

— Vamos, pegue! — disse Iliá Ilitch com ironia. — O que está esperando? O que houve?

— Ah, malditos, antes vocês não existissem! — exclamou Zakhar com raiva, dirigindo-se aos objetos que haviam caído. — Também, onde é que já se viu tomar o café da manhã na hora do almoço?

E, após baixar a bandeja, pegou no chão as coisas que haviam caído; apanhou o pão, soprou e colocou sobre a mesa.

Iliá Ilitch começou a comer seu desjejum, e Zakhar ficou parado a certa distância, olhando meio de lado e com a aparente intenção de lhe dizer algo.

Mas Oblómov comia sem prestar a menor atenção em Zakhar.

Zakhar tossiu umas duas vezes.

Oblómov nem ligou.

— O administrador mandou um recado agora há pouco — disse Zakhar, por fim, timidamente —, o empreiteiro falou com ele, perguntou se era possível examinar nosso apartamento. É sempre a mesma história da reforma da casa...

Iliá Ilitch comia, sem nada responder.

— Iliá Ilitch — disse Zakhar em voz mais baixa ainda, após uma pausa.

Iliá Ilitch deu a entender que não estava escutando.

— Eles estão mandando o senhor se mudar na semana que vem — disse Zakhar, em voz sibilante.

Oblómov bebeu uma taça de vinho e ficou calado.

— O que vamos fazer, Iliá Ilitch? — perguntou Zakhar quase num sussurro.

— Eu já o proibi de tocar nesse assunto comigo — Iliá Ilitch disse em tom severo e, de pé, andou na direção de Zakhar.

Este recuou.

— Que pessoa venenosa é você, Zakhar! — acrescentou Oblómov com emoção.

Zakhar ofendeu-se.

— Ora essa! — disse ele. — Venenoso! Por que sou venenoso? Não matei ninguém.

— Claro que é venenoso! — repetiu Iliá Ilitch. — Você envenena minha vida.

— Não sou venenoso! — insistiu Zakhar.

— Então por que me intoxica com essa história do apartamento?

— Mas o que vou fazer?

— E eu, o que vou fazer?

— O senhor não queria escrever para o proprietário do prédio?

— E vou escrever; mas espere; não pode ser assim, de uma hora para outra.

— Podia escrever para ele agora.

— Agora, agora! Tenho coisas mais importantes para tratar. Você acha que é que nem cortar lenha? Tap, tap, tap, e pronto? — disse Oblómov, girando uma pena seca dentro do tinteiro. — E agora mais essa! Não tem tinta! Como é que vou escrever?

— Vou pôr *kvás* no tinteiro para diluir — disse Zakhar e, pegando o tinteiro, seguiu ligeiro para a saída, enquanto Oblómov começava a procurar um papel.

— Ora essa, também não tem papel em lugar nenhum! — disse para si mesmo, remexendo dentro de uma gaveta e tateando sobre a mesa. — Não tem mesmo! Ah, esse Zakhar: ele não cuida da casa!

— Está vendo só como você é uma pessoa venenosa? — disse Iliá Ilitch quando Zakhar voltou. — Não cuida de nada! Como é que pode não ter papel nesta casa?

— O que é isso, Iliá Ilitch? Por que esse castigo? Sou cristão: como pode me acusar de venenoso? Ora essa: venenoso! Nasci e cresci no tempo do antigo senhor, ele se permitia me chamar de cachorrinho e puxava minhas orelhas, mas nunca o ouvi usar essa palavra, nem em sonho! Até quando vai durar esse pecado? Olhe, pronto, aqui está o papel, por favor.

Pegou meia folha de um papel cinzento na estante e lhe deu.

— E por acaso é possível escrever nisto? — perguntou Oblómov, jogando o papel para o lado. — Cobri um copo com essa folha ontem à noite para que não caísse nele nada de… venenoso.

Zakhar deu as costas e ficou olhando para a parede.

— Bem, não tem importância: me dê aqui o papel, vou escrever nele mesmo, depois Alekséiev vai passar a limpo.

Iliá Ilitch sentou-se junto à mesa e rapidamente disparou: "Ilustríssimo senhor!…".

— Que tinta horrorosa! — disse Oblómov. — Da próxima vez fique mais atento, Zakhar, e deixe tudo como deve ser!

Refletiu um pouco e começou a escrever.

"O apartamento o qual ocupo no segundo andar do prédio e no qual o senhor sugere fazer algumas reformas se adapta plenamente à minha maneira de viver e aos hábitos adquiridos em virtude de minha longa permanência nesta casa. Informado por meu serviçal Zakhar Trofímov de que o senhor mandou me comunicar que o apartamento por mim ocupado…"

Oblómov se deteve e releu o que havia escrito.

— Está mal escrito — disse ele —, tem "o qual" duas vezes seguidas, e no final tem dois "que"…

Leu num sussurro e rearrumou as palavras: o resultado foi que "o qual" agora parecia se referir ao andar — de novo ficou ruim. Refez de algum jeito e começou a pensar como faria para evitar o segundo "que".

Ora riscava, ora recolocava a palavra no lugar. Por três vezes mais ou menos inverteu a posição do "que", mas o resultado era ou absurdo, ou um "que" ficava muito perto do outro.

— Não há jeito de me livrar desse outro "que"! — disse com impaciência. — Ah! Que o diabo carregue essa maldita carta! Para que ficar quebrando a cabeça com essas bobagens? Perdi o hábito de escrever cartas de negócios. E olhe só, já vão dar três horas.

— Zakhar, onde está você? — Rasgou a carta em quatro pedaços e jogou no chão.

— Viu? — perguntou.

— Vi — respondeu Zakhar, apanhando os pedaços de papel.

— Portanto não me moleste mais com essa história do apartamento. E o que você traz aí?

— As contas, senhor.

— Ah, meu Deus do céu! Você só sabe me perturbar! Bem, quanto é, diga logo, vamos!

— Para o açougueiro, oitenta e seis rublos e cinquenta e quatro copeques.

Iliá Ilitch ergueu os braços.

— Você por acaso ficou maluco? Tanto dinheiro só para o açougueiro?

— Faz três meses que o senhor não paga, tem de aumentar mesmo! Veja, está tudo anotado, não estão roubando!

— Está vendo como você é venenoso? — disse Oblómov. — Gastou um milhão com bifes! E para que isso serve a você? Parece que não traz nenhum proveito.

— Não fui eu que comi! — resmungou Zakhar.

— Não! Não comeu?

— Quer dizer que agora o senhor me recrimina por causa da comida? Veja, olhe só!

E lhe empurrou as contas.

— E o que mais está aí? — disse Iliá Ilitch, repelindo com irritação o caderno seboso.

— Ainda tem cento e vinte e um rublos e dezoito copeques para o padeiro e para o verdureiro.

— Isso é uma devastação! Nunca se viu nada igual! — disse Oblómov, fora de si. — Por acaso você é alguma vaca para ruminar toda essa vegetação?...

— Não! Eu sou uma criatura venenosa! — protestou Zakhar com amargura, e quase deu as costas ao patrão. — Se o senhor não deixasse o Míkhei Andreitch entrar, ficaria mais barato! — acrescentou.

— Bem, e quanto dá ao todo? Faça a conta! — disse Iliá Ilitch, e ele mesmo começou a somar.

Zakhar fez a conta nos dedos.

— Só o diabo sabe quanto é que dá: cada vez que somo dá um resultado diferente! — disse Oblómov. — Bom, quanto deu a sua conta? Duzentos, não foi?

— Espere um pouco, me dê um tempinho! — disse Zakhar, contraindo os olhos e resmungando. — Oito dezenas com dez dezenas... dezoito com duas dezenas...

— Ora, parece que isso nunca vai chegar ao fim — disse Iliá Ilitch. — Leve para seu quarto e amanhã me traga o resultado da conta, e agora trate de arranjar papel e tinta... Mas que montanha de dinheiro! Eu disse para pagar aos pouquinhos, mas, não, você quer pagar de uma vez só... essa gentinha!

— Duzentos e cinco rublos e setenta e dois copeques — disse Zakhar, ao final das contas. — O dinheiro, por favor.

— Mas como? Agora? Espere um pouco: amanhã, eu creio...

— Como quiser, Iliá Ilitch, mas eles estão cobrando...

— Está bem, está bem, me deixe em paz! Já falei: amanhã; então amanhã você vai receber. Vá para seu quarto, e eu vou cuidar da vida: tenho assuntos mais importantes para tratar.

Iliá Ilitch sentou-se na cadeira, dobrou as pernas embaixo do corpo e mal teve tempo de começar a pensar quando a campainha tocou.

Apareceu um homem baixote, de barriga moderada, cara branca, faces rosadas e uma careca que, desde a parte posterior da cabeça, era rodeada por cabelos pretos e densos, como uma franja. A careca era redonda, lisa, e brilhava como se fosse entalhada em marfim. O rosto do visitante se distinguia pela maneira atenta e cuidadosa como fitava todos, pela expressão de temperança no olhar, de moderação no sorriso e por um decoro modesto e oficial.

Vestia um fraque antigo, que abria para os dois lados com largueza e conforto, como um portão, quase a um simples toque. As peças de linho reluziam de brancura, como que para combinar com a calva. No dedo indicador da mão direita usava um anel grande, pesado, com uma pedra escura.

— Doutor! O que o traz aqui? — exclamou Oblómov, estendendo a mão para a visita, enquanto a outra mão empurrava uma cadeira para ele.

— Eu me cansei de saber que o senhor está sempre bem de saúde e não me chama, então vim por conta própria — respondeu o médico em tom jocoso. — Não — acrescentou depois, com ar sério —, estive aqui em cima, no seu vizinho, e vim vê-lo.

— Muito obrigado. E como vai o vizinho?

— Pois é... três ou quatro semanas, talvez resista até o outono, depois... Água no pulmão: sabemos como termina. Bem, e você?

Oblómov balançou a cabeça, pesaroso.

— Vou mal, doutor. Eu estava mesmo pensando em me consultar com o senhor. Não sei o que fazer. Minha barriga parece ferver, no fundo do estômago tem um peso, uma azia me martiriza, a respiração ficou difícil... — disse Oblómov com uma fisionomia de dar pena.

— Dê-me sua mão — disse o médico, tomou o pulso e abriu muito os olhos por um minuto. — Tem tosse? — perguntou.

— À noite, sobretudo quando janto.

— Hum! Tem palpitações no coração? A cabeça dói?

E o médico fez ainda mais algumas perguntas semelhantes, depois inclinou a careca e refletiu profundamente. Uns dois minutos depois, levantou a cabeça de repente e falou com voz resoluta:

— Se continuar a viver mais dois ou três anos neste clima e a estar sempre deitado, comendo alimentos gordurosos e pesados... vai morrer do coração.

Oblómov teve um sobressalto.

— E o que vou fazer? Oriente-me, pelo amor de Deus! — perguntou.

— O mesmo que os outros fazem: ir para o exterior.

— Para o exterior! — repetiu Oblómov com espanto.

— Sim. Por quê?

— Perdoe-me, doutor, mas para o exterior? Como é possível?

— E por que não seria?

Em silêncio, Oblómov olhou para si mesmo, para seu escritório e repetiu mecanicamente:

— Para o exterior!

— O que o impede?

— Como o quê? Tudo...

— Mas como, tudo? Por acaso não tem dinheiro?

— Sim, sim, de fato não tenho dinheiro — exclamou Oblómov com presteza, regozijando-se com aquela barreira natural atrás da qual podia esconder-se por completo. — Veja só o que eu estava escrevendo para o estaroste... Onde está a carta, onde foi que eu a enfiei? Zakhar!

— Tudo bem, tudo bem — exclamou o médico. — Não é da minha conta; meu dever é dizer ao senhor que deve mudar sua forma de vida, o local, o ar, as ocupações... tudo, tudo.

— Está certo, vou pensar — disse Oblómov. — Aonde devo ir e o que devo fazer? — perguntou.

— Viaje para Kissingen ou para Ems — começou o médico —, passe lá os meses de junho e julho; tome as águas; depois vá para a Suíça ou para o Tirol: curar-se com as uvas. Passe lá os meses de setembro e outubro...

— Com mil diabos, no Tirol? — sussurrou Iliá Ilitch, de forma quase inaudível.

— Depois vá para qualquer lugar que seja seco, ainda que seja o Egito...

"Onde já se viu!", pensou Oblómov.

— Livre-se das preocupações e dos desgostos...

— Para o senhor, é fácil falar — comentou Oblómov —, o senhor não recebe do estaroste cartas como aquela...

— É preciso também evitar pensamentos — prosseguiu o médico.

— Pensamentos?

— Sim, tensão intelectual.

— E o plano para reestruturar minha propriedade? Por favor, o senhor acha que sou um pedaço de pau?

— Bem, então faça como preferir. Minha função é apenas prevenir o senhor. Quanto às paixões, também é preciso tomar cuidado: elas prejudicam o tratamento. É preciso tentar distrair-se andando a cavalo, dançando, fazendo movimentos moderados ao ar livre, tendo conversas agradáveis, sobretudo com senhoras, para que o coração bata de leve e só por causa de sentimentos agradáveis.

Oblómov escutou-o, de cabeça baixa.

— E depois? — perguntou.

— Depois evite ler e escrever... Deus livre o senhor de tais coisas! Alugue um chalé com janelas para o sul, bem perto de flores, e é bom que haja mulheres e música por perto...

— E vou comer o quê?

— Evite comer carne e derivados de animais em geral, farináceos e alimentos gelatinosos também. Pode comer uma sopa leve, verduras; apenas tome cuidado: agora o cólera anda por toda parte, então é preciso tomar cuidado... Pode caminhar umas oito horas por dia. Compre uma espingarda...

— Minha nossa! — gemeu Oblómov.

— Por fim — concluiu o médico —, no inverno viaje para Paris, e lá, no remoinho da vida, divirta-se, não fique meditando: vá do teatro ao baile, vá a um baile de máscaras, saia da cidade para fazer visitas, tenha amigos à sua volta, barulho, alegria...

— E não preciso de mais nada? — perguntou Oblómov, com um descontentamento mal disfarçado.

O médico ficou pensando...

— Podia tentar aproveitar os ares do mar: pegue um navio a vapor na Inglaterra e viaje até a América...

Levantou-se e começou a despedir-se.

— Se executar tudo isso à risca... — disse.

— Está bem, está bem. Farei tudo sem falta — respondeu Oblómov em tom mordaz, acompanhando-o até a porta.

O médico saiu, deixando Oblómov no estado mais lamentável. Ele fechou os olhos, pôs as mãos na cabeça, encolheu-se na cadeira como uma bola e ficou assim, sem olhar para nada, sem sentir nada.

Atrás dele, ouviu um chamado tímido:

— Iliá Ilitch!

— Sim? — reagiu ele.

— O que vou dizer ao administrador?

— Sobre o quê?

— Sobre a mudança que temos de fazer.

— Lá vem você outra vez falar disso? — disse Oblómov com espanto.

— O que me resta fazer, meu caro Iliá Ilitch? Pense o senhor mesmo: minha vida é bem amarga, já estou à beira da sepultura...

— Não, nada disso, está muito claro que você é que quer me levar para a sepultura com essa história de mudança — disse. — Não ouviu o que o médico acabou de falar?

Zakhar não encontrou o que dizer, apenas suspirou de tal modo que as pontas do lenço em seu pescoço palpitaram sobre o peito.

— Você resolveu dar cabo de mim, não é? — perguntou Oblómov de novo. — Você está farto de mim. Hein? Vamos, fale!

— Que Deus o proteja! Que tenha vida longa e saúde! Quem quer mal ao senhor? — resmungou Zakhar, em completa confusão por causa do rumo trágico que a conversa tomou.

— Você! — disse Iliá Ilitch. — Já proibi você de ficar martelando nessa mudança, e você, antes que passe um dia, já me recordou o assunto cinco vezes: isso me perturba, tente compreender. E assim minha saúde nunca vai ficar boa.

— Pensei, meu senhor, que... bem, pensei, por que não mudar? — disse Zakhar com a voz trêmula por causa da confusão mental.

— Por que não mudar? Você parece que acha isso muito fácil! — disse Oblómov, virando-se na poltrona, na direção de Zakhar. — Será que você tentou compreender todo o alcance do que significa mudar? Hein? Sinceramente, tentou?

— De fato, não tentei compreender! — respondeu Zakhar humildemente, disposto a concordar com o patrão em tudo, contanto que não se criassem cenas patéticas, que para ele eram o pior e o mais amargo de tudo.

— Pois então escute bem e decida se é possível mudar ou não. O que significa mudar? Significa o seguinte: o patrão vai ter de ficar fora de casa o dia inteiro, tem de andar o dia inteiro todo vestido, desde a manhã...

— Mas o que tem de mais sair de casa? — argumentou Zakhar. — Por que não pode se ausentar um dia inteiro? Afinal, não é saudável ficar o tempo todo dentro de casa. Sabe, o senhor anda com um aspecto ruim! Antes o senhor era fresco como um pepino, mas agora, que fica tão parado, só Deus sabe o que está parecendo. Se caminhasse pelas ruas, se fosse ver as pessoas ou alguma outra coisa...

— Chega de falar bobagens e preste atenção! — disse Oblómov. — Caminhar pelas ruas!

— Sim, isso mesmo — prosseguiu Zakhar com grande ardor. — Dizem que trouxeram para expor na cidade um monstro como nunca se viu neste mundo: o senhor podia dar uma olhada. Podia ir ao teatro ou a um baile de máscaras, e aqui a gente fazia a mudança sem o senhor.

— Não venha me dizer disparates! Então é assim que você se preocupa com a tranquilidade do seu patrão? Para você, eu posso ficar para lá e para cá o dia inteiro, para você tanto faz que eu jante num buraco qualquer, onde não posso me deitar depois da refeição, não é? Sem mim, vocês podem fazer a mudança sozinhos! Não vou estar de olho e então vão fazer a mudança... tudo em caquinhos! Eu sei — disse Oblómov, com uma convicção cada vez maior — o que significa uma mudança! Significa barulho, quebradeira; todas as coisas são jogadas no chão e empilhadas: as malas, o encosto do sofá, os quadros, os livros, os cachimbos e umas garrafas que ninguém vê a não ser na hora da mudança e que ninguém sabe de onde saíram! Você tem de tomar conta de tudo para não quebrarem, não perderem... Metade aqui, a outra metade na carroça ou na residência nova: se você quer fumar, pega um cachimbo, mas já levaram o tabaco... Se você quer sentar, não tem onde; não pode tocar em nada sem se sujar; está tudo empoeirado; não tem como se lavar, e tem de andar com as mãos sujas como as suas...

— Minhas mãos estão limpas — observou Zakhar, mostrando duas mãos que mais pareciam solas de pé.

— Está bem, está bem, mas não fique mostrando para mim! — disse Iliá Ilitch, virando-se para o lado. — E se a gente quer beber — continuou Oblómov —, pega a garrafa, mas o copo já se foi...

— Mas é possível beber da garrafa! — acrescentou Zakhar em tom cordial.

— Aí está, para você é sempre assim: é possível não mexer, não tirar o pó, não bater os tapetes. E na residência nova — continuou Iliá Ilitch, empolgando-se com seu retrato muito vivo da mudança — as coisas ficam desarrumadas durante três dias, tudo está fora do lugar: os quadros estão no chão, encostados na parede, as galochas estão em cima da cama, as botas estão num canto junto ao chá e à pomada. E quando você vai ver, o pé da poltrona está quebrado, o vidro de um quadro se quebrou, o sofá está manchado. Qualquer coisa que você pergunte, ninguém sabe onde está, ou perderam, ou então esqueceram no apartamento antigo: você tem de correr até lá...

— Às vezes a gente tem de correr até lá e voltar umas dez vezes seguidas — interrompeu Zakhar.

— Está vendo só? — prosseguiu Oblómov. — E quando a gente acorda de manhã na residência nova, que aborrecimento! Não tem água, não tem carvão, e o inverno está muito frio e demora a passar, os cômodos ficam gelados, não tem lenha; a gente tem de sair às pressas, procurar...

— E Deus sabe que vizinhos a pessoa vai ter — observou Zakhar de novo —, tem vizinhos que não emprestam nem um feixe de lenha, nem mesmo uma concha de água você pode pedir.

— É isso, isso mesmo! — disse Iliá Ilitch. — A gente faz a mudança, acha que ao fim do dia toda a confusão vai ter acabado: mas nada disso, ainda vai ter arrumação por duas semanas. Parece que tudo está arrumado... Quando a gente olha, ainda falta alguma coisa: tem de pendurar as cortinas, prender os quadros... e a gente sente falta de ar, não quer mais viver... E as despesas, as despesas...

— Na última vez, oito anos atrás, custou duzentos rublos, me lembro bem, como se fosse hoje — confirmou Zakhar.

— Mas olhe só, isso não é brincadeira — disse Iliá Ilitch. — E como é brutal ter de começar a viver num apartamento novo! Em quanto tempo a gente vai se acostumar? Vou ficar umas cinco noites sem dormir numa casa nova; a tristeza vai me fazer em pedaços quando eu levantar de manhã e vir que o letreiro do outro lado da rua não está no lugar, ou que aquela velha de cabelo curto não olha pela janela antes do jantar, como vai ser maçante... Você agora está vendo a que situação está levando seu patrão, não é? — perguntou Iliá Ilitch em tom de censura.

— Estou vendo, sim — sussurrou Zakhar humildemente.

— Para que sugeriu que me mudasse? Ainda restam em mim forças humanas para executar tudo isso?

— Mas eu acho que os outros não são piores do que nós, e mudam, assim, nós também podemos... — disse Zakhar.

— O quê? O quê? — perguntou Iliá Ilitch, levantando-se da poltrona de repente, com espanto. — O que você disse?

Zakhar de súbito se confundiu, sem saber de que modo tinha dado motivo para aqueles gritos e gestos patéticos do patrão... Ficou em silêncio.

— Os outros não são piores! — repetiu Iliá Ilitch com horror. — Agora está claro a que ponto você queria chegar! Você agora vai me dizer que, para você, eu sou igual aos "outros", não é?

Oblómov fez uma reverência irônica para Zakhar e mostrou uma fisionomia ofendida no mais alto grau.

— Perdoe, Iliá Ilitch, se comparei o senhor com alguém...

— Desapareça da minha frente! — disse Oblómov em tom imperativo e apontou com a mão para a porta. — Não suporto olhar para você. Ah! Os "outros"! Muito bem!

Zakhar, com um suspiro profundo, retirou-se para o quarto.

— Que vida! Imagine! — resmungou, sentando-se no leito de tijolos junto à estufa.

— Meu Deus! — gemeu também Oblómov. — Eu aqui querendo consagrar minha manhã a um trabalho meritório e, pronto, me deixaram nervoso até o fim do dia! E quem fez isso? O próprio criado pessoal, devotado, experiente, e vejam só o que ele disse! Como pôde fazer isso?

Durante muito tempo, Oblómov não conseguiu se acalmar; deitava, levantava, andava pelo quarto e deitava de novo. O fato de Zakhar o rebaixar ao nível dos outros representava para Oblómov uma violação de sua prerrogativa à preferência que Zakhar devia ter pelo patrão, em detrimento de todos os demais.

Examinou a fundo aquela comparação e analisou o que eram os outros e o que era ele, até que ponto seria possível e justo aquele paralelo e como era grave a ofensa que Zakhar lançara sobre ele; por fim avaliou se Zakhar o havia ofendido de forma consciente, ou seja, se estava mesmo convicto de que Iliá Ilitch era de fato igual aos "outros", ou se aquilo apenas saltara de sua língua, sem a participação da cabeça. Tudo aquilo feria a vaidade de Oblómov, e ele resolveu mostrar a Zakhar a diferença entre ele e aqueles a quem Zakhar compreendia sob o nome de "outros", deixando claro para o criado toda a infâmia de seu gesto.

— Zakhar! — chamou em tom solene e com voz arrastada.

Zakhar, ao ouvir aquele som, não saltou do leito junto à estufa batendo os pés no chão, como era seu costume, nem resmungou; deslizou lentamente da cama e caminhou, esbarrando em tudo com as mãos e com os lados do corpo, devagar, de má vontade, como um cachorro que sente, pela voz do dono, que descobriram que fez uma travessura e que o estão chamando para a aplicação da represália.

Zakhar abriu metade da porta, mas não se decidiu a entrar.

— Entre! — disse Iliá Ilitch.

Embora a porta pudesse ser aberta sem dificuldade, Zakhar abriu-a como se fosse impossível passar, e por isso ficou no limiar, sem entrar.

Oblómov estava sentado na beira da cama.

— Venha cá! — disse em tom insistente.

Com esforço, Zakhar desvencilhou-se da porta, mas, assim que a fechou, apoiou as costas nela com firmeza e ali ficou.

— Venha cá! — disse Iliá Ilitch, apontando com o dedo um lugar a seu lado.

Zakhar deu meio passo e parou a duas braças do local indicado.

— Mais perto! — disse Oblómov.

Zakhar fingiu que andou, mas só se balançou, mexeu a perna e ficou no mesmo lugar.

Iliá Ilitch, vendo que daquela vez nada seria capaz de fazer Zakhar se aproximar, deixou-o onde estava e fitou-o em silêncio durante alguns instantes, com ar de censura.

Zakhar, sentindo-se incomodado com aquela observação silenciosa de sua pessoa, fingiu que não observava o patrão e, mais do que em outras ocasiões, ficou de lado para ele; naquele instante nem mesmo lançou seu olhar de esguelha para Iliá Ilitch.

Pôs-se a olhar com insistência para o lado esquerdo, para a outra direção: lá viu um objeto que conhecia havia muito tempo — a franja da teia de aranha em volta dos quadros, e a própria aranha —, a acusação viva de seu desleixo.

— Zakhar! — pronunciou Iliá Ilitch em voz baixa, com dignidade.

Zakhar não respondeu; parecia pensar: "Então, o que você quer? Outro Zakhar? Eu já estou aqui", e corria o olhar de um lado para o outro, sem mirar o patrão; ali, o espelho, coberto por uma grossa camada de poeira, semelhante a uma renda, também fez Zakhar lembrar-se de si mesmo; através do espelho, com sobrancelhas franzidas e ar assustado, seu próprio semblante feio e abatido o fitava, como que por trás de uma neblina.

Com desgosto, desviou o olhar daquela figura triste, que ele conhecia demasiado bem, e resolveu detê-lo por um minuto em Iliá Ilitch. Os olhares dos dois se encontraram.

Zakhar não suportou a acusação inscrita nos olhos do patrão e baixou os olhos para os pés: ali, no tapete saturado de poeira e de manchas, ele viu de novo uma prova dolorosa de seu zelo a serviço do patrão.

— Zakhar! — repetiu Iliá Ilitch com emoção.

— O que o senhor deseja? — sussurrou Zakhar de forma quase inaudível e tremeu um pouco, já prevendo alguma declaração patética.

— Traga-me um *kvás*! — disse Iliá Ilitch.

Zakhar sentiu um grande alívio; com alegria, como um menino, acudiu rapidamente ao bufê e, de lá, trouxe um *kvás*.

— E então, como está? — perguntou Iliá Ilitch gentilmente, depois de beber de seu copo e segurando-o entre as mãos. — Está se sentindo mal?

O ar de susto no rosto de Zakhar no mesmo instante se suavizou num lampejo de arrependimento que brilhou em suas feições. Zakhar sentiu despertar no peito e subir ao coração os primeiros sinais de um sentimento de reverência pelo patrão e, de súbito, passou a fitá-lo nos olhos.

— Percebe a falta que cometeu? — perguntou Iliá Ilitch.

"De que falta ele está falando?", pensou Zakhar com amargura. "Deve ser alguma coisa patética; se ele ficar falando assim comigo, vou acabar chorando, mesmo sem querer."

— Como assim, Iliá Ilitch? — começou Zakhar, com a nota mais grave de seu diapasão. — Não falei nada, só que, afinal, por favor...

— Não, espere aí! — cortou Oblómov. — Você não compreende o que fez? Vamos, coloque o copo na mesa e responda!

Zakhar nada respondeu e, positivamente, não compreendia o que tinha feito, mas aquilo não o impedia de olhar para o patrão com reverência; ele até curvou um pouco a cabeça, consciente de sua culpa.

— Então, como pode dizer que não é uma pessoa venenosa? — disse Oblómov.

Zakhar continuava calado, apenas piscou os olhos com força umas três vezes.

— Você ofendeu seu patrão! — pronunciou Iliá Ilitch com voz pausada e olhou fixamente para Zakhar, deliciando-se com sua perturbação.

De tanta angústia, Zakhar não sabia onde se enfiar.

— Então, não ofendeu? — perguntou Iliá Ilitch.

— Ofendi? — sussurrou Zakhar, totalmente desorientado com aquela nova palavra patética. Lançou um olhar para a direita, para a esquerda e para a frente, procurando a salvação em qualquer coisa, e de novo relampejaram na sua frente a teia de aranha, a poeira, o próprio reflexo no espelho e o rosto do patrão.

"Queria poder me enfiar terra adentro! Ah, morte, me acuda!", pensou, vendo que não podia escapar da cena patética, para qualquer lado que virasse. E sentia também que piscava os olhos cada vez mais e que dali a pouco eles ficariam cheios de lágrimas.

Por fim respondeu ao patrão com a velha cantilena, só que em prosa.

— Como foi que ofendi o senhor, Iliá Ilitch? — falou quase chorando.

— Como? — repetiu Oblómov. — Você não sabe o que significa a palavra "outro"?

Parou, ainda fitando Zakhar.

— Será que vou ter de lhe dizer o que isso significa?

Zakhar virou-se, como um urso na toca, e deu um suspiro que encheu o quarto inteiro.

— O "outro" a quem você se refere é uma pessoa amaldiçoada, indigente, vulgar, sem educação, que vive na sujeira, na pobreza, em sótãos; pode dormir muito bem em cima de um trapo de feltro num canto de um pátio. O que acontece com um homem assim? Nada. Come uma batata ou um peixe salgado. A penúria o arrasta de um canto para outro, e ele passa o dia inteiro correndo. Para ele, tanto faz se mudar para um apartamento novo. Olhe só o Liagáiev, ele poria sua régua debaixo do braço, embrulharia duas camisas num lenço de assoar o nariz e iria embora... "Para onde está indo?" "Estou me mudando", diz ele. Esse é o "outro"! E, para você, eu sou igual ao "outro", não é?

Zakhar olhou de relance para o patrão, mudou o pé de apoio e ficou em silêncio.

— O que é esse "outro"? — prosseguiu Oblómov. — O "outro" é uma pessoa que limpa as próprias botas, se veste sozinho, e, embora às vezes pareça até um patrão, é mentira, ele nem sabe o que é um criado; não tem ninguém que ele possa mandar fazer alguma coisa, ele mesmo corre atrás do que precisa; e põe sozinho a lenha na estufa, às vezes limpa a poeira...

— Tem muitos alemães que são assim — disse Zakhar com tristeza.

— Isso mesmo! E eu? Como pode achar que eu sou um "outro"?

— O senhor não é assim, é outro! — disse Zakhar em tom choroso, sem entender nada do que o patrão queria dizer. — Só Deus sabe o que foi que deu no senhor para...

— Eu sou "outro", não é? Espere aí, me prove o que está dizendo! Analise bem como vive esse "outro". O "outro" trabalha sem descanso, corre, vive ocupado — prosseguiu Oblómov —, e se não trabalhar não come. O "outro" se curva em reverência, o "outro" pede, se humilha... E eu? Vamos, decida: como você acha que eu sou um "outro", hein?

— Chega, patrãozinho, pare de me atormentar com palavras patéticas — suplicou Zakhar. — Ah, meu Deus!

— Eu sou um "outro"! Mas por acaso fico correndo para lá e para cá, por acaso trabalho? Será que como pouco? Tenho um aspecto magro ou de dar pena? Por acaso me falta alguma coisa? Quero crer que tenho alguém para me servir, para fazer as coisas para mim! Nunca em minha vida calcei uma meia no pé, graças a Deus! Tenho razão para me preocupar? Por quê? E para quem estou dizendo tudo isto? Você não esteve sempre a meu lado desde a infância? Você sabe de tudo isso, viu que fui criado com carinho, que não passei frio, não passei fome nenhuma vez na vida, não conheci necessidades, não tive de ganhar meu alimento com o próprio trabalho e em geral não me ocupei com trabalhos servis. Então como é que você meteu na cabeça de me comparar com os outros? Será que tenho uma saúde igual à desses "outros"? Por acaso posso fazer tudo isso e ainda sobreviver?

Zakhar decididamente havia perdido toda a capacidade de entender as palavras de Oblómov; mas seus lábios incharam com a emoção que sentia por dentro; a cena patética retumbava como um trovão em cima de sua cabeça. Ficou calado.

— Zakhar! — repetiu Iliá Ilitch.

— O que o senhor deseja? — sussurrou Zakhar em tom quase inaudível.

— Traga um pouco mais de *kvás* para mim.

Zakhar trouxe o *kvás*, e quando Iliá Ilitch, depois de beber, deu a ele o copo, Zakhar seguiu depressa na direção de seu quarto.

— Não, não, espere! — disse Oblómov. — Eu lhe pergunto: como pode ofender de modo tão cruel seu patrão, que você levou nos braços quando bebê, a quem você sempre serviu e que é seu benfeitor?

Zakhar não conseguiu mais suportar: a palavra benfeitor o devastou! Começou a piscar os olhos cada vez mais. Quanto menos compreendia o que Iliá Ilitch lhe dizia em palavras patéticas, mais triste ficava.

— Iliá Ilitch, me perdoe — começou a fungar de arrependimento —, foi por estupidez, foi por pura estupidez que eu…

E Zakhar, sem entender o que fazia, não soube como escolher o verbo com que devia terminar a frase.

— E eu aqui — prosseguiu Oblómov, com a voz de uma pessoa ofendida e cujos méritos não foram reconhecidos —, dia e noite me preocupando, me empenhando, às vezes com a cabeça ardendo de febre, o coração sem forças, sem dormir de noite, me perguntando, sempre pensando em como fazer para melhorar… e por quê? Para quem? Tudo para vocês, para os camponeses; ou seja, para você também. Você, ao ver que eu às vezes estou com o cobertor em cima da cabeça, talvez pense que estou dormindo feito uma tora de madeira. Mas não, eu não estou dormindo, estou pensando, e pensando com muito esforço em maneiras de os camponeses não terem de passar dificuldades, não terem de sentir inveja dos camponeses de outros senhores, não terem de reclamar de mim para Deus no dia do Juízo Final, e para que rezem por mim e se lembrem de mim pelo bem que fiz. Ingratos! — exclamou Oblómov, com amarga censura.

Zakhar ficou decididamente abalado com as últimas palavras patéticas. Começou a chorar aos poucos; sibilos e roncos se fundiram dessa vez numa só nota impossível para qualquer instrumento, a menos, talvez, para um gongo chinês ou para um tambor indiano.

— Querido patrãozinho Iliá Ilitch! — suplicou Zakhar. — Chega! Que Deus proteja sempre o senhor! Santa Mãe de Deus! Que desgraça foi acontecer de repente sem ninguém esperar...

— Ah, você — prosseguiu Oblómov, sem ouvi-lo —, você devia ter vergonha de dizer essas coisas! Aí está a serpente que se abriga em seu peito!

— Serpente! — exclamou Zakhar, abrindo os braços, e gemeu de tal modo que parecia que duas dezenas de besouros tinham entrado voando e zumbindo no quarto. — Quando foi que falei de alguma serpente? — disse no meio de seus lamentos. — Nem em sonho eu vejo essas coisas imundas!

Os dois já haviam deixado de entender um ao outro, mas agora deixavam também de entender a si mesmos.

— Mas como é que você foi capaz de falar uma coisa dessas? — continuou Iliá Ilitch. — E em meus planos eu tinha estabelecido que haveria uma casa só para você, uma horta, uma certa quantidade de cereais, tinha até estabelecido um salário! Você seria meu administrador, o mordomo, o encarregado dos negócios! Os mujiques estariam sob suas ordens, todos o chamariam: Zakhar Trofímitch, Zakhar Trofímitch! E mesmo assim ele não está satisfeito, acha que sou igual aos "outros"! Aí está minha recompensa! Ofende a honra do patrão!

Zakhar continuava a soluçar, e Iliá Ilitch também se comoveu. Enquanto repreendia Zakhar, ele se imbuía a fundo, naquele momento, da consciência dos benefícios que proporcionaria aos camponeses e proferiu as últimas censuras com voz trêmula e lágrimas nos olhos.

— Está bem, vá com Deus! — disse Oblómov em tom conciliatório. — Não, espere, me dê mais um pouco de *kvás*! Minha garganta está totalmente seca! Você mesmo devia ter adivinhado: não percebeu que a voz do seu patrão está rouca? Veja só o que você fez comigo! Espero que tenha compreendido a falta que cometeu — disse Iliá Ilitch, quando Zakhar lhe trouxe o *kvás* —, e nunca mais compare seu patrão com os outros. Para expiar sua culpa, se empenhe em fazer um trato com o senhorio para que eu não tenha de me mudar. É assim que você zela pela tranquilidade do seu patrão: deixou-me completamente nervoso e me impediu de ter qualquer ideia nova e útil. E quem vai sofrer com isso? Você mesmo; foi para o bem de vocês que eu me dediquei tanto, foi para o bem de vocês que pedi exoneração, vivo aqui trancado… Mas, tudo bem, que Deus o proteja! Veja, já são três horas. Só faltam duas horas para o jantar, o que se pode fazer em duas horas? Nada. E tenho uma montanha de coisas para fazer. Bem, paciência, vou adiar minha carta para o próximo correio e deixar meus planos para amanhã. Agora vou deitar um pouquinho: estou completamente esgotado; feche as venezianas e me deixe aqui muito bem trancado, para que ninguém me perturbe; quem sabe ainda durmo uma horinha a mais? Venha me acordar depois das quatro.

Zakhar enclausurou o patrão no quarto dele; de início, cobriu-o e prendeu a borda do cobertor sob o patrão, depois fechou as venezianas, trancou todas as portas e foi para seu quarto.

— Tomara que dê seu último suspiro naquela cama, o demônio! — rosnou Zakhar, no leito de tijolos junto à estufa, enxugando os vestígios das lágrimas. — Um verdadeiro demônio! Uma casa própria, uma horta, um salário! — disse Zakhar, compreendendo apenas a última palavra. — O senhor fala coisas bem patéticas: parece que enfia uma faca no coração e corta… Esta aqui é a minha casa, a minha horta, aqui vou esticar minhas canelas! — disse, e bateu com raiva no leito. — Um salário! Se eu não apanhasse uns trocados aqui e ali, não teria como comprar tabaco, nem como dar algum presente para minha comadre! Ora, que o diabo o carregue! Quem dera a morte viesse me buscar logo!

Iliá Ilitch deitou-se de costas, mas não adormeceu logo. Ficou pensando, pensando, muito agitado…

— De repente, dois infortúnios! — disse ele, cobrindo-se todo, até a cabeça, com o cobertor. — Vamos, resista!

Mas na realidade aqueles dois infortúnios, ou seja, a carta tenebrosa do estaroste e a mudança para um apartamento novo, tinham deixado de atormentar Oblómov e agora faziam parte apenas de uma série de lembranças aborrecidas.

"Ainda falta muito tempo para que ocorram os problemas com que o estaroste me ameaça", pensou. "Até lá, muita coisa pode mudar: quem sabe a chuva não melhora a lavoura do trigo? Talvez o estaroste consiga o pagamento dos atrasados; talvez os mujiques que fugiram voltem para o 'seu local de residência', como ele escreveu. E, afinal, para onde fugiram, esses mujiques?", pensou Oblómov e aprofundou-se cada vez mais numa contemplação artística daquelas circunstâncias. "Na certa fugiram de noite, debaixo da friagem, sem levar comida. Onde dormiram? Na floresta, será? É impossível ficar na mata. Numa isbá de camponês pode haver mau cheiro, mas pelo menos é quente... E para que me preocupar?", pensou. "Em breve meu plano estará pronto... Por que ficar assustado antes da hora? Ah, eu..."

A ideia da mudança o perturbava um pouco mais. Era mais recente, o último dos infortúnios; todavia, no espírito tranquilizador em que se encontrava Oblómov, também aquele fato já se tornava parte da história, do passado. Embora ele antevisse confusamente a necessidade da mudança, ainda mais porque Tarántiev havia se intrometido no assunto, Oblómov distanciava mentalmente aquele fato inquietante de sua vida, nem que fosse só por uma semana, e assim já ganhava uma semana inteira de sossego!

"E quem sabe também Zakhar se esforce tanto para resolver a situação que nem seja preciso fazer mudança nenhuma, quem sabe eles se entendam? Talvez adiem tudo para o próximo verão, ou cancelem em definitivo a mudança; eles que façam alguma coisa, seja lá o que for! O impossível de fato... é mudar!"

Assim ele ora se agitava, ora se acalmava, e por fim, nestas palavras conciliatórias e tranquilizadoras, "talvez", "quem sabe" e "seja lá o que for", Oblómov encontrava, também daquela vez, como sempre, toda uma arca de esperanças e de consolos, como a Arca da Aliança de nossos antepassados, e com ela conseguia, no momento, se proteger dos dois infortúnios.

Um torpor leve, agradável, já corria por seus braços e pernas e começava aos pouquinhos a turvar de sono seus sentidos, assim como as primeiras e tímidas geadas turvam a superfície da água; mais um minuto, e a consciência voaria embora, só Deus sabe para onde, mas de repente Iliá Ilitch despertou e abriu os olhos.

— Mas eu nem me lavei ainda! Como é possível? E ainda não fiz nada — sussurrou. — Quero traçar o plano no papel e não o fiz, não escrevi para o chefe de polícia, nem para o governador. Comecei uma carta para o proprietário do prédio, mas não terminei, não conferi as contas e não dei o dinheiro... a manhã foi perdida!

E refletiu: "O que está acontecendo? Será que um 'outro' faria tudo isso?", a ideia relampejou em sua cabeça. "Outro, outro... Afinal, o que é esse 'outro'?"

E aprofundou-se na comparação com os "outros". Pôs-se a pensar e a pensar: e agora formava sobre os "outros" uma ideia completamente contrária à que tinha apresentado para Zakhar.

Teve de reconhecer que um outro teria conseguido escrever todas as cartas, sem que os "o qual" e os "que" se amontoassem uns em cima dos outros, e também que um outro se mudaria para o apartamento novo, teria traçado o plano e viajaria para a aldeia...

"Puxa, eu também posso fazer tudo isso", pensou, "afinal, parece que sou perfeitamente capaz de escrever; no passado já escrevi não só cartas, mas coisas muito mais complicadas! O que foi feito disso tudo? E qual é o grande problema numa mudança? Basta querer! O 'outro' nunca fica o tempo todo vestido de roupão", acrescentou assim mais uma característica ao "outro". "O 'outro'", e aqui ele bocejou, "quase não dorme... o 'outro' desfruta a vida, vai a toda parte, vê tudo, se interessa por tudo... E eu! Eu... não sou um 'outro'!", pensou com tristeza e mergulhou em profunda meditação. Até tirou a cabeça de debaixo do cobertor.

Havia chegado um dos momentos mais lúcidos e conscientes da vida de Oblómov.

Como era terrível para ele quando surgia de repente em seu espírito a imagem viva e clara do destino humano e de seu significado, e quando entrevia num lampejo um paralelo entre aquele significado e sua própria vida, quando dentro de sua cabeça se derramavam, umas sobre as outras, várias questões vitais, e rodavam, em desordem, de modo atemorizante, como pássaros despertados por um raio repentino de sol, numa ruína adormecida.

Sentia-se mal e triste com sua falta de instrução, com a formação interrompida de suas forças morais, com aquele peso interior que a tudo estorvava; e o roía a inveja de quem vivia de maneira tão plena e abrangente, enquanto parecia que uma pedra pesada tinha sido jogada na trilha estreita e lamentável de sua existência.

Em seu espírito tímido, formava-se dolorosamente a consciência de que muitos lados de sua natureza simplesmente não haviam despertado, outros mal tinham sido tocados, e nenhum deles havia sido trabalhado até o final.

No entanto, Oblómov sentiu de forma dolorosa que dentro dele, como num túmulo, estava enterrado algum princípio bom, luminoso, talvez agora já morto, ou jazido como o ouro no âmago da montanha, e quem sabe já houvesse passado da hora de transformar aquele ouro em moeda circulante.

Mas o tesouro estava enterrado fundo sob uma pesada camada de lixo e sedimentos. Alguém parecia ter roubado e enterrado em sua alma as riquezas que lhe foram concedidas como uma dádiva do mundo e da vida. Algo o impedia de lançar-se na arena da vida e voar por ela, com as velas da inteligência e da liberdade desfraldadas. Algum inimigo secreto pusera a mão pesada sobre ele logo no início do caminho e o empurrara para bem longe do objetivo humano correto.

E parecia que já não conseguiria sair do deserto e da selva para a trilha certa. A floresta à sua volta e em sua alma se tornava cada vez mais escura; a trilha ficava cada vez mais coberta de mato; a consciência clara se acendia cada vez mais raramente e só por instantes acordava suas forças adormecidas. A inteligência e a vontade se encontravam paralisadas havia muito tempo e, pelo visto, irrecuperáveis.

Os acontecimentos de sua vida haviam se reduzido a dimensões microscópicas, mas nem aqueles acontecimentos ele conseguia enfrentar; em vez de transitar de um para o outro, ele era jogado de um para o outro, como de uma onda do mar para outra; não tinha forças para opor a um deles a resistência da vontade ou de empolgar-se pelo outro com a razão.

Sentia-se amargurado com aquela confissão secreta que fazia para si mesmo. Estéreis aflições com o passado, acusações ardentes da consciência o acossavam como agulhas, e com todas as forças ele se empenhava para se desvencilhar do fardo de tais acusações, encontrar um culpado fora de si e lançar os dardos sobre o culpado. Mas quem?

— Tudo por causa de… Zakhar! — sussurrou.

Recordou detalhes da cena com Zakhar, e seu rosto se inflamou com o calor da vergonha.

"Imagine se alguém tivesse ouvido aquilo!", pensou, congelando só de pensar. "Graças a Deus, Zakhar não é capaz de contar a ninguém; também não iam acreditar; graças a Deus!"

Suspirava, xingava a si mesmo, virava-se de um lado para o outro em busca de um culpado, e não encontrava. Seus gemidos e suspiros chegaram aos ouvidos de Zakhar.

— Vai explodir de tanto *kvás*! — resmungou Zakhar, com raiva.

"Por que sou assim?", perguntou-se Oblómov, quase com lágrimas nos olhos, e escondeu de novo a cabeça embaixo do cobertor. "Por quê, de verdade?"

Depois de procurar inutilmente o princípio hostil que o impedia de viver da maneira devida, como viviam os "outros", ele suspirou, fechou os olhos e, depois de alguns minutos, a sonolência começou aos poucos a toldar seus sentidos.

— E eu também... queria... — disse, piscando os olhos com dificuldade — alguma coisa... Será que a natureza já me feriu tanto que... Não, graças a Deus... não posso me queixar...

Em seguida ouviu-se um suspiro conciliatório. Ele passou da agitação para seu estado normal, de tranquilidade e apatia.

— Está claro que é o destino... o que posso fazer? — mal conseguiu sussurrar, vencido pelo sono.

— "Uma renda mais ou menos dois mil rublos menor que a do ano passado"... — disse de repente, num delírio em voz alta. — Pronto, pronto, espere... — E voltou a si, em parte. — No entanto... seria curioso saber... por que eu... sou assim... não seria? — disse, de novo num sussurro. Suas pálpebras se abriram de todo. — Mas por quê?... Deve ser... isso... é porque... — Esforçou-se para falar, mas não foi capaz.

E assim ele não conseguiu pensar numa causa; a língua e os lábios vacilaram por um momento no meio da frase e pararam como estavam, a boca entreaberta. Em lugar de uma palavra, ouviu-se mais um suspiro, e em seguida começou a ressoar o ronco ritmado de uma pessoa que dorme serenamente.

O sono deteve o fluxo vagaroso e indolente de seus pensamentos e transportou-o instantaneamente para outra época, para outras pessoas, para outro lugar, para onde eu e o leitor seremos transportados no capítulo seguinte...

IX. O sonho de Oblómov

Onde estamos? A que abençoado cantinho da terra nos transportou o sonho de Oblómov? Que local maravilhoso!

Lá não há mar, é verdade, não há montanhas elevadas, os penhascos e os abismos não são recobertos de matas — não há nada de grandioso, selvagem e melancólico.

Mas afinal para que serve isto, o selvagem e o grandioso? O mar, por exemplo. Olhem para ele! Só desperta melancolia na gente: olhando para ele, temos vontade de chorar. O coração estremece de temor diante da vasta mortalha de água, e não há nada em que repousar o olhar, exausto com a monotonia interminável da paisagem.

O rugido e o furioso rosnado das ondas não afagam o ouvido débil; elas não param de repetir sua canção soturna e indecifrável, sempre a mesma desde o início do mundo; e nela se ouvem sempre o mesmo lamento, as mesmas lamúrias, como que de um monstro condenado ao martírio, e as mesmas vozes cortantes e cruéis. Pássaros não gorjeiam em redor; apenas umas gaivotas emudecidas, como que condenadas a pairar tristemente perto da praia e a rodar acima da água.

O rugido da fera é impotente diante de tais lamentos da natureza, assim como é insignificante a voz humana, e o próprio homem é tão pequeno e fraco que, imperceptível, desaparece em meio aos detalhes miúdos da vasta paisagem! Por isso, talvez, seja tão penoso para ele contemplar o mar.

Não, deixemos o mar de lado! Nem mesmo seu silêncio e sua imobilidade suscitam no espírito sentimentos amenos: no quase imperceptível movimento das massas de água, o homem enxerga sempre a mesma força descomunal, embora adormecida, que de tempos em tempos tanto espezinha a orgulhosa vontade do homem como também enterra bem fundo seus projetos audaciosos e todos os seus esforços e trabalhos.

As montanhas e os precipícios também não foram criados para o entretenimento do homem. São terríveis, apavorantes, como garras e dentes de uma fera selvagem arreganhados e apontados contra ele; lembram com demasiada vivacidade nossa condição frágil e proclamam o temor e a angústia diante da vida. E o céu, acima dos penhascos e dos precipícios, parece tão remoto e inatingível como se tivesse desertado dos homens.

Bem diferente era o recanto sereno onde nosso herói se viu de repente.

O céu ali, ao contrário, parece aconchegar-se bem junto da terra, mas não para disparar suas flechas com mais violência, e sim apenas para abraçá-la com mais força, com amor; o céu se alastra tão baixo acima da cabeça como o teto seguro e confiável da casa paterna, como que para proteger de todas as desventuras aquele recanto escolhido.

O sol ali brilha claro e quente durante mais ou menos metade do ano e depois se afasta, não de uma hora para outra, mas hesitante, como se voltasse atrás para ver mais uma vez, ou duas, o local adorado, e para lhe conceder um dia morno e claro de outono, em meio às intempéries.

As montanhas ali parecem apenas maquetes das montanhas tenebrosas que, em outros lugares, aterrorizam a imaginação. É uma série de montes em declive suave, onde dá gosto brincar de deslizar de costas, ou contemplar o sol nascente, sentado no alto, em meditação.

O rio corre alegre, saltitante e animado; ora se derrama num largo poço, ora se precipita num funil veloz, ou se amansa, como que pensativo, e quase se arrasta pelas pedras, disparando para os lados regatos ligeiros, ao som de cujos murmúrios é doce cochilar.

Todo aquele recanto, numa área de quinze ou vinte verstas, apresenta uma série de estudos de paisagens pitorescas, alegres, sorridentes. As margens arenosas e em declive do riacho cintilante, os pequenos arbustos que se esgueiram da encosta para a água, a ravina tortuosa com um regato correndo no fundo e o bosque de bétulas — tudo parece selecionado de propósito, um a um, e pintado com mão de mestre.

O coração esgotado pelas atribulações ou o coração de todo estranho a elas clamam ambos por poder ocultar-se nesse recanto esquecido de todos e viver ali numa felicidade que ninguém mais conhece.

Tudo ali promete uma vida tranquila, duradoura, até o cabelo perder a cor e a morte chegar despercebida, como o sono.

O ciclo do ano ali se cumpre de forma regular e imutável.

Conforme a norma do calendário, em março começa a primavera, os regatos lamacentos descem dos montes, a terra congelada derrete e exala um vapor quente; o camponês se desfaz da peliça, sai ao ar livre só de camisa e, fazendo sombra nos olhos com a mão, fica admirando o sol por muito tempo, enquanto encolhe os ombros com prazer; depois puxa a carroça que está virada de cabeça para baixo, primeiro por um eixo, depois pelo outro, ou examina e empurra com o pé o arado que jaz ocioso embaixo do telheiro, preparando-se para os trabalhos de costume.

As nevascas repentinas não retornam na primavera, não inundam os campos de neve nem derrubam as árvores.

O inverno, como uma beldade fria e inacessível, mantém sua postura até a hora prevista para o calor; não nos perturba com degelos inesperados e não nos obriga a arquear o corpo com geadas inacreditáveis; tudo corre segundo a ordem geral de costume, prescrita pela natureza.

Em novembro começam a neve e a geada, que no Dia de Reis se tornam tão fortes que os camponeses, quando saem da isbá um minuto, sempre retornam com o gelo na barba; e em fevereiro um nariz afiado já percebe no ar um ligeiro sopro da primavera que vai chegar.

Mas o verão, sim, o verão é especialmente arrebatador naquela região. Lá não falta ar fresco e seco, não há o aroma de limões e de loureiros, mas simplesmente o cheiro do absinto, do pinheiro e das cerejas silvestres; lá não faltam dias claros, levemente abrasadores, mas sem raios de sol causticantes, e ao longo de quase três meses o céu fica sem nuvens.

Assim que chegam os dias claros, duram por três ou quatro semanas; e o entardecer é ameno e a noite é quente. Lá, as estrelas são cordiais, piscam os olhos de modo muito amigável no firmamento.

Se cai uma chuva — que benfazeja chuva de verão! Jorra de lado, em profusão, pula alegremente, como as lágrimas quentes e grandes de um homem tomado de súbito por uma grande alegria; e, assim que cessa, o sol de novo, com um claro sorriso de amor, observa e seca os campos e os montes: e toda a região mais uma vez sorri de felicidade em resposta ao sol.

O camponês, alegremente, dá as boas-vindas à chuva: "A chuvinha molha, o solzinho seca!", diz ele, pondo com prazer o rosto, os ombros e as costas sob o aguaceiro morno.

Lá, os temporais não são atemorizantes, mas apenas benfazejos: acontecem constantemente na hora prevista, sem esquecer quase nunca o dia de santo Iliá,* como que para confirmar a tradição bem conhecida entre o povo. E o número e a força dos trovões parecem, todo ano, ser iguais, como se uma porção determinada de eletricidade fosse reservada todos os anos para essa região.

Não se veem ciclones nem devastação nesse lugar.

Nos jornais, nunca aconteceu de alguém ler algo semelhante, nesse recanto abençoado por Deus. E nada teria sido impresso e nunca teriam ouvido falar da região, se não fosse o caso da viúva camponesa Marina Kúlkova, que vinte e oito anos antes deu à luz quatro bebês de uma só vez, notícia sobre a qual era impossível silenciar.

Deus não castigou a região nem com pragas do Egito nem com pragas simples. Nenhum dos habitantes viu nem lembra nenhum presságio celestial atemorizador, nem bolas de fogo, nem escuridões repentinas; répteis peçonhentos não circulam por lá; gafanhotos não voam por lá; não há leões que rugem nem tigres que urram, nem mesmo ursos e lobos, porque não existem florestas. Pelos campos e aldeias andam apenas, e em abundância, vacas que ruminam, ovelhas que balem e galinhas cacarejantes.

Só Deus sabe se a natureza desse recanto de paz agradaria a um poeta ou a um sonhador. Esses senhores, como se sabe, amam contemplar a lua e escutar o canto dos rouxinóis. Amam a lua sedutora, que se oculta por trás de uma

---

* Dia de santo Iliá: 20 de julho pelo calendário juliano, adotado na Rússia até a Revolução de Outubro de 1917 (2 de agosto pelo calendário moderno).

nuvem cor de palha e que transparece misteriosamente através dos ramos das árvores, ou que crava feixes de raios prateados nos olhos de seus adoradores.

Naquela região ninguém sabe o que é lua — todos a chamam de *mês*.* Ela mira de forma cordial todos os olhos na aldeia e no campo e se parece muito com uma bacia de cobre polida.

Em vão o poeta a contemplaria com olhos emocionados: ela fitaria o poeta de forma tão inocente como uma beldade aldeã de rosto redondo olha em resposta aos olhares fervorosos e eloquentes de um conquistador da cidade.

O rouxinol também não se faz ouvir naquela região, talvez porque ali não existem rosas, nem caramanchões sombreados; em compensação, que fartura de codornizes! No verão, durante a colheita do trigo, os meninos as apanham com as mãos.

E não compreendem, todavia, que em outros lugares a codorniz é tida como objeto de luxo gastronômico — não, tal corrupção não penetrou nos costumes dos habitantes da região: a codorniz é um pássaro que não consta dos protocolos de alimentação. Lá, a codorniz regala a audição das pessoas com seu canto: por isso quase em todas as casas, sob os telhados, pende uma codorniz dentro de uma gaiola de palha.

O poeta e o sonhador ficariam insatisfeitos com o aspecto bastante comum dessa localidade modesta e despretensiosa. Lá, não conseguiriam ver um anoitecer ao estilo suíço ou escocês, quando toda a natureza, a floresta, a água, as paredes das cabanas e os montes arenosos — tudo se inflama como que num ardor escarlate; quando, contra esse fundo escarlate, se destaca bem delineada uma cavalgada de homens que seguem por uma sinuosa estrada de areia depois de terem acompanhado certa dama num passeio a ruínas tristonhas e se apressam a voltar ao castelo fortificado onde os aguarda um episódio da Guerra das Duas Rosas, narrado pelo avô, uma cabra-selvagem na mesa de jantar e o canto de uma jovem donzela ao som de uma balada, ao alaúde — cenas com que a pena de Walter Scott encheu nossa imaginação com tanta fartura.

Não, nada disso existe em nossa região.

Como tudo está em silêncio, tudo é sonolência nas três ou quatro aldeias

---

* Jogo de palavras com os dois termos que em russo significam "lua": *luná*, de origem erudita, e *messiats*, também adotado para designar "mês".

que constituem esse recanto! Elas repousam não muito distantes umas das outras e parecem ter sido lançadas ao acaso pela mão de um gigante, dispersas em várias direções, e assim continuam até hoje.

Como foi parar no declive de uma ravina, uma isbá permanece pendurada ali desde tempos imemoriais, sozinha, com metade suspensa no ar e escorada por três pilares. Três ou quatro gerações passaram por essa isbá, tranquilas e felizes.

Tem-se a impressão de que uma galinha teria medo de entrar ali, mas na isbá mora, com sua esposa, Oníssim Suslov, homem robusto, que não pode ficar de pé dentro da própria habitação.

Não é qualquer um que consegue entrar na isbá de Oníssim; a menos que o visitante convença a isbá a *ficar de costas para a floresta e de frente para ele.*

O alpendre se abre alegremente para o barranco, e para pôr o pé na entrada é preciso agarrar o capim com uma mão, com a outra segurar-se ao telhado da isbá, e depois pisar direto no alpendre.

Outra isbá está pendurada num morro, como um ninho; lá, três outras isbás foram parar por acaso numa fileira e duas outras se encontram bem no fundo da ravina.

Na aldeia, tudo está quieto e sonolento: as isbás silenciosas ficam abertas; não se vê ninguém; só moscas voam em nuvens e zumbem no ar abafado.

Ao entrar numa isbá, é inútil chamar em voz alta: um silêncio de morte será a resposta; em raros casos, numa isbá ressoam um gemido doente ou a tosse surda de uma velha que passa a vida que lhe resta sobre a estufa, ou uma criança descalça de três anos e cabelos compridos, só de camisa, sai de trás de uma divisória e, calada, olha fixamente para a pessoa que entrou e logo se esconde assustada outra vez.

A mesma paz e o mesmo silêncio profundo repousam nos campos; só aqui e ali, como uma formiga, se avista um lavrador que avança pelo milharal escuro, abrasado pelo calor, inclinado sobre o arado de madeira e banhado de suor.

O silêncio e a calma imperturbável reinam também nos costumes da gente da região. Não há roubos nem assassinatos, nenhum incidente terrível ocorre por lá; nenhuma paixão violenta nem empresas audaciosas perturbam os habitantes.

Mas que paixões e empresas poderiam perturbá-los? Cada um ali se conhece muito bem. Os habitantes da região moram longe de outras pessoas. As aldeias mais próximas e a vila distrital ficam a vinte e cinco, trinta verstas.

Num momento determinado, os camponeses transportam o trigo para o cais mais próximo, no Volga, que é a sua Cólquida, ou as suas Colunas de Hércules, e uma vez por ano alguns vão à feira, e afora isso não têm outras relações com quem quer que seja.

Seus interesses se concentram neles mesmos, não se encontram nem se comunicam com mais ninguém.

Sabem que a oitenta verstas existe uma "província", ou seja, uma cidade de província, mas raramente vão até lá; também sabem que mais além ficam Sarátov e Níjni. Ouviram dizer que existem Moscou e Pítier,* que além de Pítier vivem os franceses e os alemães, mais além já começa para eles, como para os antigos, o mundo escuro de terras desconhecidas, povoadas por monstros, homens de duas cabeças, gigantes; depois, existem trevas, e por fim tudo se encerra com aquele peixe que sustenta o mundo nas costas.

E, como seu recanto é quase impenetrável, as notícias recentes sobre o que acontece no mundo não têm como chegar até lá: os carroceiros que vendem pratos e colheres de madeira moram só a vinte verstas e não sabem mais do que eles. Não têm sequer com que comparar seu modo de vida: se vivem bem ou não; se são ricos ou pobres; se podem desejar mais alguma coisa, algo que outros possuam.

Vivem felizes, pensando que não se pode e não se deve viver de outro modo — e que isso é pecado.

Não acreditariam se lhes dissessem que outras pessoas lavram a terra, semeiam, colhem e vendem de modo diferente. Que paixões e inquietações poderiam ter?

Entre eles, como acontece com todo mundo, existem preocupações, fraquezas, pagamento de taxas e tributos pelo uso da terra, preguiça e sono; mas tudo isso lhes custa barato, não agita seu sangue.

Nos últimos cinco anos, entre algumas centenas de camponeses, ninguém morreu nem de morte natural, muito menos de morte violenta.

E se alguém, por velhice ou por alguma doença crônica, parte para o

---

* Pítier: São Petersburgo.

sono eterno, as pessoas por muito tempo não se cansam de ficar admiradas com esse fato tão extraordinário.

No entanto não lhes parece em nada surpreendente que, por exemplo, o ferreiro Tarás tenha escapado por pouco de morrer queimado em sua choupana de barro, a ponto de ter sido preciso jogar água sobre ele a fim de reanimá-lo.

Entre os crimes, só um se verifica: o roubo de ervilhas, de cenouras e de nabos nas hortas, e uma vez houve grande rebuliço quando sumiram de repente dois leitões e uma galinha — acontecimento que abalou toda a redondeza e foi unanimemente atribuído à passagem, na véspera, de um comboio de carroças que levavam pratos de madeira rumo à feira. Mas em geral são raros os incidentes de qualquer tipo.

Todavia, certa vez, acharam um homem estirado num canal, nos arredores de uma aldeia, perto de uma ponte, obviamente o membro de um grupo de artesãos que seguiam para a cidade.

Quem o viu primeiro foram os meninos e, com horror, correram para a aldeia com a notícia de que uma serpente terrível ou um lobisomem estava estirado no canal, e acrescentaram que os havia perseguido e que por pouco não comera Kuzka.

Os mujiques mais corajosos se armaram com forcados e machados e foram em bando rumo ao canal.

— Para onde vocês vão? — um velho quis acalmá-los. — Quer dizer que vocês são durões, é? O que vocês querem? Para que vão se meter? Ninguém está correndo atrás de vocês.

Mas os mujiques foram e, a cinquenta braças do local, começaram a desafiar o monstro com vários gritos: não veio nenhuma resposta; eles pararam; depois avançaram de novo.

Dentro do canal, jazia um mujique, a cabeça encostada na borda; a seu lado estavam caídos um saco e uma vara, na qual estavam presos dois pares de alpercatas de palha.

Os mujiques não se decidiam a chegar perto, nem a tocar nele.

— Ei! Você, irmão! — gritavam, um de cada vez, uns coçando a nuca, outros as costas. — Como veio parar aqui? Ei, você! O que está fazendo aqui?

O homem fez um movimento para levantar a cabeça, mas não conseguiu: pelo visto, estava doente ou muito cansado.

Um deles decidiu tocá-lo com um forcado.

— Não encoste! Não encoste! — gritaram muitos. — A gente não sabe quem é esse sujeito: ainda não falou nada. Quem sabe é uma espécie de... Não encostem, pessoal!

— Vamos — disseram alguns —, vamos embora, falando sério. O que ele é para a gente, um tio? Só serve para trazer desgraça!

E todos voltaram para a aldeia e contaram aos velhos que havia um estrangeiro estirado no canal, que não falou nada e que só Deus sabia como tinha ido parar ali.

— Um estrangeiro, então não encostem! — disseram os velhos, sentados num montinho de terra junto à isbá, com os cotovelos nos joelhos. — Deixem o sujeito em paz! Vocês nem deviam ter ido lá!

Assim era o recanto para onde Oblómov foi transportado de repente, em sonho.

Das três ou quatro aldeias esparsas, uma era Sosnovka, outra era Vavílovka, a uma versta de distância uma da outra.

Sosnovka e Vavílovka eram parte do patrimônio hereditário dos Oblómov, e por isso eram conhecidas pelo nome geral de Oblómovka.

Em Sosnovka, ficavam a casa senhorial e a sede da fazenda dos proprietários. A umas cinco verstas de Sosnovka ficava o povoado de Verkhliovo, também pertencente outrora à família Oblómov, mas que passara a outras mãos havia muito tempo, além de algumas isbás avulsas, aqui e ali, incorporadas àquele povoado.

O povoado pertencia a um rico proprietário que nunca pusera os pés em sua propriedade: um administrador alemão supervisionava tudo.

Aí está toda a geografia daquele recanto.

Iliá Ilitch acordou de manhã em sua pequena caminha. Tinha só sete anos. Sentia-se leve, alegre.

Como era bonitinho, vermelhinho, gorducho! As bochechas eram tão redondinhas que outro peralta, para imitá-lo, poderia encher as bochechas de propósito que não conseguiria ficar igual a ele.

A babá estava esperando que ele acordasse. Ela começou a calçar suas meiazinhas; ele não deixou, pulou, sacudiu as pernas; a babá o segurou e os dois riram.

Por fim ela conseguiu pôr o menino de pé; lavou-o, penteou a cabecinha e o mandou para a mãe.

Oblómov, ao ver a mãe, morta havia tanto tempo, mesmo em sonho ficou palpitante de alegria, de um amor ardente por ela: no sonho, duas lágrimas quentes escorreram lentamente sob os cílios e depois ficaram imóveis.

A mãe o cobriu de beijos apaixonados, depois o fitou com olhos ávidos, vigilantes, para ver se os olhos do menino não estavam turvos, e perguntou se alguma coisa estava doendo, perguntou à babá se ele havia dormido bem, se não havia acordado de noite, se não havia se mexido durante o sono, se não tivera febre. Em seguida, pegou-o pela mão e levou-o para diante de um ícone.

Lá, de joelhos, e abraçando-o pelas costas com um braço, incentivou-o a repetir as palavras da prece.

O menino repetiu-as distraído, olhando para a janela, de onde corriam para dentro da casa um frescor e um cheiro de lilases.

— Hoje nós vamos passear, mamãe? — perguntou ele de repente, no meio da prece.

— Vamos, sim, querido — disse ela, afobada, sem desviar os olhos do ícone e terminando rapidamente de dizer as palavras sagradas.

O menino as repetia sem ânimo, mas a mãe punha nelas todo o seu coração.

Depois foram ao encontro do pai e, em seguida, para o chá.

Na mesa de chá, Oblómov viu a tia muito idosa, de oitenta anos, que resmungava eternamente para sua criada, a qual, com a cabeça tremendo por causa da idade, cuidava dela e ficava de pé atrás de sua cadeira. Também havia três solteironas, parentas distantes do pai, e o cunhado da mãe, um pouco amalucado, pequeno proprietário rural, dono de sete servos, de nome Tchekmenióv, hóspede na casa, e também algumas velhinhas e velhinhos.

Todas as pessoas desse contingente e desse séquito da casa dos Oblómov ergueram Iliá Ilitch nos braços e o afogaram em carinhos e cumprimentos; ele mal tinha tempo de enxugar as marcas dos beijos gratuitos.

Depois disso, teve início a operação de alimentá-lo com bolinhos, biscoitinhos açucarados e creme de nata.

Em seguida, a mãe lhe fez mais carinhos e mandou-o passear no jardim, no pátio, no pasto, com a rigorosa recomendação de que a babá não deixasse o menino sozinho, não deixasse o menino chegar perto dos cavalos, dos cachorros, do bode, de que não fossem muito longe de casa, e acima de tudo que não deixasse o menino chegar perto da ravina, o lugar mais temível dos arredores e que tinha uma reputação muito ruim.

Lá, certa vez, acharam um cachorro que foi considerado louco só porque fugiu de pessoas que partiram em sua direção munidas de forcados e machados e depois sumiu em algum canto atrás do monte; na ravina, jogavam carcaças de animais; na ravina, pensavam que havia bandidos, lobos e várias outras criaturas que não existiam neste mundo nem no outro.

O menino nem esperou a advertência da mãe: já estava do lado de fora da casa havia muito tempo.

Com uma alegre confusão, como se fosse pela primeira vez, ele corria em redor da casa paterna e a observava, com o portão torto e caído para o lado, o telhado de madeira afundado no meio, sobre o qual crescia um musgo fresco e verde, a claudicante varandinha da frente, os diversos anexos, suas edificações acessórias e o jardim muito malcuidado.

Estava morrendo de vontade de subir no beiral que rodeava a casa inteira para poder olhar para o riacho lá de cima: mas o beiral estava muito velho e podia cair à toa, e só os "criados" podiam andar ali, os senhores não faziam isso.

Ele não deu ouvidos às recomendações da mãe e já tomava a direção da escadinha tentadora, mas a babá apareceu no alpendre e, de súbito, agarrou-o.

Ele desvencilhou-se dela e foi para o celeiro com a intenção de subir a escada vertical, mas ela ainda nem conseguira chegar ao celeiro e já teve de se apressar para impedir que ele executasse a ideia de galgar o pombal, entrar no curral das vacas e — Deus nos livre! — ir para a ravina.

— Ah, você, que menino, que furacão! Não pode ficar quietinho, patrão? Que vergonha! — disse a babá.

E o dia inteiro e todos os dias e todas as noites da babá eram repletos de agitação, correria: ora de angústia, ora de uma alegria viva com a criança, ora de pavor de que caísse e quebrasse o nariz, ora de afeição por seus sinceros carinhos infantis, ora de uma vaga apreensão, ao pensar no futuro distante do menino: só aquilo fazia o coração da babá bater mais forte, aquecia o sangue da velha e amparava sua vida sonolenta, que sem aquilo talvez já tivesse acabado havia muito tempo.

O menino, porém, nem sempre era tão traquinas: às vezes ficava quieto de repente, sentado junto à babá, e olhava para tudo com muita atenção. Sua mente infantil observava tudo o que ocorria à sua frente; o que via ficava gravado bem fundo em seu espírito, depois crescia e amadurecia com ele.

Era uma esplêndida manhã; havia um frescor no ar; o sol ainda não estava alto. Da casa, das árvores, do pombal e do beiral — de tudo, escorriam sombras compridas. No jardim e no pátio, formavam-se recantos frescos, que convidavam para a meditação e para o sono. Apenas o campo de centeio ao longe ardia como que em chamas, e o riacho rebrilhava e cintilava ao sol a tal ponto que os olhos doíam.

— Babá, por que aqui está escuro e lá está claro, e depois aqui também vai ficar claro? — perguntou o menino.

— É porque o sol, patrãozinho, vai ao encontro da lua e fica zangado se não a encontra; mas, assim que a avista de longe, fica logo contente.

O menino ficou pensativo e olhou tudo a seu redor: viu como Antip foi buscar água, e no chão, perto dele, caminhava um outro Antip, dez vezes maior do que o Antip verdadeiro, e o barril parecia do tamanho de uma casa, a sombra do cavalo cobria o pasto inteiro, a sombra deu só dois passos no pasto e de repente seguiu para trás do morro, enquanto Antip ainda não tinha nem conseguido atravessar o pátio.

O menino também deu dois passos, e se desse mais um iria para trás do morro.

Queria ir para o morro, olhar para onde tinha sumido o cavalo. Correu na direção do portão, mas ouviu a voz da mãe:

— Babá! Não está vendo que o menino está correndo no sol? Traga-o para um local mais fresco; se esquentar a cabeça, vai ficar doente, vai ter enjoo, não vai querer comer. Se você não ficar de olho, ele vai acabar indo para a ravina!

— Ei! Seu levado! — resmungou a babá e arrastou-o para a varanda.

O menino olhava e observava com olhar agudo e pronto a imitar aquilo que os adultos faziam e a que dedicavam sua manhã.

Nenhum detalhe, nenhum pormenor escapava à atenção curiosa do menino; o quadro da vida doméstica ficava gravado de forma indelével em sua alma; a mente maleável assimilava os exemplos vivos e delineava, de forma inconsciente, o programa de sua vida em conformidade com a vida que o rodeava.

Ninguém podia dizer que na casa dos Oblómov a manhã era desperdiçada. O retinir das facas que cortavam carne e verduras na cozinha chegava até a aldeia.

Da ala dos criados, vinham o chiado da roda de fiar e a voz fina e mansa de uma mulher; era difícil discernir se chorava ou se improvisava uma canção melancólica e sem palavras.

No pátio, assim que Antip voltou com o barril, as mulheres e os cocheiros acudiram em sua direção, com baldes, caçarolas e jarras.

De um lado, uma velha traz do celeiro para a cozinha uma tigela com farinha e um monte de ovos; de outro, o cozinheiro de repente joga água pela janela e molha a cadela Arapka, que ficou a manhã inteira olhando para a janela, sem desviar os olhos, balançando o rabo de leve e lambendo os beiços.

O próprio Oblómov — o velho — também não ficou à toa. Passou a manhã inteira na janela e observava com rigor tudo o que se passava lá fora.

— Ei, Ignachka? O que está levando aí, seu burro? — perguntou para um homem que andava pelo pátio.

— Estou levando uma faca para o pessoal amolar — respondeu ele, sem olhar para o patrão.

— Está bem, leve logo; e cuide para que amolem direito!

Depois deteve uma mulher:

— Ei, mulher! Ei! Aonde você foi?

— Ao porão, patrãozinho — disse ela, parando e fazendo sombra nos olhos com as mãos para olhar para ele —, fui pegar leite para pôr na mesa.

— Está bem, pode ir! — respondeu o patrão. — Mas tome cuidado para não derramar o leite.

— E você, Zakharka, seu demônio, para onde está correndo outra vez? — gritou depois. — Eu vou mostrar para você o que acontece com quem corre assim! Já é a terceira vez que vejo você correndo. Volte, vá para a antessala!

E Zakharka foi cochilar de novo na antessala.

Quando as vacas vieram do pasto, o velho foi o primeiro a verificar se tinham dado água para elas; quando viu, pela janela, que o cachorro corria atrás de uma galinha, logo tomou medidas rigorosas para pôr fim à desordem.

E sua esposa esteve muito atarefada: passou mais ou menos três horas explicando para Averka, o alfaiate, como fazer uma japona para o menino com um colete de lã do pai; ela mesma fez o desenho com giz e vigiou para que

135

Averka não roubasse o tecido; depois foi à ala das criadas determinar a cada uma delas quais os trabalhos de renda que teriam de fazer naquele dia; em seguida, chamou Nastássia Ivánovna, ou Stiepánida Agapovna, ou alguma outra de seu séquito, para passear pelo jardim com um objetivo prático: ver se as maçãs estavam ficando maduras, ver se uma fruta que já havia amadurecido não tinha caído na véspera; ali fazia um enxerto, lá podava um pouco etc.

Mas a preocupação principal eram a cozinha e o jantar. Todos na casa eram consultados a respeito do jantar; até a tia muito idosa era chamada para dar conselhos. Cada um sugeria um prato: um queria sopa com miúdos, outro queria macarrão com bucho, outro queria moela, um queria molho vermelho e o outro, molho branco.

Todos os pedidos eram levados em consideração, discutidos em minúcia, e depois eram aceitos ou recusados, conforme o veredicto final da dona de casa.

Na cozinha ouvia-se o tempo todo ora Nastássia Petrovna, ora Stiepánida Ivánovna lembrar que era preciso adicionar uma coisa ou retirar outra, pôr no prato açúcar, mel, vinho e verificar se o cozinheiro tinha posto na comida tudo o que levaram para lá.

A comida era a primeira e suprema preocupação na vida de Oblómovka. Que novilhas eram cevadas ali para as festas anuais! Que aves eram criadas! Quantos pensamentos sutis, quanto trabalho e preocupação eram despendidos nos cuidados com os animais! Perus e frangos, destinados às festas de aniversário e outros dias solenes, eram cevados com nozes; gansos eram privados de exercícios físicos, obrigados a ficar pendurados e imóveis dentro de um saco durante dias antes da festividade, a fim de inflarem de gordura. Que estoques de doces, conservas, bolinhos! Que mel, que *kvás* eles ferviam, que tortas faziam em Oblómovka!

E assim ficavam atarefados e preocupados até o meio-dia; todos levavam uma vida cheia, notável, como a das formigas.

Também aos domingos e feriados aquelas formigas laboriosas não sossegavam: nesses dias, o retinir das facas na cozinha ressoava ainda mais forte; uma criada percorria várias vezes o caminho entre o celeiro e a cozinha com uma quantidade redobrada de farinha e ovos; no galinheiro havia mais gemidos e matanças. Assavam uma torta monumental, que os próprios patrões comiam até o dia seguinte; três ou quatro dias depois, as sobras eram levadas para a ala das criadas; a torta sobrevivia até a sexta-feira, e uma ponta completamente mofada, sem nenhum recheio, era entregue como um favor especial a Antip, que, depois de se benzer, destroçava sem temor e de um só golpe aquele fóssil curioso, deliciando-se mais com a consciência de que se tratava da torta dos patrões do que com a torta propriamente dita, assim como um arqueólogo se delicia ao beber um vinho vagabundo no caco de uma tigela de mil anos.

E o menino olhava e observava tudo com sua mente infantil, que não deixava escapar nada. Via como, depois de uma manhã produtiva e atarefada, seguiam-se o meio-dia e o jantar.

O meio-dia era escaldante; não havia nenhuma nuvenzinha no céu. O sol ficava imóvel acima da cabeça e queimava o capim. O ar cessava de correr e pairava sem nenhum movimento. Nem as árvores nem a água se mexiam; acima da aldeia e do campo jazia um silêncio imperturbável — tudo parecia ter sucumbido. Ressonante e ao longe, soava uma voz humana no ermo. A vinte braças, ouvia-se que um besouro voava e zumbia e que, no capim espesso, alguém roncava sem parar, como se tivesse se deitado ali e dormisse um sono gostoso.

Na casa, reinava um silêncio de morte. Chegara a hora do sono geral, depois do almoço.

O menino viu que o pai, a mãe, a velha tia e o séquito — todos haviam se recolhido a seus cantos; e quem não tinha um canto seu ia para o monte de feno no celeiro, outro ia para o jardim, um terceiro procurava um canto fresco num corredor, outro, com o rosto coberto por um lenço por causa das moscas, adormecia no local onde o calor esgotasse suas últimas forças e onde o almoço pesado o lançasse por terra. O jardineiro se esparramava embaixo de um arbusto no jardim, ao lado da enxada, e o cocheiro dormia no estábulo.

Iliá Ilitch deu uma espiada na ala dos servos: ali, todos estavam deitados lado a lado, nos bancos, no chão e nos corredores, deixando as crianças entregues a si mesmas; as criancinhas engatinhavam pelo pátio e escavavam a areia. Ao longe, os cães ficavam dentro dos canis, pois não tinham para quem latir.

Era possível atravessar a casa inteira sem encontrar ninguém; seria fácil roubar tudo em volta, levar para fora e pôr em carroças: caso houvesse ladrões naquelas bandas, ninguém iria atrapalhar.

Era uma espécie de sono invencível, que absorvia tudo, uma imagem perfeita da morte. Tudo estava morto; de todos os cantos vinham apenas roncos variados, em todos os tons e timbres.

De vez em quando alguém erguia de repente a cabeça do sono, olhava perplexo e com surpresa ao redor, depois virava para o outro lado e, sem abrir os olhos, cuspia semiadormecido, mascava os próprios lábios ou resmungava algo bufando pelo nariz, e então pegava no sono.

Outro, de repente, sem nenhum aviso ou preparativo, pulava de seu canto com as duas pernas, como se temesse perder minutos preciosos, agarrava uma caneca de *kvás*, soprava as moscas que boiavam ali para empurrá-las para a outra borda, razão por que as moscas até então imóveis começavam a se mexer com vigor na esperança de achar uma posição melhor, molhava a garganta e depois caía de novo na cama, como se tivesse levado um tiro.

E o menino observava tudo aquilo.

Ele e a babá, depois do almoço, saíram de novo ao ar livre. Mas a babá, apesar de toda a severidade, apesar das advertências da patroa e a despeito de sua própria vontade, não conseguiu resistir ao feitiço do sono. Também ela era contagiada por aquela doença coletiva que imperava em Oblómovka.

De início a babá observava com disposição a criança, não deixava o menino se afastar, ralhava com rigor por alguma travessura, depois, sentindo os sintomas do contágio que se aproximava, começava a pedir que ele não fosse até o portão, não mexesse com o bode, não subisse no pombal nem no beiral da casa.

Ela mesma sentava em algum local fresco: na varanda, na soleira da porta ou simplesmente na grama, pelo visto a fim de tricotar uma meia e vigiar o menino. Mas dali a pouco ela já o repreendia com preguiça, a cabeça tombava.

"Ah, ele vai acabar subindo, olhe só, esse capeta vai subir no beiral", pensava ela, quase dormindo, "ou então... quem sabe vai à ravina..."

Então a cabeça da velha se reclinava nos joelhos, a meia caía das mãos; ela perdia o menino de vista e, com a boca um pouquinho aberta, soltava um leve ronco.

E ele, com impaciência, aguardava aquele instante em que tinha início sua vida independente.

O menino parecia unido ao mundo inteiro; fugia da babá na ponta dos pés; ia verificar onde todos dormiam; parava e observava atentamente como alguém voltava a si, cuspia e resmungava qualquer coisa meio adormecido;

depois, com o coração palpitante, escalava o beiral, corria pelas tábuas rangentes em redor da casa, subia no pombal, enveredava pela parte mais distante do jardim, escutava um besouro zumbir e seguia com os olhos, de longe, como o besouro voava no ar; escutava demoradamente como um bicho cricrilava no capim, procurava e capturava quem estava perturbando aquele silêncio; pegava a libélula, arrancava suas asas para ver o que ia acontecer com ela, ou enfiava um pedacinho de palha no inseto para ver se voava com aquele acessório cravado no corpo; com prazer e com medo até de respirar, observava como uma aranha sugava o sangue de uma mosca capturada, como a pobre vítima se debatia e zumbia sob as garras da aranha. O menino terminava matando a vítima e o algoz.

Depois ia até o canal, escavava, desenterrava umas raízes pequenas, descascava e comia até se fartar, preferindo aquilo às maçãs e à geleia que a mãezinha lhe dava.

Também corria até o portão: tinha vontade de ir ao bosque de bétulas; parecia-lhe muito perto, em cinco minutos poderia chegar lá, sem dar a volta pela estrada mas seguindo em linha reta pelo canal, pelas cercas e pelos poços; mas ele tinha medo: diziam que lá havia elfos, bandoleiros e feras terríveis.

Tinha igualmente vontade de correr até a ravina: ficava apenas a cinquenta braças do jardim; o menino num instante correu até a borda da ravina, semicerrou os olhos, queria espiar o fundo, como se fosse a cratera de um vulcão... Mas de repente ergueram-se diante dele todos os boatos e lendas sobre aquela ravina; foi dominado pelo pavor e, nem vivo nem morto, correu de volta e, trêmulo de medo, jogou-se nos braços da babá e acordou a velha.

Ela despertou sobressaltada, ajeitou o lenço na cabeça, com o dedo por baixo do lenço prendeu uma mecha de cabelos grisalhos e, fingindo que não havia dormido, olhou para Iliá com ar desconfiado, depois olhou para as janelas da patroa e, com os dedos trêmulos, começou a passar uma sob a outra as agulhas da meia que estava sobre seus joelhos.

Enquanto isso, o calor começava a amainar aos poucos; na natureza, tudo ganhava mais vida; o sol se deslocara na direção do bosque.

E na casa o silêncio aos poucos era rompido: em algum canto uma porta rangia; ouviam-se passos no pátio; no celeiro alguém espirrava.

Dali a pouco vinha um homem às pressas da cozinha trazendo um samovar enorme, o corpo curvado por causa do peso. Começavam a se reunir para o chá; um tinha o rosto amarrotado e os olhos inchados de lágrimas; outro ostentava uma mancha vermelha na bochecha e na têmpora; outro acordava com uma voz diferente da sua. E todos fungavam, bufavam, bocejavam, coçavam a cabeça e se espreguiçavam, despertando com dificuldade.

O almoço e o sono produziam uma sede insaciável. A sede queimava a garganta; cada um bebia umas doze xícaras de chá, mas nem aquilo adiantava: ouviam-se gemidos, queixas; apelavam para o suco de mirtilo, de pera, para o *kvás*, e alguns recorriam a poções medicinais a fim de umedecer a secura na garganta.

Todos buscavam libertar-se da sede como se fosse um castigo de Deus; todos se alvoroçavam, se desesperavam, como uma caravana de viajantes numa estepe árabe que não encontra uma nascente de água em parte alguma.

O menino estava ali, ao lado da mãe: observava os rostos desconhecidos que o rodeavam, escutava com atenção sua conversa sonolenta e apática. Achava divertido olhar para eles, pareciam-lhe curiosos todos os disparates que falavam.

Depois do chá, cada um ia cuidar de alguma coisa: um ia para o riacho e vagava calado pela margem, chutando pedrinhas para a água com a ponta do pé; outro ficava sentado diante da janela e capturava com os olhos qualquer evento passageiro: um gato corria pelo pátio, uma gralha voava, e o observador acompanhava um e outro com o olhar e com a ponta do nariz, virando a cabeça ora para a direita, ora para a esquerda. Às vezes os cachorros gostavam de ficar o dia todo sentados junto à janela, oferecendo a cabeça aos raios do sol e observando escrupulosamente todo mundo que passava.

A mãe segurou a cabeça de Iliucha, apertou-a junto a si, nos joelhos, e penteou os cabelos do menino bem devagar, admirando-se com sua suavidade e compelindo Nastássia Ivánovna e Stiepánida Tikhonovna a também se admirar, e falou com as duas a respeito do futuro de Iliucha, fazendo-o herói de uma esplêndida epopeia criada por ela mesma. Elas previam que o menino ia ganhar montanhas de ouro.

Mas eis que começava o crepúsculo. Na cozinha o fogo estalava outra vez, ressoava de novo o retinir ritmado de facas: estavam preparando o jantar.

Os servos domésticos reuniram-se junto ao portão: lá se ouviam uma balalaica, uns risos. Brincavam de pega-pega.

E o sol já se ocultava atrás do bosque; lançava uns raios quase quentes que atravessavam o bosque inteiro como listras de fogo, inundando de ouro brilhante o topo dos pinheiros. Depois os raios se apagaram um a um; um último raio perdurou por mais tempo; como uma agulha fina, perfurava o emaranhado de galhos da mata; mas também se extinguiu.

Os objetos perdiam sua forma; tudo se fundiu numa massa de início cinzenta e depois escura. O canto dos passarinhos aos poucos foi ficando fraco; logo eles emudeceram por completo, exceto um mais teimoso, que, no meio do silêncio geral, como que para contrariar a todos, gorjeava sozinho e monótono a intervalos, mas cada vez menos, até por fim dar um assovio débil, abafado, e pela última vez sacudir-se remexendo de leve as folhas à sua volta... adormecendo.

Tudo emudecia. Só os grilos cantavam, cada um mais forte que o outro. Da terra erguiam-se vapores brancos que se alastravam pelo pasto e pelo rio. O rio também se aquietava; pouco depois, algo agitou a água também pela última vez, e o rio ficou imóvel.

Veio um cheiro de umidade. Tudo se tornava cada vez mais escuro. As árvores se agruparam em formas de monstros; o bosque dava medo: lá, algo começou a ranger de repente, como se um monstro passasse de um lugar para o outro e os ramos secos estalassem sob seus pés.

No céu a primeira estrelinha rebrilhou luminosa, como um olho vivo, e luzinhas começaram a cintilar nas janelas da casa.

Teve início a hora do silêncio universal e solene da natureza, a hora em que a mente criativa trabalha com mais vigor, os pensamentos poéticos ardem com mais calor, quando a paixão chameja mais viva no coração ou a angústia se lamenta com mais dor, quando na alma cruel a semente dos pensamentos criminosos amadurece mais vigorosa e mais imperturbável e quando... em Oblómovka todos dormem de modo tão profundo e sereno.

— Vamos passear, mamãe — diz Iliucha.

— O que está dizendo, onde já se viu? Passear a uma hora dessas? — responde ela. — Está úmido, os pezinhos vão ficar resfriados; além disso, dá medo: o bicho-papão anda agora no bosque, ele carrega as criancinhas.

— Carrega para onde? Como é que ele vive? Onde mora? — pergunta o menino.

E a mãe deu liberdade à sua fantasia desenfreada.

O menino a escutou, abrindo e fechando os olhos, até que o sono veio

141

afinal dominá-lo de todo. A babá pegou-o dos joelhos da mãe e levou o adormecido, com a cabeça apoiada em seu ombro, até a cama.

— Lá se foi mais um dia, graças a Deus! — diziam os habitantes de
Oblómovka ao se deitar na cama, suspirando e fazendo o sinal da cruz. —
Sobrevivemos e estamos a salvo; que Deus permita que amanhã seja assim!
Louvado seja o Senhor! Louvado seja o Senhor!

Depois Oblómov sonhou com outra época: num interminável fim de
tarde de inverno, ele se aconchega bem juntinho da babá, e ela sussurra para
ele a respeito de um lugar desconhecido onde não existe noite, nem frio,
onde sempre acontecem coisas maravilhosas, onde correm rios de leite e de
mel, onde ninguém faz nada o ano inteiro e onde meninos bons como Iliá
Ilitch ficam o dia inteiro passeando com moças lindas como não existem nem
nas lendas e como nem mesmo por escrito se pode inventar.

Lá existe uma bruxa boa que às vezes aparece sob a forma de um peixe
chamado lúcio e que escolhe para si um bem-amado, dócil, inofensivo —
noutras palavras, algum moleirão a quem todo mundo ofende à vontade —,
e sem nenhum motivo ela o cobre de coisas boas, e ele só faz comer guloseimas e vestir-se com roupas feitas sob medida, e depois se casa com uma beldade incrível, Militrissa Kirbítievna.

O menino, de orelhas em pé e olhos arregalados, mergulha no conto
cheio de ardor.

A babá, ou a própria tradição, evitava com tamanha habilidade que houvesse no relato a presença de qualquer coisa que existe na realidade que a
imaginação e a razão eram logo subjugadas pela fantasia e continuaram suas
escravas até a velhice. Com ar jovial, a babá lhe contou a história de Emiel,
o Bobo, aquela sátira cruel e maldosa sobre nossos avós e, talvez, sobre nós
mesmos.

O adulto Iliá Ilitch, embora depois aprendesse que não existiam rios de
leite e de mel nem bruxas boas, embora gracejasse com um sorriso das histórias da babá, aquele sorriso não era sincero, vinha acompanhado por um suspiro secreto: o conto, para ele, se misturava com a vida e, inconscientemente,
Oblómov às vezes ficava triste porque o conto não era a vida e a vida não era
o conto.

Sem querer, sonhava com Militrissa Kirbítievna; era sempre arrastado
para aquela terra onde tudo o que faziam era só passear, onde não existiam

preocupações e tristezas; Oblómov conservou para sempre a disposição de ficar deitado sobre a estufa, de andar com roupas feitas sob medida, roupas que obtinha sem trabalhar, e de comer às custas de uma bruxa boa.

O pai e o avô de Oblómov escutaram na infância, na forma estereotipada dos velhos tempos, as mesmas histórias, transmitidas de geração em geração da boca das babás e dos tutores.

No entanto a babá já desenhava um outro quadro para a imaginação do menino.

Narrou para ele as façanhas dos nossos Aquiles e Ulisses, as audácias de Iliá Múromiets, de Dobrínia Nikítitch, de Aliocha Popóvitch, do Gigante Polkan, do Viajante Koletchicha, contou como eles viajaram por toda a Rússia, enfrentaram hordas imensas de infiéis, como competiram para ver quem conseguia beber de um só gole uma taça de vinho verde sem soltar um gemido; depois falou de bandoleiros malvados, de princesas adormecidas, de cidades e pessoas petrificadas; por fim passou para a nossa demonologia, para os cadáveres, monstros e lobisomens.

Com a simplicidade e a jovialidade de um Homero, com a mesma palpitante fidelidade aos detalhes e ao relevo dos quadros, ela enchia a memória e a imaginação infantil com a ilíada da vida russa, criada por nossos Homeros dos tempos nebulosos, quando o homem ainda não superara as ameaças e os mistérios da natureza e da vida, quando tremia com medo de lobisomens, de demônios da floresta e procurava a proteção de Aliocha Popóvitch contra as calamidades que o rodeavam, quando no ar, na água, na floresta e no campo reinavam os monstros.

A vida era terrível e cruel para o homem daquele tempo; era perigoso para ele cruzar a soleira da porta: de uma hora para outra, uma fera podia atacá-lo, um bandoleiro podia esfaqueá-lo, um tártaro desalmado podia tomar tudo o que ele possuía, ou o homem podia desaparecer sem deixar nenhum vestígio, nenhum traço.

E de repente surgiam presságios celestiais, colunas e bolas de fogo; e lá, acima de uma sepultura recente, uma centelha se inflamava, ou alguém vagava dentro da floresta como se levasse um lampião, ouviam-se risadas terríveis e olhos cintilavam no escuro.

E muitas coisas incompreensíveis ocorriam com as próprias pessoas: um homem vivia muito bem durante longo tempo, sem nenhum problema, e de repente começava a falar indecências, ou desandava a berrar com uma voz que não era a sua, ou à noite perambulava dormindo; outro, sem mais nem menos, começava a se contorcer e a se debater no chão. E, pouco antes de isso acontecer, uma galinha cantava como um galo e um corvo grasnava em cima do telhado.

O homem fraco se desnorteava, olhava a vida em volta com horror e procurava na imaginação a chave do mistério que o rodeava e de sua própria natureza.

Talvez o sono, a eterna pasmaceira de uma vida apática, a ausência de movimento, de quaisquer temores reais, de aventura e de perigo obrigassem o homem a criar, no meio do mundo natural, um outro mundo quimérico, e a procurar nesse mundo orgias e diversões para a imaginação ociosa, ou explicações para as cadeias de circunstâncias rotineiras, ou então causas dos fenômenos fora dos próprios fenômenos.

Nossos pobres antepassados viviam tateando às cegas; não estimulavam nem reprimiam sua liberdade e depois, ingenuamente, se maravilhavam ou se horrorizavam com os transtornos, com as maldades, e buscavam as causas nos mudos e obscuros hieróglifos da natureza.

Para eles, a causa da morte de alguém estava no fato de, pouco tempo antes, terem levado pelo portão o corpo de um falecido com a cabeça, e não os pés, voltada para a frente; um incêndio ocorria porque um cachorro latia ao pé da janela três noites seguidas; e eles faziam questão de levar o corpo de um defunto com os pés voltados para a frente, mas comiam do mesmo jeito desregrado, dormiam deitados no capim como antes; batiam num cachorro que latia ou o expulsavam do terreiro, e no entanto empurravam as fagulhas das brasas nas fendas do soalho podre.

E até hoje o homem russo, em meio à realidade que o cerca, rigorosa e escassa de fantasia, gosta de acreditar nas lendas sedutoras da Antiguidade e talvez por muito tempo não se desvencilhe dessa crença.

Ouvindo da babá as histórias sobre o nosso tosão de ouro — o *Pássaro de Fogo* — e sobre os obstáculos e as passagens secretas do castelo encantado, o menino ora se enchia de coragem, imaginando para si proezas heroicas — e arrepios corriam por suas costas —, ora sofria com os fracassos do herói valente.

E as histórias se sucediam umas às outras. A babá narrava com fervor, vivacidade, entusiasmo, às vezes com inspiração, porque ela mesma acreditava em parte nos contos de fadas. Os olhos da velha cintilavam como fogo; a cabeça tremia de emoção; a voz se levantava num tom incomum.

O menino, cheio de um horror desconhecido, se agarrava à babá com lágrimas nos olhos.

Fosse uma história sobre cadáveres que se levantavam das sepulturas à meia-noite, ou de vítimas levadas à força para o esconderijo de algum monstro, ou de um urso com uma perna de pau que andava por aldeias e povoados em busca de sua perna amputada — os cabelos do menino estalavam na cabeça de tanto pavor; a imaginação infantil ora congelava, ora fervia; ele experimentava um processo torturante, docemente mórbido; os nervos ficavam tensos como as cordas de um violino.

Quando a babá repetia em tom sombrio as palavras do urso: "Range, range, perna de tília; andei por povoados, andei por aldeias, todas as mulheres dormem, só uma não está dormindo, ela está sentada sobre o meu couro, está cozinhando minha carne, do meu pelo faz linha para tecer" etc.; quando o urso entrava por fim na isbá e se preparava para agarrar a raptora de sua perna, o menino não se continha: com um calafrio e um grito de medo, atirava-se nos braços da babá; jorravam lágrimas de pavor, e ao mesmo tempo ele ria de alegria por não estar sob as garras da fera, mas em sua caminha, junto à estufa, perto da babá.

A imaginação do menino era povoada por fantasmas estranhos; o temor e a angústia fizeram morada em sua alma por muito tempo, talvez para sempre. Ele olhava em volta com tristeza e, na vida, só enxergava o mal, a desgraça, sempre sonhava com aquela terra encantada onde não existia maldade, inquietação, sofrimento, onde morava Militrissa Kirbítievna, onde as pessoas se alimentavam e se vestiam tão bem e sem pagar nada...

Os contos de fadas exerciam seu poder não só nas crianças de Oblómovka, mas também nos adultos e até o fim da vida. Todos na casa e na aldeia, desde o patrão e sua esposa até o vigoroso ferreiro Tarás — todos tinham medo de alguma coisa numa noite escura: qualquer árvore se transformava num gigante, qualquer arbusto, num covil de bandidos.

A batida de uma persiana e o assovio do vento no tubo da chaminé forçavam homens, mulheres e crianças a ficarem pálidos. No Dia de Reis, ninguém saía sozinho além do portão depois das dez horas da noite; na Páscoa, todos tinham medo de ir ao estábulo, temendo encontrar lá um duende malvado.

Em Oblómovka, acreditavam em tudo: em lobisomens e mortos-vivos. Se lhes contavam que um monte de feno estava andando sozinho pelo campo, acreditavam sem titubear; se alguém espalhasse o boato de que certo bicho não era um carneiro e sim outra coisa, ou de que certa Marfa ou Stiepánida era uma bruxa, eles morriam de medo do carneiro e de Marfa: nem passava pela cabeça deles perguntar por que o carneiro não era um carneiro e por que Marfa tinha virado bruxa, e ainda por cima atacavam quem cismasse de pôr aquilo em dúvida — tão forte era a crença no maravilhoso em Oblómovka!

Iliá Ilitch veria mais tarde que o mundo era construído de forma bem simples, que os mortos não se levantavam das sepulturas, que os gigantes, tão logo apareciam, eram levados para os circos, e que os bandoleiros estavam na prisão; porém, se havia desaparecido a crença nos fantasmas, restara uma es-pécie de resíduo de medo e de angústia instintiva.

Iliá Ilitch aprendeu que não havia calamidades causadas por monstros, com as calamidades reais ele mal tivera contato, e ainda assim a cada passo tinha medo e esperava por algo terrível. E mesmo agora, quando ficava num quarto escuro ou olhava para um defunto, ele estremecia por causa da angús-tia ameaçadora insuflada em sua alma na infância; rindo de manhã dos pró-prios temores, ele ficava pálido de novo à noite.

Depois, de repente, Iliá Ilitch viu a si mesmo como um menino de treze ou catorze anos.

Já estudava na aldeia de Verkhliovo, a umas cinco verstas de Oblómovka, na casa do administrador do local, o alemão Stolz, que organizara um peque-no colégio interno para os filhos dos nobres das redondezas.

Ele tinha um filho, Andrei, quase da mesma idade de Oblómov, e a Stolz fora confiado outro menino, que quase nunca estudava, sofria muito por cau-sa de escrófulas, passava a maior parte da infância com os olhos ou as orelhas cobertos por ataduras e chorava sempre furtivamente por não morar com a avó, mas na casa de um estranho, no meio de malvados, onde ninguém lhe fazia carinhos nem preparava para ele sua tortinha predileta.

Além dessas, não havia mais nenhuma criança no colégio interno.

Não houve outro jeito: o pai e a mãe forçavam o patife Iliucha a ficar sentado na frente do livro. Aquilo custava lágrimas, choros, caprichos. Por fim, acabaram mandando o filho para o pensionato.

O alemão era um homem sério e rigoroso, como quase todos os alemães.

Talvez Iliucha tivesse conseguido aprender alguma coisa com ele, se Oblómovka ficasse a quinhentas verstas de Verkhliovo. Mas, daquele jeito, como aprender? O fascínio da atmosfera de Oblómovka, de seu modo de vida e de seus costumes chegava até Verkhliovo; pois o local, no passado, também tinha pertencido a Oblómovka; lá, exceto a casa de Stolz, tudo respirava a mesma preguiça primitiva, a simplicidade de costumes, o sossego e a imobilidade.

A razão e o coração do menino estavam repletos dos quadros, das cenas e dos costumes daquela vida, antes que ele tivesse posto os olhos em seu primeiro livro. E quem sabe se não é bem cedo que começa o desenvolvimento do núcleo intelectual no cérebro infantil? Como se pode acompanhar, na alma infantil, o nascimento das primeiras ideias e impressões?

Talvez quando o bebê, a muito custo, consegue articular algumas palavras, ou quem sabe ainda antes de falar qualquer coisa, antes até de andar, quando apenas olha para tudo com aquele olhar fixo e mudo que os adultos chamam de tolo, talvez então já perceba e adivinhe o significado e as relações dos fenômenos do mundo que o rodeia, e apenas não pode declarar isso para si nem para os outros.

É possível que Iliucha já notasse e entendesse, desde muito tempo, o que diziam e faziam na sua frente: como o pai, de calça de veludo e paletó marrom de algodão grosso, só sabia andar o dia inteiro de um lado para o outro com as mãos cruzadas nas costas, cheirar rapé e bufar, enquanto a mãezinha passava do café para o chá, e do chá para o almoço; o pai nunca pensava em conferir quantas pilhas de cereal tinham sido ceifadas ou colhidas nem em cobrar explicações por alguma negligência, mas, por outro lado, se não lhe trouxessem depressa seu lenço de nariz, ele gritava protestos contra a desordem e punha a casa inteira de pernas para o ar.

Talvez sua mente infantil tivesse concluído desde muito tempo que era assim, e não de outra forma, que se devia viver: da maneira como viviam os adultos à sua volta. Como poderiam exigir que concluísse outra coisa? E como viviam os adultos em Oblómovka?

Será que se faziam esta pergunta: para que nos foi dada a vida? Só Deus sabe. E como responderiam a tal pergunta? Provavelmente não responderiam nada: para eles, parecia muito simples e claro.

Nunca tinham ouvido falar da chamada vida laboriosa, de gente que carregava no peito preocupações graves, gente que vivia correndo para lá e para cá por toda a face da Terra, ou que dedicava a própria vida a um trabalho eterno e sem fim.

Os habitantes de Oblómovka pouco acreditavam nas inquietações do espírito; não encaravam como sendo vida aquela roda de eternas aspirações de ir a tal lugar, de possuir tal coisa; temiam o furor das paixões como se fosse o fogo; e tal como em outros lugares o corpo das pessoas era queimado pela ação interna e vulcânica de um fogo espiritual, também assim a alma dos habitantes de Oblómovka flutuava sossegada, sem empecilhos, num corpo manso.

A vida não os marcara como a outros, nem com rugas prematuras, nem com golpes e aflições morais destrutivas.

As pessoas boas entendiam a vida assim, como um ideal de tranquilidade e indolência, perturbado às vezes por vários incidentes desagradáveis, como, por exemplo: enfermidades, prejuízos, brigas e também trabalho.

Eles suportavam o trabalho como um castigo infligido ainda aos nossos antepassados, não conseguiam gostar do trabalho e, onde fosse possível, sempre se livravam dele, julgando aquilo não só possível, mas necessário.

Nunca se embaraçavam em nebulosas questões intelectuais ou morais; por isso sempre viviam viçosos, saudáveis e alegres, e por isso tinham uma vida longa; aos quarenta anos, os homens pareciam jovens; os velhos não precisavam enfrentar uma morte difícil, aflitiva, e, tendo vivido mais do que o provável, morriam discretamente, pereciam com serenidade e, sem ninguém notar, exalavam o último suspiro. Por isso também diziam que as pessoas de antigamente eram mais fortes.

Sim, de fato eram mais fortes: antigamente não se afobavam para explicar a um menino o significado da vida e para prepará-lo para ela como algo traiçoeiro e árduo; não o atormentavam com livros, que engendram na cabeça dele uma escuridão de perguntas, perguntas que corroem o coração e a mente, e assim abreviam a vida.

A norma da vida estava pronta e era transmitida pelo pai, que por sua vez a havia recebido, também pronta, do avô, e o avô, do bisavô, junto com o mandamento de preservar a integridade e a inviolabilidade dessa norma, como o fogo sagrado de Vesta. Da mesma forma como viviam no tempo de seu avô e de seu pai, assim também vivia o pai de Iliá Ilitch, e talvez assim vivessem ainda agora em Oblómovka.

Em que pensavam tanto, com o que se preocupavam, o que havia para aprender, que objetivos deviam alcançar?

Não precisavam de nada disso: a vida passava por eles como um rio tranquilo; só lhes restava sentar na margem do rio e observar os fenômenos inevitáveis que, sem serem chamados, se apresentavam em sequência diante de cada um deles.

E também em sequência, como quadros vivos, começaram a se revelar, diante da imaginação do adormecido Iliá Ilitch, primeiro os três atos principais da vida, tal como se passaram em sua família, com parentes e conhecidos: os nascimentos, os casamentos e os sepultamentos.

Depois se desenrolava um desfile colorido de subdivisões alegres e tristes da vida: o batismo, o aniversário, as festas de família, o jejum, o fim do jejum, os almoços barulhentos, as reuniões de parentes, as saudações, as congratulações, as lágrimas e os sorrisos convencionais.

Tudo se passava com muita precisão e também com um ar de importância e de solenidade.

Ele chegava a ver rostos conhecidos e suas fisionomias em diversas cerimônias, sua compenetração e comoção. Deem a eles qualquer missão complicada como formar o par de um possível matrimônio, organizar qualquer casamento ou aniversário solene — seguirão todas as regras à risca, sem a menor falha. Quem deve sentar onde, o que e como servir, quem deve ir com quem à cerimônia, que presságios devem ser observados — em tudo isso, ninguém jamais cometeu o menor equívoco em Oblómovka.

Qual a dificuldade para saber como criar uma criança? Basta olhar os cupidos rosados e gorduchos que as mães do local carregam nos braços e conduzem pela mão. Elas fazem questão de que os filhos sejam gorduchinhos, branquinhos e saudáveis.

Eles deixariam a primavera de lado e nem quereriam saber dela, caso não assassem no início dessa estação os tradicionais pãezinhos em formato de cotovia. Como poderiam ignorar e não cumprir aquela tradição?

Nisso estavam toda a sua vida e ciência, nisso estavam todas as suas aflições e alegrias: por isso eles rechaçavam qualquer outra preocupação e tristeza e não conheciam outras alegrias; a vida deles se expandia exclusivamente por causa desses acontecimentos cruciais e inevitáveis, que davam alimento interminável à sua razão e ao seu coração.

Com o coração palpitante de emoção, esperavam o ritual, o banquete, a cerimônia, e depois de ter batizado, casado ou sepultado alguém, esqueciam-se dessa pessoa e de sua sina e mergulhavam na mesma apatia habitual, da qual seriam retirados por um novo acontecimento do mesmo tipo — aniversário, casamento etc.

Assim que nascia um bebê, a primeira tarefa do pai era, da maneira mais exata possível, sem a mínima falha, celebrar para ele todos os rituais exigidos pelo costume, ou seja, dar um banquete depois do batizado; em seguida tinha início a laboriosa criação da criança.

A mãe determinava uma tarefa para si e para a babá: criar um bebê saudável, protegê-lo dos resfriados, do mau-olhado e de outras circunstâncias ameaçadoras. Empenhavam-se com todo o zelo para que a criança estivesse sempre alegre e comesse muito.

Mal o menino se punha de pé, ou seja, quando não precisava mais da babá, no coração da mãe se insinuava o desejo secreto de procurar uma namorada para ele — também saudável e rosadinha.

De novo tinha início uma época de rituais, de banquetes e por fim de casamento; nisso se concentrava todo o páthos da vida.

Depois começavam as repetições: o nascimento dos filhos, os rituais, os banquetes, enquanto os sepultamentos não viessem mudar a decoração; mas não por muito tempo: algumas pessoas davam lugar a outras, crianças viravam adolescentes que logo ficavam noivos, casavam, tinham filhos iguais a eles — e assim, segundo esse programa, a vida se estendia como um tecido sem emendas e sempre igual que de forma imperceptível se desenrolava até a beira da sepultura.

De vez em quando, é verdade, outras preocupações os perturbavam, mas em geral os Oblómov enfrentavam aquilo com uma imobilidade estoica, e as preocupações, depois de rodarem acima de suas cabeças, seguiam adiante, como pássaros que voam até um muro liso e, não encontrando ali um cantinho para fazer o ninho, batem as asas em vão em torno daquela pedra dura e depois voam para longe.

Assim, certa vez, por exemplo, uma parte do beiral de um lado da casa desabou de repente e soterrou sob os escombros uma galinha e seus pintinhos; também teria atingido Aksínia, esposa de Antip, que pouco antes estava embaixo do beiral costurando, se ela não tivesse se afastado para buscar mais linha.

Na casa, houve uma comoção: todos vieram correndo, os grandes e os pequenos, e se horrorizaram pensando que, em vez da galinha e seus pintinhos, ali poderia estar passando a própria patroa com Iliá Ilitch.

Todos soltaram exclamações e começaram a repreender uns aos outros por não terem pensado nisso antes: um, por não lembrar; outro, por não mandar consertar; um terceiro, por não ter consertado.

Todos se espantavam com o fato de o beiral desabar, mas na véspera tinham se espantado com o fato de o beiral se aguentar suspenso por tanto tempo!

Tiveram início as preocupações e as conversas sobre como fazer o conserto; lamentaram a galinha e os pintinhos e aos poucos se dispersaram, foram para seus lugares, depois de proibirem com rigor a presença de Iliá Ilitch no beiral.

Mais tarde, umas três semanas depois, mandaram Andriuchka, Petruchka e Vaska pegar as tábuas e os balaústres caídos e jogar no galpão, para que não atrapalhassem a passagem. Lá ficaram jogados até a primavera.

O velho Oblómov, toda vez que os via pela janela, pensava em fazer o reparo: chamava o carpinteiro, começava a discutir sobre a melhor maneira de agir — construir um novo beiral ou derrubar o que restara? Depois o mandava para casa, dizendo: "Pode ir, eu resolvo sozinho".

Aquilo se prolongou até Vaska ou Motka avisarem ao patrão que, naquela manhã, quando treparam no resto do beiral, tinham visto que o cantinho estava completamente solto da parede e que, por isso, ia desabar de novo a qualquer momento.

Então chamaram o carpinteiro para uma reunião definitiva, na qual ficou resolvido que por enquanto deviam escorar, com os escombros antigos, a parte que havia sobrado do beiral, e que aquilo seria feito até o fim do mês.

— Ora! Não é que esse beiral parece novo outra vez? — disse o velho para a esposa. — Olhe só como o Fiódor colocou as tábuas de um jeito bonito, igualzinho às colunas da casa do chefe da nobreza! Agora ficou ótimo: vai durar muito tempo outra vez!

Alguém lembrou a ele que seria oportuno também consertar o portão e fazer o reparo da varanda, pois diziam que através dos buracos dos degraus passavam não só gatos, mas também porcos, que assim penetravam no porão.

— Sim, sim, é necessário mesmo — respondeu Iliá Ivánovitch,* com ar preocupado, e na mesma hora foi dar uma olhada na varanda.

— De fato, vejam só como está tudo solto — disse, sacudindo a varanda com os pés, como se fosse um berço.

— Mas ela já está balançando assim faz muito tempo, desde quando foi feita — comentou alguém.

— Pois é, não balançava? — respondeu Oblómov. — E nem por isso desmoronou, embora tenha ficado dezesseis anos sem sofrer reparos. Luká trabalhava que era uma beleza naquela época! Aquilo, sim, era um carpinteiro, mas já morreu. Deus o tenha no Reino do Céu! Hoje em dia eles não querem mais nada: não trabalham mais assim.

E voltou os olhos para o outro lado; a varanda, dizem, continuou balançando e até hoje não desmoronou.

De fato, o tal de Luká devia ser um ótimo carpinteiro.

Aliás, é preciso fazer justiça aos proprietários: às vezes, na hora das calamidades ou dos problemas, eles ficavam muito aflitos, até perdiam a paciência e se irritavam.

Como era possível ter abandonado ou tratado com tamanho desleixo isto ou aquilo? Era preciso tomar providências imediatas. E ficavam falando o tempo todo que era necessário consertar a pontezinha que atravessava o canal ou fechar um lado do jardim para que as vacas não pisassem nas plantas, porque uma parte da cerca estava totalmente tombada.

Iliá Ivánovitch levava sua preocupação a tal ponto que, certa vez, passeando pelo jardim, levantou a cerca com as próprias mãos, gemendo e bufando, e mandou o jardineiro fixar dois postes bem depressa: graças àquele empenho de Oblómov, a cerca se aguentou de pé o verão inteiro e só a neve do inverno a derrubou outra vez.

Por fim chegaram ao ponto até de pregarem três tábuas novas na pontezinha, depois que Antip desabou no canal junto com a ponte, um cavalo e um barril. Ele nem teve tempo de se recuperar dos ferimentos, e a pontezinha já estava de pé outra vez.

As vacas e as cabras também pouco puderam aproveitar o novo desaba-

---

* O pai de Iliá Ilitch Oblómov. Neste trecho, o pai também é chamado de Oblómov.

mento da cerca no jardim: só comeram os arbustos de groselha e tinham começado a espoliar a décima tília, mas não tiveram tempo de alcançar as macieiras, pois veio a ordem de levantar a cerca e até de cavar uma vala.

Uma cabra e duas vacas foram apanhadas em flagrante: levaram boas pancadas nos quartos!

Iliá Ilitch sonhou também com uma grande sala escura na casa dos pais, com as antigas poltronas cinzentas, eternamente cobertas por panos, com um sofá enorme, duro e desajeitado, estofado de feltro azul desbotado e com manchas, e com uma grande poltrona de couro.

Teve início uma longa noite de inverno.

A mãe estava no sofá, sentada sobre a perna dobrada, e tricotava preguiçosamente uma meia de criança, de vez em quando bocejava e coçava a cabeça com a agulha de tricô.

A seu lado estavam Nastássia Ivánovna e Pelagueia Ignátievna, que, de cabeça baixa sobre seu trabalho, costuravam com afinco alguma coisa para Iliucha usar num dia de festa, ou para seu pai, ou então para si mesmas.

O pai, com as mãos nas costas, andava pela sala, para lá e para cá, num estado de plena satisfação, ou sentava numa poltrona e, depois de breve tempo, recomeçava a andar, escutando atentamente o barulho dos próprios passos. Depois cheirava rapé, assoava o nariz e de novo cheirava rapé.

Na sala, ardia palidamente uma vela de sebo e mesmo isso só era permitido nas noites de inverno e de outono. Nos meses de verão, todos tratavam de deitar-se e levantar-se à luz do dia, para não usar velas.

Em parte, faziam aquilo por hábito; em parte, por economia. Os Oblómov eram extremamente avarentos com qualquer coisa que não era produzida em casa mas comprada fora.

Com hospitalidade, mandavam matar um excelente peru ou uma dúzia de frangos por ocasião da chegada de um visitante, porém não colocavam no prato nenhuma dose extra de passas e ficavam pálidos se o visitante, por iniciativa própria, resolvesse servir a si mesmo mais uma taça de vinho.

De resto, uma depravação dessa ordem quase não ocorria ali: só um doido faria algo assim, alguém que tivesse perdido a consideração de todos; e depois não deixariam mais que tal visitante pusesse os pés no pátio.

Não, esse tipo de costume não existia ali: um visitante não tocaria em nada, antes que lhe tivessem pedido aquilo três vezes. Ele sabia muito bem que pedir uma só vez continha, em geral, o desejo de que renunciasse ao prato ou ao vinho oferecido, e não de que o provasse.

Não era para qualquer visitante que acendiam duas velas: na cidade, era preciso pagar em dinheiro para obter uma vela e, como acontecia com todas as coisas compradas, as velas eram guardadas à chave pela própria dona da casa. Os tocos de vela eram recolhidos e guardados com todo o zelo.

No geral, não gostavam de gastar dinheiro e, por mais necessária que fosse alguma coisa, só com grande pesar davam o dinheiro para comprá-la, e mesmo assim só se o custo fosse insignificante. Qualquer despesa importante era acompanhada por gemidos, choros e vitupérios.

Os habitantes de Oblómovka achavam melhor passar todo tipo de necessidade, estavam mesmo habituados a não entender aquilo como necessidade, para não ter de gastar dinheiro.

Por isso o sofá da sala, havia muito e muito tempo, estava cheio de manchas, por isso a poltrona de couro de Iliá Ivánitch era de couro apenas no nome, mas na verdade era em parte de estopa, em parte de corda: do couro, só restara um pedacinho no espaldar; todo o resto havia descascado e caído em lasquinhas cinco anos antes; também por isso, talvez, o portão estivesse torto e a varandinha balançasse. Mas pagar de repente por alguma coisa, ainda que muitíssimo necessária, a soma de duzentos, trezentos, quinhentos rublos lhes parecia o mesmo que um suicídio.

Ao saber que um dos jovens proprietários dos arredores tinha viajado a Moscou e lá pagara trezentos rublos por uma dúzia de camisas, vinte e cinco rublos por um par de botas e quarenta rublos por um colete para o casamento, o velho Oblómov se benzeu e falou com uma expressão de horror, balbuciante, que "esse rapaz devia ser trancado numa prisão".

No geral, eles eram surdos para as verdades políticas e econômicas sobre a necessidade de uma circulação rápida e dinâmica dos capitais, sobre a necessidade do aumento da produtividade e da troca de produtos. Na simplicidade de sua alma, entendiam e punham em prática um único uso dos capitais — deixá-los guardados no cofre.

Nas poltronas da sala, sentados em diversas posições e fungando, ficavam os habitantes da casa e as visitas.

Na maior parte do tempo, reinava um silêncio profundo entre os interlocutores: viam-se uns aos outros todos os dias; haviam provado e esgotado mutuamente seus tesouros intelectuais e recebiam poucas notícias do mundo exterior.

Silêncio; apenas ressoavam os passos das pesadas botas de trabalho de Iliá Ivánovitch, o relógio de parede estalava com o pêndulo seu tique-taque abafado, e de vez em quando o rompimento de uma linha com os dentes ou com as mãos de Pelagueia Ignátievna ou de Nastássia Ivánovna perturbava o silêncio profundo.

Assim às vezes passava meia hora, a menos que alguém bocejasse em voz alta e fizesse o sinal da cruz sobre a boca, enquanto falava: "Senhor, tenha misericórdia!".

Em seguida, a pessoa a seu lado bocejava, depois a próxima, lentamente, como se obedecesse a um comando, também escancarava a boca, e assim por diante, um por um, o contagioso entretenimento do ar nos pulmões passava por todos e ainda levava alguns às lágrimas.

Ou Iliá Ivánovitch ia à janela, dava uma espiada e falava com certa surpresa:

— São só cinco horas, e já está tão escuro no pátio!

— Pois é — respondia alguém —, nesta época está sempre escuro; começaram as noites compridas.

E na primavera admiravam-se e alegravam-se porque começavam os dias compridos. E, se perguntassem para que lhes serviam os dias compridos, eles mesmos não saberiam responder.

E de novo ficavam em silêncio.

Então alguém acendia uma vela e de repente ela apagava — todos tinham um sobressalto: "Uma visita inesperada!", dizia alguém, infalivelmente.

Às vezes com isso tinha início uma conversa.

— Quem será essa visita? — dizia a dona da casa. — Será a Nastássia Fadiéievna? Ah, queira Deus que sim! Mas não deve ser; ela não viria tão perto do feriado. Que felicidade seria! Iríamos nos abraçar e chorar juntas! E iríamos juntas para a missa da manhã e da tarde... Mas como eu poderia acompanhá-la? Apesar de ser mais jovem, não consigo aguentar tanto tempo de pé!

— E quando mesmo ela foi embora? — perguntou Iliá Ivánovitch. — Não foi depois do dia de santo Iliá?

— Onde já se viu, Iliá Ivánitch? Você vive se confundindo! Ela nem esperou o Semik* — corrigiu-o a esposa.

— Tenho a impressão de que ela esteve aqui no jejum antes do dia de são Pedro — retrucou Iliá Ivánovitch.

— Você é sempre assim! — disse a esposa em tom de censura. — Vive querendo discutir e só faz passar vergonha...

— Vai me dizer que ela não esteve aqui no jejum antes do dia de são Pedro? Você assava todas as empadinhas com cogumelos porque ela gosta...

— Isso foi com Mária Oníssimovna, e ela não ficou aqui até o dia de santo Iliá, mas até o dia de são Prókhor e são Nikanor.

Eles contavam o tempo pelos dias de festa, pelas estações do ano, por diversos eventos familiares e domésticos, nunca se referiam ao mês nem ao dia. Talvez isso decorresse, em parte, do fato de que, exceto o próprio Oblómov, todos os demais confundiam o mês e o dia do mês.

O derrotado Iliá Ivánovitch se calava, e de novo todos afundavam na sonolência. Iliucha, aconchegado nas costas da mãe, também cochilava, mas às vezes dormia profundamente.

— Pois é — dizia depois algum dos convidados, com um profundo suspiro —, vejam só aquele marido de Mária Oníssimovna, o falecido Vassíli Fomitch, como era saudável, e mesmo assim morreu! Que Deus o tenha. Não completou nem sessenta anos, e era para viver cem anos!

— Todos vamos morrer, quando for a vontade de Deus! — retrucou Pelagueia Ignátievna com um suspiro. — Assim que morre alguém, os Khlópov logo se apressam em batizar outro: dizem que Anna Andréievna deu à luz de novo... Já é o sexto.

— E não é só a Anna Andréievna! — disse a dona da casa. — Você vai ver só quando o irmão dela casar, quanta criança vai vir! E os menores estão crescendo e também pensam em casar; depois as filhas vão ter de casar, e onde é que vão achar noivos por aqui? Hoje em dia todo mundo quer um dote, e tem de ser tudo em dinheiro...

— Do que estão falando? — perguntou Iliá Ivánovitch, aproximando-se da conversa.

---

* Semik, ou Semana Verde: antiga festa da fertilidade entre os eslavos, celebrada no início de junho. Relaciona-se com o culto aos mortos e com os rituais de primavera da agricultura.

— Estávamos falando que...

E repetiram a história.

— Isso é a vida humana! — exclamou Iliá Ivánovitch em tom professoral. — Um morre, outro nasce, um terceiro se casa, e nós todos envelhecemos: cada dia é diferente do outro, cada ano, mais ainda! Para que é assim? Seria bom se cada dia fosse igual ao dia anterior, se ontem fosse igual a amanhã! Dá tristeza pensar nisso...

— O velho envelhece, e o jovem cresce! — disse alguém num canto, com voz sonolenta.

— Deus precisa que a gente reze e não que fique pensando! — lembrou em tom severo a dona da casa.

— É verdade, é verdade — respondeu, apreensivo, Iliá Ivánovitch, num balbucio, admitindo filosofar só um pouquinho, e começou de novo a andar de um lado para o outro.

Ficaram muito tempo em silêncio; só as linhas rangiam, passando para trás e para a frente, puxadas pela agulha.

Às vezes, a dona da casa rompia o silêncio.

— Pois é, está escuro lá fora — dizia. — Se Deus quiser, na época do Natal, quando nossos parentes vierem, vai ficar mais alegre e nem vamos perceber as noites passarem. Se Malánia Petrovna vier, vai ser a maior diversão! Ela apronta cada uma! Para ler a sorte, funde estanho, derrete cera e corre para trás do portão; minhas criadas não param quietas. Inventa uma porção de brincadeiras... Puxa, ela é fogo!

— Sim, uma dama da sociedade! — comentou um dos interlocutores. — Dois anos atrás, meteu na cabeça que tinha de correr de trenó no tobogã, e foi aí que Luká Savitch abriu o supercílio...

De repente todos se animaram, olharam para Luká Savitch e soltaram uma gargalhada.

— Como é que conseguiu fazer aquilo, Luká Savitch? Vamos, conte! — disse Iliá Ivánovitch, e quase morreu de rir.

Todos continuaram a rir, Iliucha acordou e riu também.

— Ora, o que há para contar? — disse Luká Savitch, confuso. — Foi o Aleksei Naúmitch que inventou tudo isso: não aconteceu nada.

— Ah! — retrucaram todos em coro. — Como não aconteceu nada? Por acaso estamos mortos? E a testa, e a testa? Até hoje se vê a cicatriz...

E desataram a rir.

— Mas do que estão rindo? — tentava falar Luká Savitch nos intervalos das risadas. — Eu teria... não teria acontecido... foi tudo culpa do patife do Vaska... pegou aquele trenó muito velho... os esquis do trenó quebraram embaixo de mim... e aí...

A gargalhada geral cobriu sua voz. Era em vão que tentava contar até o fim a história do seu tombo: as risadas se fundiam numa só, chegavam ao vestíbulo e à ala das criadas, abarcavam a casa inteira, todos lembravam o caso divertido, todos riram por muito tempo, de forma amistosa, *indescritível*, como os deuses do Olimpo. Assim que começavam a silenciar, alguém retomava o riso — e lá iam todos de novo pelo mesmo caminho.

Por fim, de um jeito ou de outro, com dificuldade, se acalmavam.

— E então, neste ano, na época do Natal, você não vai andar de trenó no tobogã, Luká Savitch? — perguntou Iliá Ivánovitch, depois de ficar um pouco em silêncio.

De novo explodiu uma risada geral, que se prolongou por uns dez minutos.

— Devo mandar o Antip preparar a rampa no morro? — perguntou Oblómov de repente. — Luká Savitch é um grande apreciador de esportes, não vê a hora de...

A gargalhada de todos não deixou que ele terminasse de falar.

— Mas será que ainda estão inteiros... aqueles trenós? — quase não conseguiu falar um dos presentes, por causa do riso.

Riram de novo.

Todos zombaram durante muito tempo, por fim começaram aos poucos a silenciar: um enxugava as lágrimas, outro arquejava, um terceiro tossia com força e escarrava, dizendo com dificuldade:

— Ah, meu Deus! Até sufoquei de tanto catarro... Como ele me fez rir naquele dia, meu Deus! Que pecado! Como ele deslizou com as costas viradas para cima e as abas do casaco abertas...

Então veio, afinal, a última rajada de risos, a mais prolongada, e depois tudo ficou em silêncio. Um suspirou, outro bocejou, repetiu um provérbio, e tudo afundou no silêncio.

Como antes, só se ouviam o tique-taque do pêndulo, as batidas das botas de Oblómov e o leve estalido da linha rompida com os dentes.

De repente Iliá Ivánovitch parou no meio da sala com ar alarmado, segurando a pontinha do nariz.

— Que infortúnio virá agora? Vejam só! — disse. — Alguém vai morrer: a pontinha do meu nariz está comichando sem parar...

— Ah, meu Deus! — exclamou a esposa e abriu os braços. — Onde já se viu morrer alguém porque deu uma comichão na ponta do nariz? Alguém morre quando dá uma coceira na parte de cima do nariz. Puxa, Iliá Ivánitch, Deus o perdoe, como você é esquecido! Já pensou que vergonha se diz uma coisa dessa na presença dos criados ou de visitas?

— Mas então o que significa uma comichão na ponta do nariz? — perguntou Iliá Ivánovitch, confuso.

— Que vai olhar dentro de um cálice. Como é que pode dizer uma coisa desta: alguém vai morrer?

— Vivo confundindo tudo! — disse Iliá Ivánovitch. — Também pudera, como é que alguém pode memorizar: se é uma coceira no lado do nariz, se é na ponta, se é nas sobrancelhas...

— No lado — interrompeu Pelagueia Ivánovna — quer dizer que vai chegar uma notícia; comichão nas sobrancelhas, são lágrimas; na testa, é reverência: do lado direito, a um homem, do lado esquerdo, a uma mulher; se as orelhas coçam, quer dizer que vem chuva; os lábios, é beijo; o bigode, é presente; o cotovelo, vai dormir num lugar diferente; a sola do pé, é estrada...

— Puxa, Pelagueia Ivánovna, muito bem! — disse Iliá Ivánovitch. — E quando dá coceira na nuca, a manteiga vai custar mais barato...

As senhoras começaram a rir e a cochichar umas para as outras; alguns homens sorriram; preparou-se de novo a explosão de uma gargalhada, mas naquele instante irrompeu na sala algo semelhante ao rosnado de um cão e ao chiado de um gato quando se preparam para se jogar um contra o outro. Foi o relógio que bateu.

— Ah! Já são nove horas! — exclamou Iliá Ivánovitch com alegre deslumbramento. — A gente olha e é como se não visse o tempo passar. Ei, Vaska! Vanka, Motka!

Surgiram três fisionomias sonolentas.

— Por que não põem a mesa? — perguntou Oblómov com surpresa e irritação. — Não pensam nos seus senhores? Vamos, o que estão esperando? Rápido, a vodca!

— Aí está por que a ponta de seu nariz estava coçando! — disse Pelagueia Ivánovna com animação. — Vai beber vodca e olhar dentro do cálice.

Depois do jantar, todos trocaram beijinhos no rosto, se benzeram mutuamente e se dispersaram rumo aos leitos, e o sono imperou sobre as cabeças despreocupadas.

No sonho, Iliá Ilitch viu não só uma nem duas noites desse tipo, mas semanas inteiras, meses e anos de dias e noites que se passavam assim.

Nada perturbava a monotonia daquela vida, e os próprios residentes de Oblómovka não se incomodavam com aquilo, porque não imaginavam outro dia a dia; e, se pudessem imaginar, lhe dariam as costas com horror.

Não gostariam nem quereriam saber de outra vida. Lamentariam se as circunstâncias causassem mudanças em sua existência, quaisquer que fossem as mudanças. Derramariam lágrimas de angústia se o dia seguinte não fosse parecido com o dia anterior e se depois de amanhã não fosse parecido com amanhã.

Que proveito tirariam da variedade, das mudanças, dos incidentes que os outros tanto cortejavam? Que os outros se regalassem com tudo aquilo, pois eles, os residentes de Oblómovka, não tinham nada a ver com o assunto. Que levassem sua vida como bem entendessem.

Pois os incidentes, embora alguns fossem até vantajosos, traziam perturbação: exigiam cuidados, preocupação, afobação, não lhes davam sossego, tinham de vender ou escrever — numa palavra, tinham de se apressar, e isso não tinha a menor graça!

Durante décadas, continuaram a fungar, a cochilar, a bocejar ou a desatar risadas bem-humoradas com os gracejos da roça, ou então, reunindo-se numa roda, contavam o que alguém tinha visto de noite num sonho.

Se o sonho era tenebroso, todos se punham pensativos e tinham medo, a sério; se era profético, todos se alegravam ou ficavam penalizados sinceramente, conforme o sonho mostrasse algo doloroso ou reconfortante. Caso o sonho exigisse a observação de certos presságios, prontamente se tomavam as providências devidas.

Ou então pegavam o baralho e jogavam burro, trunfo, e nos feriados, com as visitas, jogavam bóston, ou jogavam paciência, viam o futuro num rei de ouros ou numa dama de paus, previam matrimônios.

Às vezes uma certa Natália Fadiéievna vinha passar uma semana ou duas na casa. De início as duas velhas passavam em revista todos os arredores, quem vivia assim ou assado, quem fazia o quê; infiltravam-se não só na vida familiar, na vida dos bastidores, mas nas ideias e intenções particulares das pessoas, penetravam na alma dos outros, criticando e condenando os indignos e acima de tudo os maridos infiéis, depois contavam vários casos: aniversários, batizados, nascimentos, quem deu um banquete, quem foi convidado, quem não foi.

Cansadas daquilo, começavam a mostrar roupas novas, vestidos, casacos, até saias e meias. A dona da casa se gabava de alguns panos, linhas, rendados de fabricação caseira.

Mas aquilo também se esgotava. Então se contentavam com cafés, chás, empadinhas. Depois passavam para o silêncio.

Ficavam muito tempo sentadas, olhando uma para a outra, às vezes davam suspiros dolorosos por alguma coisa. Às vezes alguma delas começava a chorar.

— O que foi, minha querida? — perguntava a outra, preocupada.

— Ah, como é triste, meu anjo! — respondia a visitante com um suspiro profundo. — Nós irritamos Deus Nosso Senhor, fomos amaldiçoadas. Não virá nada de bom.

— Ah, não me assuste, não me apavore, querida! — interrompia a dona da casa.

— Sim, sim — continuava a outra. — Chegaram os últimos dias: as nações vão se levantar umas contra as outras, reino contra reino... vai começar o Juízo Final! — declarava por fim Natália Fadiéievna, e as duas choravam amargamente.

Natália Fadiéievna não tinha nenhum fundamento para chegar a tal conclusão, ninguém se levantava contra ninguém, nem sequer um cometa havia surgido naquele ano, mas as velhas às vezes tinham pressentimentos sombrios.

De vez em quando aquela maneira de passar o tempo era interrompida por algum incidente inesperado, quando por exemplo todos em casa, das crianças aos velhos, ficavam sufocados com a fumaça das estufas.

De outros males, quase não tinham notícia na casa e na aldeia; podia acontecer de alguém se ferir no escuro na ponta de um pau, ou de cair do alto do celeiro de feno, ou de uma tábua desabar do telhado e acertar a cabeça de alguém.

Mas tudo isso raramente acontecia, e contra tais acidentes empregavam métodos caseiros já testados: esfregavam o local ferido com uma esponja ou com uma folha de louro, davam água benta para beber ou sussurravam alguma reza — e tudo passava.

Mas a intoxicação com a fumaça era muito frequente. Então todos se estiravam nas camas lado a lado; ouviam-se suspiros, gemidos; um cobria a cabeça com pepinos e atava toalhas em volta do rosto, outro colocava amoras nos ouvidos e cheirava raiz-forte, um terceiro saía só de camisa no frio gelado, outro simplesmente ficava estirado sem sentidos no campo.

Isso acontecia periodicamente uma ou duas vezes por mês, porque não gostavam de desperdiçar o calor que saía pela chaminé e fechavam as estufas quando nelas ainda ardiam chamazinhas, como na história de *Roberto, o diabo*.* Não se podia tocar a mão em nenhuma estufa, nem em nenhum dos leitos junto às estufas, sem que logo se formasse uma bolha na pele.

Só uma vez a monotonia foi rompida por um incidente genuinamente inesperado.

Quando, tendo descansado após um almoço difícil, todos se reuniram para o chá, de repente, voltando da cidade, chegou um mujique e ficou remexendo dentro do peito da camisa até conseguir afinal tirar uma carta amarrotada em nome de Iliá Ivánitch Oblómov.

Todos ficaram perplexos; a dona da casa até mudou de feição; os olhos e o nariz de todos se voltaram na direção da carta.

— Que coisa extraordinária! Quem foi que mandou? — exclamou afinal a senhora, recuperando-se do choque.

Oblómov pegou a carta e, confuso, remexeu-a nas mãos sem saber o que fazer com ela.

— Mas onde você pegou a carta? — perguntou ao mujique. — Quem lhe deu?

— Foi numa estalagem onde eu entrei lá na cidade, sabe — respondeu o mujique —, vieram duas vezes do correio perguntar se não tinha ali algum mujique de Oblómovka: uma carta para o proprietário, disseram.

— E aí?

— E aí que no início eu tratei de me esconder: e o soldado foi embora

---

* *Roberto, o diabo*: ópera do compositor Giacomo Meyerbeer (1791-1864).

com a carta. Mas o sacristão de Verkhliovo me viu e contou a ele. Ele veio pela segunda vez. Quando chegou pela segunda vez, começou a xingar e entregou a carta, e ainda me tomou cinco copeques. Perguntei o que eu ia fazer com a carta, para onde devia levar. E aí mandou que eu entregasse para Vossa Excelência.

— Não devia ter pegado a carta — comentou a dona da casa, irritada.

— Mas eu não ia mesmo pegar. Falei: para que é que eu vou querer essa droga de carta, não tenho nada a ver com isso! Ninguém me mandou pegar carta nenhuma, falei. Não posso, não senhor. Pegue sua carta e vá embora! Mas ele, o tal soldado, começou a me xingar demais e ameaçou chamar o chefe de polícia; aí peguei a carta.

— Idiota! — disse a patroa.

— De quem pode ser? — perguntou Oblómov com ar pensativo, olhando para o endereço. — A letra me parece conhecida, de fato!

E a carta passou de mão em mão. Começaram os comentários e as conjeturas: de quem e sobre o que podia ser a carta? Por fim todos ficaram num beco sem saída.

Iliá Ivánovitch mandou trazerem seus óculos: encontraram-nos meia hora depois. Colocou os óculos e fez menção de abrir a carta.

— Espere, não rompa o lacre, Iliá Ivánitch — afirmou com temor a esposa —, quem sabe que carta pode ser essa? Quem sabe é alguma coisa terrível, alguma desgraça? Você sabe como são as pessoas hoje em dia! Deixe para amanhã ou para depois de amanhã... a carta não vai fugir mesmo.

E a carta e os óculos foram trancados à chave. Todos trataram de tomar o chá. A carta poderia ter ficado ali um ano, se ela não fosse um fenômeno deveras extraordinário que deixara a mente dos habitantes de Oblómovka muito abalada. Depois do chá, no dia seguinte, todos só falavam sobre qual podia ser o assunto da carta.

Por fim não conseguiram mais resistir e, no quarto dia, reuniram-se todos e, num tumulto, romperam o lacre. Oblómov lançou um olhar para a assinatura.

— Radíchev — leu ele. — Ah! Então é de Filipp Matviéitch!

— Ah! Oh! Veja só de quem! — exclamaram de todos os lados. — Quer dizer que ainda está vivo depois de todo esse tempo? Meu Deus, ainda não morreu! Puxa, graças a Deus! O que ele escreve?

Oblómov começou a ler em voz alta. Parecia que Filipp Matviéitch pedia que lhe enviassem uma receita da cerveja que sabiam preparar muito bem em Oblómovka.

— Mande para ele, mande para ele! — disseram todos. — Temos de escrever uma cartinha.

E assim se passaram duas semanas.

— Temos de escrever! — exigiu Iliá Ivánovitch para a esposa. — Onde está a receita?

— Onde é que foi parar? — disse a esposa. — Temos de achar. Ora, espere um pouco, para que tanta pressa? Veja, com a graça de Deus, vamos esperar o feriado, até o fim do jejum, aí você escreve; a receita não vai fugir…

— De fato, é melhor eu escrever no feriado — disse Iliá Ivánovitch.

No feriado, de novo voltaram a falar sobre a carta. Iliá Ivánovitch preparou-se todo para escrever. Recolheu-se ao seu gabinete, pôs os óculos e sentou-se à mesa.

Na casa reinava um silêncio profundo; os criados receberam ordem de não bater os pés no chão nem fazer barulho.

— O patrão está escrevendo! — diziam todos com a mesma voz respeitosa e tímida com que falavam quando havia um defunto na casa.

Conseguira apenas rabiscar "Prezado senhor", lentamente, torto, com a mão trêmula, com tanto cuidado que parecia fazer algo perigoso, quando de repente apareceu a esposa.

— Procurei, procurei e não achei a tal receita — disse ela. — Ainda falta procurar no quarto, dentro do armário. E como vai mandar a carta?

— Tem de ser pelo correio — respondeu Iliá Ivánovitch.

— E quanto vai custar?

Oblómov pegou uma tabela antiga.

— Quarenta copeques — disse.

— Puxa, quarenta copeques para mandar uma bobagem dessas! — comentou a esposa. — É melhor a gente esperar um pouco e ver se não surge a oportunidade de alguém ir para a cidade. Mande os mujiques perguntarem.

— Sim, de fato, seria melhor assim — respondeu Iliá Ivánovitch e, depois de bater algumas vezes com a pena na mesa, enfiou-a no tinteiro e tirou os óculos.

— Claro, é melhor, sim — concluiu ele —, a carta não vai fugir: podemos mandar depois.

Não se sabe se Filipp Matviéitch chegou a receber a receita.

Iliá Ivánovitch às vezes pegava um livro — não importava qual.

Ele nem imaginava que a leitura pudesse ser uma necessidade fundamental, e considerava aquilo um luxo, uma coisa sem a qual podia viver facilmente, assim como era possível ter ou não ter um quadro na parede, dar ou não um passeio: para ele, não tinha a menor importância qual era o livro; olhava para ele como uma coisa destinada a ser uma distração do tédio, do fato de não ter o que fazer.

— Há muito tempo não leio um livro — dizia, ou às vezes mudava as palavras: — Ora, que tal ler um livro? — ou simplesmente, de passagem, vendo por acaso uma pequena pilha de livros que o irmão lhe deixara, pegava um sem escolher, o primeiro que lhe caísse nas mãos.

Quer pegasse um Gólikov, ou as *Novíssimas interpretações dos sonhos*, a *Russíada* de Kheráskov, ou as tragédias de Sumarkóv,* ou por fim um jornal de três anos antes — ele lia tudo com o mesmo prazer, comentando de vez em quando:

— Vejam só que coisas ele inventou! Que bandido! Ah, que peralta!

Tais exclamações eram dirigidas aos autores — cuja dignidade, a seus olhos, não merecia o menor respeito; em relação aos escritores, ele até adotava certo desdém, que lhe fora transmitido por pessoas dos velhos tempos. A exemplo de muitos outros daquela época, ele considerava todo autor um humorista, um brincalhão, um bêbado, um recreador, da mesma categoria que um dançarino.

Às vezes lia em voz alta para todos um jornal de três anos antes ou transmitia para eles notícias assim:

— Vejam só, escrevem de Haia — dizia — que Sua Majestade, o rei, felizmente voltou são e salvo ao palácio depois de uma breve viagem. — E em seguida fitava todos os ouvintes através dos óculos.

Ou:

— Em Viena, o embaixador de tal lugar apresentou suas credenciais. E,

---

* Ivan Ivánovitch Gólikov (1735-1801): historiador russo; Mikhail Kheráskov (1733-1807): escritor russo, autor de tragédias e poemas; Aleksandr Sumarkóv (1718-78): dramaturgo russo.

olhem só — dizia ele —, aqui escrevem que uma obra da senhora Genlis* foi traduzida para a língua russa.

— Esse negócio de ficarem fazendo essas traduções — comentou um dos ouvintes, um pequeno proprietário —, eu acho, meu caro, que é só para tomar dinheiro de nós, os nobres.

E o pobre Iliucha tinha de ir estudar na escola de Stolz. Assim que acordava na segunda-feira, vinha-lhe um desânimo. Ouvia a voz cortante de Vaska, que gritava na varanda:

— Antipka! Arreie o malhado: tem de levar o patrãozinho para o alemão!

O coração afundava em seu peito. Ia para junto da mãe cheio de tristeza. Ela sabia por que ele estava triste e começava a dourar a pílula, enquanto em segredo suspirava por ter de separar-se do menino durante uma semana inteira.

Não sabiam com que alimentá-lo naquelas manhãs, assavam um bolinho de passas e um pão em forma de trança, faziam para ele picles, biscoitos, compota de frutas, diversas pastinhas, vários outros petiscos secos e molhados e até provisões para a viagem. Tudo isso lhe era servido na suposição de que, na casa do alemão, ele não ia comer direito.

— Lá você não vai comer direito — diziam os Oblómov —, no almoço, só vão lhe dar sopa, um assado e batatas, no chá vão dar manteiga, e no jantar, só barriga vazia e nada na bacia.

A rigor, Iliá Ilitch sonhava antes com as segundas-feiras em que não ouvia a voz de Vaska mandando pôr os arreios no malhado, e nas quais a mãe vinha ao seu encontro, durante o chá, trazendo um sorriso e uma notícia agradável:

— Hoje você não vai; na quinta-feira vai ter uma grande festa: não vale a pena ir e voltar só por causa de três dias.

Ou às vezes comunicava a ele de repente:

— Hoje começa a *rodítielskaia nediélia*,** não é hora de ter aulas: vamos fazer uns *blíni*.***

---

* Félicité de Genlis (1746-1830): escritora francesa, autora de obras sobre a educação dos jovens e as normas de etiqueta da alta sociedade.

** *Rodítielskaia nediélia*: na religião cristã ortodoxa, semana que começa no dia de são Dmítri. Celebram-se missas pelos mortos da família, e as pessoas visitam os cemitérios e põem flores nos túmulos.

*** *Blin*: pequena panqueca russa.

Ou a mãe olhava atentamente para ele na segunda-feira de manhã e dizia:

— Seus olhos parecem abatidos hoje. Está passando bem? — E balançava a cabeça.

O garoto esperto estava ótimo de saúde, mas ficava calado.

— É melhor ficar só esta semaninha em casa — dizia a mãe —, depois a gente vê.

E todos na casa estavam profundamente convencidos de que não se podia de maneira alguma conciliar as aulas nos dias de semana com uma festa de família no sábado, e que um feriado na quinta-feira era um empecilho insuperável para uma semana inteira de aulas.

Mas lá de vez em quando, um servo ou uma criada, que comiam o pão que o diabo amassou por causa do patrãozinho, resmungavam:

— Ei, seu pirralho mimado! Por que não some de uma vez e vai para a casa do tal alemão?

Outras vezes, Antip aparecia de repente na casa do alemão, montado no conhecido malhado, no meio ou no início da semana, para buscar Iliá Ilitch.

— Mária Savicha chegou, ou Natália Daiéievna veio passar uns dias em casa, ou Kuzóvkov e os filhos, então tenha a bondade de vir para casa comigo!

E Iliucha ficava três semanas em casa e aí já não faltava tanto tempo para a Semana Santa, vinha um feriado, e então, sabe-se lá por quê, alguém da família resolvia que na semana de são Tomé * não se devia estudar; para o verão, faltavam só duas semanas — não valia a pena ir para a escola, e no verão o próprio alemão descansava, então era melhor deixar para o outono.

Portanto Iliá Ilitch levava uma vida mansa durante meio ano, e como ele crescia nesse tempo! Como engordava! Como dormia esplendidamente! Em casa, não se cansavam de admirá-lo, notando, ao contrário, que quando voltava do alemão aos sábados o menino estava magro e pálido.

— Desse jeito vai acabar acontecendo uma desgraça — diziam o pai e a mãe. — O estudo não vai fugir, mas a saúde não se compra; a saúde é o bem mais precioso da vida. Veja, ele volta das aulas como se voltasse de um hospital: perdeu toda a gordura, e antes estava tão gordinho... e que levado: não parava de correr!

---

* Semana de são Tomé: vai do primeiro domingo após a Páscoa até o sábado seguinte.

— Pois é — comentava o pai —, estudar não é brincadeira: põe qualquer um na linha!

E os pais carinhosos continuavam a procurar pretextos para manter o filho em casa. Além dos feriados, desculpas eram o que não faltava. O inverno lhes parecia frio, o verão era quente demais para deixar que ele saísse, às vezes chovia e no outono a lama atrapalhava. Às vezes Antipka despertava certa desconfiança: bêbado ou não, tinha o olhar meio desvairado: podia haver uma desgraça, podia ficar preso na lama ou tropeçar e cair em alguma vala.

Em suma, os Oblómov tentavam, o mais possível, conferir legitimidade a tais pretextos, aos seus próprios olhos e sobretudo aos olhos de Stolz, que não poupava *Donnerwetters*,* ditos na cara deles ou às suas costas, por causa daqueles mimos exagerados.

Os tempos dos Prostákov e dos Skotíni** tinham ficado para trás. O provérbio "O saber é a luz e a ignorância é a escuridão" já circulava pelas vilas e aldeias, junto com os livros e os alvoroçados vendedores de livros.

Os velhos entendiam as vantagens do estudo, mas apenas suas vantagens exteriores. Viam que agora só por meio do estudo as pessoas se tornavam alguém, ou seja, ganhavam cargos, medalhas e dinheiro; viam que os velhos escrivães, os negociantes calejados no trabalho, que tinham envelhecido nas trapaças e velhacarias de costume, estavam passando maus bocados.

Começavam a circular rumores terríveis sobre a necessidade não só de saber ler e escrever, mas também de outras ciências, das quais nunca tinham ouvido falar na vida. Entre conselheiros titulares e assessores colegiados*** abrira-se um abismo que só podia ser transposto mediante certo diploma.

Os velhos veteranos, filhos dos hábitos e pupilos dos subornos, começavam a desaparecer. Muitos que não haviam tido tempo de morrer estavam sendo expulsos por não serem confiáveis, outros eram acusados e levados a julgamento; os mais felizardos eram aqueles que, dando as costas para a nova

---

* *Donnerwetters*: interjeição alemã que exprime surpresa e revolta.

** Prostákov e Skotíni: personagens da comédia *Nedorosl* [O menor de idade] (1782), do escritor russo Denis Fonvizin (1745-92). A peça retrata uma família abastada e ignorante que vive da exploração dos servos.

*** O nono e o oitavo posto na hierarquia do funcionalismo público.

ordem das coisas, em sossego e boa saúde, se mantinham recolhidos aos cantinhos que haviam conquistado.

Os Oblómov percebiam aquilo e compreendiam a vantagem da instrução, mas apenas a vantagem imediata. Sobre a necessidade intrínseca da educação, tinham um entendimento ainda turvo e distante e por isso queriam de imediato obter para seu Iliucha alguns privilégios esplêndidos.

Sonhavam com um uniforme bordado para ele, imaginavam-no como um conselheiro no palácio, e a mãe sonhava até que ele fosse governador; mas queriam que ele alcançasse tudo isso de algum modo mais barato, por meio de várias astúcias, contornando furtivamente as pedras e as barreiras espalhadas pelo caminho da educação e da honra, sem dar-se ao trabalho de transpô-las, ou seja, por exemplo, estudando pouco, sem desgastar a mente e o corpo, sem a perda da sagrada gordura adquirida na infância, para assim cumprir tudo o que estava prescrito, até alcançar um certo diploma, no qual estaria escrito que Iliucha "tinha passado em todas as artes e ciências".

Todo aquele sistema de educação de Oblómovka esbarrava na forte oposição do sistema de Stolz. De ambas as partes, a luta era encarniçada. Stolz atacava seus oponentes de modo direto, declarado e insistente, e eles se esquivavam dos golpes por meio das astúcias mencionadas e ainda de outras.

Nenhum dos lados vencia; talvez a persistência do alemão pudesse superar a obstinação e a contumácia dos Oblómov, mas ele encontrava dificuldades em seu próprio terreno, e a vitória não parecia se encaminhar nem para um lado nem para o outro. A questão era que o filho de Stolz mimava Oblómov; ora dava as respostas das lições para ele, ora fazia suas traduções.

Iliá Ilitch via com clareza sua vida em casa e na escola de Stolz.

Em casa, assim que acordava, Zakhar já estava de pé ao lado da cama — aquele mesmo que mais tarde viria a ser seu famoso criado Zakhar Trofímovitch.

Zakhar, como a babá fazia antes, calçava as meias em seus pés, punha os sapatos, e Iliucha, já um menino de catorze anos, se limitava a esticar para ele uma perna e depois a outra; e bastava alguma coisa lhe parecer errada que Iliucha metia o pé no nariz de Zakhar.

Se Zakhar, descontente, inventasse de se queixar, levaria uma paulada também dos pais.

Depois Zakhar penteava o cabelo de Iliucha, esticava o casaco, enfiava os braços de Iliucha nas mangas com cuidado, a fim de não incomodá-lo demais, e lembrava a Iliá Ilitch que era preciso fazer isto e aquilo: lavar-se assim que se levanta de manhã cedo etc.

Se Iliá Ilitch queria alguma coisa, bastava piscar o olho — logo três ou quatro criados se apressavam para atender seu desejo; ele deixava cair alguma coisa, precisava pegar e não alcançava, logo vinham correndo apanhar para ele; às vezes, como era um garoto traquinas, tinha vontade de se meter a fazer tudo sozinho, e então o pai, a mãe e três tias gritavam de repente a cinco vozes:

— O que é isso? Como pode? E Vaska, e Vanka, e Zakhar, para que servem? Ei! Vaska! Vanka! Zakharka! Por que ficam aí só olhando, suas bestas? Vou mostrar uma coisa para vocês...

E Iliá Ilitch não conseguia fazer nada por si mesmo.

Mais tarde, ele achou que daquele jeito era imensamente mais tranquilo e aprendeu a gritar:

— Ei, Vaska! Vanka! Pegue isso, me traga aquilo! Não quero isso, quero aquilo! Traga depressa, corra!

De vez em quando, a solicitude carinhosa dos pais o incomodava.

Se descia a escada aos saltos ou corria pelo pátio, de repente atrás dele rompiam dez vozes desesperadas: "Ah, ah! Segure, pare! Vai cair, vai se machucar... pare, pare!".

Se no inverno ele pensava em chegar à porta ou abrir uma partezinha da janela, de novo os gritos: "Ai, aonde vai? Que história é essa? Não saia, não vá, não abra: vai se ferir, vai ficar resfriado...".

E Iliucha, com tristeza, ficava em casa, mimado como uma flor exótica na estufa e, como uma flor, cercado por vidros, ele crescia devagar e sonolento.

Suas energias, impedidas de se manifestar, voltavam-se para dentro e murchavam, definhavam.

Às vezes acordava muito bem-disposto, animado, alegre; sentia: dentro dele algo brincava, fervia, parecia que algum diabinho tinha feito morada ali e o instigava a subir no telhado, a montar no cavalo baio e galopar no pasto onde estavam ceifando o feno, ou a sentar no alto da cerca com uma perna para cada lado, ou a provocar os cachorros da aldeia; ou de repente vinha uma vontade de passar correndo pela aldeia, depois pelo campo, pelos barrancos, pelos bosques de bétula, e em três pulos ir ao fundo da ravina, ou atrás dos meninos para brincar de jogar bolas de neve e pôr à prova suas forças.

O diabinho ia atraindo Iliucha assim: ele resistia, resistia, por fim não se continha e de repente, sem gorro, no inverno, saltava da varanda para o pátio, de lá ia para o portão, agarrava com as duas mãos uma bola de neve e corria na direção de um bando de meninos.

O vento fresco cortava seu rosto, a friagem beliscava suas orelhas, a boca e a garganta se arrepiavam de frio, mas o peito era dominado pela alegria — ele corria para onde as pernas o levassem, gritava e ria sozinho.

Lá estavam os meninos: ele jogou uma bola de neve — errou: não tinha prática; apenas pensou em pegar mais neve, mas então um bolo de neve cobriu todo o seu rosto: ele caiu; e sentiu dor, pois não estava acostumado, mas ficou alegre e riu, e lhe vieram lágrimas nos olhos...

E em casa foi o maior tumulto: Iliucha sumiu! Gritos, barulho. Zakharka correu para fora aos pulos, atrás dele foram Vaska, Mitka, Vanka — todos correram aos trambolhões pelo pátio.

Atrás deles, em seus calcanhares, logo se atiraram dois cachorros, que, como se sabe, não podem ver ninguém correndo.

As pessoas, com gritos e queixas, e os cachorros, com latidos, corriam pela aldeia.

Por fim alcançaram os meninos e começaram a fazer justiça: puxaram o cabelo de um, a orelha de outro, deram tabefes na nuca; ameaçaram até os pais.

Depois seguraram o patrãozinho, embrulharam-no num casaco de pele de carneiro, depois no casaco de pele do pai, depois em dois cobertores, e assim o carregaram para casa nos braços, solenemente.

Em casa, já haviam perdido a esperança de revê-lo, julgando-o morto; porém, ao vê-lo vivo e ileso, a alegria dos pais foi indescritível. Deram graças a Deus, depois serviram ao filho chá de folhas de menta e de sabugueiro, à noitinha deram também chá de framboesa e o deixaram três dias de cama, mas para ele só uma coisa seria proveitosa: de novo brincar de jogar bolas de neve...

X.

Assim que o ronco de Iliá Ilitch chegou aos ouvidos de Zakhar, ele pulou do leito junto à estufa com cuidado, sem fazer barulho, foi ao vestíbulo na ponta dos pés, trancou o patrão à chave e dirigiu-se ao portão.

— Ah, Zakhar Trofímitch: bem-vindo! Há quanto tempo não o vejo! — exclamaram em coro um cocheiro, um lacaio e uns meninos que estavam junto ao portão.

— Cadê seu patrão? Saiu? — perguntou um porteiro.

— Está dormindo — respondeu Zakhar em tom sombrio.

— Como assim? — perguntou o cocheiro. — Parece muito cedo, não acha?... Deve estar doente, não é?

— Ah, que doente nada! Ele se embriagou! — disse Zakhar com uma voz que teria convencido até ele mesmo de que dizia a verdade. — Dá para acreditar? Bebeu uma garrafa e meia de vinho Madeira, dois potes de *kvás* e agora desabou de vez.

— Puxa! — disse o cocheiro com inveja.

— O que foi que levou o homem a beber desse jeito hoje? — perguntou uma mulher.

— Não, Tatiana Ivánovna — respondeu Zakhar, voltando para ela seu olhar direto —, não foi só hoje: ele está totalmente degenerado... Só de falar nisso me dá enjoo!

— Igualzinho à minha patroa! — comentou a mulher com um suspiro.

— E aí, Tatiana Ivánovna, ela hoje vai a algum lugar? — perguntou o cocheiro. — Eu queria ir a um lugar que não fica longe daqui.

— Vai, nada! — respondeu Tatiana. — Fica o tempo todo com seu amado, e os dois não se cansam de admirar um ao outro.

— Ele vai muito à casa de vocês — disse o porteiro —, incomoda demais à noite, o desgraçado; todo mundo vem e vai embora: ele é sempre o último a sair e ainda xinga a gente porque a porta da frente está fechada... Então eu vou ficar lá acordado só para vigiar a porta da varanda para ele?

— Que palerma, meus amigos — disse Tatiana —, não adianta procurar outro igual! Quantos presentes dá para ela! A patroa fica se mostrando que nem um pavão, e anda toda importante; mas se alguém olha para as saias e as meias que ela usa, dá até vergonha! Fica duas semanas sem lavar o pescoço, mas lambuza a cara... Às vezes, confesso meu pecado, eu até penso assim: "Ah, sua miserável! Era melhor cobrir a cabeça com um lenço e ir para um convento, fazer uma peregrinação...".

Todos riram, menos Zakhar.

— Ah, essa Tatiana Ivánovna nunca faz por menos! — diziam vozes aprovadoras.

— Mas é verdade! — continuou Tatiana. — Como é que esses fidalgos podem andar com uma mulher feito aquela?...

— Para onde é que você vai? — perguntou alguém para a mulher. — Que trouxa é essa que está levando?

— Estou levando um vestido para a costureira; a minha patroa elegante mandou: diz que ficou folgado! Só que quando eu e Duniacha enfiamos a roupa na carcaça dela, a gente ficou três dias sem poder usar os braços para nada: ficaram todos torcidos! Bem, está na minha hora. Até logo.

— Até logo, até logo! — disseram alguns.

— Até logo, Tatiana Ivánovna — disse o cocheiro. — Venha de noitinha.

— Não sei se posso; talvez eu apareça, não sei... Até logo!

— Até logo — disseram todos.

— Até logo... felicidade para vocês! — respondeu ela enquanto se afastava.

— Até logo, Tatiana Ivánovna! — gritou mais uma vez o cocheiro.

— Até logo! — respondeu ela bem alto, de longe.

Quando a mulher foi embora, Zakhar parecia estar esperando sua vez de falar. Sentou-se no alto da coluna de ferro do portão e começou a balançar as pernas, enquanto olhava, triste e distraído, para quem passava a pé ou de carroça.

— Pois é, e como está seu patrão hoje, Zakhar Trofímovitch? — perguntou o porteiro.

— Como sempre: cheio de caprichos — respondeu Zakhar —, e tudo por causa de você, foi graças a você que aguentei tanto sofrimento: tudo começou com aquela história do apartamento! Ficou furioso: não quer se mudar de jeito nenhum...

— Que culpa tenho eu? — disse o porteiro. — Por mim, podia morar aí a vida inteira; por acaso sou eu o proprietário? Cumpro ordens... Se eu fosse o proprietário, tudo bem, mas não sou...

— E por acaso ele fica xingando? — perguntou o cocheiro.

— E como xinga. Só Deus para me dar forças para aguentar!

— E o que é que tem? Se xinga o tempo todo, é um bom patrão! — disse o lacaio devagar, enquanto abria com um rangido uma tabaqueira redonda, e as mãos de todos em volta, exceto as de Zakhar, se estenderam para pegar o rapé. Começaram as aspirações, os espirros e os bocejos generalizados.

— Se ele xinga, tanto melhor — continuou o mesmo —, e quanto mais xingar, melhor: se xinga, pelo menos não vai espancar você. Olha só como eu vivia na casa de um deles: a gente nem sabia qual era o motivo, imagine só, mas ele vinha e puxava o cabelo da gente.

Zakhar esperou com desprezo que ele terminasse sua tirada e, voltando-se para o cocheiro, continuou:

— É assim que uma pessoa desgraça a gente à toa — disse ele —, sem mais nem menos!

— Vive insatisfeito, não é? — perguntou o porteiro.

— E como! — bufou Zakhar com ar importante, contraindo os olhos. — Insatisfeito de matar! Isso não é assim, aquilo não é assado, e você não sabe andar direito, e você não entende como tem de servir a mesa, e você quebra tudo, e não limpa nada, e rouba, e come... Ufa! Não é fácil... Hoje ele me massacrou... tive de ouvir cada acusação! E por quê? Semana passada ainda tinha sobrado um pedacinho de queijo... Dava vergonha até de jogar aquilo para um cachorro... Uma pessoa então nem ia pensar em comer aquilo! Ele perguntou e respondi: "Não tem queijo". E aí começou: "Você tinha de ser enforcado, tinha de ser jogado num caldeirão de piche fervente, tinha de ser retalhado com tenazes em brasa; tinha de ser atravessado com uma estaca de madeira!". E não para, não para... O que acham, meus amigos? Há pouco tempo queimei o pé dele com água fervente... nem sei como aconteceu... tinham de ver como gritava! Se eu não desviasse, ele tinha dado um murro no meu peito... ele fez pontaria e tudo! Teria me jogado no chão...

O cocheiro balançou a cabeça, e o porteiro disse:

— Está vendo? É um patrão abusado: não pode facilitar!

— Pois é, mas se ainda xinga, é um bom patrão! — disse o mesmo lacaio, sempre fleumático. — Um patrão é pior quando não xinga: fica olhando, olhando, e de repente puxa a gente pelo cabelo, e a gente nem entende por quê!

— E tudo isso não adianta nada — disse Zakhar, de novo sem prestar a menor atenção nas palavras do lacaio que o havia interrompido —, o pé dele até hoje não ficou curado: toda hora passa pomada no pé. Que se dane!

— Um patrão típico! — disse o porteiro.

— Deus me livre! — continuou Zakhar. — Qualquer dia desses, mata uma pessoa; mata bem matado, pode crer! E por qualquer bobagem vai logo me xingando de careca, de... Nem tenho vontade de dizer o resto. Pois hoje mesmo inventou uma novidade: "venenoso", me chamou assim! Que língua afiada!

— Ora, o que isso tem de mais? — disse o mesmo lacaio. — Se ele xinga, dê graças a Deus, e peça que Deus lhe dê saúde... O problema é quando fica o tempo todo calado; a gente passa, e ele fica olhando, olhando, e aí agarra a gente, feito aquele patrão com quem eu morava. Mas xingar, isso não é nada...

— Bem feito para você — comentou Zakhar com raiva, por causa das objeções inoportunas. — Se fosse eu, faria pior ainda.

— Mas não é de admirar que ele xingue você de demônio careca, não acha, Zakhar Trofímovitch? — perguntou um criado uniformizado, de quinze anos.

Devagar, Zakhar virou a cabeça para ele e deteve no menino um olhar turvo.

— Tome cuidado comigo! — disse em tom ácido, depois de uma pausa. — Meu rapaz, você acha que é muito sabido, não é? Pois não me interessa se você trabalha para um general: eu arranco seu topete! Trate de ficar no seu lugar!

O garoto se afastou um ou dois passos, parou e fitou Zakhar com um sorriso.

— Por que está mostrando os dentes? — rosnou Zakhar, enfurecido. — Espere só até eu pôr as mãos em você. Arranco suas orelhas de uma vez só: vai aprender a não me mostrar os dentes!

Da entrada de uma casa, veio correndo um lacaio enorme, com a libré desabotoada, sapatos de verniz e galões nos ombros. Aproximou-se do criado de quinze anos, primeiro lhe entregou uma caixa, depois o chamou de burro.

— O que foi, Matviei Mosseitch? Por que isso? — perguntou o rapazinho, surpreso e confuso, com a mão na bochecha e piscando os olhos de modo convulsivo.

— Ah! E você ainda quer conversa? — retrucou o lacaio. — Corri atrás de você pela casa inteira e você está aqui!

Puxou-o pelo cabelo, curvou para baixo a cabeça do rapazinho e, de maneira metódica, vagarosa e ritmada, bateu com o punho três vezes no pescoço dele.

— O patrão tocou a campainha cinco vezes — acrescentou com ar de quem dá um ensinamento —, e eu fui xingado por sua causa, seu filhote de cachorro! Vamos!

E, imperativo, apontou com a mão para a escada. O rapazinho ficou parado um instante numa espécie de perplexidade, piscou os olhos uma ou duas vezes, lançou um olhar para o lacaio e, vendo que nada mais poderia esperar dele, senão a repetição das mesmas palavras, sacudiu os cabelos e seguiu ligeiro para a escada, todo descabelado.

Que triunfo para Zakhar!

— Mostre para ele, Matviei Mosseitch, mostre para ele! Vai, vai! — exclamava, empolgando-se. — Eh, ainda é pouco! Vamos lá, Matviei Mosseitch! Obrigado! Ele pensa que é sabido… Quem mandou me chamar de "demônio careca"? E agora, vai continuar dando risada?

Os criados riram, solidarizando-se amigavelmente com o lacaio que veio buscar o rapazinho e com Zakhar, que se alegrou maldosamente com aquilo. Só com o rapazinho ninguém se solidarizou.

— Pois é exatamente assim, sem tirar nem pôr, que acontecia com meu ex-patrão — começou de novo o mesmo lacaio que toda hora interrompia Zakhar. — A gente pensava em arranjar um jeito de se divertir, e ele de repente parecia adivinhar o que a gente estava pensando, vinha direto para cima da gente e agarrava desse mesmo jeito que o Matviei Mosseitch agarrou o Andriuchka. Mas o que é que tem de mais se ele só xinga? Grande coisa chamar de "demônio careca"!

— Aposto que até o patrão dele teria agarrado você também — retrucou o cocheiro, apontando para Zakhar. — Olhe só os fiapos que tem na sua cabeça! Mas como é que ele ia poder agarrar o Zakhar Trofímovitch? A cabeça dele é lisa que nem uma abóbora... Talvez segurasse pelas duas pontas da barba, nas bochechas: isso, sim, dava para ele fazer!

Todos riram daquele gracejo do cocheiro, mas Zakhar ficou tão abalado como se tivesse levado um tapa, e logo do cocheiro, com quem até então ele vinha travando uma conversa amistosa.

— Você vai ver só o que vou contar para o meu patrão — começou a chiar Zakhar, enraivecido com o cocheiro —, ele vai achar alguma coisa em você para agarrar bem firme: vai passar sua barba a ferro. Olhe só, sua barba está igual a um monte de pingentes de gelo!

— Esse seu patrão deve ser mesmo tremendo, se pode passar a ferro a barba do cocheiro dos outros! Não, é melhor pegar a sua primeiro e aí passar a ferro, para aprender a não ficar falando tanto!

— Um velhaco feito você não pode nem sonhar em ser cocheiro para a gente, não é? — bufou Zakhar. — Você não serve nem para puxar a carruagem do meu patrão, muito menos para conduzir!

— Mas que patrão formidável! — observou o cocheiro, mordaz. — Onde é que você foi desencavar um patrão feito esse?

Ele, o porteiro, o barbeiro, o lacaio defensor do sistema do xingamento, todos desataram numa risada.

— Podem rir, podem rir que eu vou contar tudo para o patrão! — guinchou Zakhar.

— E você — disse ele, voltando-se para o porteiro —, você devia calar a boca desses bandidos em vez de ficar rindo. Qual é sua obrigação aqui? Não é manter a ordem? E então? Pois eu vou contar tudo para o patrão; espere só para ver se não vou contar!

— Está bem, chega, chega, Zakhar Trofímovitch! — disse o porteiro, tentando acalmá-lo. — O que foi que ele fez com você?

— Como é que ele se atreve a falar assim do meu patrão? — protestou Zakhar, furioso, apontando para o cocheiro. — Por acaso ele sabe quem é meu patrão? — perguntou com reverência. — E você — disse, dirigindo-se para o cocheiro — nem em sonho já viu um patrão igual: bondoso, inteligente, bonito! O seu é igual a um pangaré mal alimentado! Dá vergonha só de olhar vocês saindo com sua égua marrom: parecem uns mendigos! Só devem comer rabanetes com *kvás*. Olhe só o capotezinho que você usa: nem dá para contar os buracos!

É preciso notar que o capote do cocheiro não tinha nenhum buraco.

— Mas uma coisa feito esta eu não vou achar em lugar nenhum — cortou o cocheiro e puxou depressa o pedaço da camisa de Zakhar que estava aparecendo no rasgão embaixo do braço.

— Pronto, agora chega! — repetiu o porteiro, colocando-se de braços abertos no meio dos dois.

— Ah! Você rasgou minha roupa! — começou a gritar Zakhar, arrancando a camisa ainda mais para fora. — Agora chega, vou mostrar para o meu patrão! Olhem, meus irmãos, olhem bem o que ele fez: rasgou minha roupa toda!

— Pois sim que fui eu! — disse o cocheiro, um tanto assustado. — Aposto que seu patrão deu uma sova em você...

— Uma sova, um patrão como aquele? — exclamou Zakhar. — Uma alma tão boa; é feita de ouro... que Deus proteja o meu patrão! Na casa dele eu vivo no Reino do Céu: não sei o que é passar necessidade, e nunca na vida me chamou de burro; levo uma vida boa, tranquila, como na mesa dele, saio quando quero... está vendo? E na aldeia tenho uma casa própria, uma horta própria, comida à vontade; todos os mujiques me tratam com reverência! Sou o administrador e o mordomo! Já você e seu patrão...

De tanta raiva, ele ficou sem voz para terminar de aniquilar seu oponente. Deteve-se um momento a fim de reunir forças e pensar numa palavra venenosa e enrolada, mas não conseguiu, pelo excesso de bile acumulada.

— Espere só para ver o que vai acontecer por ter rasgado minha roupa: vão ensinar a você o que acontece quando rasga a roupa dos outros! — exclamou afinal.

Quando atacavam seu patrão, feriam em cheio o próprio Zakhar. Provocavam sua ambição e seu amor-próprio: a lealdade era despertada e se manifestava com toda a energia. Zakhar era capaz de derramar sua bile venenosa não só em seu oponente, mas também no patrão dele e na família do patrão, que Zakhar nem sabia se existia ou não, e também nos conhecidos dele. Assim, com uma exatidão surpreendente, ele repetiu todas as calúnias e infâmias sobre os senhores que reunira de conversas anteriores com o cocheiro.

— E você e seu patrão são uns mendigos desgraçados, judeus, piores do que um alemão! — disse. — E eu sei quem foi o seu avô: um vendedor ambulante numa feira de coisas roubadas. Ontem à noite, quando as visitas saíram da sua casa, cheguei a pensar se não era um bando de vigaristas que tinham se reunido lá: dava pena de olhar! Sua mãe também vendia roupas velhas na feira de coisas roubadas.

— Chega, chega! — interrompeu o porteiro.

— Está bem! — disse Zakhar. — Graças a Deus meu patrão tem sangue nobre; os amigos são generais, condes e príncipes. E nem é qualquer conde que ele convida para jantar: tem uns que vêm e ficam esperando na sala de espera… Tudo quanto é escritor vem aqui…

— E quem é que são esses escritores, meu amigo? — perguntou o porteiro, no intuito de interromper a conversa. — Funcionários públicos ou o quê?

— Nada disso, são uns senhores que inventam sozinhos aquilo de que precisam — explicou Zakhar.

— E o que eles fazem na sua casa? — perguntou o porteiro.

— O quê? Um pede um cachimbo, outro pede vinho xerez… — disse Zakhar e se deteve, notando que quase todos sorriam com ar de zombaria.

— Vocês todos não passam de uns patifes, igual a vocês não existe neste mundo! — exclamou, falando depressa, e lançou para todos um olhar de lado. — Vão ver só o que acontece por rasgar a roupa dos outros! Vou contar para o patrão! — acrescentou e saiu depressa.

— Pare aí, espere, espere! — gritou o porteiro. — Zakhar Trofímovitch! Venha cá, vamos tomar uma bebida, por favor, vamos lá…

Zakhar parou no caminho, virou-se depressa e, sem olhar para os criados, precipitou-se pela rua ainda mais ligeiro. Sem voltar-se para ninguém, chegou à porta da taberna que ficava em frente; lá, virou-se, lançou um olhar sombrio para todo o grupo e, com ar mais sombrio ainda, fez um gesto com o braço para que viessem atrás dele e esgueirou-se pela porta.

Todos os demais também dispersaram: uns entraram na taberna, uns foram para casa; só restou o lacaio.

— Bem, grande coisa se ele contar para o patrão! — disse para si mesmo, fleumático e pensativo, enquanto abria lentamente a tabaqueira. — O patrão é bondoso, está bem claro, pois só faz xingar! Que mal faz ele xingar? Mas tem patrão que fica olhando, olhando, e aí puxa a gente pelo cabelo...

XI.

Pouco depois das quatro horas, cuidadosamente, sem fazer barulho, Zakhar abriu a porta e, na ponta dos pés, seguiu para seu quarto; lá, foi na direção da porta dos aposentos do patrão e de início encostou nela a orelha, depois se agachou e pôs o olho no buraco da fechadura.

Dentro dos aposentos do patrão ressoava um ronco ritmado.

— Está dormindo — sussurrou Zakhar —, tem de acordar: já são quatro e meia.

Tossiu e entrou no quarto.

— Iliá Ilitch! Ei, Iliá Ilitch! – começou em voz baixa, postando-se na cabeceira de Oblómov.

O ronco prosseguiu.

— Puxa, como dorme! — disse Zakhar. — Parece um pedreiro. Iliá Ilitch!

Zakhar tocou de leve na manga de Oblómov.

— Levante: são quatro e meia.

Iliá Ilitch, em resposta, apenas resmungou, mas não acordou.

— Vamos, levante, Iliá Ilitch! É uma vergonha! — disse Zakhar, elevando a voz.

Não houve resposta.

— Iliá Ilitch! — repetiu Zakhar, puxando a manga do patrão.

Oblómov virou um pouco a cabeça e, com dificuldade, abriu para Zakhar um olho, com o qual espiou, como se estivesse acometido por uma paralisia.

— Quem está aí? — perguntou com voz rouca.

— Sou eu. Levante.

— Vá embora! — resmungou Iliá Ilitch e afundou de novo num sono profundo.

Em vez do ronco, passou a emitir um assovio pelo nariz. Zakhar puxou-o pela bainha da roupa.

— O que você quer? — perguntou Oblómov em tom ameaçador, abrindo de repente os olhos.

— O senhor mandou acordá-lo.

— Eu sei. Você já cumpriu sua obrigação, agora vá embora! O resto é por minha conta...

— Não vou — disse Zakhar, e puxou-o de novo pela manga.

— Ei, pare de me puxar! — pediu Iliá Ilitch em voz baixa e, com a cabeça afundada no travesseiro, já ia recomeçar a roncar.

— Não pode, Iliá Ilitch — disse Zakhar —, eu gostaria muito, de verdade, mas não pode de jeito nenhum!

E tocou no patrão.

— Escute, faça-me uma gentileza, não me incomode — disse Oblómov em tom persuasivo, abrindo os olhos.

— Sei, vou fazer uma gentileza ao senhor e depois o senhor mesmo vai ficar uma fera comigo porque não o acordei...

— Ora, meu Deus! O que deu nesse homem? — disse Oblómov. — Vamos, me deixe dormir só um minutinho; que diferença faz, só um minutinho? Eu sei...

De repente Iliá Ilitch calou-se, subitamente subjugado pelo sono.

— O que você sabe mesmo é dormir, não é? — disse Zakhar, seguro de que o patrão não estava ouvindo. — Olhe só, dorme que nem uma tora de madeira! Para que é que você serve neste mundo de Deus? Vamos, levante! Estou dizendo... — bufou Zakhar.

— O que foi? O que foi? — começou a falar Oblómov, em tom de ameaça, levantando a cabeça.

182

— O que há, meu senhor, que não se levanta? — reagiu Zakhar com delicadeza.

— O que foi que você falou, hein? Como se atreve a falar comigo assim?

— Assim como?

— Falar de modo rude.

— O senhor ouviu isso dormindo... sei lá, num sonho.

— Você acha que estou dormindo? Não estou dormindo, estou ouvindo tudo...

E adormeceu outra vez.

— Ora — disse Zakhar em desespero —, ah, meu caro! Por que fica aí deitado feito um tronco de árvore? Dá tristeza olhar para você. Vejam só, meus amigos! Uuuu! Levante, levante! — começou a falar Zakhar, de repente, com voz assustada. — Iliá Ilitch! Olhe o que está acontecendo à sua volta.

Oblómov levantou a cabeça depressa, olhou em volta e baixou-a de novo, com um suspiro profundo.

— Deixe-me em paz! — disse ele, em tom grave. — Mandei você me acordar e agora estou cancelando a ordem... está ouvindo? Vou acordar sozinho na hora em que eu quiser.

De vez em quando Zakhar se afastava dizendo: "Ora, durma, e que o diabo o carregue!", outras vezes insistia na sua ideia, como insistiu agora:

— Levante, levante! — choramingou a plenos pulmões e segurou os dois braços de Oblómov, pela manga e pelo punho.

Oblómov de repente, de modo inesperado, ergueu-se com um pulo e atirou-se contra Zakhar.

— Espere aí, vou ensinar a você o que acontece quando se perturba o patrão na hora em que ele quer cochilar! — disse.

Zakhar fugiu correndo, mas no terceiro passo Oblómov se desvencilhou completamente do sono e começou a se espreguiçar, bocejando.

— Traga-me... *kvás*... — disse, em meio aos bocejos.

Então, pelas costas de Zakhar, alguém soltou uma sonora gargalhada. Os dois viraram para olhar.

— Stolz! Stolz! — gritou Oblómov, entusiasmado, e correu ao encontro do visitante.

— Andrei Ivánitch! — disse Zakhar, e deu um largo sorriso.

Stolz continuou a se sacudir com a risada: tinha presenciado toda a cena.

PARTE II

I.

Stolz era alemão só pela metade, por parte de pai: a mãe era russa; sua religião era a ortodoxa; sua língua materna era o russo: aprendera russo com a mãe e com os livros, nas salas de aula da universidade e nas brincadeiras com os meninos da aldeia, nas conversas com os pais deles e nos bazares de Moscou. A língua alemã, ele a herdara do pai e dos livros.

Na aldeia de Verkhliovo, onde o pai era administrador rural, Stolz foi criado e educado. Desde os oito anos, sentou-se ao lado do pai na frente de mapas, analisava a métrica dos poemas de Herder, de Wieland, dos versos bíblicos e conferia as contas dos camponeses analfabetos, dos comerciantes e dos artesãos, e com a mãe lia a história sagrada, aprendeu as fábulas de Krilóv e analisou o estilo de *Telêmaco*.*

Quando se desvencilhava dos rigores das lições, corria para pilhar os ni-

---

* Johann Gottfried Herder (1744-1803): filósofo, poeta e crítico alemão, um dos iniciadores do *Sturm und Drang*; Christoph Martin Wieland (1733-1813): romancista e poeta alemão, exerceu influência sobre Goethe e outros escritores românticos; Ivan Andréievitch Krilóv (1769-1844): importante fabulista russo; *As aventuras de Telêmaco* (1699): obra do escritor francês Fénelon (1651-1715).

nhos dos passarinhos com outros meninos, e não raro, no meio de uma aula ou durante uma reza, saíam de seu bolso pios de filhotes de gralha.

Acontecia também de o pai estar sentado embaixo de uma árvore no pomar, depois do almoço, fumando um cachimbo, enquanto a mãe tricotava um coletinho para alguém ou fazia um bordado no bastidor, quando de repente vinha um barulho da rua, gritos, e uma multidão de pessoas irrompia na casa.

— O que foi? — perguntava a mãe, assustada.

— Na certa trouxeram Andrei outra vez — dizia o pai com sangue-frio.

As portas se abriam, e uma multidão de mujiques, camponesas e meninos invadia o jardim. De fato, traziam Andrei — mas em que condições! Sem botas, com as roupas esfarrapadas e o nariz quebrado, ou por ele mesmo ou por outro menino.

A mãe ficava sempre preocupada quando Andriucha desaparecia de casa por doze horas e, se o pai não a tivesse proibido categoricamente de se meter na educação do menino, ela o manteria sempre a seu lado.

A mãe o lavava, trocava suas roupas, e Andriucha saía como um garoto muito limpinho, muito bem-educado, e depois de doze horas fora de casa, à noite, às vezes até já de manhã, alguém o arrastava de volta emporcalhado, desgrenhado, irreconhecível, ou os mujiques o traziam numa carroça de feno, ou enfim chegava com pescadores num barco, adormecido em cima de uma rede.

A mãe ficava em lágrimas, mas o pai nem ligava, e ainda ria.

— Vai ser um bom *Bursch*,* um bom *Bursch*! — dizia às vezes.

— Puxa vida, Ivan Bogdánitch — lamentava-se a mãe —, não passa um dia sem que ele volte com manchas roxas, e não faz muito tempo apareceu com o nariz quebrado e sangrando.

— Qual é o menino que não quebra o nariz de vez em quando? — dizia o pai com uma risada.

A mãe chorava, chorava, depois sentava diante do piano e esquecia da vida tocando Herz:** gotas de lágrimas caíam, uma depois da outra, sobre o

---

* *Bursch*: em alemão, estudante universitário.
** Henri Herz (1803-88): pianista e compositor austríaco.

teclado. Mas Andriucha chegava ou alguém o trazia; ele começava a contar de modo tão vivo, tão animado, que até ela ria, e além do mais o filho se explicava tão bem! Em pouco tempo ele passou a ler *Telêmaco*, como ela mesma, e a tocar piano com a mãe, a quatro mãos.

Certa vez, ele desapareceu durante uma semana inteira: a mãe não parava de chorar e o pai nem ligava — andava pelo jardim e fumava.

— Veja bem, se fosse o filho de Oblómov que tivesse sumido — disse ele em resposta à sugestão da esposa de sair à procura de Andrei —, aí eu acordaria a aldeia toda e até a polícia do *zémstvo*, mas o Andrei vai voltar. Ah, é um bom *Bursch*!

No dia seguinte, encontraram Andrei dormindo tranquilamente em sua cama e, debaixo desta, jaziam uma espingarda, um *funt** de pólvora e chumbo de munição.

— Por onde você andou? Onde arranjou a espingarda? — a mãe disparava perguntas contra ele. — Por que não fala?

— Me deixa! — era a única resposta.

O pai perguntou se estava pronta a tradução de Cornelius Nepos para o alemão.

— Não — respondeu o menino.

O pai segurou-o pelo colarinho, levou-o para fora até o portão, enfiou um quepe na cabeça de Andrei e lhe deu um pontapé tão forte pelas costas que o fez cair no chão.

— Volte para o lugar de onde veio — disse o pai —, e só me apareça aqui com a tradução pronta, e não de um capítulo só, mas agora de dois capítulos, e decore as falas do personagem daquela comédia francesa de que sua mãe falou: sem isso, nem me apareça por aqui!

Andrei voltou uma semana depois e trouxe a tradução e as falas do personagem decoradas.

Quando cresceu, o pai o sentava a seu lado na boleia da carroça com molas, dava-lhe as rédeas e mandava ir à fábrica, depois ao campo, depois à cidade, à feira, às repartições públicas, depois iam examinar certo barro, que ele pegava nos dedos, cheirava, às vezes lambia e dava para o filho cheirar,

---

* *Funt*: antiga medida russa, equivalente a 409,5 gramas.

explicando que tipo de barro era e para que servia. Ou então ia ver como faziam potassa ou piche, como derretiam banha de porco.

O menino de catorze ou quinze anos andava muitas vezes sozinho na carroça ou a cavalo, com um saco preso na sela, com uma tarefa para cumprir na cidade por ordem do pai, e nunca acontecia de esquecer alguma coisa, confundir-se, enganar-se ou perder algo.

— *Recht gut, mein lieber Junge!* * – dizia o pai, depois de ouvir o relatório, e, batendo a palma larga da mão no ombro dele, dava-lhe dois ou três rublos, conforme a importância da missão.

Depois a mãe ficava muito tempo lavando a fuligem, a lama, o barro e a banha de porco de Andriucha.

Ela não gostava nem um pouco daquela educação prática e laboriosa. Temia que o filho se tornasse um burguês alemão como os da terra de onde o pai tinha vindo. Em toda a nação alemã, ela enxergava uma espécie de multidão de consumados negociantes, e não gostava da grosseria, da autossuficiência e da arrogância com que a massa alemã impunha em toda parte seus direitos burgueses, adquiridos ao longo de mil anos, como uma vaca leva consigo seus chifres, sem saber aliás como escondê-los.

Na visão dela, em toda a nação alemã não havia e não podia haver nenhum *gentleman*. No caráter alemão, ela não enxergava nenhuma suavidade, delicadeza, indulgência, nada daquilo que faz a vida ser tão agradável na boa sociedade e que permite contornar certas normas, violar costumes comuns, não se submeter a determinadas regras.

Não, aqueles mal-educados se esforçavam demais, faziam questão demais de executar aquilo que lhes era determinado ou aquilo que enfiavam na cabeça que tinham de fazer, e estavam prontos a derrubar uma parede com a testa, se as regras mandassem agir assim.

Ela fora preceptora numa casa de ricos e tivera a oportunidade de morar no exterior, percorrera toda a Alemanha e misturava todos os alemães numa só multidão de balconistas, artesãos, comerciantes, oficiais retos como uma tábua e com cara de soldados, funcionários com cara de pessoas comuns, que fumavam cachimbos curtinhos e cuspiam entre os dentes, capazes apenas de

---

* Em alemão, "Ótimo, meu bom menino!".

serviços subalternos e de ganhar dinheiro com o próprio trabalho, pessoas que só eram capazes de viver num padrão vulgar uma existência de regularidade enfadonha, e de cumprir suas obrigações de forma pedante: todos eram burgueses, de maneiras bruscas, de mãos grandes e brutas, com um frescor de comerciante no rosto e de fala grosseira.

"Por mais que um alemão se arrume", pensava ela, "ainda que vista uma camisa fina e branca, mesmo que calce botas de verniz, e ainda que use luvas amarelas, continuará parecendo que foi feito de couro de sapato; dos punhos brancos, continuam a sobressair mãos amareladas e enrubescidas, e por baixo do paletó refinado, se não houver um padeiro, haverá um garçom. Aquelas mãos amareladas parecem pedir para carregar uma sovela, ou um arco de violino numa orquestra."

E em seu filho ela sonhava ver um nobre perfeito, embora fosse de origem pobre, de corpo moreno, de pai burguês, mas mesmo assim filho de uma nobre russa, mesmo assim um menino de rosto branquinho, muito bem constituído, com mãos e pés bem pequenos, cara limpa, olhar claro e atrevido; igual aos meninos que ela se deliciava de ver na casa de russos ricos, e também no exterior, mas naturalmente não entre os alemães.

E no entanto ele mesmo começará aos poucos a rodar a mó no moinho de pedra, voltará para casa, vindo da oficina e do campo, como seu pai: sujo de banha, de estrume, de lama vermelha, com as mãos grossas e um apetite enorme!

Ela passou a cortar as unhas de Andriucha, a fazer cachinhos em seus cabelos, a costurar elegantes colarinhos e peitilhos; encomendou japonas na cidade; ensinou-o a escutar os sons meditativos das composições de Herz, cantava para ele sobre flores, sobre a poesia da vida, sussurrava para ele a respeito da brilhante vocação de militar, de escritor, devaneava com ele sobre o papel elevadíssimo que cabe a certas pessoas...

E toda aquela perspectiva havia de ser destroçada pelo estalido do ábaco, pela conferência das contas dos mujiques em papéis gordurosos, pelo convívio com os trabalhadores das oficinas!

Ela passou a ter ódio até da carroça em que Andriucha ia à cidade, da capa impermeável que o pai lhe dera de presente, e das luvas verdes de camurça — atributos rudes de uma vida laboriosa.

Por infelicidade, Andriucha era um aluno excelente, e o pai o fez dar aulas particulares em seu pequeno pensionato.

Bem, até aí, nada de mais; porém o pai lhe pagava um salário, como a um artesão, totalmente à maneira alemã: dez rublos mensais, e ainda o obrigava a assinar um recibo num livro.

Console-se, boa mãe: seu filho cresceu em solo russo — não numa multidão vulgar, com os chifres de vaca dos burgueses e mãos que fazem rodar a mó. Em redor, ficava Oblómovka: lá, era um eterno feriado! Lá, retiravam dos ombros o trabalho, como se fosse uma canga; lá, o senhor não se levantava ao raiar do sol e não ficava andando por oficinas, no meio de rodas e molas manchadas de banha de porco e óleo.

Na própria aldeia de Verkhliovo, ficava uma casa fechada e vazia na maior parte do ano, mas muitas vezes o menino levado dava um jeito de entrar, e lá ele via salas e corredores compridos, retratos escuros nas paredes, mas nos retratos não via um frescor rude, nem mãos grandes e brutas — via olhos azuis e escuros, cabelos empoados, rostos brancos e afeminados, peitos cheios, mãos suaves com veias azuis em trêmulos punhos de camisa, orgulhosamente apoiadas na empunhadura de uma espada; via uma série de gerações passadas, numa glória nobre e inútil, entre brocados, bordados e veludos.

Nos rostos, via a história de tempos gloriosos, de batalhas, de fama; lia ali a história dos tempos antigos, não como o pai lhe contara cem vezes, cuspindo por trás do cachimbo, a história da vida na Saxônia, entre o repolho e a batata, entre a feira e a horta...

De três em três anos, aquela mansão de repente se enchia de gente, fervia de vida, de festas, de bailes; nos corredores compridos, a luz dos lampiões ardia à noite.

Vinham o príncipe e a princesa com a família: o príncipe, um velho grisalho, de rosto desbotado como um pergaminho, olhos turvos e protuberantes e vasta careca, três medalhas em forma de estrela, tabaqueira de ouro, bengala com o castão enfeitado com um rubi, botas de veludo; a princesa, mulher bela e majestosa pela altura e corpulência, da qual aparentemente ninguém jamais se havia aproximado, nem abraçado ou beijado, nem mesmo o príncipe, embora ela tivesse cinco filhos.

Parecia estar acima deste mundo, em que descia uma vez a cada três anos; não falava com ninguém, não ia a parte alguma, ficava no canto de um quarto verde com três velhas e ia a pé à igreja, através do jardim, por um corredor exclusivo, e sentava num banco atrás de uma tela.

Porém, na casa, além do príncipe e da princesa, havia todo um mundo alegre e vivo que Andriucha, com seus olhinhos verdes e infantis, via de repente em três ou quatro esferas diferentes, e com sua inteligência ágil, de forma inconsciente e ávida, observava os diversos tipos daquela multidão de origem tão variada como se fossem as coloridas aparições de um baile à fantasia.

Ali estavam os príncipes Pierre e Michel, o primeiro dos quais prontamente mostrou para Andriucha como tocavam a alvorada na cavalaria e na infantaria, quais sabres e esporas eram usados pelos hussardos e pelos dragões, qual era a cor do pelo dos cavalos em cada regimento e para onde era preciso ir depois da instrução das tropas, para não ser alvo da desonra.

O outro, Michel, assim que travou conhecimento com Andriucha, colocou-o em posição de sentido e começou a produzir admiráveis manobras com os punhos cerrados, acertando Andriucha ora no nariz, ora na barriga, depois disse que aquilo era uma luta inglesa.

Uns três dias depois, Andrei, com base apenas no vigor dos moradores da zona rural e com a ajuda dos braços musculosos, acertou-o no nariz, à maneira inglesa e também à maneira russa, sem nenhuma ciência, e ganhou o respeito dos dois príncipes.

Havia também duas princesas, meninas de onze e doze anos, altinhas, bem talhadas, vestidas com garbo, que não falavam com ninguém, não faziam reverência diante de ninguém e tinham medo dos mujiques.

Havia sua preceptora, mlle. Ernestine, que ia beber café com a mãe de Andriucha e a ensinava a fazer cachinhos no cabelo do filho. Às vezes segurava a cabeça de Andriucha, colocava-a no colo, enrolava o cabelo dele em pedacinhos de papel e prendia com toda a força, até doer, e depois, com as mãos brancas, o segurava pelas bochechas e o beijava com muito carinho!

Além disso, havia um alemão que fazia tabaqueiras e botões num torno, um professor de música que ficava embriagado de domingo a domingo, todo um bando de criadas e por último havia cachorros e cachorrinhos.

Tudo isso enchia a casa e a aldeia de agitação, tumulto, barulho, gritos e música.

De um lado Oblómovka, do outro a mansão do príncipe com sua vasta amplitude da vida senhorial se encontravam com o elemento alemão, e com isso Andrei não se tornou nem um bom *Bursch* nem um filisteu.

O pai de Andriucha era agrônomo, tecnólogo, professor. Com o pai, um agricultor, ele tivera aulas práticas de agronomia, nas oficinas da Saxônia aprendera tecnologia, e na universidade mais próxima, onde havia cerca de quarenta professores, recebera a missão de ensinar aquilo que os quarenta sábios conseguiram lhe explicar.

Além daí ele não foi, na verdade voltou atrás intencionalmente, tendo resolvido que era necessário fazer algo prático, e retornou à casa do pai. O qual lhe deu cem táleres, uma carteira nova e o mandou para os quatro cantos do mundo.

Desde então, Ivan Bogdánovitch não viu mais a terra natal nem o pai. Por seis anos ele vagou pela Suíça e pela Áustria, morava na Rússia havia doze anos e bendizia seu destino.

Frequentara uma universidade e decidira que seu filho também devia fazer o mesmo — mas não importava que não fosse uma universidade alemã, não importava que a universidade russa produzisse uma reviravolta na vida do filho e o conduzisse para longe da trilha que o pai, em pensamento, traçara para a vida dele.

E fez isso de maneira muito simples: traçou uma trilha a partir de seu avô e prolongou-a, como que com uma régua, até seu futuro neto, e ficou tranquilo, sem desconfiar que as variações de Herz, os sonhos e as história da mãe, os salões e os boudoirs na mansão do príncipe converteriam a estreita trilha alemã numa estrada bem larga, como seu avô jamais havia sonhado, nem seu pai, nem ele mesmo.

Todavia ele não se mostrou pedante naquele caso e não fincou pé na sua maneira de ver; apenas não sabia traçar em seu pensamento uma outra estrada para o filho.

E também pouco se preocupou com isso. Quando o filho voltou da universidade e passou uns três meses em casa, o pai disse que ele não tinha mais nada o que fazer em Verkhliovo, que até Oblómov tinha sido enviado para Petersburgo e que por consequência era hora de ele ir também.

Por que o filho tinha de ir para Petersburgo, por que não podia ficar em Verkhliovo e ajudar a administrar a propriedade rural — quanto a isso, o velho não se indagava; apenas lembrava que, quando ele mesmo terminara seus estudos, seu pai o tinha mandado sair de casa.

E assim ele mandou o filho sair de casa — aquele era o costume na Alemanha. A mãe não estava mais neste mundo e não havia ninguém para contradizê-lo.

No dia da partida, Ivan Bogdánovitch deu ao filho cem rublos em dinheiro.

— Vá a cavalo até a cidade da província — disse ele. — Lá, receba trezentos e cinquenta rublos de Kalínnikov e deixe o cavalo com ele. Se ele não estiver lá, venda o cavalo; daqui a pouco tempo, vai ter uma feira lá: qualquer um vai pagar quatrocentos rublos por esse cavalo. A passagem para Moscou vai custar uns quarenta rublos, de lá para Petersburgo são uns setenta e cinco; vai sobrar bastante. Depois faça o que quiser. Você já fez negócios comigo e, assim, sabe que tenho um certo capital; mas não conte com ele antes de minha morte, e eu, provavelmente, ainda vou viver uns vinte anos, a menos que uma pedra caia em minha cabeça. O lampião está aceso e claro, e ainda tem bastante óleo para queimar. Você teve uma boa educação: à sua frente, todas as carreiras estão abertas; pode ser funcionário público, comerciante, escritor, quem sabe... Não sei o que você vai escolher, o que mais tem vontade de fazer...

— Está bem, vou ver se não é possível fazer tudo ao mesmo tempo — disse Andrei.

O pai riu com toda a força e começou a sacudir o filho pelo ombro de tal modo que nem um cavalo conseguiria se aguentar de pé. Para Andrei, não era nada.

— Pois bem, mas se não for capaz disso e não der um jeito de encontrar seu caminho, convém pedir conselhos, perguntar... Vá falar com Reinhold: ele vai explicar. Ah! — acrescentou, levantando os dedos e balançando a cabeça. — Ele... ele... (queria fazer um elogio, mas não encontrou as palavras). Eu e ele viemos juntos da Saxônia. Ele tem uma casa de quatro andares, vou lhe dar o endereço...

— Não precisa, não diga — retrucou Andrei. — Irei à casa dele quando eu tiver uma casa de quatro andares, mas agora vou me virar sem ele...

De novo, solavancos no ombro.

Andrei pulou no cavalo. Na sela, estavam presas duas bolsas: numa havia a capa impermeável e dava para ver botas grossas, com tachões salientes, e algumas camisas feitas de um pano tecido em Verkhliovo — coisas que ele havia comprado e pegado por insistência do pai; na outra, havia um fraque elegante de algodão fino, um casaco felpudo, uma dúzia de camisas finas e de botinas encomendadas de Moscou, em honra às advertências da mãe.

— Bem! — disse o pai.

— Bem! — disse o filho.

— Tudo aí? — perguntou o pai.

— Tudo — respondeu o filho.

Fitaram-se em silêncio, como se penetrassem um no outro com o olhar.

Enquanto isso um grupo de vizinhos curiosos se reuniu em volta deles para ver, de boca aberta, como o administrador se desfazia do próprio filho.

Pai e filho apertaram-se as mãos. Andrei andou a passos enérgicos.

— Que filhote: nem uma lagrimazinha! — diziam os vizinhos. — Olhe aqueles dois corvos lá na cerca, como fazem estardalhaço, como grasnam: é mau agouro para ele, esperem só para ver!

— Mas o que importam os corvos para ele? Não tem medo nem de andar na floresta sozinho na noite de são João: para ele, meus amigos, isso não quer dizer nada. Um russo não ficaria assim!

— E o velho herege é um bom sujeito! — observou certa mãe. — Parece que está pondo um gatinho para fora de casa: não abraçou, não gemeu!

— Espere! Espere, Andrei! — começou a gritar o velho.

Andrei deteve o cavalo.

— Ah! Parece que o coração começou a falar mais alto! — disseram os vizinhos, com aprovação.

— O que foi? — perguntou Andrei.

— A barrigueira está frouxa, tem de apertar.

— Vou até Chamchevka, lá eu conserto. Não vale a pena perder tempo, é preciso chegar antes de anoitecer.

— Está certo! — disse o pai e acenou com a mão.

— Está certo! — repetiu o filho, de cabeça baixa, e, inclinando-se um pouco, fez menção de esporear o cavalo.

— Ah, parecem uns cachorros, iguaizinhos a cachorros! São que nem dois estranhos! — disseram os vizinhos.

Mas de repente, na multidão, irrompeu um choro ruidoso: alguma mulher não se conteve.

— Ah, meu querido, meu anjo! — exclamou ela, enxugando os olhos com a ponta do lenço de cabeça. — Pobre orfãozinho! Você não tem mãe, ninguém para lhe dar a bênção... Deixe-me pelo menos fazer o sinal da cruz para você, meu lindo!

Andrei aproximou-se dela, desceu do cavalo de um salto, abraçou a velha, depois fez menção de partir — e de repente começou a chorar, enquanto ela o abençoava e beijava. Nas palavras ardentes da mulher, ele teve a impressão de ouvir a voz da mãe, cuja imagem carinhosa ressurgiu por um instante.

Abraçou a mulher com força mais uma vez, enxugou as lágrimas depressa e montou no cavalo. Golpeou-o nos flancos e desapareceu numa nuvem de poeira; atrás dele, de ambos os lados, correram em disparada três cães vira--latas que desataram a latir.

II.

Stolz era contemporâneo de Oblómov: também tinha trinta anos. Foi funcionário público, se exonerou, ocupou-se com os próprios negócios e, de fato, tinha adquirido uma casa e ganhado dinheiro. Participava de certa empresa que transportava mercadorias para o exterior.

Estava sempre em movimento: se a empresa precisava mandar um agente à Inglaterra ou à Bélgica, mandavam Stolz; se era preciso redigir algum projeto ou pôr em prática uma nova ideia, era ele o escolhido. Enquanto isso, viajava pelo mundo e lia; só Deus sabe como arranjava tempo para tudo.

Era todo feito de ossos, músculos e nervos, como um cavalo inglês puro-sangue. Era magro; quase não tinha bochechas, ou seja, havia osso e músculo, mas nem sinal de um arredondamento de gordura; a cor do rosto era homogênea, ligeiramente morena, sem nenhum traço de rosado; os olhos eram um pouquinho esverdeados, mas eloquentes.

Não fazia movimentos supérfluos. Se estava parado, ficava sentado e tranquilo; se estava em ação, empregava tantos gestos quantos fossem necessários.

Assim como em seu organismo não existia nada de supérfluo, assim também nos princípios morais de sua vida ele procurava o equilíbrio dos aspectos práticos com as exigências delicadas do espírito. Os dois lados seguiam paralelamente, cruzavam-se e entrelaçavam-se no caminho, mas nunca se prendiam em nós apertados e inextricáveis.

Ele avançava com firmeza, jovialidade; vivia segundo seu orçamento, tentava gastar cada dia da mesma forma como gastava cada rublo, com um controle minucioso e nunca relaxado sobre o tempo despendido, o trabalho, as energias do espírito e do coração.

Parecia controlar as dores e as alegrias como controlava os movimentos das mãos, os passos dos pés ou como se encarasse o bom ou o mau tempo.

Dispensava o guarda-chuva quando chovia, ou seja, sofria enquanto a aflição se prolongasse, e sofria sem submissão tímida, mas antes com enfado, com orgulho, e suportava com paciência, apenas porque atribuía a causa de qualquer sofrimento somente a si mesmo, em vez de pendurá-la num gancho alheio, como se faz com um casaco.

E deliciava-se com a alegria como se fosse uma flor colhida na beira da estrada, enquanto ela não começasse a murchar nas mãos, e nunca bebia a taça até o fim, até aquela gota de mágoa que repousa no fundo de todo prazer.

Encarava a vida de forma simples, ou seja, direta — essa era sua tarefa constante e, alcançando aos poucos a realização dessa tarefa, ele compreendia toda a dificuldade dela e se sentia interiormente orgulhoso e feliz toda vez que lhe acontecia de notar uma curva em seu caminho e dar o passo em linha reta.

"Viver com simplicidade é difícil e enganador!", dizia muitas vezes para si mesmo e procurava, com olhares ansiosos, onde estava torto, onde estava enviesado, onde o fio do bordado da vida começava a se embolar num nó complicado e inconveniente.

Acima de tudo, temia a imaginação, aquela companheira de duas caras, amiga de um lado e inimiga do outro, amiga quanto menos se acredita nela, e inimiga quando a pessoa adormece com credulidade ao som de seus doces sussurros.

Ele temia todos os sonhos e, se entrava em seus domínios, fazia-o como se entra numa gruta com a inscrição: *ma solitude, mon hermitage, mon repos,*[*] sabendo a hora e o minuto em que vai sair de lá.

---

[*] Em francês, "minha solidão, meu retiro, meu repouso".

Para o sonho, o inescrutável, o misterioso, não havia lugar em sua alma. A seus olhos, aquilo que não se submetia à análise da experiência, da verdade prática, era uma ilusão de óptica, ou um reflexo de raios de luz e de cores na superfície dos órgãos da visão, ou então, por fim, um fato que ainda não tinha chegado a ser objeto de experiência.

Nele não existia aquele diletantismo que adora se entreter no domínio do maravilhoso ou se distrair no terreno das conjeturas e das descobertas de mil anos atrás. No limiar de um mistério, ele se detinha com firmeza, sem dar mostra nem da fé de uma criança nem da dúvida de um esnobe, e esperava o aparecimento de uma lei que trouxesse a chave para aquilo.

Da mesma forma cuidadosa e sutil como encarava a imaginação, Stolz observava o coração. Aqui, muitas vezes aos trambolhões, ele era obrigado a reconhecer que a esfera dos inebriamentos do coração ainda era uma *terra incognita*.

Agradecia calorosamente à sorte se, naquele domínio não familiar, lhe era permitido de antemão distinguir o engodo pintado de vermelho da pálida verdade; não reclamava quando, por causa de um engodo habilmente oculto atrás de flores, apenas tropeçava mas não caía, e, se o coração batia febril e com esforço, ficava bem contente se não sangrava, se não suava frio na testa e se depois uma sombra comprida não se estendia por longo tempo sobre sua vida.

Considerava-se feliz de poder manter-se numa altura elevada e, carregado ladeira abaixo pelos patins dos sentimentos, considerava-se feliz por não cruzar a linha fina que separava o mundo do sentimento do mundo da mentira e da sentimentalidade, o mundo da verdade do mundo do ridículo, ou voltando aos pulos na direção oposta, por não ser arrastado para o solo arenoso e seco da crueldade, dos raciocínios frios, da falta de fé, da trivialidade, do embotamento do coração.

Não sentia o chão fugir de seus pés por efeito da paixão e tinha em si força suficiente para, em caso extremo, desvencilhar-se e ser livre. Não se deixava cegar pela beleza e por isso não esquecia, não humilhava a dignidade do homem, não se fazia escravo, "não se arrojava aos pés" das beldades, embora também não experimentasse alegrias ardorosas.

Não tinha ídolos, em compensação conservava a força do espírito, a fortaleza do corpo, era casto e orgulhoso; exalava certo frescor e certa energia, diante dos quais vacilavam mesmo as mulheres mais recatadas.

Ele conhecia o valor de tais qualidades raras e preciosas e despendia-as com tamanha parcimônia que o chamavam de egoísta, insensível. Sua capacidade de conter as efusões, de não sair dos limites do estado de espírito natural e livre, era condenada com censuras, ao passo que um outro que, com todo o ímpeto, se afundava no lodaçal e desgraçava a própria existência e a dos demais era absolvido, às vezes com inveja e admiração.

— É a paixão, é a paixão que tudo justifica — diziam à sua volta —, e o senhor, em seu egoísmo, só sabe guardar; vamos ver para quem o senhor faz isso.

— Para alguém eu estou guardando — dizia ele com ar pensativo, como se estivesse olhando para longe, e continuava a não acreditar na poesia das paixões, não se empolgava com suas manifestações tempestuosas e com seus sinais destrutivos, e no entanto queria ver numa noção rigorosa e numa condução austera da vida o ideal da existência e das aspirações do homem.

E, quanto mais o contestavam, mais ele fincava pé em sua obstinação e, pelo menos nas discussões, chegava a cair num fanatismo puritano. Dizia que "a vocação normal de um homem é viver sem saltos as quatro estações do ano, ou seja, as quatro fases da vida, e conduzir a nau da vida até o último dia sem derramar nenhuma gota em vão, e que um fogo que arde lentamente é melhor do que incêndios impetuosos, por mais poesia que haja neles". Para concluir, acrescentava que seria feliz se conseguisse justificar suas convicções, mas não esperava isso, porque era muito difícil.

E continuava a seguir em frente, em linha reta, pelo caminho escolhido. Não o viam refletir sobre nada de doloroso e torturante; pelo visto, não era consumido pelos sofrimentos de um coração abatido; sua alma não doía, nunca se via confuso em circunstâncias complicadas, novas ou difíceis. Em vez disso, aproximava-se delas como se fossem velhas conhecidas, como se vivesse pela segunda vez e visitasse lugares já conhecidos.

O que quer que lhe acontecesse, prontamente adotava o procedimento necessário para a circunstância, assim como uma governanta escolhe no mesmo instante, no chaveiro que traz pendurado na cintura, a chave necessária para esta ou aquela porta.

Punha acima de tudo a persistência em alcançar os objetivos: a seus olhos, isso era marca de caráter, e ele nunca negou o respeito às pessoas que tinham essa persistência, por mais sem importância que fossem seus objetivos.

— Isso é que é gente! — dizia ele.

Nem é preciso acrescentar que ele mesmo perseguia seus objetivos avançando bravamente por todas as barreiras e só abdicava do alvo quando, em seu caminho, se erguia um muro ou se abria um abismo insondável.

Mas era incapaz de munir-se daquela audácia que, de olhos fechados, salta sobre o abismo ou se atira contra o muro para arriscar a sorte. Ele media o abismo ou o muro e, se não houvesse um meio de vencê-los, ia embora, não importava o que dissessem a seu respeito.

Para constituir tal caráter, talvez sejam imprescindíveis os ingredientes misturados de que Stolz era constituído. Entre nós, há muito tempo os homens de governo são forjados em cinco ou seis formatos estereotipados, olham em volta com ar preguiçoso e de olhos semicerrados, aplicam a mão na máquina da sociedade e, com um cochilo, movimentam-na pelo caminho rotineiro, seguindo as pegadas dos antepassados. Mas então os olhos despertam do cochilo, ouvem-se passos largos e atrevidos, vozes animadas... Quantos Stolz deverão aparecer sob nomes russos?

Mas como uma pessoa assim podia ser próxima de Oblómov, no qual todas as feições, todos os passos, toda a essência era um clamoroso protesto contra a vida de Stolz? Parece ser uma questão já resolvida que os extremos opostos, se não geram um sentimento de simpatia recíproca, como antes pensavam, pelo menos não a impedem.

Além disso, os dois estavam unidos pela infância e pela escola — duas molas poderosas, sem falar dos bondosos e fartos carinhos russos habitualmente prodigalizados pela família de Oblómov ao menino alemão, além do papel de pessoa forte que Stolz representava para Oblómov, no aspecto físico e moral; e por fim, e acima de tudo, na base da natureza de Oblómov repousava um princípio puro, claro e bondoso, pleno de uma simpatia profunda por tudo que era bom e que correspondia e atendia, por pouco que fosse, ao chamado daquele coração simples, sem astúcia, eternamente crédulo.

Quem olhasse, por acaso ou intencionalmente, aquele espírito alegre e infantil — embora sombrio, cinzento — não poderia negar-lhe a simpatia ou, caso as circunstâncias impedissem uma aproximação, pelo menos uma boa e duradoura lembrança.

Muitas vezes Andrei desvencilhava-se dos afazeres ou de uma multidão mundana, de uma festa, de um baile, e sentava-se no amplo sofá de Oblómov e, numa conversa preguiçosa, distraía e tranquilizava a alma perturbada ou cansada e sempre experimentava o sentimento apaziguante que experimenta o homem que, vindo de salões imponentes, chega à própria morada modesta ou volta da bela natureza do sul ao bosque de bétulas onde passeava quando era criança.

III.

— Bom dia, Iliá. Como estou contente de ver você! E então, como tem passado? A saúde vai bem? — perguntou Stolz.

— Ah, não, vai mal, caro Andrei — respondeu Oblómov, depois de suspirar. — Péssima!

— O que tem, está doente? — perguntou Stolz com ar preocupado.

— Os terçóis estão acabando comigo: esta semana mesmo, apareceu um no olho direito e agora passou para o outro.

Stolz sorriu.

— Só isso? — perguntou. — A culpa é sua, é de tanto dormir.

— Como assim, "só isso"? A azia me tortura. Você devia ter ouvido o que o médico falou agora há pouco. "Vá para o exterior", ele disse. "Viaje, senão vai ser pior: pode ter um ataque."

— E o que isso tem de mais?

— Não vou.

— Por quê?

— Francamente! Você devia ter ouvido o que ele falou: eu devia morar numa montanha, ir ao Egito ou à América...

— E o que tem de mais? — disse Stolz, com todo o sangue-frio. — Ao Egito você chega em duas semanas, à América, em três.

— Puxa, meu caro Andrei, você também? O único homem razoável que conheço, e até você perdeu o juízo. Quem é que vai para o Egito e para a América? Os ingleses: mas eles foram feitos desse jeito por Deus; e eles têm dinheiro para viver. Mas em nossa terra, quem irá? Talvez algum desesperado, que não se importa com a vida.

— Ora, o que tem de mais? Pegar uma carruagem ou um navio, respirar ar puro, ver outros países, cidades, costumes, todas as maravilhas... Ora, francamente! Mas, me diga, como vão seus negócios, o que se passa em Oblómovka?

— Ah!... — exclamou Oblómov, abanando a mão.

— O que aconteceu?

— Veja só, a vida não me dá sossego!

— Graças a Deus! — disse Stolz.

— Como assim, graças a Deus? Se ela só acariciasse minha cabeça, mas ela me persegue como na escola acontecia de os meninos bagunceiros perseguirem o aluno bonzinho: ora dão beliscões de surpresa, ora dão uma cabeçada de repente e jogam o menino na areia... Não aguento mais!

— Você é mesmo manso demais. O que foi que aconteceu? — perguntou Stolz.

— Dois infortúnios.

— Quais são?

— Estou completamente arruinado.

— Como assim?

— Vou ler para você o que o estaroste escreveu... Onde está a carta? Zakhar, Zakhar!

Zakhar encontrou a carta. Stolz leu às pressas e desatou numa risada, provavelmente por causa do estilo do estaroste.

— Que tratante, esse estaroste! — disse ele. — Deixou os mujiques irem embora e agora fica reclamando! Era melhor dar a eles os passaportes e deixar que fossem para os quatro cantos do mundo.

— Mas, se fizermos isso, na certa todos vão querer ir embora — retrucou Oblómov.

— Deixe-os ir embora! — disse Stolz, sem a menor preocupação. —

Quem achar que é bom e vantajoso ficar onde está não irá embora; e se para eles não é vantajoso, para você também não é: para que segurá-los?

— Mas onde é que já se viu? — disse Iliá Ilitch. — Em Oblómovka, os mujiques são dóceis, caseiros; por que vão querer ficar vagando por aí?

— Então você ainda não sabe — interrompeu Stolz — que em Verkhliovo querem construir um cais e também planejam abrir uma estrada, e assim Oblómovka vai ficar perto de uma grande estrada; e na cidade estão organizando uma feira...

— Ah, meu Deus! — exclamou Oblómov. — Era só o que faltava! Oblómovka era tão sossegada, à margem de tudo, e agora vai ter uma feira, uma grande estrada! Os mujiques irão toda hora à cidade, os comerciantes virão à nossa casa... está tudo acabado! Que desgraça!

Stolz riu.

— É uma desgraça, sim! — prosseguiu Oblómov. — Os mujiques eram tão calmos, não se ouvia falar nada, nem de mau, nem de bom, faziam seu trabalho, não criavam problema por coisa nenhuma; e agora vão se corromper! Vão tomar chá, café, usar calça de veludo, tocar acordeão, calçar botas engraxadas... Isso não tem nenhum proveito!

— Sim, se for assim, naturalmente o ganho será pequeno — comentou Stolz. — Mas você podia fazer uma escola na aldeia...

— Não é cedo demais? — disse Oblómov. — A alfabetização é prejudicial ao mujique: com instrução, ele na certa não vai querer mais puxar o arado...

— Mas os mujiques vão poder ler como se faz para arar a terra. Como você é excêntrico! Escute aqui: sem brincadeira, você tem de morar lá na aldeia neste ano.

— Sim, é verdade; só que ainda não terminei de elaborar meu plano — ponderou Oblómov timidamente.

— Nem precisa de plano nenhum! — retrucou Stolz. — Vá para lá, só isso: veja de perto o que é preciso fazer. Você já está às voltas com esse plano há muito tempo; será possível que não o concluiu? O que você anda fazendo?

— Ah, meu caro! Como se eu só tivesse problemas com a propriedade rural. Nem lhe falo do outro infortúnio.

— E qual é?

— Estão me expulsando deste apartamento.

— Expulsando como?

— Assim: saia, dizem, e pronto.

— Ora, como é possível?

— Como é possível? Pois estou aqui me consumindo até o tutano pensando nesse transtorno. E estou completamente sozinho: é preciso fazer isto e aquilo, conferir as contas, pagar de um lado, pagar do outro, e ainda tem a mudança! Estou gastando horrores de dinheiro e eu mesmo não sei para quê! Quando eu menos esperar, vou ficar sem uma moedinha sequer...

— Que sujeito mais mimado você é: acha o maior problema mudar-se de apartamento! — exclamou Stolz com surpresa. — Por falar em dinheiro: você tem muito? Dê-me quinhentos rublos: tenho de enviá-los sem demora; amanhã vou pegar no nosso escritório...

— Espere! Deixe-me lembrar... Faz pouco tempo mandaram mil rublos da aldeia e agora restaram... veja bem, espere um pouco...

Oblómov começou a revirar as gavetas.

— Aqui está... dez, vinte, aqui tem duzentos rublos... aqui tem mais vinte. Mas aqui também tinha umas moedas de cobre... Zakhar, Zakhar!

Da mesma forma que antes, Zakhar levantou-se de um pulo do leito sobre a estufa e entrou no quarto.

— Onde foram parar aquelas duas moedas de dez copeques que estavam na mesa? Ontem eu coloquei...

— Não é possível, Iliá Ilitch. Continua com essa história das moedas? Já expliquei que não tinha nenhuma moeda em cima da mesa...

— Como não? O troco que deram das laranjas...

— O senhor deve ter dado para alguém e esqueceu — disse Zakhar, e voltou-se para a porta.

Stolz sorriu.

— Ah, vocês, os Oblómov! — censurou Stolz. — Não sabem quanto dinheiro têm no bolso!

— E não faz muito tempo o senhor não deu um dinheiro para Míkhei Andreitch? — lembrou Zakhar.

— Ah, sim, e Tarántiev levou também mais dez rublos — acrescentou Oblómov para Stolz, com animação —, eu esqueci.

— Por que deixa esse animal entrar em sua casa? — comentou Stolz.

— E quem é que deixa? — interveio Zakhar. — Ele vai entrando como se fosse a casa dele ou uma taberna. Pegou a camisa e o colete do patrão, e ele nunca mais viu nem um nem outro! Ainda há pouco pediu um fraque: "Deixe--me usar!". Seria bom que o senhor, Andrei Ivánitch, chamasse a atenção dele...

— Isso não é da sua conta, Zakhar. Vá para seu quarto! — exclamou Oblómov com severidade.

— Dê-me uma folha de papel de carta — pediu Stolz. — Vou escrever um bilhete.

— Zakhar, traga um papel: o Andrei Ivánitch está precisando... — disse Oblómov.

— Só que não tem papel! O senhor mesmo procurou agora há pouco — retrucou Zakhar do corredor e nem voltou para o quarto.

— Então me dê qualquer pedacinho de papel comum! — insistiu Stolz.

Oblómov procurou na mesa: e não havia nenhum pedaço de papel.

— Está bem, então me dê um cartão de visita.

— Faz muito tempo que não tenho cartões de visita — respondeu Oblómov.

— Mas o que é que há com você, afinal? — retrucou Stolz com ironia. — E ainda diz que se prepara para cuidar dos negócios, que vai escrever um plano. Diga-me, por favor, você afinal vai a algum lugar? Vai visitar alguém? Com quem se encontra?

— E por que acha que devo visitar alguém? Nem tenho quem visitar, fico sempre em casa: o plano exige isso de mim, e agora ainda tem a questão do apartamento... Ainda bem que Tarántiev prometeu se esforçar para encontrar...

— E alguém vem visitar você?

— Vem... O Tarántiev, e também o Alekséiev. Agora há pouco o médico veio aqui... Piénkin esteve aqui, e Sudbínski, Vólkov.

— Não vejo nenhum livro na sua casa — disse Stolz.

— Olhe um livro ali! — indicou Oblómov, apontando para um exemplar que estava sobre a mesa.

— O que é? — perguntou Stolz, olhando para o livro. — *Viagem à África*. E a página na qual você parou ficou mofada. Não vejo nenhum jornal... Você não lê jornais?

— Não, a letrinha miúda faz mal à vista... e não há necessidade: se há algo de novo, só se ouve falar daquilo, o dia inteiro e de todos os lados.

— Francamente, Iliá! — disse Stolz, voltando para Oblómov um olhar assombrado. — Afinal, o que é que você faz? Igual à massa de farinha, você fica parado e fermenta.

— É verdade, Andrei, igual a uma bola de massa de farinha — respondeu Oblómov, em tom penoso.

— Mas por acaso estar consciente disso serve de justificativa?

— Não, é só uma resposta às suas palavras; não estou me justificando — observou Oblómov, com um suspiro.

— É preciso sair desse sono.

— Tentei antes, não consegui, mas agora... para quê? Nada me estimula, o espírito não se agita, a mente dorme tranquila! — concluiu ele, com uma amargura quase imperceptível. — Mas chega disso... É melhor me dizer de onde está vindo agora.

— De Kíev. Daqui a uma ou duas semanas, irei para o exterior. Vá viajar também...

— Está certo, pode ser... — decidiu Oblómov.

— Então sente-se, redija a solicitação do passaporte e a entregue amanhã...

— Mas já amanhã? — começou Oblómov, espantado. — Quanta afobação, até parece que estou sendo expulso por alguém! Vamos pensar, vamos conversar, e aí será o que Deus quiser! Talvez seja melhor ir primeiro à aldeia, para o exterior... depois...

— Mas por que depois? O médico não mandou? Primeiro tem de se livrar da gordura, do corpo pesado, depois tem de sair desse sono do espírito. Também é preciso uma ginástica do corpo e da mente.

— Não, Andrei, tudo isso me fatiga: minha saúde anda ruim. Não, é melhor você me deixar aqui e ir sozinho...

Stolz olhou para Oblómov deitado, e Oblómov olhou para ele. Stolz balançou a cabeça.

— Parece que você tem preguiça até de viver, não é? — perguntou Stolz.

— Sim, é isso mesmo: é preguiça, Andrei.

Andrei revirava na cabeça a questão de como trazê-lo de volta à vida, se é que havia um meio, enquanto o fitava em silêncio, e de repente deu uma risada.

— Que história é essa de usar um pé de meia de linha e outro pé de meia

209

de algodão? — reparou ele de repente, apontando para os pés de Oblómov. — E a camisa não está vestida pelo avesso?

Oblómov deu uma olhada nos pés e depois na camisa.

— De fato — admitiu, perturbando-se. — É o Zakhar que me castiga desse jeito! Você nem acredita como eu me canso com ele! Discute, é insolente, e de suas obrigações, nem me fale!

— Ah, Iliá, Iliá! — disse Stolz. — Não, eu não vou deixar você desse jeito. Daqui a uma semana você estará irreconhecível. Ainda esta noite apresentarei a você um plano minucioso do que pretendo fazer comigo e com você, mas agora trate de vestir-se. Espere só para ver, eu vou sacudir sua vida. Zakhar! — começou a gritar. — Venha vestir Iliá Ilitch!

— Por favor, aonde você vai? Daqui a pouco vão chegar Tarántiev e Alekséiev para jantar. E depois queríamos...

— Zakhar — disse Stolz, sem lhe dar ouvidos. — Ajude-o a se vestir.

— Sim, senhor, meu caro Andrei Ivánitch, vou só limpar as botas — disse Zakhar com presteza.

— Mas como? As botas não são limpas antes das cinco horas?

— Que foram limpas, foram, mas na semana passada. Só que o patrão não saiu de casa, e aí ficaram empoeiradas de novo...

— Está bem, calce-me as botas assim mesmo. Traga minha mala para a sala de estar; vou ficar hospedado em sua casa. Vou trocar de roupa num instante, e você, Iliá, apronte-se também. Vamos jantar em algum lugar no caminho, depois vamos visitar duas ou três casas e...

— Mas você... tudo isso tão de repente... espere aí... me deixe pensar um pouco... nem fiz a barba...

— Não precisa pensar nem coçar a cabeça... Faça a barba no caminho: eu levo você.

— Que casas vamos visitar? — exclamou Oblómov, em tom sofrido. — De desconhecidos? Mas que ideia! É melhor ir à casa de Ivan Guerássimovitch; faz três dias que ele não aparece.

— Quem é esse Ivan Guerássimovitch?

— Ele trabalhou comigo no serviço público...

— Ah! Aquele superintendente grisalho. O que você viu nele? Por que essa vontade tão forte de jogar o tempo fora com aquele palerma?

— Como você às vezes se refere às pessoas de modo grosseiro, Andrei,

210

meu Deus! Ele é um bom sujeito. Só porque não anda com camisas holandesas...

— O que você faz na casa dele? Sobre o que conversa com ele? — perguntou Stolz.

— Na casa dele, sabe, é tudo arrumado, confortável. Os cômodos são pequenos, os sofás são muito macios: a gente afunda até a cabeça, e ninguém mais vê a gente. As janelas estão sempre fechadas, cobertas por hera e por cáctus, tem mais de uma dúzia de canários e três cachorros muito bonzinhos! Na mesa, tem sempre guloseimas. As gravuras nas paredes representam cenas de família. A gente chega e não quer mais sair. Senta ali e não tem preocupação, não pensa em nada, sabe que ali está uma pessoa que... naturalmente não é nenhum sábio, não adianta tentar trocar ideias com ele, mas em compensação não é dissimulado, é bondoso, cordial, sem pretensão e não ofende a gente pelas costas!

— E o que vocês fazem?

— O quê? É assim, eu chego, ficamos sentados um de frente para o outro, nos sofás, com os pés apoiados; ele fuma...

— Certo, e você?

— Eu também fumo, escuto os canários cantarem. Depois Marfa traz o samovar.

— Tarántiev, Ivan Guerássimovitch! — disse Stolz, encolhendo os ombros. — Bem, vista-se rápido — apressou ele. — E quando Tarántiev chegar — acrescentou, voltando-se para Zakhar —, mande dizer que não vamos jantar em casa e que Iliá Ilitch não vai jantar em casa durante todo o verão, e que no outono ele vai ficar muito ocupado e não vai ser possível vê-lo...

— Vou dizer, pode deixar, não vou esquecer, vou dizer tudo — respondeu Zakhar —, e o que devo fazer com o jantar?

— Pode comer com quem quiser.

— Sim, senhor.

Uns dez minutos depois, Stolz saiu todo vestido, barbeado, penteado, mas Oblómov estava sentado na cama, melancólico, ajeitando lentamente o peito da camisa e com dificuldade para fechar os botões. Agachado diante dele, apoiado num joelho, estava Zakhar, segurando como se fosse um prato a bota que não tinha sido limpa, pronto para calçar o patrão quando ele terminasse de abotoar a camisa.

— Ainda não calçou as botas? — disse Stolz com surpresa. — Puxa, Iliá, mais depressa com isso, mais depressa!

— Mas aonde vamos? Para quê? — disse Oblómov com tristeza. — O que tem lá que eu ainda não vi? Perdi a vontade, não quero...

— Rápido, rápido! — apressou Stolz.

IV.

Embora já não fosse cedo, tiveram tempo de fazer uma visita de negócios, depois Stolz chamou o dono de uma mina de ouro para jantar com eles, em seguida foram para a casa de veraneio deste último para tomar chá, encontraram um grande grupo de convidados, e Oblómov, de repente, se viu transportado da mais completa solidão para o meio de uma multidão de pessoas. Voltaram para casa já tarde da noite.

No dia seguinte e no outro foi a mesma coisa, e a semana inteira passou num piscar de olhos. Oblómov protestava, reclamava, discutia, mas acabava persuadido e acompanhava o amigo a toda parte.

Certa vez, ao voltar bem tarde de algum lugar, ele se queixou com mais veemência daquele tipo de vida.

— Dias inteiros sem tirar o sapato — resmungou Oblómov, enquanto vestia o roupão —, parece que os pés estão comichando! Não me agrada essa sua vida petersburguesa! — prosseguiu, deitando no sofá.

— De que vida você gosta? — perguntou Stolz.

— De vida nenhuma. Só de ficar aqui.

— De que é que você não gosta especialmente?

— De tudo, essa eterna correria para lá e para cá, essa eterna ostentação de paixõezinhas inúteis, sobretudo a avareza, a vontade de passar à frente do outro, as fofocas, a conversa fiada, os insultos pelas costas, o jeito de olhar os outros dos pés à cabeça; ouvindo o que as pessoas falam, a cabeça da gente começa a rodar, fica embotada. Quando a gente olha, elas parecem tão inteligentes, com tanta dignidade no rosto, mas é só escutar e: "Deram isso para aquele, aquele outro recebeu uma concessão do governo"... "Puxa vida, por quê?", grita outro. "Fulano perdeu tudo no jogo ontem no clube; fulano vai ganhar trezentos mil!" Que tédio, que tédio, que tédio!... Onde está o homem de verdade? Onde está seu valor? Onde ele se escondeu, como ele foi substituído por toda sorte de ninharias?

— A sociedade e o mundo têm de se ocupar com alguma coisa — disse Stolz —, cada um tem seus interesses. A vida é assim...

— A sociedade, o mundo! Você, Andrei, sem dúvida me levou de propósito para essa sociedade, esse mundo, para que eu perdesse toda vontade de estar lá. A vida: a boa vida! O que vou encontrar lá? Interesses intelectuais, afetivos? Veja você mesmo, qual é o centro em torno do qual gira tudo isso? Não existe centro nenhum, não existe nada de profundo, nada que toque no âmago da vida. São todos pessoas mortas, adormecidas, piores do que eu, esses membros da sociedade e do mundo! O que fazem eles da vida? Não ficam deitados, mas correm para lá e para cá todos os dias, como moscas, e qual o sentido disso? A gente entra num salão e se admira de ver como os convidados são distribuídos com simetria, como se acomodam de modo gentil e sóbrio... diante das cartas de um baralho. Nem se discute, é uma das missões sagradas da vida! Ótimo exemplo para uma mente em busca de movimento! Por acaso não são uns cadáveres? Por acaso não passam a vida toda dormindo sentados? Por que sou pior do que eles, se fico deitado em minha casa e não corrompo a cabeça com trincas e valetes?

— Tudo isso é antigo, já falaram mil vezes desse assunto — comentou Stolz. — Será que você não tem nada de novo para dizer?

— E nossa melhor juventude, o que ela faz, afinal? Por acaso não está dormindo enquanto caminha ou anda de carruagem pela avenida Niévski, ou enquanto dança? Como é rotineiro e vazio esse modo de preencher os dias! E veja com que orgulho e misteriosa dignidade, com que olhar repugnante contemplam quem não se veste como eles, quem não tem o mesmo título e a mesma posição social que eles. E os infelizes ainda imaginam que estão acima da multidão comum: "Nós ocupamos, no serviço público, postos melhores do que os de todos os outros; sentamos na primeira fileira de poltronas no baile do príncipe N., num lugar onde só nós temos permissão para entrar"... E quando se reúnem sozinhos, bebem demais, brigam como feras! Será que isso é coisa de gente que vive, que não está dormindo? Mas não é só a juventude: veja os mais velhos. Reúnem-se, servem jantares uns para os outros, sem cordialidade... sem bondade, sem afeição recíproca! Reúnem-se para um jantar, para uma festa, como se fosse no local de trabalho, sem alegria, friamente, para se vangloriar do cozinheiro, do salão, e depois de trocarem gracejos de braços dados tentam passar a perna uns nos outros. Anteontem, durante o jantar, eu nem sabia para onde olhar, minha vontade era me enfiar embaixo da mesa quando começaram a trucidar a reputação das pessoas ausentes: "Fulano é um imbecil, sicrano é um patife, aquele é um ladrão, o outro é ridículo"... uma verdadeira chacina! E enquanto falavam assim, miravam nos olhos uns dos outros como se dissessem: "É só sair por aquela porta que você será o próximo...". Por que eles se encontram, se são assim? Por que apertam as mãos uns dos outros com tanta força? Não se vê nenhum riso sincero, nenhum lampejo de simpatia! Esforçam-se para atrair alguém de alto escalão para sua casa. E depois se vangloriam: "Na minha casa esteve fulano, e eu estive na casa de sicrano...". Que vida é essa, afinal? Não quero essa vida. O que tenho a aprender com isso, o que vou extrair daí?

— Sabe de uma coisa, Iliá? — disse Stolz. — Você pensa como os antigos: tudo isso está escrito nos livros velhos. Mas, afinal, isso também é bom: pelo menos está refletindo, não está dormindo. Bem, e o que mais? Prossiga.

— Prosseguir o quê? Olhe só, preste atenção: aqui não se vê nenhum rosto fresco, saudável...

— Também, com este clima — interrompeu Stolz. — O seu rosto também está bastante enrugado, e você nem vive correndo de um lado para o outro, fica deitado o tempo todo.

— Não se vê em ninguém um olhar claro, sereno — prosseguiu Oblómov —, todos se contaminam mutuamente com uma espécie de preocupação ou aflição torturante, procuram alguma coisa de modo doentio. Quem dera que procurassem a verdade, o próprio bem-estar e o dos outros... Não, eles empalidecem com o sucesso do companheiro. Um se preocupa só com uma coisa: no dia seguinte tem de ir ao tribunal, um processo se arrasta há cinco anos, o oponente está levando a melhor, e há cinco anos ele só pensa numa coisa, só deseja uma coisa: derrubar o outro e, sobre sua derrocada, construir o palácio da própria prosperidade. Durante cinco anos, ir a uma sala de espera, sentar-se e ficar suspirando ali, eis o ideal e o propósito de uma vida inteira! Outro se aflige porque está condenado a ir todos os dias trabalhar na repartição e ficar lá até as cinco horas, e outro suspira fundo porque não tem aquela mesma bênção...

— Você é um filósofo, Iliá! — disse Stolz. — Todo mundo vive ansioso, só você não precisa de nada!

— Veja, sabe aquele senhor de óculos? — prosseguiu Oblómov. — Não parava de me perguntar se eu tinha lido o discurso de tal deputado, e os olhos dele se cravaram em mim quando eu disse que não leio jornais. E falou de Luís Filipe* como se fosse seu pai. Depois não largou do meu pé, querendo saber o que eu pensava: por que o embaixador francês saiu de Roma? Você acha que vou passar a vida toda me condenando a absorver uma carga diária de notícias do mundo inteiro para depois gritar tudo isso durante uma semana até ninguém aguentar mais? Hoje, Mehmet Ali** mandou um navio para Constantinopla, e então o sujeito fica quebrando a cabeça: qual é o motivo? Amanhã, dom Carlos*** não tem sucesso, e o sujeito fica numa angústia tremenda. Lá, estão cavando um canal; aqui, mandaram tropas para o Oriente; minha nossa, começou uma guerra! O rosto fica branco, o sujeito corre, grita, como se as tropas estivessem marchando contra ele. Esses homens refletem, discutem, analisam de um ângulo e de outro, e ficam entediados: o assunto não lhes interessa; por trás daqueles gritos, percebe-se um sono que nada perturba! Aquilo não lhes diz respeito; é como se andassem com o chapéu alheio. Aquilo não é da sua conta, eles se dispersam em todas as direções, sem se dirigir para nada específico. Por trás de toda essa abrangência existe um vazio, uma ausência de simpatia por tudo! Mas escolher uma trilha modesta e árdua e seguir por ela, cavar um sulco profundo, isso é maçante, discreto;

---

* Luís Filipe I (1773-1850): rei da França entre 1830 e 1848.

** Mehmet Ali ou Muhammad Ali (1769-1849): vice-rei do Egito.

*** Carlos de Bourbon, conde de Molina (1788-1855): pretendente ao trono da Espanha, deu início às guerras carlistas (1834-9).

nesse lugar, estar a par de tudo não serve para nada e lá não tem ninguém em cujos olhos eles possam jogar poeira.

— Puxa, Iliá, eu e você não nos dispersamos. Onde está nossa trilha modesta e árdua? — perguntou Stolz.

Oblómov calou-se de repente.

— Veja, é só eu terminar meu... plano e... — disse ele. — Ora, vamos deixar essas pessoas para lá! — acrescentou em seguida, com irritação. — Não me meto na vida deles, não quero nada; só que não enxergo nisso a vida normal. Não, isso não é vida, mas uma distorção da norma, do ideal de vida que a natureza indica para todas as pessoas...

— Que ideal é esse, qual é a norma de vida?

Oblómov não respondeu.

— Bem, me diga, que tipo de vida você gostaria de traçar para si? — continuou a perguntar Stolz.

— Já tracei.

— E como é? Explique, por favor.

— Como é? — disse Oblómov, deitando-se de costas e olhando para o teto. — É assim. Eu iria para a aldeia.

— E o que o impede?

— O plano não está concluído. Depois, eu não iria sozinho, mas com uma esposa.

— Ah, vejam só! Que ótimo! E o que está esperando? Mais uns três ou quatro anos, e ninguém mais vai querer casar com...

— O que vou fazer? Não tenho fortuna! — disse Oblómov e suspirou. — Meu patrimônio não permite!

— Ora essa, e Oblómovka? Trezentas almas!

— O que é que tem? Com isso se pode viver com uma esposa?

— Para duas pessoas, dá para viver!

— E quando vierem os filhos?

— Você dá uma boa educação para os filhos que eles se viram sozinhos; você saberá como encaminhá-los na direção...

— Não, é inútil querer transformar nobres em artesãos! — interrompeu Oblómov em tom seco. — E mesmo sem filhos, quem disse que vamos ser só duas pessoas? Isso é só maneira de dizer. Eu e a esposa somos duas pessoas, está certo, mas na verdade, assim que você se casa, uma porção de mulheres aparece para morar com você. Olhe para qualquer família: são parentas, não parentas e governantas, se não moram na casa vêm todo dia tomar café, jantar... Como fazer para abastecer uma pensão desse porte só com trezentas almas?

— Está bem. Mas vamos supor que você tivesse trezentas mil almas, o que faria? — perguntou Stolz com uma curiosidade fingida.

— Iria correndo à casa de penhores — disse Oblómov — e viveria com o rendimento da hipoteca.

— O rendimento seria pequeno; por que não investir em alguma companhia, na nossa, por exemplo?

— Não, Andrei, não tente me enganar.

— Ora, você não confiaria em mim?

— Não é nada disso. Não é você o problema, só que tudo pode acontecer. Vamos dizer que a companhia quebre. Pronto, de um dia para o outro, lá estou sem um tostão. Num banco não é muito melhor?

— Está certo. O que você faria?

— Bem, iria para uma casa nova, organizada com calma... num local onde morassem vizinhos bondosos, você, por exemplo... mas, não, você não para quieto num lugar...

— E você ficaria sempre lá? Não iria a lugar nenhum?

— De maneira nenhuma!

— Então para que se constroem por toda parte ferrovias e navios a vapor, se o ideal de vida é ficar no mesmo lugar? Iliá, vamos apresentar um projeto para que parem de fazer isso; pois não vamos a lugar nenhum.

— Mesmo que eu não vá, muita gente vai. Não há uma porção de administradores, atendentes, comerciantes, funcionários, turistas, gente que não tem um canto para morar? Que eles viajem, então!

— E você, quem é?

Oblómov ficou calado.

— A que categoria social você pertence?

— Pergunte ao Zakhar — respondeu Oblómov.

Stolz cumpriu ao pé da letra o pedido de Oblómov.

— Zakhar! — gritou.

Veio Zakhar, com olhos de sono.

— Quem é aquele deitado ali? — perguntou Stolz.

218

Zakhar acordou de repente e lançou um olhar de esguelha, desconfiado, para Stolz e depois para Oblómov.

— Como assim? Por acaso não está enxergando?

— Não estou enxergando — respondeu Stolz.

— Que coisa curiosa! É o *bárin** Iliá Ilitch.

Ele riu.

— Está bem, pode ir.

— O *bárin*! — repetiu Stolz e soltou uma gargalhada.

— Bem, um gentleman — corrigiu Oblómov com irritação.

— Não, não, você é um *bárin*! — continuou a gargalhar Stolz.

— E qual é a diferença? — perguntou Oblómov. — Gentleman é a mesma coisa que *bárin*.

— Um gentleman é um *bárin* — distinguiu Stolz — que veste as próprias meias e que tira dos pés as próprias botas.

— Sim, um inglês, porque eles não têm muitos criados; já um russo...

— Continue a descrever para mim o seu ideal de vida... Muito bem, amigos bondosos em volta; e o que mais? Como você passaria seus dias?

— Pois é, eu levantaria cedo — começou Oblómov, colocando as mãos cruzadas sob a cabeça, e seu rosto foi inundado por uma expressão de serenidade: em pensamento, ele já estava na aldeia. — O dia está lindo, o céu está muito azul, não há uma nuvenzinha sequer — disse —, em meu projeto, um lado da casa tem uma sacada voltada para o leste, para o jardim e para os campos, e o outro lado para a aldeia. Enquanto espero que minha esposa acorde, visto meu roupão e caminho pelo jardim para respirar os vapores da manhã; lá encontro o jardineiro, juntos regamos as flores, podamos os arbustos, as árvores. Eu monto um buquê para minha esposa. Depois vou à casa de banhos ou ao rio para banhar-me, volto, e a sacada já está aberta; a esposa está de blusa comprida, com um gorrinho leve, que mal se mantém firme na cabeça e que pode voar a qualquer momento... Ela está à minha espera. "O chá está pronto", me diz. E que beijo! Que chá! Que poltrona sossegada! Sento-me à mesa; nela, tem açúcar, creme, manteiga fresca...

— E depois?

---

* *Bárin*: termo russo que equivale a nobre, aristocrata, senhor.

— Depois, visto um casaco confortável ou algum paletó, abraço a esposa pela cintura, enveredo com ela por uma alameda interminável e escura; caminhar com calma, pensativo, em silêncio, ou pensando em voz alta, sonhar, contar os minutos de felicidade como as batidas do próprio pulso; escutar como o coração bate acelerado e depois se aquieta; procurar afinidades na natureza... e, sem notar, chegar ao rio, ao campo... O rio quase não faz ruído; as espigas ondulam com o vento, faz calor... sentar num bote, a esposa conduz, mal levanta o remo da água...

— Ora, mas você é um poeta! — interrompeu Stolz.

— Sim, um poeta na vida, porque a vida é poesia. As pessoas são livres para deformá-la! Pois bem: depois, poder ir à estufa de plantas — prosseguiu Oblómov, ele mesmo extasiado com o ideal de felicidade que descrevia.

Oblómov extraía da imaginação cenas já prontas, pintadas por ele havia muito tempo, e por isso falava com animação, sem se deter.

— Olhar os pêssegos, as uvas — disse ele —, falar o que deve ser servido à mesa, depois voltar, tomar o desjejum lentamente e esperar as visitas... E então chega um bilhete para minha esposa, de uma certa Mária Petrovna, com um livro, uma partitura musical, e trazem um abacaxi de presente, ou um melão que amadureceu em nossa própria estufa — eu o mando para um bom amigo, para o jantar do dia seguinte, e eu mesmo irei lá jantar... E enquanto isso, na cozinha, as panelas estão fervendo; o cozinheiro, de avental e chapéu branco feito neve, está atarefado; põe uma caçarola, retira outra, mexe daqui, começa a misturar uma massa dali, derrama água... as facas estalam uma na outra... as verduras são picadas... Do outro lado, batem o sorvete... É agradável espiar a cozinha antes do almoço, destampar uma panela, sentir o cheiro, ver como enrolam as tortinhas salgadas no tabuleiro, como batem o creme de leite. Depois, deitar-se num sofazinho; a esposa lê em voz alta alguma novidade; nós paramos, discutimos... Mas as visitas chegam, por exemplo, você e sua esposa.

— Ora, você me casou também?

— Sem dúvida! Chegam mais dois, três amigos, sempre as mesmas pessoas. Começamos a conversa inacabada do dia anterior; haverá gracejos ou um silêncio eloquente, devaneios, não porque estamos preocupados com a perda de um cargo, ou com algum processo na Justiça, mas por causa da plena satisfação dos desejos, do prazer do pensamento em si... Não se escutam filípicas proferidas com espuma nos dentes contra uma pessoa ausente, não se percebe nenhum olhar lançado de esguelha para nós, com a promessa de que vamos receber o mesmo tratamento assim que sairmos pela porta. Quem não é bom, uma pessoa de quem você não gosta, com esse você não vai dividir seu pão e seu sal. Nos olhos dos interlocutores se percebe a simpatia, nos gracejos, o riso é sincero, inocente... Tudo vem da alma! Aquilo que está nos olhos, está nas palavras e também no coração! Depois do almoço, o café moca, um havana no terraço...

— Você está descrevendo exatamente o que acontecia antigamente na casa de meu avô e de meu pai.

— Não, não é a mesma coisa — retrucou Oblómov, quase ofendido —, onde já se viu? Por acaso você acha que minha esposa vai ficar fazendo doces de frutas em compota e cogumelos em conserva? Por acaso ela vai ficar medindo novelos de linha e escolhendo panos rústicos para costurar? Por acaso ela vai dar tapas na cara das criadas? Você não escutou o que eu disse? Partituras, livros, piano, móveis finos.

— Sei, mas e você?

— Eu não vou ler jornais do ano anterior, não vou andar numa charrete estropiada, não vou comer macarrão com carne de ganso, vou ter um cozinheiro treinado no Clube Inglês * ou na casa de um embaixador.

— Certo, e depois?

— Depois, quando o calor amainar, vou mandar uma carroça levar o samovar e uns doces para o bosque de bétulas, ou então para o prado, mandarei abrir tapetes sobre o capim aparado, entre as medas de feno, e lá vamos nos regalar, até a hora da sopa de legumes e da bisteca. Os mujiques voltam do campo com as gadanhas sobre os ombros; de um lado, passa uma carroça tão cheia que o feno cobre o veículo e o cavalo; no alto da pilha de feno, ressaltam o chapéu de um mujique com flores e a cabeça de uma criança; do outro lado, um bando de camponesas descalças, com foices, cantarola em tom de lamento... De repente veem o patrão, param, fazem uma reverência. Uma delas, o pescoço queimado de sol, braços de fora, olhos timidamente abaixados, mas astutos, finge defender-se, de leve, só para disfarçar, dos cari-

---

* Clube aristocrático de São Petersburgo, fundado em 1770.

nhos do patrão, mas está bastante feliz... Psiu!... Minha esposa não pode ver. Deus me livre!

E Oblómov e Stolz dão uma gargalhada.

— Está úmido no campo — concluiu Oblómov —, está escuro; uma neblina, como o mar visto do fundo, paira sobre o centeio; os cavalos se sacodem e batem os cascos na terra: está na hora de ir para casa. Em casa, já acenderam os lampiões; na cozinha, as facas se entrechocam; uma frigideira de cogumelos, costeletas, cerejas... Música ressoa... *Casta diva... Casta diva!* — começou a cantar Oblómov. — Não consigo me lembrar de "Casta diva" sem me emocionar — disse ele, depois de cantar o início da cavatina. — Como aquela mulher chora com o coração! Que tristeza habita aqueles sons! E ninguém em volta sabe... Só ela... Um segredo a oprime; ela o confia à lua...

— Você gosta dessa ária? Isso me deixa contente; Olga Ilínskaia a canta esplendidamente. Vou apresentá-la a você. Aquilo é que é voz! Aquilo é que é cantar! E ela mesma é uma criança encantadora! Mas talvez eu seja um juiz parcial: tenho um fraco por ela... Mas não vamos nos desviar do assunto — acrescentou Stolz. — Conte mais!

— Bem — prosseguiu Oblómov —, o que mais?... Acho que isso é tudo! As visitas se dispersam pelos chalés anexos, pelos caramanchões; e no dia seguinte vai cada um para um lado, uns partem com uma espingarda para caçar, outros ficam simplesmente sentados, quietos...

— Só isso? Eles não têm nada nas mãos? — perguntou Stolz.

— O que você queria que tivessem? Bem, um lenço de nariz, talvez. E então, você não gostaria de viver assim? — perguntou Oblómov. — Hein? Isso é que é vida, não é?

— E o tempo todo é assim? — perguntou Stolz.

— Até os cabelos ficarem grisalhos, até o caixão de madeira. Isso é que é vida!

— Não, isso não é vida.

— Como não? Por que não? Pense bem, não se vê nenhum rosto pálido, aflito, nenhuma preocupação, nenhum processo na Justiça, nem câmbio, nem ações, nem relatórios, nem recepções na casa de um ministro, nem títulos, nem honrarias, nem aumentos de despesa nos refeitórios. E todas as conversas vêm do coração! Nunca aparece ninguém para mandar você embora de seu apartamento... Só isso já vale muito! E acha que isso não é vida?

— Isso não é vida! — repetiu Stolz obstinadamente.

— Então o que é isso, para você?

— Isso... (Stolz refletiu um pouco e procurou um modo de classificar aquela vida.) É uma espécie de... oblomovismo — disse, afinal.

— O-blo-mo-vis-mo! — pronunciou Iliá Ilitch bem devagar, surpreso com aquela palavra estranha, separando suas sílabas. — O-blo-mo-vis-mo!

Fitou Stolz de modo estranho e fixo.

— Então, o que é a vida ideal, na sua opinião? Por que não é um oblomovismo? — perguntou ele timidamente, sem entusiasmo. — Por acaso todos não procuram alcançar aquilo que eu sonho? Queira me perdoar! — acrescentou com mais coragem. — Mas o objetivo de todas as correrias, paixões, guerras, negócios e políticas por acaso não é a obtenção da tranquilidade? O motivo não é a aspiração desse ideal de paraíso perdido?

— Mas até a sua utopia tem marca de Oblómov — objetou Stolz.

— Todos procuram o repouso e a tranquilidade — defendeu-se Oblómov.

— Nem todos. E você mesmo, dez anos atrás, não procurava isso na vida.

— O que eu procurava? — perguntou Oblómov, com perplexidade, mergulhando o pensamento no passado.

— Lembre-se, pense bem. Onde estão seus livros, as traduções?

— Zakhar colocou em algum lugar — respondeu Oblómov —, estão metidos em algum canto.

— Em algum canto! — disse Stolz em tom de censura. — No mesmo canto em que estão seus projetos de "ser útil enquanto houver forças, porque a Rússia precisa de braços e de cabeças para a exploração de seus recursos inesgotáveis (palavras suas); trabalhar para que o repouso seja mais doce; e repousar significa viver uma vida diferente, artística, refinada, alternativa, a vida dos artistas, dos poetas". Todas essas ideias Zakhar também enfiou em algum canto? Lembra que, depois dos livros, você queria percorrer as terras estrangeiras, para conhecer e amar melhor sua própria terra? "A vida é toda ela pensamento e trabalho", você insistia na época, "trabalho, ainda que inglório, obscuro, mas incessante; e é preciso morrer com a consciência de que a missão foi cumprida." Hein? Em que canto de sua casa isso foi parar?

— Sim... sim... — disse Oblómov, que seguira com inquietação cada palavra de Stolz. — Lembro que eu... parece... Como não? — disse ele, recordando o passado de repente —, pois nós dois, Andrei, fizemos planos de viajar primeiro pela Europa toda, de uma ponta à outra, percorrer a Suíça a pé, queimar os pés no Vesúvio, descer em Herculano. Ficamos quase loucos com essa ideia! Quanta bobagem!

— Bobagem? — repetiu Stolz em tom de censura. — E você chegava a chorar quando olhava para as gravuras das madonas de Rafael, para a noite de Correggio, para o *Apolo do Belvedere*:* "Meu Deus! Serei capaz de olhar os originais e não ficar paralisado de terror com a ideia de que estou diante das criações de Michelangelo, de Ticiano e que piso o solo de Roma? Será que vou viver toda a vida sem nunca ver essas murtas, esses ciprestes, essas laranjeiras senão em estufas, e não em sua terra nativa? Não vou respirar o ar da Itália, não vou me inebriar com o azul do céu?". Que formidáveis fogos de artifício você soltava dentro de sua cabeça naquela época! Eram bobagens?

— Sim, sim, eu lembro! — disse Oblómov, pensando no passado. — Você também segurou minha mão e disse: "Façamos um juramento de que não vamos morrer sem ter visto tudo isso...".

— Eu lembro — prosseguiu Stolz — que você, certa vez, me deu de presente de aniversário a tradução de um livro de Say,** com uma dedicatória; a tradução ainda está comigo. E lembro que você se trancava com o professor de matemática e queria a todo custo entender tudo sobre círculos e quadrados, mas abandonou o assunto na metade, sem chegar ao resultado. E começou a estudar inglês... mas não aprendeu! E quando fiz o plano de viajar ao exterior e o chamei para visitar as universidades alemãs, você se levantou de um pulo, me abraçou e me estendeu a mão com ar solene: "Estou com você, Andrei, irei com você a toda parte"... Foram essas as suas palavras. Você sempre foi um pouco ator. E então, Iliá? Estive duas vezes no exterior depois que crescemos, sentei-me humildemente nos bancos estudantis em Bonn, Iena e Erlangen, depois conheci a Europa como se fosse minha propriedade. Mas, temos de admitir, uma viagem ao exterior é um luxo e nem todos estão em condições ou têm obrigação de tirar proveito desse expediente; mas e a Rússia? Eu vi a Rússia de ponta a ponta. Eu trabalho...

— Um dia você vai parar de trabalhar — ponderou Oblómov.

---

* Referência ao quadro *A noite santa*, de Antonio da Correggio (c. 1489-1534); *Apolo do Belvedere*: estátua de mármore da Antiguidade clássica, encontrada no Renascimento.
** Jean-Baptiste Say (1767-1832): economista francês, um dos mestres da doutrina livre-cambista.

— Não vou parar nunca. Para quê?

— Quando você duplicar seu capital — disse Oblómov.

— Mesmo quando quadruplicar meu capital, não vou parar de trabalhar.

— Pois então — exclamou Oblómov, após uma pausa — para que você se empenha tanto, se seu objetivo não é garantir seu sustento para sempre e depois retirar-se para o sossego e o repouso?

— O oblomovismo rural! — disse Stolz.

— Ou alcançar um posto de alto escalão no serviço público, uma elevada posição na sociedade, e depois deleitar-se com o repouso merecido num ócio honroso...

— O oblomovismo de Petersburgo! — retrucou Stolz.

— Mas então, quando se vai viver? — retrucou Oblómov, irritado com os comentários de Stolz. — Para que se atormentar o tempo todo?

— Pelo trabalho em si mesmo e mais nada. O trabalho é a forma e o conteúdo, o princípio e o fim da vida, pelo menos para mim. Veja só, você baniu o trabalho da vida: o que é que ela parece? Vou tentar erguer você, talvez pela última vez. Se depois disso você continuar parado aqui, com os Tarántiev e os Alekséiev, então você está completamente perdido, vai ser um peso até para si. É agora ou nunca! — concluiu.

Oblómov escutou-o, fitando-o com olhos alarmados. O amigo parecia ter erguido um espelho na sua frente, e ele se assustou ao se reconhecer naquela imagem.

— Não me repreenda, Andrei, seria melhor você me ajudar! — começou, com um suspiro. — Eu mesmo me atormento com isso; e se você tivesse visto e escutado hoje mesmo como cavei minha própria sepultura e me lamentei, não teria coragem de me dizer tais censuras. Sei de tudo isso, entendo tudo isso, mas não tenho força nem vontade. Dê-me sua força e sua inteligência e me conduza para onde quiser. Com você talvez eu vá, mas sozinho eu não vou sair do lugar. Você disse a verdade: é agora ou nunca! Mais um ano e será tarde demais!

— Esse é mesmo você, Iliá? — disse Andrei. — Lembro-me de você quando era um menino magrinho, vivo, que todos os dias ia da rua Pretchístienka à praça Kúdrino; lá, no jardinzinho... Você não esqueceu as duas irmãs, não é? Não esqueceu Rousseau, Schiller, Goethe, Byron, cujas obras você levava para elas, tirando das mãos das duas os romances de Cottin,* Genlis... Você queria se mostrar diante delas, queria purificar o gosto delas, não é?

Oblómov levantou-se da cama de um pulo.

— Puxa, como é que se lembra também de tudo isso, Andrei? É claro! Eu sonhava com elas, sussurrava minhas esperanças no futuro, elaborava planos, ideias e... sentimentos também, escondido de você, para que não zombasse de mim. Mas tudo isso está morto, nunca mais vai se repetir! Onde foi parar tudo isso? Por que se extinguiu? É incompreensível! Pois não houve nenhum cataclismo, não sofri nenhum choque; não perdi nada; nenhum peso oprime minha consciência: ela está limpa como um vidro; nenhum golpe matou em mim o amor-próprio, e no entanto, só Deus sabe por quê, tudo desapareceu!

Ele deu um suspiro:

— Sabe, Andrei, em minha vida nunca ardeu nenhuma chama redentora ou destrutiva. Minha vida nunca foi parecida com uma manhã em que as cores e a luz gradualmente ficam mais fortes, e que depois se transforma em dia claro, como a vida de outras pessoas, e arde de calor, ferve e se agita no meio-dia radiante, e que depois, cada vez mais calmo, mais pálido, e de forma natural, sem pressa, se apaga ao anoitecer. Não, minha vida já começou se apagando. É estranho, mas é assim! Desde o primeiro minuto em que tomei consciência de mim mesmo, senti que estava me apagando! Comecei a me apagar quando redigia documentos na repartição; depois eu me apagava ao aprender nos livros verdades com as quais eu não sabia o que fazer na vida, eu me apagava na companhia dos amigos, ao ouvir os rumores, as fofocas, as ironias, a tagarelice maldosa, fria, a futilidade, e ao ver amizades que se mantinham em reuniões sem propósito, sem simpatia; eu me apagava e destruía as energias com Mina: gastava com ela mais da metade de minha renda e imaginava que a amava; eu me apagava nos passeios tristes e indolentes pela avenida Niévski, em meio a casacos de pele de guaxinim e colarinhos de pele de castor — em festas à noite, em recepções de dia, onde quer que me concedessem hospitalidade como um possível noivo; eu me apagava e desperdiçava a vida e a inteligência com ninharias, indo da cidade para uma casa de

---

* Sophie Cottin (1770-1807): escritora francesa, autora de obras românticas e de caráter moral.

veraneio, da casa de veraneio para a rua Górokhovaia, marcando a chegada da primavera pelas ostras e lagostas importadas à venda nas lojas, o outono e o inverno pelos dias festivos, o verão pelos passeios, e a vida toda por um cochilo preguiçoso e tranquilo, assim como os outros... Até a autoestima, em que ela foi desperdiçada? Em encomendar uma roupa num alfaiate famoso? Em ser convidado a uma casa famosa? No fato de o príncipe P. apertar minha mão? Só que a autoestima é o sal da vida! Onde ela foi parar? Ou não compreendi esta vida, ou ela nunca serviu para nada, ou melhor, eu não soube, não vi, ninguém me mostrou. Você aparecia e desaparecia como um cometa, radiante, veloz, e eu esquecia tudo isso e me apagava...

Stolz já não respondia mais com ironia negligente às palavras de Oblómov. Escutava e ficava em silêncio, com ar tristonho.

— Você falou agora há pouco que não tenho um rosto nada fresco, mas enrugado — prosseguiu Oblómov —, pois é, sou um casaco esgarçado, decrépito, surrado, mas não por causa do clima, não por causa do trabalho, e sim porque durante doze anos ficou presa dentro de mim uma luz que procurava a saída, mas que só ardeu dentro de sua prisão, não fugiu para a liberdade, e se extinguiu. Assim se passaram doze anos, meu caro Andrei: não tenho mais vontade de acordar.

— Por que você não fugiu, não correu para algum lugar, em vez de perecer em silêncio? — perguntou Stolz, impaciente.

— Para onde?

— Para onde? Quem sabe para o Volga, com seus mujiques? Lá há mais movimento, existem alguns interesses, objetivos, trabalhos. Eu iria para a Sibéria, para Sitkha.*

— Puxa, você prescreve remédios muito fortes! — observou Oblómov com tristeza. — Mas por acaso eu sou o único? Veja: Mikháilov, Petróv, Semiónov, Alekséiev, Stiepánov... a lista não tem fim: nosso nome é legião!

Stolz continuava sob a influência daquela confissão e ficou em silêncio. Depois respirou fundo.

— Sei, mas muita água correu embaixo da ponte! — disse ele. — Não irei embora deixando você desse jeito, vou levar você daqui, primeiro vamos

---

* Sitkha: localidade do Alasca, que na época pertencia à Rússia.

para o exterior, depois para a aldeia: vai emagrecer um pouco, vai parar com esse desânimo, e lá vamos procurar uma atividade...

— Sim, vamos embora daqui, para qualquer lugar! — exclamou Oblómov.

— Amanhã começaremos a nos mexer para tirar o passaporte para o exterior, depois vamos fazer as malas... Não vou deixar você assim, escutou, Iliá?

— Você sempre deixa tudo para amanhã! — retrucou Oblómov, como se baixasse das nuvens.

— E você quer "não deixar para amanhã o que se pode fazer hoje", não é? Puxa, que disposição! Hoje já está tarde — acrescentou Stolz —, mas daqui a duas semanas estaremos longe daqui...

— O que é isso, meu amigo? Daqui a duas semanas? Desculpe, mas tão abrupto assim? — disse Oblómov. — É melhor eu pensar um pouquinho mais e preparar-me com calma... É preciso arranjar um coche... quem sabe daqui a dois ou três meses?

— Agora já inventou um coche! Para o exterior, viajaremos em carruagens de posta, ou viajaremos de navio a vapor até Lubeck, como for mais confortável; e de lá partem ferrovias para diversos locais.

— E o apartamento, e Zakhar, e Oblómovka? Pois é preciso tomar providências — defendeu-se Oblómov.

— Oblomovismo, oblomovismo! — disse Stolz, rindo, depois pegou uma vela, desejou uma noite tranquila a Oblómov e foi dormir. — É agora ou nunca... lembre-se! — acrescentou, voltando-se para Oblómov, e fechou a porta do quarto.

V.

"Agora ou nunca!" As palavras terríveis surgiram para Oblómov assim que ele despertou na manhã seguinte.

Levantou-se da cama, percorreu o quarto três vezes a passos lentos, lançou um olhar para a sala: Stolz estava sentado e escrevia.

— Zakhar! — gritou Oblómov.

Não se ouviu o barulho de Zakhar saltando do leito junto à estufa. Zakhar não viria: Stolz o mandara ao correio.

Oblómov aproximou-se de sua mesa empoeirada, sentou-se, pegou uma pena, enfiou-a no tinteiro, mas não havia tinta, procurou uma folha de papel — também não havia.

Refletiu e, num gesto mecânico, começou a rabiscar com o dedo na poeira, depois olhou o que tinha escrito: era oblomovismo.

Apagou depressa com a mão. De noite, sonhara com aquela palavra escrita em chamas nas paredes, como Baltasar no banquete.*

Zakhar chegou e, encontrando Oblómov fora da cama, observou bem o

---

* Passagem da Bíblia (Dn 5,1-30) em que Baltasar, rei da Babilônia, durante um festim, vê uma inscrição misteriosa na parede. Daniel decifra o sentido da inscrição e prevê a destruição do reinado de Baltasar.

patrão, admirando-se por vê-lo de pé. Naquele olhar aturdido de surpresa, parecia estar escrito: "Oblomovismo!".

"É só uma palavra", pensou Iliá Ilitch, "mas como é... venenosa!"

Zakhar, como de hábito, pegou o pente, a escova, a toalha e aproximou-se a fim de pentear Iliá Ilitch.

— Vá para o diabo! — exclamou Oblómov, irritado, e empurrou a escova da mão de Zakhar, que já havia deixado cair o pente no chão.

— O senhor vai se deitar de novo? — perguntou Zakhar. — Se não for, eu podia arrumar a cama.

— Traga-me tinta e papel — respondeu ele.

Oblómov ficou pensando nas palavras "agora ou nunca!".

Ao escutar aquele apelo desesperado da razão e da força, ele admitiu e calculou que ainda lhe restava um vestígio de vontade e pensou onde aplicá-lo, em que investir aquele escasso remanescente.

Depois de pensamentos torturantes, empunhou a pena, puxou de um canto um livro e, no intervalo de uma hora, quis ler, escrever e pensar tudo o que não tinha lido, escrito e pensado em dez anos.

O que ia fazer agora? Ir em frente ou ficar? Aquela pergunta oblomoviana era para ele mais profunda do que a de Hamlet. Ir em frente — isso significava retirar subitamente o roupão folgado não só dos ombros, mas da própria alma e da mente; tirar o pó e as teias de aranha não só das paredes, mas também dos olhos, e voltar a enxergar!

Qual era o primeiro passo a dar naquela direção? Com o que devia começar? Não sei, não consigo... não... eu me iludo, eu sei e... Stolz está aqui, bem pertinho; logo ele vai me explicar. Mas vai dizer o quê? "Durante uma semana, é preciso escrever instruções minuciosas para seu procurador e mandá-lo para a aldeia, penhorar Oblómovka, comprar terras, enviar o projeto das edificações, abrir mão do apartamento, tirar o passaporte e passar meio ano no exterior, desfazer-se do excesso de gordura, livrar-se dessa carga que você carrega, refrescar o espírito com o ar com que tanto sonhamos no passado, viver sem vestir um roupão, sem Zakhar e sem Tarántiev, calçar as próprias meias e descalçar os próprios sapatos, dormir só de noite, viajar para onde todos viajam, em ferrovias, em navios a vapor, e depois... depois... estabelecer-se em Oblómovka, saber o que são uma colheita e uma debulha, por que há mujiques ricos e mujiques pobres; caminhar pelo campo, comparecer às eleições, visitar as fábricas, os moinhos, o cais. Ao mesmo tempo, ler jornais, livros, inquietar-se com o motivo que levou os ingleses a mandarem um navio de guerra para o Oriente..."

É isso o que ele vai dizer! É isso o que significa ir em frente... E vai ser assim a vida toda! Adeus, vida poética e ideal! Isso é uma forja de ferreiro, e não uma vida; o tempo todo são labaredas, estrondos, calor, barulho... Quando é que se vai viver? Não é melhor ficar onde estou?

Ficar significa andar com a camisa para fora da calça, escutar os pés de Zakhar pularem do leito junto à estufa, jantar com Tarántiev, pensar menos em tudo, nunca terminar de ler *Viagem à África*, envelhecer em paz na casa da comadre de Tarántiev...

"Agora ou nunca!" "Ser ou não ser!" Oblómov fez menção de levantar-se da poltrona, mas não conseguiu enfiar o pé no chinelo na primeira tentativa e se deixou sentar outra vez.

Duas semanas mais tarde, Stolz já partia para a Inglaterra, depois de arrancar de Oblómov a promessa de que iria direto para Paris. Iliá Ilitch já havia conseguido o passaporte, havia até encomendado um paletó de viagem e comprado um quepe. Era assim que as coisas estavam avançando.

Já Zakhar argumentava, com ar ponderado, que bastava encomendar um par de botas e trocar a sola do outro par. Oblómov comprou um cobertor, um colete de lã, um estojo de viagem para objetos de uso pessoal e queria uma bolsa para as provisões, mas dez pessoas lhe disseram que não se levavam provisões para o exterior.

Zakhar percorria sem descanso as oficinas de artesãos e as lojas, todo suado, e a despeito das moedas de dez e de cinco copeques que metia no próprio bolso, retiradas do troco nas lojas, ele maldizia Andrei Ivánovitch e todos que tinham inventado aquela viagem.

— O que ele acha que vai fazer lá sozinho? — disse Zakhar na loja. — Ouvi dizer que por aquelas bandas só mocinhas trabalham para os senhores. Onde já se viu uma moça tirar as botas de um homem? E como é que ela vai calçar as meias nos pés nus do patrão?

Ele chegou a sorrir com uma careta, de modo que as suíças se levantaram ao lado do rosto, e balançou a cabeça. Oblómov não foi indolente, tratou logo de escrever o que ia levar na bagagem e o que ia deixar em casa. A mobília e as outras coisas foram confiadas a Tarántiev para que as levasse para a casa da comadre, em Víborg, trancasse tudo em três cômodos e guardasse lá, até seu regresso do exterior.

Os conhecidos de Oblómov, uns com incredulidade, outros com deboche, e outros ainda com uma espécie de susto, diziam: "Vai viajar; imagine, Oblómov se moveu, saiu do lugar!".

Mas depois de um mês Oblómov ainda não havia partido, nem depois de três meses.

Na véspera da partida, à noite, seu lábio inchou. "Foi uma picada de mosca, é impossível ir para o mar com o lábio deste jeito!", disse, e começou a esperar o próximo navio. Chegou agosto, e Stolz já estava em Paris havia muito tempo; escreveu para ele cartas furiosas, mas não recebeu resposta.

Por quê? Quem sabe a tinta havia secado no tinteiro e não havia mais folhas de papel? Ou talvez, no estilo de Oblómov, os pronomes "que" e "o qual" se acumulassem com frequência excessiva, ou enfim Iliá Ilitch, ao ouvir o terrível clamor "agora ou nunca", talvez tivesse optado pelo segundo termo e cruzado as mãos embaixo da cabeça — e de nada adiantaria Zakhar tentar acordá-lo.

Não, seu tinteiro estava cheio de tinta, sobre a mesa havia cartas, folhas de papel, até papéis timbrados,* escritos, aliás, pela mão do próprio Oblómov.

Depois de redigir várias páginas, em nenhum caso usou duas vezes o pronome "o qual" na mesma frase; seu estilo se derramava livremente e por vezes com eloquência e expressividade, como "em tempos idos", quando ele e Stolz sonhavam com uma vida de trabalho e viagens.

Levantava-se às sete horas, levava livros a um canto qualquer, lia. No rosto, não havia sono, não havia cansaço, não havia tédio. Nele havia até um rubor, um brilho nos olhos, algo semelhante à bravura ou pelo menos ao atrevimento. Não se via Oblómov de roupão: Tarántiev o levara para a casa de sua comadre junto com as outras coisas.

Num paletó caseiro, Oblómov sentava-se com um livro na mão ou escrevia; no pescoço, usava um lencinho leve; o colarinho da camisa estava folgado sobre a gravata e reluzia como neve.

---

* Trata-se de papéis com timbre do Estado, de caráter oficial, usados para petições e acertos de negócios.

Ele saía num casaco esplendidamente bem costurado, com um chapéu elegante... Estava alegre, cantarolava... Por que isso?

Sentou perto da janela de sua casa de veraneio (estava morando na casa de veraneio, a algumas verstas da cidade), a seu lado havia um buquê de flores. Escrevia algo rapidamente e, através dos arbustos, olhava a todo instante para a estradinha, e de novo escrevia apressado.

De repente, na estradinha, a areia começou a chiar sob o peso de passos ligeiros; Oblómov largou a pena, agarrou o buquê e correu na direção da porta.

— É a senhora, Olga Serguéievna? Já vou, já vou! — disse, apanhou o quepe, a bengala, correu para o portão, ofereceu o braço a uma linda mulher e desapareceu com ela no bosque, na sombra dos enormes abetos...

Zakhar saiu de algum canto, deu uma olhada para ele, fechou a sala e foi para a cozinha.

— Já foi! — disse para Aníssia.

— E vai ter jantar?

— Quem sabe? — respondeu Zakhar com sono.

Zakhar era sempre o mesmo: as mesmas imensas suíças, a barba crescida, o mesmo colete cinzento e o mesmo rasgão no casaco, mas estava casado com Aníssia, ou por causa de uma ruptura com sua amiga, ou por causa da convicção de que um homem devia casar; ele casou e não se mudou.

Stolz apresentara Oblómov a Olga e à tia dela. Quando Stolz levou Oblómov à casa da tia de Olga pela primeira vez, lá havia visitas. Oblómov sentiu-se abatido e, como de hábito, embaraçado.

"Seria bom poder tirar as luvas", pensou, "pois aqui dentro está calor. Como tudo isso me incomoda!"

Stolz sentou-se ao lado de Olga, que estava sozinha, sob um lampião, longe da mesinha de chá, encostada no espaldar da poltrona, e prestava pouca atenção no que se passava à sua volta.

Ela se alegrara muito ao ver Stolz; embora seus olhos não tivessem rebrilhado, suas faces não tivessem ficado ruborizadas, em todo o seu rosto se derramava uma luz simples e serena e surgia um sorriso.

Olga o chamava de amigo, gostava porque ele sempre a fazia rir e não a aborrecia, no entanto tinha certo receio, porque se sentia muito infantil diante dele.

Quando em sua mente nascia uma pergunta, uma dúvida, Olga não se decidia prontamente a confiar a questão a Stolz: ele estava muito longe, muito à frente dela, muito mais alto, de modo que a autoestima de Olga às vezes sofria por aquela imaturidade, aquela distância entre a idade e a inteligência de ambos.

Stolz também a admirava desinteressadamente, como a uma criatura maravilhosa, com um frescor perfumado da mente e do sentimento. A seus olhos, Olga era apenas uma criança linda, que despertava grandes esperanças.

Stolz, no entanto, conversava com Olga com mais frequência e com mais animação do que com outras mulheres, porque ela, embora de forma inconsciente, levava uma vida simples e natural e, por sua natureza feliz, por sua educação sadia e sem malícia, não se esquivava da manifestação natural de seus pensamentos, sentimentos, vontades, até nos mínimos e quase imperceptíveis movimentos dos olhos, dos lábios, das mãos.

Talvez ela trilhasse aquele caminho de forma tão confiante porque às vezes ouvia a seu lado os passos ainda mais confiantes do "amigo" em quem confiava, e tentava acertar seus passos pelos dele.

Fosse como fosse, era raro encontrar numa jovem tal simplicidade e liberdade no olhar, nas palavras, nas ações. Nos olhos de Olga, nunca se lia: "Agora vou contrair um pouco os lábios e assumir um ar pensativo — assim não fico feia. Vou lançar um olhar naquela direção e me assustar, dar um pequeno grito, e as pessoas logo vão correr para perto de mim. Vou sentar diante do piano e deixar à mostra só a pontinha dos pés...".

Nem simulação, nem gestos de sedução, nenhuma mentira, nenhum artifício, nenhuma premeditação! Por isso quase que só Stolz apreciava Olga, por isso ela ficava sentada sem par durante muitas mazurcas, e sem disfarçar seu enfado; por isso, olhando para Olga, os rapazes mais amáveis ficavam sem palavras, sem saber o que lhe dizer...

Uns a julgavam simples, limitada, rasa, porque de sua língua não se derramavam sentenças sábias sobre a vida, o amor, nem réplicas rápidas, inesperadas e audaciosas, nem opiniões sobre música e literatura retiradas de leituras ou daquilo que outras pessoas tinham dito: ela falava pouco e sempre com ideias da própria cabeça e sem importância — e os "cavalheiros" inteligentes e audaciosos a evitavam; os tímidos, ao contrário, consideravam-na astuta demais e tinham um pouco de medo. Só Stolz conversava com ela sem cessar e a fazia rir.

Olga amava a música, mas na maioria das vezes cantava às escondidas, ou para Stolz, ou para alguma amiga do colégio interno; mas, nas palavras de Stolz, ela cantava melhor do que qualquer cantora.

Assim que Stolz sentava a seu lado, ressoava na sala o riso de Olga, que era tão sonoro, tão sincero e contagioso que qualquer um que ouvisse aquele riso, mesmo sem saber a causa, não conseguia conter também o próprio riso.

Mas Stolz não a fez rir o tempo todo: durante meia hora, ela o escutou com curiosidade e, com curiosidade dobrada, desviava os olhos para Oblómov, que diante daqueles olhares tinha vontade de abrir um buraco na terra e enfiar-se nele.

"O que será que estão falando sobre mim?", pensava, inquieto, olhando de lado para os dois. Já estava com vontade de ir embora, mas a tia de Olga conduziu-o para a mesa e sentou-o a seu lado, sob o fogo cruzado dos olhares de todos os presentes.

Nervoso, virou-se para Stolz — ele já não estava mais ali. Olhou para Olga e encontrou aquele olhar curioso, sempre dirigido para ele.

"Não para de olhar!", pensou, observando a própria roupa com embaraço.

Chegou a cobrir o rosto com um lenço, pensando que talvez o nariz estivesse sujo, apalpou a gravata para ver se não havia soltado: aquilo às vezes acontecia com ele; não, tudo parecia estar em ordem, mas ela não parava de olhar!

Porém alguém lhe ofereceu uma xícara de chá e uma bandeja com bolinhos. Ele queria suprimir seu constrangimento, ser desembaraçado e, com aquele desembaraço, apanhou tal quantidade de biscoitos, tortas e bolinhos que a mocinha sentada a seu lado começou a rir.

Outros olharam com curiosidade para aquele monte de comida.

"Meu Deus, e ela não para de olhar!", pensou Oblómov. "O que vou fazer agora com esse monte de comida?"

Sem olhar, Oblómov viu que Olga se levantou e foi para o outro canto da sala. O coração de Oblómov sentiu alívio.

Mas a mocinha o fitava com um olhar insistente, esperando para ver o que Oblómov ia fazer com os biscoitos.

"É melhor comer de uma vez", pensou e começou rapidamente a dar cabo dos biscoitos; por sorte, pareciam derreter na boca.

Só restaram dois biscoitos; ele suspirou sem se conter e decidiu lançar um olhar para o local aonde Olga tinha ido...

Meu Deus! Ela estava de pé junto a um busto esculpido, encostada no pedestal, e olhava para ele. Parecia que tinha saído de onde estava a fim de observar Oblómov com mais liberdade: ela notara seu embaraço com os biscoitos.

Durante o jantar, Olga sentou-se na outra ponta da mesa, conversou, comeu e não parecia nem um pouco interessada em Oblómov. Mas toda vez que ele, nervoso, se voltava para o lado dela, com a esperança de que não estivesse olhando, logo deparava com o olhar de Olga, cheio de curiosidade, mas ao mesmo tempo tão afável...

Oblómov, após o jantar, tratou rapidamente de despedir-se da tia: ela o convidou para voltar no dia seguinte para jantar e pediu que ele estendesse o convite a Stolz. Iliá Ilitch inclinou-se numa reverência e, sem erguer os olhos, atravessou a sala inteira. Logo depois do piano, ficavam a tela e a porta. Ele espiou — ao piano, estava sentada Olga, que olhava para ele com grande curiosidade. Oblómov teve a impressão de que ela sorria.

"Na certa Andrei lhe disse que ontem usei meias de pares diferentes ou que vesti a camisa pelo avesso!", ele concluiu e foi para casa mal-humorado, por tal suposição e sobretudo pelo convite para jantar, ao qual respondera com uma inclinação de cabeça: ou seja, concordara.

A partir daquele momento, o olhar insistente de Olga não saiu mais da mente de Oblómov.

De nada adiantou ficar deitado de costas na cama, de nada adiantou tomar as posições mais preguiçosas e tranquilas — ele não conseguia dormir, e pronto. O roupão lhe dava nojo, Zakhar lhe parecia burro e insuportável, e o pó e as teias de aranha eram intoleráveis.

Mandou tirar dali vários quadros sujos, impingidos a ele por um protetor de pintores pobres; ele mesmo consertou a persiana, que havia muito tempo não subia, chamou Aníssia e mandou limpar a janela, varreu as teias de aranha, depois se deitou de lado e ficou pensando a fundo, durante uma hora... em Olga.

De início, deteve seu interesse na aparência de Olga, fez na memória seu retrato completo.

A rigor, Olga não era uma beldade, ou seja, nela não havia nem alvura, nem um colorido brilhante nas faces e nos lábios, os olhos não ardiam com os raios de uma luz interior; os lábios não eram corais, dentro da boca não havia pérolas, as mãos não eram miniaturas como as mãos de uma criança de cinco anos, cujos dedinhos parecem um cacho de uvas.

Mas, se dela fizessem uma estátua, seria um monumento de graça e harmonia. A estatura um pouco elevada era rigorosamente proporcional ao tamanho da cabeça, e o tamanho da cabeça oval, às medidas do rosto; tudo isso, por sua vez, se harmonizava com os ombros, e os ombros com o torso...

Quem a visse, por mais distraído, não podia deixar de se deter um momento diante daquela criatura composta artisticamente de modo tão rigoroso e calculado.

O nariz ressaltava de forma quase imperceptível numa linha graciosa; os lábios eram finos e, na maior parte do tempo, comprimidos um contra o outro: sinal de pensamentos incessantemente dirigidos para alguma coisa. A presença do pensamento também irradiava do olhar aguçado, sempre bondoso, que nada deixava passar, dos olhos escuros, azul-acinzentados. As sobrancelhas emprestavam aos olhos uma beleza especial: não eram arqueadas, não contornavam os olhos como dois fiozinhos finos puxados por um dedo — não, eram duas faixas castanho-claras, felpudas, quase retas, que raramente ficavam simétricas: uma era um pouco mais alta do que a outra e por isso acima dela se formava uma pequena ruga, que parecia dizer alguma coisa, como se um pensamento ali se abrigasse.

Olga caminhava com a cabeça um pouco curvada para a frente, que assim balançava, de modo esbelto e altivo, no pescoço fino e orgulhoso; movia-se com todo o corpo por igual, pisava de leve, quase de forma esquiva...

"O que ontem ela ficou olhando em mim de maneira tão insistente?", pensou Oblómov. "Andrei jura que não lhe falou sobre as meias nem sobre a camisa, mas sobre nossa amizade, contou como crescemos e estudamos juntos, tudo o que houve de bom, e no entanto (isso também ele contou) disse que eu era infeliz, que tudo de bom em mim perecia por falta de atividade, de participação, contou como a vida palpitava debilmente dentro de mim e como..."

"Mas então por que sorrir?", continuou a pensar Oblómov. "Se Olga tivesse algum coração, ele devia ficar abatido, devia sangrar de pena, mas ela... Ora, boa sorte para ela! Vou parar de pensar nisso! Hoje irei à casa dela jantar e pronto — nunca mais ponho os pés lá."

Passaram dias e mais dias: ele punha os pés lá, e também as mãos e a cabeça.

Numa linda manhã, Tarántiev fez a mudança das coisas da casa de Oblómov para a casa de sua comadre, num beco, em Víborg, e Oblómov passou três dias como não passava havia muito tempo: sem cama, sem sofá, jantando na casa da tia de Olga.

De repente, soube-se que em frente à casa de veraneio delas havia uma casa vaga. Oblómov alugou-a sem visitá-la e foi morar lá. Ficava com Olga de manhã à noite; lia com ela, dava-lhe flores, passeava pelo lago, pelas montanhas... ele, Oblómov.

Acontece de tudo neste mundo! Mas como aquilo pôde acontecer? Aqui está como aconteceu.

Quando foi de novo com Stolz à casa da tia de Olga, Oblómov experimentou durante o jantar a mesma aflição sob o olhar dela que o atormentara na véspera, e falava sabendo e sentindo que sobre ele, como um sol, estava aquele olhar que o queimava, o perturbava e mexia com seus nervos, com seu sangue. Só na sacada, fumando um charuto, atrás da fumaça, ele conseguiu se esconder por um momento daquele olhar mudo, persistente.

— O que é isso? — disse ele, voltando-se para todos os lados. — Isso é uma tortura! Então eu vim aqui para ela zombar de mim? Ela não olha para mais ninguém desse jeito: não se atreve. Eu sou mais manso, aí está porque ela... Vou falar com ela! — decidiu. — É melhor que eu mesmo lhe diga com palavras aquilo que ela está tentando arrancar de minha alma com os olhos.

De repente Olga surgiu na frente dele na entrada da sacada; ele ofereceu-lhe uma cadeira, e Olga sentou-se a seu lado.

— É verdade que o senhor vive muito entediado? — perguntou ela.

— É verdade — respondeu Oblómov —, mas não muito... Tenho algumas ocupações.

— Andrei Ivánitch me disse que o senhor anda às voltas com uma espécie de plano, não é?

— Sim, quero morar no campo, e assim estou fazendo alguns preparativos.

— E vai viajar para o exterior?

— Sim, sem falta, assim que Andrei Ivánitch estiver pronto.

— Está ansioso para viajar? — perguntou Olga.

— Sim, muito ansioso...

Ele olhou de relance: um sorriso rastejava pelo rosto de Olga, ora iluminava os olhos, ora entornava pelas bochechas, apenas os lábios continuavam unidos, bem juntos, como sempre. A Oblómov faltavam forças para mentir com calma.

— Sou um pouco... preguiçoso... — disse —, mas...

Ficou também um pouco irritado por ela ter conseguido, de maneira tão fácil, quase sem falar nada, induzi-lo a confessar sua preguiça. "O que ela é para mim? O que temo nela?", pensou.

— Preguiçoso! — retrucou Olga com um toque de malícia quase imperceptível. — Será possível? Um homem preguiçoso. Não compreendo.

"Não compreende o quê?", pensou Oblómov. "Parece tão simples."

— Fico o tempo todo em casa e por isso Andrei acha que eu...

— Mas certamente o senhor pode escrever — disse Olga —, pode ler. O senhor leu...?

Fitava-o muito atentamente.

— Não, não li! — exclamou de repente Oblómov, com medo de que ela fosse submetê-lo a uma série de perguntas.

— O quê? — perguntou Olga, rindo.

E ele riu também...

— Pensei que a senhora fosse me perguntar sobre algum romance: não leio isso.

— O senhor não adivinhou: eu queria perguntar sobre viagens...

Oblómov fitou-a de modo penetrante: todo o rosto de Olga ria, mas os lábios não...

"Ah! Vejam só... é preciso tomar cuidado com ela...", pensou Oblómov.

— O que o senhor lê então? — perguntou Olga com curiosidade.

— Gosto exatamente de ler livros de viagem.

— Para a África? — perguntou com ar astuto e em voz baixa.

Ele ruborizou-se, deduzindo, não sem certo fundamento, que ela sabia não só o que ele lia, mas também como lia.

— O senhor é músico? — perguntou Olga para livrá-lo do constrangimento.

Naquele momento, Stolz aproximou-se.

— Iliá! Eu estava dizendo para Olga, agora há pouco, que você é apaixonado por música e pedi que cantasse alguma coisa... "Casta diva".

— Por que ficou inventando coisas sobre mim? — retrucou Oblómov. — Não sou nem um pouco apaixonado por música...

— Ora essa! — cortou Stolz. — Parece que se ofendeu! Eu o elogio como uma pessoa excelente e ele trata logo de se depreciar!

— Estou apenas renunciando ao papel de um apaixonado por música: é um papel difícil e duvidoso!

— De que tipo de música o senhor gosta mais? — perguntou Olga.

— É difícil responder! Qualquer uma! Às vezes escuto com prazer um realejo enrouquecido, uma melodia qualquer que me vem à memória, outras vezes saio no meio de uma ópera; às vezes Meyerbeer me emociona; até as canções dos barqueiros: depende do estado de ânimo! Às vezes tapo os ouvidos para Mozart...

— Quer dizer que você ama a música com sinceridade.

— Cante alguma coisa, Olga Serguéievna — pediu Stolz.

— E se monsieur Oblómov estiver agora no estado de ânimo de tapar os ouvidos? — disse ela, virando-se para ele.

— Neste momento eu deveria dizer algum elogio — respondeu Oblómov. — Mas não sei fazer isso, e mesmo que soubesse não me arriscaria...

— Por quê?

— E se a senhora cantar mal? — disse Oblómov, com inocência. — Depois vou ficar muito embaraçado...

— Como ontem com os biscoitos... — Olga exclamou de repente e ficou ruborizada, e Deus sabe o que ela daria para não ter falado aquilo. — Desculpe... Perdoe-me! — disse.

Oblómov não esperava isso de forma nenhuma e ficou desorientado.

— É uma deslealdade maldosa! — disse ele a meia-voz.

— Não, talvez só uma pequena vingança, e mesmo assim, juro, não premeditada, porque o senhor não encontrou um meio de me fazer um elogio.

— Talvez eu encontre um meio, depois que tiver ouvido.

— Então quer que eu cante? — perguntou ela.

— Não, é ele que quer — respondeu Oblómov, apontando para Stolz.

— E o senhor?

Oblómov fez que não com a cabeça.

— Não posso querer algo que não conheço.

— Você está sendo mal-educado, Iliá! — comentou Stolz. — É o que dá ficar o tempo todo largado na cama, trancado em casa, e calçar meias de...

— Por favor, Andrei — interrompeu Oblómov com firmeza, sem deixar que Stolz terminasse a frase —, não me custaria nada falar: "Ah! Eu ficaria muito contente e feliz, pois a senhora, sem dúvida, canta esplendidamente..." — prosseguiu, voltando-se para Olga. — "Isso me dará..." etc. etc. Mas será que é necessário?

— No entanto o senhor podia pelo menos ter desejado que eu cantasse... ainda que só por curiosidade.

— Não me atrevo — respondeu Oblómov —, a senhora não é uma atriz...

— Muito bem, vou cantar para o *senhor* — disse Olga para Stolz.

— Iliá, prepare seu elogio.

Nesse meio-tempo, caiu a noite. Acenderam o lampião cuja luz, como a lua, atravessava a treliça coberta de hera. A penumbra encobriu os traços do rosto e as formas de Olga e pareceu jogar sobre ela um véu de musselina; o rosto estava na sombra: só se ouvia uma voz gentil, mas forte, com um tremor nervoso de emoção.

Ela cantou muitas árias e romanças, por sugestão de Stolz; numas, exprimia sofrimento, com uma obscura premonição de felicidade; noutras, alegria, mas nos sons já se ocultava o embrião de uma tristeza.

As palavras, os sons, aquela voz pura, forte, infantil, fazia o coração bater, os nervos palpitar, os olhos cintilar e flutuar em lágrimas. Num momento, vinha a Oblómov uma vontade de morrer, de não acordar mais daqueles sons, e logo depois o coração tinha sede de vida...

Oblómov se inflamava, desfalecia, continha as lágrimas com dificuldade e com mais dificuldade ainda abafava o grito de alegria, prestes a irromper de sua alma. Havia muito que não sentia tamanho entusiasmo, tamanha força, que parecia se erguer inteira do fundo da alma, pronta para realizar proezas.

Naquele momento, Oblómov até viajaria para o exterior, se a ele coubesse apenas sentar numa carruagem e partir.

Para encerrar, Olga cantou "Casta diva": emoções e pensamentos cruzaram a cabeça dele como relâmpagos, calafrios percorreram seu corpo como agulhas — tudo aquilo estava aniquilando Oblómov: ele ia desfalecer.

— O senhor está satisfeito comigo hoje? — perguntou Olga a Stolz de repente, ao parar de cantar.

— Pergunte a Oblómov o que ele acha — disse Stolz.

— Ah! — exclamou Oblómov.

De súbito, fez menção de segurar a mão de Olga, mas logo se deteve e ficou muito embaraçado.

— Desculpe... — balbuciou.

— A senhora ouviu? — disse Stolz. — Fale com franqueza, Iliá: há muito tempo que isso não acontecia com você, não é?

— Podia ter acontecido hoje de manhã, se um tocador de realejo passasse pela sua janela... — interveio Olga com bondade, de modo tão gentil que eliminou o espinho do sarcasmo.

Oblómov lançou a ela um olhar de censura.

— Na janela dele, ainda não tiraram os caixilhos duplos de proteção para o inverno: dentro de casa, não se ouve o que acontece lá fora — acrescentou Stolz.

Oblómov lançou um olhar de censura para Stolz.

Stolz segurou a mão de Olga.

— Não sei a que atribuir o fato de a senhora hoje ter cantado como nunca, Olga Serguéievna, pelo menos eu não ouvia isso fazia muito tempo. Este é meu elogio! — disse, beijando cada um dos dedos de Olga.

Stolz se despediu. Oblómov também se despediu, mas Stolz e Olga o retiveram.

— Eu tenho um assunto para tratar — explicou Stolz —, mas você está indo para casa deitar-se... ainda é cedo...

— Andrei! Andrei! — exclamou Oblómov, com uma súplica na voz. — Não, eu não posso ficar hoje, vou embora! — acrescentou e se retirou.

Passou a noite sem dormir: tristonho, pensativo, andava de um lado para o outro pelo quarto; ao raiar do dia, saiu de casa, caminhou ao longo do rio Nevá, pelas ruas, Deus sabe o que sentia, no que pensava...

Três dias depois, estava lá de novo, e à noitinha, quando os outros convidados foram jogar cartas, Oblómov se viu de repente a sós com Olga, junto ao piano. A tia estava com dor de cabeça; encontrava-se em seus aposentos, cheirando álcool.

— O senhor quer que lhe mostre a coleção de desenhos que Andrei

Ivánitch trouxe para mim de Odessa? — perguntou Olga. — Ele não mostrou para o senhor?

— Será que a senhora, por obrigação de anfitriã, está se esforçando para me entreter? — perguntou Oblómov. — É inútil!

— Por que é inútil? Quero que o senhor não se aborreça, que aqui o senhor se sinta em casa, à vontade, confortável e natural, e que não vá para casa... ficar deitado.

"Ela é... uma criatura mordaz, zombeteira!", pensou Oblómov, que contra a própria vontade se encantava com cada um dos movimentos de Olga.

— A senhora quer que eu me sinta à vontade, confortável e que não me aborreça? — repetiu ele.

— Sim — respondeu Olga, olhando para ele como dias antes só que com uma expressão de ainda mais curiosidade e bondade.

— Para isso, em primeiro lugar, não me olhe do jeito como está me olhando agora e como me olhou no outro dia...

A curiosidade nos olhos de Olga redobrou.

— Veja, é exatamente por causa desse olhar que me sinto muito embaraçado... Onde está meu chapéu?

— Por que fica embaraçado? — perguntou Olga com voz branda, e seu olhar perdeu a expressão de curiosidade. Ficou apenas amável e afetuoso.

— Não sei; apenas me parece que com esse olhar a senhora extrai de mim tudo aquilo que não quero que os outros saibam, sobretudo a senhora...

— E por quê? O senhor é amigo de Andrei Ivánitch, e ele é meu amigo, portanto...

— Portanto não existe razão para que a senhora saiba de mim tudo o que Andrei Ivánitch sabe — concluiu ele.

— Razão não existe, mas existe a possibilidade...

— Graças à franqueza do meu amigo... um mau serviço da parte dele!

— Será que o senhor tem um segredo? — perguntou ela. — Talvez um crime? — acrescentou, rindo e afastando-se um pouco dele.

— Talvez — respondeu Oblómov, e suspirou.

— Sim, e é um crime importante — disse ela com voz tímida e baixa — calçar meias de pares diferentes.

Oblómov agarrou seu chapéu.

— Não tenho forças! — disse ele. — E a senhora ainda quer que eu me sinta à vontade! Vou brigar com Andrei... Ele também lhe contou isso, não foi?

— Ele hoje me fez rir terrivelmente com isso — acrescentou Olga —, ele sempre me faz rir. Desculpe, não vou rir, não vou, e vou tentar olhar para o senhor de outro modo...

Ela adotou uma fisionomia séria e astuta.

— Tudo isso é para começar — prosseguiu Olga —, pronto, não vou olhar como no outro dia, portanto agora o senhor vai ficar à vontade, confortável. Em segundo lugar, o que é preciso fazer para que o senhor não fique entediado?

Oblómov olhou no fundo de seus afetuosos olhos azul-acinzentados.

— Veja, agora é o senhor que está me olhando de um jeito estranho... — disse Olga.

De fato, Oblómov a fitava como se não fosse com os olhos, mas com o pensamento, com toda a sua vontade, como um hipnotizador, mas olhava de forma involuntária, não tinha forças para não olhar.

"Meu Deus, como é bonita! Não existe outra igual no mundo!", pensou, olhando para Olga com olhos quase assustados. "Essa brancura, esses olhos onde há algo escuro, como no fundo de um abismo, e onde ao mesmo tempo brilha uma... uma alma, deve ser isso! Dá para ler o sorriso como se fosse um livro; e atrás do sorriso, esses dentes e toda a sua cabeça... como ela oscila com meiguice sobre os ombros, parece ondular, como uma flor, exalando um perfume..."

"Sim, eu estou extraindo algo dela", pensou, "alguma coisa dela está se transferindo para mim. No coração, bem aqui, parece que algo começa a palpitar e borbulhar... Aqui eu sinto algo excessivo, que parece que antes não havia... Meu Deus, que felicidade olhar para ela! Até respirar é difícil."

Dentro dele tais pensamentos corriam como o vento, e Oblómov não parava de olhar para Olga como se olha para uma distância infinita, para um precipício sem fundo, olhava esquecido de si mesmo, e em êxtase.

— Mas chega, monsieur Oblómov, veja só como o senhor está olhando para mim agora! — disse ela, virando timidamente a cabeça, mas a curiosidade levou a melhor, e Olga não desviou os olhos do rosto de Oblómov.

Ele não ouvia nada.

Na verdade, Oblómov não parava de olhar para Olga, não ouvia as palavras dela e, em silêncio, dava atenção ao que se passava dentro dele; tocou a cabeça — ali também algo ondulava, se movia com velocidade. Ele não conseguia apreender os próprios pensamentos: como um bando de pássaros, eles passavam voando, e no coração, do lado esquerdo, algo parecia doer.

— Não olhe para mim desse jeito estranho — disse Olga —, eu também fico embaraçada... E o senhor, sem dúvida, está querendo extrair algo de minha alma...

— O que posso extrair da senhora? — perguntou ele mecanicamente.

— Eu também tenho planos, iniciados e incompletos — respondeu Olga.

Ele voltou a si, com aquela alusão ao seu plano inacabado.

— Que estranho! — comentou. — A senhora é maliciosa, mas seu olhar é bondoso. Não é à toa que falam que não se pode acreditar nas mulheres: elas mentem de propósito com a língua, e sem querer com o olhar, o sorriso, o rubor na face, até com os desmaios...

Olga não deixou que aquela impressão se reforçasse, em silêncio tomou o chapéu da mão de Oblómov e sentou-se numa cadeira.

— Não farei mais isso, não farei mais isso — repetiu ela com vivacidade. — Ah! Desculpe por minha língua intratável! Mas, em nome de Deus, não quis ser irônica! — murmurou ela, quase cantarolando, e na melodia daquela frase palpitava um sentimento.

Oblómov acalmou-se.

— Ah, esse Andrei!... — exclamou ele, em tom de censura.

— Pois bem, em segundo lugar, me diga: o que posso fazer para o senhor não ficar entediado? — perguntou Olga.

— Cante! — respondeu.

— Aí está ele, o elogio que eu estava esperando! — exclamou ela, inflamando-se de alegria. O senhor sabia — prosseguiu com animação — que, se o senhor não tivesse dito aquele "ah!" depois que eu cantei, acho que eu não teria dormido de noite e poderia até ter chorado?

— Por quê? — perguntou Oblómov com surpresa.

Ela refletiu um pouco.

— Eu mesma não sei — respondeu depois.

— A senhora é vaidosa, essa é a razão.

— Sim, claro, é por isso — disse ela, refletindo e tateando com a mão as teclas do piano —, mas a vaidade existe em toda parte, e em grande quantidade. Andrei Ivánitch diz que esse é quase o único motor que conduz a vontade. Mas o senhor talvez não tenha vaidade, e é por isso que o senhor sempre...

Não terminou a frase.

— O quê? — perguntou Oblómov.

— Não, deixe para lá — reprimiu ela. — Eu gosto de Andrei Ivánitch — prosseguiu — não só porque ele me faz rir, às vezes ele fala e me faz chorar, e não só porque ele gosta de mim, mas, parece, porque... ele gosta de mim mais do que das outras pessoas: veja por que caminhos a vaidade se insinua!

— A senhora gosta de Andrei? — perguntou Oblómov, e imergiu um olhar tenso e penetrante nos olhos dela.

— Sim, é claro, se ele gosta de mim mais do que das outras pessoas, eu gosto dele mais ainda — respondeu Olga com ar sério.

Oblómov fitou-a em silêncio; ela respondeu com um olhar simples e silencioso.

— Ele também gosta de Anna Vassílievna, de Zinaida Mikháilovna, mas não da mesma forma — prosseguiu Olga —, ele não fica ao lado delas por duas horas, não as faz rir e não lhes fala de coisas íntimas; conversa sobre negócios, teatro, notícias, mas comigo conversa como se fosse com uma irmã... Não, como se fosse com uma filha — acrescentou ligeiro —, às vezes, ele até me repreende, se eu não entendo algo depressa, ou se não presto atenção, ou se não concordo com ele. Mas ele não as repreende, e eu tenho a impressão de que, exatamente por isso, gosto mais ainda dele. Vaidade! — acrescentou com ar pensativo. — Mas não sei como a vaidade foi se insinuar no meu canto. Há bastante tempo me dizem muitas coisas boas sobre meu canto, e o senhor não queria nem me ouvir cantar, o senhor foi quase que obrigado a ouvir à força. E se depois disso o senhor tivesse ido embora sem me dizer nenhuma palavra, se em seu rosto, senhor, eu não percebesse nada... acho que eu até ficaria doente... Sim, de fato, é a vaidade! — concluiu ela em tom decidido.

— E a senhora por acaso percebeu algo em meu rosto? — perguntou Oblómov.

— Lágrimas, embora o senhor as escondesse; é algo feio nos homens... envergonhar-se do próprio coração. Isso também é vaidade, só que falsa. Seria melhor que às vezes vocês se envergonhassem de sua inteligência: ela muitas vezes se engana. Até Andrei Ivánitch se envergonha de seu coração. Falei sobre isso, e ele concordou comigo. Mas e o senhor?

246

— Como não concordar, olhando para a senhora? — disse Oblómov.

— Mais um elogio! E um elogio tão...

Confundiu-se procurando a palavra.

— Vulgar! — completou Oblómov, sem desviar os olhos de Olga.

Com um sorriso, ela aprovou o sentido da palavra.

— Veja, era isso mesmo que eu temia quando não quis pedir que a senhora cantasse... O que se vai dizer, ao ouvir pela primeira vez? E é preciso dizer alguma coisa. É difícil ser inteligente e sincero ao mesmo tempo, sobretudo a respeito de um sentimento, e ainda mais sob a influência de uma impressão como a que naquele momento...

— E na verdade, naquele momento, cantei como havia muito tempo não cantava, acho até que cantei como nunca... Não me peça que cante, não poderei mais cantar assim... Espere, vou cantar mais uma coisa — disse ela, e naquele instante seu rosto pareceu ficar em chamas, os olhos incendiaram-se, ela acomodou-se na cadeira, tocou dois ou três acordes com força e começou a cantar.

Meu Deus, o que se ouvia naquela canção! Esperanças, um obscuro temor de calamidade, explosões de felicidade — tudo ressoava, não na canção, mas na voz dela.

Olga cantou demoradamente, olhava para ele de vez em quando, perguntando com ar infantil: "Já chega? Não? Então, mais isto aqui", e cantava de novo.

As faces e as orelhas de Olga ficaram vermelhas de emoção; em seu rosto fresco, às vezes reluzia de repente o reflexo de relâmpagos afetuosos, chamejava o raio de uma paixão tão madura que Olga parecia estar experimentando, no coração, a vida de um futuro distante, e de súbito aquele raio momentâneo se apagava, a voz de novo ressoava fresca e prateada.

E em Oblómov reluzia aquela mesma vida; ele tinha a impressão de que tinha vivido e sentido tudo aquilo — não por uma hora, ou duas, mas por anos inteiros...

Os dois, exteriormente imóveis, explodiam num fogo interior, agitavam-se com um idêntico tremor; havia lágrimas em seus olhos, suscitadas por um idêntico estado de ânimo.

Tudo aquilo eram sintomas das paixões que, pelo visto, um dia teriam de se inflamar na alma jovem de Olga, por ora ainda sujeita apenas a momentâneos e fugazes indícios e centelhas das forças da vida adormecidas dentro dela.

Olga terminou com um acorde longo e suave, e sua voz se desfez no acorde. De repente, ela parou, colocou as mãos sobre os joelhos e, comovida, emocionada, fitou Oblómov: o que ele achava?

No rosto de Oblómov, brilhava a aurora de uma felicidade que despertara e se erguera do fundo da alma; o olhar cheio de lágrimas estava cravado em Olga.

Agora ela, como antes Oblómov fizera, sem querer segurou sua mão.

— O que há com o senhor? — perguntou. — Olhe como está seu rosto! Por quê?

Mas ela sabia por que Oblómov estava com o rosto daquele jeito e, por dentro, modestamente, exultava, deliciando-se com aquela expressão de sua própria força.

— Olhe no espelho — prosseguiu Olga, com um sorriso, apontando para o rosto de Oblómov no espelho —, os olhos brilham, meu Deus, e têm lágrimas! Como o senhor sente a música a fundo!

— Não, não é a música que sinto... mas... o amor! — falou Oblómov em voz baixa.

No mesmo instante, Olga soltou a mão dele e mudou a feição do rosto. Seu olhar encontrou o de Oblómov, voltado para ela: era um olhar imóvel, quase insano; através dele, não era Oblómov que olhava, mas a paixão.

Olga entendeu que a palavra escapara de Oblómov, que ele não era senhor daquela palavra e que ela era a verdade.

Oblómov se refez, pegou o chapéu e, sem olhar para trás, saiu. Olga já não o seguiu com seu olhar curioso, ficou parada muito tempo, sem se mexer, junto ao piano, como uma estátua, e olhava para baixo com insistência; só o peito levantava e abaixava com esforço...

VI.

Oblómov, deitado preguiçosamente em várias posições indolentes, no torpor dos cochilos ou nos ímpetos do devaneio, sempre sonhava em primeiro plano com uma mulher que era sua esposa e, às vezes, sua amante.

Nos sonhos, à sua frente, surgia a imagem de uma mulher alta, esbelta, com as mãos cruzadas serenamente sobre o peito, olhar calmo, porém orgulhoso, sentada de forma negligente no meio de um pequeno bosque coberto de hera, ou pisando de leve num tapete, ou numa alameda de areia, com o quadril ondulante, a cabeça graciosamente alojada sobre os ombros, a fisionomia pensativa — como um ideal, como o objetivo de uma vida enfim materializado, repleto de bem-aventurança e de um repouso solene, ou como o próprio repouso.

Primeiro Oblómov sonhava com ela no meio de flores, num altar, com um véu comprido, depois na cabeceira de um leito matrimonial, com os olhos encabuladamente abaixados, por fim como mãe, no meio de um grupo de crianças.

Sonhava com um sorriso nos lábios dela, um sorriso não apaixonado, com olhos não úmidos de desejo, mas um sorriso simpático para ele, o marido, e complacente para todos os demais; um olhar benevolente só para ele, e encabulado e até severo para os outros.

Ele jamais queria ver nela temor, sonhos ardentes, lágrimas repentinas, languidez, prostração e depois a transição furiosa para a alegria. Não precisava de lua, de tristeza. Ela não devia empalidecer subitamente, cair desmaiada, experimentar ímpetos perturbadores...

— Mulheres assim têm amantes — dizia ele — e dão muitas preocupações: médico, águas, uma porção de caprichos. Não se pode dormir sossegado!

Mas, ao lado de uma amiga orgulhosa, recatada e serena, um homem pode dormir despreocupado. Ele adormece com a segurança de que, ao acordar, vai deparar com aquele mesmo olhar simpático e meigo. E depois de vinte, trinta anos, em seu olhar candente, ele encontrará nos olhos dela o mesmo cintilante raio de simpatia, meigo e tranquilo. E assim vai ser até o caixão!

"E não será esse o objetivo secreto de todo homem e de toda mulher: encontrar no parceiro uma inalterável fisionomia de tranquilidade, um eterno e regular fluxo de sentimento? Pois essa é a norma do amor e, por pouco que nos afastemos dela, por pouco que mudemos ou esfriemos, vamos sofrer. Portanto, será que meu ideal é o ideal de todos?", pensou ele. "Não será isso o ápice da realização, do esclarecimento das relações mútuas de ambos os sexos?"

Oferecer à paixão uma saída legítima, apontar a direção correta para ela fluir como um rio, para o bem de todo um povo — isso é tarefa de toda a humanidade, é o auge do progresso, para onde tentam escalar todos os George Sand,* mas ficam pelo caminho. Uma vez resolvida a questão, não haverá mais traição, frieza, mas apenas as batidas regulares do coração, serenas e felizes, uma vida portanto eternamente repleta, o eterno sumo da vida, a eterna saúde moral.

Existem exemplos de tal felicidade, mas são raros: apontam para eles como um fenômeno. Dizem que é preciso nascer com esse dom. Mas será que não é o caso de educar-se para isso, de seguir nessa direção de forma consciente?

Paixão! Tudo isso é bonito nos versos e no palco, onde atores perambulam em capas, com punhais, e depois assassinos e assassinados vão juntos jantar...

Seria bom se as paixões também terminassem assim, mas depois delas

---

* Pseudônimo de Aurore Dupin, baronesa de Dudevant (1804-76): escritora francesa cujos romances sentimentais tinham também forte caráter idealista e de crítica social.

restam a fumaça, o mau cheiro — mas não a felicidade! As recordações só dão motivo para vergonha e para puxar os cabelos.

Enfim, se a paixão é igual a uma infelicidade, então é o mesmo que se ver de repente numa estrada precária, montanhosa, inóspita, na qual até os cavalos caem e o cavaleiro desanima, mas de onde já se avista o povoado nativo: não se deve perdê-lo de vista e é preciso deixar para trás, o mais depressa possível, o trecho perigoso...

Sim, a paixão deve ser delimitada, sufocada e afogada no casamento...

Ele fugiria de uma mulher com horror, se ela de repente o atravessasse com o olhar, ou se gemesse, se jogasse em seus ombros de olhos fechados, depois voltasse a si e envolvesse com os braços o pescoço dele, até o sufocamento... São fogos de artifício, é a explosão de um barril de pólvora; mas e depois? O ensurdecimento, a cegueira, e cabelos chamuscados!

Porém vejamos que mulher era Olga!

Depois que Oblómov deixou escapar sua confissão, os dois ficaram muito tempo sem se ver a sós. Ele se escondia, como um menino em idade escolar, assim que avistava Olga. Ela mudara em relação a ele, mas não fugia, não se mostrava fria; ficara apenas mais pensativa.

Oblómov tinha a impressão de que Olga lamentava que tivesse acontecido algo que a impedia de atormentá-lo com seu olhar curioso e insistente e que a impedia de alfinetá-lo de modo bem-humorado com zombarias sobre a moleza, a preguiça, o constrangimento...

Nela, vibrava um sentimento cômico, mas era o sentimento cômico da mãe que não pode deixar de sorrir ao ver a roupa engraçada que o filho vestiu. Stolz havia partido, e Olga se entediava por não ter para quem cantar, pelo piano com a tampa fechada — em suma, sobre os dois pesava uma coerção, uma opressão; ambos se sentiam constrangidos.

E como os dois se davam bem! Como foi simples se conhecerem! Com que desembaraço se aproximaram! Oblómov era mais simples do que Stolz e mais bondoso também, embora não a fizesse rir da mesma forma ou não risse ele mesmo, e perdoava os gracejos de Olga com muita facilidade.

Além disso, ao partir, Stolz deixou Oblómov aos cuidados de Olga, pedindo que ela tomasse conta dele, não o deixasse ficar trancado em casa. Na cabecinha bonita e pequenina de Olga, já se desenvolvia um plano minucioso para fazer Oblómov largar o hábito de dormir depois do almoço, e não só de dormir — ela não ia permitir nem que ele deitasse no sofá durante o dia: faria Oblómov dar sua palavra de honra.

Olga sonhava que "mandaria Oblómov ler os livros" que Stolz havia deixado, depois ler os jornais todos os dias e contar a ela as novidades, escrever cartas para sua propriedade rural, terminar o plano de reestruturação da propriedade, preparar-se para viajar ao exterior — numa palavra, não ia deixar Oblómov cochilar; Olga ia indicar um objetivo para ele, obrigá-lo a gostar de novo de tudo aquilo que ele deixara de gostar, e Stolz, ao voltar, não o reconheceria mais.

E Olga fará tudo isso, ela, tão tímida e silenciosa, a quem até então ninguém dava ouvidos, ela, que mal havia começado a viver! Ela será a culpada de tamanha transformação!

E já havia começado: no instante em que ela começara a cantar, Oblómov já não era o mesmo...

Ele irá viver, agir, bendizer a vida e Olga. Devolver um homem à vida — que glória para um médico quando ele salva um paciente já sem esperança! E salvar a mente de alguém, uma alma aniquilada?...

Olga chegava a tremer de orgulho e de alegria; considerava aquilo uma missão designada a ela pelos céus. Em pensamento, fazia de Oblómov seu secretário, bibliotecário.

E de repente tudo aquilo teve de terminar! Agora Olga não sabia como se comportar, e por isso ficava calada quando se encontrava com Oblómov.

Oblómov atormentava-se, pois temia ter ofendido Olga e esperava olhares fulminantes, uma severidade fria, e tremia ao vê-la, esquivava-se.

Enquanto isso, Oblómov já se mudara para a casa de veraneio e por três dias andara sozinho nas colinas, no brejo, no bosque, ou seguira para a aldeia e ficara sentado à toa no portão da casa de camponeses, olhando as criancinhas e os bezerros correrem, os patos se banharem no açude.

Perto da casa de veraneio havia um lago, um parque imenso: Oblómov temia ir até lá, com medo de encontrar-se a sós com Olga.

"Por que diabo deixei escapulir aquelas palavras?", pensava, e nem se perguntava se de fato não teria deixado escapar a verdade, ou se aquilo era apenas o efeito passageiro da música em seus nervos.

O sentimento de embaraço, de vergonha, ou de "vexame", como ele se exprimia, que ele mesmo causara, impedia-o de distinguir o que era aquele arrebatamento; e, no geral, de distinguir o que era Olga para ele. Já não analisava mais o que havia surgido de novo em seu coração, uma espécie de bola, que antes não havia ali. Dentro dele, todos os sentimentos se enrolavam numa bola... de vergonha.

Quando ela aparecia por um instante em seu pensamento, erguia-se também aquela imagem, aquele ideal corporificado de tranquilidade, de felicidade da vida: aquele ideal era exatamente igual a... Olga! As duas imagens convergiam e se fundiam numa só.

— Ah, o que foi que eu fiz? — dizia ele. — Destruí tudo! Graças a Deus que Stolz partiu: ela não teve tempo de lhe contar, do contrário eu me enfiaria num buraco embaixo da terra! Amor, lágrimas... será que isso fica bem em mim? E a tia de Olga não manda nenhum recado, não me convida para ir à sua casa: certamente ela disse que... Meu Deus!...

Assim pensava Oblómov, avançando pelo parque por uma alameda lateral.

Olga só se preocupava com uma coisa: como iria reagir agora ao encontrar-se com Oblómov e como transcorreria o encontro. Ficaria em silêncio, como se não estivesse acontecendo nada, ou teria de lhe falar alguma coisa?

Mas falar o quê? Mostrar uma fisionomia grave, olhar para ele com orgulho ou quem sabe até não olhar de forma alguma, mas dar a entender, de modo seco e arrogante, que ela "não esperava em absoluto da parte dele tal gesto: por quem ele a tomava para se permitir tamanho atrevimento?". Assim Sónietchka respondera, durante uma mazurca, a um alferes de cavalaria, embora tivesse sido obrigada a fazer um enorme esforço para virar a cabeça e desviar dele o olhar.

"Mas onde está o atrevimento?", perguntou-se ela. "Bem, se ele de fato sente, por que não falar?... Todavia foi muito abrupto, mal nos conhecemos... Ninguém mais diria uma coisa dessas ao ver uma mulher apenas pela segunda ou terceira vez; sim, ninguém sentiria amor tão depressa. Só Oblómov seria capaz disso..."

Mas Olga lembrou-se de que havia lido e ouvira dizer que o amor às vezes acontecia subitamente.

"Ele teve um ímpeto, um arrebatamento; agora ele não quer aparecer: está com vergonha; logo, não se trata de um atrevimento. De quem é a culpa?", pensou ela. "De Andrei Ivánitch, é claro, porque foi ele que me obrigou a cantar."

Mas Oblómov de início não queria ouvir — Olga ficou contrariada com aquilo e... tentou... Ficou vermelha: sim, com todas as suas forças tentou instigá-lo.

Stolz dissera que Oblómov era apático, que não se interessava por nada, que todo fogo dentro dele estava apagado... Logo ela quis conferir se todo fogo dentro dele estava mesmo apagado e cantou, cantou... como nunca...

"Meu Deus! Mas então a culpa é minha: tenho de lhe pedir desculpas... Mas por quê?", perguntou em seguida. "O que vou dizer? Monsieur Oblómov, a culpa é minha, eu o seduzi... Que vergonha! Não é verdade!", disse, ruborizada, e bateu com o pé no chão. "Quem se atreveria a pensar uma coisa dessas? Por acaso eu sabia o que ia acontecer? E se não tivesse acontecido isso, se ele não tivesse deixado escapar que... O que ia acontecer?", perguntou Olga. "Não sei..."

Desde aquele dia, ela sentia algo estranho no coração... deve ter ficado muito ofendida... teve até febre, nas faces surgiram duas manchinhas cor-de-rosa...

— Irritação... uma febre ligeira — disse o médico.

"O que me fez aquele Oblómov! Ah, tenho de lhe dar uma lição, para que isso não se repita! Vou pedir à *ma tante** que não o deixe mais entrar em casa: ele não deve esquecer... Que atrevimento!", pensava Olga, enquanto caminhava pelo parque; seus olhos ardiam...

De repente, ela ouviu alguém se aproximando.

"Alguém está se aproximando...", pensou Oblómov.

E deram de cara um com o outro.

— Olga Serguéievna! — disse ele, sacudindo-se como uma folha de choupo.

— Iliá Ilitch! — respondeu Olga com timidez, e os dois pararam.

— Bom dia — disse ele.

— Bom dia — respondeu ela.

— Para onde a senhora está indo? — perguntou Oblómov.

---

* Em francês, "minha tia".

— Não sei... — ela respondeu, sem erguer os olhos.

— Estou atrapalhando a senhora?

— Ah, não, nem um pouco... — Olga respondeu e lançou um olhar rápido para ele, com curiosidade.

— Posso acompanhar a senhora? — Oblómov perguntou de repente e lhe atirou um olhar indagador.

Em silêncio, os dois caminharam pela vereda. Nem diante da régua do professor, nem diante das sobrancelhas do diretor, o coração de Oblómov jamais batera da maneira como batia agora. Queria dizer algo, dominar-se, mas as palavras não vinham à língua; só o coração batia de uma forma incrível, como na iminência de uma calamidade.

— O senhor não recebeu cartas de Andrei Ivánitch? — perguntou Olga.

— Recebi — respondeu Oblómov.

— E o que ele conta?

— Ele me chama para ir a Paris.

— E o senhor?

— Irei.

— Quando?

— Mais tarde... não, amanhã... assim que me organizar.

— Por que tão depressa? — perguntou Olga.

Oblómov ficou calado.

— O senhor não gostou da casa de veraneio? Ou... diga então por que quer partir.

"O atrevido! E ainda quer partir!", pensou Olga.

— Não sei por quê, estou me sentindo mal, estranho, tem alguma coisa queimando dentro de mim — balbuciou Oblómov, sem olhar para ela.

Olga ficou calada, rompeu um ramo de lilases e cheirou-o, cobrindo o nariz e o rosto com as flores.

— Cheire só, veja que aroma gostoso! — disse ela e cobriu o nariz dele também.

— Olhe, ali tem uns lírios-do-vale! Espere, vou colher — disse Oblómov, curvando-se na direção da grama —, essas flores têm um cheiro ainda melhor: cheiram a campo, a floresta; há mais natureza. Os lilases sempre crescem perto das casas, os ramos se estendem pela janela, têm um cheiro adocicado. Olhe só, nos lírios-do-vale o orvalho ainda não secou totalmente.

Ele trouxe alguns lírios para Olga.

— E do resedá, o senhor gosta? — perguntou Olga.

— Não: tem um cheiro muito forte; não gosto do resedá nem das rosas. De fato, no geral, não gosto muito de flores; no campo ainda pode ser, mas dentro de casa... que bagunça fazem em casa... sujam tudo...

— E o senhor gosta de limpeza em casa, não é? — perguntou Olga, olhando-o de maneira dissimulada. — Não tolera sujeira?

— Sim; mas em casa tenho um empregado que... — balbuciou. "Ah, pérfida!", acrescentou em pensamento.

— O senhor vai direto para Paris? — perguntou ela.

— Vou; Stolz já está à minha espera há muito tempo.

— Leve uma carta para ele; vou escrever — disse Olga.

— Então me entregue hoje; amanhã irei para a cidade.

— Amanhã? — perguntou ela. — Por que tão depressa? Parece que alguém o está expulsando.

— E está mesmo.

— Quem?

— A vergonha... — sussurrou Oblómov.

— A vergonha! — repetiu ela de forma mecânica. "É agora que tenho de lhe dizer: monsieur Oblómov, eu não esperava em absoluto..."

— Sim, Olga Serguéievna — enfim, ele conseguiu reunir forças para falar —, a senhora, eu creio, está surpresa... está irritada...

"Muito bem, está na hora... é o momento certo." O coração dela bateu com força. "Não consigo, meu Deus!"

Oblómov tentou lançar um olhar para o rosto de Olga, ver o que ela pensava; mas Olga cheirou os lírios e os lilases e ela mesma não sabia o que... o que falar, o que fazer.

"Ah, Sónietchka inventaria alguma coisa num piscar de olhos, mas eu sou tão tola! Não sei nada... que tortura!", pensou.

— Esqueci completamente... — disse Olga.

— Acredite em mim, aquilo foi sem querer... não consegui me conter... — falou Oblómov, munindo-se de uma pequena coragem. — Ainda que na hora tivesse ressoado um trovão, ainda que uma pedra tivesse caído em cima de mim, mesmo assim eu teria dito. Nenhuma força no mundo poderia me conter... Pelo amor de Deus, não pense que eu quis... Um minuto depois,

Deus sabe que eu teria dado qualquer coisa para retirar aquela palavra descuidada...

Ela andava com a cabeça inclinada, cheirando as flores.

— Esqueça aquilo — prosseguiu ele —, esqueça, ainda mais porque não é verdade...

— Não é verdade? — repetiu ela de repente, pôs-se ereta e deixou cair as flores.

Seus olhos de repente se abriram muito e brilharam com espanto.

— Então não era verdade? — repetiu Olga.

— Sim, pelo amor de Deus, não se zangue e esqueça. Asseguro à senhora que é só uma paixão momentânea... por causa da música.

— Só por causa da música!

O rosto de Olga se alterou: sumiram as duas manchas rosadas e os olhos embaçaram.

"Então, não há nada! Então ele retira a palavra descuidada e não preciso mais ficar zangada! Pronto, tudo bem... Agora está tudo calmo... Podemos conversar e dizer gracejos como antes...", pensou Olga e, de passagem, com força, arrancou um ramo de uma árvore, puxou uma folha com os lábios e logo depois deixou cair na vereda o ramo e a folha.

— A senhora não está zangada? Esqueceu? — disse Oblómov, inclinando-se para ela.

— O que foi? O que o senhor perguntou? — retrucou Olga com agitação, quase com irritação, virando-se para o outro lado. — Esqueci tudo... Sou tão esquecida!

Oblómov ficou calado e não soube o que fazer. Viu apenas uma irritação repentina, e não viu as causas.

"Meu Deus!", pensou ela. "Agora tudo está em ordem; é como se aquela cena nunca tivesse acontecido, graças a Deus! O que... Ah, meu Deus! O que é isso? Ah, Sónietchka, Sónietchka! Que sorte você tem!"

— Vou para casa — falou Olga de repente, apressando os passos e dobrando na alameda seguinte.

Olga tinha lágrimas presas na garganta. Ela temia começar a chorar.

— Por aí, não. Por aqui é mais perto — observou Oblómov. "Idiota", disse para si mesmo com tristeza. "Era preciso explicar-se? Agora a ofendeu mais ainda. Não era preciso lembrar nada: ia passar sozinho, ela esqueceria naturalmente. Agora não há nada a fazer, é preciso pedir desculpas."

"Suponho que eu esteja irritada", pensou Olga, "porque não consegui falar para ele: monsieur Oblómov, eu não esperava em absoluto que o senhor se permitisse... Ele me explicou... Não é verdade! Ora, vejam só, ele mentiu! Mas como teve coragem?"

— A senhora esqueceu mesmo, em definitivo? — perguntou ele.

— Esqueci, esqueci tudo! — exclamou Olga depressa, apressando-se em ir para casa.

— Dê sua mão, em sinal de que não está zangada.

Sem olhar para Oblómov, ela lhe deu a pontinha dos dedos e, mal ele os tocou, Olga imediatamente tirou a mão.

— Não, não fique zangada! — ele disse com um suspiro. — Como vou convencer a senhora de que aquilo foi uma paixão momentânea, que eu não deveria ter me permitido esquecer que...? É claro, não vou mais escutar a senhora cantar...

— Não me convença, de forma nenhuma: não preciso de suas garantias... — disse ela com energia. — Eu mesma não vou cantar mais!

— Está bem, vou ficar calado — disse ele —, mas, pelo amor de Deus, não vá embora assim, senão vou ficar com uma pedra na alma.

Olga caminhou mais devagar e passou a escutar de modo tenso as palavras de Oblómov.

— Se é verdade que a senhora ia chorar se não tivesse ouvido minhas palavras de admiração com seu canto, agora também, se a senhora for embora sem sorrir, sem me estender a mão amigavelmente, eu... tenha pena, Olga Serguéievna! Vou ficar doente, meus joelhos vão tremer, mal vou conseguir me aguentar de pé...

— Por quê? — perguntou Olga de repente, lançando um olhar de relance para Oblómov.

— Nem eu mesmo sei — respondeu ele. — Minha vergonha já passou, agora: não me envergonho de minhas palavras... parece-me que nelas...

De novo, arrepios correram por seu coração; de novo, algo estranho se formou em seu peito; de novo, o olhar carinhoso e curioso de Olga começou a queimá-lo. Ela voltou-se para Oblómov de modo muito gracioso, com muita ansiedade à espera da resposta.

— O que há nelas? — perguntou Olga, impaciente.

— Não, tenho medo de dizer: a senhora está perdendo a paciência outra vez.

— Diga! — falou Olga, em tom imperioso.

Ele ficou calado.

— Estou com vontade de chorar outra vez, ao olhar para a senhora... Veja, não tenho amor-próprio, não me envergonho de meu coração...

— Chorar por quê? — perguntou ela, e em suas faces surgiram duas manchas rosadas.

— Eu ouço o tempo todo a voz da senhora... eu sinto de novo...

— O quê? — perguntou ela, e as lágrimas refluíram em seu peito; ela esperava, tensa.

Os dois aproximavam-se da varanda.

— Sinto... — Oblómov tinha pressa em concluir, mas parou.

Lentamente, como que com dificuldade, ela subiu os degraus da varanda.

— A mesma música... a mesma... emoção... o mesmo sent... Desculpe, desculpe... Meu Deus, não consigo me dominar...

— Monsieur Oblómov... — começou Olga em tom severo, depois seu rosto repentinamente se iluminou com o raio de um sorriso. — Não estou zangada, eu o desculpo — acrescentou em tom meigo —, só que daqui em diante...

Sem se virar, ela estendeu a mão para trás, na direção de Oblómov; ele a agarrou, beijou a palma da mão; Olga pressionou a mão de leve contra os lábios dele e imediatamente desapareceu atrás da porta de vidro, enquanto ele ficou parado, como que fincado no chão.

VII.

Oblómov ficou muito tempo olhando, de boca aberta e olhos arregalados, para a porta por onde ela havia sumido, ficou muito tempo correndo os olhos pelas moitas...

Pessoas cirulavam, um pássaro voou. Uma camponesa, de passagem, perguntou se ele não queria uvas — Oblómov, em transe, continuou andando.

Lentamente, caminhou de novo por aquela mesma alameda e, na metade do caminho, encontrou os lírios-do-vale que Olga deixara cair e o ramo de lilases que ela arrancara e deixara cair com irritação.

"Por que ela fez isso?", pôs-se a imaginar, a recordar...

— Seu tolo! Seu tolo! — disse Oblómov de repente, apertando na mão os lírios, o ramo, e quase correndo precipitou-se pela alameda. — Eu pedi desculpas, e ela... Ah, será mesmo?... Que ideia!

Feliz, radiante, como se tivesse "a lua na testa", segundo a expressão da babá, ele chegou em casa, sentou-se no canto do sofá e, rapidamente, sobre a mesa empoeirada, escreveu com o dedo em letras enormes: "Olga".

— Ah, que poeira! — reparou, recobrando-se daquele êxtase. — Zakhar! Zakhar! — gritou por muito tempo, porque Zakhar estava sentado com os cocheiros no portão que dava para a rua lateral.

— Vá lá! — disse Aníssia num sussurro terrível, puxando-o pela manga. — O patrão está chamando você há um tempão.

— Olhe aqui, Zakhar, o que é isto? — disse Iliá Ilitch, mas com brandura, com bondade: agora ele não estava com a menor vontade de se irritar. — Você quer mesmo deixar tudo aqui nesta desordem? Poeira, teias de aranha? Não; desculpe, não vou permitir! Desse modo, Olga Serguéievna não vai me dar sossego: "O senhor gosta de sujeira", diz ela.

— Sei, para eles lá é muito fácil falar: têm cinco criados em casa — argumentou Zakhar, voltando-se para a porta.

— Aonde vai? Por favor, dê um jeito: aqui nem se pode sentar, não se pode recostar... Veja que imundície, isto é... oblomovismo!

Zakhar fez um bico numa expressão de desgosto e olhou de esguelha para o patrão.

"Ora essa!", pensou, "lá vem ele com mais uma palavra lamentável! E essa já é meio conhecida!"

— Vamos, comece a varrer, o que está esperando? — disse Oblómov.

— Varrer o quê? Já varri hoje! — respondeu Zakhar, em tom obstinado.

— E de onde veio esta poeira, se varreu hoje? Veja ali, e lá! Não pode ficar assim! Vamos, varra agora!

— Já varri — repetiu Zakhar —, não vou ficar varrendo dez vezes! E a poeira vem da rua... isto aqui é uma casa de campo; tem muita poeira na rua.

— Só você mesmo, Zakhar Trofímovitch — começou Aníssia, que veio de repente do cômodo vizinho para espiar —, não adianta varrer o chão primeiro e depois limpar as mesas: a poeira vai cair no chão outra vez... Primeiro você tinha de...

— Quem foi que pediu sua opinião? — bufou Zakhar, furioso. — Vá para o seu lugar!

— Onde já se viu varrer o chão primeiro e depois tirar o pó das mesas? O patrão se zanga é por isso...

— Ora, ora, ora! — gritou Zakhar, ameaçando-a com o cotovelo erguido para o peito dela.

Ela sorriu e escondeu-se. Oblómov sacudiu a mão para Zakhar, mandando-o ir embora. Ele deitou a cabeça num travesseiro bordado, colocou a mão sobre o coração e começou a escutar como batia.

"Pronto, isso é prejudicial para mim", disse consigo. "O que fazer? Se for pedir conselho ao médico, ele na certa vai me mandar para a Abissínia!"

Enquanto Zakhar e Aníssia não eram casados, cada um fazia seu trabalho sem intrometer-se no do outro, ou seja, Aníssia cuidava do mercado e da cozinha e participava da arrumação dos quartos só uma vez por ano, quando tinham de escovar o chão.

Mas depois do casamento ela teve mais liberdade de acesso aos aposentos do patrão. Ajudava Zakhar, os cômodos ficavam mais limpos e, no geral, assumia para si algumas obrigações que eram do marido, em parte voluntariamente, em parte porque Zakhar as impunha à esposa de forma despótica.

— Venha cá, bata este tapete — bufava Zakhar em tom autoritário, ou então: — Era melhor você selecionar as coisas que estão naquele canto e levar para a cozinha o que não for necessário — dizia.

Assim Zakhar se deleitou durante um mês: os quartos estavam limpos, o patrão não resmungava, não dizia "palavras patéticas" e ele, Zakhar, não fazia nada. Porém aquela felicidade acabou — e a razão foi a seguinte.

Assim que ele e Aníssia passaram a cuidar juntos dos cômodos do patrão, tudo o que Zakhar fazia parecia uma tolice. Cada passo seu era sempre no sentido errado. Durante cinquenta e cinco anos ele andara por este mundo na convicção de que tudo o que fazia não poderia ser feito melhor.

E de repente, em duas semanas, Aníssia lhe mostrou que ele era um inútil e, ainda por cima, ela fazia tudo aquilo com uma submissão tão ofensiva, tão sossegada, como só fazem as crianças, ou então pessoas completamente idiotas, e ainda zombava, quando olhava para ele.

— Você, Zakhar Trofímovitch — disse ela, com carinho —, estraga tudo quando fecha o cano da chaminé primeiro e depois abre as janelas: os cômodos vão esfriar de novo.

— E, segundo você, o que tenho de fazer? — perguntou o marido. — Quando é que se deve abrir as janelas?

— Quando acender a estufa: o ar vai sair e depois esquenta outra vez — respondeu ela, com calma.

— Mas que burra! — disse ele. — Fiz desse jeito durante vinte anos e para você agora tenho de mudar...

Na prateleira do armário, Zakhar deixava dispostos juntos o chá, o açúcar, o limão, a prataria, e também a graxa preta de sapato, as escovas e o sabão.

Certa vez ele chegou e de repente viu que o sabão estava na pia, a graxa de sapato estava na janela da cozinha e o chá e o açúcar estavam numa gaveta à parte da cômoda.

— Foi você que tirou todas as minhas coisas do lugar, é? — perguntou ele em tom terrível. — Coloquei tudo num canto só de propósito, para que ficassem bem à mão, e aí você vem e espalha tudo numa porção de lugares?

— É para que o chá não fique com cheiro de sabão — respondeu ela com delicadeza.

Noutra vez ela lhe apontou dois ou três buracos de traça na roupa do patrão e disse que era indispensável limpar e sacudir a roupa uma vez por semana.

— Deixe que eu dou uma boa escovada — concluiu ela em tom carinhoso.

Zakhar tomou das mãos de Aníssia a escova e o fraque que ela havia pegado e colocou-os no mesmo lugar de antes.

E quando, certa vez, por hábito, Zakhar começou a reclamar do patrão porque Oblómov tinha ralhado com ele à toa por causa das baratas, ao que ele respondera que "não tinha inventado as baratas", Aníssia, sem dizer nenhuma palavra, retirou de uma prateleira pedacinhos e migalhas de pão preto deixadas ali desde tempos imemoriais, esfregou e lavou as estantes e o aparelho de jantar — e as baratas desapareceram quase completamente.

Zakhar continuou sem entender muito bem do que se tratava e atribuiu aquilo apenas ao zelo de Aníssia. Mas quando, de outra vez, levando uma bandeja com xícaras e copos, deixou quebrar dois copos e, por hábito, começou a praguejar e quis jogar no chão a bandeja toda de uma vez, e Aníssia tomou a bandeja de suas mãos, colocou sobre ela outros copos, mais o açucareiro e o pão, e arrumou tudo de tal modo que nenhuma xícara se mexia, e depois mostrou para Zakhar como pegar a bandeja com uma só mão, como segurá-la firmemente com a outra, e depois percorreu a sala duas vezes, virando a bandeja para a direita e para a esquerda, e nem uma colherzinha se mexeu sobre ela, foi então que de repente Zakhar se deu conta, com clareza, de que Aníssia era mais inteligente do que ele!

Tomou a bandeja das mãos da esposa com brutalidade, derrubou os copos, e desde então não conseguiu mais perdoar Aníssia.

— Viu só como tem de fazer? — ainda acrescentou Aníssia, em voz baixa.

Zakhar olhou de lado para a mulher com uma arrogância embotada, e ela achou graça.

— Ah, sua camponesa, você acha que é uma soldada, quer bancar a inteligente! Que tipo de casa você acha que tínhamos em Oblómovka? Tudo lá eu é que tinha de resolver sozinho: só de lacaios e meninos da criadagem eram quinze pessoas! E criadas feito você, mulher, nem lembro quantas eram... E agora me vem você... querendo... Ah!

— Eu tive boa intenção... — quis explicar Aníssia.

— Sei, sei, sei! — bufou Zakhar, fazendo um gesto de ameaça com o cotovelo erguido para o peito dela. — Saia daqui do quarto do patrão, vá para a cozinha... Vá tratar de seus assuntos de mulher!

Aníssia riu e saiu, enquanto Zakhar olhava de lado para ela, com ar sombrio.

O orgulho de Zakhar sofria, e ele tratava a mulher de modo aborrecido. No entanto, quando acontecia de Iliá Ilitch perguntar onde estava alguma coisa, e essa coisa não era encontrada, ou aparecia quebrada, e em geral quando acontecia alguma desordem na casa e pairava uma ameaça sobre a cabeça de Zakhar, acompanhada de "palavras patéticas", Zakhar piscava os olhos para Aníssia, inclinava a cabeça na direção do escritório do patrão e, apontando para lá com o dedo indicador, dizia num sussurro imperioso: "Vá falar com o patrão; veja o que ele está querendo".

Aníssia entrava, e a tempestade sempre se desfazia com uma explicação simples. E o próprio Zakhar sugeria a Oblómov chamar Aníssia, assim que as "palavras patéticas" começavam a se insinuar na fala do patrão.

Dessa forma, tudo estaria desaparecido de novo nos aposentos de Oblómov, se não fosse Aníssia: ela já se incumbira de cuidar da casa de Oblómov e, de forma inconsciente, se integrara à indissociável união da vida do marido com a vida da casa e em especial de Iliá Ilitch, e seus olhos de mulher e suas mãos diligentes velavam pelos aposentos tratados com desleixo.

Bastava Zakhar afastar-se um pouco e ir a algum lugar para Aníssia tirar o pó das mesas, dos sofás, abrir as janelas, consertar as persianas, guardar no lugar as botas que tinham sido largadas no meio do quarto, as calças que tinham sido penduradas nos braços das poltronas, arrumar todas as roupas e até os papéis, os lápis, as espátulas e as penas sobre a mesa — colocar tudo em ordem; arrumar a cama amarrotada, ajeitar os travesseiros —, e tudo num piscar de olhos; depois ainda tinha tempo de percorrer o quarto com um olhar ligeiro, mudar uma cadeira de lugar, fechar uma gaveta meio aberta na cômoda, retirar um guardanapo da mesa e esgueirar-se rapidamente para a cozinha, ao ouvir os rangidos das botas de Zakhar.

Era uma mulher ligeira e de grande vivacidade, de uns quarenta e sete anos, sorriso solícito, olhos vivazes que corriam em todas as direções, pescoço e peito fortes e mãos vermelhas, tenazes, que nunca se cansavam.

Quase não tinha rosto: só se percebia o nariz; embora fosse pequeno, parecia destacado do rosto, ou colocado ali de mau jeito, e além disso sua parte inferior era inclinada para cima, o que fazia o rosto passar despercebido atrás dele: o rosto ficava tão distante, tão desbotado que, mesmo muito depois de se formar uma ideia bem clara do nariz, o rosto continuava sem ser notado.

Existem no mundo muitos maridos como Zakhar. Às vezes um diplomata ouve desatento o conselho da esposa, encolhe os ombros, e depois, furtivamente, escreve aquele mesmo conselho.

Às vezes um administrador, assoviando, responde com uma careta incomodada à tagarelice da esposa que fala sobre um assunto importante, mas no dia seguinte repete com ar imponente as mesmas palavras para o ministro.

Esses senhores tratam as esposas da mesma forma soturna e displicente que Zakhar, mal se dignam a falar com elas, julgando-as, se não como uma camponesa, a exemplo de Zakhar, pelo menos como meras flores, úteis para distrair-se dos afazeres da vida séria, do trabalho...

Havia tempo que o sol do meio-dia já ardia claro na vereda do parque. Todos estavam sentados na sombra, sob toldos de lona; só as babás e as crianças, em grupos, andavam e sentavam-se corajosamente na grama, sob os raios do meio-dia.

Oblómov continuava deitado no sofá, acreditando e não acreditando no sentido da conversa que tivera com Olga de manhã.

— Ela me ama, dentro dela palpita um sentimento por mim. Será possível? Ela sonha comigo; foi por mim que cantou daquela forma apaixonada, e a música nos contaminou a ambos com uma simpatia.

O orgulho vibrava em Oblómov, a vida resplandecia com sua vastidão maravilhosa, com suas cores e seus raios, como havia muito não acontecia. Oblómov já se via no exterior com Olga, nos lagos da Suíça, na Itália, caminhando pelas ruínas de Roma, passeando de gôndola, depois perdendo-se na multidão de Paris, de Londres, e depois... depois, em seu paraíso terrestre, em Oblómovka.

Ela é uma divindade, com aquele balbucio meigo, o rostinho delicado, branco, o pescoço fino e adorável...

Os camponeses nunca viram nada semelhante; arrojam-se com a testa no chão diante de tal anjo. Ela anda de leve sobre a grama, caminha com ele na sombra do bosque de bétulas; ela canta para Oblómov...

E ele sente a vida, seu fluxo silencioso, suas doces correntes, o rumor... Ele mergulha numa reflexão sobre os desejos satisfeitos, sobre a plenitude da felicidade...

De repente, seu rosto se tornou sombrio.

— Não, isso não pode ser verdade! — exclama para si, levantando-se do sofá, e se põe a caminhar dentro do quarto. — Amar a mim, um homem ridículo, com cara de sono, bochechas caídas?... Ela está zombando de mim...

Oblómov parou diante do espelho e examinou-se por muito tempo, de início de modo depreciativo, depois seu olhar se tornou mais claro; ele até sorriu.

— Parece que estou melhor, parece que fiquei mais jovem do que estava na cidade — disse —, não tenho os olhos turvos... Estava começando a formar um terçol, mas ele se foi... Talvez sejam os ares daqui; caminho muito, não tomo mais vinho, não fico deitado... Não é preciso ir ao Egito.

Chegou um mensageiro de Mária Mikháilovna, a tia de Olga, com um convite para almoçar.

— Irei, irei! — disse Oblómov.

O homem foi embora.

— Espere! Tome para você.

Deu-lhe um dinheiro.

Sentia-se alegre, leve. A natureza estava radiante. As pessoas eram todas boas, todas simpáticas; todas traziam a felicidade no rosto. Só Zakhar estava sombrio, o tempo todo olhava de lado para o patrão; em compensação Aníssia ria, muito bem-humorada. "Vou arranjar um cachorro", pensou Oblómov. "Ou um gato... é melhor um gato: gatos são mais carinhosos, ronronam."

Foi depressa para a casa de Olga.

"Mas, em todo caso... Olga me ama!", pensou ele no caminho. "É uma criatura tão jovem, fresca! À sua imaginação se abre agora a esfera mais poética da vida: ela deve sonhar com jovens de cabelos pretos cacheados, altos, esbeltos, com um vigor oculto e pensativo, com uma bravura no rosto, um sorriso orgulhoso e, nos olhos, uma centelha que tremula e se funde no olhar e alcança o coração bem de leve, jovens com uma voz branda e fresca, que vibra e soa como uma corda de metal. Enfim, também há mulheres que não amam os jovens, nem a bravura no rosto, nem a agilidade dos passos da mazurca, nem a elegância ao galopar... Vamos supor que Olga não seja uma jovem comum, cujo coração pode sentir comichões por causa de um bigode, abalar-se com o rumor metálico de um sabre; mas então é preciso alguma outra coisa... a força da inteligência, por exemplo, para que a mulher se submeta e curve a cabeça diante dessa inteligência, como o mundo também se curva... Ou um artista famoso... Mas eu, o que sou? Oblómov, mais nada. Vejam o Stolz, é bem diferente: Stolz tem inteligência, força, capacidade para ser o senhor de si mesmo, dos outros e do destino. Aonde quer que ele vá, quem quer que ele encontre, basta um olhar para que ele logo domine e toque como um instrumento musical. E eu? Não consigo mandar nem no Zakhar... nem em mim mesmo... Eu sou Oblómov! Stolz! Meu Deus... Então ela ama Stolz", pensou, horrorizado. "Ela mesma falou: como um amigo, diz ela; mas isso é mentira, talvez inconsciente... Não existe amizade entre homem e mulher..."

Andava cada vez mais devagar, vencido pelas dúvidas.

"E se ela estiver só brincando de sedução comigo? E se for só..."

Parou de andar, imóvel por um momento.

"E se for astúcia, intriga... E de onde tirei a ideia de que ela me ama? Ela não falou nada: isso é o sussurro satânico da minha vaidade! Andrei! Será? Não pode ser: ela é tão, tão... É isso que ela é!", exclamou Oblómov de repente com alegria, ao ver Olga, que caminhava em sua direção.

Olga lhe estendeu a mão com um sorriso alegre.

"Não, ela não é assim, não é uma trapaceira", resolveu ele, "trapaceiras não olham com um olhar tão afetuoso; não há nelas um riso tão sincero: todas dão pios esganiçados... Mas... ela, no entanto, não disse que ama!", de novo pensou Oblómov de repente, com um susto: foi ele que interpretou assim... "E o desgosto, de onde vem? Meu Deus! Em que confusão fui me meter!"

— O que o senhor traz aí? — perguntou Olga.

— Um ramo.

— Que ramo?

— Veja: de lilases.

— Onde o senhor pegou? Aqui não há lilases. Onde o senhor esteve?

— Foi a senhora que o arrancou e deixou cair agora há pouco.

— Para que o senhor o apanhou do chão?

— Por nada... me agradou, porque a senhora... o largou no chão, desgostosa.

— O senhor gosta de meu desgosto... Isso é uma novidade! E por quê?

— Não vou dizer.

— Diga, por favor, eu peço...

— De jeito nenhum, por nada neste mundo!

— Eu suplico.

Oblómov fez que não com a cabeça.

— E se eu cantar?

— Então... pode ser...

— Só a música afeta o senhor? — disse Olga com a sobrancelha contraída. — É mesmo verdade?

— Sim, a música transmitida pela senhora...

— Bem, eu vou cantar... *Casta diva, casta diva...* — ela começou a ressoar o apelo de Norma, e parou. — Pronto, agora diga! — falou.

Ele lutou algum tempo contra si mesmo.

— Não, não! — exclamou, ainda mais decidido que antes. — De maneira nenhuma... Nunca! E se não for verdade, e se foi uma impressão que tive?... Nunca, nunca!

— O que é? Alguma coisa horrorosa — disse ela, o pensamento voltado para a questão, e o olhar curioso voltado para ele.

Depois o rosto de Olga se encheu aos poucos de uma consciência: em cada um de seus traços despontava o raio de um pensamento, de uma conjetura, e de súbito o rosto inteiro se iluminou de compreensão... Às vezes o sol também, ao sair de detrás de uma nuvem, ilumina aos poucos um arbusto, depois outro, e um telhado, e de repente inunda de luz a paisagem inteira. Olga já conhecia o pensamento de Oblómov.

— Não, não, minha língua não vai se mexer... — insistiu Oblómov. — Não adianta a senhora perguntar.

— Não estou perguntando ao senhor — respondeu ela, em tom indiferente.

— Como não? Agora há pouco a senhora...

— Vamos para casa — disse Olga em tom sério, sem escutá-lo. — *Ma tante* nos espera.

Olga seguiu na frente, deixou-o com a tia e foi direto para o quarto.

VIII.

Todo aquele dia foi uma gradual desilusão para Oblómov. Passou o dia com a tia de Olga, mulher muito inteligente, respeitável, sempre muito bem-vestida, sempre num vestido novo de seda que lhe caía esplendidamente, sempre com golas rendadas elegantíssimas; seu gorro também era confeccionado com muito gosto, e as fitas, com ar coquete, emolduravam seu rosto de quase cinquenta anos mas ainda fresco. Numa correntinha, pendiam os óculos dourados.

Seus gestos e posturas eram plenos de dignidade; ela se enfeitava com muito encanto num xale caro, apoiava o cotovelo de modo muito conveniente numa almofada bordada, recostava-se majestosamente no sofá. Ela nunca era vista trabalhando: curvar-se, costurar, ocupar-se com ninharias, isso não combinava com sua pessoa, de feição imponente. Dava ordens aos criados e às criadas em tom descuidado, breve e seco.

Nunca lia, nunca escrevia, mas falava bem, aliás em francês na maioria das vezes. Porém percebeu imediatamente que Oblómov não dominava a língua francesa com total desenvoltura e no segundo dia passou a usar o idioma russo.

Na conversa, ela não devaneava nem tentava se mostrar inteligente; parecia ter inscrita na cabeça uma fronteira rigorosa, que a razão jamais transpunha. Era evidente que todo sentimento e qualquer simpatia, sem excluir o amor, entravam em sua vida em igualdade de condições com os elementos mais simples, ao passo que em outras mulheres logo se via que o amor, se não de fato, ao menos em palavras, fazia parte de todas as questões da vida, e todo o restante entrava de maneira marginal, apenas na medida em que deixasse espaço bastante para o amor.

Para aquela mulher, antes de tudo vinha a capacidade de viver, de ser senhora de si, de manter em equilíbrio o pensamento e a intenção, a intenção e a execução. Era impossível apanhá-la desprevenida, de surpresa; era como um inimigo alerta que, por mais que tentemos nos esgueirar, sempre nos encontra com um olhar vigilante.

Seu elemento era a sociedade e por isso, nela, o tato, a prudência precediam qualquer pensamento, qualquer palavra e movimento.

Ela jamais revelava a ninguém os movimentos íntimos de seu coração, não confiava a ninguém os segredos da alma; não se viam perto dela boas amigas, velhinhas, com quem ela conversasse em sussurros diante de uma xicarazinha de café. Apenas com o barão Von Langwagen ela ficava a sós com frequência; às vezes, ele ficava até a meia-noite, mas quase sempre na presença de Olga; e mantinham-se calados na maior parte do tempo, numa espécie de silêncio particularmente inteligente, como se soubessem algo que os demais ignoravam, e só isso.

Pelo visto, adoravam ficar juntos — era a única conclusão a que se podia chegar, olhando para eles; ela o tratava da mesma forma que tratava os outros: de modo afável, bondoso, mas também impassível e sereno.

As más-línguas quiseram tirar proveito da situação e passaram a fazer insinuações sobre uma amizade antiga, uma viagem juntos ao exterior; mas as relações entre ambos não deixavam entrever nenhum vestígio de uma simpatia especial e oculta, que se existisse teria forçosamente se manifestado.

No entanto, ele era o curador da pequena propriedade de Olga, que tinha sido penhorada havia tempos por força de algum contrato, e assim continuava.

O barão cuidava do processo, ou seja, obrigava certo funcionário a escrever documentos, lia-os através das lentes de seu lornhão, assinava-os e mandava o mesmo funcionário levá-los a repartições da Justiça, enquanto ele mesmo, por meio de suas boas relações na sociedade, dava àquele processo um andamento satisfatório. Dizia ter esperança de uma conclusão rápida e favorável. Isso pôs um fim nos rumores maliciosos, e todos se acostumaram a ver o barão na casa como alguém da família.

Tinha pouco menos de cinquenta anos, mas parecia muito jovem, apenas tingia os bigodes e mancava de uma perna. Era educado ao extremo do refinamento, jamais fumava diante das senhoras, não cruzava as pernas e repreendia com rigor os jovens que, em sociedade, se permitiam ficar muito relaxados numa poltrona ou erguer as botas e os joelhos à altura do nariz. Continuava de luvas mesmo dentro de casa, só as tirava quando sentava para comer.

Vestia-se na última moda e, na casa de botão da lapela do fraque, usava diversas fitinhas. Andava sempre de carruagem e tratava muito bem os cavalos: ao entrar na carruagem, ele antes dava uma volta em torno do veículo, examinava os arreios e até os cascos dos cavalos, e às vezes pegava um lenço branco e esfregava o flanco ou o dorso dos animais, para ver se estavam bem limpos.

Saudava os conhecidos com um sorriso generoso e cortês, e os desconhecidos friamente, de início; mas, assim que lhe eram apresentados, a frieza dava lugar ao mesmo sorriso, e o apresentado podia contar com aquele sorriso para sempre.

O barão conversava a respeito de tudo: das virtudes, da carestia, das ciências e da sociedade, tudo com a mesma precisão; exprimia sua opinião em frases claras e acabadas, como se falasse com epigramas já prontos, escritos em algum tratado e oferecidos à sociedade como orientações de uso geral.

As relações entre Olga e a tia eram, até então, muito simples e tranquilas: na ternura, elas nunca transpunham os limites da moderação, nunca se estendia entre ambas a sombra do descontentamento.

Isso acontecia, em parte, por causa do caráter de Mária Mikháilovna, a tia de Olga, e em parte por causa da absoluta falta de qualquer motivo para que as duas se comportassem de outra forma. Não passava pela cabeça da tia exigir de Olga alguma coisa que contrariasse frontalmente os desejos dela; por sua vez, Olga jamais sonharia em deixar de satisfazer os desejos da tia e em não seguir seus conselhos.

E em que consistiam tais desejos? Na escolha de um vestido, de um penteado, em ir, por exemplo, ao teatro francês ou à ópera.

Olga obedecia apenas na medida em que a tia exprimia um desejo ou dava um conselho, mas nada além disso — e a tia sempre fazia isso com moderação e até com secura, dentro dos limites de seus direitos de tia, nunca mais que isso.

Aquelas relações eram tão sem colorido que era impossível decidir se havia no caráter da tia qualquer pretensão de obter a obediência ou alguma afeição especial da parte de Olga, ou se havia no caráter de Olga uma submissão ou algum afeto especial em relação à tia.

Em compensação, desde o primeiro momento em que alguém via as duas juntas, era possível concluir que eram tia e sobrinha, e não mãe e filha.

— Vou à loja: você precisa de alguma coisa? — perguntava a tia.

— Sim, *ma tante*, tenho de trocar meu vestido lilás — respondia Olga, e as duas iam juntas; ou então:

— Não, *ma tante* — dizia Olga —, estive lá faz pouco tempo.

A tia com dois dedos segurava-lhe as bochechas, beijava-lhe a testa, enquanto ela beijava a mão da tia, e uma saía, e a outra ficava.

— Vamos ficar na mesma casa de veraneio de novo? — dizia a tia em tom nem de pergunta, nem de afirmação, mas como se raciocinasse consigo mesma sem chegar a uma conclusão.

— Sim, lá é muito bom — dizia Olga.

E alugavam a casa de veraneio.

E se Olga dizia:

— Ah, *ma tante*, será que a senhora não se cansou daquele bosque e daquela areia? Não seria melhor procurar outro local?

— Vamos procurar — dizia a tia. — Que tal ir ao teatro, Olga? — dizia. — Faz tempo que andam falando maravilhas daquela peça.

— Com todo o prazer — respondia Olga, mas sem nenhum desejo ansioso de agradar e sem nenhuma expressão de submissão.

Às vezes elas discutiam ligeiramente.

— Por favor, *ma chère*,* acha que fitas verdes combinam com seu rosto? — dizia a tia. — Use as amarelas.

— Ah, *ma tante*! Já usei as amarelas seis vezes, cansa ver a mesma cor.

---

* Em francês, "minha querida".

— Bem, então use *pensée*.*

— E dessas, a senhora gosta?

A tia observava e balançava a cabeça lentamente.

— Faça como quiser, *ma chère*, mas eu em seu lugar usaria *pensée*, ou amarelo.

— Não, *ma tante*, é melhor eu usar estas aqui — dizia Olga com brandura e pegava as que tinha vontade.

Olga pedia conselhos à tia não como a uma autoridade cujo veredicto fosse uma lei para ela, mas da mesma forma como pediria um conselho a qualquer mulher mais experiente do que ela.

— *Ma tante*, a senhora leu esse livro... O que achou? — perguntava.

— Ah, que coisa sórdida! — dizia a tia, mas não se desfazia do livro, não o escondia nem tomava nenhuma providência para que Olga não o lesse.

E nunca passava pela cabeça de Olga ler o livro. Se ambas estivessem em apuros, a questão era dirigida ao barão Von Langwagen ou a Stolz, quando estava presente, e o livro era lido ou não, conforme o parecer deles.

— *Ma chère* Olga! — dizia às vezes a tia. — Sabe aquele jovem que conversa muitas vezes com você na casa dos Zadávski? Ontem me contaram uma história tola sobre ele.

E mais nada. Depois disso, cabia a Olga agir como quisesse: falar com o rapaz ou não.

O aparecimento de Oblómov na casa não suscitou nenhuma questão, nenhuma atenção especial, nem na tia, nem no barão, nem mesmo em Stolz. Este quis introduzir o amigo numa casa onde tudo era um pouco formal, onde não só não o convidavam para tirar um cochilo depois do almoço como era até inconveniente sentar de pernas cruzadas, onde era preciso usar roupas limpas, prestar atenção no que se dizia — em suma, onde era impossível cochilar, relaxar, e onde o tempo todo corria uma conversa viva e atualizada.

Além disso, Stolz pensava que, se introduzisse na vida sonolenta de Oblómov a presença de uma jovem simpática, inteligente, viva e ligeiramente irônica, seria o mesmo que introduzir num quarto escuro um lampião aceso,

---

* Em francês, flor cuja cor é violeta.

que derramaria uma luz homogênea por todos os cantos escuros, além de diversos graus de calor, alegrando o quarto.

Esse era o resultado que Stolz almejava ao apresentar seu amigo a Olga. Ele não previa que estava levando para lá uma caixa de explosivos, e Olga e Oblómov menos ainda.

Iliá Ilitch ficou umas duas horas com a tia, controladamente, sem cruzar as pernas nem uma vez, conversando de modo apropriado a respeito de tudo; até, por duas vezes, puxou habilmente o banquinho para baixo dos pés dela.

O barão chegou, sorriu educadamente e apertou a mão de Oblómov com simpatia.

Oblómov se comportou ainda mais controladamente, e era impossível que os três ficassem mais satisfeitos uns com os outros.

A tia via as conversas nos cantos, os passeios de Oblómov com Olga... ou, melhor dizendo, não via absolutamente.

Passear com um rapaz, com um dândi — isso era diferente: nesse caso, ela não diria nada; porém, com o tato que lhe era peculiar, de um modo imperceptível, estabeleceria uma situação diferente: ela mesma iria passear com eles, uma ou duas vezes, mandaria alguém ir na terceira, e os passeios terminariam por si mesmos.

Mas passear "com monsieur Oblómov", ficar com ele num canto do salão, na sacada... o que tinha de mais? Ele tinha mais de trinta anos: não se atreveria a dizer bobagens a Olga, a lhe dar certos livros... Isso não passava pela cabeça de ninguém ali.

Além do mais, a tia ouvira como Stolz, na véspera da partida, dissera para Olga não deixar Oblómov cochilar, para impedir que ele dormisse, e que o atormentasse, tiranizasse, lhe desse várias missões — em suma, que o mantivesse sob controle. E pediu que Olga não perdesse Oblómov de vista, que o convidasse para ir à sua casa mais vezes, que o arrastasse para passeios, viagens, que o agitasse de todas as formas, caso ele não fosse para o exterior.

Olga não aparecia, e enquanto isso Oblómov ficava em companhia da tia; o tempo se arrastava devagar. Mais uma vez, Oblómov começou a sentir calor e frio. Agora ele conjeturava qual seria a causa da mudança de Olga. Tal mudança, por algum motivo, foi para ele mais penosa do que a precedente.

Por seu erro anterior Oblómov ficara apenas envergonhado e apavorado, mas agora em seu coração havia algo penoso, incômodo, frio, desolado, como um dia chuvoso e cinzento. Oblómov dera a entender a Olga que adivinhava seu amor por ele, mas o adivinhara, talvez, fora de hora. Aquilo de fato já era um insulto que dificilmente podia ser corrigido. Mas, mesmo que não fosse fora de hora, que maneira mais atrapalhada! Ele não passava de um esnobe.

Oblómov podia espantar o sentimento que, timidamente, batia à porta do jovem coração virginal e pousava ali de leve e com cuidado, como se fosse um passarinho no ramo de uma árvore: um barulho de fora, um rumor — e ele voaria para longe.

Com uma agitação sufocante, Oblómov esperava que Olga descesse para o almoço, queria ver como e sobre o que ela iria falar, como iria olhar para ele...

Olga desceu, e ele não pôde deixar de maravilhar-se ao vê-la; mal a reconhecia. Tinha um rosto diferente, até uma voz diferente.

O sorriso jovial, ingênuo, quase infantil não apareceu nos lábios nem uma vez, nem uma vez ela fitou Oblómov com os olhos grandes, muito abertos, que antes exprimiam ou interrogação, ou perplexidade, ou curiosidade inocente, como se ela não tivesse mais o que perguntar, o que saber, ou com o que se surpreender!

O olhar de Olga não o seguia como antes. Olhava para Oblómov como se o conhecesse havia muito tempo, como se o tivesse estudado exaustivamente, enfim, como se ele não fosse nada para ela, igual ao barão — numa palavra, era como se Oblómov tivesse ficado um ano sem vê-la, e Olga tivesse amadurecido um ano.

Não havia a severidade, o desgosto do dia anterior, ela gracejava e até ria, respondia em detalhes às perguntas que antes não respondia de modo algum. Era evidente que Olga resolvera obrigar-se a fazer o que os outros faziam e que antes ela não fazia. Liberdade, impulsividade, licença para exprimir tudo o que tinha em mente, isso já não existia. Para onde tinha ido tudo aquilo tão de repente?

Depois do almoço, Oblómov aproximou-se de Olga para perguntar se queria passear. Ela, sem responder, voltou-se para a tia e perguntou:

— *Vamos* dar um passeio?

— Se não for para longe — disse a tia. — Mande trazer minha sombrinha.

E foram todos. Caminharam devagar, contemplaram Petersburgo à distância, seguiram até o bosque e voltaram para a sacada.

— Será que a senhora hoje não está disposta a cantar? Eu tenho receio de pedir — disse Oblómov, desejando que aquele refreamento terminasse, torcendo para que ela voltasse à sua alegria, que cintilasse ao menos numa palavra, num sorriso, enfim, no seu canto, um raio de sinceridade, de ingenuidade e de simplicidade.

— Está calor! — comentou a tia.

— Não importa, vou tentar — disse Olga e cantou uma romança.

Oblómov escutou e não acreditou em seus ouvidos.

Não era ela: para onde tinham ido os sons apaixonados de antes?

Olga cantou de forma tão pura, tão correta, e ao mesmo tempo tão... igual à maneira como cantam todas as moças quando lhes pedem que cantem em sociedade: sem ardor. Olga havia retirado sua alma do canto, e nenhum dos nervos do ouvinte vibrava.

Estaria ela usando de alguma astúcia, dissimulação, ou estaria irritada? Era impossível adivinhar: Olga olhava de modo afetuoso, falava de bom grado, mas falava como cantava, como todas... O que era aquilo?

Oblómov, sem esperar o chá, pegou o chapéu e despediu-se.

— Venha com mais frequência — disse a tia —, nos dias de semana estamos sempre sozinhas, se não for maçante para o senhor, e no domingo temos sempre alguma visita, o senhor não vai se aborrecer.

O barão levantou-se educadamente e cumprimentou-o com uma reverência.

Olga despediu-se de Oblómov com um meneio de cabeça, como faria com um bom amigo, e quando ele estava saindo ela se voltou para a janela, olhou para fora e ouviu com indiferença os passos de Oblómov.

Aquelas duas horas e os três ou quatro dias seguintes, a semana toda, produziram sobre ela um efeito profundo, impeliram-na muito para a frente. Só mulheres são capazes de tal rapidez na expansão de suas forças, no desenvolvimento de todos os aspectos da alma.

Olga parecia seguir o curso da vida não pelos dias, mas pelas horas. E cada experiência mais minúscula, quase imperceptível, cada incidente que, como um passarinho, esvoaça na frente do nariz de um homem, era capturado pela jovem com uma rapidez indescritível: ela seguia seu voo à distância, e a linha curva traçada pelo voo ficava gravada em sua memória como um sinal, uma diretriz e um ensinamento indelével.

Onde para um homem é preciso um poste com uma placa, para a mulher basta uma brisa ligeira e hesitante, um tremor de ar que o ouvido mal consegue perceber.

Por quê, por quais motivos, no rosto de uma jovem que uma semana antes se mostrava tão despreocupado e com feições tão ingênuas que faziam rir, de repente se instala um pensamento severo? E que pensamento é esse? Sobre o quê? Parece que tudo se deposita nesse pensamento, toda a lógica, toda a filosofia especulativa e prática do homem, todo o sistema da vida!

Um *cousin*,* que deixou aquela jovem pouco tempo antes como uma menina, terminou os estudos e passou a usar dragonas nos ombros ao vê-la de novo, corre alegre em sua direção com a intenção de, como antes, dar uma palmadinha em seu ombro, de fazê-la rodar segurando-a pelas mãos, de pular nas cadeiras, nos sofás... mas de repente, ao observar com atenção o rosto da jovem, intimida-se, fica atrapalhado e compreende que ele ainda é um menino, ao passo que ela já é uma mulher!

De onde vem isso? O que aconteceu? Um drama? Um acontecimento estrondoso? Alguma novidade que a cidade inteira conhece?

Nada, nem *maman*, nem *mon oncle*,** nem *ma tante*, nem a babá, nem a arrumadeira — ninguém sabe. Nem houve tempo de acontecer coisa alguma: ela dançou duas mazurcas seguidas e algumas contradanças até sua cabeça doer; não dormiu bem à noite...

Depois, mais uma vez, tudo passou, apenas no rosto se acrescentou algo novo: ela olha de um jeito diferente, parou de rir alto, não come uma pera inteira de uma vez só, não conta mais "como é em nosso colégio interno"... Ela também terminou os estudos.

Oblómov, no dia seguinte e no outro, a exemplo do *cousin*, mal conseguiu reconhecer Olga, olhava para ela com timidez, e Olga o tratava com simplicidade, mas sem a curiosidade de antes, sem carinho, tratava-o como aos outros.

"O que há com ela? O que está pensando agora, o que está sentindo?",

* Em francês, "primo".
** Em francês, "meu tio".

atormentava-se Oblómov com perguntas. "Meu Deus, não estou entendendo nada!"

E como poderia ele entender que nela acontecia o mesmo que ocorre num homem de vinte e cinco anos com a ajuda de vinte e cinco professores, bibliotecas, depois de uma viagem pelo mundo, às vezes até à custa da perda de certa fragrância moral da alma, da perda de um frescor do pensamento e dos cabelos, ou seja, que ela ingressava na esfera da consciência. Tal ingresso foi para ela muito fácil e não lhe custou nada.

— Não, isso é penoso, aborrecido! — concluiu Oblómov. — Irei para Víborg, vou me ocupar, ler, irei para Oblómovka... sozinho! — acrescentou depois, com profunda melancolia. — Sem ela! Adeus, meu paraíso, meu radiante e sereno ideal de vida!

Ele não foi até lá nem no quarto nem no quinto dia; não leu, não escreveu, teve intenção de passear, saiu pela estrada poeirenta, viu mais adiante que era preciso subir a serra.

"Mas para que essa vontade de se arrastar no meio desse calor?", disse para si mesmo, deu um bocejo e voltou, deitou no sofá e dormiu um sono pesado, como fazia antes na rua Gorókhovaia, no quarto empoeirado, com as cortinas soltas dos ganchos.

Os sonhos também eram confusos. Acordou — na sua frente, uma mesa posta, *botvínia,** picadinho de carne. Zakhar estava de pé, olhando pela janela com ar de sono; no outro cômodo, Aníssia mexia nos pratos fazendo barulho.

Ele jantou, sentou perto da janela. Um tédio, um absurdo, sempre está sozinho! De novo, não tem vontade de nada nem de ir a lugar nenhum!

— Olhe só, patrão, o gatinho que o vizinho mandou para nós; o senhor não quer ficar com ele? Ontem o senhor pediu um — falou Aníssia, pensando em distraí-lo, e colocou o gatinho no colo de Oblómov.

Ele começou a afagar o gatinho: e o gatinho lhe deu tédio!

— Zakhar! — disse Oblómov.

— O que o senhor deseja? — respondeu Zakhar em tom apático.

— Talvez eu vá à cidade — disse Oblómov.

— Para que lugar da cidade? Não temos acomodações lá.

---

* *Botvínia*: sopa fria, feita com folhas de beterraba, peixe e *kvás*.

— Vou para Víborg.

— Mas de que adianta passar de uma casa de veraneio para outra? — retrucou Zakhar. — Quem o senhor vai encontrar lá? Míkhei Andreitch?

— Mas aqui é desconfortável...

— Quer dizer que vamos fazer outra mudança? Meu Deus! O senhor já está farto daqui; e eu ainda não consegui achar duas taças e a vassoura; sumiram, aposto que Míkhei Andreitch levou quando ninguém estava olhando.

Oblómov não disse nada. Zakhar saiu e voltou logo depois, arrastando uma mala e uma bolsa de viagem.

— E isto, onde eu ponho? Será que não é melhor vender? — disse, e deu um pontapé na mala.

— Você ficou maluco? Daqui a alguns dias vou para o exterior — cortou Oblómov, enraivecido.

— Para o exterior? — exclamou Zakhar de repente, e sorriu. — Falar em viajar é bonito, mas para o exterior?

— Por que está achando tão estranho? Eu vou mesmo... Já estou com o passaporte pronto — disse Oblómov.

— E quem vai tirar as botas dos pés do senhor? — comentou Zakhar com ironia. — As tais criadas? Ora, o senhor vai se sentir perdido sem mim!

Riu de novo, com o que as costeletas e as sobrancelhas esticaram-se para os lados.

— Você não para de falar bobagens! Leve isso daí para fora e suma! — replicou Oblómov com irritação.

No dia seguinte, assim que Oblómov acordou, depois das nove horas da manhã, Zakhar, ao lhe servir o chá, disse que quando fora à padaria encontrara a senhorita.

— Qual senhorita? — perguntou Oblómov.

— Qual? A senhorita Ilínskaia, Olga Serguéievna.

— E daí? — perguntou Oblómov, impaciente.

— Daí que ela mandou seus cumprimentos, perguntou se o senhor está bem de saúde, o que anda fazendo.

— E o que você respondeu?

— Respondi que está bem de saúde; falei: "Afinal, o que ele poderia ter?" — respondeu Zakhar.

— Para que acrescentou seus raciocínios idiotas? — observou Oblómov. — "O que ele poderia ter"! Como é que você sabe o que eu posso ter? Muito bem, e o que mais?

— Perguntou onde o senhor jantou ontem.

— E então?

— Respondi que jantou em casa, e também fez a ceia em casa. "Mas então ele ceia?", perguntou a senhorita. Respondi que o senhor só beliscou duas galinhas...

— Im-be-cil! — exclamou Oblómov com força.

— Imbecil por quê? Por acaso é mentira? — disse Zakhar. — Olhe aqui, vou até mostrar os ossinhos para o senhor, com sua licença...

— Mil vezes imbecil! — repetiu Oblómov. — Muito bem, e ela?

— Deu uma risadinha. "Puxa, tão pouco assim?", admirou-se logo depois.

— Como você é imbecil! — insistiu Oblómov. — Você teria até contado para ela que vestiu em mim a camisa pelo avesso.

— A senhorita não perguntou, por isso não falei — respondeu Zakhar.

— E o que mais ela perguntou?

— Perguntou o que o senhor tem feito nos últimos dias.

— Sei, e o que você disse?

— Que não faz nada, fica deitado o tempo todo.

— Ah! — exclamou Oblómov com forte irritação, erguendo os punhos na testa. — Vá embora daqui! — acrescentou em tom terrível. — Se mais alguma vez você tomar a liberdade de falar tais bobagens a meu respeito, vai ver só o que farei com você! Que homem venenoso!

— O senhor não espera que alguém na minha idade avançada saia por aí contando mentiras, não é? — explicou-se Zakhar.

— Vá embora daqui! — repetiu Iliá Ilitch.

Nada ofendia Zakhar, a menos que o patrão dissesse as "palavras patéticas".

— Falei que o senhor quer mudar-se para Víborg — concluiu Zakhar.

— Fora daqui! — gritou Oblómov em tom imperioso.

Zakhar saiu e encheu o corredor com seus suspiros, e Oblómov começou a beber o chá.

Tomou um gole do chá e, do imenso suprimento de pãezinhos e de rosquinhas, pegou só um pão, temendo de novo a indiscrição de Zakhar. Depois fumou um charuto e sentou-se à mesa, abriu um livro, leu uma página, quis virar a página — descobriu que as folhas do livro não tinham sido cortadas.

Oblómov cortou as páginas com o dedo: por isso elas ficaram denteadas na borda, um livro que não era dele, mas de Stolz, que mantinha suas coisas, e sobretudo os livros, numa ordem tão rigorosa e irritante que ninguém aguentava! Os papéis, os lápis, todas as miudezas — onde ele os colocava, ali também queria que os outros os deixassem.

Oblómov devia ter pegado uma espátula de osso, mas não possuía uma espátula; naturalmente poderia ter pedido uma faca de comida mesmo, mas preferiu colocar o livro em seu lugar e ir para o sofá; assim que se apoiou com o braço no travesseiro bordado para deitar-se mais confortavelmente, Zakhar entrou.

— Ah, veja, a tal senhorita pediu que o senhor fosse naquele... como é que se chama... Ah! — disse.

— Por que não me disse antes, duas horas atrás? — perguntou Oblómov, afoito.

— O senhor me mandou ir embora, não me deixou terminar... — retrucou Zakhar.

— Você está me matando, Zakhar! — exclamou Oblómov em tom patético.

"Puxa vida, lá vem ele outra vez!", pensou Zakhar, virando a costeleta esquerda para o patrão e olhando para a parede. "Igual fez antes... vai começar a me enrolar!"

— Ir aonde? — perguntou Oblómov.

— Ah, lá naquele, como é que chamam? É um jardim, assim grande...

— Ao parque? — perguntou Oblómov.

— Ao parque, isso mesmo, "passear, conversar, se ele quiser; eu estarei lá"...

— Vista-me!

Oblómov percorreu o parque inteiro, espiou nos canteiros de flores, nos quiosques, e nem sinal de Olga. Foi até a alameda onde tinha ocorrido a conversa entre ambos, e avistou-a ali, num banco, não longe do lugar onde ela havia colhido e largado o ramo de lilases.

— Já estava achando que o senhor não viria — disse Olga em tom afetuoso.

— Estou procurando por todo o parque já faz um tempo — respondeu ele.

282

— Eu sabia que o senhor ia procurar e fiquei aqui de propósito, nesta alameda: achei que o senhor não deixaria de passar por aqui.

Ele fez menção de perguntar: "Por que pensou isso?", mas lançou um olhar para ela e não perguntou.

O rosto de Olga estava diferente, não era o de antes, quando haviam passeado por ali, mas o rosto da última vez que se viram e que lhe causara tanta inquietude. Até a ternura tinha algo de reservado, toda a expressão do rosto era tão concentrada, tão definida; ele via que era impossível brincar com ela por meio de alusões, conjeturas e perguntas ingênuas, via que aqueles momentos infantis, alegres, tinham ficado para trás.

Muito do que não tinha sido dito, e do que seria possível abordar com perguntas astutas, foi resolvido entre ambos sem palavras, sem explicações, Deus sabe como, mas voltar àquilo já era impossível.

— Por que o senhor ficou tanto tempo sem aparecer? — perguntou Olga.

Oblómov nada disse. Sua vontade era, mais uma vez, dar a entender de algum modo indireto que o encanto secreto da relação entre eles havia desaparecido, que o oprimia aquela concentração da qual Olga se cercara como uma nuvem, como se tivesse fugido para dentro de si mesma, e que ele não sabia como agir, como se portar com ela.

Mas Oblómov sentia que o mais ínfimo sinal daquilo despertaria em Olga um olhar de surpresa, depois se acrescentaria uma frieza na maneira de tratá-lo, quem sabe se perderia por completo aquela centelha de envolvimento que ele tão descuidadamente apagara ainda no início. Seria preciso soprá-la de novo para avivar a chama, de leve e com cuidado, mas como — isso ele certamente não sabia.

Oblómov entendia de maneira confusa que Olga crescera e era quase superior a ele, que dali em diante não haveria mais volta à credulidade infantil, que à frente deles estava o rio Rubicão e que a felicidade perdida já estava na outra margem: era preciso atravessar o rio.

Mas como? Bem, e se ele desse o passo sozinho?

Olga compreendia com mais clareza do que Oblómov o que se passava com ele, e por isso a vantagem estava do lado dela. Olga enxergava claramente a alma de Oblómov, via como o sentimento nascia no fundo de sua alma, como se agitava e acabava vindo à luz; via que com ele a astúcia feminina, a dissimulação, a sedução — as armas de Sónietchka — eram supérfluas, porque não era necessário lutar.

Olga via até que, apesar de sua própria juventude, a ela cabia o papel principal naquela relação afetiva, que dele só se podia esperar uma impressão profunda, uma passividade fervorosamente preguiçosa, uma eterna harmonia com cada batida do pulso de Olga, mas nenhum movimento da vontade, nenhum pensamento ativo.

Num instante, Olga avaliou seu poder sobre ele e lhe agradou o papel de estrela-guia, de raio de luz que se lançava sobre aquele lago parado e refletia--se nele. Olga exultava de várias maneiras com sua supremacia naquele duelo.

Em tal comédia, ou tragédia, conforme as circunstâncias, os dois personagens surgiam quase sempre com o mesmo caráter: torturadores ou vítimas.

Olga, como toda mulher no papel principal, ou seja, no papel de torturador, embora menos do que outras mulheres e de forma inconsciente, não podia, é claro, furtar-se à satisfação de brincar com Oblómov como um gato faz com um rato; às vezes, dela irrompia, como um relâmpago, como um capricho inesperado, a fagulha de um sentimento, e depois, de repente, ela se concentrava outra vez, fugia para dentro de si; mas na maioria das vezes Olga empurrava Oblómov para a frente, cada vez mais, sabendo que, por si mesmo, ele não daria nenhum passo e ficaria imóvel no lugar onde ela o havia deixado.

— O senhor andou ocupado? — perguntou Olga, alinhavando um retalho de lona.

"Ocupado, isso deve ser coisa do Zakhar!", gemeu Oblómov no fundo do peito.

— Sim, andei lendo um livro — reagiu ele em tom displicente.

— O quê, um romance? — Olga perguntou e ergueu os olhos para ele a fim de observar seu rosto quando começasse a mentir.

— Não, quase nunca leio romances — respondeu Oblómov com toda a tranquilidade. — Li *História das descobertas e invenções*.*

"Graças a Deus passei os olhos numa folha desse livro hoje mesmo!", pensou.

— Em russo? — perguntou ela.

---

* *Beyträge zur Geschichte der Erfindungen*, obra publicada entre 1780 e 1805 por Johann Beckmann (1739-1811), alemão discípulo de Lineu.

— Não, em inglês.

— E o senhor lê em inglês?

— Com dificuldade, mas leio. E a senhora, não esteve na cidade? — perguntou, sobretudo a fim de desviar a conversa dos livros.

— Não, fiquei só em casa. Sempre venho trabalhar aqui, nesta alameda.

— Sempre aqui?

— Sim, gosto muito desta alameda e sou grata ao senhor por ter-me apresentado este local: aqui quase não passa ninguém...

— Não fui eu que indiquei o local para a senhora — emendou Oblómov —, não lembra? Nós nos encontramos aqui por acaso.

— Sim, de fato.

Calaram-se.

— Seu terçol passou completamente, não foi? — perguntou Olga, fitando-o bem nos olhos.

Ele ficou vermelho.

— Agora passou, graças a Deus — respondeu.

— O senhor deve lavar os olhos com vodca pura, quando começarem a coçar — prosseguiu Olga —, assim o terçol não cresce. Foi a babá que me ensinou.

"Por que ela fica falando tanto no terçol?", pensou Oblómov.

— E também não faça ceia no fim da noite — acrescentou ela, em tom sério.

"Zakhar!", uma praga furiosa contra Zakhar se agitou na garganta dele.

— Basta fazer uma ceia farta — continuou ela, sem erguer os olhos do trabalho — e ficar deitado uns três dias, sobretudo de costas, para logo nascer um terçol.

"I-di-o-ta!", rosnou Oblómov para dentro, dirigindo-se a Zakhar.

— Que trabalho é esse que a senhora está fazendo? — perguntou para mudar de assunto.

— Um puxador de campainha para o barão — disse ela, abrindo o rolinho de lona e mostrando o desenho para Oblómov. — Está bonito?

— Está, sim, muito bonito, o desenho é muito gracioso. É um ramo de lilases?

— Parece que... sim — respondeu em tom desatento. — Escolhi ao acaso, a primeira coisa que vi... — Ruborizou-se um pouco e, com destreza, dobrou a lona.

"Mas isto vai ser maçante, se continuar deste jeito, se eu não puder extrair nada dela", pensou Oblómov. "Outro, Stolz, por exemplo, conseguiria, mas eu não sou capaz."

Ele franziu as sobrancelhas e olhou em redor com ar de sono. Ela fitou Oblómov, depois colocou o trabalho de costura dentro do cesto.

— Vamos até o bosque — disse ela, dando o cesto para ele carregar; em seguida abriu a sombrinha, ajeitou o vestido e começou a andar.

— Por que o senhor não está alegre? — perguntou Olga.

— Não sei, Olga Serguéievna. Por que eu me alegraria? E como?

— Mantenha-se ocupado, fique mais tempo na companhia das pessoas.

— Ocupar-me? Eu fico muito ocupado, quando existe um propósito. Mas que propósito eu tenho? Nenhum.

— O propósito é viver.

— Quando não sabemos para que vivemos, vivemos de qualquer jeito, um dia depois do outro; ficamos contentes porque o dia terminou, porque a noite terminou, e até no sono sou engolido pela maçante questão de saber para que vivi aquele dia e para que vou viver o dia seguinte.

Olga escutava calada e com olhar sério, a severidade escondia-se nas sobrancelhas arqueadas, e ora a incredulidade, ora o desdém se enrolavam como uma serpente na linha dos lábios...

— Para que viver? — repetiu ela. — E por acaso alguma existência, qualquer que seja, pode ser desnecessária?

— Pode. Por exemplo, a minha — respondeu ele.

— O senhor até agora não sabe onde está o propósito de sua vida? — perguntou Olga, detendo-se. — Não acredito: o senhor está caluniando a si mesmo; do contrário não seria digno da vida...

— Já deixei para trás o local onde a vida deve estar, e à minha frente não existe mais nada.

Oblómov suspirou, e Olga sorriu.

— Mais nada? — repetiu ela em tom interrogativo, mas animada, alegre, rindo, como se não acreditasse nele e previsse que Oblómov tinha, sim, algo à sua frente.

— A senhora sorri — continuou Oblómov —, mas é isso mesmo!

Ela andava devagar e com a cabeça inclinada.

— Para quê, para quem vou viver? — disse ele, andando a seu lado. — O que vou procurar, para o que vou dirigir o pensamento, as intenções? A flor da vida murchou, só restaram os espinhos.

Andavam devagar; ela escutava distraída, de passagem colheu um ramo de lilases e, sem olhar para Oblómov, entregou-o a ele.

— O que é isso? — perguntou, espantado.

— O senhor está vendo... um ramo.

— Um ramo de quê? — disse, olhando para ela com os olhos muito abertos.

— De lilases.

— Sei... mas o que isso quer dizer?

— A flor da vida e...

Oblómov parou de andar, ela também.

— E?... — repetiu Oblómov em tom interrogativo.

— O meu desgosto — disse ela, fitando-o nos olhos com um olhar concentrado, e seu sorriso dizia que ela sabia o que fazer.

A nuvem de impermeabilidade que a rodeava foi soprada para longe. Seu olhar era eloquente e compreensível. Parecia que Olga tinha aberto um livro de propósito em determinada página e deixava que Oblómov lesse uma passagem.

— Então talvez eu possa esperar que... — disse ele de repente, com alegria e ruborizado.

— Tudo! Mas...

Ela se calou.

De súbito Oblómov renasceu. E Olga, por sua vez, não reconheceu Oblómov: o rosto sonolento e nebuloso instantaneamente se transformou, os olhos se abriram; as cores palpitavam em suas faces; os pensamentos se agitaram; nos olhos, acenderam-se desejos e vontades. Ela também percebeu com clareza, nos movimentos mudos de seu rosto, que Oblómov passara a ter um propósito para toda a vida.

— A vida, a vida está de novo aberta para mim — disse ele, como num delírio —, aí está ela, nos olhos da senhora, em seu sorriso, nesse ramo, em "Casta diva"... tudo está aqui...

Olga balançou a cabeça:

— Não, nem tudo... metade.

— A melhor parte.

— Pode ser — disse Olga.

— Onde está a outra parte? O que ainda existe depois disso?

— Procure.

— Para quê?

— Para não perder a primeira — concluiu Olga, deu-lhe a mão, e os dois caminharam para casa.

Ele ora lançava um olhar furtivo e entusiasmado para a cabeça de Olga, para sua figura, seus cachos, ora apertava o ramo na mão.

— Isso é tudo meu! Meu! — repetiu ele em tom pensativo e sem acreditar em si mesmo.

— O senhor não vai se mudar para Víborg? — perguntou ela, quando ele ia seguir para casa.

Oblómov riu e nem mesmo chamou Zakhar de idiota.

IX.

Desde então não houve mudanças súbitas em Olga. Ela se mantinha igual, calma com a tia e na sociedade, mas vivia e sentia a vida só com Oblómov. Já não perguntava a ninguém o que devia fazer, como se comportar, e não apelava mentalmente à autoridade de Sónietchka.

À medida que se desdobravam à sua frente as fases da vida, ou seja, os sentimentos, ela observava com argúcia os fenômenos, escutava com agudeza a voz de seu instinto, confiava com leveza em seu escasso estoque de observações antigas e avançava com cuidado, apalpando com o pé o solo onde era necessário pisar.

Não tinha a quem fazer perguntas. À tia? Ela se esquivava de questões semelhantes com tal facilidade e perícia que Olga jamais conseguia reduzir suas explicações na forma de uma frase e gravá-la na memória. Stolz, não. E Oblómov? Mas ele era uma espécie de Galateia, cujo Pigmalião só poderia ser a própria Olga.

A vida de Olga se enchera de modo muito discreto e imperceptível para todos; ela vivia em sua nova esfera sem despertar a atenção, sem arroubos e sem preocupações. Fazia o mesmo que antes, para todos os outros, mas fazia tudo de outro modo.

Ela ia ao teatro francês, mas o conteúdo da peça tinha alguma relação com sua vida; lia um livro, e no livro havia necessariamente linhas com faíscas de sua inteligência, aqui e ali cintilava o fogo de seus sentimentos, estavam registradas palavras que Olga dissera no dia anterior, como se o autor escutasse como agora batia seu coração.

No bosque, havia as mesmas árvores, mas no rumor das folhas surgia um significado especial: entre as árvores e Olga, estabelecia-se uma concordância viva. Os passarinhos não só piavam e cantavam, todos diziam algo uns para os outros; e em redor tudo falava, tudo respondia ao estado de ânimo de Olga; uma flor se abria, e ela parecia ouvir sua respiração.

Sua vida também surgia nos sonhos: eles eram povoados por certas visões, imagens, com as quais Olga às vezes falava em voz alta... elas lhe contavam algo, mas de forma tão obscura que Olga não compreendia; tentava falar com elas, perguntar, e também dizia algo incompreensível. Só Kátia lhe dizia, pela manhã, que ela havia delirado.

Olga lembrava-se da advertência de Stolz: muitas vezes Stolz lhe dizia que ela ainda não tinha começado a viver, e Olga em certos momentos ficava ofendida porque ele a tomava por uma menina, quando já estava com vinte anos. Mas agora Olga compreendia que Stolz tinha razão, ela só agora estava começando a viver.

— Quando todas as forças do organismo da senhora se agitarem, aí então a vida também vai se agitar à sua volta, e a senhora vai enxergar aquilo para o qual seus olhos agora estão fechados, vai ouvir aquilo que a senhora não ouve: a música dos nervos vai começar a tocar, a senhora vai ouvir o som das esferas, vai escutar o barulho do capim que está crescendo. Espere, não tenha pressa, virá por si só! — ameaçava Stolz.

E veio de fato. "Devem ser as forças que se agitam, o organismo que despertou...", disse Olga, empregando as palavras de Stolz, escutando com agudeza aquela trepidação inédita, observando com argúcia e timidez cada nova manifestação de uma nova força que despertava.

Ela não se deixava cair em devaneios, não se submetia a uma palpitação repentina das folhas, às visões noturnas, a um rumor misterioso, quando parecia que alguém, à noite, se debruçava em seu ouvido e falava algo obscuro e incompreensível.

— Nervos! — repetia ela às vezes com um sorriso, entre lágrimas; só a muito custo dominava o medo e conseguia suportar a luta dos nervos enfraquecidos contra as forças que despertavam. Olga levantava da cama, tomava um copo de água, abria a janela, abanava o rosto com um lenço e se refazia das visões do sono e da vigília.

Quanto a Oblómov, mal acordava pela manhã, a primeira figura que surgia em sua imaginação era a de Olga, em toda a sua estatura, com um ramo de lilases nas mãos. Adormecia pensando nela, passeava, lia, e ela sempre ali, sempre.

Em pensamento, travava com ela uma conversa interminável, dia e noite. À *História das descobertas e invenções* ele não parava de acrescentar novas descobertas na aparência ou no caráter de Olga, inventava ocasiões de encontros ao acaso com ela, ou de mandar um livro, de fazer uma surpresa.

Depois de conversar com Olga num encontro, Oblómov continuava a conversa em casa, e assim, às vezes, Zakhar entrava, e Oblómov, num tom extraordinariamente terno e suave, como falava com Olga em pensamento, dizia para ele: "Você, seu demônio careca, me fez calçar botas sujas outra vez: preste mais atenção, senão já sabe o que vou fazer com você...".

Mas a indiferença abandonou Oblómov desde a primeira vez em que Olga cantou para ele. Oblómov já não vivia mais a vida de antes, quando tudo lhe era indiferente, quando tanto fazia ficar deitado de costas olhando para a parede, receber a visita de Alekséiev ou ele mesmo visitar Ivan Guerássimovitch, época em que ele não esperava ninguém e nada, nem do dia, nem da noite.

Agora, o dia e a noite, todas as horas da manhã e da tarde tinham forma própria e eram ou repletas de um resplendor colorido, ou cinzentas e sem cor, conforme eram preenchidas com a presença de Olga ou passavam sem ela e portanto se arrastavam de modo maçante.

Tudo isso se refletia na existência de Oblómov: em sua cabeça, a cada dia, a cada minuto, havia uma rede de fantasias, de conjeturas, de previsões, de agonias de incerteza, e tudo por causa de questões como: ele ia vê-la ou não? O que Olga ia dizer e fazer? Como olhar, que tarefa ela lhe daria, a respeito de que ela indagaria, ela ia ficar satisfeita ou não?

Todas aquelas conjeturas tornaram-se questões prementes em sua vida.

"Ah, quem dera eu pudesse experimentar esse ardor do amor sem experimentar suas inquietações!", sonhava Oblómov. "Não, a vida nos afeta em toda parte aonde quer que vamos e parece queimar! Quantos novos movimentos de repente se acumularam dentro dela, quantas atividades! O amor é uma dificílima escola de vida!"

Oblómov leu vários livros: Olga lhe pedia que explicasse o conteúdo e, com uma paciência inacreditável, escutava o relato dele. Oblómov escreveu várias cartas para a aldeia, substituiu o estaroste e entrou em contato com um dos vizinhos por intermédio de Stolz. Teria até ido à aldeia, se julgasse possível afastar-se de Olga.

Não ceava mais e já fazia duas semanas que não sabia o que significava ficar deitado durante o dia.

Em duas ou três semanas, eles passearam por todos os arredores de Petersburgo. Olga e a tia, o barão e ele compareciam a concertos nos subúrbios nos feriados importantes.

Falavam em viajar para a Finlândia, para Imatra.

No que dependesse de Oblómov, ele nunca iria além do parque, mas Olga sempre inventava alguma coisa e, na hora de responder a um convite para ir a algum lugar, era só ele vacilar um segundo para que o passeio seguramente se realizasse. E então os sorrisos de Olga não tinham fim. Num raio de cinco verstas em redor da casa de veraneio, não havia nenhum morro que ele não tivesse subido várias vezes.

Enquanto isso, a afinidade entre os dois crescia, desenvolvia-se e manifestava-se segundo suas leis próprias e imutáveis. Olga florescia junto com o sentimento. Nos olhos, acrescentou-se uma luz; nos movimentos, uma graça; seu peito se expandia de modo formidável, ondulava muito ritmadamente.

— Você ficou mais bonita na casa de veraneio, Olga — dizia a tia. No sorriso do barão exprimia-se o mesmo elogio.

Ruborizando-se, Olga deitava a cabeça no ombro da tia, que dava palmadinhas carinhosas em seu rosto.

— Olga, Olga! — chamou Oblómov certa vez, com cuidado, quase num sussurro, no pé do morro onde ela havia combinado encontrar-se com ele para darem um passeio.

Não houve resposta. Ele olhou para o relógio.

— Olga Serguéievna! — acrescentou em voz alta. Silêncio.

Olga estava sentada no morro, ouviu o chamado e, contendo o riso, ficou quieta. Queria obrigá-lo a subir o morro.

— Olga Serguéievna! — chamou Oblómov, olhando para cima, depois de avançar entre os arbustos até a metade do morro. "Ela marcou às cinco e meia", disse consigo.

Olga não conteve mais o riso.

— Olga, Olga! Ah, você está aí! — exclamou ele e subiu o morro até o fim.

— Ufa! Qual é a graça de se esconder assim no alto de um morro? — Sentou-se a seu lado. — É para me fazer sofrer? Mas a senhora mesma sofre também.

— De onde o senhor veio? Direto de casa? — perguntou Olga.

— Não, fui à sua casa; lá me disseram que a senhora tinha saído.

— O que o senhor fez hoje? — perguntou.

— Hoje…

— Brigou com o Zakhar? — completou Olga.

Ele riu daquilo, como se fosse algo absolutamente impossível.

— Não, eu li a *Revue*.* Mas, escute, Olga…

No entanto ele nada disse, apenas ficou sentado a seu lado e mergulhou na contemplação do perfil dela, de sua cabeça, do movimento das mãos para trás e para a frente, conforme ela atravessava a agulha na lona e a puxava de volta. Oblómov dirigia o olhar para ela como para um espelho que, ao refletir a luz, era capaz de queimar, e não conseguia desviar os olhos.

Ele mesmo não se mexia, apenas o olhar se voltava ora para a direita, ora para a esquerda, ora para baixo, para ver como as mãos de Olga se moviam. Dentro dele ocorria uma atividade intensa: a circulação do sangue estava mais forte, o pulso batia em dobro e havia uma ebulição no coração — tudo aquilo agia com tal força que ele respirava devagar e ofegante, como as pessoas respiram na hora de uma execução ou nos momentos de suprema exaltação da alma.

Oblómov estava mudo e nem conseguia se mexer, apenas os olhos, úmidos de afeição, estavam irresistivelmente voltados para Olga.

De vez em quando Olga lançava um olhar profundo para ele, enxergava um significado muito simples gravado em seu rosto e pensava: "Meu Deus! Como ele ama! Como é meigo, como é meigo!". E admirava-se, orgulhava-se daquele homem prostrado a seus pés e de sua própria força!

---

* Trata-se da revista francesa *Revue des Deux Mondes*.

O momento das alusões simbólicas, dos sorrisos sugestivos, dos ramos de lilases tinha passado de forma irreversível. O amor tornou-se mais exigente, mais rigoroso, começou a transformar-se numa espécie de obrigação; estabeleceram-se direitos mútuos. Ambas as partes se revelavam cada vez mais: mal-entendidos e dúvidas desapareceram ou cederam lugar a questões mais claras e positivas.

Olga sempre o alfinetava com leve sarcasmo sobre os anos perdidos no ócio, pronunciava uma sentença severa, condenava sua apatia de modo mais profundo e mais certeiro do que Stolz; depois, à medida que aumentava a proximidade entre ambos, Olga passou do sarcasmo sobre a existência apática e indolente de Oblómov para a manifestação despótica da vontade; atrevidamente lembrava a Oblómov o objetivo da vida e suas obrigações e com rigor cobrava atividade, instigava em Oblómov de forma incessante o exercício de sua inteligência, ora o envolvia numa discussão sobre uma questão sutil, vital e familiar a ela, ora ela própria procurava Oblómov com uma pergunta sobre algo obscuro, inacessível a ela.

E Oblómov lutava, quebrava a cabeça, esquivava-se, tudo para não cair muito aos olhos dela ou para ajudá-la a desembaraçar um nó, ou ainda, em último caso, para cortar o nó com um gesto heroico.

Todas as táticas femininas de Olga estavam impregnadas de uma simpatia afetuosa; todos os esforços de Oblómov de acompanhar os passos da inteligência de Olga eram inspirados pela paixão.

Porém na maior parte das vezes ele se inclinava, deitava-se aos pés de Olga, punha a mão no coração e escutava como batia, sem desviar dela o olhar imóvel, admirado, embevecido.

"Como ele me ama!", repetia Olga naqueles momentos, encantada com ele. Se às vezes ela mesma percebia traços de outros tempos ocultos na alma de Oblómov — e ela sabia como observá-lo a fundo —, o mais ínfimo cansaço, a mais imperceptível sonolência da vida, logo choviam acusações sobre Oblómov, acusações que vez por outra se misturavam com a amargura do remorso, com o temor de algum erro.

Às vezes, quando ele apenas se preparava para bocejar e mal começava a abrir a boca, logo o alvejava o olhar atônito de Olga: no mesmo instante, ele cerrava a boca de tal modo que os dentes estalavam. Ela pressentia o menor indício de sonolência em Oblómov, até em seu rosto. Perguntava não só o que ele estava fazendo como o que ia fazer depois.

Mais do que as repreensões, o que despertava com mais força ainda a coragem em Oblómov era notar que a própria Olga se cansava com o cansaço dele, tornava-se fria e desdenhosa. Então nele se manifestava uma febre de vida, de força, de atividade, e a sombra desaparecia outra vez, e a simpatia jorrava de novo, forte e clara.

Mas todas aquelas preocupações, por ora, não iam além do círculo mágico do amor; a atividade de Oblómov era negativa: não dormia, lia, às vezes pensava em escrever seu plano, caminhava muito, andava muito de coche. Outros rumos, a própria ideia da vida, do trabalho, ainda permaneciam no terreno das intenções.

— Que outro tipo de vida e de atividade Andrei ainda deseja? — perguntou depois do jantar, arregalando os olhos para não dormir. — Por acaso isto não é vida? Por acaso o amor não é um serviço? Se ele experimentasse! Todo dia percorro umas dez verstas a pé! Ontem pernoitei na cidade, num albergue ordinário, nem troquei de roupa, só tirei as botas, e Zakhar não estava comigo — tudo para cumprir uma tarefa dada por ela!

Para Oblómov, o mais aflitivo era quando Olga lhe fazia uma pergunta especial e exigia dele, como de algum professor, uma explicação plenamente satisfatória; e isso acontecia muitas vezes, não por pedantismo, em absoluto, mas apenas pelo desejo de saber aquilo. Muitas vezes Olga até esquecia seus propósitos em relação a Oblómov e se deixava arrebatar pela questão em si.

— Por que não nos ensinam isso? — dizia ela com uma irritação pensativa, às vezes com avidez, ouvindo fragmentos de uma conversa sobre algo que costumavam julgar desnecessário para as mulheres.

Certa vez, de repente, Olga apresentou a Oblómov perguntas sobre estrelas duplas: ele cometeu a imprudência de referir-se a Herschel,* e logo foi enviado à cidade para ler um livro e explicar a ela, até que ficasse satisfeita.

Noutra ocasião, de novo por imprudência, numa conversa com o barão, Oblómov deixou escapar duas ou três palavras sobre as escolas de pintura — mais

---

* William Herschel (1738-1822): astrônomo inglês, estudou as estrelas duplas e descobriu Urano.

uma vez, trabalho para ele por uma semana: ler, explicar; depois ainda foram ao museu Hermitage, e lá ele ainda teve de justificar aquilo que tinha lido.

Se falava sobre qualquer assunto por alto e ao acaso, Olga na mesma hora percebia e se aferrava àquilo.

Depois ele teve de percorrer as lojas durante uma semana e selecionar reproduções dos melhores quadros.

O pobre Oblómov ora repetia o que havia aprendido, ora mergulhava nas livrarias atrás de obras novas e às vezes passava a noite inteira sem dormir, pesquisava, lia, para de manhã responder a uma pergunta da véspera como se tivesse, por acaso, desencavado do arquivo da memória um conhecimento antigo.

Olga propunha tais perguntas não como uma distração feminina, nem por efeito de um capricho de momento para saber isto ou aquilo, mas de forma insistente, com impaciência, e, em caso de silêncio de Oblómov, ela o fuzilava com um olhar contínuo e penetrante.

E como ele tremia sob aquele olhar!

— Por que o senhor não fala nada e se cala? — perguntou ela. — Pode-se pensar que o senhor está aborrecido.

— Ah! — pronunciou Oblómov, como se voltasse a si de uma síncope. — Como amo a senhora!

— É mesmo? Se eu não tivesse perguntado, não pareceria — disse Olga.

— Será que a senhora não sente o que se passa dentro de mim? — começou Oblómov. — Sabe, tenho dificuldade até para falar. Olhe aqui... me dê sua mão... algo me impede, parece que tem uma coisa pesada, igual a uma pedra, como acontece num desgosto profundo, e ao mesmo tempo, é estranho; tanto no desgosto quanto na felicidade, o organismo passa pelo mesmo processo: respira de modo pesado, quase doloroso, há uma vontade de chorar! Se eu começasse a chorar, como acontece num grande desgosto, as lágrimas me trariam alívio...

Olga o fitou em silêncio, como se avaliasse suas palavras, comparando-as com o que estava escrito em seu rosto, e sorriu: o exame teve um resultado satisfatório. No rosto de Olga derramou-se um sopro de felicidade, mas uma felicidade pacífica, que nada parecia perturbar. Era evidente que o coração de Olga não estava pesado, mas bem-disposto, como a natureza naquela manhã tranquila.

— O que há comigo? — disse Oblómov, como se perguntasse a si mesmo em pensamento.

— Posso dizer o que há?

— Diga.

— O senhor... está apaixonado.

— Sim, é claro — confirmou ele, agarrando a mão dela e a afastando da costura, mas não a beijou, apenas apertou seus dedos com força contra os lábios e pareceu querer retê-los ali por muito tempo.

Olga tentou recuar a mão de leve, mas ele a segurou com força.

— Vamos, solte, já chega — disse ela.

— E a senhora? — perguntou ele. — A senhora... não está apaixonada...

— Apaixonada, não... eu não gosto disso: eu amo o senhor! — disse Olga e fitou-o demoradamente, como que avaliando a si mesma e verificando se o amava de fato.

— A...mo! — exclamou Oblómov. — Mas se pode amar a mãe, ou o pai, a babá, até um cãozinho: tudo isso está abrangido pelo sentido geral de "amo", como um velho...

— Roupão? — ela disse e começou a rir. — À *propos*,* onde está seu roupão?

— Que roupão? Não tenho roupão nenhum.

Ela o fitou com um sorriso de censura.

— Lá vem a senhora de novo com meu velho roupão! — disse ele. — Com a alma desfalecida de impaciência, eu espero ouvir que do coração da senhora se ergue com ímpeto um sentimento, ouvir o nome que a senhora dá a tal arrebatamento, e a senhora... meu Deus, Olga! Sim, estou apaixonado pela senhora e digo que sem isso não existe o amor propriamente: não nos apaixonamos pelo pai, pela mãe, nem pela babá, mas os amamos...

— Não sei — disse Olga com ar pensativo, como se examinasse dentro de si e tentasse apreender o que se passava. — Não sei se estou apaixonada pelo senhor; se não estiver, talvez ainda não tenha chegado o momento certo; só sei uma coisa, que não amei assim nem meu pai, nem minha mãe, nem minha babá...

---

* Em francês, "a propósito".

— Qual é a diferença? A senhora sente alguma coisa especial? — Oblómov tentou extrair algo dela.

— O senhor quer mesmo saber? — perguntou Olga com ar astuto.

— Sim, sim, sim! Será que a senhora não sente necessidade de falar?

— Mas para que o senhor quer saber?

— Para viver com isso todos os minutos: hoje, a noite inteira, amanhã, até nosso novo encontro… Vivo só por isso.

— Está vendo? O senhor precisa renovar todo dia o suprimento de sua ternura! Essa é a diferença entre estar apaixonado e amar. Eu…

— A senhora…? — ele esperava com impaciência.

— Eu amo de outro modo — disse ela, reclinando-se no banco, e seus olhos divagaram pelas nuvens que corriam no céu. — Sem o senhor, eu me aborreço; ficar longe do senhor por um instante é triste; se for por muito tempo, me causa dor. No entanto, eu sempre soube, vi e acredito que o senhor me ama… e fico feliz, mesmo que o senhor nunca repita que me ama. Amar mais e melhor do que isso eu não sou capaz.

“Essas palavras… parecem as de Cordélia!”,* pensou Oblómov, olhando para Olga com ar apaixonado…

— Se o senhor… morrer — prosseguiu ela com embaraço —, vestirei luto para sempre pelo senhor e nunca mais na vida vou sorrir. Se o senhor se apaixonar por outra, não vou amaldiçoar, rogar pragas, vou desejar sua felicidade… Para mim esse amor é igual à… vida, e a vida…

Ela procurou uma expressão.

— O que é a vida para a senhora? — perguntou Oblómov.

— A vida é dever, obrigação, e portanto o amor também é dever: é como se Deus tivesse me enviado isso — concluiu Olga, erguendo os olhos para o céu —, e tivesse me ordenado amar.

— Cordélia! — exclamou Oblómov. — E tem vinte e um anos! Aí está o que é o amor na opinião da senhora! — acrescentou, pensativo.

— Sim, e acho que terei forças para resistir e amar a vida inteira…

“Quem inspirou isso nela?”, pensou Oblómov, olhando para Olga quase

---

* Personagem de *Rei Lear* (1606), de William Shakespeare.

com temor. "Pelo caminho da experiência, do tormento, da fumaça e do fogo, ela não chegaria a esse entendimento claro e simples da vida e do amor."

— Mas não existem alegrias intensas, paixões? — perguntou ele.

— Não sei — respondeu Olga —, não experimentei e não compreendo o que é isso.

— Ah, como agora eu compreendo!

— Talvez com o tempo eu também experimente, quem sabe? E então terei os mesmos ímpetos que o senhor, e também, quando nos encontrarmos, vou olhar para o senhor e não acreditar, assim como faz o senhor quando está na minha frente… E isso deve ser muito divertido! — acrescentou, alegre. — Com que olhos o senhor às vezes me observa: acho que *ma tante* repara.

— Que felicidade existe no amor para a senhora — perguntou Oblómov —, se não sente as alegrias intensas que eu experimento?…

— Que felicidade? Esta, olhe aqui — disse e apontou para ele, para si mesma, para a solidão que os rodeava. — Será que isto não é felicidade, por acaso já vivi algum dia deste modo? Antes eu não ficaria aqui sozinha durante quinze minutos, sem um livro, sem música, entre essas árvores. Conversar com um homem, exceto com Andrei Ivánitch, seria aborrecido para mim, nem teria o que dizer. Só pensaria em estar sozinha… Mas agora… até ficarmos os dois calados me dá alegria!

Olga olhou em redor, as árvores, o capim, depois deteve o olhar em Oblómov, sorriu e lhe deu a mão.

— Por acaso não vou me sentir mal quando o senhor for embora? — acrescentou. — Por acaso não vou me apressar para deitar e dormir logo, para adormecer e não ver a noite maçante? Por acaso amanhã não vou mandar um bilhete para o senhor de manhã? Por acaso…

A cada "por acaso", o rosto de Oblómov florescia por completo, o olhar enchia-se de raios.

— Sim, sim — repetiu ele —, eu também espero a manhã, e a noite é maçante para mim, e amanhã vou mandar um bilhete para a senhora sem nenhum motivo, só para pronunciar seu nome mais uma vez e ouvir como soa, saber pelos criados algum detalhe a respeito da senhora, invejá-los por terem visto a senhora… Pensamos, esperamos e vivemos da mesma forma, e nossas esperanças são as mesmas. Olga, desculpe minha dúvida: estou convencido de que a senhora me ama como não me amaram nem meu pai, nem minha tia, nem...

— Nem seu cachorrinho — disse Olga e riu. — Acredite em mim — concluiu ela — assim como acredito no senhor e não tenha dúvidas, não perturbe essa felicidade com dúvidas vazias, senão ela vai fugir, voar para longe. Nunca abandonarei aquilo que uma vez chamei de meu, a menos que o tomem de mim. Sei que sou jovem, isso pouco importa, mas... Sabe — disse ela com convicção na voz —, neste mês que passou desde que conheci o senhor, pensei e experimentei muita coisa, como se tivesse lido aos poucos um livro grande a meu respeito... Então não tenha dúvidas...

— Não posso deixar de ter dúvidas — interrompeu Oblómov —, não me exija isso. Agora, diante da senhora, estou convencido de tudo: seu olhar, sua voz, tudo me diz. A senhora me olha como se dissesse: não preciso de palavras, sei ler o olhar do senhor. Mas quando a senhora não está presente, começa tal agitação de dúvidas, de indagações, que de novo preciso correr ao seu encontro, olhar para a senhora de novo, de outro modo não acredito. O que é isso?

— Já eu acredito no senhor. Por quê? — perguntou Olga.

— Não admira que a senhora acredite! Diante da senhora, fico louco, contagiado pela paixão! Em meus olhos a senhora vê a si mesma, como num espelho, eu creio. Além do mais, a senhora tem vinte anos; olhe bem para si: como poderia um homem, diante da senhora, não pagar o tributo do assombro... ainda que com o olhar? E conhecer a senhora, escutá-la, fitá-la demoradamente, amar... ah, isso enlouquece! E a senhora é tão simples, tranquila; e se passar um dia, dois dias, e eu não ouvir da senhora as palavras "eu amo...", logo começam as preocupações aqui...

Ele apontou para o coração.

— Amo, amo, amo... Pronto, agora o senhor já tem o suprimento para três dias! — disse Olga, levantando-se do banco.

— A senhora está sempre brincando, mas para mim é sério! — observou ele com um suspiro, enquanto descia o morro com Olga.

Assim o mesmo motivo era interpretado pelos dois, em diversas variações. Os encontros, as conversas — tudo era uma só canção, os mesmos sons, a mesma luz que ardia brilhante e apenas se partia em raios que se subdividiam em feixes cor-de-rosa, verdes, amarelos, e tremeluziam na atmosfera que os rodeava. Todo dia e toda hora traziam novos sons e novos raios, mas a luz que ardia era a mesma, o motivo que ressoava era sempre o mesmo.

Oblómov e Olga escutavam aqueles sons, apreendiam-nos e apressavam--se em cantar o que cada um ouvia, um diante do outro, sem desconfiar que no dia seguinte ressoariam outros sons, surgiriam outros raios, e esquecendo no dia seguinte que o canto da véspera tinha sido diferente.

Olga vestia as efusões do coração com as cores em que ardia sua imaginação naquele momento, acreditava que elas eram fiéis à natureza e, num coquetismo inocente e inconsciente, apressava-se em se mostrar em vestimentas lindas diante dos olhos de seu amigo.

Ele acreditava ainda mais naqueles sons mágicos, na luz fascinante, e se apressava em apresentar-se diante dela com todas as armas da paixão, em mostrar-lhe todo o resplendor e toda a força do fogo que devorava sua alma.

Eles não mentiam para si mesmos, nem um para o outro: exprimiam o que o coração dizia, e sua voz passava através da imaginação.

Para Oblómov, não importava no fundo se Olga se apresentava como Cordélia e se permanecia fiel a tal imagem, ou se tomava outro rumo e se transformava em outra visão, contanto que se apresentasse com as mesmas cores e com os mesmos raios com os quais vivia dentro de seu coração, e contanto que ela estivesse bem.

E Olga não se indagava se seu amigo apaixonado apanharia sua luva se ela mesma a jogasse na goela de um leão, ou se ele se jogaria num abismo por ela, contanto que visse os sintomas da paixão, contanto que Oblómov permanecesse fiel ao seu ideal de homem, um homem que acordava para a vida por intermédio dela, contanto que os raios de seu olhar e de seu sorriso fizessem arder em Oblómov o fogo da coragem e que ele não parasse de ver nela o propósito da vida.

E por isso, na imagem cintilante de Cordélia, no fogo da paixão de Oblómov, refletia-se apenas um instante, um único efêmero sopro de amor, uma manhã do amor, um desenho fantasioso. E no dia seguinte já brilharia outro, talvez tão belo quanto o anterior, mas mesmo assim diferente...

X.

Oblómov se encontrava no estado de um homem que acaba de observar um pôr do sol de verão e se encanta com os reflexos avermelhados que perduram, incapaz de afastar os olhos do crepúsculo, de virar-se para o lado de onde vem a noite, pensando apenas no retorno do calor e da luz no dia seguinte.

Estava deitado de costas e se deliciava com os últimos reflexos do encontro do dia anterior.

"Amo, amo, amo" — ainda vibrava em seus ouvidos a melhor de todas as canções de Olga; ainda perduravam os últimos raios de seu olhar profundo. Oblómov enxergava todo o sentido que havia nele, determinava o grau do amor de Olga e estava perto de afundar no sono, quando de repente…

No dia seguinte, de manhã, Oblómov levantou-se pálido e sombrio; no rosto, reflexos de insônia; a testa cheia de rugas; nos olhos, não havia fogo, não havia desejo. O orgulho, o olhar alegre, audacioso, a moderada e consciente presteza dos movimentos de um homem atarefado — tudo aquilo desaparecera.

Tomou o chá com apatia, não tocou em nenhum livro, não sentou à mesa, começou a fumar um charuto com ar pensativo e sentou-se no sofá. Antes, ele teria deitado, mas agora perdera o costume e nem sequer estendeu a mão para pegar o travesseiro; todavia apoiou o cotovelo no travesseiro — sinal que apontava para suas tendências anteriores.

Estava sombrio, às vezes suspirava, de repente encolhia os ombros, balançava a cabeça, desolado.

Algo forte agia dentro dele, mas não era o amor. A imagem de Olga estava à sua frente, mas parecia distante, num nevoeiro; sem raios, como algo alheio a ele; Oblómov contempla a imagem com um olhar pesaroso e suspira.

"Viver como Deus quer, e não como desejamos, é uma regra sábia, porém..." E pôs-se a pensar.

"Sim, é impossível viver como queremos, isso está claro", começou a falar dentro dele uma voz tristonha, obstinada. "Caímos num caos de contradições que a inteligência humana sozinha não consegue desenredar, por mais profunda e ousada que ela seja! Num dia desejamos, no dia seguinte alcançamos o que desejávamos com paixão, até o esgotamento, e no outro dia ficamos ruborizados por termos desejado, depois maldizemos a vida porque o desejado se realizou — aí está o que decorre de nossos passos independentes e atrevidos rumo à vida, de nosso voluntarioso *eu quero*. É preciso caminhar tateante, fechar os olhos para muita coisa e não delirar de felicidade, não se atrever a murmurar que a felicidade vai fugir — isso é a vida! Quem imaginava que ela é felicidade, deleite? São loucos! 'A vida é a vida, dever', disse Olga, 'obrigação', e uma obrigação é opressiva. Uma vez cumprida a obrigação..." Oblómov suspirou.

— Eu e Olga não nos veremos mais... Meu Deus! Tu abriste meus olhos e me mostraste o dever — disse ele, olhando para o céu —, mas onde conseguir forças? Separar-me! Será que agora ainda existe uma possibilidade, embora com dor, para que depois eu não me amaldiçoe por não ter me separado? E daqui a pouco pode vir alguém da casa dela, Olga disse que ia me mandar um bilhete... Ela não está esperando que...

Qual era a causa? Que vento bateu de repente em Oblómov? Que nuvens o vento trouxe? E por que ele ergueu sobre os ombros um jugo tão penoso? Ainda na véspera Oblómov parecia olhar para a alma de Olga e ver ali um mundo luminoso e um destino luminoso, parecia ler ali seu horóscopo e o dela. O que foi que aconteceu?

Talvez ele tenha feito a ceia tarde, ou tenha deitado de barriga para cima para dormir, e o poético estado de ânimo cedeu lugar a uma espécie de pavor.

Não raro ocorre de adormecermos numa noite calma de verão, sob um céu sem nuvens, com estrelas cintilantes, e de pensarmos em como o campo estará bonito no dia seguinte com as cores luminosas da manhã! Que alegria será adentrar no bosque e ali abrigar-se do calor!... E de repente acordamos com as batidas dos pingos de chuva e vemos nuvens cinzentas e tristes; o ar está frio, úmido...

À noite, como de costume, Oblómov ficou escutando as batidas do próprio coração, depois o apalpou com as mãos, verificou se ele não havia aumentado ou endurecido, finalmente se aprofundou na análise de sua felicidade e de repente foi atingido por um pingo de amargura que o envenenou.

O veneno agiu com força e rapidamente. Em pensamento, ele repassou toda a sua vida: pela centésima vez, o arrependimento e o pesar tardios pelo que havia passado encheram seu coração. Compreendeu o que aconteceria agora caso tivesse se mostrado audacioso antes, como viveria de maneira mais plena e variada se tivesse se mostrado atuante, e passou para a questão do que ele era agora e de como Olga poderia vir a amá-lo e por quê.

"Não será isso um erro?", relampejou de repente no pensamento de Oblómov, como um raio, e aquele raio caiu em cheio em seu coração e o partiu. Oblómov gemeu. "Um erro! Sim... é isso!", a ideia girou dentro de sua cabeça.

"Amo, amo, amo", irrompeu de súbito na memória outra vez, e o coração começou a se aquecer, mas de repente esfriou de novo. E aquele triplo "amo" de Olga, o que era? Uma ilusão de seus olhos, um sussurro astuto de um coração ainda desocupado; não era amor, era apenas o pressentimento do amor!

Um dia, aquela voz iria soar, mas vibraria tão forte, percutiria tal acorde que o mundo inteiro entraria em movimento! A tia e o barão reconheceriam o som, e o estrondo de tal voz ressoaria até bem longe! Tal sentimento não fluiria sereno como um regato que se oculta na relva, com um murmúrio que mal se ouve.

Ela agora amava da mesma forma como fazia seu bordado: com calma, com preguiça, o desenho ia se formando, com mais preguiça ainda ela o desdobrava, admirava-se, depois o colocava de lado e o esquecia. Sim, era só uma preparação para o amor, uma experiência, e Oblómov era apenas o objeto que primeiro lhe caíra nas mãos, por um acaso, apenas um pouco tolerável para fins de experiência...

Pois foi o acaso que os guiou e os aproximou. Olga mesma não prestaria a menor atenção nele: Stolz apontou para Oblómov, inoculou o coração jovem e impressionável com sua própria simpatia, surgiu uma compaixão pela situação de Oblómov, a aspiração ambiciosa de expulsar o sono de um espírito indolente, para depois abandoná-lo.

— É disso que se trata! — disse Oblómov com horror, ergueu-se da cama e acendeu a vela com a mão trêmula. — Nunca houve nada além disso! Ela estava pronta para a compreensão do amor, seu coração esperava com ansiedade, e ela me encontrou por acaso, por um equívoco... Basta outro aparecer para ela com horror reconhecer seu equívoco! Como vai me olhar então, como vai me dar as costas... Que horror! Estou raptando o que é de outro! Sou um ladrão! O que estou fazendo, o que estou fazendo? Como fui cego! Meu Deus!

Fitou o espelho: pálido, amarelado, olhos turvos. Lembrou-se das jovens felizardas que tinham o olhar úmido, pensativo, mas vigoroso e profundo, como o de Olga, com uma centelha palpitante nos olhos, com a convicção da vitória no sorriso, o passo intrépido, a voz sonora. E Oblómov iria esperar o dia em que uma delas surgiria: de repente ela se iluminaria numa chama, lançaria um olhar para ele, Oblómov, e... daria uma gargalhada!

Oblómov fitou o espelho outra vez. "Elas não amam homens assim!", disse.

Depois se deitou e enfiou o rosto no travesseiro. "Adeus, Olga, seja feliz", concluiu.

— Zakhar! — gritou de manhã. — Se vier um criado da casa dos Ilínski para falar comigo, diga que não estou em casa, que fui para a cidade.

— Sim, senhor.

"Sim... não, é melhor eu escrever para ela", pensou consigo, "do contrário vai lhe parecer muito estranho que eu tenha sumido de uma hora para outra. É preciso dar uma explicação."

Sentou-se à mesa e começou a escrever depressa, com ardor, com uma pressa febril, não da maneira como havia escrito no início de maio para o proprietário da casa onde morava. Nenhuma vez se verificou um encontro desagradável de dois pronomes relativos "que" ou "o qual".

"A senhora vai achar estranho, Olga Serguéievna (escreveu ele), receber esta carta em lugar de mim mesmo, quando estamos nos vendo com tamanha frequência. Leia até o fim, e a senhora verá que não posso agir de outra forma. É necessário partir desta carta: assim nós dois, de antemão, nos pouparemos muitas acusações da consciência; mesmo agora, ainda não é tarde. Nós nos apaixonamos de modo tão repentino, tão rápido, como se ambos de repente tivéssemos ficado doentes, e isso me impediu de voltar a mim mais cedo. Além do mais, olhando para a senhora, ouvindo a senhora por horas inteiras, quem, de livre e espontânea vontade, desejaria tomar para si a pesada obrigação de despertar do sono enfeitiçado? Onde encontrar, a cada instante, a força de vontade ou a cautela para deter-se em todas as ladeiras e não se render com encanto ao seu acentuado declive? E todo dia eu pensava: 'Não me deixarei ser arrastado para além deste ponto, vou parar: depende só de mim'. Mas eu era arrastado adiante, e agora teve início uma luta, para a qual peço sua ajuda. Só hoje, nessa noite, entendi como meus pés deslizaram ligeiro: só ontem consegui olhar mais fundo no abismo onde estou caindo e resolvi parar.

"Falo só de mim não por egoísmo, mas porque, quando eu for me deitar no fundo desse abismo, a senhora, como um anjo puro, continuará a planar nas alturas, e eu não sei se vai querer lançar um olhar para lá. Escute, sem nenhuma acusação, falo de modo franco e simples: a senhora não me ama e não pode me amar. Confie em minha experiência e acredite de modo incondicional. Pois faz muito tempo que meu coração começou a bater: admitamos que tenha batido em falso, fora do tempo, mas isso mesmo ensinou-me a distinguir as batidas corretas das batidas acidentais. Para a senhora é impossível, mas eu posso e devo saber onde está a verdade, onde está a ilusão, e cabe a mim a obrigação de prevenir quem ainda não teve tempo para reconhecer isso. E assim eu a previno: a senhora está numa ilusão, recue!

"Enquanto o amor entre nós se mostrava com um aspecto ligeiro, risonho, enquanto ele ressoava nas notas de 'Casta diva' e nos chegava no cheiro de um ramo de lilases, numa simpatia tácita, num olhar encabulado, eu não acreditava no amor, tomava-o por um artifício da imaginação e por um murmúrio da vaidade. Mas vieram as travessuras; fiquei doente de amor, experimentei os sintomas da paixão; a senhora tornou-se pensativa, séria; dedicou a mim suas horas de lazer; seus nervos começaram a falar mais alto; a senhora começou a se agitar, e então, ou seja, só agora, eu me assustei e senti que me cabe a obrigação de parar e dizer do que se trata.

"Eu disse à senhora que a amo, a senhora me respondeu da mesma forma — a senhora não ouve que dissonância existe aqui? Não escuta? Então escute depois, quando eu estiver no abismo. Olhe para mim, reflita na minha existência: será possível a senhora me amar? A senhora me ama? 'Amo, amo, amo!', disse-me ontem. 'Não, não não!', respondo eu, com firmeza.

"A senhora não me ama, mas não mente — apresso-me em acrescentar —, não me ilude; a senhora não pode dizer sim, quando por dentro a senhora diz não. Só quero mostrar-lhe que seu 'eu amo' presente não é um amor presente, mas futuro; é apenas a inconsciente necessidade de amar que, por falta de nutrição atual suficiente, por ausência de fogo, arde num calor falso, que não aquece, que às vezes se exprime naquele carinho que as mulheres sentem pelas crianças, por outra mulher, até simplesmente nas lágrimas ou em ataques histéricos. Desde o início eu deveria ter dito à senhora com rigor: a senhora está enganada, à sua frente não está aquilo que esperava, a pessoa com quem sonhava. Tenha paciência, ele virá, e aí a senhora vai acordar; terá pena e vergonha de seu erro, mas a mim essa pena e vergonha causam dor — aí está o que eu devia ter dito à senhora, se por natureza tivesse uma inteligência mais perspicaz e um espírito mais corajoso, se por fim eu fosse mais sincero... Eu o disse na verdade, mas lembre como foi: com medo de que a senhora acreditasse, com medo de que isso de fato acontecesse; eu disse antes tudo aquilo que os outros poderiam dizer depois, para preparar a senhora para não escutar e não acreditar depois, enquanto eu mesmo me apressava para encontrar-me com a senhora e pensava: 'A qualquer momento vai aparecer outro, mas enquanto isso eu sou feliz'. Aí está ela, a lógica do fervor e da paixão.

"Agora penso de outro modo. O que vai acontecer quando eu estiver preso a ela, quando vê-la não for mais um luxo na vida, mas uma necessidade; quando o amor tiver escavado mais fundo no coração (não é à toa que sinto ali um endurecimento)? Como escapar então? Sobreviverei a essa dor? Vou passar maus bocados. E agora não consigo pensar nisso sem me horrorizar. Caso a senhora tivesse mais experiência, fosse mais velha, eu abençoaria minha felicidade e lhe daria a mão para sempre. Mas...

"Para que então estou escrevendo? Por que não ir direto até a senhora e lhe dizer que o desejo de encontrar-me com a senhora cresce a cada dia e que no entanto não devo vê-la? Falar tais palavras frente a frente com a senhora — para isso me falta coragem, imagine só! Às vezes quero falar algo semelhante e acabo dizendo outra coisa muito diferente. Na hora, talvez no rosto da senhora se exprimisse uma tristeza (se for verdade que a senhora não está aborrecida comigo), sem entender minhas boas intenções, e talvez a senhora se ofendesse: eu não suportaria nem uma coisa nem outra e acabaria de novo falando algo muito diferente, e as intenções puras iriam se esfarelar em cinzas e terminariam com a combinação de um novo encontro para o dia seguinte. Agora, sem a senhora, a situação é muito diferente: seus olhos meigos, seu rostinho bondoso não estão na minha frente; o papel sofre e cala, e eu escrevo tranquilo (minto): *não nos veremos mais* (não minto).

"Um outro acrescentaria: *escrevo e me afogo em lágrimas*, mas eu não estou me exibindo diante da senhora, não ostento minha tristeza, porque não quero aumentar a dor, exacerbar o remorso, o sofrimento. Toda essa encenação encobre em geral a intenção de deitar raízes mais fundas no solo do sentimento, mas quero aniquilar suas sementes, na senhora e em mim. Além do mais, chorar convém ou a sedutores que, por meio de frases, procuram capturar mulheres vaidosas e imprudentes, ou a sonhadores lânguidos. Digo isso me despedindo como nos despedimos de um grande amigo, ao partirmos numa estrada para bem longe.

"Daqui a umas três semanas, daqui a um mês, seria tarde, difícil: o amor faz progressos incríveis, é uma gangrena da alma. E agora não sou mais como era, não conto as horas e os minutos, nada sei da ascensão e do declínio do sol, conto o tempo assim: eu a vi ou não a vi, vou vê-la ou não vou vê-la, ela veio ou não veio, virá… Tudo isso fica bem para a juventude, que suporta com facilidade as emoções agradáveis e as desagradáveis; para mim é melhor o repouso, embora maçante, sonolento, mas pelo menos ele é meu conhecido; pois não resisto a tempestades.

"Muitos ficariam surpresos com meu gesto: por que foge?, dirão; outros irão rir de mim: acho que posso suportar isso também. Se posso suportar não me encontrar mais com a senhora, então posso suportar qualquer coisa.

"Em minha profunda amargura, consolo-me um pouco pensando que esse curto episódio de nossa vida me deixará para sempre uma recordação tão pura e doce que só ele será o bastante para eu não afundar no antigo sono do espírito, e para a senhora não haverá dano, servirá de orientação no amor futuro e normal.

"Adeus, anjo, voe para longe e bem depressa, como um passarinho assustado voa de um ramo onde pousou por engano, voe tão leve, audaz e alegre como ele, desse ramo em que a senhora pousou acidentalmente!"

Oblómov escrevia com animação: a pena voava pelas páginas. Os olhos brilhavam, as faces ardiam. A carta ficou comprida — como todas as cartas de amor: o medo do amante tem um quê de tagarela.

"Que estranho! Não me sinto mais entediado nem abatido!", pensou. "Estou quase feliz... Por que isso? Deve ser porque, com a carta, tirei um peso da alma."

Releu a carta, dobrou e selou.

— Zakhar! — chamou. — Quando vier o criado, entregue-lhe esta carta para a senhora.

— Sim, senhor — respondeu Zakhar.

De fato, Oblómov sentia-se quase alegre. Sentou-se no sofá com as pernas dobradas sob o corpo e até perguntou se havia algo para o café da manhã. Comeu dois ovos e fumou um charuto. O coração e a cabeça estavam repletos; ele vivia. Imaginou como Olga iria receber a carta, como ficaria admirada, como ficaria seu rosto quando lesse. E depois, o que ia acontecer?...

Oblómov deliciava-se ante a perspectiva daquele dia, a novidade da situação... Com o coração aflito, esperava ansioso que batessem na porta, que o criado chegasse, que Olga lesse a carta logo... Não, na entrada da casa, tudo estava em silêncio.

"O que isso significa?", pensou com inquietação. "Não veio ninguém: como pode ser?"

Uma voz misteriosa lhe sussurrou: "Por que está inquieto? Não era disso que você precisava, romper as relações com ela?". Mas Oblómov sufocou aquela voz.

Meia hora depois, com um grito, chamou Zakhar do pátio, onde ele estava sentado na companhia de um cocheiro.

— Não veio ninguém? — perguntou. — Não vieram aqui?

— Não, vieram, sim — respondeu Zakhar.

— E o que você fez?

— Disse que o senhor não estava, que tinha ido embora para a cidade.

Oblómov cravou os olhos nele.

— Para que foi falar isso? — perguntou. — O que foi que mandei você fazer quando o homem viesse?

— Mas não veio homem nenhum, veio uma criada — retrucou Zakhar com uma frieza imperturbável.

— E entregou a carta?

— De maneira alguma: pois o senhor primeiro mandou dizer que não estava em casa e só depois entregar a carta. Então quando vier um homem eu entrego a carta.

— Não, não, você... é um assassino! Onde está a carta? Dê aqui! — disse Oblómov.

Zakhar trouxe a carta, já visivelmente suja.

— Você tem de lavar as mãos! Olhe só! — Oblómov falou com raiva, apontando para as manchas.

— Minhas mãos estão limpas — retrucou Zakhar, olhando para o lado.

— Aníssia, Aníssia! — começou a gritar Oblómov.

Aníssia pôs a cabeça e os ombros para dentro da porta.

— Viu só o que o Zakhar fez? — lamentou-se Oblómov com ela. — Pegue esta carta e entregue para o criado ou a criada que vier da casa dos Ilínski. A carta é para a senhora, entendeu?

— Sim, senhor, patrão. Pode deixar, eu entrego.

Assim que ela foi para a entrada da casa, Zakhar tomou a carta de suas mãos.

— Vá embora, vá embora — gritou ele —, vá cuidar de seus assuntos de mulher!

Pouco depois veio de novo uma criada. Zakhar começou a abrir o ferrolho para ela, e Aníssia fez menção de se dirigir à criada, mas Zakhar lançou-lhe um olhar enfurecido.

— O que está fazendo aqui? — perguntou ele em tom irritado.

— Vim só ouvir como você...

— Sei, sei, sei! — rosnou Zakhar, e brandiu o cotovelo na direção dela, com ar de ameaça. — Vá embora!

Aníssia sorriu e se foi, mas do cômodo vizinho, por uma fresta, observou se Zakhar fazia o que o patrão tinha mandado.

Iliá Ilitch, ao ouvir o barulho, correu até lá.

— O que quer, Kátia? — perguntou.

— A patroa mandou perguntar para onde o senhor foi. Mas o senhor não foi, está em casa! Vou logo contar a ela — disse e fez menção de sair correndo.

— Estou em casa, sim. Veja, tudo isso é mentira — disse Oblómov. —
Mas entregue esta carta à patroa!

— Sim, senhor, vou entregar!

— Onde está sua patroa, agora?

— Foi dar uma volta na aldeia e mandou dizer que se o senhor tiver
terminado o livrinho, tenha a bondade de ir ao jardim às duas horas.

E foi embora.

"Não, eu não irei... para que atiçar o sentimento quando tudo deve ser
encerrado?", pensou Oblómov, enquanto seguia para a aldeia.

De longe, avistou Olga, que andava pelo morro, viu que Kátia a alcançou
e lhe entregou a carta; viu que Olga se deteve um momento, olhou para a
carta, pensou um pouco, depois acenou com a cabeça para Kátia e caminhou
para a alameda do parque.

Oblómov fez um desvio contornando o morro, entrou na mesma alameda pelo outro lado e, ao chegar à metade, sentou-se na grama entre os arbustos
e esperou.

"Ela vai passar por aqui", pensou. "Vou só observar como ela está, sem
ser visto, e depois irei embora para sempre."

Com o coração palpitante, esperou pelo som dos passos dela. Não, tudo
quieto. A natureza prosseguia sua vida ativa; em redor, fervia uma atividade
invisível, miúda, tudo parecia repousar numa tranquilidade sagrada.

Ao mesmo tempo, na grama, tudo se movia, rastejava, se agitava. Formigas corriam em várias direções, muito atarefadas e inquietas, esbarravam-se,
dispersavam-se, afobavam-se, era como olhar bem do alto para um mercado
cheio de gente: a mesma aglomeração, a mesma multidão, o mesmo povo que
fervilhava.

Uma abelha zumbe em redor de uma flor e arrasta-se para dentro de seu
cálice; moscas se aglomeram em bando ao encontrar uma gota de seiva na
fresta da casca de uma tília; um passarinho em algum lugar da mata repete os
mesmos sons há muito tempo, talvez chamando outro passarinho.

Duas borboletas, revoluteando no ar velozmente, uma em redor da outra,
como numa valsa, giram afobadas em volta dos troncos das árvores. O capim
tem um cheiro forte; dele emana um rumor incessante...

"Que rebuliço há aqui!", pensou Oblómov, lançando um olhar para aquele tumulto e escutando os pequenos ruídos da natureza. "E fora daqui tudo está quieto, tranquilo!"

E ainda não se ouvia nenhum passo. Por fim, lá estava… "Ah!", suspirou Oblómov, afastando os ramos delicadamente. "É ela, é ela… Mas o que é isso? Está chorando! Meu Deus!"

Olga andava devagar e, com um lenço, enxugava as lágrimas; porém, mal secavam, surgiam novas lágrimas.

Ela sentia vergonha das lágrimas, sufocava-as, queria escondê-las até das árvores, mas não conseguia. Oblómov nunca tinha visto as lágrimas de Olga; não esperava aquelas lágrimas, pareciam abrasá-lo, mas de um modo que ele se sentia aquecido por elas, e não queimado.

Caminhou ligeiro na direção de Olga.

— Olga, Olga! — disse com ternura, andando atrás dela.

Olga teve um sobressalto, olhou para trás, lançou um olhar para ele com surpresa, depois se voltou e foi em frente.

Oblómov caminhou ao lado dela.

— A senhora está chorando? — disse.

As lágrimas dela escorreram com mais força. Ela já não conseguia contê-las e apertava o lenço no rosto, sufocou em seus soluços e sentou-se no primeiro banco que apareceu no caminho.

— O que foi que eu fiz! — balbuciou Oblómov com horror, tomou a mão de Olga e tentou afastá-la do rosto.

— Deixe-me! — exclamou ela. — Vá embora! Para que veio aqui? Sei que não devo chorar: para quê? O senhor está certo: sim, tudo pode acontecer.

— O que vou fazer para que parem essas lágrimas? — perguntou ele, de joelhos diante dela. — Diga, ordene: estou disposto a tudo…

— O senhor causou estas lágrimas, mas detê-las está fora de seu poder… O senhor não tem tal força! Vá embora! — disse ela, enquanto abanava o rosto com o lenço.

Oblómov fitou-a e, em pensamento, praguejou contra si.

— Maldita carta! — exclamou com rancor.

Ela abriu a cestinha de trabalho, retirou a carta e entregou-a a ele.

— Tome — disse —, e leve-a consigo para que eu não chore, mesmo daqui a muito tempo, quando olhar para esta carta.

Oblómov enfiou a carta no bolso em silêncio e sentou-se ao lado dela, de cabeça baixa.

— Pelo menos a senhora reconhece a correção de minhas intenções, Olga? — disse ele em voz baixa. — É uma prova de como a felicidade da senhora é cara para mim.

— Sim, é cara! — disse ela, e soluçou. — Não, Iliá Ilitch, o senhor deve ter ficado com inveja de eu estar tão serenamente feliz e tratou logo de perturbar essa felicidade.

— Perturbar! Então a senhora não leu minha carta? Vou repetir para a senhora...

— Não li até o fim porque meus olhos se encheram de lágrimas: veja como ainda sou tola! Mas adivinhei o resto: não repita para que eu não chore mais...

As lágrimas começaram a escorrer outra vez.

— Afinal o motivo pelo qual estou me afastando da senhora — começou Oblómov — não é a garantia da sua felicidade futura? Eu não estou me sacrificando pela sua felicidade? Acha que fiz isso friamente? Por acaso eu não estou chorando por dentro? Para que então fiz isso?

— Para quê? — repetiu Olga, parando de chorar de repente e voltando-se para ele. — Para isso mesmo, para ficar escondido nos arbustos, para espiar se eu ia chorar e como eu ia chorar, foi para isso! Se o senhor desejasse com sinceridade aquilo que escreve na carta, se estivesse convencido de que é preciso nos separarmos, o senhor viajaria para o exterior sem encontrar-se comigo.

— Mas que ideia!... — exclamou em tom de censura e não concluiu a frase. Tal suposição o impressionou porque, de repente, ficou claro para ele que era verdade.

— Sim — repetiu Olga —, ontem o senhor precisava de meu amor, hoje necessita de lágrimas e amanhã, quem sabe, o senhor vai querer saber como eu vou morrer.

— Olga, como pode me ofender dessa maneira? Será que não acredita que eu daria agora metade da vida para escutar seus risos e não ver suas lágrimas?

— Sim, agora pode ser, quando o senhor já viu como uma mulher chora pelo senhor... Não — acrescentou Olga —, o senhor não tem coração. O senhor não queria minhas lágrimas, é o que diz, mas então, se não queria, não devia ter feito isso.

— Mas como eu poderia saber? — disse ele em tom de pergunta e de exclamação, espalmando as duas mãos no peito.

— O coração quando ama tem sua própria razão — objetou Olga —, o coração sabe o que quer e sabe de antemão o que vai acontecer. Ontem eu não poderia ter vindo aqui: apareceram visitas em nossa casa de repente, mas eu sabia que o senhor se cansaria me esperando, talvez dormisse mal: eu vim porque não queria o seu sofrimento... Mas o senhor... o senhor se sente alegre porque estou chorando. Veja, veja, como se delicia!

E de novo começou a chorar.

— E de fato dormi mal, Olga; tive uma noite fatigante...

— E o senhor lamenta que eu tenha dormido bem, que eu não tenha me atormentado, não é verdade? — interrompeu Olga. — Se eu não estivesse chorando agora, o senhor dormiria mal hoje também.

— O que vou fazer agora? Pedir perdão? — disse ele com ternura submissa.

— São as crianças que pedem perdão, ou quando alguém leva um esbarrão e cai na rua pedem perdão, mas aqui desculpas não ajudam — disse ela, de novo abanando o rosto com o lenço.

— No entanto, Olga, e se for mesmo verdade? E se minha ideia for justa e seu amor for um erro? E se a senhora vier a amar outro e então, ao olhar para mim, ficar ruborizada de vergonha...

— E então, e daí? — perguntou ela, fitando Oblómov com um olhar tão sagaz e tão ironicamente profundo que ele se encabulou.

"Ela quer extrair algo de mim!", pensou. "Resista, Iliá Ilitch!"

— Como "e daí"? — repetiu Oblómov de maneira mecânica, olhando inquieto para ela, sem adivinhar que ideia estava se formando na cabeça de Olga, como ela justificaria seu "e daí", quando era obviamente impossível justificar os efeitos daquele amor, se era um erro.

Olga olhou para ele de modo muito consciente, com muita convicção, obviamente com pleno domínio de seu pensamento.

— O senhor receia — retrucou Olga em tom cáustico — cair no "fundo do abismo"; tem pavor da humilhação futura, quando eu deixar de amar o senhor! "Vou passar maus bocados", o senhor escreveu...

Oblómov ainda não estava entendendo.

— Pois eu, se me apaixonar por outro, estarei bem: ou seja, estarei feliz! E o senhor ainda diz que quer "garantir minha felicidade em primeiro lugar e que está pronto a sacrificar tudo por mim, até a vida"?

Oblómov fitou-a fixamente e só a grandes intervalos piscava os olhos arregalados.

— Puxa, mas que lógica! — sussurrou. — Admito que não esperava...

E Olga lançou para ele um olhar venenoso, dos pés à cabeça.

— E essa felicidade que está deixando o senhor louco? — prosseguiu Olga. — E essas manhãs e tardes, e este parque, e o meu amor... tudo isso não vale nada, não tem valor nenhum, não vale nenhum sacrifício, nenhuma dor?

"Ah, quem dera eu pudesse me enfiar na terra!", pensou ele, atormentando-se interiormente, à medida que o pensamento de Olga o despia por completo.

— E se — começou ela, inflamada, em tom de pergunta — o senhor se cansasse desse amor, como se cansa dos livros, do trabalho, da sociedade? E se com o tempo, sem um rival, sem outro amor, o senhor adormecer a meu lado, como adormece no sofá de sua casa, e minha voz não acordar o senhor? E se esse inchaço em seu coração passar, e nem digo outra mulher, mas e se seu roupão se tornar mais querido para o senhor do que...?

— Olga, isso é impossível! — interrompeu Oblómov com insatisfação, afastando-se dela.

— Impossível por quê? — perguntou ela. — O senhor diz que eu "estou enganada, que vou amar outro", mas eu às vezes penso que o senhor simplesmente deixou de me amar. E então? Como vou me justificar por aquilo que estou fazendo agora? Se não perante os outros, a sociedade, ao menos perante mim mesma? E às vezes eu também não durmo por causa disso, mas não atormento o senhor com conjeturas sobre o futuro, porque acredito que tudo vai melhorar. Em mim, a felicidade supera o medo. E acho importante quando, por minha causa, os olhos do senhor brilham, quando o senhor sobe um morro para me encontrar, esquece a indolência e se apressa a ir à cidade, no calor, para conseguir um buquê ou um livro para mim; quando vejo que obrigo o senhor a sorrir, a querer viver... Eu espero e busco só uma coisa: a felicidade, e creio que achei. Se estou enganada, se é verdade que vou chorar por causa de meu erro, pelo menos sinto aqui (pôs a palma da mão no coração) que não sou culpada; quer dizer que o destino não queria isso, que Deus não permitiu. Mas eu não tenho medo das lágrimas futuras; não vou chorar em vão: comprei algo ao preço das lágrimas... Eu me sentia... tão bem! — acrescentou Olga.

— Então volte a sentir-se bem! — implorou Oblómov.

— Mas o senhor vê tudo sombrio à sua frente; para o senhor, não existe felicidade... Isso é ingratidão — prosseguiu Olga —, isso não é amor, é...

— Egoísmo! — completou Oblómov, e não teve coragem de olhar para Olga, não teve coragem de falar, não teve coragem de pedir perdão.

— Vá para onde o senhor queria ir — disse ela em voz baixa.

Oblómov olhou para Olga. Os olhos dela tinham secado. Ela olhava para baixo com ar pensativo e riscava a areia com a ponta da sombrinha.

— Deite-se de barriga para cima outra vez — acrescentou ela depois —, não vá cometer um erro, não vá "cair no abismo".

— Eu me envenenei e envenenei a senhora também, em vez de ser feliz de maneira simples e direta... — balbuciou com remorso.

— Beba *kvás*: não vai se envenenar — alfinetou ela.

— Olga! Isso não é generoso! — disse ele. — Depois de eu ter punido a mim mesmo com a consciência de...

— Sim, em palavras o senhor se castiga, se atira no precipício, sacrifica metade da vida, mas quando vem a dúvida, a noite insone, ah, como o senhor logo se torna carinhoso consigo mesmo, como se torna cuidadoso e atencioso consigo mesmo, como enxerga de longe o que vai acontecer!...

"Como ela é verdadeira, e como é simples!", pensou Oblómov, mas sentiu vergonha de dizê-lo em voz alta. Por que ele mesmo não havia compreendido aquilo, mas sim uma mulher que mal começava a viver? E como ela fora rápida! Havia pouco tempo parecia apenas uma menina.

— Não temos mais o que dizer — concluiu Olga e levantou-se. — Adeus, Iliá Ilitch, e seja... tranquilo; pois nisso reside sua felicidade.

— Olga! Não, pelo amor de Deus, não! Agora que tudo ficou claro, não me rejeite... — disse ele e segurou-a pela mão.

— Mas para que o senhor precisa de mim? O senhor tem dúvidas e acha que meu amor pelo senhor é um erro: não posso aplacar sua dúvida; talvez seja mesmo um erro, não sei...

Oblómov soltou a mão dela. De novo havia um punhal erguido acima dele.

— Como não sabe? Será que não sente? — perguntou de novo com dúvida no rosto. — Será que a senhora desconfia...?

— Não desconfio de nada; ontem já disse para o senhor o que sinto, e o que vai acontecer daqui a um ano, eu não sei. Mas será que depois de uma felicidade vem outra, e depois mais uma, igual à primeira? — indagou ela, fitando-o bem nos olhos. — Diga-me, o senhor é mais experiente do que eu.

Mas Oblómov não tinha mais vontade de insistir naquela ideia e ficou calado, balançando na mão um ramo de acácia.

— Não, só se ama uma vez! — repetiu ele como um estudante que diz uma frase decorada.

— Pois veja só: eu também acredito nisso — acrescentou ela. — Se não é assim, então talvez eu possa deixar de amar o senhor, talvez meu erro me faça sofrer, e ao senhor também; talvez devamos nos separar!... Amar duas, três vezes... não, não... Eu não quero acreditar nisso!

Ele suspirou. Aquele *talvez* ficou se revolvendo em sua alma, e Oblómov caminhou atrás dela, arrastando os pés, pensativo. Porém, a cada passo ele se sentia mais leve; o erro que fantasiara à noite se encontrava num futuro tão distante... "Ora, não é só o amor, a vida inteira é assim...", veio-lhe à cabeça de repente, "e se eu for rejeitar toda oportunidade como se fosse um erro, quando é que não será... um erro? O que fiz? Parece que fiquei cego..."

— Olga — disse ele, mal tocando sua cintura com a ponta de dois dedos —, a senhora é mais inteligente do que eu.

Ela balançou a cabeça.

— Não, sou mais simples e mais corajosa. Do que o senhor tem medo? Pensa mesmo a sério que é possível deixar de amar? — perguntou Olga com orgulhosa convicção.

— Agora eu também não tenho medo! — respondeu ele com audácia. — A seu lado, o destino não me assusta!

— Li essas palavras não faz muito tempo... em Sue,* parece — replicou

---

* Eugène Sue (1804-57): escritor francês, autor de *Os mistérios de Paris* (1842-3).

Olga de repente e com ironia, virando-se para ele —, só que eram ditas por uma mulher, para um homem...

O rosto de Oblómov ficou vermelho.

— Olga! Vamos deixar que tudo seja como era ontem — implorou —, não vou ter medo dos erros.

Ela não disse nada.

— Sim? — perguntou ele com timidez.

Ela não disse nada.

— Bem, se a senhora não quer falar, me dê algum sinal... um ramo de lilases...

— Os lilases... acabaram, caíram! — retrucou ela. — Olhe, veja os que restaram: estão murchos!

— Murcharam, morreram! — repetiu Oblómov, olhando para os lilases. — A carta também morreu! — disse ele de repente.

Olga balançou a cabeça dizendo que não. Oblómov caminhou atrás dela e refletia sobre a carta, sobre a felicidade da véspera, sobre os lilases murchos.

"De fato, os lilases definham!", pensou. "Para que fiz aquela carta? Para que fiquei a noite toda sem dormir e escrevi a carta de manhã? Veja como agora minha alma ficou de novo tranquila... (ele bocejou)... que vontade horrível de dormir. Mas e se não tivesse havido carta nenhuma, nada disso teria acontecido: ela não teria chorado, tudo estaria como ontem; nós ficaríamos sentados aqui na alameda, olhando um para o outro, e conversaríamos sobre a felicidade. E hoje seria a mesma coisa, e amanhã..." Oblómov bocejou com a boca aberta ao máximo.

Mais adiante, veio-lhe à cabeça o que teria acontecido se a carta tivesse alcançado seu objetivo, se Olga pensasse da mesma forma que ele, tivesse medo dos erros, como ele, e medo de distantes tempestades futuras, se ela tivesse dado ouvidos à sua assim chamada experiência, prudência, e concordasse em separa-se, em esquecer um ao outro?

Não, nem pensar! Despedir-se, partir para a cidade, para outro apartamento! Depois disso, logo viria a noite comprida, o amanhã maçante, o depois de amanhã insuportável e uma série de dias cada vez mais insípidos, insípidos...

Como aquilo seria possível? Seria a morte! No entanto aconteceria aquilo mesmo! Ele ficaria doente. Oblómov não queria a separação, não conse-

318

guiria suportar, viria implorar para que se encontrassem de novo. "Então, para que escrevi a carta?", perguntou-se.

— Olga Serguéievna! — disse.

— O que o senhor quer?

— Para completar minha confissão devo acrescentar ainda uma coisa...

— O quê?

— Aquela carta foi algo completamente desnecessário...

— Não é verdade, ela era imprescindível — concluiu Olga.

Virou-se para ele e riu ao ver a expressão no rosto de Oblómov e como o sono havia passado de repente, como os olhos se abriam muito de espanto.

— Imprescindível? — repetiu ele, devagar, cravando os olhos nas costas de Olga. Mas ali havia apenas as duas franjas da mantilha.

Mas então o que significavam aquelas lágrimas e acusações? Seriam astúcia? Mas Olga não era assim: aquilo Oblómov via claramente.

Só mulheres mais ou menos limitadas usavam de astúcia, faziam-se de sonsas. Na falta de uma inteligência de fato, elas punham em movimento, por meio da astúcia, as molas de sua insignificante vida cotidiana e costuravam sua política doméstica como uma renda, sem perceber que à sua volta se definiam as principais linhas da vida, seus rumos e os pontos onde elas se cruzavam.

A astúcia é como uma moedinha de pouco valor, com a qual não se pode comprar nada. Assim como se pode viver uma ou duas horas com uma moeda miúda, assim também, com a astúcia, se pode ocultar algo aqui, enganar ou manipular ali, mas não é o suficiente para alcançar horizontes distantes, sondar o início e o fim de um acontecimento importante e de peso.

A astúcia tem vista curta: só enxerga bem o que está embaixo do nariz, não o que está longe, e por isso, não raro, cai na armadilha que ela mesma preparou para outros.

Olga tinha uma inteligência simples: com que clareza e facilidade havia solucionado o problema daquele mesmo dia, e todos os outros! De maneira imediata e direta, ela avistava o sentido de um acontecimento e partia em sua direção, em linha reta.

Mas a astúcia é como um camundongo: fica correndo em redor, esconde--se... Mas o caráter de Olga não era assim. Então, o que era aquilo? Que novidade era aquela?

— Por que a carta é imprescindível? — perguntou ele.

— Por quê? — repetiu Olga e voltou-se rápido para ele, com o rosto alegre, deliciando-se em conseguir, a cada passo, deixar Oblómov num beco sem saída. — Porque — começou ela com toda a calma — o senhor não dormiu de noite e escreveu tudo aquilo para mim; eu também sou egoísta! Isso em primeiro lugar...

— Então por que a senhora me repreendeu há pouco, se a senhora mesma concorda agora comigo? — interrompeu Oblómov.

— Porque o senhor inventou esses tormentos. Eu não inventei, eles aconteceram e me agrada que tenham terminado, mas o senhor os preparou e teve esse prazer antes. O senhor é perverso! É por isso que repreendi o senhor. Depois... na carta, existem ideias, sentimentos... O senhor viveu essa noite e essa manhã não como costuma fazer, mas como seu amigo e eu queríamos que o senhor vivesse, isso em segundo lugar; por fim, em terceiro lugar...

Ela chegou tão perto de Oblómov que o sangue dele afluiu ao coração e à cabeça; ele começou a respirar ofegante, com emoção. E Olga o fitou bem nos olhos.

— Em terceiro lugar, porque na carta, como num espelho, estão bem visíveis sua ternura, seu cuidado, sua preocupação comigo, o receio por minha felicidade, a consciência pura do senhor... tudo aquilo que Andrei Ivánovitch me apontou no senhor e que eu amava, aquilo pelo qual me esqueci de sua preguiça... de sua apatia... O senhor se exprimiu espontaneamente: o senhor não é egoísta, Iliá Ilitch, o senhor não escreveu para nos separarmos, de jeito nenhum, o senhor não queria isso, mas porque temia me desiludir... Foi a honestidade que falou na carta, do contrário ela teria me ofendido e eu não teria chorado... por orgulho! Veja, eu sei por que amo o senhor e não tenho medo do erro: não me engano com o senhor...

Para Oblómov, ela pareceu radiante, luminosa, quando disse aquilo. Seus olhos brilhavam com a exultação do amor, com a consciência da própria força; nas faces surgiram duas manchas rosadas. E ele, ele era a causa daquilo! Com um movimento de seu coração honesto, ele acendera na alma de Olga aquela chama, aquela vibração, aquele brilho.

— Olga! A senhora... é a melhor de todas as mulheres, é a primeira mulher do mundo! — disse, entusiasmado, e fora de si estendeu os braços e curvou-se na direção dela. — Pelo amor de Deus... um beijo, em penhor da felicidade inexprimível — sussurrou Oblómov, como num delírio.

No mesmo instante, Olga deu um passo atrás; o brilho exultante e as cores desapareceram de seu rosto; os olhos meigos ganharam uma cintilação de temor.

— Nunca! Nunca! Não se aproxime! — disse ela com medo, quase com horror, estendendo as duas mãos e a sombrinha entre ela e Oblómov, e parou, como que petrificada, como se fincasse raízes na terra, sem respirar, numa atitude terrível, com um olhar terrível, meio de lado para ele.

De repente Oblómov se acalmou: à sua frente não estava a Olga meiga, mas uma deusa ferida de orgulho e de ira, com lábios contraídos e raios nos olhos.

— Desculpe! — murmurou, encabulado, arrasado.

Olga lentamente lhe deu as costas e seguiu em frente, espiando de vez em quando por cima do ombro para ver o que ele estava fazendo. Mas ele não fazia nada: andava devagar, como um cachorro com o rabo entre as pernas, depois de levar uma coça.

Ela quis apertar o passo, mas ao ver o rosto de Oblómov reprimiu um sorriso e andou mais devagar, só tremendo de vez em quando. Uma mancha rosada surgia ora numa face, ora na outra.

À medida que andava, seu rosto reluzia, a respiração ficava mais lenta e serena, e mais uma vez ela passou a caminhar em passos ritmados. Olga via como seu "nunca" era sagrado para Oblómov, e o acesso de raiva pouco a pouco se aquietou e cedeu lugar à compaixão. Ela andava cada vez mais devagar...

Sua vontade era aplacar seu acesso de raiva; queria inventar um pretexto para falar.

"Estraguei tudo! Aí está um erro de verdade! 'Nunca!' Meu Deus! Os lilases murcharam", pensou Oblómov, olhando para os lilases pendentes nos ramos. "Ontem murchou, a carta murchou também, e aquele instante, o melhor de minha vida, quando pela primeira vez uma mulher me disse, com uma voz que parecia vir do céu, que existe em mim algo de bom, também murchou!..."

Olhou para Olga — estava parada, esperava por ele de olhos baixos.

— Dê-me a carta! — disse Olga baixinho.

— Ela murchou! — respondeu Oblómov em tom triste, entregando a carta.

Ela chegou perto de Oblómov outra vez e inclinou mais um pouco a cabeça; as pálpebras estavam completamente fechadas... Ela quase tremia. Ele entregou a carta: ela não levantou a cabeça, não saiu do lugar.

— O senhor me assustou — acrescentou Olga em voz suave.

— Desculpe, Olga — murmurou Oblómov.

Ela ficou em silêncio.

— Aquele terrível "nunca!"... — ele disse com tristeza e suspirou.

— Vai murchar! — sussurrou Olga de modo quase inaudível, ruborizando-se. Lançou sobre ele um olhar envergonhado, afetuoso, segurou as mãos de Oblómov, apertou com força, depois as colocou sobre o próprio coração.

— Sinta como está batendo! — disse ela. — O senhor me assustou! Deixe-me!

E, sem olhar para ele, virou-se e correu pela trilha, levantando um pouquinho a parte da frente do vestido.

— Aonde a senhora vai assim? — disse ele. — Estou cansado, não consigo ir atrás da senhora.

— Deixe-me. Vou correndo cantar, cantar, cantar! — repetiu Olga com o rosto em brasa. — Meu peito está me apertando, quase chega a doer!

Oblómov ficou parado onde estava e, por muito tempo, olhou para Olga, como um anjo que voava.

"Será que este instante também vai murchar?", pensou quase com tristeza e ele mesmo não sabia se estava andando ou se estava parado.

"Os lilases morreram", pensou ele de novo, "ontem morreu, e a noite, com os fantasmas, com a falta de ar, também morreu... Sim! E este instante vai morrer, como os lilases! Mas quando a noite de hoje morria, ao mesmo tempo esta manhã já começava a florescer..."

— O que é isso? — disse em voz alta, numa espécie de delírio. — E... o amor também... o amor? Mas eu pensava que, como um meio-dia tórrido, o amor pairasse acima dos que amam e que nada se moveria, nada pereceria, em sua atmosfera: mas no amor não existe repouso, ele sempre se move para a frente, para a frente... "Como toda a vida", diz Stolz. E ainda não nasceu o Josué que dirá para o amor: "Fique parado e não se mexa!".* O que vai acon-

---

* Referência à passagem bíblica da Batalha de Gabaon, em que Josué detém o Sol e a Lua (Js 10,12-13).

tecer amanhã? — perguntou Oblómov, aflito e pensativo, e foi preguiçosamente para casa.

Ao passar pela janela de Olga, ouviu como seu peito diminuto se aliviava aos sons de Schubert, como se chorasse de felicidade.

Meu Deus! Como é bom estar vivo!

XI.

Em casa, Oblómov recebeu uma carta de Stolz, que começava e terminava com as palavras: "Agora ou nunca!", estava repleta de repreensões contra a imobilidade, trazia um convite para ele ir sem falta à Suíça, aonde Stolz se preparava para ir, e por fim à Itália.

Se não fosse possível, dizia para Oblómov ir para o campo, administrar sua propriedade rural, sacudir a vida indiferente dos mujiques, estipular e conferir suas receitas e tomar providências para a construção de uma casa nova para si.

"Lembre-se de nosso trato: agora ou nunca", concluía Stolz.

— Agora, agora, agora! — repetiu Oblómov. — Andrei não sabe que poema se desencadeou em minha vida. O que mais ele quer que eu faça? Por acaso, em algum momento ou com qualquer outra coisa, eu poderia estar mais ocupado do que estou agora? Se ele tentasse! A gente lê sobre os ingleses, os franceses: parece que eles estão sempre em atividade, parece que só pensam nisso e mais nada! Viajam pela Europa inteira, alguns vão até a Ásia e à África por nada, sem nenhum compromisso nem negócios; alguns desenham um álbum, outros escavam antiguidades, uns dão tiros em leões ou capturam serpentes. Do contrário, ficam em casa num ócio nobre; almoçam, jantam com amigos, com mulheres... nisso se resume toda a sua atividade! Por que então eu devo trabalhar como um condenado às galés? Andrei só pensa numa coisa: "Trabalhe e trabalhe, como um cavalo!". Para quê? Estou alimentado, vestido. Todavia Olga perguntou de novo se tenho intenção de ir para Oblómovka...

Oblómov passou a escrever, a fazer planos, foi até falar com o arquiteto. Dali a pouco tempo, sobre sua mesinha, estava aberto o projeto da casa, do jardim. Uma casa de família, ampla, com duas sacadas.

"Aqui eu, aqui Olga, aqui o quarto de dormir, o quarto das crianças...", pensava ele, sorrindo. "Mas e os mujiques, os mujiques..." E o sorriso se foi, a preocupação enrugou sua testa. "O vizinho manda uma carta, entra em uma porção de detalhes, fala de arar a terra, da contagem dos cereais debulhados... Que chatice! E sugere que devemos dividir os custos da construção de uma estrada para o povoado onde há uma grande feira, com uma ponte que atravessa o riacho, e pede três mil rublos, quer que eu hipoteque Oblómovka... Como querem que eu saiba se isso é mesmo necessário? Será que adianta alguma coisa? Será que ele não está me enganando? Vamos supor que seja um homem honesto: Stolz o conhece, mas mesmo assim também pode me enganar, e eu vou perder meu dinheiro! Três mil — que fortuna! Onde arranjar tudo isso? Não, dá medo! Ainda por cima ele escreve dizendo que alguns mujiques têm de ser transferidos para uma área afastada e erma e exige uma resposta rápida, tudo tem de ser muito rápido. Ele vai se encarregar de me enviar todos os documentos para a penhora da propriedade. Tenho de mandar-lhe uma procuração, ir ao Palácio da Justiça para atestar a veracidade do documento... O que mais ele quer? E eu nem sei onde fica essa tal repartição da Justiça, nem sei em que porta vou bater quando chegar ao Palácio da Justiça."

Oblómov ficou mais uma semana sem responder à carta do vizinho, enquanto isso até Olga perguntava se ele já tinha ido à tal repartição. Dali a pouco tempo, Stolz também mandou uma carta e perguntou para Oblómov e também para Olga: "O que ele está fazendo?".

Olga, porém, só podia observar de forma superficial a atividade do amigo, e mesmo assim só na sua esfera. Se ele parecia alegre, se ia a toda parte bem-disposto, se aparecia no bosque na hora de costume, se mostrava interesse nas novidades locais, nos assuntos gerais das conversas. Acima de tudo, Olga observava com zelo ciumento se Oblómov não perdia de vista o propósito principal da vida. Se ela lhe perguntava sobre a repartição do Palácio da Justiça, era só porque tinha de escrever alguma coisa em resposta às perguntas de Stolz a respeito das atividades do amigo.

O verão estava no auge do calor; julho estava terminando; fazia um tempo ótimo. Oblómov quase não se separava de Olga. Nos dias claros, ele ficava no parque; no escaldante meio-dia, embrenhava-se com ela no bosque, entre os pinheiros, sentava-se aos pés dela, lia para ela; Olga já bordava outro retalho de lona — para Oblómov. E nos dois reinava também o verão quente: às vezes nuvens chegavam e passavam.

Se Oblómov tinha sonhos conturbados e dúvidas acudiam ao seu coração, Olga, como um anjo, ficava de guarda; velava por ele com seus olhos luminosos, investigava o que ele tinha no coração — e tudo de novo ficava calmo, de novo o sentimento fluía plácido como um rio, refletindo os novos desenhos do céu.

A maneira como Olga encarava a vida, o amor, tudo, se tornava ainda mais clara, mais definida. Olga olhava a seu redor de forma ainda mais convicta do que antes, não se perturbava com o futuro; nela, desenvolveram-se novos aspectos da inteligência, novos atributos do caráter. Este dava mostras ora de profundidade e diversidade poéticas, ora de justeza, lucidez, moderação e naturalidade…

Nela havia uma espécie de obstinação que sobrepujava não só todas as tempestades do destino como até mesmo a apatia e a preguiça de Oblómov. Se ela manifestava alguma intenção, logo aquilo era posto em prática. Só se ouvia falar daquele assunto. E, se não se ouvia, via-se claramente que no pensamento de Olga tudo continuava igual, que ela não ia esquecer, não ia desistir, não ia desanimar, ia avaliar tudo e alcançar aquilo que procurava.

Oblómov não conseguia entender de onde ela obtinha aquela força, aquela capacidade: detectar e saber como fazer e o que fazer em qualquer circunstância.

"É por isso", pensou ele, "que uma sobrancelha de Olga nunca fica nivelada com a outra, está sempre um pouco levantada, e acima dela há uma ruga tão fina, quase imperceptível… Ali, nessa ruga, aninha-se sua obstinação."

Por mais que a fisionomia de Olga fosse calma, radiante, aquela ruga não se desfazia, e a sobrancelha não se punha reta. Mas ela não usava forças ostensivas, nem tendências e métodos drásticos. A persistência das intenções e a obstinação não afastavam Olga um passo sequer da esfera feminina.

Não queria ser uma leoa dominadora, deixar seus admiradores sem graça com uma réplica cortante, ofuscar o salão inteiro com a rapidez de sua inteligência para que alguém num canto gritasse: "Bravo! Bravo!".

Nela havia até certa timidez, peculiar a muitas mulheres: na verdade, Olga não tremia ao ver um camundongo, não caía desmaiada quando uma cadeira tombava, mas tinha medo de andar para muito longe de casa, dava meia-volta se visse um mujique que lhe parecia suspeito, trancava a janela à noite para que os ladrões não entrassem — tudo como fazem as mulheres.

Além disso, era tão suscetível ao sentimento de compaixão, de piedade! Não era difícil provocar lágrimas em Olga; era fácil alcançar seu coração. No amor, era muito afetuosa; em suas relações com todos, tinha muita brandura, mostrava uma atenção carinhosa — em suma, era uma mulher!

Às vezes sua fala reluzia com uma centelha de sarcasmo, mas mesmo então brilhava com tal graça, com uma inteligência tão dócil e gentil que todos se ofereciam para ser sua vítima!

Em compensação, ela não tinha medo de rajadas de vento, caminhava com roupas leves ao anoitecer — para ela, não fazia mal nenhum! Olga palpitava de saúde; comia com apetite; tinha seus pratos prediletos; sabia como prepará-los.

De fato, muitas sabem fazer isso, mas muitas não sabem o que fazer, caso aconteça uma coisa ou outra, e se sabem é só de ouvir dizer, e se não sabem por que se deve fazer assim e não de outra maneira logo recorrem à autoridade de uma tia, de uma prima...

Muitas não sabem nem o que elas mesmas querem, mas se optam por algo o fazem de modo tão vago que tanto pode ser que sim como pode ser que não. Talvez seja porque tenham as sobrancelhas arqueadas por igual, esticadas com os dedos, e não possuam nenhuma ruga na testa.

Entre Oblómov e Olga formaram-se relações misteriosas e invisíveis para os outros: cada olhar, cada palavra insignificante dita em presença de outras pessoas tinha para eles um significado próprio. Em tudo viam um sinal de amor.

E Olga às vezes, mesmo com toda a sua autoconfiança, ruborizava-se quando à mesa contavam alguma história de amor semelhante à sua; e, como todas as histórias de amor se parecem, ela muitas vezes ficava vermelha.

E também Oblómov, ao ouvir alguma alusão àquilo, de repente se atrapalhava e punha no chá tamanha quantidade de açúcar que alguém sempre começava a rir.

Tornaram-se perspicazes e cautelosos. De vez em quando, Olga não contava para a tia que tinha estado com Oblómov, e ele, em casa, dizia que ia à cidade mas na verdade ia ao parque.

No entanto, por mais lúcida que fosse a inteligência de Olga, por mais consciente que se mostrasse ao olhar à sua volta, por mais que se mostrasse jovial e saudável, começaram a surgir nela alguns novos sintomas doentios. Às vezes Olga era dominada por uma inquietação sobre a qual ela refletia a fundo, mas não conseguia explicar.

Às vezes, ao caminhar de braços dados com Oblómov sob o calor do meio-dia, Olga se encostava preguiçosamente no ombro dele e andava de modo mecânico, com uma espécie de prostração, obstinadamente calada. A animação desaparecia; o olhar fatigado, sem vivacidade, tornava-se imóvel, cravava-se em um ponto qualquer, e a preguiça a impedia de dirigi-lo para outro objeto.

Olga sentia-se pesada, algo apertava seu peito, inquietava-a. Tirava a mantilha, tirava o lenço dos ombros, mas nem isso ajudava — continuava a apertar, continuava a oprimir. Olga deitava ao pé de uma árvore e ficava ali durante horas.

Oblómov sentia-se perdido, abanava o rosto de Olga com um ramo, mas ela, com um sinal de impaciência, dispensava suas atenções e continuava a sofrer.

Depois respirava fundo de repente, olhava à sua volta com ar de atenção, lançava um olhar para Oblómov, apertava a mão dele, sorria e de novo voltavam a animação, o riso, e ela de novo era senhora de si.

Certa vez, em especial, numa tarde, Olga caiu naquele estado de inquietude, numa espécie de alucinação de amor, e apareceu diante de Oblómov sob uma nova luz.

Estava calor, abafado; do bosque, zunia surdo um vento quente, nuvens pesadas cobriram o céu. Tudo ficava cada vez mais escuro.

— Vai chover — disse o barão, e foi para casa.

A tia foi para o quarto. Olga ficou tocando piano por muito tempo, mas depois parou.

— Não consigo, meus dedos tremem, parece que estou com falta de ar — falou para Oblómov. — Vamos dar uma volta no jardim.

Caminharam demoradamente pelas alamedas, em silêncio e de mãos dadas. As mãos de Olga estavam úmidas e macias. Os dois entraram no parque.

As árvores e os arbustos se confundiam na massa escura; nada se enxergava a dois passos de distância; as veredas de areia não eram mais do que uma faixa esbranquiçada que serpenteava.

Olga olhava atentamente para aquela obscuridade e se apertava a Oblómov. Os dois vagavam em silêncio.

— Estou com medo! — disse ela de repente, com um sobressalto, quando avançavam quase tateantes por uma alameda estreita entre duas paredes negras e inescrutáveis da floresta.

— De quê? — perguntou Oblómov. — Não tenha medo, Olga, estou com você.

— Tenho medo de você também! — disse ela num sussurro. — Ah, mas como é bom esse medo! O coração parece que vai parar. Dê-me sua mão, sinta aqui como ele está batendo.

Ela mesma se assustou e lançou um olhar em redor.

— Está vendo, está vendo? — sussurrou, sobressaltada, segurando forte com as duas mãos nos ombros de Oblómov. — Você não está vendo alguém se mexer no escuro?

Olga se apertou a ele mais ainda.

— Não tem ninguém… — respondeu Oblómov; mas arrepios percorreram suas costas.

— Cubra meus olhos com alguma coisa, depressa… bem apertados! — disse Olga num sussurro. — Pronto, agora está tudo bem… São os nervos — acrescentou com emoção. — Lá está outra vez! Veja, quem é? Vamos sentar num banco em algum lugar…

Tateante, ele procurou um banco e acomodou Olga.

— Vamos para casa, Olga — tentou persuadi-la —, você não está bem.

Ela deitou a cabeça no ombro dele.

— Não, aqui o ar está mais fresco — disse ela. — Sinto um aperto aqui no coração.

A respiração de Olga resvalava quente no rosto de Oblómov.

Ele tocou a cabeça dela com a mão — e a cabeça estava quente. O peito ofegava e se aliviava com suspiros frequentes.

— Não é melhor irmos para casa? — insistiu Oblómov, preocupado. — É preciso deitar…

— Não, não, me deixe, não me toque… — disse com voz lânguida, quase inaudível. — Está queimando aqui… — e apontou para o peito.

— Sério, vamos para casa… — insistiu Oblómov.

— Não, espere, vai passar…

Ela apertava a mão dele, de vez em quando o fitava nos olhos bem de perto e ficou sem dizer nada por muito tempo. Depois começou a chorar, de início baixinho, depois bem alto. Oblómov não sabia o que fazer.

— Pelo amor de Deus, Olga, vamos logo para casa! — disse com ansiedade.

— Está tudo bem — respondeu Olga chorando —, não atrapalhe, deixe que eu chore… as lágrimas vão apagar esse fogo, vou me sentir aliviada; são os nervos, mais nada…

Oblómov ouvia no escuro como ela ofegava, sentia como as lágrimas de Olga caíam quentes em sua mão, como ela a apertava convulsivamente.

Ele não movia um dedo, não respirava. A cabeça de Olga repousava em seu ombro, a respiração resvalava quente em seu rosto… Ele também estremecia, mas não se atrevia a tocar o rosto dela com os lábios.

Depois ela foi ficando cada vez mais calma, a respiração se tornou mais regular… Continuava calada. Oblómov achou que ela podia estar dormindo e teve receio de se mexer.

— Olga? — disse, num sussurro.

— O quê? — respondeu ela, também num sussurro, e respirou mais forte. — Pronto… agora passou… — disse com voz lânguida. — Estou aliviada, respiro melhor.

— Vamos — disse ele.

— Vamos! — repetiu ela a contragosto. — Meu querido! — sussurrou em seguida com ternura, apertando a mão de Oblómov, e caminhou para casa a passos trôpegos, encostando-se no ombro dele.

Na sala, Oblómov lançou um olhar para Olga: estava fraca, mas sorria de um modo estranho e inconsciente, como que sob o efeito de um devaneio.

330

Acomodou-a no sofá, ficou de joelhos ao lado dela e beijou sua mão várias vezes com afeição profunda.

Olga o fitava sempre com o mesmo sorriso, entregando-lhe as duas mãos, e depois, quando ele foi para a porta, acompanhou-o com os olhos.

Na porta, Oblómov voltou-se: Olga continuava a olhar para ele; no rosto, a mesma exaustão, o mesmo sorriso ardente, como se ela não pudesse controlá-lo...

Oblómov saiu em profunda meditação. Tinha visto aquele sorriso em algum lugar; lembrou-se de um quadro que representava uma mulher com um sorriso assim... só que não era Cordélia...

No dia seguinte, mandou perguntar sobre a saúde de Olga. Mandaram dizer: "Está bem, graças a Deus, e convida o senhor para vir jantar; à noite todos vão ver os fogos de artifício, a cinco verstas de casa".

Oblómov não acreditou e foi verificar em pessoa. Olga estava fresca, como uma flor: nos olhos, havia um brilho, uma animação, nas faces ardiam duas manchas rosadas; a voz era tão sonora! Mas de repente Olga ficou confusa, quase deu um grito quando Oblómov se aproximou dela e enrubesceu quando ele perguntou: "Como a senhora se sente depois de ontem?".

— Foi uma pequena perturbação nervosa — respondeu, apressada. — *Ma tante* diz que tenho de me deitar mais cedo. Só ultimamente tem me acontecido isso...

Não terminou a frase e deu meia-volta, como se pedisse que ele tivesse piedade dela. Mas por que se sentiu confusa, nem ela mesma sabia. Por que a recordação do encontro da véspera e daquele estado nervoso a atormentava e afligia?

Olga sentia vergonha de alguma coisa e tinha pena de alguém — talvez de si mesma, talvez de Oblómov. E no instante seguinte lhe parecia que Oblómov se tornara mais querido, mais próximo, e que ela sentia por ele uma afeição que a levava às lágrimas, como se após o encontro da véspera os dois tivessem adquirido uma espécie de parentesco misterioso...

Ela demorou muito a dormir, de manhã ficou muito tempo andando sozinha e emocionada pela alameda, do parque até em casa e depois de volta, e pensava o tempo todo, perdia-se em suposições, ora franzia as sobrancelhas, ora se ruborizava e sorria de alguma coisa, e não conseguia concluir nada.

"Ah, Sónietchka!", pensou, abalada. "Como você é feliz! Você teria resolvido num instante!"

Mas e Oblómov? Por que ficara mudo e imóvel com ela na véspera? De nada importava que a respiração de Olga tivesse bafejado quente no rosto dele, que as lágrimas mornas de Olga tivessem pingado em sua mão, que ele tivesse levado Olga para casa quase abraçado com ela, que tivesse ouvido o sussurro indiscreto do coração de Olga? E um outro? Os outros olhavam de modo tão atrevido...

Embora ele tivesse passado a juventude entre jovens que sabiam de tudo, que tinham resolvido todas as questões da vida havia muito tempo, que não acreditavam em nada e analisavam tudo de maneira fria e sensata, na alma de Oblómov ainda perdurava uma faísca de crença na amizade, no amor, na honestidade das pessoas, e, ainda que ele já tivesse se enganado quanto às pessoas e continuasse a se enganar, e por mais que seu coração sofresse, nem uma vez se abalaram nele o fundamento do bem e sua fé em tal fundamento. Em segredo, Oblómov rendia culto à pureza da mulher, reconhecia seu poder e seu direito e oferecia-lhe sacrifícios.

Mas não tinha força de caráter bastante para reconhecer abertamente a doutrina do bem e do respeito à inocência. Às escondidas, ele se deliciava com seu aroma, mas abertamente às vezes aderia ao coro dos cínicos, que temiam até serem suspeitos de castidade ou de respeito por aquilo, e ao ruidoso coro deles Oblómov acrescentava também sua palavra leviana.

Ele nunca apreendeu claramente quanto pesa a palavra do bem, da verdade, da pureza, lançada na torrente do rio humano, que profunda mudança de curso ela provoca; não pensava que, dita em voz alta e com audácia, sem o rubor da falsa vergonha, mas com virilidade, tal palavra não se afogaria nos gritos variados das sátiras mundanas, mas mergulharia como uma pérola no abismo da vida social e sempre encontraria uma concha para si.

Muitos hesitavam diante de uma palavra boa, ruborizavam-se de vergonha e proferiam em voz alta e com destemor uma palavra leviana, sem desconfiar que ela também, por infelicidade, não desapareceria sem custo, deixaria atrás de si um rastro de maldades, às vezes indeléveis.

Em compensação, Oblómov tinha razão num ponto: em sua consciência não havia nenhuma nódoa, nenhuma acusação de cinismo frio e desalmado, ou de falta de interesse e de luta. Ele não conseguia sequer ouvir as histórias cotidianas e banais sobre um homem que havia mudado de cavalo, de móveis, e de outro que mudara de mulher... e sobre as despesas que tais mudanças haviam causado...

Muitas vezes sofria pela dignidade e pela honra perdidas por um homem e chorava pela sórdida queda de uma mulher que nem sequer conhecia, mas ficava calado, por receio da sociedade.

Era preciso que alguém adivinhasse aquilo: Olga adivinhava.

Os homens riam de tais extravagâncias, mas as mulheres as compreendiam de imediato; mulheres puras, honestas, amavam aquelas extravagâncias — por compaixão; as depravadas procuravam aproximar-se delas para aliviar-se da devassidão.

O verão avançava, estava indo embora. As manhãs e as tardes se tornaram escuras e úmidas. Não só os lilases, mas também as tílias, perdiam a cor, as amoreiras perdiam o viço. Oblómov e Olga encontravam-se todos os dias.

Ele punha a vida em dia, ou seja, agarrava de novo tudo aquilo que deixara de lado muito tempo antes; sabia por que o embaixador francês saíra de Roma, por que os ingleses mandavam navios com tropas para o Oriente; interessava-se quando abriam uma estrada nova na Alemanha ou na França. Mas, no que dizia respeito à estrada que ia de Oblómovka ao povoado, nisso ele nem sonhava; no que dizia respeito a atestar a procuração no Palácio da Justiça e a redigir uma resposta à carta de Stolz, disso ele não cuidava.

Oblómov só captava o que ocorria no círculo das conversas cotidianas na casa de Olga, o que liam nos jornais que recebiam; e ele, satisfeito e aplicado, graças à persistência de Olga, acompanhava a literatura estrangeira do momento. Todo o resto se afogava na esfera do amor puro.

Apesar das constantes alterações naquela atmosfera cor-de-rosa, seu estado principal era de um horizonte desimpedido. Se Olga às vezes chegava a se perguntar várias coisas sobre Oblómov, sobre seu amor por ele, se aquele amor deixava um tempo vago e um lugar vago em seu coração, se nem todas as perguntas dela encontravam respostas completas e imediatas na cabeça de Oblómov, e se a vontade dele se calava aos chamados da vontade dela, e se à animação e ao ardor de vida de Olga ele só respondia com um olhar imóvel e apaixonado, ela caía num pesado estado de meditação: algo frio, como uma serpente, rastejava dentro de seu coração, afastava Olga de seus devaneios, e

333

o mundo quente e fantasioso do amor se transformava numa espécie de dia de outono, quando todos os objetos parecem ganhar uma coloração cinzenta.

Ela procurava descobrir a razão daquela carência, daquela insatisfação da felicidade. O que lhe faltava? O que mais era preciso? Pois não era aquele o seu destino, o seu propósito — amar Oblómov? Aquele amor se justificava por sua docilidade, por sua fé pura no bem e, acima de tudo, pela ternura, pela ternura que ela nunca tinha visto nos olhos de outro homem.

Qual era o problema se nem toda vez ele respondia ao seu olhar transparente, se a voz dele às vezes soava diferente do que havia soado antes para ela — ou teria sido num sonho, num delírio?... Aquilo era fruto da imaginação, dos nervos: por que dar ouvidos a tais impressões e criar confusão à toa?

E, afinal, se ela quisesse fugir daquele amor — como fugiria? Era um fato consumado: ela já o amava e desfazer-se de um amor de modo arbitrário, como se fosse tirar um vestido, era algo impossível.

"Na vida, não se ama duas vezes", pensou Olga. "Dizem que isso é imoral..."

Assim ela estudava o amor, experimentava-o, e cada novo passo ela recebia com uma lágrima ou um sorriso e refletia sobre ele. Depois surgia aquela expressão concentrada que tanto assustava Oblómov e sob a qual se escondiam as lágrimas e os sorrisos.

Mas Olga não dava o menor sinal para Oblómov de que existiam aqueles pensamentos e aquela luta.

Oblómov não estudava o amor, ele adormecia em sua deliciosa sonolência, com a qual tantas vezes sonhara em voz alta nas conversas com Stolz. Em certos momentos, punha-se a acreditar numa vida constantemente sem nuvens e de novo sonhava com Oblómovka, povoada de pessoas boas, amigas e despreocupadas, sempre sentadas na varanda, entre pensamentos de felicidade e numa plenitude satisfeita.

E mesmo agora Oblómov às vezes se rendia àquelas meditações e até, sem que Olga soubesse, umas duas vezes adormecera no bosque, enquanto esperava sua chegada vagarosa e... De repente aparecia uma nuvem.

Certa vez eles voltavam juntos de algum lugar, calados, andavam com indolência, e quando iam atravessar o caminho principal uma nuvem de poeira veio em sua direção, dentro da nuvem avançava ligeiro uma carruagem, nela estavam Sónietchka e o marido, além de mais um cavalheiro e mais uma dama...

— Olga! Olga! Olga Serguéievna! — ressoaram gritos.

A carruagem parou. Todos aqueles cavalheiros e damas desceram, rodearam Olga, puseram-se a cumprimentar, a beijar, todos passaram a conversar de repente e ficaram muito tempo sem notar a presença de Oblómov.

— Quem é ele? — perguntou Sónietchka em voz baixa.

— Iliá Ilitch Oblómov! — Olga o apresentou.

Todos seguiram a pé para casa: Oblómov estava fora de seu ambiente; deixou-se ficar para trás do grupo de amigos e já tinha passado uma perna por cima de uma cerca a fim de escapulir para sua casa pelo campo de centeio. Mas Olga, com um olhar, o fez voltar.

Ele não teria ligado se todos aqueles cavalheiros e damas não olhassem para ele de modo tão estranho; e nem mesmo aquilo, talvez, tivesse importância para Oblómov. Antes, o tempo todo, as pessoas olhavam para ele daquela mesma forma, por causa do olhar sonolento e entediado de Oblómov e de seu descuido na maneira de vestir-se.

Mas aquele olhar estranho dos cavalheiros e das damas era dirigido a ele e também a Olga. Aqueles olhares desconfiados provocaram um frio repentino no coração de Oblómov; algo começou a atormentá-lo, mas com tanta força, com tamanha aflição, que ele não suportou, foi para casa e ficou pensativo e tristonho.

No outro dia, a graciosa tagarelice e a meiga travessura de Olga não conseguiram alegrar Oblómov. A suas perguntas insistentes, ele teve de se desculpar alegando dor de cabeça e se submeteu com paciência às gotas de uma água-de-colônia de setenta e cinco copeques respingadas sobre sua cabeça.

Um dia depois, quando os dois voltaram tarde para casa, a tia como que os fitou de um jeito excessivamente perspicaz, sobretudo Oblómov, em seguida baixou as pálpebras grandes e um pouco pesadas, seus olhos pareciam enxergar através delas, e por um instante ela cheirou álcool, com ar pensativo.

Oblómov sentiu-se atormentado, mas nada disse. Não se resolvia a confiar suas dúvidas a Olga, temendo perturbá-la, assustá-la, e a bem da verdade temia também por si mesmo, temia perturbar aquele mundo sossegado, sem nuvens, com uma pergunta de tamanha importância.

Já não era a pergunta sobre ser um erro ou não o fato de Olga amá-lo, mas sim se não eram um erro todo o amor dos dois, aqueles encontros no bosque, a sós, às vezes já de noite.

"Passei dos limites ao pedir um beijo", pensou ele com horror, "e isso é uma ofensa criminosa contra o código moral, e não foi a primeira nem a menos importante! Houve muitas etapas antes de chegar a esse ponto: os apertos de mãos, as confissões, a carta... Passamos por tudo isso. Porém", pensou ele em seguida, levantando a cabeça, "minhas intenções são puras, eu..."

E de súbito a nuvem desapareceu, à frente de Oblómov descortinou-se Oblómovka, luminosa, como numa festa, toda ela num resplendor, entre raios de sol, com montes verdejantes, um regato prateado; ele caminhava pensativo com Olga por uma alameda comprida, segurava-a pela cintura, sentava-se com ela sob o caramanchão, na varanda...

Em torno de Olga todos inclinavam a cabeça com adoração — em suma, tudo aquilo que Oblómov falava para Stolz.

"Sim, sim; mas era preciso ter começado dessa forma!", pensou de novo com pavor. "As palavras 'eu amo', três vezes repetidas, o ramo de lilases, a confissão, tudo isso deve ser uma promessa de felicidade para a vida inteira e é uma coisa que não se repete, no caso de uma mulher honesta. E quanto a mim? O que sou?", estalou a pergunta na sua cabeça, como a pancada de um martelo.

"Sou um sedutor, um mulherengo! Só falta agora que eu, como aquele velho patife conquistador, de olhos gordurosos e nariz vermelho, enfie uma rosa roubada de uma mulher numa casa de botão de minha lapela e sussurre no ouvido de um amigo o nome de minha conquista, para... para... Ah, meu Deus, a que ponto cheguei! Aí está o abismo! E Olga não está voando no alto acima do abismo, está no fundo dele... porque, porque..."

Perdeu as forças, chorou como uma criança porque, de uma hora para outra, desbotou-se o colorido fulgurante de sua vida, porque Olga ia ser sacrificada. Todo o amor de Oblómov era um crime, uma mancha na consciência.

Depois de um instante, a mente transtornada clareou quando Oblómov se deu conta de que havia uma saída legal para tudo aquilo: estender para Olga a mão com uma aliança...

— Sim, sim — disse ele com um tremor alegre —, e a resposta será um olhar de concordância encabulada... Ela não dirá nenhuma palavra, vai se ruborizar, sorrir até o fundo da alma, depois seu olhar vai se encher de lágrimas...

Lágrimas e sorrisos, a mão estendida em silêncio, depois uma alegria travessa e vivaz, uma pressa feliz nos movimentos, depois uma conversa muito longa, uma troca de sussurros a sós, aquele confiante murmúrio dos espíritos, aquele acordo secreto de fundir as duas vidas em uma só!

Nas trivialidades, nas conversas sobre assuntos rotineiros, um amor invisível vai transparecer para ambos e para mais ninguém. E ninguém se atreverá a insultá-los com um olhar...

De repente o rosto de Oblómov ficou muito severo, imponente.

"Sim", disse para si mesmo, "é aí que ele está, o mundo da felicidade correta, nobre, duradoura! Até agora senti vergonha dessas flores, vergonha de usar o perfume do amor, como um menino, vergonha de marcar encontros, de caminhar sob a luz da lua, de perceber as batidas do coração de uma jovem, de captar o tremor dos sonhos dela... Meu Deus!"

Ficou vermelho até as orelhas.

"Hoje no fim da tarde mesmo, Olga saberá quais são as severas obrigações que o amor impõe; hoje ocorrerá o último encontro a sós, hoje..."

Pôs a mão sobre o coração: batia com força, mas de forma regular, como deve bater o coração de pessoas honestas. De novo ele se agitou com o pensamento de como Olga ficaria tristonha quando ele dissesse que não deviam mais se encontrar; depois ele lhe diria timidamente quais eram suas intenções, mas antes extrairia dela seu modo de ver, se encantaria com sua confusão e então...

Então via em pensamento a concordância encabulada de Olga, o sussurro misterioso e os beijos à vista do mundo inteiro.

XII.

Ele correu para encontrar-se com Olga. Em casa disseram que tinha saído; ele foi à aldeia — não estava. Avistou-a à distância andando num morro, como um anjo que sobe ao céu, tal a leveza dos passos, tal a suavidade do talhe.

Foi atrás dela, mas Olga já chegara ao capinzal e de fato parecia voar. Na metade da subida do morro, Oblómov começou a chamá-la.

Olga esperou-o e, assim que ele chegou a umas duas braças de distância, ela continuou a andar e de novo abriu um espaço maior entre os dois, parou e sorriu.

Por fim, Oblómov se deteve, convencido de que ela não ia fugir. E Olga deu alguns passos na direção dele, ofereceu-lhe a mão e, rindo, puxou-o para que fosse atrás dela.

Entraram no bosque: ele tirou o chapéu, ela esfregou a testa de Oblómov com seu lenço e se pôs a abanar o rosto dele com a sombrinha.

Olga estava especialmente animada, falante, travessa, de repente tinha um arroubo de afeição, depois recaía bruscamente num estado pensativo.

— Adivinhe o que fiz ontem — disse ela, quando os dois sentaram à sombra.

— Leu?

Ela balançou a cabeça.

— Escreveu?

— Não.

— Cantou?

— Não. Li a sorte! — disse. — A governanta da condessa foi lá em casa ontem; ela sabe ler a sorte nas cartas, e eu pedi que lesse minha sorte.

— E aí?

— Nada de mais. Eu vou fazer uma viagem, depois há uma multidão, há um homem louro em toda parte, em toda parte... Fiquei muito vermelha quando ela falou de repente, na frente de Kátia, que um rei dos diamantes estava pensando muito em mim. Quando ela quis dizer em quem eu pensava, embaralhei as cartas todas e fugi correndo. Você pensa em mim? — perguntou de repente.

— Ah — disse ele. — Quem dera eu pudesse pensar menos em você!

— E eu também! — disse Olga com ar pensativo. — Eu até já esqueci como é viver de outro modo. Quando você ficou de mau humor na semana passada e não apareceu por dois dias... lembra? Você ficou zangado!... Eu me transformei de repente, fiquei irritada. Briguei com Kátia, como você discute com o Zakhar; vi como ela chorava baixinho e não senti nenhuma pena dela. Não atendia à *ma tante*, não prestava atenção no que ela dizia, não fazia nada, não ia a lugar nenhum. Mas, assim que você chegou, de repente virei outra pessoa. Dei meu vestido lilás de presente para Kátia.

— Isso é o amor! — exclamou Oblómov em tom patético.

— O quê? O vestido lilás?

— Tudo! Eu me identifico nas suas palavras: sem você, para mim também não existe vida, nem os dias; à noite sonho com vales floridos. Quando vejo você, fico bem, fico ativo; se não vejo, me aborreço, tenho preguiça, vontade de deitar e não pensar em nada... Ame, não tenha vergonha de seu amor...

De súbito, calou-se. "O que estou dizendo? Não foi para isso que vim aqui!", refletiu e começou a tossir; fez menção de contrair as sobrancelhas.

— E se de repente eu morresse? — perguntou Olga.

— Que ideia! — disse ele, desatento.

— Sim — continuou ela —, se eu pegasse um resfriado, tivesse febre;

você vem me encontrar, eu não estou aqui, você vai me procurar em casa, e lá dizem: ela ficou doente; no dia seguinte, a mesma coisa; as persianas do meu quarto estão fechadas; o médico balança a cabeça; Kátia sai na sua direção com lágrimas nos olhos, na ponta dos pés e murmura: está doente, vai morrer...

— Ah! — exclamou Oblómov de repente.

Olga riu.

— E então, o que vai acontecer com você? — perguntou, olhando no rosto de Oblómov.

— O quê? Vou ficar louco ou então vou me matar com um tiro, e aí de uma hora para outra você vai ficar boa de novo!

— Não, não, chega! — disse ela, apreensiva. — Mas vamos combinar uma coisa! Depois que você morrer, não venha me procurar: tenho medo de defuntos...

Ele riu e ela também.

— Meu Deus, como somos crianças! — disse ela, pondo um fim naquela tagarelice.

De novo ele tossiu.

— Escute... eu queria lhe dizer uma coisa.

— O quê? — perguntou Olga, voltando-se para Oblómov muito animada.

Ele ficou em silêncio, com ar apreensivo.

— Vamos, diga logo — pediu ela, puxando-o de leve pela manga.

— Não é nada, é só que... — falou, perdendo a coragem.

— Não, você tem alguma coisa na cabeça, não é?

Oblómov ficou em silêncio.

— Se for algo horrível, é melhor não falar — disse Olga. — Não, fale sim! — acrescentou de repente.

— Não é nada, uma bobagem.

— Não, não, o que é? Fale! — insistiu Olga, segurando com força as duas lapelas do casaco dele, e ficou tão perto de Oblómov que ele teve de virar o rosto ora para a direita, ora para a esquerda, a fim de não beijá-la.

Ele não ia virar-se para ela, mas em seus ouvidos retumbou o terrível "nunca" de Olga.

— Diga-me! — insistiu ela.

— Não posso, não é preciso... — justificou-se Oblómov.

— Como você então pregou para mim que "a confiança é a base da felicidade comum", que "não deve existir no coração nenhuma linha que os olhos do amigo não possam ler"? De quem são essas palavras?

— Eu só queria dizer — começou Oblómov devagar — que amo tanto você, amo tanto que se...

Ele hesitou.

— O quê? — perguntou ela com impaciência.

— Que se você se apaixonar agora por outro e ele for capaz de fazer sua felicidade, eu... engoliria em silêncio meu desgosto e abriria mão de você para ele.

De repente Olga largou a lapela do casaco de Oblómov.

— Por quê? — perguntou com surpresa. — Não compreendo. Eu não abriria mão de você para ninguém; não quero que você seja feliz com outra mulher. Há aqui alguma armadilha, não compreendo.

O olhar pensativo de Olga vagou pelas árvores.

— Quer dizer que você não me ama? — perguntou ela depois.

— Ao contrário, amo você até a abnegação, pois estou pronto a me sacrificar.

— Mas para quê? Quem lhe pediu isso?

— Estou falando no caso de você se apaixonar por outro.

— Outro! Você ficou maluco? Para quê, se amo você? Por acaso você vai se apaixonar por outra?

— Ora, para que você está me dando ouvidos? Só Deus sabe que disparates estou dizendo, e você ainda acredita! Não era absolutamente nada disso que eu queria dizer.

— E o que você queria dizer?

— Eu queria dizer que me sinto culpado perante você, há muito tempo.

— De quê? Como? — perguntou Olga. — Não me ama? Será que estava só brincando? Fale logo!

— Não, não, não é nada disso! — falou Oblómov, angustiado. — Veja, é que... — começou indeciso —... nós nos encontramos... às escondidas.

— Às escondidas? Por que às escondidas? Quase toda vez falo para *ma tante* que me encontrei com você.

— Mas nem toda vez, não é?

— O que há de mau nisso?

— A culpa é minha: eu deveria ter lhe dito há muito tempo que isso…
não se faz.

— Você disse — falou Olga.

— Eu disse? Ah, sim! De fato, eu… sugeri. Assim, portanto, cumpri
minha parte.

Oblómov animou-se e ficou contente porque Olga, com muita facilidade,
retirara de seus ombros o fardo daquela responsabilidade.

— Mais alguma coisa? — perguntou ela.

— E também… é só isso — respondeu ele.

— Não é verdade — replicou Olga enfaticamente —, há mais alguma
coisa; você não disse tudo.

— Sim, eu acho… — começou Oblómov, desejando dar um tom des-
contraído às palavras —… eu acho que…

Parou; ela ficou esperando.

— Acho que nós precisamos nos ver com menos frequência… — Lançou
para Olga um olhar tímido.

Ela ficou calada.

— Por quê? — perguntou, depois de refletir um pouco.

— Uma serpente está me mordendo: é a consciência… Nós ficamos
muito tempo a sós: eu me perturbo, meu coração vacila; você também fica
inquieta… eu receio… — falou com dificuldade.

— O quê?

— Você é jovem e não conhece todos os perigos, Olga. Às vezes um
homem não se controla; dentro dele, uma espécie de força infernal cria raízes,
sobre seu coração descem as trevas, e nos olhos lampejam raios. A lucidez da
razão se obscurece: o respeito à pureza, à inocência, tudo é levado por um
turbilhão; o homem não lembra mais quem é; nele respira uma paixão; ele
deixa de ser senhor de si, e então se abre um abismo a seus pés.

Oblómov sobressaltou-se.

— Mas o que é que tem? Deixe que se abra o abismo! — disse ela, olhando para ele de olhos muito abertos.

Oblómov ficou em silêncio; ou não havia mais o que dizer ou não era
preciso falar mais nada.

Olga fitou-o demoradamente, pareceu ler as rugas de sua testa como se
fossem linhas escritas, e ela mesma recordou cada uma das palavras de Obló-

mov, de seus olhares, em pensamento percorreu toda a história de seu próprio amor, até chegar àquela noite escura no jardim e de repente se ruborizou.

— Você vive dizendo bobagens! — exclamou, falando depressa e olhando para o lado. — Nunca vi nenhum raio nos seus olhos... na maioria das vezes você me olha como... minha babá Kuzmínitchna! — acrescentou e riu.

— Você brinca, Olga, mas eu estou falando sério... e ainda não disse tudo.

— O que mais? — perguntou ela. — Que abismo é esse?

Ele suspirou.

— É que não devemos nos encontrar... a sós...

— Por quê?

— Não é bom...

Ela ficou pensando.

— Sim, dizem que não é bom — falou enquanto pensava —, mas por quê?

— O que vão dizer quando souberem, quando se espalhar que...

— Mas quem vai falar? Não tenho mãe: só ela poderia me perguntar por que me encontro com você e só diante dela eu começaria a chorar e responderia que nada faço de mau, nem você. Ela acreditaria. Quem mais pode falar? — perguntou.

— Sua tia — respondeu Oblómov.

— Titia?

Olga balançou a cabeça negativamente e com tristeza:

— Ela nunca pergunta nada. Se eu fosse embora para sempre, ela não iria me procurar nem me faria perguntas, e eu também não iria lhe contar onde estive e o que fiz. Quem mais?

— Os outros, todos... Outro dia Sónietchka olhou para você e para mim e sorriu, e também todos aqueles cavalheiros e damas que estavam com ela.

Oblómov contou-lhe toda a perturbação em que vivia desde então.

— Enquanto ela olhou só para mim, não me importei — acrescentou Oblómov —, mas quando aquele mesmo olhar bateu em você, minhas mãos e meus pés ficaram gelados...

— E daí? — perguntou Olga com frieza.

— Bem, desde então eu ando atormentado dia e noite, quebro a cabeça imaginando como evitar que isso se torne público; fiquei preocupado em não assustar você... Faz tempo que quero conversar com você...

343

— É uma preocupação inútil! — retrucou Olga. — Eu já sabia disso sem você me dizer.

— Sabia como? — perguntou ele com surpresa.

— Muito simples. Sónietchka falou comigo, tentou arrancar uma confissão, me pressionou e até me ensinou como devo me comportar com você.

— E você não me contou nada disso, Olga! — repreendeu-a Oblómov.

— Você também não tinha me contado nada de sua preocupação até agora!

— E o que você respondeu a ela? — perguntou.

— Nada! Como é que se vai responder a uma coisa dessas? Só fiquei vermelha.

— Meu Deus! A que ponto chegou: você ficou vermelha! — disse ele com horror. — Como somos imprudentes! No que será que isso vai dar?

Fitou-a com ar interrogativo.

— Não sei — respondeu ela sucintamente.

Oblómov pensou que ia acalmar-se após compartilhar com Olga sua preocupação, e que ia recuperar a força de vontade por meio dos olhos dela e de suas palavras lúcidas, mas de repente, como não encontrou uma resposta firme e decidida, perdeu a coragem.

Seu rosto se cobriu de uma indecisão, o olhar vagou em redor com melancolia. Dentro dele, já se manifestava uma ligeira febre. Quase se esqueceu de Olga; à sua frente se aglomeravam Sónietchka, o marido e os convidados; ele ouvia suas conversas, seus risos.

Olga, em lugar do ânimo falante de costume, mostrava-se calada, olhava friamente para Oblómov e lhe disse, mais friamente ainda, um "não sei". Mas ele não ficou embaraçado, ou não soube apreender o sentido oculto daquele "não sei".

E também ficou calado: sem a ajuda dos outros, seus pensamentos e suas intenções não amadureciam e eram como uma maçã madura, que jamais cai sozinha: é preciso arrancá-la do galho.

Olga fitou-o por alguns minutos, depois vestiu a mantilha, pegou o lenço que estava pendurado num ramo, colocou-o sobre a cabeça sem pressa e pegou a sombrinha.

— Aonde vai? É tão cedo! — perguntou ele de repente, voltando a si.

— Não, é tarde. Você falou a verdade — disse Olga com uma tristeza

344

profunda —, nós fomos longe e não há saída: é preciso o quanto antes nos separarmos e varrer as pegadas do passado. Adeus! — acrescentou ela em tom seco, com amargura, e de cabeça baixa começou a andar pela vereda.

— Olga, por favor, o que foi? Por que nos separarmos? Mas eu... Olga!

Ela não escutava e continuava a andar; a areia estalava seca sob suas botinas.

— Olga Serguéievna! — gritou ele.

Ela não escutou, continuou andando.

— Pelo amor de Deus, volte! — gritou Oblómov, sem voz, só com lágrimas. — Até um criminoso no tribunal tem de ser ouvido até o fim... Meu Deus! Será que ela não tem coração? Veja como são as mulheres!

Sentou-se e cobriu os olhos com os braços. Não se ouvia mais o som dos passos.

— Foi embora! — disse, quase horrorizado, e levantou a cabeça.

Olga estava na sua frente.

Ele agarrou a mão dela com alegria.

— Você não foi embora, não se foi! — exclamou. — Não vá embora: lembre, se for embora, sou um homem morto!

— E se eu não for embora, sou uma criminosa e você também: lembre-se disso, Iliá.

— Ah, não...

— Como não? Se Sónietchka e o marido nos surpreenderem juntos mais uma vez... estou perdida.

Ele teve um sobressalto.

— Escute — começou Oblómov afobado e gaguejante —, eu não disse tudo... — E parou.

Aquilo que em casa lhe parecera tão simples, natural, necessário, e que sorrira tanto para ele, aquilo que era a sua felicidade de súbito se tornou uma espécie de abismo. Ele perdera a coragem para saltar aquele abismo. O passo tinha de ser resoluto, arrojado.

— Alguém está vindo! — disse Olga.

Numa vereda lateral, ouviram-se passos.

— Será Sónietchka? — perguntou Oblómov, com os olhos paralisados pelo horror.

345

Passaram dois homens e uma dama, todos desconhecidos. Oblómov sentiu um alívio no coração.

— Olga — começou afobado e segurou a mão dela —, vamos para lá, onde não há ninguém. Vamos sentar.

Oblómov a fez sentar-se num banco enquanto ele mesmo sentou-se na grama, a seu lado.

— Você ficou vermelha, foi embora, e eu não tinha dito tudo, Olga — explicou Oblómov.

— E vou embora de novo e não vou voltar mais, se você ficar brincando comigo — retrucou ela. — Uma vez, você gostou de me fazer chorar, agora talvez queira me ver a seus pés, e assim, aos poucos, vai fazer de mim sua escrava, você vai se fazer de rogado, pregar moral, depois chorar, assustar-se, assustar-me, e depois ainda vai perguntar o que vamos fazer. Lembre-se, Iliá Ilitch — acrescentou ela de súbito, com orgulho, e levantou-se do banco —, eu amadureci muito desde que conheci o senhor e sei como se chama o jogo que o senhor está jogando... Porém minhas lágrimas o senhor não verá mais...

— Ah, meu Deus, eu não estou brincando! — disse Oblómov em tom persuasivo.

— Tanto pior para o senhor — retrucou ela de modo seco. — A todos os seus temores, advertências e enigmas, só respondo uma coisa: até nosso encontro de hoje, eu amava o senhor e não sabia o que fazer; agora sei — concluiu Olga de forma resoluta, preparando-se para ir embora —, e não vou pedir conselhos ao senhor.

— Eu também sei — disse Oblómov, retendo-a pela mão e sentando-a no banco, e ficou calado um minuto, tomando coragem. — Imagine — começou ele — que meu coração está tomado por um desejo, na cabeça só há um pensamento, mas a vontade e a língua não me obedecem: quero falar, e as palavras não vêm à língua. No entanto é tão simples como... Ajude-me, Olga.

— Não sei o que o senhor tem na cabeça...

— Ah, pelo amor de Deus, não me trate de senhor: seu olhar orgulhoso me massacra, cada palavra é como uma rajada de gelo, congela...

Olga riu.

— Você está maluco! — disse e pôs a mão na cabeça dele.

— Pois é isso mesmo, agora recebi o dom do pensamento e da palavra! Olga — disse ele, pondo-se de joelhos na frente dela —, seja minha esposa!

Ela emudeceu e virou-se para o outro lado.

— Olga, me dê sua mão! — continuou.

Ela não deu. Ele mesmo a segurou e a encostou nos lábios. Ela não retirou a mão. Estava quente, macia e quase úmida. Ele tentou fitá-la no rosto — ela foi virando-se cada vez mais.

— Silêncio? — disse ele em tom preocupado e interrogativo, beijando a mão dela.

— Sinal de concordância! — disse Olga em voz baixa, ainda sem olhar para ele.

— O que está sentindo agora? O que está pensando? — perguntou ele, recordando seu devaneio sobre a concordância encabulada de Olga, sobre suas lágrimas.

— O mesmo que você — respondeu ela, ainda olhando para algum lugar no bosque; só as oscilações do peito demonstravam que ela estava se contendo.

"Será que ela tem lágrimas nos olhos?", pensou Oblómov, mas Olga olhava obstinadamente para baixo.

— Você está indiferente, está calma? — perguntou ele, tentando puxá-la pela mão para perto de si.

— Não estou indiferente, mas estou calma.

— Por quê?

— Porque previ isso há muito tempo, e meu pensamento se acostumou à ideia.

— Há muito tempo! — repetiu Oblómov com perplexidade.

— Sim, desde aquele momento em que lhe dei um ramo de lilases… em pensamento, chamei você de…

Não terminou a frase.

— Desde aquele momento!

Oblómov abriu muito os braços e quis envolver Olga num abraço.

— O abismo está se abrindo, os raios lampejam… cuidado! — disse Olga em tom travesso, esquivando-se habilmente do abraço e livrando-se dos braços dele com a ajuda da sombrinha.

Oblómov recordou o terrível "nunca" e acalmou-se.

— Mas você nunca me disse, nunca sequer me deu um sinal… — disse ele.

— Nós, mulheres, não casamos, nós somos dadas ou tomadas em casamento.

— Desde aquele momento... Será possível?... — repetiu ele, pensativo.

— Você acha que, se eu não o tivesse compreendido, ficaria aqui sozinha a seu lado, ao anoitecer, sob o caramanchão, escutaria e confiaria em você? — disse ela com orgulho.

— Então isso... — começou Oblómov, com o rosto diferente e soltando a mão de Olga.

Dentro dele, agitou-se um pensamento estranho. Ela o fitava com um orgulho sereno e esperava com firmeza; mas Oblómov, naquele momento, não queria nem orgulho, nem firmeza, e sim lágrimas, paixão, felicidade intoxicante, ainda que só por um minuto, para então deixar que a vida fluísse numa calma inabalável!

E, de repente, nem lágrimas convulsivas de uma felicidade inesperada, nem concordância encabulada! Como compreender aquilo?

No coração de Oblómov, a serpente da dúvida despertou e começou a se remexer... Será que ela ama de fato ou quer apenas casar?

— Mas existe outro caminho para a felicidade — disse ele.

— Qual? — perguntou Olga.

— Às vezes o amor não espera, não resiste, não calcula... A mulher fica toda em chamas, em tremores, experimenta ao mesmo tempo um sofrimento e tais alegrias que...

— Não sei que caminho é esse.

— É o caminho em que a mulher sacrifica tudo: a tranquilidade, a opinião dos outros, o respeito, e encontra a recompensa no amor... ela troca tudo pelo amor.

— Mas nós precisamos tomar esse caminho?

— Não.

— Você gostaria de procurar a felicidade por esse caminho à custa da minha tranquilidade e da perda do respeito?

— Ah, não, não! Juro por Deus, de maneira alguma — disse ele com ardor.

— Então por que começou a falar disso?

— Na verdade, nem eu mesmo sei...

— Pois eu sei: você queria saber se eu sacrificaria minha tranquilidade por você, se eu seguiria com você por esse caminho, não é? Não é verdade?

— Sim, parece que você adivinhou... E então?

— Nunca, de maneira nenhuma! — disse ela com firmeza.

Oblómov ficou pensativo, depois suspirou.

— Sim, esse caminho é horrível, e é preciso muito amor para que a mulher avance por ele atrás de um homem, se arruíne e continue a amar.

Lançou um olhar interrogativo para o rosto de Olga: ela nada disse; apenas a ruga acima da sobrancelha se moveu, e o rosto continuou calmo.

— Imagine — disse Oblómov — que Sónietchka, que não vale seu dedo mindinho, de repente não a reconhece mais quando a encontra!

Olga sorriu, e seu olhar era transparente como sempre. Mas Oblómov estava envolvido demais pelas exigências da vaidade para não tentar obter um sacrifício no coração de Olga e inebriar-se com isso.

— Imagine que os homens, ao se aproximarem de você, não baixassem os olhos com um respeito tímido, mas olhassem com um sorriso atrevido e malicioso…

Oblómov fitou-a: concentrada, ela movia uma pedra na areia com a ponta da sombrinha.

— Você entraria numa sala, e vários chapéus de mulher se agitariam com indignação; uma delas mudaria de lugar para não ficar perto de você… mas seu orgulho continuaria o mesmo e você teria a clara consciência de que é superior e é melhor do que elas.

— Para que você me diz essas coisas horríveis? — perguntou Olga em tom calmo. — Não darei nenhum passo por esse caminho.

— Nunca? — perguntou Oblómov com ar tristonho.

— Nunca! — repetiu ela.

— Sim — disse Oblómov, pensativo —, você não teria força para encarar a vergonha nos olhos. Talvez você não tivesse medo da morte: o terrível não é a execução, mas seus preparativos, os tormentos de hora em hora, você não ia resistir e sucumbiria, não é?

Não parava de fitá-la nos olhos para ver o que ela pensava.

Olga se mostrou alegre; o quadro de horror não a embaraçou. Nos lábios, dançava um sorriso sutil.

— Não quero nem sucumbir nem morrer! Não é nada disso — falou Olga —, é possível não seguir esse caminho e amar com mais força ainda.

— Por que você não tomaria esse caminho — perguntou Oblómov com insistência, quase com irritação —, se não tem medo?

— Porque nele... depois, sempre... as pessoas se separam — respondeu —, e eu... não quero me separar de você!

Olga se deteve, pousou a mão no ombro de Oblómov, fitou-o demoradamente e, de súbito, largando a sombrinha de lado, enlaçou seu pescoço entre os braços num gesto rápido e ardente, beijou-o e depois se ruborizou toda, apertou o rosto no peito de Oblómov e acrescentou em voz baixa:

— Nunca!

Ele deu um grito de alegria e caiu na grama aos pés de Olga.

PARTE III

I.

Oblómov foi para casa radiante. O sangue fervia, os olhos fulguravam. Parecia que até os cabelos estavam em chamas. Foi assim que ele entrou em seu quarto — e de repente aquela luz desapareceu e, num deslumbramento desagradável, os olhos se detiveram imobilizados num ponto: em sua poltrona, estava sentado Tarántiev.

— O que está acontecendo que agora a gente tem de esperar você tanto tempo? Por onde anda? — perguntou Tarántiev com ar severo, estendendo para Oblómov a mão cabeluda. — E esse seu diabo velho está completamente fora de controle: perguntei se tinha alguma coisa para comer, ele disse que não; pedi vodca, e ele não me deu.

— Fui dar um passeio no bosque — disse Oblómov em tom displicente, ainda sem se recobrar da afronta representada pelo aparecimento do conterrâneo, e logo em que momento!

Oblómov se esquecera da esfera sombria onde vivera por tanto tempo e perdera o costume de respirar em sua atmosfera sufocante. Num minuto, Tarántiev pareceu arrebatá-lo do céu para o pântano outra vez. Oblómov, angustiado, perguntava a si mesmo: para que Tarántiev veio aqui? Será que vai ficar muito tempo? Atormentava-se com a suposição de que ele talvez ficasse para o almoço e de que então seria impossível ir à casa dos Ilínski. Como pôr Tarántiev para fora, mesmo que isso custasse certa despesa — eis o único pensamento que ocupava Oblómov. Em silêncio e tristonho, esperava que Tarántiev falasse.

— Por que você não quis ver a residência de que falei, conterrâneo? — perguntou Tarántiev.

— Agora não estou mais precisando — respondeu Oblómov, que tentava não olhar para Tarántiev. — Eu... não vou me mudar daqui.

— O quê? Como não vai mudar-se? — retrucou Tarántiev num tom terrível. — Assinou o contrato e não vai mudar?

— Que contrato?

— Será que já esqueceu? Assinou um contrato de um ano. Pague os oitocentos rublos combinados e depois vá para onde quiser. Quatro inquilinos olharam e quiseram alugar: todos foram recusados. Um deles queria alugar por três anos.

Oblómov só então se recordou de que, no mesmo dia da mudança para a casa de veraneio, Tarántiev lhe trouxera uma folha de papel, e ele assinara às pressas, sem ler.

"Ah, meu Deus, o que fiz?", pensou.

— Mas eu não preciso da residência — disse Oblómov —, vou para o exterior...

— Para o exterior! — cortou Tarántiev. — Com aquele alemão? Você não vai a lugar nenhum!

— Por que não vou? Tenho o passaporte: veja, vou mostrar. E comprei as malas!

— Não vai! — repetiu Tarántiev com indiferença. — E é melhor pagar o dinheiro de meio ano antecipado.

— Não tenho dinheiro.

— Arranje onde quiser; o irmão da minha comadre, Ivan Matviéitch, não gosta de brincadeiras. Na mesma hora, ele abre um processo na Justiça: você não vai se livrar disso. Mas eu já paguei a ele com meu dinheiro. Pague para mim.

— E onde foi que arranjou tanto dinheiro? — perguntou Oblómov.

— O que é que você tem a ver com isso? Recebi o pagamento de uma dívida antiga. Dê-me o dinheiro! Vim aqui por causa disso!

— Muito bem, daqui a alguns dias irei até lá e passarei o apartamento para outro inquilino, mas agora estou com pressa...

Começou a abotoar o casaco.

— Mas que tipo de apartamento você quer? Não vai achar nenhum melhor do que aquele na cidade inteira. E você nem foi ver, não é? — disse Tarántiev.

— Nem quero ver — respondeu Oblómov —, para que vou me mudar para lá? Fica longe para mim...

— Longe de quê? — perguntou Tarántiev em tom rude.

Mas Oblómov não respondeu de que ficava longe.

— Do centro — acrescentou depois.

— De que centro? Para que você quer que seja perto do centro? Para ficar deitado lá?

— Não, agora não fico mais deitado.

— Como é?

— Pois é. Eu... hoje... — começou Oblómov.

— O quê? — perguntou Tarántiev.

— Não vou almoçar em casa...

— Escute, me dê o dinheiro e vá para o diabo que o carregue!

— Que dinheiro? — repetiu Oblómov com impaciência. — Daqui a alguns dias, irei a essa residência e conversarei com a proprietária.

— Que proprietária? A comadre? Mas o que ela sabe dessas coisas? É mulher! Não, você vai falar é com o irmão dela. Aí é que você vai ver!

— Está bem, então. Irei até lá e conversarei com ele.

— Sei, pois sim! Dê-me o dinheiro e vá para onde quiser.

— Não tenho; é preciso pedir emprestado.

— Nesse caso, pelo menos pague a tarifa do meu coche de aluguel — insistiu Tarántiev —, três moedas de prata.

— Mas onde está seu coche de aluguel? E por que três moedas de prata?

— Eu o dispensei. Quer saber por que foi tão caro? Ele não queria me trazer: "Viajar pela areia?", ele disse. E para voltar são mais três moedas de prata: dá vinte e dois rublos!

— Para voltar, tem uma diligência cuja passagem custa cinquenta copeques — disse Oblómov —, tome aqui!

Entregou-lhe quatro moedas de prata. Tarántiev enfiou as moedas no bolso.

— E agora sete rublos em cédulas — acrescentou. — Dê-me para o almoço!

— Mas que almoço?

— Não vou mais ter tempo de chegar à cidade: vou comer numa taberna no caminho. Vão me arrancar cinco rublos.

Oblómov, em silêncio, tirou do bolso uma moeda de prata e jogou para ele. Oblómov não sossegava de impaciência, querendo que Tarántiev fosse logo embora; mas ele não ia.

— Mande trazerem alguma coisa para eu beliscar — disse.

— Mas você não queria almoço numa taberna? — observou Oblómov.

— Isso é o almoço! Agora ainda não são nem duas horas.

Oblómov mandou Zakhar lhe servir algo.

— Não tem nada, não prepararam — retrucou Zakhar com secura, olhando com ar sombrio para Tarántiev. — Aliás, Míkhei Andreitch, quando o senhor vai devolver a camisa e o colete do patrão?

— Mas que camisa e que colete? — quis esquivar-se Tarántiev. — Já devolvi faz muito tempo.

— Quando foi? — perguntou Zakhar.

— Mas eu não entreguei nas suas mãos quando vocês se mudaram? Você enfiou em algum canto e agora ainda vem me cobrar...

Zakhar ficou petrificado.

— Ah, meu Deus! Está vendo só que vergonha, Iliá Ilitch? — protestou Zakhar, voltando-se para Oblómov.

— A mim você não engana com essa ladainha! — retrucou Tarántiev. — Na certa vendeu e gastou o dinheiro todo com bebida, e ainda vem me cobrar...

— Não, eu nunca em minha vida vendi coisas do patrão para comprar bebida! — exclamou Zakhar com voz estridente. — Mas o senhor, veja bem...

— Pare, Zakhar! — cortou Oblómov com severidade.

— O senhor vai dizer que não levou uma escova de pelos e duas xícaras aqui de casa? — perguntou Zakhar de novo.

— Que escova? — trovejou Tarántiev. — Ah, seu velho canalha! Vá e me traga logo o que tiver de melhor para comer!

— Está ouvindo, Iliá Ilitch, como ele me xinga? — disse Zakhar. — Não tem nada para comer, nem pão tem em casa, e Aníssia saiu — concluiu Zakhar e se retirou.

— Então, onde você vai almoçar? — perguntou Tarántiev. — Que coisa mais extraordinária: Oblómov vai passear no bosque, não almoça em casa... Quando vai para aquele apartamento? Afinal, o outono vai começar daqui a pouco. Vá dar uma olhada.

— Está bem, está bem, daqui a alguns dias...

— E não se esqueça de levar o dinheiro!

— Certo, certo, certo... — disse Oblómov com impaciência.

— Bem, não quer fazer alguma obra na residência? Para você, eles pintaram o piso, o teto, as janelas, as portas, tudo: custou mais de cem rublos.

— Sei, sei, está bem... Ah, o que eu queria lhe dizer é o seguinte — lembrou-se de repente Oblómov —, poderia, por favor, ir ao Palácio da Justiça? Tenho de atestar uma procuração...

— Por acaso agora virei seu advogado? — retrucou Tarántiev.

— Vou lhe dar mais um pouco para o almoço — respondeu Oblómov.

— Para ir até lá, minhas botas vão gastar-se mais do que você vai me pagar.

— Pode deixar que eu pago.

— Não posso ir ao Palácio da Justiça — declarou Tarántiev em tom sombrio.

— Por quê?

— Tenho inimigos lá, vão querer me fazer mal, tramam maneiras de me aniquilar.

— Está bem, eu mesmo vou — disse Oblómov e pegou seu quepe.

— Veja, quando você for morar na residência, Ivan Matviéitch fará tudo para você. É um sujeito que vale ouro, meu amigo. Bem diferente de um alemão metido a besta! Um veterano russo nativo, trinta anos sentado na mesma cadeira, cuida de tudo pessoalmente, e tem dinheiro, mas nunca aluga um coche; seu fraque não é melhor do que o meu; habilidoso com as palavras, fala num volume que mal se ouve, não anda pelo exterior, como aquele seu...

— Tarántiev! — gritou Oblómov, e bateu com o punho cerrado sobre a mesa. — Cale-se! Você não compreende!

Tarántiev arregalou os olhos ante aquele despropósito de Oblómov, algo nunca visto até então, e até se esqueceu de ofender-se por ser colocado abaixo de Stolz.

— Então é assim que você está agora, meu caro... — balbuciou, pegando o chapéu. — Que vigor!

Esfregou o chapéu com a manga, depois olhou para seu chapéu e para o de Oblómov, que estava na estante de livros.

— Você não está usando chapéu, veja só, agora você usa quepe — disse, pegou o chapéu de Oblómov e experimentou-o na cabeça. — Dê-me este aqui, meu caro, para o verão...

Oblómov tirou o chapéu da cabeça de Tarántiev sem dizer nenhuma palavra e colocou-o no lugar onde estava, depois cruzou os braços e esperou que Tarántiev fosse embora.

— Ah, que o diabo o carregue! — disse Tarántiev, atravessando a porta, meio atabalhoado. — Meu caro, você agora está... assim... sei lá. Vamos ver quando for conversar com Ivan Matviéitch, e experimente só não levar o dinheiro.

II.

Ele saiu, e Oblómov sentou-se na poltrona, num estado de ânimo desagradável; demorou muito tempo para se livrar daquela sensação brutal. Por fim, lembrou-se daquela manhã, e a odiosa aparição de Tarántiev se afastou de seu pensamento: no rosto, surgiu de novo um sorriso.

Parou diante de um espelho, demorou-se ajeitando a gravata, demorou-se sorrindo para o espelho, observou as bochechas para ver se não havia vestígios do beijo ardente de Olga.

— Dois "nuncas" — disse Oblómov em voz baixa, agitando-se com alegria —, e que diferença entre eles: um já murchou, ao passo que o outro floriu muito viçoso...

Depois ele se pôs a refletir e refletir cada vez mais profundamente. Sentia que a luminosa e desanuviada festa do amor havia passado, que o amor de fato se tornara um dever, que o amor se confundia com a vida em seu todo, se integrava ao conjunto de suas funções habituais e começava a desbotar, a perder o colorido.

Talvez naquela manhã tivesse cintilado seu último raio cor-de-rosa, e dali em diante o amor já não iria mais brilhar com força, mas apenas aquecer a vida de modo invisível; a vida engoliria o amor, e ele seria sua mola vigorosa, mas oculta. E dali em diante as manifestações do amor seriam muito simples e rotineiras.

O poema ficava para trás, e tinha início uma história séria: o Palácio da Justiça, depois a viagem à Oblómovka, a construção da casa, o financiamento no conselho, a construção da estrada, intermináveis discussões com os mujiques, a organização do trabalho, a colheita, a debulha, os estalos das bolinhas do ábaco, o rosto preocupado do contador, as eleições da nobreza, as sessões no tribunal.

Só de vez em quando, bem raramente, lampejaria o olhar de Olga, se ouviria "Casta diva", estalaria um beijo afobado, e de novo ele teria de ir para o trabalho, para a cidade, de novo o contador, de novo o estalo das bolinhas do ábaco.

Viriam visitas, e nada daquilo traria conforto: começariam a conversar sobre quanta bebida haviam destilado no alambique, quantos *árchin** de tecido tinham mandado para o erário público... Que importância tinham tais coisas? Era aquilo o que ele havia prometido a si mesmo? Por acaso aquilo era a vida? E no entanto as pessoas viviam como se naquilo estivesse toda a vida. E até Andrei gostava daquilo!

Mas o matrimônio, o casamento — apesar de tudo, aquilo era a poesia da vida, era uma flor pronta, desabrochada. Oblómov imaginava como levaria Olga ao altar: ela, com uma coroa de flores de laranjeira na cabeça, um véu comprido. Na multidão, ouvia-se um rumor de admiração. Encabulada, com o peito se agitando de leve, com a cabeça graciosa e orgulhosamente inclinada, Olga lhe dava a mão, sem saber como olhar para todos os presentes. Em Olga, ora brilhava um sorriso, ora surgiam lágrimas, ora a ruga acima da sobrancelha dançava sob o efeito de algum pensamento.

Em casa, quando os convidados fossem embora, Olga, ainda com seu suntuoso vestido de noiva, lançava-se no peito de Oblómov, como fizera hoje...

"Não, vou correndo ao encontro de Olga, não posso pensar e sentir sozinho", raciocinou Oblómov. "Vou contar para todos, para o mundo inteiro... não, primeiro para a tia, depois para o barão, vou escrever para Stolz... Como vai ficar espantado! Depois vou contar para Zakhar: ele vai se curvar aos meus

---

* *Árchin*: medida equivalente a 71,12 centímetros.

pés e gritar de alegria. Darei a ele vinte e cinco rublos. Aníssia vai vir, vai pegar minha mão para beijar: darei a ela dez rublos; depois… depois, de alegria, vou gritar para o mundo inteiro, e vou gritar tanto que o mundo dirá: Oblómov está feliz. Oblómov vai casar! Mas agora vou correndo ao encontro de Olga: lá me espera um sussurro prolongado, a conversa misteriosa sobre como fundir duas vidas numa só!"

Ele correu ao encontro de Olga. Com um sorriso, ela ouviu seus devaneios; mas, assim que ele se ergueu de um salto para ir correndo contar à tia, as sobrancelhas de Olga se contraíram de tal modo que Oblómov teve medo.

— Não diga nada a ninguém! — disse Olga, com o dedo nos lábios e indicando em tom de ameaça que Oblómov devia falar baixo para que a tia não ouvisse, no cômodo vizinho. — Ainda não está na hora!

— E quando estará na hora, se entre nós já está tudo resolvido? — perguntou Oblómov, impaciente. — O que vamos fazer agora? Como vamos começar? — perguntou. — Não podemos ficar de braços cruzados. Vão começar as responsabilidades, a vida séria…

— Sim, vai começar — repetiu Olga, olhando fixamente para ele.

— Pois é, e eu quero dar o primeiro passo, ir falar com a tia…

— Esse é o último passo.

— Qual é o primeiro?

— O primeiro… é ir ao Palácio da Justiça: pois não é preciso assinar um certo documento?

— Sim… amanhã eu…

— Por que não vai hoje?

— Hoje… hoje é um dia tão especial, e se eu for vou ter de me afastar de você, Olga!

— Está bem, amanhã. E depois?

— Depois… vou contar para a tia, vou escrever para Stolz.

— Não, depois tem de ir a Oblómovka… Pois Andrei Ivánovitch não escreveu dizendo o que é preciso fazer na aldeia? Eu não sei quais são suas atividades lá. São construções, não é isso? — perguntou, fitando-o no rosto.

— Meu Deus! — disse Oblómov. — Mas se eu for obedecer ao Stolz, só daqui a cem anos vou falar com sua tia! Ele diz que é preciso começar a construir uma casa, depois uma estrada, e criar escolas… Tudo isso não se conclui em menos de um século. Nós, Olga, iremos juntos e então…

— E iremos para onde? Há uma casa lá?

— Não: está velha e arruinada; acho até que a varanda inteira desmoronou.

— Então para onde iremos? — perguntou Olga.

— É preciso encontrar um apartamento aqui mesmo.

— Para isso também é preciso ir à cidade — observou Olga —, esse é o segundo passo…

— Depois… — começou Oblómov.

— É melhor você dar os dois passos primeiro e aí…

"O que é isto?", pensou Oblómov com tristeza. "Não há nem sussurros prolongados, nem a misteriosa conversa sobre como fundir duas vidas numa só! Tudo está diferente, de outro jeito. Como é estranha essa Olga! Ela não fica parada no mesmo lugar, não pensa com doçura nos momentos poéticos, é como se ela nunca tivesse tido sonhos, não tivesse necessidade de mergulhar em devaneios! Vá agora mesmo ao Palácio da Justiça assinar o documento, vá procurar um apartamento… é igual ao Andrei! Parece que todos combinaram para acelerar a vida!"

No dia seguinte, com uma folha de papel timbrado, Oblómov se dirigiu à cidade, de início quis ir ao Palácio da Justiça, e ia de má vontade, bocejando e olhando para os lados. Ele não sabia muito bem onde ficava o Palácio da Justiça e foi à casa de Ivan Guerássimitch perguntar em que repartição devia atestar o documento.

Ivan Guerássimitch ficou muito contente de ver Oblómov e não quis deixá-lo sair sem almoçar. Depois, ainda mandou chamar um amigo para lhe perguntar como se fazia aquilo, porque havia muito tempo que deixara de tratar daqueles assuntos.

O almoço e a consulta terminaram às três horas, já era tarde para ir ao Palácio da Justiça, mas logo se deram conta de que o dia seguinte era sábado, não havia expediente, era preciso adiar para segunda-feira.

Oblómov dirigiu-se a Víborg, para sua nova residência. O coche percorreu por muito tempo ruas estreitas, ao longo de compridas cercas vivas. Por fim achou um guarda numa guarita; ele lhe disse que o endereço ficava mais adiante, ao lado, veja, por aquela rua — e ele mostrou uma rua sem casas, com cerca, capim e trilhas de lama seca.

Oblómov avançou de novo, admirando as urtigas e os frutos das sorveiras que espreitavam por cima das cercas. Enfim, um guarda apontou para uma casinha velha num pátio e acrescentou:

— Olhe, é aquela ali.

"Casa da viúva do secretário colegiado Pchenítsin", leu Oblómov no portão e mandou o cocheiro entrar no pátio.

O pátio era do tamanho de um quarto, assim o tirante do coche de aluguel esbarrou num canto e assustou um bando de galinhas que, entre cacarejos, se precipitaram afoitas em várias direções e algumas até voaram; um cachorro preto e grande começou a puxar uma corrente para a direita e para a esquerda, com latidos desesperados, tentando alcançar o focinho dos cavalos.

Oblómov ficou sentado no coche, na mesma altura das janelas da casa, com dificuldade para descer. Nas janelas, cobertas por resedás, cravos e calêndulas, viam-se cabeças que despontavam. Oblómov conseguiu descer do coche; o cachorro passou a latir ainda mais enlouquecido.

Oblómov entrou na varanda e deparou com uma velha enrugada, de *sarafan*,* com a saia arregaçada na cintura:

— Quem o senhor está procurando? — perguntou ela.

— A proprietária da casa, a senhora Pchenítsina.

A velha baixou a cabeça com perplexidade.

— Não quer falar com o Ivan Matviéitch? — perguntou ela. — Ele não está em casa; ainda não voltou do serviço.

— Preciso falar com a proprietária — disse Oblómov.

Enquanto isso, dentro de casa, continuava a agitação. Ora de uma janela, ora de outra, aparecia uma cabeça para espiar; por trás da velha, a porta se abriu um pouco e fechou; vários rostos espreitaram por ali.

Oblómov virou-se: no pátio, duas crianças, um menino e uma menina, olhavam para ele com curiosidade.

De um canto, apareceu um mujique sonolento num casaco de pele de carneiro e, protegendo os olhos do sol com a mão, olhou com ar indolente para Oblómov e para o coche.

O cachorro não parava de latir grosso e bruto, e toda vez que Oblómov

---

* *Sarafan*: traje usado pelas camponesas russas, composto de um vestido em forma de trapézio, completado por um avental.

363

se mexia ou um cavalo batia o casco no chão, a corrente começava a tilintar e os latidos ficavam insistentes.

No outro lado da cerca, à direita, Oblómov viu uma horta interminável de repolhos; à esquerda, do outro lado da cerca, viam-se algumas árvores e um chalé verde de madeira.

— O senhor quer falar com Agáfia Matviéievna? — perguntou a velha. — Para quê?

— Diga à proprietária da casa — explicou Oblómov — que quero conversar com ela: eu aluguei um apartamento aqui…

— O senhor deve ser o novo inquilino, o tal conhecido de Míkhei Andreitch, não é? Espere aqui, vou chamar.

Ela abriu a porta, e da porta várias cabeças recuaram, e houve uma correria para dentro dos quartos. Ele ainda teve tempo de ver uma mulher, de pescoço e cotovelos nus, sem touca, branca, bastante branca, que riu por ter sido vista por um forasteiro e também fugiu da porta correndo.

— Espere lá dentro, por favor — disse a velha, voltando-se, e conduziu Oblómov através do pequeno vestíbulo rumo a um aposento amplo e pediu que esperasse. — A proprietária virá logo — acrescentou.

"O cachorro não para de latir", pensou Oblómov, passando os olhos pelo aposento.

De repente seus olhos detiveram-se em objetos conhecidos: todo o cômodo estava atulhado de coisas que eram dele. As mesas empoeiradas; as cadeiras, amontoadas numa pilha sobre a cama; os colchões, o aparelho de jantar em desordem, os armários.

— Como pode ser? E não arrumaram, não cuidaram? — disse Oblómov. — Que imundície!

De repente, atrás dele, uma porta rangeu, e por ela entrou a mesma mulher que ele tinha visto antes, de pescoço e cotovelos nus.

Tinha uns trinta anos. Era muito branca e cheia de rosto, de tal modo que a cor rosada parecia não encobrir as bochechas. Ela quase não tinha sobrancelhas, em seu lugar havia duas faixas que pareciam um pouco inchadas e lustrosas, com uns pelos raros e claros. Olhos acinzentados e inocentes, como também toda a expressão do rosto; mãos brancas, mas rudes, com veias azuladas de nós salientes e grandes.

Nela, o vestido caía justo ao corpo: via-se que não recorria a nenhum

364

artifício, nem usava anágua para aumentar o volume do quadril e diminuir a cintura.

Por isso, quando ela estava sem xale, seu busto, mesmo encoberto, poderia servir a um pintor ou escultor como modelo de um peito forte e saudável, sem afetar sua modéstia. Seu vestido, em relação ao xale enfeitado e à touca festiva, parecia velho e surrado.

Não esperava visitas e, quando Oblómov avisou que queria vê-la, ela, num vestido doméstico de uso rotineiro, vestira apressadamente o xale dominical e cobrira a cabeça com uma touca. Entrou timidamente e olhando com humildade para Oblómov.

Ele ficou de pé e inclinou-se.

— Tenho o prazer de falar com a senhora Pchenítsina? — perguntou.

— Sim, senhor — ela respondeu. — O senhor quer falar com meu irmão, não é? — perguntou, hesitante. — Está no serviço, não volta antes das cinco horas.

— Não, eu queria falar com a senhora mesmo — começou Oblómov, quando ela sentou no sofá, o mais distante possível dele, e ficou olhando para as pontas do xale, que, como um xairel num cavalo, a cobria até o chão. Até mesmo as mãos ela mantinha encolhidas sob o xale.

— Aluguei um apartamento; agora, por força das circunstâncias, preciso encontrar um apartamento em outra parte da cidade, e assim vim conversar com a senhora...

Ela escutava com ar obtuso, e se pôs a refletir com ar obtuso.

— Agora meu irmão não está em casa — disse ela em seguida.

— Mas esta casa não é da senhora? — perguntou Oblómov.

— É minha — respondeu de modo conciso.

— Por isso pensei que a senhora mesma podia resolver...

— Só que meu irmão não está em casa; aqui é ele que cuida de tudo — disse em tom monótono, lançando pela primeira vez um olhar direto para Oblómov, e baixou os olhos de novo para o xale.

"Ela tem um rosto simples mas de aspecto agradável", concluiu Oblómov com indulgência. "Deve ser uma boa mulher!" Naquele momento, a cabeça de uma menina apontou na porta.

Agáfia Matviéievna, de maneira furtiva e com ar de ameaça, acenou para ela com a cabeça, e ela se escondeu.

— E onde trabalha seu irmão?

— Numa repartição do governo.

— Qual?

— Onde registram os mujiques… eu não sei como se chama.

Deu uma risada inocente, e naquele instante, mais uma vez, seu rosto tomou a expressão de costume.

— A senhora não mora aqui sozinha com seu irmão? — perguntou Oblómov.

— Não, tenho dois filhos pequenos, de meu falecido marido: um menino de oito anos e uma menina de seis — começou a explicar a proprietária, bastante expansiva, e seu rosto ficou mais animado —, tem também nossa avó, está doente, mal consegue andar, e mesmo assim só anda para ir à igreja; antes ia ao mercado com Akulina, mas agora, desde o dia de são Nicolau, parou de ir. As pernas começaram a inchar. E mesmo na igreja, cada vez mais, tem de sentar nos degraus. É só isso. Às vezes a cunhada vem passar um tempo aqui e Míkhei Andreitch também.

— E Míkhei Andreitch vem muitas vezes aqui? — perguntou Oblómov.

— Às vezes fica hospedado um mês; ele e meu irmão são amigos, estão sempre juntos…

E calou-se, depois de esgotar todo o seu estoque de ideias e palavras.

— Que silêncio há nesta casa! — disse Oblómov. — Se o cachorro não latisse, poderia pensar que não há nenhuma alma viva.

A mulher riu em resposta.

— A senhora sai de casa muitas vezes? — perguntou Oblómov.

— No verão, às vezes. Veja, faz pouco tempo, numa sexta-feira de santo Iliá fomos à Fábrica de Pólvora.

— E lá tem muito movimento? — perguntou Oblómov, olhando, através do xale entreaberto, para o peito alto, forte, como as almofadas de um sofá, um peito que nunca se agitava.

— Não, neste ano teve pouco; choveu desde o amanhecer, mas depois clareou. Quando não é assim, tem muito movimento.

— E aonde mais a senhora vai?

— Não vamos quase a lugar nenhum. Meu irmão vai pescar com Míkhei Andreitch, fazem sopa de peixe, mas eu fico sempre em casa.

— Será possível que fique sempre em casa?

— Por Deus, é verdade, sim. No ano passado fomos a Kólpino e às vezes vamos caminhar no bosque. No dia 24 de junho é dia do santo onomástico de meu irmão,* fazemos um almoço, todos os funcionários da repartição dele vêm almoçar aqui.

— E a senhora não faz visitas?

— Meu irmão faz, sim, mas eu e meus filhos só vamos almoçar com a família de meu marido no domingo de Páscoa e no Natal.

Já não havia mais o que dizer.

— A senhora tem flores: a senhora gosta de flores? — perguntou Oblómov.

Ela riu.

— Não — respondeu —, não tenho tempo para cuidar de flores. As crianças e Akulina foram ao jardim do conde, e o jardineiro deu essas flores para eles, os gerânios e a babosa já dão aqui há muito tempo, desde quando meu marido era vivo.

Naquele momento, Akulina irrompeu de repente; nas mãos dela, um galo grande batia as asas e cacarejava em desespero.

— É este o galo, Agáfia Matviéievna, para entregar ao quitandeiro? — perguntou.

— O que é isso? Vá embora! — disse a proprietária, envergonhada. — Não está vendo que tenho uma visita?

— Eu só perguntei — disse Akulina, e pegou o galo pelas pernas, de cabeça para baixo —, ele dá setenta copeques.

— Vá embora, vá para a cozinha! — disse Agáfia Matviéievna. — É o cinzento, com pintas, não é esse — acrescentou às pressas, e envergonhou-se, escondeu as mãos embaixo do xale e ficou olhando para baixo.

— Os problemas domésticos! — disse Oblómov.

— Pois é, a gente tem muitas galinhas; vendemos ovos e pintos. Aqui, nesta rua, nas casas de veraneio e na casa do conde, todos compram da gente — respondeu ela, olhando para Oblómov com uma audácia muito maior.

Seu rosto tomou uma expressão prática e preocupada; até o ar obtuso desaparecia quando passava a falar de um assunto que conhecia. A toda per-

* Na Rússia, comemora-se o aniversário no dia do santo que dá nome à pessoa.

gunta que não tinha relação com algum propósito sério e que não fosse do conhecimento dela a mulher respondia com silêncio e com um sorriso.

— É preciso organizar isso — observou Oblómov, apontando para o monte de seus pertences...

— Eu bem que queria, mas meu irmão mandou não mexer — interrompeu ela, animada, e lançou para Oblómov um olhar já sem medo nenhum. — "Deus sabe o que tem nas mesas e nos armários dele", disse meu irmão. "Depois alguma coisa se perde, vão vir para cima de nós..." — Ela parou e riu.

— Como seu irmão é cuidadoso! — acrescentou Oblómov.

De novo ela riu de leve e de novo assumiu sua expressão habitual.

O sorriso dela era, mais que tudo, uma forma simpática de assumir sua ignorância do que era preciso dizer ou fazer em certos casos.

— Vou ter de esperar muito até ele chegar — disse Oblómov —, talvez a senhora possa dizer a ele que, por força das circunstâncias, não tenho necessidade da residência e que por isso peço que o alugue para outro inquilino, e eu, por meu lado, também vou procurar um interessado.

Ela escutou com ar obtuso, piscando os olhos com indiferença.

— No que diz respeito ao contrato, diga para ele por favor...

— Mas meu irmão não está em casa agora — repetiu a mulher —, é melhor o senhor vir aqui de novo amanhã: amanhã é sábado, ele não vai trabalhar...

— Estou terrivelmente ocupado, não vou ter nenhum minuto livre — justificou-se Oblómov. — Tenha a bondade de dizer a ele que o depósito vai ficar à disposição da senhora e que vou procurar outro inquilino para...

— Meu irmão não está — disse ela em tom monótono —, não sei por que não chegou ainda... — E lançou um olhar para a rua. — Olhe, ele passa por ali, pela janela: dá para ver quando ele chega, mas não tem ninguém vindo!

— Bom, vou me despedir... — disse Oblómov.

— E quando meu irmão chegar, o que digo a ele: quando o senhor vai voltar? — perguntou, levantando-se do sofá.

— A senhora lhe diga o que pedi — disse Oblómov —, que, por força das circunstâncias...

— É melhor o senhor mesmo vir amanhã e conversar com ele... — repetiu a mulher.

— Amanhã é impossível.

— Bem, então depois de amanhã, no domingo: depois da missa nós tomamos vodca e comemos alguns petiscos. E Míkhei Andreitch vai vir.

— Míkhei Andreitch vem mesmo? — perguntou Oblómov.

— Deus é testemunha, é verdade — acrescentou ela.

— Mas depois de amanhã também não posso — justificou-se Oblómov com impaciência.

— Então na semana que vem… — sugeriu ela. — E quando o senhor vai se mudar para cá? Vou mandar lavar o chão e tirar o pó — disse.

— Não vou me mudar para cá — disse Oblómov.

— Como não? E estas coisas todas, onde vamos colocar?

— A senhora tenha a bondade de dizer ao seu irmão — começou Oblómov, pausadamente, com os olhos diretamente cravados no peito da mulher — que, por força das circunstâncias…

— Puxa, como ele está demorando hoje, não sei o que houve — disse ela, em tom monótono, olhando para a cerca que separava a rua do pátio. — Reconheço os passos dele; dá para ouvir quando vem lá da ponte de madeira. Por aqui passa pouca gente…

— Então a senhora pode dizer a ele o que lhe pedi? — concluiu Oblómov, curvou-se e quis sair.

— Olhe, daqui a meia hora ele vai estar em casa… — disse a proprietária com uma inquietação que lhe era estranha, como se tentasse conter Oblómov com sua voz.

— Não posso esperar mais — decidiu ele, abrindo a porta.

O cachorro, ao vê-lo na varanda, desandou a latir e começou a repuxar a corrente de novo.

O cocheiro, que dormia apoiado no cotovelo, começou a recuar os cavalos; as galinhas, com o susto, correram de novo em várias direções; na janela, algumas cabeças espiaram.

— Então vou dizer ao meu irmão que o senhor esteve aqui — acrescentou a proprietária com apreensão, quando Oblómov se sentou no coche.

— Sim, e diga que eu, por força das circunstâncias, não posso ficar com a residência e vou passá-la para outro inquilino ou que ele… procure…

— A esta hora ele sempre já está em casa… — disse ela, escutando Oblómov com ar distraído. — Vou dizer para ele que o senhor vai vir de novo.

— Sim, daqui a alguns dias voltarei — disse Oblómov.

Ao som dos latidos desesperados do cachorro, o coche saiu do pátio e seguiu sacudindo por cima dos montes de lama seca da travessa sem pavimentação.

No fim da travessa, apareceu um homem de paletó surrado, de meia-idade, com um grande embrulho de papel embaixo do braço, uma bengala grossa e galochas de borracha, apesar de o dia estar seco e quente.

Andava depressa, olhava para os lados e pisava como se quisesse quebrar a calçada de tábuas. Oblómov virou-se para trás e viu que o homem entrou no portão da casa de Pchenítsina.

"Deve ser o irmão, que chegou!", concluiu. "Que o diabo o carregue! Já perdi uma hora, quero ir embora, e ainda por cima está um calor! E Olga está me esperando... Fica para outra vez!"

— Mais depressa! — disse para o cocheiro.

"Será que devo procurar outra residência?", lembrou-se ele, olhando para os lados, na direção das cercas. "Devo voltar para a rua Morskaia ou ir para a Koniúchenaia... Fica para outra vez!", concluiu.

— Mais depressa!

III.

No fim de agosto, vieram as chuvas, e as chaminés fumegavam nas casas de veraneio em que havia estufa, e nas que não havia os moradores andavam com panos enrolados em volta do rosto, e por fim, pouco a pouco, as casas de veraneio foram ficando vazias.

Oblómov não apareceu mais na cidade e, certa manhã, pela janela, viu a mobília dos Ilínski ser transportada. Embora já não lhe parecesse mais uma proeza mudar-se de residência, almoçar em um lugar por onde passasse e não ficar deitado o dia inteiro, Oblómov não sabia agora onde passaria a noite e deitaria a cabeça para dormir.

Ficar na casa de veraneio sozinho, quando o parque e o bosque estavam abandonados, quando as venezianas da casa de Olga estavam trancadas, parecia-lhe francamente impossível.

Ele andava pelos cômodos vazios da casa dela, dava uma volta no parque, descia o morro, e seu coração se apertava no peito.

Mandou Zakhar e Aníssia irem para Víborg, onde resolveu ficar enquanto procurava uma nova residência, e foi ele mesmo à cidade, almoçou numa taverna e à noite foi visitar Olga.

Mas as noites de outono na cidade não eram como os dias e as tardes

371

compridos e claros no parque e no bosque. Ali, ele não podia mais vê-la três horas por dia; ali, Kátia não vinha mais correndo lhe trazer um bilhete, nem ele podia mandar Zakhar entregar um bilhete a cinco verstas de casa. E todo aquele florescente e estival poema de amor parecia ter cessado, se tornado mais indolente, como se seu conteúdo houvesse se esgotado.

Às vezes os dois ficavam calados durante meia hora. Absorta em seu trabalho, Olga contava para si, com a agulha, os quadrados do desenho da costura, enquanto ele mergulhava num caos de pensamentos e vivia antecipadamente um momento muito além do presente.

Só de tempos em tempos, quando olhava fixamente para ela, Oblómov tinha um sobressalto de paixão, ou ela olhava para ele de passagem e sorria, captando nos olhos de Oblómov um raio de carinhosa obediência, de felicidade silenciosa.

Três dias seguidos ele foi à cidade e jantou na casa de Olga, sob o pretexto de que ainda não havia organizado suas coisas, de que estava se mudando naquela semana e por isso não estava instalado na residência nova.

Porém, no quarto dia, já lhe pareceu incômodo ir até lá e, depois de ficar andando em redor da casa dos Ilínski, Oblómov voltou para casa com um suspiro.

No quinto dia, elas não jantaram em casa.

No sexto dia, Olga disse para Oblómov que ele fosse a uma certa loja, que ela estaria lá, e depois ele poderia levá-la a pé para casa, mas o coche iria atrás.

Tudo aquilo foi incômodo; conhecidos passavam por eles, cumprimentavam com uma reverência, alguns se detinham para conversar.

— Ah, meu Deus, que tortura! — exclamou Oblómov, todo suado por causa do medo e da situação desconfortável.

A tia também olhava para Oblómov com seus olhos grandes e lânguidos e, com ar pensativo, inalava seus sais, como se tivesse dor de cabeça por causa dele. E como era longo aquele percurso! Ir de Víborg até a cidade e depois voltar à noite — três horas!

— Vamos contar para sua tia — pressionou Oblómov —, aí vou poder ficar em sua casa desde a manhã, e ninguém vai poder falar…

— Mas você já foi ao Palácio da Justiça? — perguntou Olga.

Oblómov teve muita vontade de dizer: "Fui e está tudo resolvido", mas sabia que Olga o fitava com tanta atenção que logo veria a mentira estampada em seu rosto. Em vez disso, respondeu com um suspiro.

— Ah, se você soubesse como isso é difícil! — falou.

— Mas falou com o irmão da proprietária? Procurou um lugar para morar? — perguntou Olga, sem levantar os olhos.

— Ele nunca está em casa de manhã, e à noite estou sempre aqui — respondeu Oblómov, alegrando-se por haver uma desculpa razoável.

Então Olga suspirou, mas não disse nada.

— Amanhã, sem falta, vou falar com o irmão da proprietária — tranquilizou-a Oblómov —, amanhã é domingo e ele não vai trabalhar.

— Enquanto tudo isso não se resolver — disse Olga, com ar pensativo —, é impossível falar com minha tia, e é preciso nos vermos menos vezes…

— Sim, sim… é verdade — acrescentou Oblómov, assustado.

— Você pode almoçar em nossa casa aos domingos, no dia em que recebemos visitas, e depois, talvez, na quarta-feira, sozinho — resolveu Olga. — Além disso, podemos nos ver no teatro: você saberá quando iremos, e também irá.

— Sim, está certo — disse ele, alegrando-se por Olga tomar para si a incumbência de organizar seus encontros.

— E quando o tempo estiver bom e fizer um dia bonito — concluiu Olga —, vou passear no Jardim de Verão e você pode ir também; isso vai nos lembrar o parque… o parque! — repetiu Olga com emoção.

Oblómov beijou a mão dela em silêncio e despediu-se até domingo. Olga o seguiu tristemente com os olhos, depois sentou ao piano e mergulhou completamente nas notas.

Seu coração chorava por algum motivo, e as notas também choravam. Quis cantar, mas não conseguiu!

No dia seguinte, Oblómov levantou e vestiu seu casaco rústico, que usava na casa de veraneio. Fazia muito tempo que se despedira do roupão e mandara que o escondessem no armário.

Zakhar, como de costume, balançando a bandeja, aproximou-se da mesa desajeitadamente, trazendo café e rosquinhas. Atrás de Zakhar, como de costume, Aníssia espiava com a metade do corpo inclinada através da porta se ele conseguia levar as xícaras intactas até a mesa, e logo se escondia, sem fazer nenhum ruído, caso Zakhar colocasse a bandeja em segurança sobre a mesa,

373

ou acudia com presteza, se alguma coisa caísse, a fim de garantir a segurança do resto. Quando isso acontecia, Zakhar lançava imprecações, primeiro contra os objetos, depois contra a esposa, e movia o cotovelo ameaçando golpear o peito da mulher.

— Que café esplêndido! Quem foi que fez? — perguntou Oblómov.

— A proprietária mesmo — respondeu Zakhar —, há seis dias, é sempre ela que faz. "O senhor está pondo chicória demais e ferve pouco tempo. Deixe que eu faço!", disse ela.

— Excelente! — repetiu Oblómov, servindo-se de mais uma xícara. — Agradeça a ela.

— Ela está aqui — disse Zakhar, apontando para a porta entreaberta do cômodo contíguo. — Aquilo deve ser a copa deles, eu acho; ela também trabalha ali, é onde guardam o chá, o açúcar, o café e a louça.

Oblómov só via as costas da proprietária, a nuca e uma parte do pescoço branco, além dos cotovelos nus.

— Por que ela está rodando os cotovelos tão depressa? — perguntou Oblómov.

— Quem vai saber! Acho que está fazendo uma renda.

Oblómov acompanhou os giros dos cotovelos, observou como as costas se curvavam e logo depois ficavam retas de novo.

Embaixo, quando ela se curvava, viam-se a saia limpa, as meias limpas e as pernas redondas e fartas.

"A viúva de um funcionário público, mas os cotovelos parecem os de uma condessa; e além do mais têm covinhas!", pensou Oblómov.

Ao meio-dia, Zakhar foi perguntar se não podia provar sua torta: a proprietária mandou servir.

— Hoje é domingo, é dia de fazer torta!

— Ora, já estou imaginando que beleza de torta deve ser! — disse Oblómov depois, com descaso. — Com cebola e cenoura…

— A torta não é pior do que a nossa, dos Oblómov — observou Zakhar —, de frango, com cogumelos frescos.

— Ah, deve ser boa: traga. Quem é que assa a torta? Aquela camponesa suja?

— Nada disso! — respondeu Zakhar com desprezo. — Se não fosse a patroa, ela não saberia nem como fazer a massa. A própria patroa cuida de tudo na cozinha. Foram ela e a Aníssia que assaram a torta.

Cinco minutos depois, do cômodo contíguo, um braço nu, mal encoberto por um xale, esticou-se através da porta na direção de Oblómov, um braço que ele já tinha visto antes, mas que agora oferecia um prato sobre o qual fumegava uma enorme fatia de torta, exalando um vapor ardente.

— Estou imensamente grato — respondeu Oblómov em tom afetuoso, aceitando a torta e, ao olhar de relance para a porta, cravou o olhar no peito alto e nos ombros nus. A porta se fechou apressadamente.

— Gostaria de um pouco de vodca? — perguntou uma voz.

— Não bebo; sou imensamente agradecido — respondeu em tom ainda mais afetuoso. — Que vodca a senhora tem?

— A nossa, caseira: eu mesma faço uma infusão com folhas de groselha — respondeu a voz.

— Nunca tomei uma bebida feita de folha de groselha, pode fazer a bondade de servir um pouco?

Mais uma vez, o braço nu se esticou através da porta com um prato e uma taça de bebida. Oblómov bebeu até o fim: adorou.

— Muito agradecido — disse ele, tentando espiar o outro lado da porta, mas a porta foi fechada.

— Por que a senhora não permite que eu a veja por um momento e lhe deseje um bom dia? — reclamou Oblómov.

A proprietária riu atrás da porta.

— Ainda estou com o vestido de trabalho, fiquei na cozinha o tempo todo. Daqui a pouco vou trocar de roupa; meu irmão logo logo vai chegar da missa — respondeu.

— Ah, *à propos* de seu irmão — observou Oblómov —, preciso ter uma palavrinha com ele. Peça que venha falar comigo.

— Está bem, vou dizer, assim que ele chegar.

— E quem é que fica tossindo? De quem é essa tosse tão seca? — perguntou Oblómov.

— É a vovó; ela já tosse há oito anos.

E a porta foi fechada.

"Como ela é… simples", pensou Oblómov, "e existe nela uma coisa que… E como mantém tudo limpo!"

Até então ele não tivera oportunidade de conhecer o irmão da proprietária. Apenas via raramente, ainda da cama, que um homem passava ligeiro pela cerca, de manhã bem cedo, com um grande embrulho de papel debaixo do braço, e ia embora pela travessa; e mais tarde, às cinco horas, surgia de novo com o mesmo embrulho, passando na frente da janela, de volta, o mesmo homem, e entrava pela varanda. Não se ouvia nenhum sinal de sua presença em casa.

Ao mesmo tempo, sobretudo pela manhã, era evidente que ali moravam pessoas: na cozinha, os talheres tilintavam, ouvia-se pela janela que uma camponesa enxaguava alguma roupa num canto, que o porteiro cortava lenha ou rolava barricas cheias de água sobre duas rodinhas; atrás da parede, criancinhas choravam ou irrompia a tosse persistente e seca da velha.

Oblómov dispunha de quatro cômodos, ou seja, todos os cômodos principais. A proprietária e sua família ocupavam dois cômodos separados, mas o irmão morava no andar de cima, no chamado sobrado.

O escritório e o dormitório de Oblómov tinham janelas voltadas para o pátio; a sala de estar, para o jardim; a sala principal, para a horta, com repolhos e batatas. Na janela da sala de estar, havia cortinas de chita desbotadas.

Junto às paredes, encostavam-se cadeiras simples de madeira, imitando nogueira; embaixo do espelho, havia uma mesa de jogar cartas; nas janelas, comprimiam-se vasos de gerânios e calêndulas, e quatro gaiolas com canários e pintassilgos estavam penduradas.

O irmão entrou na ponta dos pés e respondeu com três inclinações de cabeça ao cumprimento de Oblómov. Seu uniforme estava todo abotoado, de tal modo que era impossível saber se por baixo estava vestido ou não; a gravata estava presa com um nó comum e sua ponta inferior estava oculta.

Tinha mais ou menos quarenta anos, com um mero tufo de cabelo acima da testa e dois outros fartos tufos iguais àquele nas costeletas, descuidadamente expostos ao vento, que pareciam as orelhas de um cachorro de tamanho mediano. Os olhos cinzentos não se fixavam de repente num objeto: primeiro lançavam um olhar furtivo e só depois se detinham com mais demora.

Parecia ter vergonha das mãos e, quando falava, tentava escondê-las, ora as duas mãos nas costas, ora uma no peito e a outra nas costas. Ao entregar um documento ao chefe e dar suas explicações, mantinha uma mão nas costas e, com o dedo médio da outra mão, a unha para baixo, apontava cuidadosamente alguma linha ou palavra e, depois de apontar, prontamente escondia a mão nas costas, talvez porque os dedos eram gorduchos, avermelhados e tremiam um pouco e lhe parecia, não sem motivo, que não era de todo decente deixá-los expostos com frequência.

— O senhor me deu a honra de mandar me avisar que queria me ver — começou, depois de lançar dois olhares para Oblómov.

— Sim, eu queria conversar com o senhor a respeito dos aposentos que aluguei. Faça o favor de sentar-se! — respondeu Oblómov com cortesia.

Ivan Matviéievitch, depois de ouvir um segundo convite, resolveu sentar-se, com o corpo curvado para a frente e as mãos encolhidas dentro das mangas.

— Por força das circunstâncias, tenho de procurar outra residência para mim — disse Oblómov —, por isso eu queria passar esta para outro inquilino.

— Agora é difícil — retrucou Ivan Matviéievitch, depois de tossir nos dedos e escondê-los rapidamente dentro das mangas. — Se o senhor tivesse me avisado no final do verão, muitos ainda viriam ver...

— Eu vim aqui, mas o senhor não estava — cortou Oblómov.

— Minha irmã me disse — acrescentou o funcionário. — Mas não se preocupe com outra residência: aqui o senhor vai viver com conforto. Será que as aves estão incomodando o senhor?

— Que aves?

— As galinhas.

Embora Oblómov ouvisse constantemente, desde manhã cedo, ao pé das janelas, os fortes cacarejos das galinhas chocas e os pios dos pintinhos, o que ele tinha a ver com aquilo? À sua frente, erguia-se a imagem de Olga, e ele mal se dava conta do que o rodeava.

— Não, isso não importa — disse ele —, achei que o senhor se referia aos canários: desde manhã cedo, eles começam a gorjear.

— Vamos retirá-los — respondeu Ivan Matviéievitch.

— Isso também não tem importância — observou Oblómov —, mas, por força das circunstâncias, eu não posso ficar aqui.

— Como preferir, senhor — respondeu Ivan Matviéievitch. — Mas, se o senhor não encontrar um inquilino, como vamos resolver nosso contrato? O senhor vai pagar uma compensação? O senhor vai ter prejuízo.

— Quanto vai custar? — perguntou Oblómov.

— Vamos ver, vou trazer o ábaco.

Trouxe o contrato e o ábaco.

— Olhe aqui, senhor, pela residência são oitocentos rublos em cédulas; como cem rublos foram recebidos em depósito, restam setecentos rublos — disse.

— Mas o senhor sem dúvida não quer me cobrar por um ano inteiro, quando não fiquei em sua casa nem duas semanas, não é? — interrompeu-o Oblómov.

— Como não, senhor? — retrucou de modo sucinto e compenetrado Ivan Matviéievitch. — Seria injusto impor um prejuízo à minha irmã. É uma pobre viúva, vive somente do que recebe pelo aluguel da casa; com os pintos e os ovos, talvez ganhe só o suficiente para pagar as roupas das crianças.

— Desculpe, não posso — começou Oblómov —, julgue o senhor mesmo, fiquei aqui menos de duas semanas. Como pode ser, por que isso?

— Veja, senhor, o contrato diz — falou Ivan Matviéievitch, apontando com o dedo médio duas linhas e escondendo os outros na manga —, faça o obséquio de ler até o fim.

— "Caso eu, Oblómov, deseje deixar a residência antes do tempo combinado, fico obrigado a transferir os aposentos a outro inquilino nas mesmas condições, ou, caso contrário, a recompensar a senhora Pchenítsina pagando a ela um ano inteiro de aluguel, até o dia primeiro de junho do ano que vem" — leu Oblómov. — Como pode ser? — disse ele. — Não é justo.

— Mas é a lei — observou Ivan Matviéievitch. — O senhor mesmo fez o obséquio de assinar: veja a assinatura aqui!

De novo o dedo surgiu e apontou para a assinatura, e de novo se escondeu.

— Quanto é? — perguntou Oblómov.

— Setecentos rublos — e Ivan Matviéievitch, com o mesmo dedo, começou a empurrar e a fazer estalar as bolinhas do ábaco, e a cada vez dobrava rapidamente o dedo no punho fechado. — E pela cocheira e pelo celeiro são mais cento e cinquenta rublos. — E fez estalar mais bolinhas no ábaco.

— Desculpe, mas não tenho cavalos, não crio esses animais: para que eu ia querer a cocheira e o celeiro? — retrucou Oblómov com energia.

— Está no contrato — observou Ivan Matviéievitch, e mostrou com o dedo. — Míkhei Andreitch disse que o senhor teria cavalos.

— Míkhei Andreitch mentiu! — disse Oblómov com irritação. — Dê-me aqui o contrato!

— Posso dar uma cópia, senhor, o contrato original pertence à minha irmã — respondeu com brandura Ivan Matviéievitch, segurando o contrato. — Além disso, pela horta e pelo fornecimento de repolhos, nabos e outros legumes e verduras em quantidades para uma pessoa — leu Ivan Matviéievitch —, são mais aproximadamente duzentos e cinquenta rublos...

E quis empurrar mais algumas bolinhas no ábaco.

— Que horta? Que repolho? Não tenho a mínima ideia do que o senhor está falando! — exclamou Oblómov em tom quase assustador.

— Veja, senhor, está no contrato: Míkhei Andreitch disse que o senhor ia pagar por isso.

— Quer dizer então que vocês estão escolhendo o que vão me servir à mesa sem minha concordância? Não quero repolho nem nabo... — disse Oblómov, levantando-se.

Ivan Matviéievitch levantou-se da cadeira.

— Por favor, como seria possível fazer isso sem o senhor? Veja, tem a sua assinatura! — retrucou ele.

E de novo o dedo gordo bateu sobre a assinatura, e toda a folha de papel sacudiu em sua mão.

— Quanto o senhor calcula que dá tudo isso? — perguntou Oblómov com impaciência.

— E também pela pintura do teto e das portas, pela reforma das janelas e da cozinha, pelas dobradiças novas nas portas, são cinquenta e quatro rublos e vinte e oito copeques.

— Como isso pode estar na minha conta? — perguntou Oblómov com perplexidade. — Tudo isso é por conta do proprietário. Quem vai querer se mudar para uma residência malcuidada?

— Veja, senhor, está escrito no contrato que fica por conta do senhor — disse Ivan Matviéievitch, e de longe apontou com o dedo para o papel onde aquilo estava dito. — Ao todo são mil trezentos e cinquenta e quatro rublos e vinte e oito copeques! — concluiu, conciso, e escondeu as mãos e o contrato atrás das costas.

— Mas onde vou conseguir tudo isso? Não tenho dinheiro! — retrucou Oblómov, e pôs-se a andar dentro do quarto. — Para que preciso tanto assim de seus repolhos e nabos?

— Como preferir, senhor! — acrescentou Ivan Matviéievitch em voz baixa. — Mas não se preocupe: aqui o senhor estará confortável — acrescentou. — E quanto ao dinheiro... minha irmã vai esperar.

— Não posso, não posso, por força das circunstâncias! O senhor ouviu?

— Sim, senhor. Como preferir — respondeu, submisso, Ivan Matviéievitch, e recuou um passo.

— Muito bem, vou pensar e tentarei transferir o aluguel para outro inquilino! — disse Oblómov, e despediu-se do funcionário com uma inclinação da cabeça.

— Vai ser difícil; mas faça como preferir! — concluiu Ivan Matviéievitch, fez três inclinações de cabeça e se retirou.

Oblómov pegou a carteira e contou o dinheiro: ao todo, trezentos e cinco rublos. Ficou estupefato.

"Onde vou conseguir o dinheiro?", perguntou a si mesmo com assombro, quase com horror. "No início do verão, mandaram da aldeia mil e duzentos rublos, mas agora só restam trezentos!"

Começou a calcular, a recordar-se de todas as despesas que tinha feito e só conseguiu lembrar-se de duzentos e cinquenta rublos.

— Onde foi parar esse dinheiro? — disse. — Zakhar! Zakhar!

— O que o senhor deseja?

— Onde foi parar todo o nosso dinheiro? Pois o dinheiro não está mais comigo! — perguntou.

Zakhar começou a remexer nos bolsos, tirou uma moeda de cinquenta copeques, uma de dez copeques e as colocou na mesa.

— Pronto, esqueci de devolver, foi o troco do transporte — disse.

— Para que está sacudindo esse dinheiro miúdo na minha frente? Diga, onde foram parar oitocentos rublos?

— Como é que vou saber? Por acaso eu sei onde o senhor gasta seu dinheiro? Como vou saber o que o senhor paga aos cocheiros pelos coches de aluguel?

— Sim, muito dinheiro se foi nas carruagens — lembrou-se Oblómov, olhando para Zakhar. — Você lembra quanto demos ao cocheiro na casa de veraneio?

— Como é que vou lembrar? — retrucou Zakhar. — Uma vez o senhor me mandou pagar trinta rublos, isso eu lembro.

— Por que não anotou? — repreendeu-o Oblómov. — É ruim ser analfabeto!

— Sobrevivi um século sem saber ler, graças a Deus, e não sou pior do que os outros! — retrucou Zakhar, olhando para o lado.

"Stolz é que está com a razão, quando diz que é preciso criar escolas no campo!", pensou Oblómov.

— Lá na casa dos Ilínski tinha um criado que sabia ler — prosseguiu Zakhar —, e disseram que ele surrupiou a prataria do bufê.

"Ora essa!", pensou Oblómov, acovardado. "De fato, esses criados alfabetizados são todos uma gente muito imoral: ficam nas tabernas, com o acordeão, tomando chá... Não, é cedo para construir escolas!"

— Bem, para onde mais foi o dinheiro? — perguntou.

— Como é que vou saber? Ah, o senhor deu algum ao Míkhei Andreitch na casa de veraneio...

— De fato — alegrou-se Oblómov ao lembrar-se daquele dinheiro. — Então é isso, trinta rublos para o cocheiro e, eu acho, vinte e cinco rublos para Tarántiev... E o que mais?

Olhou para Zakhar com ar pensativo e interrogador. Zakhar, abatido, fitou-o de esguelha.

— Será que Aníssia não lembra? — perguntou Oblómov.

— Como é que uma burra daquela vai saber? O que sabe uma mulher? — disse Zakhar com desprezo.

— Não consigo me lembrar! — concluiu Oblómov com aflição. — Será que foram ladrões?

— Se fossem ladrões, tinham levado tudo de uma vez — respondeu Zakhar e saiu.

Oblómov sentou-se na poltrona e pôs-se a pensar. "Onde vou arranjar o dinheiro?" E pensou e pensou, até suar frio. "Quando vão mandar dinheiro da aldeia, e quanto?"

Lançou um olhar para o relógio: duas horas, estava na hora de ir à casa de Olga. Era o dia marcado para almoçar. Pouco a pouco, ele se alegrou, mandou chamar um cocheiro e foi para a rua Morskaia.

IV.

Oblómov disse para Olga que tratou do assunto com o irmão da proprietária e, falando rapidamente, acrescentou por sua conta que tinha esperança de transferir o aluguel da residência para outro inquilino ainda naquela semana.

Olga saiu com a tia para fazer uma visita antes do almoço, e Oblómov foi ver residências para alugar nas proximidades dali. Entrou em duas casas; numa encontrou uma área de quatro cômodos por quatro mil rublos, na outra, por cinco cômodos pediram seis mil rublos.

— Que horror! Que horror! — repetiu ele, apertando as orelhas com as mãos e fugindo dos porteiros espantados.

Ao acrescentar àquelas quantias os mil e tantos rublos que tinha de pagar para Pchenítsina, ele, de tanto medo, não chegou a fazer a soma, apenas acelerou o passo e seguiu para a casa de Olga.

Lá havia muitas pessoas. Olga estava animada, falava, cantava e causava furor. Só Oblómov ouvia desatento, mas ela falava e cantava para ele, para que Oblómov não ficasse apático, sonolento, de pálpebras abaixadas, para que nele também tudo falasse e cantasse o tempo todo.

— Vá amanhã ao teatro, temos um camarote — disse Olga.

"À noite, tem de passar na lama, e tão longe!", pensou Oblómov, mas depois de fitá-la nos olhos respondeu a seu sorriso com um sorriso de concordância.

— Faça a assinatura de uma poltrona para a temporada — acrescentou ela —, na semana que vem virão os Maiévski; *ma tante* convidou-os para o nosso camarote.

E Olga fitou-o nos olhos para saber se aquilo o alegrava.

"Meu Deus!", pensou Oblómov, com horror. "Tudo o que tenho são trezentos rublos."

— Veja, peça ao barão; ele conhece todo mundo lá, amanhã ele vai mandar reservar algumas poltronas.

E de novo Olga sorriu, e ele sorriu, olhando para ela, e com um sorriso pediu ao barão; este, também com um sorriso, encarregou-se de conseguir um ingresso.

— Agora, você assistirá numa poltrona, mas depois, quando tiver terminado seus negócios — acrescentou Olga —, ocupará seu lugar de direito em nosso camarote.

E sorriu de modo definitivo, como sorria quando estava completamente feliz.

Ah, que felicidade bafejou sobre Oblómov quando Olga ergueu um pouco o véu daquela paisagem sedutora, oculta por sorrisos semelhantes a flores!

Oblómov esqueceu-se até do dinheiro; só quando, no dia seguinte pela manhã, viu de relance passar pela janela o embrulho do irmão da proprietária, lembrou-se da procuração e pediu a Ivan Matviéievitch que a atestasse no Palácio da Justiça. Ivan Matviéievitch leu a procuração, explicou que havia no texto um ponto obscuro e se encarregou de esclarecer aquilo.

O documento foi reescrito, por fim atestado e enviado pelo correio. Oblómov, em triunfo, anunciou aquilo para Olga e ficou tranquilo por um bom tempo.

Alegrou-se porque, enquanto não chegasse a resposta, não era preciso procurar outro local para morar e ele iria sobrevivendo gradualmente com o dinheiro que tinha.

"É possível viver aqui mesmo", pensou, "fica longe de tudo, na casa deles a ordem é rigorosa, e tudo funciona muito bem."

De fato, na casa, tudo funcionava às mil maravilhas. Embora Oblómov comesse numa mesa à parte, os olhos da proprietária vigiavam também a comida dele.

Iliá Ilitch entrou certa vez na cozinha e encontrou Agáfia Matviéievna e Aníssia quase abraçadas uma à outra.

Se existe uma simpatia dos espíritos, se os corações afins sentem o cheiro um do outro mesmo de longe, nunca isso foi demonstrado de modo tão evidente como na simpatia entre Agáfia Matviéievna e Aníssia. Desde o primeiro olhar, palavra e movimento, elas se entenderam e se apreciaram mutuamente.

Pela maneira de Aníssia, pelo modo como ela, munida de um pedaço de pano e de uma pá, com as mangas arregaçadas, conseguia em cinco minutos arrumar uma cozinha que ficara sem ser usada durante meio ano, pelo modo como ela espanava de uma só vez o pó das estantes, das paredes e da mesa; pelos movimentos largos que fazia com a vassoura pelo chão e pelos bancos; pelo modo como retirava instantaneamente as cinzas de dentro da estufa — Agáfia Matviéievna logo percebeu o valor de Aníssia e como seria enorme a conveniência de contar com ela em seus afazeres domésticos. A proprietária lhe deu, desde então, um lugar em seu coração.

E Aníssia, por seu lado, depois de ver uma única vez como Agáfia Matviéievna reinava na cozinha, como seus olhos de águia, sem sobrancelhas, enxergavam cada movimento malfeito da desajeitada Akulina; como trovejava suas ordens para retirar, colocar, aquecer, salgar; como no mercado, com um só olhar ou no máximo com um toque dos dedos, ela decidia de forma acurada quantos meses de vida tinha uma galinha, se o peixe tinha sido pescado havia muito tempo, quando a salsa ou a alface tinham sido colhidas da horta — Aníssia ergueu os olhos para a proprietária com surpresa e com temor respeitoso e decidiu que ela, Aníssia, não havia seguido sua vocação, que seu campo de trabalho não era a cozinha de Oblómov, onde sua presteza, sua febre de movimentos, sempre vibrantes e nervosos, estavam voltadas apenas a agarrar em pleno ar o prato ou o copo que Zakhar deixava cair, e onde sua experiência e precisão de raciocínio eram reprimidas pela inveja sombria e pela arrogância grosseira do marido. As duas mulheres compreenderam-se mutuamente e tornaram-se inseparáveis.

Quando Oblómov não jantava em casa, Aníssia ficava na cozinha da proprietária e, por amor ao serviço, corria sem parar de um canto a outro, punha panelas no fogo e tirava de novo, quase ao mesmo tempo abria o armário, pegava aquilo de que precisava e o fechava, antes que Akulina tivesse tempo de compreender o que estava acontecendo.

Em recompensa, Aníssia ganhava o almoço, umas seis xícaras de café pela manhã, a mesma quantidade à tarde, e uma conversa franca, prolongada, com a proprietária, e às vezes, também, confidências trocadas em sussurros.

Quando Oblómov jantava em casa, a proprietária ajudava Aníssia, ou seja, mostrava com uma palavra ou com um dedo se estava na hora ou ainda era cedo para tirar a comida do fogo, se era preciso acrescentar ao molho um pouco de vinho tinto ou de creme azedo, ou se era preciso cozinhar o peixe de outra maneira, é assim, veja...

E, meu Deus, quantas informações elas trocavam sobre assuntos domésticos, não só no campo da culinária, mas também acerca do linho, do algodão, da costura, da lavagem de roupas brancas, vestidos, da limpeza de rendados, bordados e luvas, da limpeza de manchas de diversos tipos de pano, além do emprego de vários remédios caseiros, ervas — enfim, tudo o que a mente observadora e as experiências tradicionais haviam introduzido na esfera prática da vida!

Iliá Ilitch levantava mais ou menos às nove horas da manhã, às vezes via através das grades da cerca o lampejo do embrulho de papel embaixo do braço do irmão da proprietária que saía de casa para o trabalho, depois se acomodava para tomar o café. O café estava sempre excelente, o creme era espesso, os pãezinhos eram fofos, crocantes.

Em seguida ele ia fumar um charuto e ouvia com atenção como uma galinha choca cacarejava com força, como os pintinhos piavam, como os canários e outros passarinhos cantavam. Ele mandou que não os retirassem dali. "Isso me faz lembrar a aldeia", dizia.

Depois se sentava para terminar a leitura de livros, às vezes se deitava descontraidamente no sofá com o livro na mão e lia.

Fazia um silêncio ideal: de vez em quando podia passar um soldado pela rua, ou um grupo de mujiques com machadinhas presas no cinto. Raramente ressoava ao longe a voz de um mascate que, detendo-se diante das partes vazadas da cerca, vociferava durante meia hora: "Maçãs, melancias de Astrakhan" — de tal modo que, mesmo sem querer, se comprava alguma coisa.

Às vezes Macha, a filha da proprietária, vinha falar com Oblómov a pedido da mãe para dizer que estavam vendendo cogumelos e perguntar se não queria que trouxessem um pote para ele; ou era ele quem chamava Vánia, o filho da proprietária, e lhe perguntava o que havia estudado, obrigava-o a ler e escrever para ver se escrevia e lia direito.

Se as crianças não fechavam a porta ao sair, Oblómov via o pescoço nu, os cotovelos cintilantes sempre em movimento e as costas da proprietária.

Ela estava sempre atarefada, sempre passava roupa, batia, esfregava alguma coisa, e já não tinha cerimônia com ele, não se cobria com o xale quando notava que ele estava olhando para ela através da porta entreaberta, apenas sorria e, de novo, com esmero, passava roupa, batia e esfregava algo sobre a mesa grande.

Às vezes Oblómov se aproximava da porta com um livro na mão, olhava para a proprietária e conversava com ela.

— A senhora está sempre trabalhando! — disse ele certa vez.

Ela sorriu e de novo pôs-se a girar com afinco a manivela do moedor de café, e seu cotovelo descrevia um círculo tão veloz que os olhos de Oblómov chegavam a ficar tontos.

— Assim a senhora vai ficar cansada — prosseguiu ele.

— Não, já estou acostumada — respondeu, enquanto o moedor estalava.

— E quando não tem trabalho, o que a senhora faz?

— Como é que não vou ter trabalho? Sempre tem trabalho para fazer — disse ela. — De manhã, preparar o almoço, depois costurar, e de noite ainda tem a ceia.

— Então a senhora ceia?

— Como é que não? A gente ceia, sim. No dia santo, vamos à missa das vésperas.

— Isso é bom — elogiou Oblómov. — Em que igreja?

— Na da Natividade: é a nossa paróquia.

— E a senhora lê alguma coisa?

Ela olhou de relance para Oblómov com ar obtuso e ficou calada.

— A senhora tem livros em sua casa? — perguntou ele.

— Meu irmão tem, mas não lê. Trazem jornais da taverna, assim de vez em quando meu irmão lê em voz alta… Agora, o Vánietchka tem muitos livros.

— Mas a senhora nunca descansa?

— Puxa vida, nunca mesmo!

— E a senhora não vai ao teatro?

— Meu irmão vai, no Natal.

— E a senhora?

— E quando é que vou poder ir? Como é que se vai fazer o jantar? — perguntou ela, olhando para ele de lado.

— A cozinheira pode cuidar disso sem a senhora...

— Akulina? — retrucou com surpresa. — Como é que vai ser? O que ela sabe fazer sem mim? O jantar não ficaria pronto nem de manhã. Eu tenho todas as chaves.

Silêncio. Oblómov estava encantado com seus cotovelos fartos, redondos.

— Que braços bonitos a senhora tem — disse Oblómov de repente —, era possível pintá-los num instante.

Ela sorriu e ficou um pouco encabulada.

— As mangas atrapalham — justificou-se ela —, hoje em dia fazem uns vestidos que logo ficam com as mangas todas manchadas.

E calou-se. Oblómov também.

— Pronto, assim que terminar de moer o café — sussurrou a proprietária para si mesma —, vou esfarelar o açúcar. E não posso me esquecer de mandar trazer a canela.

— A senhora deveria casar — disse Oblómov —, é uma dona de casa excelente.

Ela sorriu e começou a coar o café dentro de uma grande jarra de vidro.

— É verdade — disse Oblómov.

— Quem vai querer casar comigo, com meus filhos? — respondeu e começou a fazer contas em pensamento. — Duas dezenas... — falou com ar pensativo. — Será que vai dar tudo isso? — E, depois de colocar a jarra no armário, correu para a cozinha. Já Oblómov foi para o quarto e começou a ler um livro...

— Que mulher, ainda tão fresca, saudável, e que dona de casa! Está claro que devia casar... — disse consigo e mergulhou em pensamentos... sobre Olga.

Oblómov, quando o tempo estava bom, punha o quepe na cabeça e dava uma volta pelos arredores; ora ia parar num lameiro; ora travava um contato desagradável com os cães e voltava para casa.

E em casa, a mesa já estava posta e a comida era muito saborosa, servida com bastante limpeza. Às vezes, através da porta, estendia-se um braço nu com um prato na mão — pediam que ele experimentasse a torta da proprietária.

— Aqui neste canto é tranquilo, é bom, só que é um pouco maçante! — disse Oblómov para si mesmo, a caminho da ópera.

Certa vez, ao voltar tarde do teatro, ele e o cocheiro ficaram quase uma hora batendo no portão para que viessem abrir; o cachorro, de tanto latir e puxar a corrente presa ao pescoço, perdeu a voz. Oblómov ficou gelado, irritou-se, prometeu ir embora no dia seguinte. Mas o dia seguinte passou, e o outro também, e a semana inteira — e ele não foi embora.

Era muito maçante não poder ver Olga fora dos dias combinados, não ouvir sua voz, não ler em seus olhos todo o carinho, o amor e a felicidade inabaláveis.

Porém, nos dias combinados, ele vivia como no verão, escutava Olga cantar ou a fitava nos olhos; e, em presença de testemunhas, bastava a Oblómov um olhar dela, indiferente para os outros, mas profundo e significativo para ele.

No entanto, à medida que o inverno se aproximava, os encontros dos dois a sós se tornavam mais raros. Convidados passaram a frequentar a casa dos Ilínski, e Oblómov passava dias inteiros sem poder sequer trocar palavras com Olga. Eles trocavam olhares. Os olhares dela exprimiam às vezes cansaço e impaciência.

Com as sobrancelhas contraídas, ela olhava para todos os convidados. De vez em quando, Oblómov sentia-se entediado e, certa vez, depois do almoço, esteve à beira de pegar o chapéu e ir embora.

— Aonde vai? — perguntou Olga de repente, com surpresa, surgindo ao lado dele e agarrando seu chapéu.

— Para casa, com sua licença…

— Por quê? — perguntou Olga. Uma sobrancelha estava mais alta do que a outra. — O que pretende fazer?

— Estou tão… — disse ele, quase de olhos arregalados por causa do sono.

— Não vou deixar. Vai me dizer que o senhor tem intenção de dormir? — perguntou Olga, fitando-o com ar severo, ora num olho, ora no outro.

— Claro que não! — retrucou Oblómov com ênfase. — Dormir de dia? É que estou entediado, só isso.

E Oblómov devolveu o chapéu.

— Hoje, no teatro — disse ela.

— Mas não juntos no camarote — acrescentou ele com um suspiro.

— E o que é que tem? Por acaso não tem nenhuma importância que nos vejamos, que você vá me ver no intervalo, que me espere na saída, que me dê a mão para me ajudar a subir na carruagem? — acrescentou Olga em tom imperativo. — Que novidade é essa?

Não havia nada a fazer, ele foi ao teatro, bocejava como se quisesse engolir o palco inteiro de uma só vez, coçava a nuca e cruzava as pernas para um lado e depois para o outro.

"Ah, quem dera isto terminasse logo, eu sentasse ao lado de Olga e não tivesse mais de ficar aqui, tão longe!", pensava. "Depois do que aconteceu no verão, ainda temos de nos ver em intervalos, às escondidas, tenho de fazer o papel de um menino apaixonado… Para ser franco, hoje eu preferiria não ter vindo ao teatro, se estivesse casado: é a sexta vez que assisto a esta ópera."

No intervalo, Oblómov foi ao camarote de Olga e, espremido entre dois dândis, mal conseguiu passar e chegar até ela. Cinco minutos depois, escapuliu e ficou parado na entrada da plateia, no meio da multidão. O próximo ato estava começando, e todos se apressavam para ocupar seus assentos. Os dândis do camarote de Olga também estavam ali e não viram Oblómov.

— Quem era aquele cavalheiro que foi hoje ao camarote dos Ilínski? — perguntou um deles para o outro.

— É um tal de Oblómov — respondeu o outro com displicência.

— E quem é esse tal de Oblómov?

— Ele… é um proprietário de terras, um amigo de Stolz.

— Ah! — exclamou o outro de modo expressivo. — Um amigo de Stolz! E o que ele está fazendo aqui?

— *Dieu sait!* * — respondeu o outro, e afastaram-se para seus lugares.

Mas Oblómov ficou abalado com aquela conversa irrelevante.

"Quem é o cavalheiro?… Um tal de Oblómov… O que ele está fazendo aqui?… *Dieu sait!*" Tudo aquilo ficou martelando dentro de sua cabeça. "Um tal de Oblómov! O que estou fazendo aqui? Como assim? Eu amo Olga; eu…

---

* Em francês, "Só Deus sabe!".

No entanto, já surgiu na sociedade a pergunta: o que eu estou fazendo aqui? Notaram… Ah, meu Deus! Ora essa, preciso fazer alguma coisa…"

Oblómov já não via o que se passava no palco, os nobres e as mulheres que entravam em cena; a orquestra trovejou, e ele não escutava. Corria os olhos pelos lados e contava quantos conhecidos estavam no teatro; ali, lá, estão em toda parte, e todos perguntam: "Quem é aquele cavalheiro que entrou no camarote de Olga? É um tal de Oblómov!", diziam todos.

"Sim, eu sou um tal de Oblómov!", pensava ele num tímido desânimo. "Conhecem-me porque sou amigo de Stolz. Para que fui ver Olga? *Dieu sait!*… Veja só, aqueles dândis olham para mim e depois olham para o camarote de Olga!"

Lançou um olhar para o camarote: o binóculo de Olga estava apontado para ele.

"Ah, meu Deus!", pensou ele. "E ela não tira os olhos de mim! O que ela achou de mais em mim? Que tesouro será esse que encontrou? Olhe, agora ela está se mexendo, aponta para o palco… Parece que os dândis estão rindo, olhando para mim… Meu Deus, meu Deus!"

Em sua agitação, Oblómov coçou de novo a nuca com muita força, de novo cruzou as pernas.

Olga tinha chamado os dândis do teatro para tomar chá, prometera repetir a cavatina e mandara Oblómov ir também.

"Não, hoje não irei; tenho de resolver esse assunto bem depressa, e depois… Por que o procurador não me envia logo a resposta da aldeia? Eu teria ido para lá há muito tempo e, antes da partida, ficaria noivo de Olga… Ah, e ela não para de olhar para mim! Que infortúnio!"

Oblómov, sem esperar o fim da ópera, saiu e foi para casa. Aos poucos sua sensação se apagou e, de novo, com um estremecimento de felicidade, ele via Olga, ficava com ela a sós, com tristonhas lágrimas de emoção ouvia Olga cantar diante de todos e, ao chegar em casa, deitava-se no sofá, sem Olga saber disso, mas deitava-se não para dormir, não se deitava como uma tora de árvore sem vida, mas para sonhar com Olga, brincar de felicidade em pensamento e emocionar-se contemplando a perspectiva futura de sua vida doméstica e sossegada, na qual Olga brilhava — e tudo em volta dela reluzia. Contemplando o futuro, Oblómov, às vezes sem querer, às vezes intencionalmente, espiava pela porta entreaberta e via os cotovelos da proprietária, que se moviam ligeiros.

Certa vez, havia um silêncio ideal, na natureza e na casa; nenhum rumor de carroça, nenhuma batida de porta; no vestíbulo, o pêndulo do relógio batia ritmadamente, e os canários cantavam; mas aquilo não perturbava o silêncio, apenas conferia a ele um toque de vida.

Iliá Ilitch estava deitado descontraidamente no sofá, brincava com o chinelo, largava-o no chão, jogava-o no ar, ele rodopiava no alto e caía, e Oblómov o apanhava do chão com o pé... Zakhar chegou e parou na porta.

— O que você quer? — perguntou Oblómov com displicência.

Zakhar ficou calado e, quase de frente, não de lado, fitou-o.

— O que é? — perguntou Oblómov, olhando para Zakhar com surpresa. — O que foi? A torta ficou pronta?

— O senhor achou uma residência para alugar? — perguntou Zakhar, por sua vez.

— Ainda não. Por quê?

— Eu ainda não arrumei tudo: o aparelho de jantar, as roupas, os baús, tudo ainda está amontoado no quartinho. Devo arrumar?

— Espere um pouco — disse Oblómov com ar distraído —, estou aguardando uma resposta da aldeia.

— Então o casamento do senhor vai ser depois do Natal? — perguntou Zakhar.

— Que casamento? — perguntou Oblómov, pondo-se de pé de repente.

— Como que casamento? O do senhor! — respondeu Zakhar em tom positivo, como se fala de algo decidido desde muito tempo. — Pois o senhor não vai casar?

— Casar! Com quem? — perguntou Oblómov com horror, devorando Zakhar com os olhos perplexos.

— Com a senhorita Ilínskaia... — Zakhar nem havia terminado de falar, e Oblómov se aproximou até quase encostar nele.

— Seu infeliz, quem foi que meteu uma ideia dessas na sua cabeça? — exclamou Oblómov em tom patético e com a voz contida, avançando ainda mais um pouco.

— Quem disse que sou um infeliz? Deus me livre! — disse Zakhar, afastando-se para a porta. — Quem me contou? Os criados da casa dos Ilínski me contaram desde o verão.

— Psiu! — sibilou Oblómov para ele, erguendo o dedo e ameaçando Zakhar. — Nem uma palavra!

— Acha que fui eu que inventei? — disse Zakhar.

— Nem uma palavra! — repetiu Oblómov, olhando para ele com ar terrível e apontando para a porta.

Zakhar saiu, enchendo o cômodo com um suspiro.

Oblómov não conseguia se refazer; continuou na mesma posição, olhando com horror para o ponto onde Zakhar havia estado e depois, desesperado, pôs a mão na cabeça e sentou-se na poltrona.

"Os criados sabem!", o pensamento rodopiou em sua cabeça. "Entre os lacaios, entre as cozinheiras, as conversas estão correndo! Veja a que ponto chegou! Ele se atreve a perguntar quando seria o casamento. Mas a tia ainda nem desconfia, ou, se desconfia, talvez desconfie de outra coisa, de algo ruim... Ai, ai, ai, o que ela pode pensar? E eu? E Olga?"

— Que desgraça, o que foi que eu fiz? — disse ele, revirando-se no sofá e afundando a cara na almofada. — O casamento! Aquele momento poético da vida dos enamorados, a coroa da felicidade, sobre isso andam falando os lacaios, o cocheiro, quando ainda não há nada resolvido, quando a resposta da aldeia não chegou, quando minha carteira está vazia, quando ainda não achei outra residência para alugar...

Oblómov começou a analisar o momento poético que de repente perdeu o colorido, assim que Zakhar falou sobre ele. Oblómov passou a ver o outro lado da moeda e, com aflição, revirava-se de um lado para o outro, deitava-se de costas, de repente saltava, dava três passos pelo quarto e deitava de novo.

"Ora, isto não vai bem!", pensou Zakhar com medo, no vestíbulo. "Vejam que confusão fui arrumar!"

— Como é que eles sabem? — insistiu Oblómov. — Olga não disse nada, eu não me atrevia nem a pensar em voz alta, e na ala dos criados já está tudo decidido! Aí está o que significam os encontros a sós, a poesia dos crepúsculos da manhã e do anoitecer, os olhares apaixonados e as canções fascinantes! Ah, esses poemas de amor nunca acabam em coisa boa! Primeiro é preciso estar debaixo da coroa* para então flutuar na atmosfera cor-de-rosa! Meu Deus! Meu Deus! Correr ao encontro da tia, segurar a mão de Olga e dizer: "Aqui está minha noiva!". Mas nada está pronto, a resposta não veio da aldeia, não tenho dinheiro, não tenho onde morar! Não, primeiro é preciso eliminar essa ideia da cabeça de Zakhar, abafar os rumores, como se apaga uma chama, para que não se espalhe, para que não haja nem fogo nem fumaça... Casamento! O que é um casamento?...

Oblómov quase sorriu ao lembrar seu antigo ideal poético de casamento, o véu comprido, os ramos de laranjeira, o sussurro da multidão...

Mas o colorido não era mais o mesmo: ali, na multidão, estavam o vulgar e negligente Zakhar e toda a criadagem doméstica dos Ilínski, uma fila de carruagens, rostos desconhecidos, frios e curiosos. E depois, sem parar, ele parecia ouvir toda sorte de coisas maçantes, terríveis...

"É preciso suprimir essa ideia da cabeça de Zakhar e levá-lo a achar que isso é um absurdo", resolveu, ora agitando-se de modo convulsivo, ora refletindo com aflição.

Uma hora depois, gritou chamando Zakhar.

Zakhar fingiu não escutar e fez menção de escapulir sorrateiramente para a cozinha. Quis abrir a porta sem nenhum rangido, mas o quadril bateu numa folha da porta e o ombro esbarrou na outra tão desastradamente que ambas se abriram com estrondo.

— Zakhar! — gritou Oblómov em tom imperativo.

— O que o senhor deseja? — respondeu Zakhar do vestíbulo.

— Venha cá! — disse Iliá Ilitch.

— Quer que eu leve o quê? É só dizer que eu levo! — respondeu.

— Venha cá! — exclamou Oblómov, enfaticamente e escandindo as sílabas.

— Ah, quem dera eu estivesse morto! — rosnou Zakhar, arrastando-se para o quarto. — Então, o que o senhor deseja? — perguntou, parado na porta.

— Venha cá! — disse Oblómov, com voz solene e misteriosa, apontando

---

* Nas cerimônias de casamento na Rússia, os noivos eram coroados no altar.

para o lugar onde Zakhar devia ficar, e indicou um lugar tão perto que ele teria de sentar-se quase nos joelhos do patrão.

— Para onde eu tenho de ir? Aí é muito apertado, daqui estou ouvindo bem — justificou-se Zakhar, mantendo-se firme junto à porta.

— Venha cá, já disse! — exclamou Oblómov em tom terrível.

Zakhar deu um passo e ficou parado como um monumento, olhando pela janela para as galinhas que vagavam lá fora e virando para o patrão uma costeleta que parecia ter sido escovada. Iliá Ilitch, no intervalo de uma hora, havia se transformado por causa da agitação, e seu rosto parecia mais fino; os olhos rodavam inquietos.

"Pronto, vai ser agora!", pensou Zakhar, cada vez mais sombrio.

— Como você pôde fazer uma pergunta tão absurda ao seu patrão? — disse Oblómov.

"Puxa vida, lá vem ele!", pensou Zakhar, piscando os olhos arregalados, na expectativa ansiosa das "palavras patéticas".

— Estou perguntando como foi que você enfiou na cabeça uma ideia tão disparatada, hein? — repetiu Oblómov.

Zakhar ficou em silêncio.

— Escutou, Zakhar? Como foi que você se permitiu não só pensar, mas também dizer?...

— Perdão, Iliá Ilitch, é melhor eu chamar a Aníssia... — respondeu Zakhar, e fez menção de andar na direção da porta.

— Quero falar com você, não com a Aníssia — retrucou Oblómov. — Por que você inventou tamanho absurdo?

— Eu não inventei nada — disse Zakhar. — Os criados dos Ilínski contaram.

— E quem contou para eles?

— Como vou saber? Kátia disse para Semión, Semión para Nikita, Nikita para Vassílissa, Vassílissa para Aníssia, e Aníssia para mim... — disse Zakhar.

— Meu Deus, meu Deus! Todo mundo! — exclamou Oblómov, horrorizado. — Então se ouve em toda parte esse absurdo, esse disparate, essa mentira, essa calúnia? — disse Oblómov, batendo com o punho na mesa. — Não pode ser!

— Por que não pode? — cortou Zakhar com indiferença. — É a coisa mais comum, um casamento! Não é só o senhor, todos se casam.

— Todos! — disse Oblómov. — Você é um especialista em me equiparar aos outros e até a todos! Não pode ser! Não pode, e não vai ser! Um casamento é a coisa mais comum… Onde já se viu? Mas o que é o casamento?

Zakhar fez menção de fitar Oblómov, mas percebeu nos olhos dele uma tendência brutal e logo desviou o olhar para a direita, para um canto.

— Escute, vou explicar a você o que é o casamento. Casamento, casamento, começam a falar as pessoas desocupadas, uma porção de mulheres, de crianças, nos cômodos dos lacaios, nas lojas, nos mercados. Um homem deixa de se chamar Iliá Ilitch ou Piotr Pietróvitch e passa a ser chamado de "noivo". No dia anterior, ninguém queria olhá-lo, mas no dia seguinte todos os olhos ficam cravados nele, como se fosse um cafajeste. Nem no teatro, nem na rua lhe dão sossego: "Olhe, olhe, lá vai o noivo!", murmuram todos. E quantas pessoas se aproximam dele de dia, todos fazendo o impossível para adotar a aparência mais estúpida, assim como você agora! (Zakhar rapidamente desviou o olhar de novo para fora.) E também para falar a coisa mais idiota possível — prosseguiu Oblómov. — Aí está como é que começa! E você, como um amaldiçoado, todo dia de manhã tem de ir encontrar a noiva, sempre de luvas amarelas clarinhas, e tem de ir com roupas novinhas em folha, não pode parecer que está entediado, e não pode comer nem beber como faz normalmente, mas viver como se o vento trouxesse o aroma de buquês! E assim vai por três, quatro meses! Está vendo? Por acaso eu sou capaz disso?

Oblómov se deteve e verificou se aquele retrato dos incômodos do casamento havia produzido efeito em Zakhar.

— Posso ir agora? — perguntou Zakhar, voltando-se para a porta.

— Não, fique aí! Você difundiu rumores falsos sobre seu senhor, pois então saiba por que são falsos.

— O que tenho de saber? — perguntou Zakhar, olhando para as paredes.

— Você esqueceu quanta correria e tumulto competem ao noivo e à noiva. E quem eu tenho para me ajudar… Por acaso você iria correr ao alfaiate, ao sapateiro, ao marceneiro? Não posso me abalar sozinho para todos os lados. Todos na cidade saberiam. "Oblómov vai casar, o senhor não sabia?" "É mesmo? Com quem? Quem é ela? Quando será o casamento?" — falou Oblómov com vozes diferentes. — Não se falaria de outra coisa! Eu me esgoto, caio de cama só por causa disso, e você só faz inventar: um casamento!

Olhou para Zakhar outra vez.

— Quer que eu chame a Aníssia? — perguntou Zakhar.

— Para que chamar a Aníssia? Você, e não a Aníssia, fez essa suposição apressada.

— Ah, por que motivo Deus está me castigando hoje? — sussurrou Zakhar, e suspirou de tal modo que até seus ombros se elevaram.

— E as despesas? — prosseguiu Oblómov. — E o dinheiro, de onde vem? Você não viu quanto dinheiro eu possuo? — perguntou Oblómov em tom quase terrível. — E o lugar para morar, onde está? Aqui, tenho de pagar mil rublos, e tenho de alugar outra residência, pagar mais três mil, e ao todo quanto dá tudo isso? Sem falar do coche de aluguel, do cozinheiro, dos mantimentos! Onde vou arranjar esse dinheiro?

— Então como as outras pessoas se casam com trezentos rublos? — retrucou Zakhar, e ele mesmo se arrependeu, porque o patrão quase se levantou da poltrona com um pulo, de tão chocado que ficou.

— Lá vem você de novo com os "outros"? Escute aqui! — disse ele, ameaçando com o dedo. — Os outros moram em casas de dois ou no máximo de três cômodos: a sala de jantar e a sala de estar ficam as duas aqui, assim, num cômodo só; e alguns dormem na sala mesmo; as crianças, no quarto do lado; uma menina sozinha cuida da casa inteira. A própria patroa vai fazer compras no mercado! Você acha que Olga Serguéievna vai fazer compras no mercado?

— Ao mercado, eu mesmo vou, senhor — observou Zakhar.

— Você sabe qual é a renda que recebo de Oblómovka? — perguntou Oblómov. — Não viu o que o estaroste escreveu? Uma renda de "uns dois mil a menos"! E ainda é preciso construir uma estrada, criar escolas, viajar para Oblómovka; lá, não tenho onde morar, ainda não existe uma casa… Como pode haver casamento? Como é que você foi inventar isso?

Oblómov se deteve. Ele mesmo se horrorizou ante aquela perspectiva terrível, funesta. As rosas, as flores de laranjeira, o esplendor da festa, o murmúrio de admiração da multidão — tudo aquilo de repente se desfez.

Seu rosto se transformou, e ele se pôs a pensar. Depois, aos poucos, recuperou-se, olhou em torno e viu Zakhar.

— O que quer? — perguntou, aborrecido.

— Foi o senhor que mandou eu ficar aqui! — respondeu Zakhar.

— Vá embora! — Oblómov fez um gesto de impaciência.

Zakhar andou depressa na direção da porta.

— Não, espere! — Oblómov o deteve de repente.

— Ora manda ir embora, ora manda ficar! — resmungou Zakhar, segurando-se na porta com a mão.

— Como é que você se atreve a espalhar tais rumores descabidos sobre mim? — perguntou Oblómov num sussurro alarmado.

— Quando foi que eu espalhei isso, Iliá Ilitch? Não fui eu, mas os criados da casa dos Ilínski que disseram que o patrão, como vou dizer, estava cortejando...

— Psiu!... — sibilou Oblómov, abanando a mão de modo terrível. — Nem uma palavra, nunca! Ouviu bem?

— Ouvi, sim — respondeu Zakhar humildemente.

— Não vai começar a espalhar esse absurdo?

— Não vou — respondeu Zakhar em voz baixa, sem entender metade daquelas palavras e sabendo apenas que eram "patéticas".

— Veja bem, assim que alguém começar a falar disso e perguntar, diga: isso é um absurdo, nunca vai acontecer, é impossível! — acrescentou Oblómov num sussurro.

— Sim, senhor — sussurrou Zakhar de forma quase inaudível.

Oblómov virou-se e ameaçou-o com o dedo. Zakhar piscou os olhos assustados, fez menção de sair e seguiu na ponta dos pés rumo à porta.

— Quem foi o primeiro a falar do assunto? — perguntou Oblómov, alcançando-o.

— Kátia contou para Semión, Semión para Nikita — sussurrou Zakhar —, Nikita para Vassílissa...

— E você deu com a língua nos dentes para todo mundo! Seu...! — sibilou Oblómov num tom terrível. — Espalhar uma calúnia sobre o patrão! Ah!

— Por que fica me torturando com palavras patéticas? — disse Zakhar. — Vou chamar a Aníssia: ela sabe tudo...

— O que ela sabe? Diga, diga logo...

Zakhar escapuliu prontamente pela porta e, com uma rapidez inusitada, caminhou rumo à cozinha.

— Largue a frigideira e vá correndo falar com o patrão! — disse para Aníssia, apontando para a porta com o dedo indicador.

Aníssia passou a frigideira para Akulina, soltou a bainha da saia, que estava presa na cintura, bateu com as mãos espalmadas nas coxas e, depois de esfregar o nariz com o dedo indicador, foi ao encontro do patrão. Em cinco minutos ela tranquilizou Iliá Ilitch, dizendo que ninguém andava falando nada sobre o casamento: chegou a jurar e até pegou na mão o ícone da parede para garantir que era a primeira vez que ouvia falar daquilo; diziam, ao contrário, uma coisa bem diferente, veja só, que o barão ia casar com a senhorita...

— O barão? Como? — perguntou Iliá Ilitch, erguendo-se de um pulo, e não só seu coração como as mãos e os pés ficaram gelados.

— Mas é claro que isso é um absurdo! — apressou-se em dizer Aníssia, vendo que havia jogado mais lenha na fogueira. — Foi só Kátia que falou para Semión, Semión para Marfa, Marfa contou tudo errado para Nikita, e Nikita disse que "seria bom se o patrão de vocês, Iliá Ilitch, pedisse em casamento a patroazinha...".

— Que imbecil esse Nikita! — comentou Oblómov.

— É mesmo um imbecil — concordou Aníssia —, quando ele vai na parte de trás da carroça, parece até que está dormindo. E a Vassílissa não acreditou nele — prosseguiu, falando depressa —, no dia da Assunção, a própria babá disse para Vassílissa que a patroa não está pensando em casar, mas, quem sabe, como nosso patrão está há muito tempo sem encontrar uma noiva, se quisesse casar, aí, quem sabe, e disse também que não fazia muito tempo ela havia encontrado o Samoila, e ele chegou até a rir dessa ideia: casamento, onde já se viu? Disse que não parecia um casamento, mas enterro, que a tia vivia sempre com dor de cabeça e a patroazinha chorava e não falava nada; e que na casa não estavam nem preparando enxoval nem nada; a patroazinha tinha uma porção de meias para serem remendadas e não se dava ao trabalho de remendar; que naquela mesma semana até haviam penhorado a prataria...

"Penhoraram a prataria? Eles também não têm dinheiro!", pensou Oblómov, correndo os olhos pelas paredes e detendo-se no nariz de Aníssia, porque não havia mais nada em que deter o olhar. Parecia que ela estava falando tudo aquilo não pela boca, mas pelo nariz.

— Tome cuidado, não vá fazer mexericos e falar bobagens! — recomendou Oblómov, ameaçando com o dedo.

— Que falar o quê! Nem na minha cabeça eu penso nada, muito menos ficar falando — tagarelou Aníssia, como se estivesse picando uma acha de lenha. — Não tem mesmo nada para contar, e hoje foi a primeira vez que ouvi falar do assunto, juro pelo Nosso Senhor, que a terra caia em cima de mim se for mentira! Fiquei espantada com o jeito como o patrão falou comigo, me assustei, até tremi toda! Como é possível? Que casamento? Ninguém nem sonha com isso. Eu não falo nada com ninguém, fico o tempo todo na cozinha. Não me encontro com os criados da casa dos Ilínski já faz um mês, até esqueci o nome deles. E aqui, com quem vou ficar de mexerico? Com a proprietária só converso sobre as coisas de casa; com a vovó não se pode falar: ela tosse e ainda por cima não escuta direito; Akulina é burra de matar e o porteiro vive embriagado; sobram só as crianças: com elas, o que vou conversar? Eu me esqueci até do rosto da patroazinha...

— Está bem, está bem! — disse Oblómov e fez um gesto impaciente com a mão para que ela fosse embora.

— Como a gente pode falar se não tem o que falar? — concluiu Aníssia ao sair. — E o que Nikita disse, ninguém escreve, porque ele é bobo demais. Na minha cabeça, uma coisa dessas nunca ia aparecer: vivo trabalhando o dia todo, entra dia e sai dia... Como é que pode? Só Deus sabe o que é isso! Lá está o ícone na parede que... — E com essas palavras, o nariz falante desapareceu atrás da porta, mas o rumor da voz continuou a se ouvir durante mais um minuto por trás dela.

— Aí está! E Aníssia repete: é impossível! — disse Oblómov num sussurro, unindo as mãos espalmadas. — Felicidade, felicidade! — exclamou depois em tom sarcástico. — Como você é frágil, como é precária! O véu, a grinalda, o amor, o amor! E o dinheiro, onde está? Com o que se vai viver? Amor, até você é preciso comprar, amor, bênção pura e lícita.

A partir daquele momento, os sonhos e a tranquilidade abandonaram Oblómov. Ele dormia mal, comia mal, olhava para tudo de modo distraído e tristonho.

Queria assustar Zakhar e, mais do que a ele, acabou assustando a si mesmo quando esmiuçou o lado prático da questão do casamento e viu que aquilo era um passo poético, naturalmente, mas também prático e oficial, rumo a uma realidade importante e séria, e rumo a uma série de responsabilidades rigorosas.

Não foi assim que tinha imaginado a conversa com Zakhar. Lembrou-se de como havia desejado dar a notícia solenemente para ele, como Zakhar iria chorar de alegria e lançar-se a seus pés; ele lhe daria vinte e cinco rublos e para Aníssia, dez...

Lembrou-se de tudo, de como naquela ocasião tremera de felicidade, das mãos de Olga, de seu beijo apaixonado... e ficou petrificado: "Acabou, murchou!", ressoou uma voz dentro dele.

— E agora?

V.

Oblómov não sabia com que olhos ele ia se apresentar diante de Olga, o que ela ia dizer, o que ele ia dizer, e resolveu não ir à casa de Olga na quarta--feira e adiar o encontro para domingo, quando muita gente ia lá, e não seria possível os dois falarem a sós.

Oblómov não queria falar com ela sobre os mexericos tolos dos criados para não perturbá-la com a maledicência incorrigível, mas não falar também seria muito difícil; ele não era capaz de fingir diante dela: Olga enxergava infalivelmente o que ele abrigava nos mais profundos abismos da alma.

Tendo tomado aquela decisão, Oblómov logo se tranquilizou um pouco e escreveu para seu vizinho na aldeia, seu procurador, outra carta pedindo enfaticamente que se apressasse em enviar a resposta, e que ela fosse a mais satisfatória possível.

Com isso passou a ponderar como iria empregar aquele comprido e intolerável dia que viria depois do dia seguinte, que daquela vez não se encheria com a presença habitual de Olga, com o invisível colóquio dos espíritos, com o canto de Olga. Que hora inoportuna Zakhar cismara de vir perturbá-lo de repente!

Oblómov resolveu ir à casa de Ivan Guerássimovitch e jantar com ele, para perceber o mínimo possível aquele dia intolerável. Até domingo, ele teria tempo de preparar-se e, talvez, naquele intervalo, chegasse a resposta da aldeia.

Chegou o dia seguinte.

Oblómov foi acordado pelo tilintar furioso da corrente e pelos latidos do cachorro. Uma pessoa entrou no pátio, perguntou por alguém. O porteiro chamou Zakhar. Zakhar levou para Oblómov uma carta com carimbo do correio da cidade.

— Da senhorita Ilínskaia — disse Zakhar.

— Como sabe? — perguntou Oblómov, irritado. — Está mentindo!

— Na casa de veraneio, ela mandava cartas iguais a esta — insistiu Zakhar.

"Será que Olga está bem de saúde? O que isso significa?", pensou Oblómov, abrindo a carta.

"Não quero esperar quarta-feira (escrevia Olga): estou muito entediada por ficar tanto tempo sem ver o senhor, e por isso espero o senhor sem falta às três horas no Jardim de Verão."

E só.

De novo lhe subiu uma inquietação do fundo da alma, de novo ele começou a se atormentar de inquietação: como falar com Olga, que expressão mostrar no rosto?

— Não sou capaz, não posso — disse. — Quem dera eu pudesse consultar o Stolz!

Mas ele se tranquilizou raciocinando que provavelmente Olga iria com a tia ou com outra dama — com Mária Semiónovna, por exemplo, que gostava tanto dela e não se cansava de admirá-la. Diante delas, Oblómov esperava esconder de algum modo sua confusão e preparou-se para ser falante e amável.

"Bem na hora do almoço: que hora ela foi escolher!", pensou, enquanto se encaminhava, não sem preguiça, ao Jardim de Verão.

Assim que entrou na alameda comprida, viu que uma mulher, debaixo de um véu, se levantou de um banco e caminhou em sua direção.

Oblómov não pensou de maneira nenhuma que fosse Olga: estava sozinha! Não podia ser! Ela não faria uma coisa dessas, não teria nenhuma desculpa para sair de casa.

No entanto... o jeito de andar parecia o dela: os pés deslizavam tão leves e ligeiros como se não ultrapassassem um o outro, mas se movessem juntos; tinha a mesma suave inclinação do pescoço e da cabeça para a frente, como se estivesse procurando com os olhos alguma coisa no chão, a seus pés.

Outra pessoa a teria reconhecido pelo chapéu, pelo vestido, mas Oblómov, mesmo depois de passar uma manhã inteira com Olga, jamais conseguia dizer depois como eram seu chapéu e seu vestido.

No jardim não havia quase ninguém; um senhor de idade andava apressado: pelo visto fazia exercício para a saúde; e havia também duas... não eram senhoras, mas mulheres, babás com duas crianças que tinham o rosto azul de frio.

As folhas tinham caído, dava para enxergar tudo através dos galhos; os corvos gritavam nas árvores de modo muito desagradável. No entanto estava claro, fazia um dia bonito e, se a pessoa se agasalhasse, estava até morno.

A mulher debaixo do véu se aproximava cada vez mais...

— É ela! — disse Oblómov e deteve-se, atemorizado, sem acreditar nos próprios olhos. — Como? É você mesmo? — perguntou, pegando sua mão.

— Como estou contente por você ter vindo — disse ela, sem responder à pergunta —, pensei que não viria, comecei a ter medo!

— Como veio até aqui? De que forma? — perguntou ele, desconcertado.

— Não importa; não interessa, para que essas perguntas? É tão maçante! Eu queria ver você e vim... e pronto!

Ela apertou a mão de Oblómov com força e alegria, fitou-o com ar despreocupado, deleitando-se de modo tão claro e franco com aquele instante roubado do destino que Oblómov quase sentiu inveja por não compartilhar seu estado de ânimo jovial. Todavia, por mais preocupado que ele estivesse, não pôde deixar de esquecer de si mesmo por um minuto, ao ver o rosto de Olga, livre daquele pensamento concentrado que costumava dançar em suas sobrancelhas e derramar-se na ruga da testa; agora ela surgia sem aquela estranha maturidade nas feições que tantas vezes o deixara embaraçado.

Naquele minuto o rosto de Olga respirava tamanha confiança infantil no destino, na felicidade, em Oblómov... Ela estava muito linda.

— Ah, como estou contente! Como estou contente! — repetiu Olga, sorrindo e olhando para ele. — Pensei que não veria você hoje. Ontem me senti tão angustiada de repente... não sei por quê, e aí escrevi. Você está contente?

Ela fitou-o no rosto.

— Por que está assim tão carrancudo hoje? Vai ficar calado? Não está contente? Achei que você ia ficar louco de alegria, mas parece que está dormindo. Acorde, meu senhor, Olga está a seu lado!

Com um gesto de censura, ela o afastou ligeiramente de si.

— Está doente? O que você tem? — insistiu Olga.

— Não, estou bem de saúde e feliz — apressou-se em responder Oblómov, a fim de evitar que ela conseguisse extrair de sua alma o seu segredo. — Só que fiquei preocupado por você estar sozinha...

— Essa preocupação é da minha conta — disse Olga com impaciência. — Seria melhor se eu tivesse vindo com *ma tante?*

— Seria melhor, Olga...

— Se eu soubesse, teria chamado a titia — cortou Olga com voz ofendida, soltando a mão da mão de Oblómov. — Pensei que para você não existisse felicidade maior do que estar comigo.

— E não existe, nem pode existir! — respondeu Oblómov. — Mas como você veio sozinha...

— Não há por que ficar falando tanto tempo desse assunto; é muito melhor falar de outras coisas — disse ela, com ar despreocupado. — Escute... Ah, eu queria dizer uma coisa, mas esqueci.

— Não ia dizer como foi que veio aqui sozinha? — perguntou Oblómov, olhando inquieto para os lados.

— Ah, não! Você fica sempre martelando isso! Que enjoado! O que era mesmo que eu queria falar?... Bem, não importa, depois eu lembro. Ah, como está bonito aqui: as folhas todas caíram, *feuilles d'automne,* lembra-se de Hugo?* Lá está o sol, o rio Nevá... Vamos até o Nevá, vamos passear de bote...

— O que deu em você? Deus do céu! Está tão frio, e eu vim só com um casaco acolchoado...

— Eu também vim com um vestido acolchoado. Tanto faz. Vamos, vamos.

Ela correu, puxou-o. Ele hesitou e resmungou. No entanto teve de entrar no bote e ir em frente.

— Como você veio parar aqui sozinha? — repetiu Oblómov, ansioso.

— Quer que eu conte? — provocou Olga, com ar de astúcia, quando

---

* Referência à coletânea de poemas *Les Feuilles d'automne* (1831), do escritor francês Victor Hugo (1802-85).

chegaram ao meio do rio. — Agora posso falar: aqui você não vai fugir, mas lá fugiria...

— Por quê? — exclamou Oblómov, com horror.

— Amanhã você vai à nossa casa? — perguntou ela, em vez de responder.

"Ah, meu Deus!", pensou Oblómov. "Parece que ela lê meus pensamentos, sabe que eu não queria ir."

— Irei — respondeu em voz baixa.

— De manhã, e vai ficar o dia inteiro.

Ele gaguejou.

— Então eu não vou contar — disse Olga.

— Vou ficar o dia inteiro.

— Então, escute... — começou Olga. — Chamei você aqui hoje para dizer...

— O quê? — perguntou Oblómov, assustado.

— Para que você... amanhã fosse à nossa casa...

— Ah, meu Deus! — cortou ele com impaciência. — Mas como foi que veio aqui?

— Aqui? — repetiu ela com ar distraído. — Como vim para cá? Foi assim: eu vim e pronto... Espere... Para que falar disso?

Olga recolheu um punhado de água na mão e jogou no rosto de Oblómov. Ele semicerrou os olhos, teve um sobressalto, e ela deu risada.

— Que água fria, a mão ficou toda congelada! Meu Deus! Que alegria, como está bonito! — prosseguiu ela, olhando para os lados. — Vamos passear amanhã de novo, só que vamos sair direto de casa...

— Então agora você não veio direto de casa? De onde veio? — perguntou ele, afobado.

— De uma loja — respondeu.

— De que loja?

— Como de que loja? Lá no jardim eu já disse de que loja...

— Não disse, não... — respondeu Oblómov com impaciência.

— Não disse? Que esquisito! Esqueci! Eu saí de casa com um criado para ir ao ourives...

— E então?

— Bem, veja... Como é o nome daquela igreja? — perguntou ela de repente ao barqueiro, apontando ao longe.

— Qual? Aquela lá? — perguntou o barqueiro.

— É a catedral Smólni! — falou Oblómov, impaciente. — Mas então, você foi à loja e o que aconteceu lá?

— Lá... tem coisas maravilhosas... Ah, que bracelete eu vi na loja!

— Não estou falando de braceletes! — interrompeu Oblómov. — O que aconteceu depois?

— Ora, foi só isso — acrescentou Olga com ar distraído, olhando em redor de modo penetrante.

— Onde está o criado? — insistiu Oblómov.

— Foi para casa — mal respondeu Olga, enquanto contemplava o prédio na margem oposta do rio.

— E você? — disse ele.

— Como lá é bonito! É impossível ir até lá? — perguntou ela, apontando com a sombrinha fechada para a margem oposta. — Você mora lá, não é?

— Moro.

— Em que rua, mostre.

— Mas e o criado? — perguntou Oblómov.

— Pode deixar — respondeu ela com displicência —, eu o mandei buscar o bracelete. Ele foi para casa, e eu vim para cá.

— Mas como você fez isso? — disse Oblómov, cravando os olhos em Olga. Ele fez uma cara assustada. E Olga, de propósito, fez a mesma cara.

— Fale sério, Olga; chega de brincadeira.

— Não estou brincando, é verdade! — disse ela, com calma. — Esqueci o bracelete em casa de propósito e *ma tante* me disse para ir à loja. Você nunca imaginaria uma coisa assim! — acrescentou com orgulho, como se tivesse feito algo notável.

— E se o criado voltar? — perguntou ele.

— Mandei dizer que me esperasse, que eu ia a outra loja, mas vim para cá...

— E se Mária Mikháilovna perguntar a que outra loja você foi?

— Direi que fui à costureira.

— E se ela perguntar à costureira?

— E se o Nevá de repente escorresse todo para o mar, e se o barco virasse, e se a rua Morskaia e nossa casa desmoronassem, e se você de repente parasse de me amar... — disse ela, e de novo respingou água no rosto dele.

406

— Então a esta altura o criado já deve ter voltado e está esperando... — disse Oblómov, enxugando o rosto. — Ei, barqueiro, vamos para a margem!

— Não precisa, não precisa! — ordenou Olga ao barqueiro.

— Para a margem! O criado já voltou — repetiu Oblómov.

— Deixe que volte! Não importa!

Mas Oblómov insistiu e andou afobado pelo jardim, enquanto Olga, ao contrário, andava devagar, apoiando seu peso no braço dele.

— Por que tanta pressa? — perguntou Olga. — Espere, eu quero ficar um pouquinho com você.

Ela caminhou ainda mais devagar, apertando-se ao ombro dele, e olhava para o rosto de Oblómov bem de perto, mas ele lhe falava em tom grave e maçante a respeito das obrigações, do dever. Olga escutava com ar distraído, a cabeça inclinada com um sorriso lânguido, olhando para baixo ou fitando de novo o rosto dele bem de perto, enquanto pensava em outra coisa.

— Escute, Olga — disse Oblómov, por fim, em tom solene —, sob o risco de causar em você um desgosto e de atrair censuras contra mim, devo entretanto declarar de forma categórica que nós fomos longe demais. É meu dever, é minha obrigação lhe dizer isso.

— Dizer o quê? — perguntou Olga com impaciência.

— Que fizemos algo muito ruim, que nos encontramos em segredo.

— Você falou a mesma coisa na casa de veraneio — disse ela, pensativa.

— Sim, mas eu na ocasião me deixei arrebatar: com uma mão eu a afastava, com a outra a puxava. Você estava confiante e eu... parecia... que estava enganando você. Na ocasião o sentimento ainda era uma novidade...

— Mas agora já não é uma novidade, e você começou a achar maçante.

— Ah, não, Olga! Está sendo injusta. Era uma novidade, eu digo, e por isso parecia impossível voltar ao juízo normal. A consciência está me matando: você é jovem, conhece pouco o mundo e as pessoas, e além disso é tão pura, ama de maneira tão santa que nem passa pela sua cabeça a censura rigorosa a que estamos sujeitos pelo que estamos fazendo, sobretudo eu.

— O que é que estamos fazendo? — perguntou Olga e parou de andar.

— O quê? Você está enganando sua tia, sai de casa em segredo, encontra um homem a sós... Experimente contar isso no domingo, diante de seus convidados.

— Por que não contar? — pronunciou Olga com toda a calma. — Acho que vou contar mesmo...

— Vai ver — prosseguiu ele — que sua tia vai achar ruim, as damas vão se afastar de você, e os homens olharão para você com um ar atrevido e astucioso...

Ela refletiu.

— Mas, afinal... nós somos noivos! — objetou Olga.

— Sim, sim, querida Olga — disse Oblómov, apertando as mãos dela —, por isso mesmo temos de ser mais rigorosos, mais vigilantes a cada passo. Quero levar você com orgulho pela mão por aquela mesma alameda, em público, e não em segredo, para que os olhares se dirijam discretamente a você com respeito, em vez de se precipitarem com atrevimento e astúcia, para que naquelas cabeças não se atrevam a nascer suspeitas de que você, jovem orgulhosa, possa um dia perder a cabeça, esquecida da vergonha e da educação, e se deixar levar por um arrebatamento e faltar com o dever...

— Eu não me esqueci da vergonha, nem da educação, nem do dever — retrucou Olga em tom orgulhoso, soltando as mãos da mão dele.

— Eu sei, eu sei, meu anjo celestial, mas não sou eu que estou dizendo isso, são as pessoas, a sociedade, e jamais a perdoarão por isso. Entenda, pelo amor de Deus, o que eu desejo. Desejo que você, aos olhos do mundo, apareça pura e imaculada, como você é na realidade...

Olga ficou pensativa.

— Entenda para que eu lhe digo isso: você será infeliz, e cabe apenas a mim a responsabilidade por isso. Dirão que eu a seduzi, que escondi o abismo de você com segundas intenções. Você é pura e irrepreensível comigo, mas quem você vai conseguir convencer disso? Quem vai acreditar?

— É verdade — disse ela, com um sobressalto. — Escute — acrescentou em tom resoluto —, conte tudo para *ma tante*, e vamos deixar que ela amanhã nos dê a bênção...

Oblómov empalideceu.

— O que você tem? — perguntou ela.

— Espere um pouco, Olga: para que essa pressa? — acrescentou Oblómov, ligeiro. Seus lábios tremiam.

— Mas não foi você mesmo que insistiu, duas semanas atrás, para eu fazer isso? — perguntou Olga, olhando para ele com frieza e atenção.

— Sim, eu não pensava então nos preparativos, que são muitos! — disse Oblómov, ofegante. — Vamos esperar só a carta chegar da aldeia.

— Para que temos de esperar a carta? Por acaso a resposta que vier pode alterar sua intenção? — perguntou Olga, ainda fitando Oblómov com atenção.

— Que ideia! Não, mas é necessário levar a resposta em conta: vai ser preciso dizer para a tia quando será o casamento. Com ela, não vamos falar de amor, mas de coisas práticas, para as quais eu agora não tenho nada pronto.

— Então vamos falar quando a carta chegar, e enquanto isso todos vão saber que somos noivos e vamos nos encontrar todos os dias. Eu vivo entediada — acrescentou Olga —, os dias se arrastam muito compridos; todos reparam, ficam pegando no meu pé, fazem alusões indiretas a você... Tudo isso está me enchendo!

— Fazem alusões a mim? — mal conseguiu pronunciar Oblómov.

— Sim, graças a Sónietchka.

— Pronto, está vendo? Está vendo só? Você não me deu ouvidos, ficou zangada!

— Ora, estou vendo o quê? Não tem nada para ver, só vejo que você é um covarde... Eu não tenho medo dessas alusões.

— Não sou covarde, sou cuidadoso... Mas, pelo amor de Deus, vamos embora daqui, Olga; veja, uma carruagem está se aproximando. Não são pessoas conhecidas? Ah! Como isso me abala, até me faz suar... Vamos, vamos embora... — disse ele, apreensivo, e seu medo também contagiou Olga.

— Sim, vamos embora depressa — disse ela num sussurro, falando ligeiro.

E os dois quase correram pela alameda até o fim do jardim, sem dizer nenhuma palavra: Oblómov, olhando para trás e para os lados com ar inquieto, e ela com a cabeça completamente voltada para o chão e com o véu caído sobre o rosto.

— Então, até amanhã! — disse Olga, quando chegaram à loja onde o criado a aguardava.

— Não, é melhor deixar para depois de amanhã... ou não, para sexta-feira, ou sábado — respondeu ele.

— Por quê?

— Pois é... veja, Olga... estou sempre pensando se a carta vai chegar.

— Pode ser. Mas de todo jeito venha amanhã na hora do almoço, está certo?

— Sim, sim, está bem! — acrescentou Oblómov, apressado, e Olga entrou na loja.

"Ah, meu Deus, a que ponto cheguei! Que pedra caiu sobre mim de repente! O que vou fazer agora? Sónietchka! Zakhar! Os dândis…"

VI.

Ele não notou que Zakhar lhe serviu o jantar completamente frio, não notou que em seguida foi para a cama e dormiu profundamente um sono pesado, como uma pedra.

No dia seguinte, Oblómov sobressaltou-se com a ideia de ir à casa de Olga: como era possível? Na imaginação, ele viu nitidamente como todos se poriam a fitá-lo de modo expressivo.

O porteiro, mesmo sem aquilo, já o tratava de forma especialmente afetuosa. Semión parecia se precipitar e sair correndo quando ele pedia um copo de água. Kátia e a babá o observavam com um sorriso amistoso.

"O noivo, o noivo!", estava escrito na testa de todos, e ele ainda nem pedira o consentimento da tia, ainda não tinha um tostão sequer e não sabia quando teria, nem mesmo sabia quanto ia receber de renda da aldeia no ano em curso; não tinha residência na aldeia — que belo noivo!

Oblómov resolveu que até a chegada de notícias positivas da aldeia ele só se encontraria com Olga aos domingos, e diante de testemunhas. Por isso, quando chegou o dia seguinte, de manhã, ele não pensou em se preparar para ir à casa de Olga.

Não fez a barba, não trocou de roupa, ficou preguiçosamente folheando jornais franceses que pegara na semana anterior na casa dos Ilínski, não ficou olhando toda hora para o relógio nem fez cara feia porque o ponteiro demorava muito a avançar.

Zakhar e Aníssia pensaram que ele, como de costume, não ia almoçar em casa e não lhe perguntaram que pratos deviam preparar.

Oblómov os repreendeu e explicou que não almoçava toda quarta-feira na casa dos Ilínski, que aquilo era uma "calúnia", que jantava na casa de Ivan Guerássimovitch e que dali em diante, exceto de fato aos domingos, ele ia almoçar em casa.

Aníssia correu na mesma hora ao mercado para comprar miúdos para a sopa predileta de Oblómov.

Os filhos da proprietária foram falar com Oblómov: ele conferiu as somas e as subtrações de Vánia e achou dois erros. Traçou pautas no caderno de Macha e escreveu letras A bem grandes, depois ficou ouvindo como cantavam os canarinhos e espiou pela porta entreaberta como os cotovelos da proprietária cintilavam e se moviam no ar.

Depois de uma hora, a proprietária perguntou, por trás da porta, se ele não queria comer um pouco: tinham assado *vatrúchki*.* Serviram *vatrúchki* e um cálice de vodca caseira.

A agitação de Iliá Ilitch aos poucos se acalmou, e ele se viu apenas num devaneio embotado, no qual permaneceu até quase a hora do almoço.

Após o almoço, assim que se deitou no sofá, ele começou a balançar a cabeça, dominado pela sonolência — e a porta dos aposentos da proprietária se abriu e de lá surgiu Agáfia Matviéievna, com duas pirâmides de meias nas mãos.

Colocou-as em duas cadeiras, Oblómov ergueu-se de um pulo e lhe ofereceu a terceira cadeira, mas ela não sentou; não era seu costume: ficava sempre de pé, sempre atarefada e em movimento.

— Hoje eu juntei seus pares de meias — disse ela —, cinquenta e cinco pares, e quase todos em mau estado...

— Que imensa bondade da senhora! — disse Oblómov, aproximando-se dela e segurando-a de leve e zombeteiramente pelos cotovelos.

---

* *Vatrúchka*: torta de requeijão russa.

Ela riu.

— Por que a senhora se dá a esse trabalho? Na verdade, isso me deixa encabulado.

— Não é nada, faz parte de nosso trabalho de dona de casa: o senhor não tem ninguém para arrumar suas meias, e eu gosto de fazer isso — prosseguiu ela. — Olhe, aqui tem vinte pares que não servem mais: já nem vale a pena remendar.

— Não precisa, jogue tudo fora, por favor! Para que a senhora se preocupa com esse lixo? Posso comprar novas...

— Mas para que jogar fora? Olhe, estas aqui dá para remendar. — E prontamente começou a separar as meias.

— Mas sente-se, senhora, por favor. Por que fica em pé? — propôs ele.

— Não, muito obrigada, sinceramente, mas não tenho tempo para descansar — respondeu, e recusou a cadeira outra vez. — Hoje temos de lavar roupa; é preciso lavar toda a roupa de cama.

— A senhora não é uma dona de casa, é um prodígio! — disse Oblómov, detendo os olhos no pescoço e no peito da proprietária.

Ela riu.

— E então? — perguntou ela. — Remendo as meias? Vou mandar trazer linha e fio de algodão. Tem uma velha que traz da aldeia, não vale a pena comprar aqui: é tudo podre.

— Se a senhora quiser me fazer essa bondade... — disse Oblómov. — Mas na verdade fico até encabulado de a senhora se incomodar comigo assim.

— Não é nada, não; o que tenho para fazer? Olhe, estas aqui eu mesma vou remendar e aquelas vou dar para a vovó. Amanhã a cunhada vai chegar para passar um tempo aqui: de noite, não vai ter nada para fazer, aí vamos remendar as meias. Minha Macha já está começando a remendar, só que vive deixando a linha soltar da agulha: as agulhas são grandes, não cabem na mão dela.

— Macha também está aprendendo a costurar? — perguntou Oblómov.

— Está, sim, graças a Deus.

— Nem sei como agradecer à senhora — disse Oblómov, olhando para ela com a mesma satisfação com que de manhã tinha olhado para a *vatrúchka* quentinha no prato. — Muito, muito obrigado à senhora, não vou ficar em dívida com a senhora, e sobretudo com Macha: vou comprar vestidos de seda para ela, vou vesti-la como uma boneca.

— Por que tudo isso? Por que tanta gratidão? Onde ela vai usar um vestido de seda? Não há vestidos de algodão que cheguem para ela. Estraga as roupas todas, sobretudo os sapatos: nem dá tempo de ir ao mercado comprar um novo.

Levantou-se e pegou as meias.

— Por que tanta pressa? — disse ele. — Fique um pouquinho, não estou ocupado.

— Numa outra hora pode ser, num feriado; e o senhor podia nos dar o prazer de vir tomar um café conosco. Agora tenho de lavar a roupa: vou ver se Akulina já começou…

— Bem, vá com Deus, não me atrevo a detê-la — disse Oblómov, olhando para suas costas e cotovelos.

— Também peguei seu roupão no armário — prosseguiu ela —, deve ser lavado e remendado: é um tecido tão bom! Vai servir por muito tempo.

— Não precisa! Não uso mais o roupão, deixei de usar, não preciso dele.

— Bem, mesmo assim vamos costurar: quem sabe um dia o senhor volte a usar… depois do casamento! — concluiu ela rindo, e bateu a porta.

De repente seu sono foi embora, as orelhas se esticaram e os olhos se arregalaram.

— Ela também sabe… todos sabem! — disse Oblómov, baixando o corpo na cadeira que pouco antes havia oferecido a ela. — Ah, Zakhar, Zakhar!

De novo derramaram-se sobre Zakhar as palavras "patéticas", de novo Aníssia começou a falar pelo nariz que era a primeira vez que ouvia a proprietária falar do casamento, que nas conversas com ela não havia a menor alusão ao casamento, e tal coisa era mesmo possível de acontecer? Aquilo devia ter sido inventado pelo inimigo da espécie humana, que a terra se abrisse debaixo dos seus pés se era mentira, e que a proprietária também estava pronta para tirar o ícone na parede e jurar que nunca tinha ouvido falar da srta. Ilínskaia, e que tinha pensado numa outra noiva…

E Aníssia falou tanto que Iliá Ilitch abanou a mão para ela ir embora. Zakhar, no dia seguinte, perguntou se podia ir à antiga casa na rua Gorókhovaia fazer uma visita, mas Oblómov se recusou a deixá-lo ir, e de modo tão enfático que Zakhar mal conseguiu arrastar os pés para se retirar do quarto.

414

— Lá ainda não sabem de nada, e assim você vai poder espalhar a calúnia. Fique em casa! — acrescentou Oblómov em tom terrível.

A quarta-feira passou. Na quinta-feira, Oblómov recebeu de novo, pelo correio da cidade, uma carta de Olga perguntando o que aquilo significava, o que tinha acontecido, por que ele não havia ido à sua casa. Ela escrevia que tinha chorado a noite inteira e quase não conseguira dormir.

— Aquele anjo chora, não consegue dormir! — exclamou Oblómov. — Meu Deus! Por que ela me ama? Por que eu a amo? Por que nos encontramos? Tudo foi por causa de Andrei: ele inoculou o amor em nós dois, como a varíola. E que vida é esta, com preocupações e ansiedades o tempo todo? Quando virá a felicidade serena, a calma?

Deitou-se suspirando com força, levantou-se, chegou a sair para a rua, em busca das regras da vida, de uma existência plena de conteúdo e que fluísse serena, dia após dia, gota a gota, na muda contemplação da natureza e dos fenômenos tranquilos e quase imóveis da vida familiar, doméstica, enervantemente pacífica. Ele não tinha vontade de imaginá-la como um rio largo, que corria ruidoso, com ondas borbulhantes, que era como Stolz imaginava a vida.

— Isso é uma doença — disse Oblómov —, uma febre, uma correnteza que avança espumante pelas pedras, rompe as barragens, causa enchentes.

Oblómov escreveu para Olga dizendo que havia pegado um resfriado no Jardim de Verão, tivera de beber um chá quente de erva e ficar em casa uns dois dias, escreveu que agora tudo havia passado e que ele esperava vê-la no domingo.

Olga escreveu em resposta elogiando-o por ser cauteloso, recomendou que ficasse em casa também no domingo, se fosse necessário, e acrescentou que era melhor ela se entediar uma semana inteira do que ele não tomar o devido cuidado com a saúde.

Quem trouxe a resposta foi Nikita, o mesmo que, segundo as palavras de Aníssia, era o principal culpado pelos mexericos. Nikita trouxe para Oblómov livros novos enviados pela patroa, com a missão de que ele os lesse e depois, quando se encontrassem, dissesse para Olga se valia a pena que ela os lesse.

Olga exigia uma resposta sobre seu estado de saúde. Oblómov, depois de escrever a resposta, entregou-a a Nikita, e da entrada mesmo despachou-o pela porta e seguiu-o com os olhos até o portão, para que Nikita não tivesse a ideia de penetrar na cozinha e lá repetir a "calúnia" e também para que Zakhar não acompanhasse Nikita até a rua.

Oblómov alegrou-se com a sugestão de Olga para ele se cuidar e não ir à sua casa no domingo, e lhe escreveu que, de fato, para o perfeito restabelecimento de sua saúde, era necessário ficar em casa mais alguns dias.

No domingo, ele fez uma visita à proprietária, tomou café, comeu uma torta bem quente e, no jantar, mandou Zakhar ir ao outro lado do rio buscar sorvete e balas para as crianças.

Zakhar teve dificuldade para atravessar o rio de volta; já haviam levantado as pontes, e o rio Nevá havia começado a congelar. Oblómov não conseguia nem pensar em ir à casa de Olga na quarta-feira.

Naturalmente, ele poderia ter partido de imediato para o outro lado do rio, ter se alojado durante alguns dias na casa de Ivan Guerássimovitch e visitado todos os dias a casa de Olga, e poderia até jantar lá.

O pretexto era legítimo: o rio Nevá o deixara preso do outro lado, e ele não teve tempo de atravessar.

O primeiro impulso de Oblómov foi aquele pensamento, e ele rapidamente baixou os pés no chão, porém, depois de refletir mais um pouco, com o rosto preocupado e com um suspiro, deitou-se de novo e lentamente em seu lugar.

"Não, deixe que os mexericos diminuam, deixe que as pessoas estranhas, que visitam a casa de Olga, se esqueçam um pouco de mim e me vejam lá de novo todos os dias apenas depois que formos declarados noivo e noiva."

— Esperar é maçante, mas não há nada a fazer — acrescentou com um suspiro, e voltou-se para os livros enviados por Olga.

Leu umas quinze páginas. Macha foi chamá-lo: não queria ir ao Nevá? Todo mundo estava indo ver como o rio tinha ficado. Ele foi e voltou para o chá.

Assim passavam os dias. Iliá Ilitch se entediava, lia, caminhava pela rua e, em casa, espiava a proprietária pela porta e para quebrar o tédio trocava duas ou três palavrinhas com ela. Oblómov até moeu três libras de café para ela, certa vez, e com tal esforço que sua testa ficou suada.

Ele queria lhe dar um livro para ler. Ela, movendo os lábios devagar, leu o título para si mesma e devolveu o livro, dizendo que, quando chegasse o Natal, ela o pegaria e mandaria Vánia ler em voz alta, assim a vovó também ia escutar, mas que agora não tinha tempo.

416

Enquanto isso, tinham posto uma pontezinha de tábuas no rio Nevá e, certa vez, o retinir da corrente presa ao pescoço do cachorro e seus latidos desesperados anunciaram a segunda vinda de Nikita com um bilhete, que trazia perguntas sobre o estado de saúde de Oblómov e um livro.

Oblómov temia que tivesse de atravessar o rio sobre aquelas pontezinhas, e por isso escondeu-se de Nikita, escreveu em resposta que estava com um pequeno caroço na garganta, que ainda não tivera coragem de sair ao ar livre e que "o destino cruel o privava, durante mais alguns dias, da felicidade de ver a preciosíssima Olga".

Deu ordens rigorosas a Zakhar de não se atrever a conversar com Nikita, de novo o acompanhou com os olhos até o portão e ameaçou Aníssia com o dedo quando ela pôs o nariz para fora da cozinha e fez menção de perguntar alguma coisa para Nikita.

VII.

Passou-se uma semana. Oblómov levantou de manhã e, antes de qualquer outra coisa, perguntou inquieto se as pontes tinham sido baixadas.

— Ainda não — responderam, e ele ia passando os dias em sossego, escutando as batidas do pêndulo do relógio, os estalos do moedor de café e o canto dos canarinhos.

Os pintinhos não piavam mais, fazia muito que tinham virado frangos crescidos e ficavam escondidos em seus galinheiros. Os livros enviados por Olga, ele não tivera tempo de ler: depois de chegar à página 105 de um deles, pôs de lado o livro aberto, com a capa voltada para baixo, e assim estava o livro na mesma posição já fazia vários dias.

Em compensação se ocupava frequentemente com os filhos da proprietária. Vánia era um menino muito inteligente: após três tentativas memorizou o nome das principais cidades da Europa, e Iliá Ilitch prometeu que, assim que fosse para o outro lado do rio, traria um globo terrestre de presente para o menino; e Máchenka costurou a bainha de três lenços para ele — costurou mal, é verdade, mas trabalhava de modo muito engraçado com as mãozinhas pequeninas e sempre se apressava em mostrar para ele cada pedacinho de bainha costurada.

Oblómov conversava toda hora com a proprietária, assim que avistava seus cotovelos através da porta entreaberta. Pelo movimento dos cotovelos, ele já se habituara a identificar o que ela estava fazendo: peneirando, moendo ou passando roupa.

Tentava até falar com a vovó, mas ela não conseguia levar nenhum diálogo até o fim: parava no meio de uma palavra, apoiava-se com o punho na parede, curvava-se e começava a tossir, como se estivesse corrigindo um trabalho difícil, depois ficava gemendo — e com isso a conversa chegava ao fim.

Oblómov só não via o irmão da proprietária, ou via apenas de relance como o embrulho grande passava pela janela, e não ouvia nenhum sinal da presença dele na casa. Mesmo quando Oblómov entrava de surpresa no cômodo onde eles jantavam, espremidos num pequeno espaço, o irmão da proprietária rapidamente esfregava os lábios com os dedos e se ocultava em seu quarto no sobrado.

Certa vez, pela manhã, assim que Oblómov acordou despreocupado e começou a tomar seu café, de repente Zakhar informou que as pontes tinham sido baixadas. O coração de Oblómov bateu com força.

— E amanhã é domingo — disse ele —, é preciso ir à casa de Olga, suportar virilmente, o dia inteiro, os olhares curiosos e expressivos dos estranhos, e depois avisar a ela quando tenho intenção de comunicar à tia. — E Oblómov continuava no mesmo ponto, de onde era impossível avançar.

Oblómov via claramente em pensamento como iria anunciar o noivado, como dois ou três dias depois viriam a seu encontro diversas damas e senhores, como ele de repente se tornaria um objeto de curiosidade, como ofereceriam um jantar oficial e iriam beber à sua saúde. Depois... depois, conforme era direito e obrigação do noivo, ele levaria um presente para a noiva...

— Um presente! — exclamou Oblómov com horror e gargalhou com um riso amargo.

Um presente! E ele tinha duzentos rublos no bolso! Se o dinheiro viesse, seria só no Natal, ou até depois, quando vendessem o trigo, e quando vendessem dependeria de quanto tivessem colhido e de quanto dinheiro renderia — a carta devia explicar tudo aquilo, mas a carta não chegava. Como fazer, então? Adeus, quinzena de sossego!

Em meio a tais preocupações, ele desenhava em pensamento a imagem do belo rosto de Olga, suas sobrancelhas felpudas, falantes, e aqueles olhos inteligentes e azul-acinzentados, e toda a cabecinha, a trança que ela prendia na nuca e que descia e preenchia de nobreza toda a sua figura, a partir da cabeça até os ombros e o torso.

No entanto, assim que Oblómov começou a palpitar de amor, na mesma hora, como uma pedra, um pensamento pesado caiu sobre ele: como ele devia ser, o que fazer, como reagir à questão do casamento, onde arranjar dinheiro, e com o que viver depois?...

"Vou esperar mais um pouco; quem sabe a carta vai chegar amanhã ou depois de amanhã." E ele começou a calcular quando sua carta devia ter chegado à aldeia, quanto tempo o vizinho podia demorar e qual o prazo necessário para o recebimento da resposta.

"Daqui a três ou quatro dias, no máximo, deve chegar aqui; vou esperar a carta, para depois ir à casa de Olga", resolveu Oblómov, ainda mais porque ela dificilmente saberia que as pontes tinham sido baixadas...

— Kátia, as pontes foram baixadas? — perguntou Olga à sua criada, ao acordar exatamente naquela manhã.

E tal pergunta era repetida todos os dias. Oblómov nem desconfiava daquilo.

— Não sei, patroa; hoje não vi nenhum cocheiro, nenhum porteiro, e o Nikita não sabe.

— Você nunca sabe aquilo que preciso saber! — disse Olga com desagrado, deitando-se na cama e examinando a correntinha em seu pescoço.

— Vou saber num instante, patroa. Eu não me atrevi a me afastar, achei que a senhora ia acordar, senão já tinha ido lá correndo há muito tempo. — E Kátia desapareceu do quarto.

Olga puxou uma gaveta da mesinha de cabeceira e pegou o último bilhete de Oblómov.

"Está doente, coitado", pensou ela, preocupada. "Está lá sozinho, entristecido... Ah, meu Deus, por quanto tempo ainda..."

Nem terminou seu pensamento, e Kátia, toda vermelha, entrou correndo.

— Baixaram as pontes, baixaram nesta noite! — disse com alegria, e rapidamente segurou nos braços a patroa, que havia pulado da cama, vestiu-a com uma túnica e aproximou os diminutos chinelos de seus pés. Olga abriu uma caixinha às pressas, tirou algo de lá e colocou na mão de Kátia, e Kátia beijou a mão dela. Tudo aquilo — o pulo da cama, a moeda colocada na mão de Kátia e o beijo na mão da patroa — se passou num único minuto. "Ah, amanhã é domingo: como veio a calhar! Ele vai vir!", pensou Olga e vestiu-se animadamente, tomou o chá depressa e foi com a tia fazer compras.

— Vamos amanhã à missa na catedral Smólni, *ma tante* — pediu Olga.

A tia semicerrou os olhos um pouco, refletiu e depois disse:

— Talvez; mas é um pouco longe, *ma chère*! Como você pode cismar de ir lá no inverno?

E Olga só cismou com aquilo porque Oblómov lhe havia apontado a igreja quando estavam no rio, e ela sentiu vontade de rezar lá... por ele, para que ele recobrasse a saúde, para que a amasse, para que fosse feliz com ela, para que... terminasse logo aquela indecisão, aquela esquisitice... Pobre Olga!

Chegou o domingo. Olga tratou de organizar habilmente todo o almoço para que saísse bem ao gosto de Oblómov.

Pôs um vestido branco, escondeu sob as rendas o bracelete que ele lhe dera, penteou-se como ele gostava; na véspera, mandou afinar o piano e, de manhã, experimentou cantar "Casta diva". E a voz estava ainda mais sonora do que na casa de veraneio. Depois, ficou à espera.

O barão encontrou-a naquela expectativa e disse que Olga havia ficado bonita outra vez, como no verão, mas que estava um pouco mais magra.

— A falta do ar do campo e uma pequenina desordem no modo de vida afetaram a senhora visivelmente — disse ele. — Querida Olga Serguéievna, a senhora precisa do ar do campo e da aldeia.

Beijou-a várias vezes na mão, de tal modo que o bigode tingido deixou até pequenas manchas nos dedos de Olga.

— Sim, da aldeia — respondeu ela com ar pensativo, porém não para ele, mas como que para alguém no ar.

— À *propos* da aldeia — acrescentou o barão. — No mês que vem, o seu processo chegará ao fim, e em abril a senhora pode viajar para sua proprieda-de. Não é grande, mas a localização é maravilhosa! A senhora vai ficar satis-feita. Que casa! Que jardim! Há um grande caramanchão no morro: a senho-ra vai adorar. Tem vista para o rio... A senhora não lembra, tinha só cinco anos quando seu pai saiu de lá e levou a senhora.

— Ah, como ficarei contente! — disse Olga e se pôs a pensar.

"Agora já está decidido", pensou ela, "nós iremos para lá, mas ele não saberá disso, senão..."

421

— No mês que vem, barão? — perguntou Olga, animada. — É seguro?

— Tão seguro como a senhora está sempre bela, mas especialmente hoje — disse ele, e foi ao encontro da tia.

Olga ficou em seu lugar e pôs-se a sonhar com a felicidade próxima, mas resolveu que não ia contar para Oblómov aquela novidade, nem seus planos futuros.

Olga queria acompanhar até o fim como o amor produziria uma revolução na alma indolente de Oblómov, como finalmente aquele peso sairia de suas costas, como ele não resistiria diante da felicidade próxima, receberia uma resposta favorável da aldeia e, radiante, viria correndo, voando, e poria a resposta aos pés de Olga, e os dois sairiam correndo para falar com a tia, e depois...

Depois, de repente, Olga diria para ele que também possuía uma aldeia, um jardim, um caramanchão, uma vista para o rio e uma casa, totalmente pronta para ser habitada, que era necessário antes ir até lá, e depois para Oblómovka.

"Não, eu não quero uma resposta positiva", pensou ela, "ele vai ficar cheio de si e nem vai sentir alegria por eu ter minha propriedade, minha casa, meu jardim... Não, é melhor deixar que ele venha abalado por uma carta desagradável, dizendo que na aldeia reina a desordem, que é necessário que ele mesmo vá até lá. Vai partir a toda a pressa para Oblómovka, tomará rapidamente todas as providências necessárias, vai esquecer muita coisa, não vai conseguir fazer outras, tudo às pressas, e voltará correndo e de repente vai saber que não era preciso tanta correria — que existiam uma casa, um jardim e um caramanchão com vista para o rio, que existia um lugar para morar, mesmo sem Oblómovka..." Sim, sim, Olga não ia dizer absolutamente nada para ele, ia se conter até o fim; deixe que ele se abale até lá, deixe que se agite, que se anime — tudo para ela, em prol da felicidade futura! Ou? Não: para que mandá-lo à aldeia, para que se separarem? Não, quando ele chegar à casa dela em roupas de viagem, pálido, tristonho, para despedir-se por um mês, Olga lhe dirá de repente que, até o verão, ele não precisa partir: então os dois irão juntos...

Assim ela devaneava e correu ao encontro do barão e preveniu-o sutilmente de que por enquanto não devia revelar aquela notícia para ninguém, absolutamente *ninguém*. Com aquele *ninguém* ela pensava apenas em Oblómov.

— Está bem, por que eu iria contar? — confirmou ele. — Exceto, talvez, para monsieur Oblómov, se o assunto for comentado...

Olga se conteve e disse, em tom indiferente:

— Não, não conte nem para ele.

— Como quiser, a vontade da senhora é uma lei para mim... — acrescentou o barão em tom amável.

Olga não agia sem dissimulação. Se tinha muita vontade de olhar para Oblómov em presença de outras pessoas, ela olhava antes, e alternadamente, para três outras pessoas e só depois para ele.

Quanta consideração — e tudo aquilo por Oblómov! Quantas vezes surgiram duas manchas nas faces de Olga! Quantas vezes ela tocou numa tecla e depois em outra para saber se o piano não estava afinado muito agudo, ou mudou a partitura de um lugar para o outro! E de repente, ele não veio! O que aquilo significava?

Três horas, quatro horas — e nada! Às quatro e meia, a beleza e o viço de Olga começaram a desaparecer: visivelmente ela começou a desbotar e sentou-se à mesa do almoço empalidecida.

Mas para os outros não havia nada: ninguém percebia — todos comiam os pratos preparados especialmente para ele e conversavam, muito alegres e indiferentes.

Depois do almoço, ao anoitecer, Oblómov não chegava, não vinha. Até as dez horas, Olga oscilava entre a esperança e o medo; às dez horas, retirou-se para seu quarto.

De início, em pensamento, despejou sobre a cabeça de Oblómov toda a bílis acumulada em seu coração; não houve sarcasmo corrosivo nem palavra cáustica presentes em seu dicionário com que ela não o castigasse em pensamento.

Depois, de repente, todo o seu organismo pareceu encher-se de um fogo, e depois de um gelo.

"Ele está doente; está só; não consegue nem escrever...", relampejou em sua cabeça.

Tal convicção dominou-a por completo, e Olga passou a noite inteira sem conseguir dormir. Cochilou febrilmente por duas horas, delirou à noite, mas depois, pela manhã, levantou-se pálida, mas bastante serena e resoluta.

Na manhã de segunda-feira, a proprietária lançou um olhar para o escritório de Oblómov e disse:

— Tem uma menina aí fora perguntando pelo senhor.

— Por mim? Não pode ser! — respondeu Oblómov. — Onde ela está?

— Aqui mesmo, olhe: se enganou e subiu na varanda de nossa casa. Deixo entrar?

Oblómov ainda não sabia que decisão tomar quando, à sua frente, surgiu Kátia. A proprietária saiu.

— Kátia! — exclamou Oblómov com surpresa. — Como vai? O que foi?

— A senhorita está aqui — respondeu ela num sussurro —, mandou perguntar...

O rosto de Oblómov se alterou.

— Olga Serguéievna! — sussurrou, horrorizado. — Não é verdade. Kátia, você está brincando! Não zombe de mim!

— Por Deus, é verdade: num coche alugado, está diante da loja de chá, esperando, quer vir aqui. Pediu-me que dissesse ao senhor que mandasse Zakhar ir a qualquer lugar. Ela vai chegar em menos de meia hora.

— É melhor eu mesmo ir até lá. Como ela poderia vir aqui? — disse Oblómov.

— O senhor não vai ter tempo: ela vai chegar a qualquer momento; está pensando que o senhor está doente. Adeus, vou embora: ela está sozinha, espera por mim...

E foi embora.

Oblómov, com uma rapidez extraordinária, pôs a gravata, o colete, as botas e chamou Zakhar.

— Zakhar, você há pouco tempo me pediu para fazer uma visita do outro lado do rio, na rua Gorókhovaia, não foi? Por que não vai agora? — disse Oblómov com uma agitação febril.

— Não vou — respondeu Zakhar, resoluto.

— Não, você tem de ir! — disse Oblómov de modo enfático.

— Onde já se viu fazer visitas num dia de semana? Não vou! — disse Zakhar, obstinado.

— Vá assim mesmo, divirta-se, não teime quando seu patrão faz uma gentileza a você, vá embora... vá visitar seus amigos!

— Que se danem esses amigos!

— Mas você não quer se encontrar com eles?

— São todos tão patifes que não tenho mais nenhuma vontade de vê-los!

— Vá assim mesmo, vá logo! — insistiu Oblómov com ênfase, e o sangue lhe subiu à cabeça.

— Não, hoje vou ficar o dia inteiro em casa; agora, no domingo pode ser! — negou-se Zakhar com indiferença.

— Vá embora, saia agora mesmo, já! — pressionou Oblómov, perturbado. — Você precisa...

— Mas afinal, o que é que eu vou fazer? — quis saber Zakhar.

— Ora, vá passear por umas duas horas: está com uma cara muito preguiçosa... respire um pouco de ar puro!

— Minha cara é assim mesmo: é a cara normal de gente feito eu! — disse Zakhar, olhando com preguiça para a janela.

"Ah, meu Deus, daqui a pouco ela vai aparecer!", pensou Oblómov, enxugando o suor da testa.

— Escute, por favor, vá dar um passeio, estou pedindo! Tome aqui uma moeda de vinte copeques: tome uma cerveja com um amigo.

— É melhor eu ficar na varanda: aonde eu posso ir com este frio? Ao portão, talvez. Posso ficar lá sentado, isso eu posso...

— Não, vá mais longe que o portão — disse Oblómov, animando-se —, vá para outra rua, para o lado esquerdo, para o jardim... para o outro lado do rio.

"Que esquisitice é essa?", pensou Zakhar. "Me manda dar um passeio; isso nunca aconteceu."

— Prefiro esperar o domingo, Iliá Ilitch...

— Você vai ou não vai? — exclamou Oblómov, de dentes cerrados, e avançou na direção de Zakhar.

Zakhar escapuliu, e Oblómov chamou Aníssia.

— Vá ao mercado — disse a ela —, e faça compras para o almoço...

— Já está tudo comprado para o almoço; vai ficar pronto daqui a pouco... — começou a falar o nariz.

— Cale a boca e obedeça! — gritou Oblómov, de tal modo que Aníssia se assustou. — Compre... aspargos, quem sabe... — concluiu ele, tentando inventar, sem saber o que mandar Aníssia comprar.

— Mas como vou achar aspargos nesta época do ano, patrão? Não se encontra em lugar nenhum...

— Vá! — gritou ele, e Aníssia foi. — Corra até lá o mais depressa que puder — gritou atrás dela —, e não fique olhando para trás, e quando voltar de lá venha o mais devagar possível, ou melhor, não ponha o nariz aqui em casa de novo senão daqui a duas horas.

— Que esquisitice será essa? — falou Zakhar para Aníssia, depois de alcançá-la no portão. — Me mandou dar um passeio, me deu vinte copeques. Mas onde eu vou passear?

— São coisas de gente nobre — comentou a sagaz Aníssia —, você pode ir à casa de Artiémi, o cocheiro do conde, e tomar chá com ele: afinal, ele vive dando chá para você, e enquanto isso vou ao mercado.

— Que esquisitice será essa, Artiémi? — perguntou Zakhar. — O patrão me mandou dar um passeio e até me deu dinheiro para tomar cerveja…

— Será que ele mesmo não cismou de encher a cara? — desconfiou Artiémi com ar astuto. — E aí deu o dinheiro para você não ficar com inveja. Vamos!

Piscou o olho para Zakhar e acenou com a mão na direção de uma rua.

— Vamos! — repetiu Zakhar e também acenou com a cabeça para a mesma rua. — Que esquisitice! Me mandou dar um passeio! — chiou para si mesmo com uma risadinha.

Foram, enquanto Aníssia, depois de correr até o primeiro cruzamento, sentou-se atrás de uma sebe, num canal, e esperou para ver o que ia acontecer.

Oblómov ficou atento, à espera: alguém segurou a argola de ferro do portão e, no mesmo instante, ressoou um latido desesperado e a corrente do cachorro começou a tilintar.

— Maldito cachorro! — rosnou Oblómov entre dentes, agarrou o quepe e precipitou-se na direção do portão, abriu-o e levou Olga até a varanda quase abraçado com ela.

Estava sozinha. Kátia esperava no coche, não distante do portão.

— Você está bem de saúde? Não está de cama? O que você tem? — perguntou ela, falando ligeiro, sem tirar nem o casaco nem o chapéu, e fitando Oblómov dos pés à cabeça quando entraram no escritório.

— Agora estou melhor, a febre passou… quase completamente — disse ele, colocando a mão no pescoço e tossindo de leve.

— Por que não foi ontem? — perguntou Olga, olhando para ele com um olhar tão penetrante que Oblómov não foi capaz de dizer nenhuma palavra.

— Como foi que você resolveu fazer uma coisa dessas, Olga, cometer tamanho crime? — exclamou Oblómov com horror. — Você sabe o que está fazendo?...

— Vamos falar sobre isso depois! — interrompeu Olga com impaciência. — Fiz uma pergunta: o que significa o fato de você não ter ido me ver?

Ele ficou calado.

— Não pegou um terçol? — perguntou ela.

Ele ficou calado.

— Você não estava doente; não teve nenhuma dor de garganta — disse ela, mexendo as sobrancelhas.

— Não — respondeu Oblómov com a voz de um colegial.

— Você me enganou! — Olga olhou para ele com espanto. — Por quê?

— Vou explicar tudo para você, Olga — quis justificar-se Oblómov —, um motivo importante me obrigou a ficar duas semanas sem ir... Tive medo...

— De quê? — perguntou Olga, sentando-se, tirando o chapéu e o casaco.

Oblómov pegou os dois e colocou sobre o sofá.

— Os mexericos, os boatos...

— Mas não teve medo de que eu ficasse sem dormir a noite inteira, que eu pensasse Deus sabe o quê e quase adoecesse e ficasse de cama? — disse Olga, cravando nele um olhar penetrante.

— Você não sabe o que se passa comigo aqui, Olga — disse Oblómov, apontando para o coração e a cabeça. — Vivo sobressaltado, como num incêndio. Você não soube o que aconteceu?

— O que mais aconteceu? — perguntou ela friamente.

— Como se espalhou e chegou longe o rumor a respeito de mim e você! Eu não queria perturbá-la e tive medo de mostrar-me diante dos outros.

Contou-lhe tudo o que tinha ouvido de Zakhar, de Aníssia, lembrou-se da conversa dos dândis e concluiu dizendo que, desde então, não conseguia dormir, que em todos os olhares via uma pergunta, ou uma censura, ou alusões dissimuladas aos encontros dos dois.

— Mas nós não resolvemos que íamos contar para *ma tante* nesta semana? — retrucou ela. — E que assim os mexericos iam cessar?

— Sim, mas eu não quis falar com sua tia até esta semana, antes de receber a carta. Sei que ela não vai me indagar a respeito do meu amor, mas a respeito de minha propriedade, vai querer entrar em detalhes, e sobre isso eu não posso explicar nada, enquanto não receber a resposta do procurador.

Ela deu um suspiro.

— Se eu não o conhecesse — disse Olga, pensativa —, Deus sabe o que eu podia pensar. Teve medo de me perturbar com os mexericos dos criados, mas não teve medo de me causar sofrimento! Desisto de tentar compreender você.

— Achei que a tagarelice deles deixaria você alarmada. Kátia, Marfa, Semión e aquele cretino do Nikita, Deus sabe o que andam falando…

— Eu sei há muito tempo o que eles andam falando — disse ela em tom indiferente.

— Como sabe?

— Sei. Kátia e a babá há muito tempo me informaram sobre isso, perguntaram sobre você, me deram os parabéns.

— Já deram os parabéns? — perguntou ele com horror. — E você?

— Eu não fiz nada, agradeci. A babá me deu de presente um lenço e prometeu ir a pé ao santuário de são Sérgio. E eu tratei de pedir permissão para que Kátia casasse com o confeiteiro: ela também tem o seu romance…

Oblómov olhou para Olga com olhos assustados e surpresos.

— Você vai todos os dias à nossa casa: é muito natural que os criados falem sobre isso — acrescentou —, são os primeiros a falar. Com Sónietchka foi a mesma coisa; o que é que tanto assusta você?

— Então é daí que provêm esses rumores? — disse ele com voz trêmula.

— Por acaso são infundados? Isso não é verdade?

— Verdade! — repetiu Oblómov, num tom que não era de pergunta nem de negação. — Sim — acrescentou em seguida —, de fato, você tem razão: só que não quero que eles saibam de nossos encontros e por isso tive medo de…

— Você tem medo e treme como um menino… Não entendo! Por acaso você está me raptando?

Oblómov ficou sem graça; ela o fitava com atenção.

— Escute — disse Olga —, existe aqui uma espécie de mentira, alguma coisa errada… Venha cá e me conte tudo o que você tem na alma. Você podia ficar um ou dois dias sem aparecer em minha casa, talvez até uma semana, por cautela, mas mesmo assim devia me prevenir, devia escrever. Você sabe que já não sou criança e que não fico chocada facilmente por causa de bobagens. O que significa tudo isso?

Oblómov refletiu um pouco, depois beijou as mãos de Olga e suspirou.

— O que penso é o seguinte, Olga — disse —, durante todo esse tempo minha imaginação andou assustada por sua causa com esses horrores, minha mente anda tão transtornada por preocupações, o coração anda tão abalado por esperanças que ora se desfazem, ora ressurgem, que todo o meu organismo está em desordem: anda entorpecido, está precisando de repouso, ainda que só por um tempo...

— E por que eu não fiquei entorpecida, por que eu só procuro repouso perto de você?

— Você tem energias jovens, fortes, e ama de forma cristalina, serena, mas eu... Mas você sabe como eu a amo! — disse ele, ajoelhando-se no chão e beijando as mãos de Olga.

— Ainda não, sei muito pouco... Você é tão estranho que eu me perco em pensamentos; minha mente se apaga, e a esperança... Em breve vamos deixar de nos compreender um ao outro: então vai ser ruim!

Os dois ficaram calados.

— O que você fez durante esses dias? — perguntou ela, pela primeira vez observando o quarto em redor. — Você mora num lugar feio: que cômodos de teto baixo! As janelas são pequenas, o papel de parede está velho... Como são os outros cômodos?

Ele se precipitou para mostrar-lhe seus aposentos, a fim de esquivar-se da pergunta sobre o que tinha feito durante aqueles dias. Depois Olga sentou no sofá, e Oblómov se acomodou de novo no tapete, aos pés dela.

— O que você fez durante essas duas semanas? — perguntou Olga, afinal.

— Li, escrevi, pensei em você.

— Leu meus livros? Que tal? Vou levá-los comigo.

Pegou um livro na cadeira e olhou para a página aberta: a poeira caiu do papel.

— Você não leu! — disse ela.

— Não — respondeu Oblómov.

Olga olhou para os travesseiros amarrotados, remendados, para a desordem, para a janela empoeirada, para a escrivaninha, examinou algumas folhas de papel cobertas de pó, pegou a pena no tinteiro seco e olhou para Oblómov com perplexidade.

— O que você fez, afinal? — repetiu ela. — Não leu nem escreveu?

429

— Tive pouco tempo — começou Oblómov, gaguejando —, de manhã me levanto, vêm arrumar o quarto, me atrapalham, depois começa um falatório sobre o almoço, os filhos da proprietária vêm falar comigo, pedem que eu corrija o dever de casa, e aí vem o almoço. Depois do almoço... quando é que vou ler?

— Você dormiu depois do almoço — disse Olga de forma tão positiva que, após um minuto de hesitação, ele respondeu em voz baixa:

— Dormi...

— Por quê?

— Para não ver o tempo passar: você não estava comigo, Olga, e a vida é maçante, insuportável, sem você.

Oblómov deteve-se, e ela fitou-o com severidade.

— Iliá! — falou Olga em tom sério. — Lembra, no parque, quando você disse que sua vida estava em chamas, que estava convencido de que eu era o propósito de sua vida, o seu ideal, e segurou minha mão e disse que ela era sua... Lembra como eu lhe dei meu consentimento?

— E como eu poderia esquecer? Aquilo não transformou minha vida por completo? Você não vê como estou feliz?

— Não, eu não vejo; você me enganou — disse ela friamente —, você se afundou de novo...

— Enganei! Que pecado da sua parte! Em nome de Deus, eu me jogaria agora mesmo num abismo!

— Sei, se o abismo estivesse bem aqui, aos seus pés, neste instante — interrompeu ela —, mas se demorasse três dias, você pensaria melhor, ficaria assustado, sobretudo se Zakhar e Aníssia começassem a espalhar rumores sobre o assunto... Isso não é amor.

— Você duvida de meu amor? — exclamou Oblómov com veemência. — Pensa que eu me demoro por medo, por mim mesmo, e não por você? Então eu não protejo seu nome como uma muralha, não velo, como uma mãe, para que nenhum mexerico se atreva a tocar em você?... Ah, Olga! Exija uma prova! Reitero a você que, se você pudesse ser mais feliz com outro, eu, sem nenhum gemido, abriria mão de meu direito; se fosse necessário morrer por você, eu morreria com alegria! — declarou com lágrimas nos olhos.

— Nada disso é necessário, ninguém está exigindo isso! Para que eu quero sua vida? É só você fazer o que é necessário. É um truque de pessoas maliciosas propor sacrifícios que não são necessários ou são impossíveis de cumprir, a fim de não fazer o que é necessário. Você não é malicioso, eu sei, mas...

— Você não sabe o que essas paixões e preocupações custaram à minha saúde! — prosseguiu ele. — Não tenho outro pensamento desde que conheci você... Sim, e agora repito que você é o meu propósito, você e só você. Que eu morra agora, que eu enlouqueça se você não ficar comigo! Eu agora respiro, olho, penso e sinto com você. Por que você se admira de que, nesses dias em que não vi você, eu tenha dormido e tenha tido uma recaída? Tudo me causa desgosto, tudo me entedia; sou uma máquina: caminho, faço e não noto o que faço. Você é o fogo e a força dessa máquina — disse ele, pondo-se de joelhos e ajeitando a roupa.

Os olhos de Oblómov rebrilharam, como havia acontecido no parque, tempos antes. De novo o orgulho e a força de vontade irradiaram de seus olhos.

— Agora estou pronto para ir aonde você mandar, para fazer o que você quiser. Sinto que estou vivo quando você me olha, fala, canta...

Olga escutava aquelas efusões de paixão com uma atenção severa.

— Escute, Iliá — disse ela —, acredito em seu amor e em meu poder sobre você. Para que você me assusta com sua indecisão e me provoca dúvidas? Eu sou o seu propósito na vida, você diz, mas você caminha nessa direção com muita timidez e lentidão; e ainda tem um longo trajeto a percorrer; precisa subir mais alto do que eu. É isso o que espero de você! Vi pessoas felizes, vi como amam — acrescentou Olga com um suspiro —, estão sempre ardentes, e a calma delas não é parecida com a sua; elas não abaixam a cabeça; mantêm os olhos abertos; quase não dormem, elas agem! Mas você... Não, não parece que seja amor, não parece que eu seja seu propósito na vida...

Olga balançou a cabeça, em dúvida.

— Você, você!... — disse Oblómov e beijou de novo as mãos de Olga, arrojando-se aos pés dela. — Só você! Meu Deus, que felicidade! — insistiu, como que num delírio. — E pensa que é possível enganar você, adormecer depois de tamanho despertar, não se transformar num herói! Vocês estão vendo, você e Andrei — prosseguiu, olhando em redor com olhos inspirados —, a que altura o amor por uma mulher como você é capaz de erguer um homem! Olhe, olhe para mim: não renasci, não estou vivo neste minuto? Vamos embora daqui! Vamos embora! Não consigo ficar aqui nem mais um minuto;

eu sufoco, me dá enjoo! — disse, olhando em volta com uma aversão sincera. — Que eu viva até o fim dos dias com este sentimento... Ah, se este mesmo fogo que arde em mim agora ardesse amanhã e sempre! Mas quando você não está comigo, eu apago, eu caio! Agora voltei à vida, renasci. Parece que eu... Olga, Olga! Você é o que há de mais belo no mundo, é a primeira entre as mulheres, você... você...

Oblómov apertou o rosto nas mãos dela e acalmou-se. As palavras não chegavam mais à sua língua. Ele apertou a mão no coração para conter a emoção, voltou para Olga seu olhar apaixonado, solene, e ficou imóvel.

"É meigo, é meigo, é meigo!", repetia Olga em pensamento, mas com um suspiro, não como pensava antes, no parque, e mergulhou em profunda reflexão.

— Está na hora de ir! — disse ela com ternura, voltando à razão.

De repente, ele se refez.

— Você está aqui, meu Deus! Na minha casa? — disse, e seu olhar inspirado deu lugar a uma contemplação atemorizada em redor. Da língua, não vinham mais palavras ardentes.

Apanhou às pressas o chapéu e o casaco de Olga e, na confusão, quis pôr o casaco sobre a cabeça dela.

Olga deu uma risada.

— Não tema por mim — ela o tranquilizou —, *ma tante* saiu e vai passar o dia todo fora de casa; só a babá sabe que não estou lá, além de Kátia. Acompanhe-me até a porta.

Ela lhe deu a mão e, sem sobressalto, serena, na orgulhosa consciência de sua inocência, atravessou o pátio ao som desesperado do tilintar da corrente e dos latidos do cachorro, sentou-se no coche e foi embora.

De uma janela da parte da casa onde residia a proprietária, cabeças observavam; por trás do canto da casa, atrás da sebe, a cabeça de Aníssia espiava de dentro do canal.

Quando o coche dobrou na rua seguinte, Aníssia chegou e disse que tinha corrido o mercado inteiro, mas não havia aspargo em lugar nenhum. Zakhar voltou umas três horas depois e dormiu o dia todo.

Oblómov ficou por muito tempo andando dentro do quarto sem sentir os pés, sem ouvir os próprios passos: andava como que um palmo acima do chão.

Assim que cessou o chiado das rodas do coche sobre a neve — o coche que levava sua vida, sua felicidade —, sua inquietação passou, sua cabeça e suas costas se puseram eretas, um fulgor inspirado voltou ao rosto, e os olhos ficaram úmidos de felicidade, de afeição. Em seu organismo, derramou-se um calor, um frescor, uma jovialidade. E, de novo, como antes ele teve vontade de estar em toda parte ao mesmo tempo, e em algum lugar distante: lá, onde estava Stolz, com Olga, e também na aldeia, no campo, no bosque, Oblómov queria isolar-se em seu escritório e mergulhar no trabalho, queria ir ele mesmo ao porto Ribínski, percorrer a estrada e ler um livro recém-lançado sobre o qual todos comentavam, queria ir à ópera hoje mesmo...

Sim, hoje ela estivera em sua casa, ele iria à casa dela e depois, à ópera. Que dia cheio! Como se respira com leveza nesta vida, na esfera de Olga, sob os raios de seu brilho virginal, de sua energia jovial, de sua mocidade e inteligência fina, profunda e saudável! Oblómov andava como se voasse; como se alguém o carregasse suspenso pelo quarto.

— Em frente, em frente! — diz Olga. — Mais alto, mais alto, para lá, para a fronteira onde a força da ternura e da graça perde seu direito e onde começa o reino do homem!

Como ela vê a vida de forma clara! Como lê no livro da sabedoria o seu caminho e, por instinto, adivinha também o caminho dele! As duas vidas, como dois rios, devem se fundir: ele é o guia, o líder de Olga!

Ela enxerga as forças de Oblómov, os talentos, sabe do que ele é capaz, e espera com submissão o domínio dele. Maravilhosa Olga! Imperturbável, destemida, simples, mas decididamente mulher, natural como a própria vida!

— De fato, que imundície há aqui! — disse Oblómov olhando em redor. — E aquele anjo desceu ao pântano, consagrou-o com sua presença!

Ele olhou com amor para a cadeira onde Olga ficara sentada, e de repente seus olhos começaram a brilhar: no chão, perto da cadeira, ele viu uma luva diminuta.

— Uma promessa! Sua mão: isso é um presságio! Ah! — gemeu Oblómov com paixão, apertando a luva contra os lábios.

A proprietária olhou através da porta e perguntou se ele não queria ver umas roupas: tinham trazido roupas para vender, ele não estava interessado?

Mas Oblómov agradeceu de forma seca, nem pensou em olhar para os cotovelos e desculpou-se dizendo que estava muito ocupado. Depois mergulhou nas recordações do verão, repassou todos os pormenores, lembrou cada árvore, arbusto, pedra, cada palavra dita, e achou talvez até mais encantador do que na ocasião em que se deliciara com tudo aquilo.

Oblómov perdeu decididamente o domínio de si, cantou, falou com Aníssia em tom carinhoso, gracejou com o fato de ela não ter filhos e prometeu batizar e ser o padrinho da criança, assim que Aníssia tivesse um bebê.

Fez tantas brincadeiras ruidosas com Macha que a proprietária veio espiar e mandou Macha voltar para casa, a fim de não atrapalhar "os estudos" do inquilino.

Consumiu o resto do dia em devaneios. Olga ficou alegre, cantou, e depois cantaram ainda mais na ópera, em seguida ele foi ao chá na casa deles, e após o chá houve uma conversa tão sincera, tão cordial entre ele, a tia, o barão e Olga, que Oblómov se sentiu perfeitamente como um membro da pequena família. Chega de viver só: agora Oblómov tinha seu cantinho; ele havia amarrado com firmeza a própria vida; tinha calor e tinha luz — como era bom viver assim!

De noite, dormiu pouco: leu sem parar os livros enviados por Olga e conseguiu ler um tomo e meio.

"Amanhã deve chegar a carta da aldeia", pensou, e seu coração batia... batia... Enfim!

VIII.

No dia seguinte, enquanto arrumava o quarto, Zakhar achou a pequenina luva na escrivaninha, observou-a demoradamente, sorriu e depois a entregou para Oblómov.

— Na certa a senhorita Ilínskaia esqueceu — falou.

— Demônio! — exclamou Iliá Ilitch, e tomou a luva de sua mão. — Mentiroso! Que senhorita Ilínskaia que nada! É da costureira que veio da loja tirar as medidas para fazer umas camisas. Como se atreve a imaginar isso?

— Demônio, eu? O que é que estou inventando? Lá na parte da casa da proprietária já estão falando.

— Falando o quê? — perguntou Oblómov.

— Ora, é claro, que a senhorita Ilínskaia veio com uma criada...

— Meu Deus! — exclamou Oblómov com horror. — De que modo podem saber que era a senhorita Ilínskaia? Você ou Aníssia devem ter dado com a língua nos dentes...

De repente Aníssia pôs a cabeça até a metade na porta.

— Como não se envergonha de falar tanta bobagem, Zakhar Trofímovitch? Não dê ouvidos a ele, patrãozinho — disse ela —, ninguém falou nada nem sabe nada. Em nome de Cristo e de Deus...

— Ei, ei, ei! — bufou Zakhar para Aníssia, apontando o cotovelo para o peito dela. — Não venha se meter onde não é chamada.

Aníssia escondeu-se. Oblómov ameaçou Zakhar com os dois punhos cerrados, depois abriu rapidamente a porta que dava para a parte da casa onde residia a proprietária. Agáfia Matviéievna estava sentada no chão e arrumava coisas velhas dentro de uma arca antiga; em volta, havia pilhas de trapos, de algodão, de vestidos velhos, de botões e retalhos de peles.

— Escute — disse Oblómov com carinho, mas com agitação —, meus criados falam muitos disparates; a senhora, graças a Deus, não acredita neles, não é?

— Não ouvi nada — respondeu a proprietária. — O que andam falando?

— A respeito da visita de ontem — prosseguiu Oblómov —, eles andam dizendo que uma certa senhorita veio me ver...

— E o que nós temos a ver com as visitas dos outros? — replicou a proprietária.

— Pois é, a senhora, por favor não acredite nisso. É uma completa calúnia! Não veio aqui nenhuma senhorita: veio apenas uma costureira que vai fazer umas camisas. Veio tirar as medidas...

— Mas o senhor encomendou camisas? Quem costura para o senhor? — perguntou a proprietária com animação.

— É da loja francesa...

— Mostre-me quando trouxerem: conheço duas meninas que costuram tão bem, fazem um pesponto tão bonito que nenhuma francesa consegue fazer igual. Eu vi, elas vieram me mostrar, costuram para a condessa Metlínskaia: ninguém costura assim. Nem se comparam a essas que o senhor usa...

— Está bem, vou me lembrar. A senhora apenas, pelo amor de Deus, não pense que foi uma senhorita...

— O que eu tenho a ver com quem visita um inquilino? Não importa se é uma senhorita...

— Não, não! — interrompeu Oblómov. — Veja, a senhorita de que Zakhar anda falando é alta, fala grosso, mas essa costureira, sabe, fala com uma voz muito fina, tem uma voz maravilhosa. Por favor, não pense...

— O que eu tenho a ver com isso? — respondeu a proprietária, quando ele ia sair. — Mas não se esqueça, quando tiver de costurar camisas, fale comigo: minhas conhecidas fazem um pesponto excelente... Elas se chamam Lizavieta Nikolavna e Mária Nikolavna.

— Está bem, está bem, não vou esquecer; mas a senhora não pense, por favor.

E Oblómov se retirou, depois trocou de roupa e saiu para ir à casa de Olga.

Ao voltar para casa à noite, encontrou sobre a mesa uma carta da aldeia, do vizinho, seu procurador. Correu para baixo do lampião, leu até o fim — e suas mãos baixaram.

"Peço encarecidamente que transfira a procuração para outra pessoa (escreveu o vizinho), eu tenho tanto trabalho acumulado que, para falar com franqueza, não posso cuidar da propriedade do senhor da forma adequada. É muito melhor que o senhor mesmo venha para cá e será ainda melhor se vier residir na propriedade. A propriedade é boa, mas está muito abandonada. Antes de tudo, é preciso definir de modo mais cuidadoso quais os camponeses que pagam o *obrok* e quais os que trabalham em regime de *bárchina*;* sem a presença do proprietário, é impossível fazer isso: os mujiques ficaram mal-acostumados, não obedecem ao novo estaroste, e o velho estaroste é um patife, que é preciso vigiar bem. É impossível determinar a quantidade da renda. Na desordem atual, o senhor dificilmente receberá mais de três mil rublos, e isso com sua presença aqui. Estou calculando a renda dos cereais; a renda dos pagamentos do *obrok* é mais difícil: é preciso cobrar de um por um e discriminar os atrasados — para fazer isso serão necessários uns três meses. Os cereais deram uma boa safra e estão com bom preço, em março ou abril o senhor receberá o dinheiro, se o senhor mesmo vier acompanhar a venda. Agora, não há nem um tostão disponível. No que diz respeito à estrada de Verkhliovo e à ponte, fiquei tanto tempo sem receber uma resposta do senhor que resolvi por minha própria conta construir uma estrada de minha propriedade para Niélki, e assim Oblómovka ficou longe, bem afastada. Para concluir, repito o pedido para que o senhor venha para cá o quanto antes: em três meses, será possível tomar conhecimento do que o aguarda no ano que vem. A propósito, agora vai haver eleição: o senhor não gostaria de candidatar-se ao posto de juiz provincial?

---

* *Obrok*: tributo pago ao senhor de terras para lavrar em sua propriedade; *bárchina*: cota de trabalho gratuito prestado ao senhor de terras (corveia).

Apresse-se. Sua casa está em péssimas condições (isto foi acrescentado ao final da carta). Mandei a vaqueira, o velho cocheiro e duas velhas criadas saírem de lá e irem para uma isbá: era perigoso permanecer lá por mais tempo."

Anexo à carta, vinha um bilhete dizendo quantos quartos de cereais tinham sido colhidos e debulhados, quanto tinha sido armazenado, quanto tinha sido destinado à venda e outros detalhes dos negócios.

"Nenhum tostão, três meses, ir lá eu mesmo, acertar as contas dos camponeses, descobrir qual será a renda, candidatar-me à eleição" — tudo aquilo corria em redor de Oblómov com o aspecto de fantasmas. Sentiu-se como se estivesse numa floresta, à noite, quando em cada arbusto e em cada árvore parece haver um bandoleiro, um cadáver, uma fera.

— No entanto, isso é uma vergonha: eu não vou me render! — repetiu ele, tentando familiarizar-se com aqueles fantasmas, assim como um covarde se esforça para olhar para os fantasmas através das pálpebras semicerradas, mas sente apenas frio no coração e fraqueza nas pernas e nos braços.

Quais eram as esperanças de Oblómov? Achava que na carta viria escrito de forma bem definida quanto ia receber de renda e, com certeza, que viria a maior quantia possível — digamos, seis, sete mil; que a casa ainda estaria boa e que, em caso de necessidade, seria possível morar lá, enquanto se construía uma nova; e que, por fim, o procurador lhe mandaria três, quatro mil rublos — em suma, esperava ler na carta os mesmos risos, a mesma vida de alegria e de amor que lia nos bilhetes de Olga.

Ele já não andava pelo quarto a um palmo do chão, não brincava com Aníssia, não se agitava com esperanças de felicidade: eles teriam de adiar por três meses; não! Em três meses, ele conseguiria apenas esclarecer a situação dos negócios, conhecer sua propriedade, e o casamento…

— É impossível pensar em casamento durante um ano — disse ele em tom apreensivo —, sim, sim, daqui a um ano, não antes disso! Ele ainda precisava terminar de redigir seu plano, precisava tomar decisões com o arquiteto, e depois… e depois… — Suspirou.

"Pedir um empréstimo!", veio um lampejo em sua cabeça, mas ele rechaçou tal pensamento.

"Como seria possível? E se eu não puder pagar no prazo? Se os negócios derem errado, vão querer me punir, e o nome dos Oblómov, até agora impoluto, imaculado…" Deus nos livre! Aí, adeus ao sossego, ao orgulho… Não,

não! Os outros pedem empréstimo e depois ficam nervosos, trabalham, ficam sem dormir, parece que um demônio entra neles. Sim, uma dívida é um demônio, um diabo que ninguém exorciza, a não ser o dinheiro!

Existem uns malandros que vivem o tempo todo à custa dos outros, apanham aqui, pegam ali, de um lado e do outro, e não ligam a mínima! Como conseguem dormir sossegados, como jantam — é incompreensível! Uma dívida! As consequências eram ou o trabalho interminável, como um condenado aos trabalhos forçados, ou a desgraça.

Penhorar a aldeia? Mas isso não é o mesmo que fazer uma dívida, só que implacável, irremediável? Trate de pagar todo ano — e na certa nem a vida inteira seria o bastante para saldar a dívida.

Adiar a felicidade por mais um ano! Oblómov gemeu penosamente e já ia se afundar na cama, porém de repente lembrou-se e se conteve. O que foi que Olga dissera? Não apelara para ele como a um homem, não dissera que acreditava nas forças dele? Olga espera que ele vá em frente e alcance uma altura em que estenda a mão para ela, a conduza atrás de si e mostre a ela o caminho! Sim, sim! Mas por onde começar?

Oblómov pensou, pensou, depois, de repente, deu um tapa na testa e se dirigiu à parte da casa onde residia a proprietária.

— Seu irmão está em casa? — perguntou ele à proprietária.

— Está, deitou-se para dormir.

— Amanhã peça a ele que fale comigo — disse Oblómov —, preciso conversar com ele.

IX.

O irmão entrou no quarto do mesmo jeito que da outra vez, sentou-se na cadeira com o mesmo cuidado, as mãos encolhidas dentro das mangas e ficou esperando o que Iliá Ilitch ia dizer.

— Recebi uma carta muito desagradável da aldeia, a resposta do meu procurador, lembra? — disse Oblómov. — Veja aqui. Quer ter a bondade de ler?

Ivan Matviéievitch pegou a carta e percorreu as linhas com os olhos experientes, mas a carta tremia de leve em suas mãos. Terminada a leitura, ele pôs a carta sobre a mesa e escondeu as mãos atrás das costas.

— O que o senhor sugere que se faça agora? — perguntou Oblómov.

— Ele recomenda que o senhor vá para lá — disse Ivan Matviéievitch. — Veja bem, senhor: duzentas verstas não é tão longe assim! Daqui a uma semana a estrada vai estar transitável, daria para o senhor viajar.

— Não me agrada nem um pouco viajar; não estou habituado, e ainda mais no inverno, reconheço, seria muito árduo para mim, não tenho vontade... De resto, ficar sozinho na aldeia é muito maçante.

— Mas o senhor tem muitos camponeses que pagam o *obrok*? — perguntou Ivan Matviéievitch.

— Sim... não sei: faz muito tempo que não vou à aldeia.

— É preciso saber, senhor: sem isso, como vai ser? É impossível apurar a quantia que o senhor vai receber de renda.

— Sim, seria necessário — repetiu Oblómov —, meu vizinho também escreve isso, mas a questão é que estamos no inverno.

— E quanto o senhor arrecada de *obrok*?

— De *obrok*? Parece que... Veja, me desculpe, tenho isso anotado em algum lugar... Stolz anotou isso há pouco tempo, mas vai ser difícil encontrar. Zakhar deve ter enfiado em algum canto. Depois eu mostro... acho que são uns trinta rublos de tributo.

— E os mujiques do senhor, como são? Como vivem? — perguntou Ivan Matviéievitch. — São ricos ou pobres, arruinados? Como é a *bárchina*?

— Escute — disse Oblómov, aproximou-se dele e, com ar confidencial, segurou as duas lapelas de seu uniforme.

Ivan Matviéievitch levantou-se, obediente, mas Oblómov o fez sentar-se de novo.

— Escute — repetiu pausadamente, quase num sussurro —, não sei como funciona a *bárchina*, ignoro o que é o trabalho no campo, o que significa mujique pobre e mujique rico; não sei o que significa um quarto de aveia ou de centeio, não sei quanto custa, não sei em que mês se colhe e se semeia o quê, como e quando se vende; não sei se sou rico ou pobre, nem sei se daqui a um ano estarei de barriga cheia ou serei um mendigo, eu não sei nada! — concluiu Oblómov com desânimo, soltou as lapelas do uniforme e afastou-se de Ivan Matviéievitch. — Por isso, fale comigo e me aconselhe como a uma criança...

— Ora, senhor, é preciso saber: sem isso é impossível compreender qualquer coisa — disse Ivan Matviéievitch com um sorriso submisso, levantando-se e pondo uma das mãos atrás das costas e a outra por dentro do casaco, na altura do peito. — Um senhor de terras deve conhecer sua propriedade, como cuidar dela... — disse em tom professoral.

— Mas eu não sei fazer isso. Ensine-me, se puder.

— Eu mesmo não me ocupo com esses assuntos, preciso consultar pessoas experientes. E olhe aqui, senhor — prosseguiu Ivan Matviéievitch, apontando com o dedo médio, a unha voltada para baixo, para a folha de papel da carta —, na carta escrevem para o senhor se candidatar na próxima eleição:

isso seria excelente! O senhor moraria lá, trabalharia no tribunal de província e, durante esse tempo, também iria aprendendo como cuidar de uma propriedade rural.

— Não sei o que é um tribunal de província, o que fazem lá, como trabalham! — disse Oblómov de novo em tom enfático, a meia-voz, chegando até bem perto do nariz de Ivan Matviéievitch.

— O senhor vai se acostumar. Afinal, o senhor trabalhou no serviço público aqui, numa repartição: o trabalho é sempre o mesmo, pode haver pequenas diferenças na forma e mais nada. Para todo lado, são instruções, relatórios, protocolos... Se tiver um bom secretário, para que o senhor precisa se preocupar? Basta assinar. Se o senhor sabe como se trabalha nas repartições...

— Eu não sei como se trabalha nas repartições — falou Oblómov em tom monótono.

Ivan Matviéievitch cravou seu olhar dúbio em Oblómov e ficou calado.

— Imagino que o senhor fica lendo livros o tempo todo, não é? — perguntou com o mesmo sorriso.

— Livros! — retrucou Oblómov com amargor e se deteve.

Não tinha coragem, e nem haveria necessidade, de desnudar completamente a alma diante de um mero funcionário. "Não sei nada nem dos livros" — as palavras moveram-se dentro dele, mas não alcançaram a língua e se expressaram na forma de um suspiro doloroso.

— Mas ao senhor apraz ocupar-se com alguma coisa — acrescentou humildemente Ivan Matviéievitch, como se tivesse lido no pensamento de Oblómov sua resposta sobre os livros —, não é possível que...

— É possível, Ivan Matviéievitch. Aqui está a prova viva: eu! Quem sou eu? O que sou eu? Vá perguntar ao Zakhar, e ele lhe dirá: "Um *bárin*!". Pois é, eu sou um *bárin*, um nobre, e não sei fazer nada! Faça isso por mim, se o senhor souber, e me ajude, se puder, e em troca de seu trabalho tome o que quiser... é para isso que serve o conhecimento!

Pôs-se a andar pelo quarto, enquanto Ivan Matviéievitch continuava sentado e virava o corpo inteiro na direção para onde Oblómov caminhava, até ele chegar à parede e dar meia-volta. Os dois ficaram calados por certo tempo.

— Onde o senhor estudou? — perguntou Oblómov, detendo-se de novo na frente dele.

— Comecei o ginásio, mas meu pai me tirou no sexto ano e me arranjou um emprego no governo. Meu conhecimento não é grande coisa! Ler, escrever, gramática, aritmética e só, não fui além daí. De um jeito ou de outro, me adaptei ao serviço e pouco a pouco fui pegando o jeito para os negócios. O caso do senhor é diferente: o senhor adquiriu conhecimentos elevados...

— Sim — confirmou Oblómov, com um suspiro —, de fato, estudei álgebra avançada e economia política, direito, e com tudo isso não consegui pegar o jeito para os negócios. Veja, com minha álgebra avançada, não sei se minha renda é muita ou pouca. Fui à aldeia, escutei, observei, vi como estavam as coisas em minha casa, na propriedade e nos arredores: nada andava conforme aquelas leis. Vim para cá, pensei em ganhar minha vida de algum modo, usando a economia política... Mas me disseram que esses conhecimentos me seriam úteis só com o tempo, na velhice, de fato, e que antes era preciso ser funcionário público e que para isso só um conhecimento era necessário: escrever documentos. Aconteceu que não me adaptei ao serviço, me transformei apenas num *bárin*, mas o senhor se adaptou: pois bem, então resolva esta situação.

— De fato, seria possível fazer alguma coisa — disse por fim Ivan Matviéievitch.

Oblómov parou na frente dele e esperou o que ia dizer.

— Seria possível delegar tudo isso a um homem capaz e transferir a procuração para ele — acrescentou Ivan Matviéievitch.

— Mas onde encontrar esse homem? — perguntou Oblómov.

— Tenho um colega, Issai Fomitch Zatiórti: ele gagueja um pouco, mas é um homem hábil nos negócios. Por três anos administrou uma grande propriedade, mas o senhor de terras o demitiu por este motivo: ele gaguejava. E então foi trabalhar conosco.

— Mas pode-se confiar nele?

— É o espírito mais honesto do mundo, não se preocupe! Prefere gastar do próprio dinheiro a desagradar o patrão. Está há doze anos trabalhando na repartição.

— Mas como ele vai poder ir para a aldeia, se trabalha na repartição?

— Não tem importância, pode tirar quatro meses de férias. Se o senhor quiser, posso trazê-lo aqui. De resto, ele não irá para lá de graça, não é?...

— Claro que não — confirmou Oblómov.

— O senhor fará a gentileza de lhe pagar a viagem, a estadia, o número de diárias necessárias, e depois de encerrado o trabalho o senhor lhe pagará uma gratificação, combinada previamente. Ele irá, não há problema!

— Sou muito grato ao senhor: está me livrando de um grande incômodo — disse Oblómov, estendendo-lhe a mão. — Como ele se chama?

— Issai Fomitch Zatiórti — repetiu Ivan Matviéievitch, esfregando depressa uma mão no punho da manga oposta e, depois de apertar a mão de Oblómov por um instante, escondeu-a sem demora dentro da manga. — Pedirei a ele que me acompanhe até aqui amanhã.

— Sim, venham jantar, e então conversaremos. Sou muito, muito agradecido ao senhor! — disse Oblómov, enquanto conduzia Ivan Matviéievitch até a porta.

X.

Na noite daquele mesmo dia, numa casa de dois andares que, de um lado, dava para a rua onde Oblómov morava e, do outro, para o cais, Ivan Matviéievitch e Tarántiev estavam sentados num dos quartos do andar de cima.

Era o chamado "estabelecimento", em cuja porta sempre havia duas ou três charretes vazias, enquanto cocheiros ficavam no térreo da casa, segurando nas mãos os pires em que bebiam. O andar de cima era reservado aos "senhores" de Víborg.

Na frente de Ivan Matviéievitch e Tarántiev, havia chá e uma garrafa de rum.

— É um puríssimo jamaicano — disse Ivan Matviéievitch, pondo rum em sua taça com a mão trêmula —, não se prive desse prazer, compadre.

— Admita, você tem bons motivos para ser grato a mim — falou Tarántiev —, você não arranjaria um inquilino assim, nem se esperasse a casa apodrecer...

— É verdade, é verdade — interrompeu Ivan Matviéievitch. — E se nosso negócio for adiante e Zatiórti for para a aldeia, haverá uma boa recompensa!

— Mas você é muito mesquinho, compadre: com você é sempre preciso barganhar — disse Tarántiev. — Cinquenta rublos por um inquilino como esse!

— Receio que ele vá embora em breve — comentou Ivan Matviéievitch.

— Ora essa: que bobagem! Para onde ele poderia ir? Agora ele não iria embora nem se fosse expulso.

— Mas e o casamento? Dizem que vai casar.

Tarántiev deu uma gargalhada.

— Casar, ele? Quanto quer apostar que não vai casar? — retrucou. — Precisa da ajuda de Zakhar até para dormir, como é que vai casar? Até aqui, eu sempre fui generoso com ele: sem mim, meu caro, ele teria morrido de fome ou teria sido jogado numa prisão. Quando vem o fiscal ou o senhorio pede alguma coisa, ele nem sabe o que falar, sou eu que resolvo tudo! Ele não entende nada...

— Absolutamente nada: disse que não sabe o que fazem no tribunal de província nem numa repartição pública; ignora quantos mujiques possui. Que cabeça! Tive de me segurar para não rir...

— E o contrato, o contrato que a gente preparou? — exaltou-se Tarántiev. — Você é um mestre para rabiscar documentos, meu caro Ivan Matviéievitch, um mestre! Faz lembrar meu falecido pai! E eu também já fui hábil, mas acho que estou fora de forma, infelizmente, estou fora de forma! Assim que eu sento, as lágrimas vêm logo aos olhos. Ele nem leu, foi logo assinando! E a horta, e a cocheira, e o celeiro, assinou tudo!

— Pois é, compadre, enquanto não acabarem na Rússia os tolos que assinam documentos sem ler, gente como nós vai poder viver bem. Mas se isso desaparecer, a coisa vai ficar ruim! Ouvi falar que nos velhos tempos não era assim! Depois de vinte e cinco anos no serviço público, quanto capital consegui juntar? Posso morar em Víborg, mas sem mostrar o nariz em nenhum outro lugar: a comida é boa, não reclamo, tem comida de sobra! Mas um apartamento na avenida Litiéini, os tapetes, uma esposa rica, os filhos muito bem-educados, tudo isso ficou no passado! Minha cara não é boa para isso, me disseram, e meus dedos, veja, são vermelhos porque bebo vodca... E como não beber? Experimente! Pior do que um lacaio, dizem: hoje em dia, nem um lacaio usa botas como as minhas, e esse lacaio troca de camisa todos os dias. Minha educação não foi grande coisa, qualquer pirralho sabe mais do que eu: fazem pose, ficam empinados, falam e leem em francês...

— Mas não entendem nada de negócios — acrescentou Tarántiev.

— Não, meu caro, entendem, sim: só que hoje em dia os negócios não são a mesma coisa; cada um quer uma coisa mais simples do que o outro, e todos só sabem esculhambar a gente. Não precisa escrever assim: é uma correspondência fútil, um desperdício de tempo; é possível fazer mais depressa... Só sabem esculhambar!

— Mas o contrato está assinado: isso ninguém pode esculhambar! — disse Tarántiev.

— Claro, isso é sagrado. Vamos beber, compadre! Zatiórti será enviado a Oblómovka e vai sugar tudo aos poucos: que os herdeiros fiquem com o que sobrar...

— Isso mesmo! — disse Tarántiev. — E herdeiros só existem muito distantes: de terceiro grau, e ninguém sabe por onde andam.

— Só tenho receio do casamento! — disse Ivan Matviéievitch.

— Não tenha receio, estou dizendo. Guarde bem minhas palavras.

— Será? — retrucou Ivan Matviéievitch em tom alegre. — O que sei é que ele anda de olho grande na minha irmã... — acrescentou num sussurro.

— É mesmo? — disse Tarántiev com surpresa.

— Bico calado! Mas é verdade, pelos céus...

— Puxa vida, meu caro — admirou-se Tarántiev, com dificuldade de se recuperar da surpresa —, eu nunca imaginei isso, nem em sonho! Mas então, e ela?

— Ela o quê? Você a conhece, ora!

E bateu com o punho cerrado na mesa.

— Por acaso ela é capaz de cuidar de seus interesses? É uma vaca, uma completa vaca: pode levar um soco ou um abraço que vai sempre ficar rindo como um cavalo a que dão aveia. Uma outra... ai, ai! Mas vou ficar de olho... você sabe a que isso está cheirando!

XI.

"Quatro meses! Mais quatro meses de coerção, de encontros em segredo, de pessoas suspeitas, sorrisos!", pensou Oblómov enquanto subia a escada para a casa dos Ilínski. "Meu Deus! Quando isso vai terminar? E Olga tem pressa: hoje, amanhã. Ela é tão insistente, tão determinada! É difícil convencê-la..."

Oblómov chegou aos aposentos de Olga sem encontrar ninguém. Olga estava sentada na pequena sala de visitas que precedia seu quarto de dormir, mergulhada na leitura de um livro.

De repente ele surgiu na frente dela de tal modo que Olga se sobressaltou: depois, carinhosa, com um sorriso, estendeu-lhe a mão, mas os olhos pareciam continuar a ler o livro: olhava para Oblómov com ar distraído.

— Está sozinha? — perguntou ele.

— Sim; *ma tante* saiu, foi a Tsárskoie Seló;* me chamou para ir com ela. Vamos jantar quase sozinhos: Mária Semiónovna também vai vir; se não fosse isso, eu não poderia receber você. Hoje você não vai poder contar para minha tia. Como isso é maçante! Em compensação, amanhã... — acrescentou ela

---

* Antiga residência de verão da família imperial russa.

e sorriu. — E se hoje eu tivesse ido a Tsárskoie Seló? — perguntou ela em tom jocoso.

Oblómov ficou em silêncio.

— Está preocupado? — perguntou Olga.

— Recebi a carta da aldeia — disse ele em tom lúgubre.

— Onde está? Trouxe com você?

Oblómov lhe entregou a carta.

— Não decifro nada — disse Olga, depois de examinar o papel.

Oblómov tomou a carta e leu em voz alta. Ela ficou pensativa.

— E agora? — perguntou Olga, depois de um momento em silêncio.

— Hoje pedi os conselhos do irmão da proprietária — respondeu Oblómov —, e ele me recomendou dar uma procuração para Issai Fomitch Zatiórti: vou lhe dar instruções para pôr tudo isso em ordem…

— Um homem estranho, um desconhecido! — objetou Olga, com surpresa. — Recolher a taxa do *obrok*, tratar com os camponeses, cuidar da venda dos cereais…

— Ele diz que se trata do espírito mais honesto do mundo, trabalha com ele há vinte anos… Só que gagueja um pouco.

— E o irmão de sua senhoria, como ele é? Você o conhece?

— Não; mas parece um homem muito positivo e prático; além do mais, eu moro na casa dele: teria vergonha de me enganar!

Olga ficou em silêncio, sentada, e baixou os olhos.

— Numa outra situação, eu mesmo teria de ir até lá — disse Oblómov —, mas tenho de admitir que não sinto vontade. Perdi completamente o hábito de viajar pelas estradas, sobretudo no inverno… Na verdade, nunca fiz isso.

Olga continuava olhando para o chão, mexendo com a ponta de suas botinhas.

— Mesmo se eu for — prosseguiu Oblómov —, seguramente não vai dar em nada: não consigo me explicar direito; os mujiques vão me enganar; o estaroste fala o que bem entende e eu tenho de acreditar em tudo; e ele me daria quanto dinheiro quisesse. Ah, se Andrei estivesse aqui, ele daria um jeito em tudo isso! — acrescentou Oblómov com pesar.

Olga sorriu, ou melhor, sorriu só com os lábios, não com o coração: no coração havia amargura. Pôs-se a olhar pela janela, estreitando uma das pálpebras e seguindo com os olhos cada carroça que passava.

— No entanto, esse procurador já administrou uma grande propriedade — prosseguiu —, e o senhor de terras o despachou justamente porque ele gaguejava. Vou dar a ele uma procuração, vou lhe mostrar meus planos: ele vai tratar da compra dos materiais para a construção da casa, vai recolher a taxa do *obrok*, vai cuidar da venda dos cereais e me trará o dinheiro, e além do mais... Como estou contente, minha querida Olga — disse, e beijou-a na mão —, porque não terei de me afastar de você! Eu não suportaria essa separação; sem você, na aldeia, sozinho... seria um horror! Mas só que agora temos de tomar muito cuidado.

Olga voltou-se para ele com os olhos muito abertos e esperou.

— Pois é — Oblómov passou a falar devagar, quase gaguejando —, teremos de nos ver raramente; ontem recomeçaram a falar sobre nós na parte da casa onde mora a proprietária... e eu não quero isso... Assim que toda essa situação se arranjar, e o procurador cuidar da construção da casa e trouxer o dinheiro... Tudo isso vai terminar mais ou menos daqui a um ano... e então não vai haver mais separação, vamos contar para sua tia e... e...

Olhou para Olga: ela havia perdido os sentidos. Sua cabeça tombara para o lado, viam-se os dentes sob os lábios azulados. Em seu acesso de alegria e em seu devaneio, ele não notou que ao dizer as palavras "assim que toda essa situação se arranjar, e o procurador cuidar da construção da casa", Olga empalidecera e não ouvira a conclusão da frase.

— Olga!... Meu Deus, ela está passando mal! — exclamou e tocou a campainha. — Sua patroa está passando mal — disse para Kátia, que acudiu correndo. — Depressa, água!... Os sais...

— Minha nossa! Ela passou a manhã inteira tão alegre... O que houve com ela? — sussurrou Kátia, trazendo os sais da mesa da tia e agitando-se com um copo de água na mão.

Olga despertou, ficou de pé com a ajuda de Kátia e de Oblómov e, cambaleante, foi para seu quarto.

— Isto vai passar — falou com voz fraca —, são os nervos; dormi mal esta noite. Kátia, feche a porta, e o senhor me espere: voltarei quando melhorar.

Oblómov ficou sozinho, encostou o ouvido na porta, espiou pelo buraco da fechadura, mas não ouviu nem viu nada.

Meia hora depois, foi pelo corredor até o quarto das criadas e perguntou para Kátia:

— O que tem sua patroa?

— Nada de mais — respondeu ela —, deitou-se e me mandou sair; depois entrei de novo: ela estava sentada na poltrona.

Oblómov foi de novo para a sala de estar, quis escutar através da porta, mas não ouviu nada.

Bateu bem de leve com o nó dos dedos — não houve resposta.

Sentou-se e ficou pensativo. Refletiu muito, e durante uma hora e meia muita coisa se modificou em seu pensamento, tomou muitas decisões novas. Por fim, resolveu ir para a aldeia junto com seu procurador, mas antes ia pedir a concordância da tia no casamento, ficaria noivo de Olga, pediria a Ivan Guerássimovitch que arranjasse um apartamento e conseguisse até algum dinheiro emprestado... só um pouco, para as despesas do casamento.

Seria possível pagar aquela dívida com a receita da venda dos cereais. Então por que ele ficou tão abatido? Ah, meu Deus, como tudo pode mudar de aspecto de um minuto para o outro! E lá, na aldeia, ele e o procurador cuidariam de cobrar a taxa do *obrok*; e por fim escreveria para Stolz: ele lhe daria algum dinheiro e depois viria pessoalmente para deixar Oblómovka em perfeita ordem, construiria estradas para toda parte, além de pontes, escolas... E então ele e Olga!... Meu Deus! Aí estava ela, a felicidade! Como tudo aquilo não lhe passara antes pela cabeça?

De repente Oblómov achou tudo tão fácil, tão alegre; começou a andar de um canto para o outro, até estalava os dedos baixinho, sentiu-se prestes a gritar de alegria, aproximou-se da porta de Olga e chamou-a baixinho, com uma voz alegre:

— Olga, Olga! Quero lhe dizer uma coisa! — falou com os lábios bem perto da porta. — É uma coisa que você não espera.

Oblómov resolveu até que não ia embora, que ia esperar a tia. "Hoje vou contar para ela e sairei daqui noivo."

A porta abriu devagar, e Olga apareceu; Oblómov olhou para ela e, de repente, ficou abatido: sua alegria afundou, como que na água: Olga parecia ter ficado um pouco mais velha.

Estava pálida, mas os olhos reluziam; nos lábios cerrados, em cada traço de suas feições, ocultava-se uma tensa vida interior, contida por uma imobilidade e por uma calma forçada, como se fosse de gelo.

No olhar de Olga, Oblómov leu uma decisão, mas qual era, ainda ignorava; apenas seu coração martelava como nunca antes. Em sua vida, nunca tinha havido um minuto como aquele.

— Escute, Olga, não me olhe assim: me assusta! — disse. — Pensei melhor: é preciso agir de um modo completamente diferente... — prosseguiu depois, baixando pouco a pouco o tom de voz, parando e tentando penetrar naquele novo significado do olhar, dos lábios e das sobrancelhas eloquentes de Olga. — Decidi ir eu mesmo à aldeia, junto com o procurador... e lá... — falava numa voz quase inaudível.

Ela ficou em silêncio, olhava fixamente para ele, como um fantasma.

Oblómov adivinhou vagamente o veredicto que o aguardava e pegou o chapéu, mas hesitou em perguntar: tinha medo de escutar a decisão fatal e talvez inapelável. Por fim ele se dominou.

— Será que estou entendendo bem? — perguntou ele com a voz alterada.

Lentamente, com humildade, Olga inclinou a cabeça num sinal afirmativo. Embora ele já adivinhasse seu pensamento, empalideceu e ficou parado na frente dela.

Ela estava um pouco lânguida e parecia tão serena e imóvel como uma estátua de pedra. Tratava-se daquela calma sobrenatural que se verifica quando um pensamento concentrado ou um sentimento magoado dão de repente à pessoa uma grande força para conter-se, mas só por um momento. Ela parecia uma pessoa ferida que aperta o ferimento com a mão para poder falar o que precisa, e depois morrer.

— Você não me odeia? — perguntou ele.

— Por quê? — disse ela com voz fraca.

— Por tudo o que fiz com você...

— O que você fez?

— Amei você. Isso é uma ofensa!

Ela sorriu com tristeza.

— Porque — disse ele, de cabeça baixa — eu a enganei... Talvez você me perdoe, se lembrar que eu a preveni de que ia ficar envergonhada, arrependida...

— Não estou arrependida. Eu me sinto tão magoada, tão magoada... — ela disse e se deteve para tomar fôlego.

— Para mim é pior — respondeu Oblómov —, mas eu mereço: por que você se tortura?

452

— Por causa do orgulho — disse Olga —, fui castigada por esperar demais de minhas energias. Foi nisso que me enganei, e não naquilo de que você tinha receio. Eu não sonhava com a mocidade e a beleza: pensei que ia trazer você de volta à vida, que você ainda podia viver graças a mim... mas você está morto há muito tempo. Eu não contava com esse equívoco, mas esperava tudo, tinha esperança de que... Enfim!... — terminou de falar com um suspiro.

Ficou calada, depois sentou-se.

— Não consigo ficar de pé. As pernas estão tremendo. Até uma pedra teria ganhado vida com aquilo que fiz — prosseguiu com voz apática. — Agora não farei nada, não vou dar nenhum passo, nem irei mais ao Jardim de Verão: tudo é sem sentido... Você morreu!... Concorda comigo, Iliá? — acrescentou Olga depois de um breve silêncio. — Você nunca vai me acusar de ter me separado de você por orgulho ou por capricho, não é?

Oblómov fez que não com a cabeça.

— Está convencido de que nada restou para nós, nenhuma esperança?

— Sim — respondeu ele —, é verdade... Mas, talvez — acrescentou de modo indeciso —, daqui a um ano... — Não teve coragem de dar o golpe de misericórdia em sua felicidade.

— Por acaso você acha que daqui a um ano vai conseguir organizar seus negócios e sua vida? — perguntou Olga. — Pense bem!

Oblómov suspirou e refletiu, lutou consigo mesmo. Olga viu aquela luta no rosto dele.

— Escute — disse ela —, agora há pouco fiquei muito tempo olhando o retrato de minha mãe e tive a sensação de que os olhos dela me davam força e conselhos. Se você agora, como um homem honesto... Lembre, Iliá, não sou criança e não estou brincando: isso é para a vida toda! Pergunte com rigor à sua consciência e diga. Vou acreditar em você, eu conheço você: vai conseguir resistir por toda a vida? Você será para mim aquilo que eu preciso? Você me conhece, entende muito bem o que eu quero dizer. Se você disser que sim com coragem e de forma consequente, eu volto atrás em minha decisão: tome minha mão e vamos para onde você quiser, para o exterior, para a aldeia, até para Víborg!

Oblómov ficou em silêncio.

— Se você soubesse como eu a amo...

453

— Não estou esperando uma jura de amor, mas uma resposta curta — interrompeu Olga, em tom quase frio.

— Não me torture, Olga! — suplicou Oblómov com desalento.

— E então, Iliá, tenho razão ou não?

— Sim — disse ele em tom resoluto e claro —, você tem razão!

— Então está na hora de nos separarmos — decidiu Olga —, antes que surpreendam você aqui e vejam como estou abalada!

Ele não se mexeu.

— Se você tivesse casado comigo, como seria? — perguntou ela.

Ele ficou em silêncio.

— Você adormeceria todos os dias, cada vez mais profundamente, não é verdade? E eu? Você está vendo como sou, não é? Eu não vou envelhecer, não vou me cansar de viver nunca. Mas juntos nós viveríamos um dia depois do outro, esperaríamos o Natal, e depois o Carnaval, faríamos visitas, dança-ríamos e não pensaríamos em nada; deitaríamos para dormir e agradeceríamos a Deus pelo dia que passou, e de manhã acordaríamos com o desejo de que aquele dia fosse como o dia anterior... Aí está como seria o nosso futuro, não é? Por acaso isso é vida? Eu ia definhar, eu ia morrer... Para quê, Iliá? Você seria feliz?...

Em agonia, ele corria os olhos pelo teto, queria sair de onde estava, fu-gir... As pernas não obedeciam. Queria falar alguma coisa: a boca estava seca, a língua não se soltava, a voz não saía do peito. Oblómov estendeu a mão para ela.

— Então... — começou ele com voz abatida, mas não terminou e, só com o olhar, concluiu: "Perdão!".

Ela quis dizer algo, mas não falou nada, estendeu-lhe a mão, mas a mão, sem tocar na mão dele, tombou; ela também queria dizer: "Adeus", mas sua voz se partiu no meio da palavra e emitiu um som em falso; o rosto se contraiu num espasmo, ela pôs a mão e a cabeça no ombro de Oblómov e desatou a soluçar. Era como se suas armas tivessem sido arrancadas das mãos. A jovem inteligente se fora; restara apenas uma mulher indefesa contra a amargura.

— Adeus, adeus... — escapou de seus lábios em meio aos soluços.

Oblómov ficou em silêncio e escutou com horror o choro de Olga, sem se atrever a detê-lo. Não sentia pesar nem dela nem de si; ele mesmo era um infeliz. Olga afundou na poltrona, apertou a cabeça num xale, curvou-se sobre a mesa e chorou amargamente. As lágrimas escorreram não como um fluxo quente que irrompe instantâneo, devido a uma dor repentina e passageira, como ocorrera no parque, mas se derramavam de modo desolado, numa corrente fria, como uma chuva de outono que encharca as plantações de modo implacável.

— Olga — falou Oblómov afinal —, para que se atormentar assim? Você me ama, você não vai sobreviver a uma separação! Aceite-me como sou, ame aquilo que há de bom em mim.

Olga fez que não com a cabeça, sem levantá-la.

— Não... não... — tentou falar depois —, não tema por mim nem por meu desgosto. Eu me conheço: vou chorar muito por isso, mas depois não vou mais chorar. E agora não me impeça de chorar... vá embora... Ah, não, espere! Deus está me castigando! Como dói, ah, como dói... aqui, no coração.

Os soluços recrudesceram.

— E se a dor não passar — disse ele — e sua saúde ficar abalada? Essas lágrimas são venenosas. Olga, meu anjo, não chore... esqueça tudo...

— Não, me deixe chorar! Não choro por causa do futuro, mas pelo passado... — falou com dificuldade —, ele "murchou, definhou"... Nem sou eu que choro, são as recordações que choram!... O verão... o parque... lembra? Tenho pena de nossa alameda, de nossos lilases... Tudo isso criou raízes no coração: dói arrancar!

Em desespero, Olga balançava a cabeça e soluçava, enquanto repetia:

— Ah, como dói, como dói!

— E se você morrer? — disse ele de repente, com horror. — Pense bem, Olga...

— Não — interrompeu ela, erguendo a cabeça e tentando enxergar através dos olhos de Oblómov. — Só há pouco tempo entendi que eu amava em você aquilo que eu queria que existisse em você, aquilo que Stolz me mostrou, aquilo que eu e ele inventamos. Eu amava um Oblómov do futuro! Você é gentil, honesto, Iliá; você é meigo... é como um pombo; você esconde a cabeça embaixo da asa... e não quer saber de mais nada; é capaz de ficar arrulhando a vida inteira debaixo do telhado... Mas eu não sou assim: para mim, isso não basta, preciso de algo mais... mas o que é isso eu não sei! Se você pudesse me ensinar, me dizer o que é isso, o que me falta, me dar tudo o que eu... Já a ternura... isso se encontra em qualquer lugar!

As pernas de Oblómov se dobraram; ele sentou-se na poltrona e enxugou as mãos e a testa com um lenço.

As palavras eram cruéis; machucaram Oblómov a fundo: pareciam queimá-lo por dentro e, por fora, o cobriam com um sopro frio. Em resposta, ele sorriu de um jeito triste, envergonhado e doentio, como um indigente a quem reprovam por sua nudez. Ficou parado com aquele sorriso impotente, abatido pela emoção e pelo ultraje; seu olhar apagado dizia claramente: "Sim, sou mesquinho, patético, vil... bata, bata em mim!".

Olga percebeu de repente quanto veneno havia em suas palavras; abraçou-se a Oblómov impetuosamente.

— Perdoe-me, meu amigo! — falou com voz terna, como se chorasse. — Não me dei conta do que disse: estou louca! Esqueça tudo; vamos ficar como antes; vamos deixar que tudo continue como era...

— Não! — Oblómov disse, ergueu-se de repente e, com um gesto resoluto, desvencilhou-se do arroubo de Olga. — Não pode ser! Não fique aflita por ter dito a verdade: eu posso aguentar... — acrescentou com desalento.

— Sou uma sonhadora, fantasiosa! — disse ela. — Tenho um caráter infeliz. Por que as outras, por que Sónietchka é tão feliz?...

Olga desatou a chorar.

— Vá embora! — decidiu ela, torcendo nas mãos o lenço molhado. — Eu não suporto mais; o passado ainda me é caro.

De novo cobriu o rosto com o lenço e tentou abafar os soluços.

— Por que tudo está perdido? — perguntou ela de repente, erguendo a cabeça. — Quem pôs essa maldição em você, Iliá? O que você fez? Você é bom, inteligente, carinhoso, generoso... e...

— Pois é — disse ele numa voz quase inaudível.

Com os olhos cheios de lágrimas, Olga fitou-o com ar interrogativo.

— Oblomovismo! — sussurrou ele, em seguida pegou a mão de Olga, quis beijá-la, mas não conseguiu, apenas apertou-a com força nos lábios, e lágrimas ardentes gotejaram nos dedos dela.

Sem levantar a cabeça, sem mostrar o rosto para Olga, Oblómov deu meia-volta e foi embora.

XII.

Só Deus sabe por onde ele vagou, o que fez o dia inteiro, mas só voltou para casa tarde da noite. A proprietária foi a primeira que ouviu a batida no portão e o latido do cachorro e acordou Aníssia e Zakhar dizendo que o patrão tinha voltado.

Iliá Ilitch quase não percebeu que Zakhar o despiu, descalçou as botas e cobriu-o... com o roupão!

— O que é isto? — perguntou ele, após olhar para o roupão.

— A proprietária trouxe hoje: lavou e consertou o roupão — disse Zakhar. Oblómov sentou-se e ficou na poltrona.

Tudo à sua volta afundara no sono e na escuridão. Sentado, a cabeça apoiada na mão, não notou a escuridão, nem ouviu as batidas do relógio. Sua mente afundara num caos de pensamentos obscuros, horrendos; eles corriam como nuvens no céu, sem destino e sem direção — ele não captou nenhum.

O coração estava morto: por um tempo, a vida havia cessado. O retorno à vida, à ordem, ao fluxo normal das coisas, por causa da pressão acumulada das forças vitais, cumpria-se lentamente.

A correnteza era muito brutal, e Oblómov não sentia o próprio corpo, não sentia nem cansaço nem alguma necessidade. Poderia ficar dias inteiros como uma pedra, poderia caminhar dias inteiros, deslocar-se, mover-se, como uma máquina.

Aos poucos, com as agruras dos caminhos, ou a pessoa se esgota e se torna submissa ao destino — e então o organismo, lentamente e de forma gradual, retoma todas as suas funções; ou o desgosto esmaga a pessoa e ela não se ergue mais; depende do desgosto, e também depende da pessoa.

Oblómov nem lembrava onde estava, nem mesmo lembrava se estava sentado: de maneira mecânica, olhou e notou que o dia estava nascendo; ouviu sem escutar como irrompia a tosse seca da velha, como o porteiro cortava lenha no pátio, como faziam barulho e resmungavam dentro de casa, viu sem ver que a proprietária e Akulina saíram para ir ao mercado, e que o embrulho passou de relance pela cerca.

Nem os galos, nem o latido do cachorro, nem o rangido do portão conseguiram despertá-lo de seu estupor.

As xícaras tilintaram com força, o samovar apitou.

Por fim, depois das nove horas, Zakhar abriu a porta do escritório trazendo uma bandeja e, como de hábito, chutou a porta de costas para fechá-la e, como de hábito, errou o alvo, mas conseguiu segurar a bandeja: tirou vantagem de sua longa prática e, além do mais, sabia que Aníssia estava observando atrás da porta e que, se tivesse deixado algo cair, ela teria vindo correndo para segurar e deixá-lo envergonhado.

Com a barba na bandeja e segurando-a com força, Zakhar conseguiu chegar à cama com sucesso e, na hora em que ia colocar as xícaras na mesa junto à cama e acordar o patrão, viu que a cama não estava desfeita e que o patrão não estava ali!

Teve um sobressalto, e uma xícara voou para o chão, atrás dela foi o açucareiro. Zakhar tentou agarrar os objetos no ar, sacudiu a bandeja e outras coisas caíram. Ele só conseguiu manter na bandeja uma colherzinha.

— O que está acontecendo? — disse Zakhar, olhando como Aníssia catava os cubinhos de açúcar, os cacos da xícara e o pão. — Onde está o patrão?

Mas o patrão estava na poltrona, e sua cara não estava nada boa. Zakhar olhou para ele de boca aberta.

— Por que o senhor fez isso, Iliá Ilitch, por que ficou a noite inteira na poltrona e não foi para a cama? — perguntou.

458

Oblómov virou a cabeça para ele bem devagar, olhou com ar distraído para Zakhar, para o café derramado e para o açúcar espalhado no tapete.

— E você, por que quebrou a xícara? — perguntou Oblómov, e depois se aproximou da janela.

A neve caía em flocos e recobria densamente a terra.

— Neve, neve, neve! — repetiu com ar inconsciente, enquanto olhava para a neve que cobria a cerca, as acácias e o canteiro da horta com uma densa camada. — Está recobrindo tudo! — sussurrou depois, em tom desesperado, deitou na cama e adormeceu num sono de chumbo e desolação.

Já era meio-dia quando foi acordado pelo rangido da porta que dava para a parte da casa ocupada pela proprietária; através da porta, estendeu-se um braço que segurava um prato na mão; no prato, fumegava uma tortinha.

— Hoje é domingo — disse uma voz em tom carinhoso —, é dia de fazer torta; não gostaria de provar?

Mas ele não respondeu nada: estava com febre.

PARTE IV

I.

Um ano se passou desde a doença de Iliá Ilitch. Aquele ano trouxe muitas mudanças em diversas partes do mundo: aqui, um povo se agitava, lá, tudo voltava à calma; aqui, um luminar do mundo se apagava, lá, um novo luminar começava a brilhar; aqui, o mundo passava a dominar um segredo da existência, lá, casas e gerações tombavam em cinzas. Aqui, a vida antiga esboroava, lá, a vida nova abria caminho, como uma vegetação nova.

E em Víborg, na casa da viúva Pchenítsina, embora os dias e as noites passassem serenos, sem admitir mudanças bruscas e ruidosas na vida rotineira, embora as quatro estações do ano repetissem suas despedidas como no ano anterior, mesmo assim a vida não parava, continuava a mudar seus cenários, mas mudava num andamento tão vagaroso como os das transformações geológicas de nosso planeta: aqui, uma montanha desmoronava aos poucos, lá, durante todo um século o mar era assoreado, ou então recuava da margem e permitia a ampliação da terra firme.

Iliá Ilitch recuperou a saúde. O procurador Zatiórti havia partido para a aldeia, enviara toda a quantia obtida com a venda dos cereais, mas dela retirara o dinheiro de sua viagem, de suas diárias e a remuneração de seu trabalho.

No que dizia respeito ao *obrok*, Zatiórti escreveu que era impossível recolher aquele dinheiro, que os mujiques em parte estavam falidos, em parte tinham ido embora em várias direções e ninguém sabia onde estavam, e que ele estava fazendo investigações insistentes no local.

Sobre a estrada e as pontes, escreveu que não era preciso se apressar, que os mujiques preferiam cambalear por cima do morro e através da ravina até o mercado a trabalhar na construção de estradas e pontes novas.

Numa palavra, as informações e o dinheiro recebidos eram satisfatórios, Iliá Ilitch não via a menor necessidade de ir até lá pessoalmente e, nesse aspecto, achou que podia ficar tranquilo até o ano seguinte.

O procurador também tratou da construção da casa: tendo calculado, junto com o arquiteto da província, a quantidade de materiais necessários, determinou que o estaroste ordenasse o transporte da madeira no início da primavera e mandou construir um galpão para guardar os tijolos, de tal modo que Oblómov só teria de ir para lá na primavera e, com a bênção de Deus, começar ele mesmo a construção. Naquela altura as taxas do *obrok* provavelmente já teriam sido pagas e, além disso, seria possível hipotecar a aldeia — com tais providências, portanto, as despesas estariam cobertas.

Depois da doença, Iliá Ilitch andou muito tempo melancólico, ficava horas inteiras prostrado, imerso em pensamentos dolorosos, e às vezes não respondia às perguntas de Zakhar, não notava que ele deixava cair as xícaras no chão, que não tirava o pó da mesa, não notava que a proprietária, quando aparecia nos feriados para lhe oferecer uma tortinha, o surpreendia em lágrimas.

Depois, aos poucos, o desgosto vivo deu lugar a uma indiferença muda. Iliá Ilitch ficava horas inteiras olhando a neve cair e formar montes no pátio e na rua, cobrir a lenha, o galinheiro, o canil, o jardinzinho e os canteiros da horta, via como se formavam pirâmides de neve junto às estacas da cerca, como tudo morria e era encoberto por uma mortalha.

Ficava muito tempo ouvindo os estalidos do moedor de café, o tilintar da corrente e os latidos do cachorro, o barulho de Zakhar lustrando as botas e as batidas ritmadas do pêndulo do relógio.

A proprietária ia a seus aposentos como antes, oferecia algo para ele comprar ou provar; os filhos da proprietária vinham correndo: Oblómov, com um carinho indiferente, falava com um, fazia o dever de casa com outro, escutava como liam a lição e, diante de sua tagarelice infantil, sorria debilmente e sem vontade.

Mas a montanha desmoronava-se aos poucos, o mar recuava da margem ou avançava sobre ela, e Oblómov pouco a pouco reingressava em sua antiga vida normal.

O outono, o verão e o inverno passaram com indolência, de modo arrastado. Mas Oblómov esperava de novo a primavera e sonhava com a viagem para a aldeia.

Em março, segundo a tradição, assaram pãezinhos em forma de cotovia, em abril retiraram os caixilhos duplos das janelas de seu quarto e comunicaram que o rio Nevá tinha descongelado e que começara a primavera.

Ele vagava pelo jardim. Depois começaram a plantar verduras na horta; vieram vários feriados, a Santíssima Trindade, o Semik, o Primeiro de Maio; tudo isso era marcado por grinaldas e por ramos de bétulas, conforme a tradição; e tomavam chá ao ar livre, no bosque.

Em casa, desde o início do verão, começaram a falar sobre os dois grandes feriados que iam chegar: o dia de santo Ivan, santo onomástico do irmão da proprietária, e o dia de santo Iliá, santo onomástico de Oblómov: eram essas as duas principais datas em vista. E quando acontecia de a proprietária ver ou comprar no mercado um quarto de uma excelente carne de vitela ou preparar uma torta especialmente saborosa, ela exclamava: "Ah, tomara que eu consiga achar uma vitela como essa ou fazer uma torta assim no dia de santo Ivan ou de santo Iliá!".

Conversavam sobre a sexta-feira de santo Iliá, sobre o passeio a pé que faziam todo ano à Fábrica de Pólvora, sobre a festa no cemitério de Smolénski, em Kólpino.

Embaixo das janelas, ressoavam de novo o grave cacarejo das galinhas e os piados dos pintinhos; vieram as tortinhas de frango com cogumelos frescos e os pepinos em conserva; em breve iam aparecer também as cerejas.

— Os miúdos agora ainda não estão bons — disse a proprietária para Oblómov —, ontem, por dois punhadinhos de nada, pediram sete moedas de dez copeques. Em compensação, tinha salmão fresco: a gente podia fazer *botvínia* todos os dias.

A parte da casa de Pchenítsina ocupada pela proprietária prosperava, não só porque Agáfia Matviéievna era uma dona de casa exemplar ou porque aquela era sua vocação, mas também porque Ivan Matviéievitch Mukhoiarov era, em relação à gastronomia, um grande epicurista. Era mais do que negligente no vestuário, nas roupas de baixo: usava as mesmas roupas por vários anos e só gastava dinheiro na compra de uma nova com desgosto e irritação, não guardava a roupa com cuidado, jogava em qualquer canto, amontoada. Como um rude trabalhador braçal, só trocava a roupa de baixo aos sábados; mas, no que dizia respeito à mesa, não media despesas.

Nisso se guiava, em parte, por uma lógica própria, criada por ele mesmo na época em que havia ingressado no serviço público: "Ninguém vê o que está dentro de nossa barriga e não vão ficar falando bobagens sobre isso; mas quanto a um relógio numa corrente pesada, um fraque novo, botas novas, tudo isso provoca falatório demais".

Por tal motivo, na mesa dos Pchenítsin, havia carne de vitela de primeira, esturjão cor de âmbar, tetrazes brancos. Às vezes ele ia pessoalmente ao mercado ou às mercearias de Miliútin,* cheirava como um cão perdigueiro e trazia debaixo do capote a melhor galinha cevada e não tinha pena de pagar quatro rublos por um peru.

Trazia vinho da mercearia, mantinha-o escondido e só ele o pegava; mas na mesa às vezes não havia nada senão um cântaro de vodca, numa infusão com folhas de groselha; o vinho só era bebido em seu quarto.

Quando ele e Tarántiev saíam para pescar, Ivan sempre levava escondida no casaco uma garrafa de vinho Madeira da melhor qualidade, e quando bebiam chá no "estabelecimento", ele levava seu próprio rum.

O assoreamento gradual ou a elevação do fundo do mar e a erosão da montanha produziam seus efeitos sobre todos e, em particular, sobre Aníssia: a simpatia recíproca entre Aníssia e a proprietária transformou-se num vínculo indissolúvel, numa só existência.

Oblómov, vendo o envolvimento da proprietária nos assuntos dele, propôs a ela, certa vez, em forma de brincadeira, que assumisse toda a responsabilidade por sua alimentação e assim o livrasse de todas as preocupações.

A alegria inundou o rosto da proprietária; ela até sorriu encabulada. Como se ampliava sua área de atividade: em lugar de uma só casa para cuidar, duas, ou a rigor uma só, mas como era grande! Além do mais, ela ganhava Aníssia.

---

* Miliútin: nome de uma série de lojas de alimentos situadas na avenida Niévski, em Petersburgo.

A proprietária foi falar com o irmão e, no dia seguinte, tudo foi removido da cozinha de Oblómov e levado para a cozinha da Pchenítsina; sua prataria e suas porcelanas foram para o bufê da proprietária, e Akulina foi rebaixada do cargo de cozinheira para cuidar do galinheiro e da horta.

Tudo era feito em grande escala; a compra do açúcar, do chá, das provisões, dos pepinos em conserva, das maçãs e das cerejas em calda, da geleia — tudo assumia dimensões colossais.

Agáfia Matviéievna trabalhava com desenvoltura. Aníssia abria os braços como as asas de uma águia, e a vida borbulhava e fluía como as águas de um rio.

Oblómov almoçava com a família às três horas, só o irmão almoçava mais tarde, sozinho, em geral na cozinha, porque chegava do serviço muito tarde.

O chá e o café eram servidos para Oblómov não por Zakhar, mas pela proprietária.

Zakhar, se queria, tirava o pó, e se não queria, Aníssia vinha voando como um tufão e, em parte com o avental, em parte com o braço nu, quase com o nariz, soprava, espanava, limpava, removia e depois desaparecia num piscar de olhos; ou então a proprietária mesma, quando Oblómov saía para o jardim, passava em revista o quarto dele, constatava a desordem, balançava a cabeça e, resmungando algo para si mesma, batia os travesseiros, examinava as fronhas, murmurava de novo para si mesma dizendo que era preciso trocá-las e as retirava, esfregava as janelas, dava uma espiada atrás do sofá e ia embora.

O gradual assoreamento do fundo do mar, a erosão da montanha, os sedimentos oriundos de pequenas explosões vulcânicas — tudo isso ocorria sobretudo no destino de Agáfia Matviéievna e ninguém percebia, muito menos ela mesma. Só se percebiam as consequências, que eram abundantes, inesperadas e intermináveis.

Por que ela, desde algum tempo, andava tão alterada?

Por que antes, se o assado passava do ponto, se o peixe cozinhava demais e ficava mole, se não punham verdura na sopa, a proprietária advertia Akulina com severidade, mas com calma e dignidade, e depois esquecia, enquanto agora, se acontecia algo semelhante, ela se levantava da mesa com um pulo, corria para a cozinha, cobria Akulina de censuras violentas e até fazia cara feia para Aníssia, e no dia seguinte ela mesma cuidava para não deixarem de pôr verdura, para que o peixe não ficasse mole demais?

Dirão que talvez ela tivesse receio de mostrar-se descuidada aos olhos de um homem estranho, num assunto como os cuidados domésticos, em que se concentrava seu amor-próprio e toda a sua atividade!

Pois bem. Então por que, antes, às oito horas da noite seus olhos já estavam se fechando e, às nove, depois de pôr os filhos para dormir e verificar se o fogo da cozinha estava apagado, se as chaminés estavam fechadas, se tudo estava no lugar, ela ia se deitar — e nenhum canhão conseguiria acordá-la até as seis horas?

Ao passo que agora, se Oblómov saía para ir ao teatro ou ficava na casa de Ivan Guerássimovitch e demorava a voltar, a proprietária não dormia, ficava virando de um lado para o outro na cama, benzia-se, suspirava, fechava os olhos — e o sono não vinha, não havia jeito!

Assim que soavam passos na rua, ela erguia a cabeça, às vezes se levantava da cama, abria a persiana e escutava: seria ele?

Se ouvisse batidas no portão, ela vestia uma saia e corria para a cozinha, acordava Zakhar, Aníssia, e mandava que fossem abrir o portão.

Dirão que talvez isso exprima o zelo de uma senhoria e uma dona de casa que não quer que a desordem macule seu domínio, não quer que seu inquilino fique na rua à noite esperando até que o porteiro embriagado escute e venha abrir, e que por fim tem receio de que as batidas acabem acordando seus filhos.

Pois bem. Então por que, quando Oblómov ficou doente, ela não deixava ninguém entrar no quarto dele, cobriu o chão do quarto de tapetes e feltros, mantinha as janelas bem fechadas e ficava enraivecida — logo ela, tão bondosa e meiga — se Vánia ou Macha rissem alto ou gritassem, um pouquinho que fosse?

Por que à noite, sem esperar por Zakhar ou Aníssia, ela ia sentar-se junto à cama de Oblómov, não tirava os olhos dele até a primeira missa da manhã e, depois de vestir o casaco e escrever "Iliá" num papelzinho em letras enormes, corria para a igreja, deixava o papel no altar, pedia uma prece pela saúde dele, em seguida se recolhia num canto da igreja, punha-se de joelhos e ficava muito tempo abaixada, com a cabeça encostada no chão, depois ia depressa ao mercado e, com receio, voltava para casa, espiava pela porta e, num sussurro, perguntava para Aníssia:

— Como ele está?

Dirão que não era nada de mais, apenas piedade, compaixão, elementos dominantes na existência de uma mulher.

Pois bem. Então por que, quando Oblómov, tendo recuperado a saúde, passou o inverno inteiro com ar sombrio, mal falava com ela, não a espiava através da porta, não se interessava pelo que ela fazia, não dizia gracejos, não ria com ela — a proprietária emagreceu e de repente ficou tão fria, tão indiferente a tudo? Moía o café e nem se dava conta do que estava fazendo, ou punha tanta chicória no café que era impossível beber — e ela nem percebia, era como se não tivesse língua. Se Akulina cozinhava demais o peixe e o irmão resmungava e saía da mesa, ela, como se fosse de pedra, não percebia nada.

Antes ninguém a via pensativa, e de resto isso nem combinava com ela: vivia se mexendo e andando para lá e para cá, olhava tudo com olhos argutos e nada lhe escapava; mas agora, de repente, demorava-se sentada com a caçarola sobre os joelhos, parecia ter pegado no sono e não se mexia, e depois, sem mais nem menos, começava a bater com o pilão de tal maneira que até o cachorro desatava a latir, pensando que tinha alguém batendo no portão.

No entanto, assim que Oblómov se reanimou, assim que surgiu nele um sorriso simpático, assim que começou a olhar para ela com ar carinhoso como antes, assim que começou a espiá-la através da porta e dizer gracejos — a proprietária engordou outra vez, as atividades domésticas se tornaram outra vez animadas, vivazes, alegres e ganharam um pequeno toque original: antigamente ela se movimentava o dia inteiro como uma máquina bem montada, de forma regular e correta, andava ligeiro, não falava alto nem baixo, moía o café, esfarelava o açúcar, peneirava, sentava para costurar, movia a agulha de forma ritmada, como o ponteiro de um relógio; depois levantava, sem agitação; detinha-se na metade do caminho para a cozinha, abria um armário, pegava alguma coisa e levava consigo — tudo como uma máquina.

Mas agora, depois que Iliá Ilitch se tornara membro de sua família, a proprietária moía e peneirava de um modo diferente. Quase se esquecia de sua renda. Começava a costurar, sossegada, e de repente Oblómov gritava com Zakhar para servir o café — e ela, em três pulos, aparecia na cozinha, observava tudo em redor com olhos que pareciam armas apontadas, apanhava uma colherzinha, derramava duas ou três colherezinhas contra a luz para verificar se o café estava bem fervido, se não havia pó no fundo, se não havia borra, e se não tinha nata no creme.

Se o prato predileto de Oblómov estava sendo preparado, ela examinava a frigideira, levantava a tampa, cheirava, provava, depois ela mesma pegava a frigideira e levava ao fogo. Se descascava amêndoas ou moía alguma coisa para ele, descascava e moía com tal ânimo, com tanta energia, que ficava coberta de suor.

Toda a sua atividade doméstica, moer, passar a roupa, peneirar etc., tudo aquilo ganhara um significado novo e vivo: a tranquilidade e a satisfação de Iliá Ilitch. Antes, ela via naquilo uma obrigação, agora se tornara seu prazer. A seu modo, ela passara a viver de maneira plena e diferente.

Mas ignorava o que se passava com ela, nunca se perguntava a respeito e sustentava aquele doce fardo sem dizer nenhuma palavra, sem resistência, sem fervor, sem tremor, sem paixão, sem pressentimentos confusos, sem languidez, sem os caprichos e sem a música dos nervos.

De repente ela parecia ter se convertido a outra fé e começou a professá-la sem se perguntar que tipo de fé era aquela, quais eram seus dogmas, porém obedecia cegamente a suas leis.

De certo modo, aquela fé parecia ter se imposto sozinha à proprietária, que avançava como se andasse debaixo de uma nuvem, sem recuar, mas também sem correr para a frente; ela havia se enamorado de Oblómov de maneira tão simples como se tivesse pegado um resfriado ou uma febre incurável.

Ela mesma jamais desconfiou de nada: se alguém lhe dissesse aquilo, seria uma novidade para ela — iria rir e ficar encabulada.

Em silêncio, cumpria suas obrigações relativas a Oblómov, aprendia o aspecto de cada uma de suas camisas, contava os calcanhares puídos nas meias, sabia com que pé ele pisava primeiro ao acordar e sair da cama, notava quando ele ia ficar com terçol, que pratos comia e em que quantidade, se ele estava alegre ou aborrecido, se havia dormido bastante ou não, como se ela tivesse feito aquilo a vida inteira, sem se perguntar por que o fazia, o que era Oblómov para ela e para que vivia tão assoberbada de tarefas.

Se lhe perguntassem se o amava, ela riria outra vez e responderia que sim, mas teria respondido a mesma coisa se lhe tivessem feito a pergunta quando Oblómov estava morando em sua casa havia apenas uma semana.

Para que e por que ela se enamorou justamente de Oblómov, por que ela que, sem amar se casou, sem amar viveu até os trinta anos, por que agora, de repente, o amor foi desabar sobre ela?

Embora digam que o amor é um sentimento caprichoso, inexplicável, contagioso como uma doença, todavia o amor também, como tudo, tem suas leis e suas causas. E se até agora essas leis foram pouco investigadas é porque um homem, infectado pelo amor, não está em condições de observar com um olhar científico como a sensação se insinua no espírito, como ela parece entorpecer os sentimentos da mesma forma que o sono, como de início os olhos ficam cegos, em que momento o pulso e, logo depois, o coração começam a bater com mais força, como de um dia para o outro surge uma devoção que vai até a morte e uma vontade de se sacrificar, como aos poucos desaparece o próprio eu e se transfere para ele ou ela, como a mente fica extraordinariamente obtusa ou extraordinariamente perspicaz, como a vontade da pessoa se rende diante da vontade do outro, como a cabeça se curva, os joelhos tremem, as lágrimas aparecem, a febre...

Até então, Agáfia Matviéievna poucas vezes tinha visto pessoas como Oblómov, e se vira tinha sido de longe, e talvez ela tenha gostado daquelas pessoas, mas viviam numa outra esfera, que não era a sua, e não houve nenhuma oportunidade de aproximação.

Iliá Ilitch não andava como seu falecido marido, o secretário colegiado Pchenítsin, com uma presteza mesquinha, sistemática, não ficava redigindo documentos o tempo todo, não estremecia de medo de se atrasar para o trabalho, não olhava para todos como se pedisse que lhe pusessem uma sela nas costas e montassem, em vez disso olhava para tudo e para todos de modo tão atrevido e livre como se exigisse obediência.

O rosto de Oblómov não era rude, avermelhado, mas branco, delicado; as mãos não pareciam as mãos do irmão — não tremiam, não eram vermelhas, mas brancas, pequenas. Ele sentava, cruzava as pernas, apoiava a cabeça na mão — fazia tudo aquilo de modo muito desembaraçado, tranquilo e bonito; falava de um jeito diferente do irmão e de Tarántiev, e também do marido; muita coisa ela até não compreendia, mas sentia que o que ele falava era inteligente, belo, fora do comum; e aquilo que ela compreendia, Oblómov falava de um jeito diferente do das outras pessoas.

Usava roupas de baixo finas, trocava-as todos os dias, lavava-se com um sabonete perfumado, limpava as unhas — ele todo era tão bonito, tão limpo, podia ficar sem fazer nada, e não fazia nada mesmo, os outros faziam tudo para ele: tinha Zakhar e outros trezentos Zakhares...

Ele era um *bárin*, brilhava, reluzia! Além do mais, era tão bondoso: era tão suave seu jeito de andar, de se mover, de tocar na mão dela — era como um veludo, e antigamente quando a mão do marido a tocava parecia bater! E Oblómov falava e olhava com tanta brandura, tanta bondade...

Ela não pensava, não se dava conta de nada disso, mas se alguém cismasse de acompanhar e explicar a impressão que o aparecimento de Oblómov em sua vida causara em sua alma, teria de explicar desse modo e de nenhum outro.

Iliá Ilitch entendia o significado de sua presença para todos naquele canto do mundo, desde o irmão até o cachorro acorrentado, que com seu aparecimento na casa passara a ganhar três vezes mais ossos, mas não entendia que aquele significado havia criado raízes profundas nem compreendia o triunfo inesperado que ele havia conquistado sobre o coração da proprietária.

Na agitada solicitude da proprietária com relação à mesa de Oblómov, a suas roupas de baixo e a seus aposentos, ele via apenas a manifestação dos traços principais do caráter de Agáfia Matviéievna, observados por ele desde sua primeira visita, quando Akulina inesperadamente trouxera para o quarto um galo que se sacudia todo e a proprietária, apesar de ficar chocada com o zelo inoportuno da cozinheira, apressou-se em lhe dizer que desse para o quitandeiro não aquele galo, e sim o cinzento.

A própria Agáfia Matviéievna era incapaz não só de se fazer sedutora com Oblómov e de lhe dar algum sinal do que se passava dentro dela, como também jamais compreendera nem se dera conta daquilo, havia mesmo esquecido que até algum tempo antes nada desse tipo acontecia com ela, e seu amor se exprimiu apenas na forma de uma devoção ilimitada, até a morte.

Os olhos de Oblómov não estavam abertos para o verdadeiro significado da maneira como a proprietária o tratava, e ele continuava a atribuir aquilo ao caráter dela. O sentimento de Pchenítsina, tão normal, natural, desinteressado, continuava misterioso para Oblómov, para aqueles que a rodeavam e para ela mesma.

Era um sentimento de fato desinteressado, porque ela acendeu uma vela na igreja, incluiu o nome de Oblómov nas orações para que ele recuperasse a saúde, e ele nunca soube de nada. Ela ficava sentada junto à cabeceira da cama de Oblómov a noite toda, só se retirava ao nascer do dia, e depois nada dizia a respeito.

As relações de Oblómov com a proprietária eram imensamente mais simples: para ele, em Agáfia Matviéievna, em seus cotovelos eternamente em movimento, em seus olhos que a tudo atentavam com ar solícito, em seu eterno vaivém entre o armário e a cozinha, entre a cozinha e a despensa, entre a despensa e a adega, em sua onisciência de todas as comodidades domésticas, encarnava-se o ideal daquela inviolável tranquilidade de vida, ilimitada como um oceano, cujo retrato ficara gravado de forma indelével no espírito de Oblómov em sua infância, vivida sob o teto da casa paterna.

Assim como naquele tempo seu pai, seu avô, os filhos, os netos e os hóspedes ficavam sentados ou deitados numa tranquilidade indolente, sabendo que em casa, em torno deles, se movimentavam eternamente olhos zelosos e mãos incansáveis, que costuravam para eles, que os alimentavam, que lhes davam de beber, que os vestiam e calçavam, que os punham para dormir e que, na hora da morte, fechavam seus olhos, também assim Oblómov agora sentava no sofá, dali não se mexia, via que algo ágil e veloz se movimentava em seu favor e que, mesmo que o sol não nascesse no dia seguinte, mesmo que tufões encobrissem o céu, mesmo que um vendaval tempestuoso desabasse vindo dos confins do mundo, ainda assim sua sopa e sua carne assada seriam servidas na mesa, as roupas de baixo estariam limpas e frescas, as teias de aranha seriam removidas das paredes, sem que ele soubesse como aquilo acontecia, sem que se desse ao trabalho de refletir no que queria, pois seu desejo seria adivinhado e ele seria servido, não com indolência, não com grosseria e não pelas mãos sujas de Zakhar, mas com um olhar dócil e bondoso, com um sorriso de profunda devoção, e por mãos limpas, brancas, e por cotovelos nus.

Dia a dia, sua amizade com a proprietária aumentava: o amor não lhe passava pela cabeça, ou seja, aquele amor que ele tivera de suportar pouco tempo antes como uma espécie de varíola, sarampo ou febre, e que lhe causava tremores quando dele se lembrava.

Oblómov se aproximava de Agáfia Matviéievna como se chegasse perto de um fogo que aquece cada vez mais, e que no entanto é impossível amar.

Depois do almoço, ele se deixava ficar de bom grado na sala da parte da casa ocupada por ela, fumava cachimbo, via como ela guardava a prataria e a louça no bufê, como retirava as xícaras, servia o café e como, depois de lavar e enxugar uma determinada taça com um zelo todo especial, a servia antes de todas as demais, a entregava para ele e observava se estava satisfeito.

Oblómov detinha os olhos com prazer no pescoço farto de Agáfia Matviéievna, em seus cotovelos redondos, quando a porta que dava para o quarto da proprietária se abria, e até quando a porta ficava muito tempo sem se abrir, ele ia na ponta dos pés e abria ele mesmo, dizia gracejos para ela, brincava com as crianças.

Mas Oblómov não ficava aborrecido se a manhã passasse e ele não a visse; depois do almoço, em vez de ficar com ela, Oblómov muitas vezes ia dormir uma ou duas horas; mas sabia que, pouco depois que acordasse, seu chá estaria pronto, ou melhor, já estaria pronto no mesmo minuto em que acordasse.

E o mais importante era que tudo aquilo era feito com tranquilidade: ele não tinha inchaços no coração, nenhuma vez ficava aflito e ansioso, imaginando se ia ver a proprietária ou não, o que ela ia pensar, o que ele ia dizer para ela, como ia responder suas perguntas, como ela ia olhar para ele — nada, nada.

Angústias, noites insones, lágrimas doces e amargas — Oblómov não experimentava nada disso.

Ficava quieto, fumava, olhava como ela costurava, às vezes falava alguma coisa, ou não falava nada, enquanto isso ia vivendo sossegado, não precisava de nada, não tinha vontade de ir a lugar nenhum, era como se ali estivesse tudo aquilo de que precisava.

Agáfia Matviéievna não o pressionava a fazer nada, não exigia nada de Oblómov. E ele, por sua vez, não alimentava nenhum desejo ambicioso, nenhum anseio forte, nenhuma aspiração de proezas, nenhuma aflição torturante com a passagem do tempo, com o definhamento de suas energias, com o fato de não fazer nada, bom ou mau, de ficar ocioso e não viver, mas vegetar.

Era como se uma mão invisível o tivesse colocado na sombra, protegido do calor, abrigado da chuva, como uma planta preciosa, e cuidasse dele, o acalentasse.

— Com que ligeireza a senhora passa a agulha perto do nariz, Agáfia Matviéievna! — disse Oblómov. — A senhora movimenta a agulha de baixo para cima tão depressa que, sinceramente, tenho medo de que a senhora costure o nariz na saia.

Ela riu.

— Deixe só eu terminar este pesponto aqui — disse ela quase que para si mesma — que logo logo vou servir o jantar.

— E o que vou jantar? — perguntou ele.

— Chucrute e salmão — respondeu a proprietária. — Não tinha esturjão em lugar nenhum. Fui a todas as mercearias, e meu irmão também procurou, mas não tinha. Se por acaso aparecer um esturjão vivo, um comerciante da Feira das Carroças já encomendou, prometeu separar um pedaço para nós. Depois tem carne de vitela, a *kacha** está na frigideira...

— Mas que beleza! Que grande gentileza da senhora preocupar-se com isso, Agáfia Matviéievna! Só espero que Aníssia não se esqueça.

— E para que é que estou aqui? Não está ouvindo o chiado? — disse ela, abrindo um pouquinho a porta que dava para a cozinha. — Já está fritando.

Depois terminou a costura, rompeu a linha, dobrou o pano e levou para seu quarto de dormir.

Assim ele se aproximava dela como de um fogo que aquece, e uma vez se aproximou muito, quase provocou um incêndio, ou pelo menos uma labareda.

Oblómov estava andando em seu quarto e, voltando-se para a porta que dava para a ala da proprietária, viu que os cotovelos dela se moviam com uma rapidez extraordinária.

— Sempre atarefada! — disse ele, e entrou na ala da proprietária. — O que está fazendo?

— Estou moendo canela — respondeu, olhando para a massa como se fosse um abismo e batendo o pilão sem piedade.

— E se eu impedir a senhora? — perguntou Oblómov, segurando seus cotovelos e não deixando que batesse o pilão.

— Solte! Ainda tenho de esfarelar o açúcar e pôr vinho no pudim.

Ele continuou a segurá-la pelos cotovelos, e seu rosto estava junto da nuca dela.

— Diga-me: o que aconteceria se eu... amasse a senhora?

Ela riu.

— E a senhora me amaria? — perguntou Oblómov outra vez.

— Por que não? Deus mandou que todos se amassem.

---

* Mingau, papa.

— E se eu lhe desse um beijo? — sussurrou Oblómov e inclinou-se para tão perto do pescoço dela que seu hálito chegou a esquentar a bochecha de Agáfia Matviéievna.

— A gente não está na Semana Santa — disse ela em tom de gracejo.

— Vamos, me dê um beijo!

— Se Deus quiser que nós continuemos vivos até a Páscoa, aí vamos nos beijar — disse ela, sem ficar surpresa, sem vacilar, sem se intimidar, mas mantendo-se reta e imóvel, como um cavalo sobre o qual põem uma canga. Oblómov beijou seu pescoço bem de leve.

— Cuidado, vou derramar a canela; aí não vai ter para botar no doce — observou.

— Não importa! — respondeu Oblómov.

— Como foi que o senhor arranjou outra mancha no roupão? — perguntou ela, solícita, e segurou a aba do roupão. — Parece óleo, não é? — Cheirou a mancha. — Onde foi que sujou? Será que vazou da lamparina dos ícones?

— Não sei onde foi.

— Na certa o senhor pendurou na porta, não foi? — adivinhou de repente Agáfia Matviéievna. — Ontem puseram óleo nas dobradiças: estavam todas rangendo. Tire o roupão e me dê aqui depressa, vou tirar a mancha e lavar: amanhã não vai ter mais nada.

— Minha boa Agáfia Matviéievna! — disse Oblómov, soltando dos ombros o roupão, num gesto indolente. — Sabe de uma coisa? Vamos morar na aldeia: é o lugar perfeito para seus dotes de dona de casa! E lá tem de tudo: cogumelos, cerejas, geleias, galinheiro, curral...

— Não, para quê? — concluiu ela com um suspiro. — Nasci aqui, vivo aqui há tanto tempo, também vou ter de morrer aqui.

Oblómov fitou-a com uma leve emoção, mas seus olhos não brilhavam, não se encheram de lágrimas, a alma não aspirava às alturas, a feitos heroicos. Ele só queria sentar no sofá e não afastar os olhos dos cotovelos de Agáfia Matviéievna.

II.

O dia de santo Ivan passou de maneira festiva. Na véspera, Ivan Matviéievitch não foi para o trabalho, corria a cavalo pela estrada indo e vindo como um louco e trouxe para casa uma vez uma bolsa, noutra vez, um cesto.

Agáfia Matviéievna passou três dias só tomando café e preparou três pratos apenas para Iliá Ilitch, enquanto os outros comiam qualquer coisa e de qualquer jeito.

Na véspera, Aníssia nem foi dormir. Só Zakhar dormiu, e dormiu pelos dois, e via todos os preparativos de modo negligente e com certo desprezo.

— Em Oblómovka, preparávamos almoços assim em todos os feriados — disse ele para dois cozinheiros que foram chamados da cozinha do conde. — Serviam cinco bolos e faziam um molho de carne que nem posso contar! E os patrões passavam o dia inteiro comendo, até o dia seguinte. E depois a gente ficava cinco dias comendo o que tinha sobrado. Assim que terminávamos de comer, chegavam convidados de novo e tudo começava outra vez, mas aqui é só uma vez por ano!

Na hora do almoço, ele serviu Oblómov primeiro e não admitiu de jeito nenhum servir um certo senhor que trazia uma cruz pendurada no pescoço.

— Nosso patrão é um fidalgo de sangue azul — disse ele com orgulho —, já esses convidados aí, quem são eles?

Não servia nada para Tarántiev, sentado na ponta da mesa, ou jogava em seu prato a quantidade de comida que bem entendia.

Todos os colegas de Ivan Matviéievitch estavam presentes, uns trinta.

Uma truta imensa, uma galinha recheada, codornizes, sorvete e um vinho excelente — tudo isso para comemorar devidamente a festa anual.

No final, os convidados se abraçaram, elevaram aos céus o bom gosto da anfitriã e depois se sentaram para jogar cartas. Mukhoiarov se curvava e agradecia, dizendo que, pela felicidade de ter a companhia de convidados queridos, não lamentava gastar um terço de seu salário.

Ao amanhecer, os convidados partiram de carruagem ou a pé, todos caminhando a duras penas, e outra vez tudo ficou em silêncio na casa, até o dia de santo Iliá.

Naquele dia, os convidados foram apenas os de Oblómov: Ivan Guerássimovitch e Alekséiev, aquela visita silenciosa e discreta que, no início desta história, foi à casa de Iliá Ilitch no dia Primeiro de Maio. Oblómov não só não quis ser superado por Ivan Matviéievitch como fez questão de brilhar pela finura e pelo requinte das iguarias, desconhecidas naqueles rincões.

Em vez de um gorduroso pastelão de carne, serviram tortinhas de vento; antes da sopa, serviram ostras, frangos no *papillotte* e recheados com trufas, as carnes mais macias, uma verdura finíssima e sopa inglesa.

O centro da mesa foi embelezado por um enorme abacaxi, em volta do qual havia pêssegos, cerejas, damascos. Em jarras, flores viçosas.

Assim que começaram a tomar a sopa e logo que Tarántiev rogou pragas contra as tortinhas e contra o cozinheiro pela estúpida invenção de não recheá-las com nada, ouviram-se os latidos desesperados do cachorro e seus puxões na corrente.

Uma carruagem entrou no pátio e alguém perguntou por Oblómov. Todos ficaram boquiabertos.

— Deve ser algum conhecido de tempos passados que se lembrou do dia de meu santo onomástico — disse Oblómov. — Diga que não estou em casa, não estou em casa! — sussurrou com força para Zakhar.

Estavam jantando no jardim, debaixo de um caramanchão. Zakhar se precipitou para impedir a entrada da visita, mas no caminho esbarrou com Stolz.

— Andrei Ivánitch — urrou Zakhar de alegria.

— Andrei! — chamou-o Oblómov em voz alta e correu para abraçá-lo.

— Cheguei em boa hora, bem a tempo para o jantar! — disse Stolz. — Alimente-me, estou faminto. Como é difícil achar você!

— Vamos, vamos, sente-se! — disse Oblómov, agitado, e acomodou-o a seu lado.

Diante do aparecimento de Stolz, Tarántiev foi o primeiro a pular a cerca viva e seguir para a horta; depois dele, Ivan Matviéievitch escapuliu por trás do quiosque do jardim e sumiu no quarto do andar de cima. A proprietária também se levantou.

— Estou atrapalhando — disse Stolz, detendo-se.

— Para onde eles foram, por quê? Ivan Matviéievitch! Míkhei Andreitch! — gritou Oblómov.

Pediu à proprietária que sentasse de novo, mas não conseguiu chamar de volta nem Tarántiev nem Ivan Matviéievitch.

— De onde você veio? Chegou faz muito tempo? — as perguntas se precipitaram.

Stolz tinha chegado havia duas semanas para tratar de negócios e seguiu logo para a aldeia, depois foi a Kíev e a mais uma porção de lugares.

Stolz, à mesa, falava pouco, mas comia muito: era evidente que estava faminto de fato. Os demais comiam num silêncio maior ainda.

Depois do almoço, quando tudo foi retirado da mesa, Oblómov mandou servir champanhe e água gaseificada no quiosque do jardim e ficou a sós com Stolz.

Ficaram calados por um tempo. Stolz fitou-o com atenção e demoradamente.

— E então, Iliá? — perguntou afinal, mas de modo tão severo, tão interrogativo, que Oblómov olhou para baixo e ficou calado. — Então foi "nunca"?

— Que "nunca"? — perguntou Oblómov, como se não tivesse entendido.

— Será que você já esqueceu? "Agora ou nunca!"

— Agora não sou como… como era antes, Andrei — disse Oblómov, afinal. — Meus negócios, graças a Deus, estão em ordem: não fico deitado à toa, meu plano está quase concluído, assinei duas revistas; os livros que você deixou, eu li quase todos...

— Por que não foi para o exterior? — perguntou Stolz.

— O que me impediu de ir para o exterior foi que...

Gaguejou.

— Olga? — perguntou Stolz, olhando para o amigo de maneira eloquente.

Oblómov suspirou.

— Então, você por acaso não ouviu falar?... Onde ela está agora? — perguntou Oblómov, ligeiro, lançando um olhar para Stolz.

Sem responder, Stolz continuou olhando para ele, sondando a fundo sua alma.

— Soube que ela e a tia foram para o exterior — disse Oblómov. — Logo depois...

— Logo depois que ela se deu conta de seu engano — concluiu Stolz.

— Então você sabe... — disse Oblómov, sem saber onde se enfiar de tanta vergonha.

— Sei de tudo — disse Stolz —, até do ramo de lilases. E você não sente vergonha, não se sente mal, Iliá? O arrependimento, o desgosto não oprimem você?

— Não diga nada, não me lembre! — interrompeu Oblómov às pressas. — Cheguei a ficar com febre quando vi o abismo que havia entre mim e ela, quando me convenci de que não estou à altura dela... Ah, Andrei! Se você me ama, não me atormente, não me faça lembrar Olga: eu havia apontado esse erro para ela desde muito tempo, ela não quis acreditar... de fato, eu sou culpado em grande parte...

— Não culpo você, Iliá — continuou Stolz em tom amistoso e brando —, li sua carta. O maior culpado sou eu, depois ela, e por último você, e só um pouco.

— Como ela está agora? — perguntou Oblómov timidamente.

— Como? Entristecida, chora com lágrimas desconsoladas e amaldiçoa você...

Susto, compaixão, horror, remorso surgiram no rosto de Oblómov a cada palavra.

— O que está me dizendo, Andrei? — exclamou, pondo-se de pé. — Pelo amor de Deus, vamos lá agora mesmo: vou me jogar aos pés dela e pedir perdão…

— Sente e fique quieto! — cortou Stolz, começando a rir. — Ela está alegre, até feliz, mandou recomendações para você e quis escrever, mas a dissuadi, falei que isso iria deixar você abalado.

— Puxa, graças a Deus! — exclamou Oblómov quase com lágrimas nos olhos. — Como estou contente, Andrei, permita-me beijá-lo e vamos beber à saúde dela.

Beberam uma taça de champanhe.

— Onde ela está agora?

— Na Suíça. No outono, ela e a tia irão para a casa na aldeia. Por isso estou aqui agora: é necessário acertar a situação na Justiça. O barão não terminou de tratar do assunto; ele enfiou na cabeça a ideia de pedir Olga em casamento…

— É mesmo? É verdade, então? — perguntou Oblómov. — Bem, e ela?

— Recusou, é claro; ele ficou ofendido e foi embora, e aqui estou para concluir a questão! Semana que vem, tudo estará resolvido. Pois bem, e você? Por que veio se enterrar aqui neste fim de mundo?

— Aqui é sossegado, quieto, Andrei, ninguém me atrapalha…

— Atrapalhar o quê?

— Minhas ocupações…

— Desculpe, mas aqui é igual à Oblómovka, só que mais asqueroso — disse Stolz olhando em redor —, vamos para a aldeia, Iliá.

— Para a aldeia… está bem, pode ser: a construção vai começar em breve… só que não vou assim de repente, Andrei, deixe-me refletir um pouco…

— Refletir de novo! Eu já conheço as suas reflexões: vai refletir como fez dois anos atrás sobre a viagem para o exterior. Vamos lá nesta semana mesmo.

— Mas assim, tão de repente, nesta semana? — esquivou-se Oblómov. — Você já está pronto, mas eu preciso me preparar… Todas as minhas coisas de casa estão aqui: como posso largar tudo? Não tenho nada.

— Mas não precisa de nada. Vamos, do que você precisa?

Oblómov ficou calado.

— Não estou bem de saúde, Andrei — disse ele —, ando com falta de ar. Ando tendo terçol outra vez, ora num olho, ora no outro, e as pernas começa-

481

ram a inchar. Às vezes durmo demais à noite, de repente parece que tem alguém batendo na minha cabeça, ou nas costas, e aí acordo com um pulo...

— Escute, Iliá, vou falar sério com você, é preciso mudar sua forma de vida, do contrário você vai acabar ficando com hidropisia ou tendo um ataque do coração. E aí as esperanças de um futuro melhor estão acabadas: se Olga, aquele anjo, não conseguiu levar você em suas asas e retirá-lo de seu pântano, eu não vou poder fazer nada. Mas escolher um pequeno campo de atividade, organizar sua aldeia, cuidar de seus mujiques, inteirar-se dos negócios deles, construir, plantar, tudo isso você deve e pode fazer... Não vou mais me afastar de você. Agora não considero só os meus desejos, mas a vontade de Olga: ela quer, está ouvindo?, ela quer que você não morra, que não se enterre vivo, e eu prometi exumar você da cova...

— Ela ainda não me esqueceu! Mas será que mereço? — disse Oblómov com emoção.

— Não, ela não esqueceu e parece que nunca vai esquecer: não é uma mulher desse tipo. Você ainda deve ir visitá-la na aldeia.

— Só que não agora, pelo amor de Deus, não agora, Andrei! Deixe-me esquecer. Ah, e também aqui...

Apontou para o coração.

— O que há? Não será amor? — perguntou Stolz.

— Não, vergonha e desgosto! — respondeu Oblómov com um suspiro.

— Pois muito bem! Vamos à sua propriedade rural: você tem de construir. Estamos no verão, vamos perder um tempo precioso...

— Não, eu tenho um procurador. Ele agora está na aldeia, e eu posso ir mais tarde, quando estiver preparado, tiver refletido.

Começou a se vangloriar, diante de Stolz, de como ele, sem sair de seu lugar, havia organizado seus negócios de um modo excelente, de como o procurador fazia investigações sobre os mujiques evadidos, vendera os cereais em condições vantajosas, enviara-lhe mil e quinhentos rublos e, provavelmente ainda naquele ano, iria recolher e enviar o *obrok*.

Stolz ergueu os braços de espanto ao ouvir aquele relato.

— Você está sendo roubado de todos os lados! — exclamou. — De trezentas almas, uma renda de mil e quinhentos rublos! Quem é o procurador? Que homem é esse?

— Mais de mil e quinhentos — corrigiu Oblómov —, da receita da venda dos cereais, retirei uma soma para pagar pelos serviços dele...

— Quanto?

— Não lembro, na verdade, mas vou mostrar para você: tenho essas contas comigo em algum lugar.

— Puxa, Iliá! Você está mesmo morto, é um caso perdido! — concluiu Stolz. — Vista-se, venha comigo!

Oblómov fez menção de protestar, mas Stolz arrastou-o quase à força, redigiu uma procuração em seu nome, obrigou Oblómov a assinar e declarou que ia arrendar Oblómovka enquanto o próprio Oblómov não fosse para a aldeia e se acostumasse aos negócios da propriedade.

— Você vai receber três vezes mais — disse ele —, só que não vou ser seu arrendatário por muito tempo. Tenho meus próprios negócios para cuidar. Agora vamos para a aldeia, ou vá logo depois de mim. Estarei na propriedade de Olga: fica a trezentas verstas; irei à sua propriedade, vou demitir o procurador, organizar as finanças e depois você mesmo irá para lá. Não vou dar sossego a você.

Oblómov suspirou.

— Ah, que vida! — disse ele.

— O que tem a vida?

— Agita muito, não sossega! Eu queria deitar e dormir... para sempre...

— Quer dizer, apagar a luz e ficar no escuro! Que bela vida! Eh, Iliá! Que tal filosofar um pouco, hein? A vida relampeja só um instante, mas ele só pensa em deitar e dormir! Quem dera que a vida fosse uma labareda constante! Ah, se eu pudesse viver duzentos, trezentos anos! — concluiu. — Quantas coisas seria possível realizar!

— Você é diferente, Andrei — retrucou Oblómov —, você tem asas: você não vive, você voa; você tem capacidade, amor-próprio; você não é gordo, não tem terçol, não sente comichões na nuca. Você é constituído de um jeito diferente...

— Ah, chega! O homem tem o dom de construir a si mesmo e até de transformar sua natureza, e você, veja só, cultivou esse barrigão e só sabe ficar pensando que a natureza lhe deu esse fardo! Você tinha asas, mas as arrancou.

483

— Onde é que estão essas asas? — disse Oblómov, desolado. — Não sou capaz de fazer nada…

— Quer dizer, você não quer ser capaz — cortou Stolz. — Não existe homem nenhum que não seja capaz de fazer alguma coisa, por Deus, isso eu garanto!

— Pois eu não sou! — exclamou Oblómov.

— Quem ouve você falar vai pensar que não é capaz de redigir documentos da Justiça ou cartas para o seu senhorio. Mas você escreveu cartas para Olga, não escreveu? Não se confundiu com os pronomes "que" e "o qual"? E achou um papel de seda, comprou tinta na loja inglesa, e fez uma letra arrojada, não foi?

Oblómov ficou vermelho.

— Quando necessário, logo aparecem as ideias e as palavras, como se estivessem impressas num romance. Mas se não são necessárias, aí você não consegue, seus olhos não enxergam, vem uma fraqueza nas mãos! Você perdeu sua capacidade ainda na infância, em Oblómovka, entre as tias, os tios e as babás. Começou com a inaptidão para calçar as meias e terminou com a inaptidão para viver.

— Tudo isso pode ser verdade, Andrei, mas não há o que fazer, não se pode voltar atrás! — respondeu Iliá com um suspiro categórico.

— Como não se pode voltar atrás? — retrucou Stolz, irritado. — Que bobagem. Escute o que estou dizendo, faça o que eu digo, e isso vai mudar!

Mas Stolz partiu sozinho para a aldeia, e Oblómov ficou, prometendo ir para lá no outono.

— O que vou dizer a Olga? — perguntou Stolz para Oblómov na hora da partida.

Oblómov inclinou a cabeça e ficou num silêncio tristonho; depois suspirou.

— Não fale de mim para Olga! — disse ele afinal, embaraçado. — Diga que não viu, não soube de nada…

— Ela não vai acreditar — retrucou Stolz.

— Então diga que estou liquidado, morto, arrasado…

— Ela vai chorar e ficar inconsolável por muito tempo: para que entristecê-la?

Oblómov refletiu com ternura; os olhos ficaram molhados.

— Pois bem. Vou mentir para ela, vou dizer que você vive com as recordações dela — concluiu Stolz —, e que tem objetivos rigorosos e sérios. Observe que a própria vida e o trabalho são os objetivos da vida, e não a mulher: nisso, vocês dois se enganaram. Como ela vai ficar contente!

Despediram-se.

III.

Tarántiev e Ivan Matviéievitch, no dia seguinte ao dia de santo Iliá, encontraram-se de novo à noite no "estabelecimento".

— Chá! — pediu Ivan Matviéievitch em tom lúgubre e, quando o garçom serviu o chá e o rum, ele empurrou a garrafa com irritação. — Isto não é rum, são pregos! — disse e, depois de tirar do bolso do paletó sua garrafinha, desarrolhou e ofereceu-a para que o garçom sentisse o cheiro. — Não me venha mais com essas coisas que você serve aqui — advertiu.

— Puxa, compadre, a coisa está feia! — disse ele, depois que o garçom se afastou.

— Pois é, foi o diabo que trouxe aquele sujeito! — retrucou Tarántiev, enfurecido. — Que patife, aquele alemão! Anulou a procuração e arrendou a propriedade! Onde é que já se viu uma coisa dessas? Vai arrancar o couro daquele cordeirinho.

— Se ele souber do negócio, compadre, tenho medo do que pode sair daí. Quando descobrir que o *obrok* foi cobrado e recolhido por nós, sinceramente, ele pode abrir um processo...

— Que processo, que nada! Você está ficando medroso, compadre! Não é a primeira vez que Zatiórti enfia as garras no dinheiro de um senhorzinho de terras desses, ele sabe como se safar, no final. Acha que ele dá recibo para os mujiques? Pega o dinheiro sem ninguém ver. O alemão vai ficar furioso, vai berrar e não vai dar em nada. Que processo, que nada!

— Será mesmo? — perguntou Mukhoiarov. — Bem, vamos beber.

Serviu rum para si e para Tarántiev.

— Está vendo? Parece impossível viver neste mundo, mas aí a gente bebe e pronto: pode viver, sim! — consolou-se Ivan Matviéievitch Mukhoiarov.

— E você, compadre, nesse meio-tempo, faça o seguinte — prosseguiu Tarántiev —, arranje umas contas, de qualquer coisa que quiser, de lenha, de repolho, de qualquer coisa, pois Oblómov agora transferiu para a comadre, sua irmã, os assuntos domésticos, e mostre para ele essas contas. E quando Zatiórti chegar, vamos dizer que o dinheiro do *obrok* serviu para cobrir essas despesas.

— E depois, quando ele mostrar essas contas ao alemão, o alemão vai conferir e aí...

— Bobagem! Ele vai enfiar as contas num canto qualquer e depois nem o diabo vai saber onde foram parar. Quando o alemão chegar, sei lá quando, tudo vai estar esquecido...

— Será mesmo? Vamos beber, compadre — disse Ivan Matviéievitch, servindo o cálice —, dá pena diluir no chá uma coisa tão boa. Sinta só o cheiro: três rublos. Que tal pedir uma *solianka*?*

— Pode ser.

— Ei!

— Ora, mas que patife! "Deixe-me arrendar a propriedade", disse ele — recomeçou Tarántiev com raiva. — Para nós, russos, uma ideia feito essa não vem, nem passa pela cabeça! Lá nas bandas da Alemanha, eles têm faro para esse tipo de negócio. Vivem arrendando fazendas. Espere só para ver como ele vai acabar torrando o dinheiro todo em ações.

— Que história é essa de ações? Não entendo esse negócio — perguntou Ivan Matviéievitch.

— Uma invenção alemã! — respondeu Tarántiev, com raiva. — Por exemplo, um proprietário de terras inventa de fazer casas à prova de incêndio

---

* *Solianka*: sopa de peixe com legumes em salmoura.

e resolve construir uma cidade: precisa de dinheiro e aí sai vendendo uns papéis, vamos dizer, por cinquenta rublos, e uma multidão de bobos compra, e depois eles vendem uns para os outros. Ouvem dizer que o empreendimento vai bem, e aí o valor dos papéis aumenta; anda mal, aí tudo vai pelos ares. Você fica com os papéis, mas o dinheiro já não existe. Você pergunta: onde está a cidade? Pegou fogo, respondem, não foi terminada, e o inventor fugiu com o dinheiro que você pagou. É isso que são as ações! O alemão vai arrastar o homem para isso! É de admirar que não o tenha feito até agora! Eu atrapalhei os planos dele, fiz um benefício para um conterrâneo!

— Pois é, esse capítulo está encerrado: o assunto está resolvido e arquivado; não vamos mais receber o *obrok* de Oblómovka... — disse Mukhoiarov, um pouco embriagado.

— Que o diabo o carregue, compadre! Você tem um bocado de dinheiro na mão, é só não bobear! — retrucou Tarántiev, também um pouco ébrio. — É uma fonte eterna, é só pegar com a concha e não se cansar. Vamos beber!

— Que fonte é essa, compadre? Na vida inteira, a gente só consegue ganhar um rublo, três rublos por vez...

— É, mas você está ganhando isso há vinte anos, compadre. Não é de se jogar fora!

— Mas que vinte anos! — respondeu Ivan Matviéievitch com voz vacilante. — Você esqueceu que ao todo fui secretário só por dez anos. E antes disso eu só conseguia pôr no bolso uma ou outra moedinha de dez ou vinte copeques e às vezes, que vergonha dizer isso, muitas vezes, eu tinha de catar coisas de cobre pela rua. Acha que isso é vida? Ora, compadre! Como são felizes as pessoas que, neste mundo, só com uma palavra, só com uma coisa que sussurram no ouvido de outra, ou com uma linha que ditam, ou simplesmente com sua assinatura numa folha de papel, de repente ficam com o bolso tão estufado como um travesseiro que dá até vontade de deitar a cabeça ali e dormir. Quem dera eu fizesse essas coisas — comentou, cada vez mais embriagado —, não teria de ver a cara de nenhum requerente e eles nem teriam coragem de me procurar. Ia me sentar numa carruagem. "Para o clube!", eu ia gritar. E lá no clube, pessoas cheias de medalhas iam apertar minha mão, eu ia jogar e não ia apostar moedinhas de cinco copeques, e ia jantar e jantar... Ah! Eu teria até vergonha de pedir uma *solianka*: ia torcer a cara e cuspir. No jantar, iam me servir galinhas especialmente criadas para o inverno, eu ia pedir morangos em abril! Em casa, minha esposa teria tranças louras, os filhos teriam uma preceptora, a criançada estaria bem penteada, bem-arrumada. Ah, compadre! O paraíso existe, mas os pecados não largam a gente. Vamos beber! Olhe, estão trazendo a *solianka*!

— Não se lamente, compadre, não fale de pecados: o capital existe, e é bom... — disse Tarántiev, embriagado, com olhos vermelhos como sangue. — Trinta e cinco mil em moedas de prata... não é brincadeira, não!

— Fale baixo, fale baixo, compadre! — cortou Ivan Matviéievitch. — E o que é que tem? São só trinta e cinco! Quando é que vamos chegar a cinquenta? E mesmo com cinquenta, a gente não entra no paraíso. Se a gente se casa, tem de viver com todo cuidado, tem de contar cada rublo, esquecer o rum jamaicano... Por acaso isso é vida?

— Em compensação, é tranquilo, compadre; um rublo aqui, dois ali... Pronto. Num dia dá para surrupiar sete rublos. Nem chicotadas, nem gritaria, nem sujeira, nem fumaça. Agora, se a gente uma vez assina o nome num negócio grande, depois passa a vida toda tentando apagar. Não, meu caro, não se lamente, compadre!

Ivan Matviéievitch não estava escutando e fazia muito tempo que pensava em outra coisa.

— Escute aqui — começou ele de repente, com os olhos muito abertos e alegrando-se por algum motivo, como se a embriaguez tivesse quase passado —, não, tenho medo, não vou falar, não vou soltar esse pássaro da minha cabeça. Não vou deixar esse tesouro voar... Vamos beber, compadre. Depressa, vamos beber.

— Não vou beber enquanto você não contar o que é — disse Tarántiev, afastando o cálice.

— É um negócio muito sério, compadre — sussurrou Mukhoiarov, lançando um olhar na direção da porta.

— E então?... — perguntou Tarántiev com impaciência.

— Veja, fiz uma descoberta. Pois bem, compadre, é a mesma coisa que assinar o nome num negócio grande, por Deus, é isso mesmo!

— Mas, afinal, que história é essa?

— Será uma espécie de gratificação? Uma gratificação?

— E daí? — pressionou Tarántiev.

— Espere, me deixe pensar um pouco. Sim, aqui não é preciso liquidar nada, está dentro da lei. Está certo, compadre, vou contar, mas é só porque preciso de você; sem você, fica difícil. Senão, Deus é testemunha, eu não contaria; não é o tipo de negócio que outra alma deve saber.

— E por acaso eu sou outra alma para você, compadre? Acho que já ajudei você mais de uma vez, não é? Já servi de testemunha, já fiz falsificações... lembra? Que porco você é!

— Compadre, compadre! Contenha sua língua atrás dos dentes. Eu conheço você muito bem. É que nem um canhão, está sempre soltando fumaça!

— Quem diabo está aqui para ouvir a gente? E por acaso eu não me conheço também? — disse Tarántiev com irritação. — Para que me atormenta assim? Fale de uma vez.

— Então escute: Iliá Ilitch é um covardão, não conhece nenhum regulamento: ficou todo enrolado por causa daquele contrato, deu a procuração, e não sabia como devia proceder, nem mesmo lembrava quanto ia receber de *obrok*. Ele mesmo disse: "Eu não sei nada...".

— E daí? — perguntou Tarántiev com impaciência.

— Pois bem, acontece que ele anda indo muitas vezes à parte da casa onde mora minha irmã. Outro dia mesmo ficou lá até depois da meia-noite, encontrou comigo no corredor e fez que não me viu. Pois então, vamos observar mais um pouco o que vai acontecer, e aí... Você o chama e diz para ele que não é bonito trazer a desonra para uma casa; que ela é viúva; diga que as pessoas já sabem de tudo; que agora ela não pode mais casar; que um comerciante rico queria ser noivo dela, mas ouviu dizer que ele, digamos assim, fica em companhia dela à noite e agora não quer mais.

— Ora, assim ele vai só se assustar, vai se enfiar na cama, vai ficar rolando feito um tronco, vai suspirar... e mais nada — disse Tarántiev. — Qual é a vantagem? Onde está a tal gratificação?

— Veja só! Você diz a ele que eu quero dar queixa, que vou mandar que o vigiem, que existem testemunhas...

— E daí?

— E daí que se ele ficar muito assustado, você diz que é possível uma conciliação, se ele sacrificar um pequeno capital.

— E onde ele vai arranjar dinheiro? — perguntou Tarántiev. — Ele vai prometer qualquer coisa, até dez mil, se ficar com medo...

— Aí é só você piscar o olho para mim que eu já vou ter uma notinha promissória pronta na mão... em nome de minha irmã: "Eu, Oblómov, etc. tomei dez mil emprestados da viúva fulana de tal, com o prazo de etc. etc.".

— Que história é essa, compadre? Não compreendo: o dinheiro vai para sua irmã e para os filhos dela. Onde está a gratificação?

— Minha irmã vai me dar uma nota promissória no mesmo valor; farei que ela assine.

— E se ela não assinar? E se ela se recusar?

— A minha irmã?

E Ivan Matviéievitch deu uma risadinha fina.

— Vai assinar, compadre, vai assinar, ela assinaria a própria sentença de morte sem perguntar o que é, só daria uma risada e rabiscaria o nome "Agáfia Pchenítsina" no canto, numa linha enviesada, e nunca ia saber o que assinou. Veja só: eu e você vamos ficar de fora. Minha irmã vai apresentar uma cobrança ao secretário colegiado Oblómov, e eu à viúva do secretário colegiado Pchenítsin. E que o alemão fique irritado o quanto quiser: é um negócio dentro da lei! — disse, levantando as mãos trêmulas no ar. — Vamos beber, compadre!

— Um negócio dentro da lei! — exclamou Tarántiev, entusiasmado. — Vamos beber.

— E se tudo der certo, poderemos repetir a dose, dois aninhos depois; um negócio dentro da lei!

— Um negócio dentro da lei! — proclamou Tarántiev, balançando a cabeça em sinal de aprovação. — E vamos repetir a dose!

— Vamos repetir!

E os dois beberam.

— Mas e se o seu conterrâneo se recusar e resolver escrever antes para o alemão, contando tudo? — observou, cauteloso, Mukhoiarov. — Aí, meu caro, a coisa fica feia! Vai ser impossível abrir qualquer processo contra ele; ela é viúva, não é uma donzela!

— Vai escrever, pois sim! Claro que vai escrever! Só daqui a dois anos que ele vai escrever, sim — disse Tarántiev. — E se pensar em se recusar, vou xingar Iliá de tudo que é jeito...

— Não, não, Deus me livre! Vai estragar tudo, compadre: ele vai dizer que foi coagido... pode falar até em agressão, vai virar uma questão criminal. Não, isso não vai dar certo! A gente pode fazer o seguinte: antes, a gente sai

491

com ele para almoçar e beber também; ele gosta muito de licor de cassis. Assim que a cabeça dele ficar meio confusa, você pisca o olho para mim: eu pego a tal notinha promissória. Ele nem olha o valor, assina, como fez naquele contrato. E depois de reconhecido no cartório, adeus! Esse fidalgo vai ter vergonha de admitir que assinou embriagado; um negócio dentro da lei!

— Um negócio dentro da lei! — repetiu Tarántiev.

— Então, que Oblómovka fique para os herdeiros!

— Que fique! Vamos beber, compadre!

— À saúde dos otários! — disse Ivan Matviéievitch.

Beberam.

IV.

Agora é preciso voltar um pouco no tempo, para antes da chegada de Stolz à casa de Oblómov, no dia de seu santo onomástico, e para outro lugar, longe de Víborg. Lá se encontravam personagens conhecidos do leitor, mas sobre os quais Stolz não contou para Oblómov tudo o que sabia, em virtude de alguma ponderação especial, ou talvez porque Oblómov não perguntou tudo sobre tais personagens, provavelmente também em virtude de alguma ponderação especial.

Certa vez, em Paris, Stolz caminhava por um bulevar e corria os olhos distraidamente pelos passantes, pelos letreiros das lojas, sem deter o olhar em nada. Fazia muito tempo que não recebia cartas da Rússia — nem de Kíev, nem de Odessa, nem de Petersburgo. Estava enfadado, tinha postado mais três cartas no correio e voltava para casa.

De repente, seus olhos se detiveram fixamente em algo, com admiração, mas depois tomaram de novo a expressão de costume. Duas senhoras saíram do bulevar e entraram numa loja.

"Não, não pode ser", pensou ele, "que ideia! Eu teria sabido alguma coisa! Não são elas".

No entanto, ele se aproximou da vitrine da loja e olhou para as senhoras através do vidro: "Não dá para ver, elas estão de costas para a vitrine".

Stolz entrou na loja e começou a pedir mercadorias. Uma das senhoras virou-se para a luz, e ele reconheceu Olga Ilínskaia — e não reconheceu! Quis correr para ela e se deteve, pôs-se a observar atentamente.

Meu Deus! Que transformação! É ela e não é ela. As feições são dela, mas está pálida, os olhos parecem um pouco fundos, não tem nos lábios o sorriso infantil, não tem a ingenuidade, o desprendimento. Acima das sobrancelhas, tem algum pensamento grave, tristonho, os olhos dizem muitas coisas que antes não sabiam, não diziam. Ela não olha como antes, com franqueza, leveza e calma; sobre todo o rosto, paira uma nuvem, ou uma mágoa, ou uma bruma.

Aproximou-se dela. As sobrancelhas moveram-se um pouco; ela o fitou por um instante com perplexidade, depois o reconheceu: as sobrancelhas separaram-se e repousaram simétricas, os olhos brilharam com uma luz serena, com uma alegria não impetuosa, mas profunda. Qualquer irmão ficaria feliz se sua irmã querida se alegrasse assim ao vê-lo.

— Meu Deus! É o senhor mesmo? — disse ela, com uma voz que penetrava até a alma, e alegre até o êxtase.

A tia rapidamente se virou e os três começaram a falar ao mesmo tempo. Stolz reclamou porque elas não lhe escreveram avisando; elas se desculparam. Tinham chegado havia dois dias e o haviam procurado por toda parte. Num lugar, disseram-lhes que Stolz tinha ido para Lyon, e elas ficaram sem saber o que fazer.

— Mas como foi que resolveram vir para cá? E não me mandaram nenhuma palavra! — reclamou Stolz.

— Nós arrumamos tudo tão às pressas que não quisemos escrever para o senhor — disse a tia. — Olga quis lhe fazer uma surpresa.

Ele olhou bem para Olga: seu rosto não confirmava as palavras da tia. Stolz fitou-a mais fixamente ainda, mas ela estava impenetrável, inacessível à sua observação.

"O que há com ela?", pensou Stolz. "Antigamente, eu adivinhava na mesma hora o que ela estava pensando, mas agora... Que transformação!"

— Como a senhora se transformou, Olga Serguéievna, cresceu, amadureceu — disse em voz alta. — Nem a reconheço! E nem faz um ano que não nos vemos. O que a senhora fez, o que houve com a senhora? Conte, conte!

— Ora... nada de especial — disse ela, examinando um tecido.

— Como anda seu canto? — perguntou Stolz, enquanto continuava a examinar aquela Olga nova para ele e tentava interpretar o novo arranjo das feições de seu rosto; mas aquele arranjo, num lampejo, escapava e se escondia.

— Faz muito tempo que não canto, uns dois meses — disse ela em tom displicente.

— E Oblómov? — de repente, Stolz lançou a pergunta. — Está vivo? Não escreve?

Aqui, sem querer, talvez Olga revelasse seu segredo, se a tia não viesse em seu socorro.

— Imagine — disse ela, saindo da loja —, todo dia ele vinha à nossa casa. Depois sumiu de repente. Nós íamos partir para o exterior; eu mandei um criado à casa dele e disseram que estava doente, não podia receber: assim, não nos vimos mais.

— E a senhora não sabe de nada? — perguntou Stolz a Olga, de modo atencioso.

Olga observava fixamente, através do lornhão, uma carruagem que passava.

— Ele de fato adoeceu — disse ela, olhando para a carruagem com uma atenção fingida. — Veja, *ma tante*, parece que são nossas companheiras de viagem que vão ali.

— Não, por favor, me responda a respeito do meu Iliá — insistiu Stolz —, o que houve com vocês? Por que a senhora não o trouxe consigo?

— *Mais ma tante vient de dire** — disse ela.

— Ele é terrivelmente preguiçoso — comentou a tia — e tão arredio que, assim que chegavam três ou quatro convidados à nossa casa, ele logo ia embora. Imagine, fez uma assinatura para assistir à temporada de ópera e não viu nem metade da programação.

— Não ouviu Rubini — acrescentou Olga.

Stolz balançou a cabeça e suspirou.

— Como as senhoras resolveram viajar? Faz muito tempo? Como foi que, de uma hora para outra, tiveram essa ideia? — perguntou Stolz.

— Para ela, foi um conselho do médico — disse a tia, apontando para

---

* Em francês, "mas minha tia acabou de dizer".

Olga. — Petersburgo estava tendo um efeito evidente sobre ela, partimos de lá no inverno, mas ainda não decidi aonde levá-la: ou para Nice ou para a Suíça.

— Sim, a senhora mudou muito — disse Stolz com ar pensativo, cravando os olhos em Olga, examinando cada fibra, fitando-a nos olhos.

As Ilínski viveram seis meses em Paris: Stolz era seu guia e seu companheiro único e diário.

Olga começou a se recuperar de maneira notável; da introversão, ela passou à tranquilidade e à indiferença, pelo menos exteriormente. O que se passava dentro dela só Deus sabe, mas aos poucos Olga se tornava, para Stolz, a companheira de antes, apesar de já não rir com o riso alto, infantil e cristalino de antigamente; apenas sorria de forma discreta, quando Stolz gracejava com ela. Às vezes ela até parecia incomodada por não poder rir.

Stolz percebeu logo que era impossível fazer Olga rir: muitas vezes, com o olhar, com as sobrancelhas inclinadas de modo assimétrico e com uma ruga na testa, Olga escutava uma tirada jocosa e não sorria, continuava a olhar para ele em silêncio, como que com uma censura pela leviandade de Stolz, ou com impaciência, ou de repente, em lugar de uma resposta ao gracejo, fazia uma pergunta profunda e o acompanhava com um olhar tão insistente que Stolz ficava envergonhado de sua conversa descuidada e vazia.

Às vezes, manifestava-se nela tamanha fadiga com a correria e a tagarelice vazias do dia a dia que Stolz tinha de, repentinamente, mudar para outra esfera, da qual só raramente e com relutância ele se permitia tratar em conversas com mulheres. Quantas ideias e quanta habilidade de raciocínio eram necessárias apenas para que o olhar profundo e questionador de Olga brilhasse e se acalmasse, e não desejasse ou procurasse indagadoramente algo mais, para além de Stolz!

Como ele se perturbava quando, após uma explicação descuidada, o olhar de Olga se tornava seco, duro, as sobrancelhas se contraíam e no rosto derramava-se a sombra de um descontentamento silencioso, mas profundo. E ele tinha de consumir dois ou três dias inteiros com sutis manobras de raciocínio e até de astúcia e de ardor, além de toda a sua capacidade de lidar com as mulheres, a fim de despertar, aos poucos e com dificuldade, do coração de Olga, uma aurora de luz em seu rosto, a brandura da conciliação no olhar e no sorriso.

No fim do dia, Stolz às vezes chegava em casa fatigado com aquela luta e ficava feliz quando saía vitorioso.

"Como ela amadureceu, meu Deus! Como essa moça se desenvolveu! Quem foi seu professor? Onde ela teve aulas de vida? Com o barão? Aquele sujeito é tão escorregadio que não se consegue apreender nada de suas frases elegantes! Com Iliá não pode ter sido!…"

Stolz não conseguia entender Olga e, no dia seguinte, corria de novo a seu encontro e já com cautela, com temor, esquadrinhava seu rosto, não raro se via em apuros e, só com a ajuda de toda a sua inteligência e conhecimento da vida, conseguia superar as questões, as dúvidas, as exigências — tudo aquilo que flutuava nas feições de Olga.

Com a chama da experiência nas mãos, Stolz adentrava no labirinto da mente de Olga, de seu caráter, e todo dia descobria e aprendia novos traços e fatos, e nunca via o fundo, apenas acompanhava com admiração e emoção como a inteligência de Olga exigia com afinco ser diariamente alimentada, como sua alma não parava e sempre pedia experiência e vida.

A toda atividade, a toda a vida de Stolz vinham se somar a cada dia outra atividade, outra vida: depois de rodear Olga de flores, de cobri-la de livros, partituras e álbuns, Stolz acalmava-se, supondo que havia preenchido por um bom tempo as horas de lazer de sua amiga, e ia trabalhar, ou ia examinar alguma jazida de minério, alguma fazenda-modelo, procurava um círculo social para travar conhecimentos, para conversar com pessoas novas ou notáveis; depois voltava para Olga cansado, sentava perto dela junto ao piano e suspirava ao som de sua voz. De repente, no rosto dela, encontrava perguntas já prontas, no olhar, a exigência obstinada de uma resposta. E sem notar, sem querer, pouco a pouco, ele expunha diante dela o que havia observado e por quê.

Às vezes, Olga exprimia o desejo de ver e conhecer ela mesma o que Stolz via e conhecia. E Stolz repetia seu trabalho: ia com ela examinar prédios, lugares, máquinas, lia acontecimentos muito antigos inscritos em muros, em pedras. Pouco a pouco, sem notar, ele se habituou a sentir e a pensar em voz alta diante dela, e de repente, uma vez, depois de se interrogar com severidade, admitiu que havia começado a viver não sozinho, mas a dois, e que vivia daquele modo desde a chegada de Olga.

De modo quase inconsciente, como se estivesse sozinho, ele fazia diante dela, em voz alta, uma avaliação de algum tesouro que havia conseguido obter e surpreendia a si mesmo e a ela; depois conferia com cuidado para ver se não restara alguma pergunta no olhar dela, se havia a luz do pensamento satisfeito em seu rosto e se o olhar dela o seguia como a um vencedor.

Se aquilo acontecesse, ele ia para casa com orgulho, com uma trêmula inquietação, e em segredo, até tarde da noite, preparava-se para o dia seguinte. As ocupações mais maçantes e necessárias não lhe pareciam áridas, apenas necessárias: elas penetravam fundo na raiz e no tecido da vida; os pensamentos, as observações, os fenômenos eram guardados, em silêncio e com displicência, no arquivo da memória, mas conferiam uma coloração luminosa a todos os dias.

Que luz quente se apoderava do rosto de Olga, quando ele, sem esperar pelo olhar indagador e ansioso, se apressava a descarregar diante dela, com ardor e energia, uma nova provisão, um novo material!

E ele mesmo parecia ficar plenamente feliz quando a inteligência de Olga, com a mesma solicitude e com uma gentil submissão, se apressava a assimilar o olhar de Stolz e cada uma de suas palavras, e os dois se olhavam com argúcia: ele, para ver se não restara alguma pergunta nos olhos de Olga; ela, para ver se ainda não restara algo por dizer, se Stolz não tinha esquecido alguma coisa e, acima de tudo, Deus nos livre!, se não deixara de abrir para Olga algum reduto nebuloso e inacessível para ela e se não deixara de desenvolver plenamente seu pensamento.

Quanto mais importante e complicada fosse a questão, tanto mais atentamente Stolz a expunha para Olga, mais demorada e fixamente se detinha nele o olhar agradecido de Olga, tanto mais aquele olhar era quente, profundo, afetuoso.

"Essa criança, a Olga!", pensava Stolz com admiração. "Ela está me fazendo crescer!"

Pensava muito em Olga, como nunca havia pensado em coisa alguma.

Na primavera, foram todos para a Suíça. Stolz, ainda em Paris, resolveu que, dali em diante, era impossível viver sem Olga. Decidida aquela questão, passou a tratar da questão de saber se Olga podia viver sem ele. Mas tal questão não se rendeu a ele tão facilmente.

Stolz abordou a questão devagar, com cautela, com prudência, avançava ora tateante, ora atrevido, e pensava que estava à beira de alcançar o objetivo, quando captava algum sinal, olhar ou palavra indubitável, qualquer aborrecimento ou alegria; parecia que era necessário apenas um ligeiro toque, um quase imperceptível movimento de sobrancelhas de Olga, um suspiro dela, para que no dia seguinte o segredo caísse por terra: ele era amado!

No rosto de Olga, ele via uma confiança quase infantil; às vezes ela olhava para Stolz como não olhava para ninguém, talvez olharia assim apenas para a mãe, caso tivesse mãe.

As visitas de Stolz, suas horas de lazer, dias inteiros de atenção — Olga não considerava aquilo um favor, um lisonjeiro presente de amor, uma amabilidade do coração, mas simplesmente uma obrigação, como se ele fosse seu irmão, seu pai, até seu marido: e isso era muito, era tudo. E ela mesma, em cada palavra, em cada passo com Stolz, era tão livre e sincera como se ele tivesse sobre Olga um poder e uma autoridade incontestáveis.

Stolz também sabia que tinha aquela autoridade; a todo minuto, ela o repetia, dizia que só acreditava nele e, na vida, em todo o mundo, só podia confiar cegamente nele e em mais ninguém.

Por fim, Stolz sentiu-se orgulhoso daquilo, mas afinal disso pode se orgulhar qualquer tio idoso, inteligente e experiente, e até o barão, se fosse um homem de espírito lúcido, de caráter.

Mas tal autoridade era amor? Eis a questão. Haveria naquela autoridade alguma parcela da fascinante ilusão de Olga, daquela cegueira prazerosa, em que uma mulher está disposta a se enganar cruelmente e a ser feliz com o engano?

Não, Olga se submetia a ele de forma bastante consciente. É verdade, diziam os olhos dela, quando Stolz desenvolvia alguma ideia ou desnudava a alma à sua frente; Olga o banhava com os raios do olhar, mas sempre se via o motivo; às vezes ela mesma dizia a razão. Porém, no amor, o mérito é alcançado de modo cego e ilógico, e é nessa cegueira e falta de lógica que consiste a felicidade. Quando Olga se ofendia, na mesma hora se via por que estava ofendida.

Nem o rubor repentino, nem a alegria que quase chega a assustar, nem a chama lânguida e palpitante de um olhar, Stolz nunca entreviu nada disso e, se houve algo parecido, foi quando ele contou que ia partir para a Itália dentro de alguns dias e teve a impressão de que o rosto de Olga se desfigurou de dor, e o coração de Stolz vacilou por um instante, afogado em sangue, num desses minutos raros e preciosos, mas de repente tudo pareceu ficar de novo encoberto por um véu; Olga acrescentou de maneira ingênua e franca: "Que pena que não posso ir com o senhor, gostaria tremendamente de ir! Mas o senhor me contará tudo depois, e com tanto talento que será como se eu mesma estivesse lá".

E o encantamento foi quebrado com aquele desejo explícito, que não se escondia de ninguém, e com o elogio trivial e direto da arte de narrar de Stolz. Era assim: ele tinha acabado de juntar todos os fios muito delicados, tinha tecido a renda finíssima, restava dar o último ponto — atenção, vai ser agora...

E de repente ela ficava tranquila outra vez, neutra, simples, até fria em certos momentos. Ficava sentada, trabalhava e o escutava em silêncio, às vezes levantava a cabeça, lançava para ele olhares muito curiosos, indagadores, que iam direto ao assunto, de tal modo que Stolz algumas vezes com irritação largava um livro ou interrompia alguma explicação, erguia-se de um pulo e fazia menção de ir embora. Dava meia-volta — ela o acompanhava com um olhar surpreso: Stolz ficava envergonhado, voltava e inventava algo para se desculpar.

Olga o escutava até o fim de modo muito singelo e acreditava nele. Não havia dúvidas, nem sorrisos dissimulados da parte dela.

"Ama ou não ama?" — na cabeça de Stolz, dançavam as duas perguntas.

Se amava, por que se mostrava tão cautelosa, tão reticente? Se não amava, por que era tão atenciosa, submissa? Stolz ia partir de Paris para ficar em Londres por uma semana e veio contar isso para Olga no dia mesmo de sua partida, sem nenhum aviso prévio.

Caso ela se assustasse de repente, caso seu rosto se alterasse — pronto, estaria encerrado, o mistério estaria esclarecido, ele seria feliz! Mas ela apertou sua mão com firmeza, entristeceu-se: Stolz ficou desesperado.

— Vou sentir muita saudade — disse ela —, estou à beira de chorar, sou quase uma órfã, agora. *Ma tante!* Veja, Andrei Ivánitch vai viajar! — acrescentou, lacrimosa.

Olga aniquilou Stolz.

"Ainda por cima chamou a tia!", pensou. "Era só o que faltava! Vejo que lamenta, que ama, talvez... mas esse amor, como um produto no mercado, se pode comprar por uma certa quantia de tempo, de atenção, de submissão... Não voltarei mais", pensou ele com tristeza. "Eu pedia humildemente, Olga, menina! E ela antigamente fazia tudo direitinho. O que há com ela, agora?"

E Stolz imergiu em profunda meditação.

O que havia com ela? Stolz não sabia de um detalhe: que Olga tinha amado uma vez, que já havia superado, na medida em que era capaz, o período juvenil em que ela era incapaz de se controlar, se ruborizava repentinamente, mal conseguia esconder uma dor no coração, o período dos sinais febris do amor, de seus primeiros ardores.

Caso ele soubesse disso, saberia também, quando não o segredo de ela o amar ou não, pelo menos por que se tornara tão difícil e esquivo adivinhar o que se passava com Olga.

Na Suíça, eles visitavam todos os lugares aonde iam os turistas. Mas detinham-se com mais amor e maior frequência em locais calmos e pouco visitados. Eles, ou pelo menos Stolz, estavam tão ocupados com "seus negócios pessoais", que se mostravam fatigados da viagem, a qual para eles passou a ficar em segundo plano.

Stolz foi com Olga às montanhas, contemplava os abismos, as cachoeiras, e em todas as paisagens ela estava em primeiro plano. Stolz subia com Olga por qualquer estradinha estreita que fosse, enquanto a tia ficava sentada na carruagem lá embaixo; vigilante e em segredo, ele observava como Olga parava, depois de subir um monte, recobrava o fôlego, e observava que olhar dirigia para ele, seguramente e antes de tudo para ele: Stolz já havia adquirido tal convicção.

Aquilo era bom: trazia calor e luz a seu coração; mas de repente Olga lançava o olhar para os arredores e ficava paralisada, esquecida num devaneio contemplativo — e diante dela Stolz já não existia mais.

Assim que ele se mexia, que se fazia lembrado, que dizia alguma palavra, Olga se sobressaltava, às vezes dava um grito: era óbvio que havia esquecido, não sabia se ele estava ali a seu lado ou longe, não sabia sequer se ele existia neste mundo.

Em compensação, depois, em casa, junto à janela, na sacada, Olga falava só para ele, demoradamente, e expunha as impressões de sua alma por muito tempo, até contar tudo, e falava com ardor, com paixão, às vezes se detinha, escolhia melhor as palavras e, num piscar de olhos, se apoderava de uma expressão sugerida por Stolz, e no seu olhar ele captava o lampejo de um raio de gratidão pela ajuda. Ou ficava sentada, pálida de cansaço, numa poltrona grande, e apenas os olhos ávidos e incansáveis diziam para Stolz que ela queria ouvi-lo falar.

Olga escutava imóvel, mas não perdia nenhuma palavra, não deixava passar nenhuma linha.

Stolz se calava, ela ainda escutava, os olhos ainda perguntavam, e diante daquele apelo mudo, ele continuava a falar com uma força nova, com renovada convicção.

Aquilo também era bom: havia uma luz, um calor, o coração batia forte; significava que Olga estava viva e a seu lado, que não precisava de mais nada: ali estava a luz de Olga, sua chama e sua razão. Mas de repente ela se levantava cansada, e os mesmos olhos indagadores de pouco antes pediam para ir embora, ou então Olga queria comer, e comia com grande apetite…

Tudo aquilo era ótimo: Stolz não era um sonhador; não queria uma paixão impetuosa, assim como tampouco o queriam Olga e Oblómov, mas por outros motivos. No entanto, Stolz queria que o sentimento fluísse por um caminho regular, depois de ter jorrado ardente da fonte, para que ele se servisse e se saciasse de beber, e depois, durante toda a vida, soubesse a origem daquele manancial de felicidade.

— Ela me ama ou não me ama? — dizia Stolz com uma ansiedade torturante, quase a ponto de suar sangue e à beira das lágrimas.

Aquela questão o inflamava cada vez mais, o dominava como uma chama, acorrentava suas intenções: já era a única questão importante, não do amor, mas da vida. Em sua alma, já não havia lugar para mais nada.

Parecia que naquele meio ano, se haviam concentrado e derramado sobre ele de uma só vez todos os tormentos e aflições do amor, com os quais Stolz tomava tanto cuidado em seus encontros com mulheres.

Ele sentia que seu organismo saudável não resistiria, se permanecesse mais um mês exposto àquela tensão da mente, da vontade, dos nervos. Compreendeu que, até então, ignorava como as energias se dissipam naqueles combates ocultos do espírito contra a paixão, ignorava como se abrem no coração feridas incuráveis, sem sangue, mas que provocam gemidos, e como a vida mesma se esvai.

Nele, entorpeceu-se um pouco a confiança arrogante nas próprias forças; Stolz já não fazia brincadeiras levianas quando ouvia histórias de como pessoas perdiam a cabeça ou definhavam por diversos motivos, entre os quais… o amor.

Ficou apavorado.

— Não, vou pôr um fim nisso — disse ele —, vou olhar no fundo da alma de Olga, como fazia antes, e amanhã... ou serei feliz, ou irei embora!

— Não tenho forças! — disse Stolz depois, olhando para o espelho. — Onde já se viu?... Chega!...

Partiu direto para o objetivo, ou seja, para a casa de Olga.

Mas e Olga? Ela não percebia a situação de Stolz ou estava insensível em relação a ele?

Não era possível que Olga não percebesse aquilo: mulheres menos sagazes do que ela são capazes de distinguir gentileza e dedicação de amigo de manifestações de outro sentimento. Era impossível supor da parte de Olga alguma atitude de sedutora fútil, pois tinha uma compreensão correta da moral genuína, autêntica, espontânea. Ela estava acima de tal fraqueza vulgar.

Restava supor uma coisa: que, sem nenhuma intenção prática, ela gostava da adoração constante, plena de inteligência e de paixão, vinda de um homem como Stolz. É claro que gostava: tal adoração recuperava seu amor-próprio abalado e aos poucos a colocava de novo no pedestal do qual havia caído; aos poucos, seu orgulho reaparecia.

Mas como ela pensava que tal adoração iria se resolver? Não poderia se exprimir para sempre naquela perpétua luta entre a curiosidade de Stolz e o silêncio obstinado de Olga. Será que ela ao menos supunha que a luta de Stolz não era inútil, que ele iria levar a melhor na questão em que aplicara tanta vontade e tanta personalidade? Será que Stolz não estava consumindo gratuitamente sua chama, seu brilho? Será que a imagem de Oblómov e daquele amor iria se dissipar sob os raios daquela luz?

Olga não compreendia nada disso, não percebia com clareza e lutava desesperadamente com tais questões, lutava consigo mesma, e não sabia como sair do caos.

Como ela ia viver? Era impossível permanecer em tal situação indecisa: em algum momento, aquele jogo mudo e a luta dos sentimentos trancados no peito se transformariam em palavras — o que ela ia responder a respeito do passado? O que diria sobre o passado e como chamaria o que sentia por Stolz?

Se Olga amava Stolz, o que era afinal aquele amor? Coquetismo, leviandade, ou algo pior? Ficava com o rosto quente e corado de vergonha diante de tais pensamentos. Lançava contra si essa acusação.

Se aquele tinha sido o primeiro e puro amor, qual a relação entre ela e Stolz? De novo, um jogo, uma ilusão, um cálculo sutil, a fim de seduzi-lo para o casamento e assim encobrir a leviandade de sua conduta? Olga ficava fria e empalidecia só de pensar.

Mas se não era um jogo, nem uma ilusão, nem um cálculo, então… era de novo o amor?

Diante de tal suposição, Olga se via perdida: um segundo amor… sete, oito meses depois do primeiro! Quem acreditaria nela? Como poderia mencionar tal coisa sem causar assombro e talvez… desprezo? Ela não se atrevia sequer a pensar, não tinha o direito!

Olga vasculhou a fundo sua experiência: lá não encontrou nenhuma informação sobre um segundo amor. Lembrou-se das abalizadas opiniões das tias, das velhas criadas, de várias moças, por fim de escritores, "os pensadores do amor" — de todos os lados, ouvia-se a sentença implacável: "A mulher só ama de verdade uma vez". E Oblómov também proferia tal sentença. Lembrava-se de Sónietchka, pensava em como ela reagiria a um segundo amor, mas pessoas que tinham chegado da Rússia diziam que certa amiga sua dera início a um terceiro…

Não, ela não tinha amor por Stolz, decidiu Olga, e não podia ter! Amara Oblómov e aquele amor tinha morrido, a flor da vida murchara para sempre! Tinha apenas amizade por Stolz, baseada em suas brilhantes qualidades, e baseada também na amizade que Stolz tinha por ela, em sua atenção e confiança.

Assim Olga repelia a ideia e até a possibilidade de um amor por seu mais velho amigo.

Eis o motivo por que Stolz não conseguia captar no rosto de Olga e em suas palavras nenhum sinal nem de uma indiferença taxativa, nem de um relâmpago momentâneo ou sequer de uma fagulha de sentimento que ultrapassasse, ao menos por um fio de cabelo, o âmbito de uma amizade cordial e sincera, porém habitual.

A fim de terminar de uma vez com tudo aquilo, só restava a Olga um caminho: depois de notar os sinais de um amor nascente em Stolz, não dar alimento nem impulso àquele amor e ir embora o mais depressa possível. Porém ela já havia perdido tempo: aquilo tinha acontecido muito antes, ela deveria ter previsto que o sentimento de Stolz se converteria em paixão: e ele não era Oblómov, Olga não tinha para onde fugir de Stolz.

Vamos supor que a separação fosse fisicamente possível; mesmo assim ela era moralmente impossível para Olga: de início, ela desfrutou apenas os antigos direitos da amizade e, como desde muito tempo, encontrou em Stolz ora um companheiro divertido, espirituoso, brincalhão, ora um profundo observador da realidade da vida — de tudo o que acontecia com eles, ou que se passava em redor e lhes interessava.

Porém quanto mais eles se viam, mais se aproximavam mentalmente, mais ativo se tornava o papel de Stolz: sem sentir, ele passou do papel de um observador para o de um intérprete dos fenômenos, um guia de Olga. De modo imperceptível, Stolz se tornava a razão e a consciência de Olga, e surgiram novos direitos, novos laços secretos que enredavam toda a vida dela, tudo, exceto um cantinho proibido que mantinha escondido por completo da observação e do julgamento de Stolz.

Olga acatava aquela tutela moral sobre sua mente e seu coração e via que ela mesma, por seu lado, havia adquirido uma influência sobre Stolz. Os dois permutavam direitos; ela, como que sem notar, e sem nada dizer, admitia a permuta.

Como privar-se de tudo de uma hora para outra?... Além do mais, havia naquilo tanto... tanto interesse... prazer, variedade... vida. O que ela iria fazer se, de repente, aquilo não existisse mais? E quando veio a Olga a ideia de fugir... já era tarde, ela não tinha forças.

Todo dia que não passava com ele, todo pensamento que não dividia com ele — aquilo tudo perdia, para Olga, sua cor e seu significado.

"Meu Deus! Se ao menos eu pudesse ser irmã dele!", pensou. "Que felicidade ter o direito perpétuo a um homem assim, não só à sua inteligência, mas a seu coração, desfrutar sua presença de forma legal e declarada, sem ter de pagar por isso com árduos sacrifícios e aflições, e com a confidência de um passado lamentável. Mas, agora, o que sou? Se ele for embora, eu não só não tenho o direito de retê-lo como devo desejar a separação; mas se eu o retiver, o que direi a ele, com que direito quero vê-lo, escutá-lo, todos os dias?... Porque me aborreço, porque me entristeço de saudade, porque ele me instrui, me diverte, porque ele me é benéfico e agradável. Naturalmente, isso é um motivo, mas não é um direito. Em troca, o que ofereço a ele? O direito de me admirar desinteressadamente e não se atrever a pensar em reciprocidade, quando tantas outras mulheres se considerariam felizes se..."

Olga se atormentava e cogitava como iria sair de tal situação, e não via nenhum propósito, nenhum fim. À sua frente, só havia o medo da decepção de Stolz e da separação permanente. Às vezes lhe passava pela cabeça revelar tudo para Stolz e terminar de uma vez seu conflito e o dele, mas a respiração lhe faltava assim que ela pensava nisso. Sentia vergonha, dor.

O mais estranho de tudo era que Olga deixara de respeitar seu passado e até passou a envergonhar-se dele, desde o momento em que se tornara inseparável de Stolz e em que ele se apoderara de sua vida. Se o barão, por exemplo, ou outro homem qualquer soubesse, Olga naturalmente ficaria embaraçada, incomodada, mas não se torturaria da mesma forma como agora se torturava com a ideia de que Stolz podia vir a saber daquilo.

Com horror, imaginou a expressão no rosto dele. Como olharia para ela, o que ia dizer, o que ia pensar depois? De repente, aos olhos dele, Olga pareceria muito insignificante, fraca, rasteira. Não, não, era impossível!

Olga passou a observar a si mesma e, com horror, descobriu que tinha vergonha não só de seu romance passado como também do herói daquele romance... E nesse ponto a queimava o remorso por sua ingratidão com a profunda devoção de seu antigo amor.

Talvez ela se habituasse, se adaptasse à própria vergonha — a que não se habitua uma pessoa? — se sua amizade por Stolz fosse alheia a quaisquer desejos e pensamentos egoístas. Mas se ela de fato sufocava todo e qualquer murmúrio astucioso e lisonjeiro do coração, não conseguia, no entanto, controlar os voos da imaginação: muitas vezes, diante de seus olhos, e contra sua vontade, surgia e brilhava a imagem desse outro amor; cada vez mais sedutor, crescia o sonho de uma felicidade suntuosa, não com Oblómov, num cochilo preguiçoso, mas na vasta arena da vida diversificada, com toda a sua profundidade, com todos os encantos e as aflições — de uma felicidade com Stolz...

Era então que Olga banhava seu passado com lágrimas e não conseguia apagá-lo. Ela se recobrava do sonho e, com ainda mais afinco, tentava refugiar--se atrás do muro de impenetrabilidade, de silêncio e daquela indiferença amigável que atormentava Stolz. Depois, esquecendo-se, era de novo arrastada de forma desinteressada pela presença do amigo, ficava encantadora, adorável, crédula, até que o sonho ilícito de uma felicidade à qual ela perdera o direito lhe recordasse outra vez que o futuro para ela estava perdido, que os sonhos cor-de-rosa já haviam ficado para trás, que a flor da vida tinha caído.

É possível que, com os anos, ela conseguisse reconciliar-se com sua situação e desistisse da esperança no futuro, como fazem todas as solteiras depois de certa idade, e mergulhasse numa apatia fria, ou passasse a se ocupar com atividades beneficentes; mas de súbito seu sonho ilícito tomou uma feição mais terrível quando, por causa de algumas palavras que escaparam de Stolz, ela percebeu nitidamente que, nele, havia perdido o amigo e ganhara um admirador apaixonado. A amizade havia se afogado no amor.

Na manhã em que descobriu aquilo, Olga ficou pálida, não saiu de casa o dia inteiro, agitou-se, lutava consigo mesma, pensava no que iria fazer agora, qual era seu dever — e não conseguia resolver nada. Apenas se maldizia por não ter vencido a vergonha logo de início e não ter revelado seu passado mais cedo para Stolz, mas agora precisava vencer também o pavor.

Tinham ocorrido ímpetos de determinação, quando o peito de Olga doía e as lágrimas ali se acumulavam, ocasiões em que tinha vontade de lançar-se para ele e revelar-lhe todo o seu amor, não com palavras, mas com soluços, convulsões e desmaios, para que ele visse também sua expiação.

Olga ouvira dizer como outras mulheres se portavam em situações semelhantes. Sónietchka, por exemplo, contou a seu noivo sobre um alferes de cavalaria, disse que ela o fizera de tolo, que ele era um menino, que ela, de propósito, o havia obrigado a esperar em pleno frio, até que ela resolvesse sair da carruagem etc.

Sónietchka não teria hesitado em contar sobre Oblómov, dizer que o tinha feito de tolo só para se distrair, que ele era muito ridículo, que não sabia como era possível amar "tamanho moleirão", que ninguém acreditaria numa coisa como aquela. Porém tal comportamento podia ser desculpado pelo marido de Sónietchka e por muitos outros, mas não por Stolz.

Olga poderia apresentar toda a situação de forma favorável, dizer que apenas desejava salvar Oblómov do abismo e para isso havia recorrido, digamos, a um flerte amigável... a fim de animar um homem agonizante, e depois afastar-se dele. Mas isso já seria sofisticado demais, seria forçado e, em todo caso, falso...

Não, não havia salvação!

"Meu Deus, em que confusão eu me meti!", afligia-se Olga. "Revelar!...

Ah, não! Que ele não saiba disso por muito tempo, que ele nunca venha a saber! Mas não revelar... é o mesmo que roubar. É parecido com um embuste, com uma fraude. Meu Deus, me ajude!..." Mas a ajuda não vinha.

Por mais que se deliciasse com a presença de Stolz, às vezes ela achava que seria melhor não vê-lo mais, passar pela vida de Stolz quase sem ser notada, como uma sombra, não toldar sua existência clara e racional com uma paixão ilícita.

Olga ficaria triste por seu amor fracassado, choraria pelo passado, sepultaria na alma a memória dele, e depois... depois, quem sabe, encontraria um "excelente partido", existem muitos, e seria uma boa esposa, uma boa mãe, inteligente e zelosa, pensaria no passado como um sonho de mocinha e não viveria, apenas suportaria a vida. Afinal, é o que todas fazem!

Mas a questão agora não dependia só dela, havia outra pessoa envolvida e essa outra pessoa depositava nela as melhores e as últimas esperanças da vida.

"Por que... eu amei?", atormentava-se Olga, angustiada, e lembrava a manhã no parque, quando Oblómov queria fugir e Olga pensou que, se ele fugisse, o livro de sua vida iria se fechar para sempre. Ela havia resolvido com muita coragem e facilidade a questão do amor, da vida, e assim tudo lhe parecia claro — e agora tudo se enrolara num nó impossível de desatar.

Ela quis ser muito inteligente, pensou que bastava encarar com simplicidade, andar em linha reta — e a vida, submissa como um tapete, iria estender-se sob seus pés, e pronto!... Agora, não tinha nem em quem pôr a culpa: era ela a única culpada!

Sem desconfiar do motivo da vinda de Stolz, Olga levantou-se do sofá despreocupadamente, colocou o livro na mesa e foi ao seu encontro.

— Não estou atrapalhando? — perguntou Stolz, sentando-se junto à janela do quarto de Olga, voltada para o lago. — A senhora está lendo?

— Não, já parei de ler: ficou escuro. Estava esperando o senhor! — disse com voz branda, amistosa, confiante.

— Tanto melhor: eu precisava falar com a senhora — respondeu ele em tom sério, e puxou outra cadeira para ela sentar perto da janela.

Olga estremeceu e ficou paralisada. Depois, de modo mecânico, afundou na cadeira e, com a cabeça inclinada, sem levantar os olhos, sentou-se num estado de aflição. Tinha vontade de estar a cem verstas dali.

Naquele instante, como um relâmpago, o passado irrompeu em sua memória. "Começou o julgamento! Não se pode brincar com a vida como se brinca de boneca!", ela ouviu uma voz de fora lhe dizer. "Não brinque com a vida; depois terá de pagar!"

Os dois ficaram calados por alguns minutos. Era evidente que Stolz estava organizando as ideias. Olga fitava nervosamente seu rosto emagrecido, as sobrancelhas contraídas, os lábios cerrados numa expressão resoluta.

"Nêmesis!...", pensou ela, tremendo interiormente. Os dois pareciam preparar-se para um duelo.

— A senhora, naturalmente, já adivinha, Olga Serguéievna, o que pretendo falar, não é? — disse Stolz, fitando-a com ar interrogativo.

Ele estava sentado junto à janela, na frente da parede, cuja sombra encobria seu rosto, enquanto a luz que vinha da janela batia direto em Olga, e assim Stolz podia interpretar o que se passava em sua mente.

— Como eu poderia saber? — disse ela em voz baixa.

Diante daquele adversário perigoso, Olga não tinha mais a mesma força de vontade e de caráter, nem o discernimento, nem a capacidade de se dominar com que sempre se apresentava diante de Oblómov.

Olga compreendia que, se até então pudera esconder-se do olhar penetrante de Stolz e travar guerra com sucesso, aquilo não se devia de maneira nenhuma a suas próprias forças, como no caso da luta com Oblómov, mas apenas ao silêncio obstinado de Stolz, a seu comportamento reservado. Todavia, em campo aberto, as chances não estavam a favor de Olga e por isso com a pergunta "como eu poderia saber?" ela desejava apenas ganhar um palmo de espaço e um minuto de tempo, para que o adversário mostrasse de modo mais claro sua intenção.

— A senhora não sabe? — perguntou ele em tom inocente. — Está bem, vou dizer...

— Ah, não! — interrompeu Olga, de repente.

Segurou a mão de Stolz e fitou-o como se suplicasse clemência.

— Veja, eu adivinhei que a senhora sabia! — disse Stolz. — Por que então esse "não"? — acrescentou em seguida, com tristeza.

Ela ficou em silêncio.

— Se a senhora previu que um dia eu iria me declarar, então sabia, naturalmente, o que ia me responder, não é? — perguntou.

— Previ e me atormentei! — disse ela, reclinando-se no espaldar da cadeira, desviando-se da luz, suplicando em pensamento que a sombra viesse em seu socorro, para que ele não visse o conflito de constrangimento e de angústia em seu rosto.

— Atormentou-se! É uma palavra estranha — pronunciou ele quase num murmúrio —, são palavras de Dante: "Abandonai a esperança para sempre". Não tenho mais nada a dizer: isto é tudo! Mas agradeço também — acrescentou, com um profundo suspiro — por ter saído do caos, das trevas, e agora pelo menos sei o que fazer. A única salvação é fugir o mais depressa possível!

Levantou-se.

— Não, pelo amor de Deus, não! — exclamou Olga com terror e súplica, lançou-se a ele e segurou de novo sua mão. — Tenha piedade de mim: o que vou fazer?

Ele sentou, e ela também.

— Mas eu amo a senhora, Olga Serguéievna! — disse ele, em tom quase severo. — A senhora viu o que aconteceu comigo nos últimos seis meses! O que a senhora deseja: um triunfo completo? Que eu definhe ou enlouqueça? Humildemente agradeço!

O rosto de Olga se alterou.

— Vá embora! — disse ela, com a dignidade da afronta reprimida, e ao mesmo tempo com uma profunda tristeza, que ela não tinha forças para esconder.

— Por favor, me desculpe! — disse ele. — Veja só, não falamos nada e já estamos discutindo. Eu sei que a senhora não pode querer isso, mas a senhora também não pode se colocar em minha posição e, portanto, acha estranho meu movimento... de fugir. Às vezes o homem se torna egoísta de modo inconsciente.

Olga mudou de posição na cadeira, como se fosse desconfortável ficar sentada, mas não falou nada.

— Muito bem, vamos admitir que eu fique: o que ia adiantar? — continuou Stolz. — A senhora, naturalmente, vai me oferecer sua amizade; mas já tenho sua amizade. Vou partir e, daqui a um ano, dois anos, ela continuará a ser minha. A amizade é uma coisa boa, Olga Serguéievna, quando é um amor entre um rapaz e uma mocinha, ou quando é a recordação de um amor entre velhos. Mas Deus me livre se de um lado houver amizade e do outro, amor.

Sei que a senhora não se aborrece em minha companhia; mas o que acontece comigo quando estou com a senhora?

— Sim, se é assim, vá embora, e que Deus o proteja! — sussurrou Olga em tom quase inaudível.

— Ficar! — Stolz pensou em voz alta. — Andar no fio de uma navalha... que bela amizade.

— E para mim, por acaso, é mais fácil? — retrucou Olga inesperadamente.

— Para a senhora? Por quê? — perguntou ele com sobressalto. — A senhora... a senhora não ama...

— Não sei, juro por Deus, eu não sei! Mas se... se minha vida atual sofrer alguma mudança, o que será de mim? — acrescentou, desolada, quase falando para si mesma.

— Como devo compreender isso? Explique-me, pelo amor de Deus! — disse Stolz, aproximando dela a cadeira, perplexo com suas palavras e com o tom profundo e autêntico em que foram ditas.

Tentou entender as feições de Olga. Ela se manteve calada. No peito de Olga, ardia o desejo de apaziguar Stolz, retirar as palavras "me atormentei", ou quem sabe explicá-las de outro modo que não aquele como Stolz as compreendera; no entanto, como explicá-las, isso ela mesma não sabia, apenas sentia confusamente que os dois estavam sob o domínio de uma incompreensão fatal, numa situação falsa, que por isso pesava sobre ambos, e que só ele, ou ela com a ajuda dele, podia esclarecer e pôr em ordem o passado e o presente. Mas para tanto era preciso atravessar o abismo, revelar a ele o que se passava com ela: como ela desejava e temia... o julgamento de Stolz!

— Eu mesma não compreendo nada; talvez eu esteja num caos e numa escuridão ainda maiores do que são para o senhor! — disse Olga.

— Escute, a senhora acredita em mim? — perguntou Stolz e segurou a mão de Olga.

— Ilimitadamente, como em uma mãe... o senhor sabe disso — respondeu Olga com voz fraca.

— Conte-me o que aconteceu com a senhora desde a última vez em que nos vimos. Agora a senhora é impenetrável para mim, antes eu lia os pensamentos em seu rosto: parece que esse era o único meio de nos entendermos. A senhora concorda?

— Ah, sim, é necessário... é preciso acabar com isso, de alguma forma... — exclamou Olga com angústia por causa da confissão inevitável. "Nêmesis! Nêmesis!", pensou ela, inclinando a cabeça na direção do peito.

Olga baixou os olhos e calou-se. E a alma de Stolz sentiu um sopro de horror com aquelas meras palavras e mais ainda com o silêncio de Olga.

"Ela está angustiada! Meu Deus! O que há com ela?", pensou Stolz com um frio na testa e sentiu que suas pernas e seus braços tremiam. Imaginou algo terrível demais. Olga continuava calada e, visivelmente, lutava consigo mesma.

— Então... Olga Serguéievna... — insistiu ele. Olga ficou em silêncio, fez apenas um movimento nervoso, quase impossível de distinguir no escuro; apenas se ouviu muito de leve o roçar do vestido de seda.

— Estou tentando tomar coragem — disse ela afinal. — Se o senhor soubesse como é difícil! — acrescentou depois, voltando-se para o lado, tentando vencer sua luta íntima.

Olga gostaria que Stolz soubesse de tudo não por ela mesma, mas por outra pessoa, algum estranho. Por sorte, tinha escurecido e seu rosto estava na sombra: só a voz podia ser percebida, mas as palavras não queriam sair de sua língua, como se ela tivesse dificuldade de encontrar a nota certa para começar.

"Meu Deus! Como deve ser grande minha culpa, se sinto tanta vergonha, tanta dor!", atormentava-se Olga interiormente.

E não fazia muito tempo, cheia de confiança, ela queria conduzir seu próprio destino e o de outras pessoas, sentia-se tão inteligente, forte! E agora era sua vez de tremer como uma menina! A vergonha por causa do passado, a provação por causa do presente e a situação falsa a afligiam...

Era insuportável!

— Vou ajudar a senhora... a senhora... amou? — falou Stolz com dificuldade, pois as próprias palavras lhe causaram sofrimento.

Olga fez que sim, em silêncio. E de novo ele sentiu um sopro de horror.

— Quem foi? É algum segredo? — perguntou Stolz, tentando falar com firmeza, mas sentindo os lábios tremerem.

Olga sentiu-se ainda mais aflita. Queria pronunciar um outro nome, inventar outra história. Por um momento, ela hesitou, mas não havia o que fazer: como uma pessoa que no instante de extremo perigo se atira de um barranco escarpado ou se joga nas chamas, Olga exclamou de repente:

— Oblómov!

Stolz ficou espantado. Passaram-se uns dois minutos de silêncio.

— Oblómov! — repetiu ele, com assombro. — Não é verdade! — acrescentou, de modo taxativo, baixando o tom de voz.

— É verdade! — disse ela, serena.

— Oblómov! — repetiu ele de novo. — Não pode ser! — acrescentou mais uma vez com segurança. — Há alguma coisa, aqui: a senhora não compreendeu bem a si mesma, ou a Oblómov, ou, enfim, ao amor.

Olga ficou em silêncio.

— Isso não é amor, é outra coisa, eu garanto! — insistiu, com obstinação.

— Sim, na opinião do senhor, eu flertei com ele, eu o fiz de bobo, deixei-o infeliz... depois, fui atrás do senhor! — disse Olga com voz contida e, de novo, em sua voz, gotejaram lágrimas de vergonha.

— Querida Olga Serguéievna! Não se zangue, não fale assim: não é essa sua maneira de falar. A senhora sabe que não penso nada disso. Mas em minha cabeça não entra a ideia, eu não compreendo como Oblómov...

— No entanto, ele é digno da amizade do senhor; o senhor mesmo tem o maior apreço por ele. Por que então não é digno de amor? — defendeu-se Olga.

— Eu sei que o amor é, talvez, menos exigente do que a amizade — disse Stolz —, não raro, o amor é cego, as pessoas amam não pelos méritos... é sempre assim. Mas para o amor é preciso alguma coisa, às vezes uma ninharia, que não se consegue determinar, a que não se pode dar um nome e que meu incomparável, mas lerdo, Iliá não possui. É por isso que estou espantado. Escute — prosseguiu com animação —, assim nós nunca vamos chegar até o fundo, não vamos nos compreender um ao outro. Não se envergonhe dos detalhes, não se poupe durante meia hora, conte-me tudo, e eu direi à senhora do que se tratou na verdade e até, quem sabe, o que vai acontecer... Tenho a impressão de que... de que não é bem esse o caso... Ah, se fosse verdade! — acrescentou com animação. — Se fosse Oblómov, e não outro! Oblómov! Então isso significaria que a senhora não está presa ao passado, ao amor, mas que a senhora é livre... Conte, conte depressa! — concluiu Stolz com voz calma, quase alegre.

— Sim, graças a Deus! — respondeu Olga em tom confiante, alegrando-se porque uma parte de suas cadeias tinha sido removida. — Sozinha, vou enlouquecer. Se o senhor soubesse como sofro! Não sei se tenho culpa ou não, se devo me envergonhar do passado, lamentá-lo, ter esperança de algum futuro ou desesperar-me de uma vez… O senhor falou de suas angústias, mas nem desconfia das minhas. Então escute até o fim, mas não com a inteligência: tenho medo da inteligência do senhor; é melhor com o coração: talvez o coração leve em conta que não tive mãe, que vivi desgarrada… — acrescentou em voz baixa, abatida. — Não — apressou-se em se corrigir —, não tenha pena de mim. Se aquilo foi amor, então… vá embora. — Parou um momento. — E volte depois, quando só a amizade voltar a falar. Se foi uma frivolidade, uma sedução fútil, então condene, vá para longe e me esqueça. Ouça.

Em resposta, Stolz apertou com firmeza as mãos dela.

Teve início a confissão de Olga, longa e minuciosa. Com nitidez, palavra por palavra, ela transferiu de sua mente para outra mente tudo aquilo que tanto a atormentava, que a fazia corar, que antes a deixava comovida, feliz, e que de repente a fizera cair num torvelinho de dúvida e aflição.

Falou dos passeios, do parque, de suas esperanças, da redenção e da queda de Oblómov, do ramo de lilases e até do beijo. Só passou em branco pela tarde abafada no jardim — na certa porque ainda não chegara a uma conclusão sobre o tipo de ataque que havia sofrido então.

De início, ouvia-se apenas seu sussurro constrangido, porém, à medida que falava, sua voz tornou-se mais clara e mais desenvolta; do sussurro passou para o meio-tom, depois se ergueu a notas plenas, vibradas no peito. Terminou serena, como se contasse a história de outra pessoa.

Diante dela, uma cortina foi erguida, desenrolou-se o passado, o qual até aquele momento ela temia encarar. Seus olhos se abriram para muitas coisas, e Olga teria olhado com coragem para seu companheiro, se não estivesse escuro.

Ela havia terminado e esperava a sentença de condenação. Mas a resposta foi um silêncio sepulcral.

O que há com ele? Não se ouvia nenhuma palavra, nenhum movimento, nem a respiração; era como se não houvesse ninguém com ela.

Tamanho mutismo despertou a dúvida outra vez em Olga. O silêncio se prolongou. O que significava aquele silêncio? Qual a sentença que preparava para ela o juiz mais perspicaz e complacente do mundo? Todos os demais a condenariam cruelmente, só ele podia ser seu advogado, era quem ela escolheria… Ele compreenderia tudo, ponderaria as razões e decidiria em favor de Olga, melhor do que ela mesma! Mas Stolz continuava em silêncio; será que a causa de Olga estava perdida?

Ela sentiu medo outra vez...

A porta se abriu, e duas velas, trazidas pela criada, lançaram uma luz na diagonal.

Olga lançou a ele um olhar tímido, mas ansioso e interrogador. Stolz havia cruzado os braços e a fitava com olhos muito gentis e francos e se deliciava com seu embaraço.

O coração de Olga se reanimara, se reaquecera. Ela suspirou, apaziguada, e quase chorou. Na mesma hora, voltaram a complacência consigo mesma e a confiança em Stolz. Olga estava feliz como uma criança a quem perdoaram, acalmaram e agradaram.

— Terminou? — perguntou ele em voz baixa.

— Terminei! — respondeu.

— E a carta dele?

Olga tirou a carta da pasta e lhe entregou. Stolz aproximou-se da vela, leu até o fim e colocou o papel sobre a mesa. E os olhos voltaram-se de novo para ela com a mesma expressão que Olga já fazia tempo não via em Stolz.

Diante dela estava seu amigo de antes, seguro de si, um pouco zombeteiro e infinitamente bom, que a mimava. Em seu rosto, não havia nenhuma sombra de sofrimento nem de dúvida. Ele segurou as mãos de Olga, beijou uma e depois a outra, depois refletiu profundamente. Olga, por sua vez, ficou em silêncio, e sem piscar observava os movimentos dos pensamentos no rosto de Stolz.

De súbito, ele se levantou.

— Meu Deus, se eu soubesse que se tratava de Oblómov, não teria me atormentado tanto! — disse, olhando para ela com muito carinho e credulidade, como se Olga não tivesse aquele passado terrível. Ela sentia o coração tão alegre que parecia em festa. Estava leve. Para ela, tinha ficado claro que sentia vergonha somente perante Stolz, mas que ele não a condenava, não fugia! O que importava a Olga o julgamento do mundo inteiro?

Stolz já havia recuperado o autocontrole, estava alegre; mas para Olga aquilo era pouco. Via que estava absolvida; porém, como ré, queria ouvir a sentença. E Stolz pegou o chapéu.

— Aonde o senhor vai? — perguntou Olga.

— A senhora está agitada, descanse! — disse. — Amanhã conversaremos...

— O senhor quer que eu passe a noite sem dormir? — interrompeu Olga, segurando-o pela mão e puxando-o para a cadeira. — Quer ir embora sem me dizer o que... foi isso, o que sou agora, o que... serei? Tenha piedade, Andrei Ivánitch: quem mais irá me dizer? Quem vai me punir, se eu merecer, ou... quem vai me perdoar? — acrescentou Olga e lançou para ele um olhar de amizade tão terna que Stolz largou o chapéu e por pouco não se pôs de joelhos diante de Olga.

— Meu... permita que o diga... anjo! — disse Stolz. — Não se atormente em vão: não é necessário perdoar nem castigar a senhora. Na verdade, eu não tenho nada a acrescentar ao seu relato. Quais podem ser as suas dúvidas? A senhora quer saber o que foi isso, quer lhe dar um nome? A senhora sabe há muito tempo. Onde está a carta de Oblómov? — pegou a carta que estava na mesa. — Escute a senhora mesma! — E leu: "Seu 'eu amo' presente não é um amor presente, mas futuro; é apenas a inconsciente necessidade de amar que, por falta de nutrição atual suficiente, se exprime naquele carinho que as mulheres sentem pelas crianças, por outra mulher, até simplesmente nas lágrimas ou em ataques histéricos: a senhora está enganada (leu Stolz, enfatizando essas palavras), à sua frente não está aquilo que esperava, a pessoa com que sonhava. Tenha paciência, ele virá, e aí a senhora vai acordar; terá pena e vergonha de seu erro...". Veja como isso é verdadeiro! — disse Stolz. — A senhora sentia vergonha e pena... do erro. Não há nada a acrescentar. Ele tinha razão, e a senhora não acreditou, essa é sua única culpa. A senhora deveria ter se afastado naquele momento; mas sua beleza o dominava... e a senhora ficava comovida... com a ingenuidade angelical de Oblómov! — acrescentou Stolz com uma pontinha de ironia.

— Não acreditei nele, pensei que o coração não se engana.

— Mas se engana: e às vezes de modo desastroso! Mas, no caso da senhora, não alcançou o coração — acrescentou —, de um lado, imaginação e vaidade, do outro, fraqueza... E a senhora receava que não houvesse outra festa na vida, que aquele raio pálido havia iluminado a vida por um momento e depois haveria uma noite eterna.

— E as lágrimas? — disse ela. — Por acaso não vinham do coração quando eu chorava? Não menti, eu era sincera...

— Meu Deus! Mas as mulheres choram por qualquer coisa! A senhora mesma diz que sentiu pena de um buquê de lilases, de um banco predileto. A isso acrescente uma vaidade enganosa, o frustrado papel de salvadora, um pouco de costume... Quantos motivos existem para as lágrimas!

— E nossos encontros e passeios, também foram um engano? Lembre que eu... estive na casa dele... — conseguiu falar Olga com embaraço e, assim pareceu, quis engolir as próprias palavras. Tentou incriminar a si mesma apenas para ele a defender com mais ardor, para ela se tornar cada vez mais correta e justa aos olhos de Stolz.

— Pelo relato da senhora se percebe que, nos últimos encontros, a senhora não tinha o que dizer. Seu assim chamado "amor" não tinha conteúdo nenhum; não podia ir além. A senhora se afastou já antes da despedida e foi fiel não ao amor, mas ao fantasma do amor, que a senhora mesma imaginou... Esse é todo o segredo.

— E o beijo? — sussurrou ela tão baixo que ele nem ouviu, mas adivinhou.

— Ah, isso é importante — respondeu Stolz com uma severidade cômica —, por isso é necessário proibir a senhora... de comer a sobremesa. — Fitou-a com grande carinho, com grande amor.

— Não se desculpa tal "engano" com uma brincadeira! — retrucou Olga, severa, ofendida pelo tom indiferente e depreciativo de Stolz. — Para mim, seria mais fácil se me punissem com uma palavra cruel, se chamassem minha falta pelo nome verdadeiro.

— Eu não estaria brincando, se o caso tivesse ocorrido com outro que não Iliá — justificou-se Stolz —, nesse caso, o engano poderia terminar... em desgraça, mas conheço Oblómov...

— Com outro, nunca! — interrompeu Olga, exaltando-se. — Eu o conheci melhor do que o senhor, talvez...

— Está vendo? — insistiu Stolz.

— Mas se ele... tivesse mudado, tivesse voltado à vida, se ele tivesse me obedecido... eu não o teria amado? Nesse caso, teria sido também um engano, uma mentira? — perguntou Olga, para encarar a questão de todos os lados, para que não restasse nenhum ponto em aberto, nenhum enigma...

— Ou seja, se no lugar dele estivesse outra pessoa — interrompeu Stolz —, sem dúvida, suas relações constituiriam amor, teriam se consolidado e nesse caso... Mas esses já são outro romance e outro herói, com os quais nós não temos nada a ver.

Olga suspirou como se tivesse tirado o último peso do espírito. Os dois ficaram em silêncio.

— Ah, que felicidade... recuperar-se — disse Olga lentamente, como que desabrochando, e voltou para ele um olhar de gratidão tão profunda, de uma amizade tão ardente e incomparável, que naquele olhar Stolz pareceu ver a centelha que fazia quase um ano procurava em vão. Em Stolz, correu um tremor de alegria.

— Não, eu é que estou me recuperando! — disse ele e pensou um pouco. — Ah, se ao menos eu soubesse antes que o herói desse romance era o Iliá! Quanto tempo perdido, quanto sangue desperdiçado! Para quê? Por quê? — insistiu Stolz, quase com irritação.

Mas de repente pareceu recuperar-se daquela irritação, despertar de uma meditação opressiva. A testa ficou lisa, os olhos se alegraram.

— Mas obviamente isso era inevitável: em compensação, como estou tranquilo agora e... feliz! — acrescentou, inebriado.

— É como se fosse um sonho, é como se não tivesse acontecido nada! — disse Olga em tom pensativo, quase inaudível, admirando-se de sua repentina regeneração. — O senhor removeu não só a vergonha, o remorso, mas também a amargura, a dor, tudo... Como fez isso? — perguntou Olga em voz baixa. — E tudo vai passar, esse engano?

— Sim, acho até que já passou! — respondeu Stolz, fitando-a pela primeira vez com olhos de paixão, e sem escondê-lo. — Ou seja, tudo o que aconteceu.

— E o que... irá acontecer... não será um engano... será verdade...? — perguntou ela, sem terminar a frase.

— Veja o que está escrito aqui — concluiu Stolz, e pegou de novo a carta. — "À sua frente, não está aquilo que esperava, a pessoa com quem sonhava: ele virá, e aí a senhora vai acordar..." E vai amar, acrescento de minha parte, vai amar tanto que não só um ano, mas uma vida inteira será pouco para tanto amor, só não sei... por quem — disse ele, sondando nos olhos de Olga.

Ela baixou os olhos e comprimiu os lábios, mas através das pálpebras rompiam raios, os lábios queriam conter um sorriso, mas não contiveram.

518

Olga lançou um olhar para Stolz e riu com tamanha sinceridade que chegou às lágrimas.

— Eu já disse à senhora o que foi que aconteceu e até o que irá acontecer, Olga Serguéievna — concluiu Stolz. — Mas a senhora não disse nada em resposta à minha pergunta, a qual nem me deixou concluir.

— Mas o que posso dizer? — retrucou Olga, embaraçada. — Se tivesse o direito, será que eu poderia dizer aquilo de que o senhor tanto precisa e que... o senhor tanto merece? — acrescentou num sussurro e lançou um olhar encabulado para Stolz.

Naquele olhar, ele vislumbrou de novo a centelha de uma amizade sem precedentes; mais uma vez, estremeceu de felicidade.

— Não se apresse — acrescentou Stolz —, diga o que mereço quando terminar o luto de seu coração, o luto do decoro. Este ano também me ensinou alguma coisa. Mas agora responda só uma pergunta: devo ir ou... ficar?

— Veja só: o senhor está flertando comigo! — disse ela de repente, em tom alegre.

— Ah, não! — observou Stolz, em tom sério. — Não foi essa a pergunta. Agora ela tem outro sentido: se eu ficar... ficarei com que direitos?

De repente, Olga sentiu-se embaraçada.

— Está vendo? Não estou flertando! — riu ele, satisfeito por ter apanhado Olga de surpresa. — Afinal, depois de nossa conversa de hoje, temos de nos tratar de modo diferente: não somos os mesmos que éramos ontem.

— Não sei... — murmurou Olga, ainda mais embaraçada.

— Permite que lhe dê um conselho?

— Diga... vou obedecer cegamente! — acrescentou ela com uma submissão quase apaixonada.

— Case comigo, enquanto espera a vinda *dele*!

— Ainda não me atrevo... — murmurou Olga, cobrindo o rosto com as mãos, emocionada, mas feliz.

— Por que não se atreve? — perguntou Stolz num sussurro, atraindo a cabeça dela em sua direção.

— E o passado? — sussurrou Olga outra vez, pousando a cabeça no peito de Stolz, como se ele fosse sua mãe.

Com brandura, Stolz afastou a mão do rosto de Olga, beijou sua cabeça, admirou demoradamente seu constrangimento e fitou com prazer as lágrimas que lhe vieram e que foram de novo absorvidas pelos olhos.

— Vai murchar, como o seu lilás! — concluiu ele. — A senhora teve uma lição: agora chegou a hora de aplicar o que aprendeu. A vida está começando: entregue-me o seu futuro e não pense mais no assunto... Vou cuidar de tudo. Vamos falar com sua tia.

Mais tarde, Stolz foi para casa.

"Achei o que procurava", pensou, olhando com olhos enamorados para as árvores, para o céu, para o lago, até para a neblina que subia da água. "Afinal, consegui! Tantos anos de desejo, de paciência, de economia de forças do espírito! Quanto tempo esperei... tudo foi concedido: aí está ela, a felicidade suprema do homem!"

Agora, diante de seus olhos, a felicidade punha tudo o mais em segundo plano: o escritório, a carruagem do pai, as luvas de camurça, o ábaco engordurado — toda a sua vida de negócios. Na memória, renasciam apenas o quarto perfumado da mãe, as variações de Herz, a galeria do príncipe, os olhos azuis, os cabelos castanhos polvilhados de pó — e tudo envolto pela voz carinhosa de Olga: em pensamento, ele a escutava cantar.

— Olga... minha esposa! — murmurou, num sobressalto de paixão. — Encontrei tudo, não é preciso procurar mais nada, nem ir a parte alguma!

E caminhou para casa, envolvido por uma neblina mental de felicidade, sem reparar nas ruas, nas calçadas...

Olga o acompanhou por muito tempo com o olhar, depois abriu a janela, por alguns minutos respirou o frescor da noite; a agitação aos poucos amainou, o peito respirou tranquilo.

Ela voltou os olhos para o lago, para a distância e refletiu de modo tão sereno, tão profundo, que pareceu adormecer. Olga queria entender o que estava pensando, o que sentia, mas não conseguia. Os pensamentos rolavam tão indiferentes como ondas, o sangue corria muito fluido nas veias. Ela experimentava a felicidade e não conseguia determinar onde estavam as fronteiras, o que era o quê. Olga pensava por que estava tão tranquila, em paz, tão integralmente boa, por que estava sossegada, e ao mesmo tempo...

— Sou a noiva dele... — sussurrou.

"Eu sou noiva!", pensa a moça, com um calafrio de orgulho, depois de esperar muito tempo o momento que ilumina toda a sua vida, que a leva para o alto; e das alturas ela contempla a trilha sombria onde, antes, caminhava sozinha e sem ser notada.

Por que então Olga não estremece? Ela também caminhava sozinha e sem ser notada em sua trilha, também numa encruzilhada encontrou a *ele*, que tomou sua mão e a levou não para o fulgor de raios ofuscantes, mas como que para um rio largo e caudaloso, para campos vastos e para colinas risonhas e amigas. O olhar de Olga não se contraiu com o brilho, o coração não fraquejou, a imaginação não se inflamou.

Com uma alegria serena, ela aplacou o olhar na caudalosa torrente da vida, em seus campos vastos e colinas verdejantes. Nenhum tremor correu por seus ombros, o olhar não ardeu de orgulho: só quando ela o transferiu dos campos e das colinas para aquele que segurava sua mão, sentiu que lágrimas escorriam devagar pelo rosto...

Olga continuava sentada, parecia dormir — tão tranquilo era o sonho de sua felicidade: ela não se mexia, quase não respirava. Imersa no esquecimento, ela dirigia o olhar mental para uma espécie de noite serena, azul, com um brilho delicado, calor e perfume. O devaneio de felicidade abriu largas asas e planou lentamente, como uma nuvem no céu, acima de sua cabeça...

Naquele sonho, Olga não se via envolta em gases e crepes por duas horas e depois, em andrajos banais pelo resto da vida. Não sonhava com um banquete festivo, nem com fogos, nem com brados de alegria; sonhava com a felicidade, mas tão simples, tão sem adornos, que ela, mais uma vez, sem nenhum tremor de orgulho, e só com uma profunda ternura, murmurou:

— Sou a noiva dele!

V.

Meu Deus! Como tudo parecia sombrio e maçante na casa de Oblómov, um ano e meio depois de seu aniversário, quando Stolz chegara inesperadamente para jantar. E o próprio Iliá Ilitch ficara obeso, o tédio se enraizara em seus olhos e de lá espreitava, como uma espécie de doença.

Ele andava pelo quarto, para lá e para cá, depois se deitava e olhava para o teto; pegava um livro na estante, percorria algumas linhas com os olhos, bocejava e começava a tamborilar com os dedos na mesa.

Zakhar ficara ainda mais desajeitado, desleixado; usava remendos nos cotovelos; parecia muito pálido e faminto, como se comesse mal, dormisse mal e fizesse o trabalho de três pessoas.

O roupão de Oblómov estava surrado e gasto, e, apesar de os buracos estarem zelosamente costurados, ele se desfazia pelas costuras e por todos os lados: havia muito tempo que era preciso arranjar um novo. O cobertor na cama também estava gasto e com remendos aqui e ali; havia muito tempo que as cortinas nas janelas tinham desbotado e, embora estivessem lavadas, pareciam em farrapos.

Zakhar trouxe uma toalha velha, cobriu a metade da mesa perto de Oblómov, depois, com cuidado, mordendo a língua, trouxe a jarra com vodca e as taças, serviu o pão e se retirou.

A porta que dava para a parte da casa onde morava a proprietária abriu, Agáfia Matviéievna entrou depressa com uma frigideira que chiava com um omelete.

Ela havia mudado, de maneira pavorosa, nem um pouco em seu proveito. Havia emagrecido. Não tinha mais as bochechas rédondas e brancas, que nunca ficavam vermelhas nem pálidas; as sobrancelhas ralas não reluziam; os olhos estavam afundados.

Usava um velho vestido de chita; as mãos eram ou queimadas de sol, ou calejadas pelo trabalho, pelo fogo ou pela água, ou então pelas duas coisas.

Akulina já não morava na casa. Aníssia estava na cozinha, na horta, corria atrás das galinhas, limpava o chão e lavava; não conseguia dar conta de tudo sozinha, e Agáfia Matviéievna, querendo ou não, trabalhava na cozinha: ralava, moía e peneirava um pouco, porque havia pouco café, canela e amêndoas, e quanto ao trabalho de renda, ela havia esquecido e nem pensava mais naquilo.

Agora, muitas vezes ela precisava picar cebola, ralar rabanete e outros temperos semelhantes. Havia em seu rosto um profundo abatimento.

Mas não suspirava nem por si mesma, nem por seu café, afligia-se não por não ter a chance de andar atarefada, de manter a casa com fartura, de moer canela, pôr baunilha no molho ou ferver o leite gordo e a nata, mas sim porque Iliá Ilitch passara mais um ano sem provar nada daquilo, porque o café não era trazido para ele em fartas quantidades das melhores lojas, mas em vez disso era comprado com moedinhas numa barraca de feira; o leite gordo não era trazido por uma finlandesa, mas fornecido pela mesma barraca, e porque, em lugar de uma costeleta suculenta, ela estava servindo um omelete para Oblómov almoçar, junto com um presunto duro, meio estragado, comprado também na mesma barraca.

O que isso queria dizer? Queria dizer que, durante um ano inteiro, a renda de Oblómovka, enviada regularmente por Stolz, tinha ido direto para o pagamento da nota promissória que Oblómov dera à proprietária.

"O negócio dentro da lei" do irmão dela alcançara um êxito além do esperado. Ante a primeira alusão de Tarántiev ao caso escandaloso, Iliá Ilitch ficou vermelho e confuso; depois entraram num acordo amigável, em seguida os três beberam e Oblómov assinou a nota promissória, com validade de quatro anos; um mês depois, Agáfia Matviéievna assinou uma nota promissória idêntica em nome do irmão, sem ter a mínima ideia do que estava assinando. O irmão disse que era um documento necessário para a casa e mandou que escrevesse: "Fulana de tal (posição social, nome e sobrenome de família) assinou esta nota promissória de próprio punho".

Ela apenas se queixou de ter de escrever tanto e pediu ao irmão que mandasse Vánia escrever, porque ele era "um danado para escrever", enquanto ela podia fazer alguma bobagem. Mas o irmão exigiu taxativamente, e a proprietária assinou com letras tortas, grandes e tremidas. Depois, nunca mais se falou do assunto.

Oblómov, ao assinar, consolou-se em parte porque aquele dinheiro iria para os dois órfãos e, depois, no dia seguinte, quando sua cabeça ficou desanuviada outra vez, lembrou-se com vergonha daquele trato e tentou esquecer, evitava encontrar-se com o irmão da proprietária e, se Tarántiev começava a falar do assunto, ele ameaçava retirar-se imediatamente da casa e partir para a aldeia.

Mais tarde, quando recebeu o dinheiro da aldeia, o irmão da proprietária veio lhe falar e declarou que ele, Iliá Ilitch, pagaria com mais facilidade sua dívida usando imediatamente o dinheiro da renda; que assim a dívida estaria saldada em três anos, ao passo que, se esperasse o fim do prazo, quando o documento fosse cobrado, sua propriedade teria de ser posta em leilão público, pois Oblómov não possuía a soma em mãos e pelo visto tampouco a teria no futuro.

Oblómov compreendeu em que arapuca havia caído, quando tudo o que Stolz enviava passou a ser encaminhado para saldar a dívida e só lhe restava uma pequena quantia para sobreviver.

O irmão da proprietária apressou-se em concluir aquela barganha voluntária com seu devedor em dois anos, com receio de que alguma coisa, de algum modo, viesse perturbar o negócio, e por isso Oblómov se viu de repente numa situação bem difícil.

De início, aquilo não ficou muito visível, devido ao seu hábito de não saber quanto dinheiro tinha no bolso; mas Ivan Matviéievitch inventou de cortejar a filha de um vendedor de cereais, alugou uma residência à parte e mudou-se.

As pretensões de fartura doméstica de Agáfia Matviéievna foram suspensas repentinamente: o esturjão, a carne branquíssima de vitela e o peru passaram a frequentar outra cozinha, a da nova residência de Mukhoiarov.

Lá, à noite, as luzes brilhavam, reuniam-se os futuros parentes do irmão da proprietária, seus colegas e Tarántiev; lá, havia de tudo. Agáfia Matviéievna e Aníssia de uma hora para outra ficaram de boca aberta e de braços caídos e inúteis diante de panelas e caçarolas vazias.

Agáfia Matviéievna soube, pela primeira vez, que era dona só da casa, da horta e das galinhas e que nem a canela nem a baunilha cresciam em sua horta; viu que, nos mercados, os merceeiros aos poucos pararam de cumprimentá-la com uma reverência acentuada e com um sorriso e que aquelas reverências e aqueles sorrisos passaram a se multiplicar para a nova, gorda e bem-vestida cozinheira de seu irmão.

Oblómov entregara à proprietária todo o dinheiro que o irmão dela lhe dera para seu sustento cotidiano e, por três ou quatro meses, sem se dar conta de nada, ela, como antes, moía fartas quantidades de café, ralava canela, cozinhava carne de vitela e de peru, e fez assim até o último dia, em que gastou as últimas sete moedas de dez copeques e foi avisar a ele que não tinha mais dinheiro.

Oblómov virou-se três vezes no sofá ao ouvir a notícia, depois olhou em sua gaveta: não tinha nada. Tentou lembrar onde havia colocado o dinheiro e não lembrou: vasculhou a superfície da mesa com a mão em busca de alguma moeda, perguntou para Zakhar, que não tinha a menor ideia. A proprietária foi falar com o irmão e, ingenuamente, disse que não havia dinheiro em casa.

— Como foi que você e aquele magnata deram cabo dos mil rublos que dei para ele cobrir os gastos diários? — perguntou. — Onde vou arranjar dinheiro? Você sabe que vou casar: não posso sustentar duas famílias, e você e esse fidalgo têm de aprender a viver com o que têm.

— O que você está reclamando do meu fidalgo, irmão? — disse ela. — Que mal ele fez a você? Não incomoda ninguém, vive no seu canto. Não fui eu que o atraí para ficar em nossa casa: foi você e o Míkhei Andreitch.

Ele deu à irmã dez rublos e disse que não tinha mais. Porém, depois, esquecido do trato com o compadre na taberna, decidiu que não podia abandonar a irmã e Oblómov daquela forma, que talvez o caso chegasse aos ouvidos de Stolz, o qual viria correndo, adivinharia tudo e na certa faria alguma coisa, e assim não daria tempo de Oblómov saldar a dívida, apesar de ser "um negócio dentro da lei": Stolz era alemão e, portanto, muito esperto!

Ele passou a dar mais cinquenta rublos por mês, supondo que ia recuperar esse dinheiro da renda de Oblómov, dali a três anos, mas explicou à irmã, e até jurou por Deus, que não daria nem mais um tostão, e calculou quanto deviam economizar com comida, como cortar as despesas, chegou a especificar os pratos que deviam preparar e quando, avaliou quanto ela podia ganhar com as galinhas, com os repolhos, e decidiu que com tudo aquilo era possível levar uma vida folgada.

Pela primeira vez na vida, Agáfia Matviéievna pôs-se a pensar não nos assuntos domésticos, mas em outra coisa, pela primeira vez começou a chorar, não com raiva de Akulina por ter quebrado um prato, não por causa das repreensões do irmão por causa de um peixe malcozido; pela primeira vez, viu-se diante de uma terrível necessidade, mas terrível não para ela, e sim para Iliá Ilitch.

"Como é que esse fidalgo", analisava ela, "de uma hora para outra vai passar a comer nabo com manteiga, em vez de aspargos, carneiro em vez de tetrazes, perca salgada e, talvez, gelatina das barracas de feira, em vez de trutas de Gátchina* e ovas de esturjão…"

Que horror! Ela nem levou o raciocínio até o fim, trocou de roupa às pressas, chamou um coche de aluguel e foi à casa dos parentes de seu falecido marido, e não era Páscoa ou Natal, nem havia um almoço de família, era de manhã cedo, ela trazia uma preocupação, palavras estranhas e a pergunta: o que fazer? E também queria dinheiro.

Eles tinham muito: logo dariam o dinheiro, assim que soubessem que era para Iliá Ilitch. Se fosse para o café, para o chá, para as roupas de seus filhos, para os sapatos ou para outros caprichos semelhantes, ela nem tocaria no assunto, mas era para uma necessidade premente, uma emergência: para Iliá Ilitch comer aspargos, tetrazes assados, e ele adorava ervilhas francesas…

Mas eles ficaram surpresos, não deram dinheiro, e disseram que se Iliá Ilitch possuísse algumas coisas, objetos de ouro ou talvez de prata, ou mesmo peles, era possível penhorar, e também disseram que havia benfeitores dispos-

---

* Região ao sul de São Petersburgo, onde corre o rio Ijora, berço das famosas trutas locais.

tos a dar a Oblómov um terço do valor de tais objetos, até que ele recebesse nova remessa da renda de sua propriedade.

Em outros tempos, tal lição de vida prática teria passado em branco pela cordial proprietária, não teria nem roçado sua cabeça, em vez de penetrar nela como balas, mas naquele momento ela compreendeu com a inteligência do coração, captou tudo e, depois de pensar bem, decidiu... penhorar suas pérolas, que ganhara no casamento.

Iliá Ilitch, sem suspeitar de nada, no dia seguinte bebeu uma vodca de groselha, beliscou pedacinhos de um salmão excelente, comeu seus adorados miúdos e um tetraz branco e fresco.

Agáfia Matviéievna e os filhos comeram a sopa de repolho dos criados e, só para fazer companhia a Iliá Ilitch, ela bebeu duas xícaras de café.

Logo depois das pérolas, ela tirou de uma arca particular um broche de pedras preciosas, depois passou para a prata, depois para um casaco de pele... Chegou a hora de receber o dinheiro da aldeia: Oblómov entregou tudo para ela. A proprietária resgatou as pérolas e pagou os juros do broche, da prata e das peles, e de novo lhe preparou aspargos, tetrazes, e só para manter as aparências bebia café com ele. As pérolas de novo voltaram ao seu lugar.

De semana a semana, dia a dia, ela dava tudo de si, atormentava-se, fazia das tripas coração, vendeu o xale, mandou vender o vestido de baile e ficou só com um vestido de chita comum, com os cotovelos de fora, e nos domingos cobria o pescoço com um velho e trivial lenço de cabeça.

Por isso havia emagrecido, por isso tinha os olhos fundos e por isso ela mesma levava o café da manhã para Iliá Ilitch.

Conseguia tomar coragem até para mostrar um rosto alegre quando Oblómov anunciava que no dia seguinte Tarántiev, Alekséiev ou Ivan Guerássimovitch viriam jantar. O jantar ficava saboroso e era servido com asseio. Ela não fazia vergonha ao anfitrião. Mas quanta agitação, quanta correria, quantas negociações nas mercearias, e depois quanta insônia e quantas lágrimas custavam todos aqueles cuidados!

Como ela mergulhara a fundo, de uma hora para outra, nas inquietações da vida cotidiana e como conheceu bem seus dias felizes e infelizes! Mas ela amava aquela vida: apesar de toda a amargura de suas lágrimas e preocupações, ela não trocaria aquela vida por sua existência tranquila de antes, quando não conhecia Oblómov, quando reinava em meio a panelas, caçarolas e caldeirões cheios, ferventes, crepitantes, e tiranizava Akulina e o porteiro.

Ela chegava a tremer de terror quando, de repente, lhe vinha a ideia da morte, embora a morte fosse pôr fim, de uma vez por todas, a suas lágrimas que não secavam, à correria de dia e aos olhos sempre abertos de noite.

Iliá Ilitch tomou o café da manhã, tomou a lição de francês de Macha, sentou-se no quarto de Agáfia Matviéievna, observou como ela remendava a japona de Vánietchka, virando-a dez vezes para um lado e para o outro, e ao mesmo tempo corria sem cessar para a cozinha a fim de ver como estava a carne de carneiro que assava para o almoço e se já estava na hora de ferver a sopa de peixe.

— Por que a senhora vive nessa correria? — disse Oblómov. — Pare um pouco!

— Mas quem é que vai fazer as coisas se não for eu? — perguntou ela. — Veja, logo depois que eu puser dois remendos aqui, tenho de ferver a sopa de peixe. Que garoto mais desleixado, esse Vánia! Semana passada remendei mais uma vez a japona dele, e já rasgou de novo! Do que está rindo? — voltou-se para Vánia, sentado à mesa, de calça comprida e, sobre a camisa, só uma alça dos suspensórios. — Olhe só, se eu não remendar agora de manhã, ele não vai poder sair de casa. Na certa foram os garotos que rasgaram. Você se meteu numa briga, se atracou, não foi?

— Não, mamãe, rasgou sozinho — respondeu Vánia.

— Sozinho, sei! Você devia ficar em casa e estudar sua lição, em vez de viver correndo pela rua! Na última vez em que Iliá Ilitch tomou sua lição de francês, você não sabia nada… Vou tirar suas botinas também: assim vai ser obrigado a ficar com seu livro!

— Não gosto de estudar francês!

— Por quê? — perguntou Oblómov.

— O francês tem muitas palavras feias…

Agáfia Matviéievna suspirou. Oblómov deu uma gargalhada. Na verdade, já havia surgido entre eles aquela história de "palavras feias".

— Cale a boca, menino sujo — disse a proprietária. — É melhor assoar esse nariz, não está vendo?

Vániucha fungou, mas não assoou o nariz.

— Olhe, espere até eu receber o dinheiro da aldeia, aí mandarei que façam dois pares de roupas para ele — interferiu Oblómov —, uma japona azul e um uniforme no ano que vem: ele vai entrar no ginásio.

— Ora, o velho ainda serve muito bem para ele — disse Agáfia Matviéievna —, e o dinheiro será necessário para manter a casa. Vamos armazenar carne salgada, vou cozinhar frutas em compotas para o senhor... Tenho de ir ver se Aníssia trouxe o creme azedo... — Levantou-se.

— O que vamos comer hoje? — perguntou Oblómov.

— Sopa de peixe, carneiro assado e *variéniki*.*

Oblómov ficou em silêncio.

De repente chegou uma carruagem, bateram no portão, a corrente do cachorro tilintou e soaram latidos.

Oblómov foi para seu quarto, pensando que era alguém que queria falar com a proprietária: o açougueiro, o quitandeiro ou outra pessoa do mesmo tipo. Tais visitas costumavam vir acompanhadas de pedidos de dinheiro, seguidos da recusa, por parte da proprietária, e de ameaças, por parte do vendedor, depois vinham pedidos para esperar, por parte da proprietária, em seguida palavrões, a porta batia com força, o portão também, e o cachorro latia e fazia a corrente tilintar com fúria — uma cena de todo desagradável. Mas era uma carruagem que estava chegando — o que aquilo significava? Açougueiros e quitandeiros não andam de carruagem.

De repente, com um susto, a proprietária veio correndo chamá-lo.

— O senhor tem uma visita! — disse.

— Quem é? Tarántiev ou Alekséiev?

— Não, não, é aquele que veio almoçar no dia de santo Iliá.

— Stolz? — disse Oblómov, inquieto, olhando em volta, procurando um caminho por onde fugir. — Meu Deus! O que ele vai dizer quando vir... Diga que saí! — acrescentou, afobado, e fugiu para o quarto da proprietária.

Aníssia já ia receber a visita. Agáfia Matviéievna apressou-se em lhe dar a ordem. Stolz acreditou, mas ficou admirado de Oblómov não estar em casa.

— Bem, diga que virei daqui a duas horas, vou almoçar com ele! — avisou, e foi andar pelos arredores, no parque público.

— Vai vir almoçar! — comunicou Aníssia, assustada.

---

* *Variéniki*: pasteizinhos cozidos de origem ucraniana; podem ser doces ou salgados, recheados com frutas, carnes ou legumes.

— Vai vir almoçar! — repetiu Agáfia Matviéievna para Oblómov, apavorada.

— É preciso preparar outro almoço — resolveu ele, depois de um breve silêncio.

A proprietária lançou para Oblómov um olhar cheio de terror. Ela só tinha meio rublo e, até o dia 1º, quando o irmão lhe daria o dinheiro, ainda faltavam dez dias. Ninguém lhe venderia fiado.

— Não vamos ter tempo, Iliá Ilitch — observou ela, com humildade —, que ele coma o que temos...

— Ele não come isso, Agáfia Matviéievna: não suporta sopa de peixe, não come nem sopa de esturjão, e também não tolera carne de carneiro assada.

— Posso conseguir uma língua com o salsicheiro! — disse ela de repente, como se tivesse uma inspiração. — Fica aqui pertinho.

— Está bem, isso pode servir: e mande preparar uma salada verde, favas frescas...

— Mas favas estão custando oitenta copeques a libra! — a proprietária estava prestes a exclamar, porém sua língua se deteve.

— Muito bem, vou fazer isso... — disse ela, depois de resolver que ia substituir as favas por repolho.

— E mande trazer uma libra de queijo suíço! — ordenou ele, sem saber dos recursos de Agáfia Matviéievna. — E mais nada! Vou pedir desculpas, vou dizer que não estávamos esperando... Quem sabe conseguimos uma sopa de carne?

Ela fez menção de se retirar.

— E o vinho? — lembrou ele, de repente.

Ela respondeu com um novo olhar de terror.

— É preciso mandar trazer um Lafitte — exclamou Oblómov, com sangue-frio.

VI.

Duas horas depois, chegou Stolz.

— O que há com você? Como está mudado, cansado, pálido! Está bem de saúde? — perguntou Stolz.

— Estou mal de saúde, Andrei — disse Oblómov, abraçando-o —, a perna esquerda está cada vez mais entorpecida.

— Como está imundo este lugar! — disse Stolz, olhando em redor. — Por que não jogou fora esse roupão? Olhe só, está cheio de remendos!

— É o costume, Andrei; tenho pena de me desfazer dele.

— E a roupa de cama, e as cortinas… — começou Stolz. — Também é o costume? Tem pena de substituir esses trapos? Desculpe, mas será possível que você consegue dormir nessa cama? Afinal, o que há com você?

Stolz fitou Oblómov com atenção, depois olhou de novo para as cortinas, para a cama.

— Não é nada — disse Oblómov, confuso —, você sabe, nunca fui muito zeloso com meu quarto… É melhor irmos logo almoçar. Ei, Zakhar! Ponha logo a mesa… Bem, o que está fazendo aqui? Vai ficar muito tempo? De onde está vindo?

— Você não sabe o que estou fazendo aqui nem de onde venho? — perguntou Stolz. — Parece que você não tem recebido notícias do mundo dos vivos.

Oblómov fitou-o com curiosidade e esperou o que ia dizer.

— Como está Olga? — perguntou.

— Ah, você não esqueceu! Pensei que tinha esquecido — disse Stolz.

— Não, Andrei, como se pode esquecê-la? Seria esquecer que um dia eu vivi, que estive à beira de… Mas agora, veja!… — Suspirou. — Mas onde ela está?

— No campo, cuida de sua propriedade rural.

— Com a tia? — perguntou Oblómov.

— E o marido.

— Ela casou? — exclamou Oblómov de repente, com os olhos arregalados.

— Por que está assustado? Não serão as recordações?… — acrescentou Stolz em voz baixa, quase com ternura.

— Ah, não, pelo amor de Deus! — retrucou Oblómov, voltando a si. — Não me assustei, mas me admirei; não sei por que isso me impressionou. Faz tempo? Está feliz? Conte, por favor. Sinto que você tirou de mim um grande peso! Apesar de você ter me garantido que ela me perdoou, mesmo assim, sabe… não fiquei tranquilo! Alguma coisa continuava a me atormentar… Querido Andrei, como sou grato a você!

Oblómov ficou tão alegre, sacudia-se tanto no sofá, tanto se remexia que Stolz ficou admirado com ele e até se comoveu.

— Como você é bom, Iliá! — disse ele. — Seu coração é digno dela! Vou contar tudo a Olga…

— Não, não, não fale nada! — cortou Oblómov. — Ela vai me considerar um insensível porque fiquei alegre quando soube do seu casamento.

— E por acaso a alegria não é um sentimento? E além do mais sem egoísmo! Você se alegra só com a felicidade dela…

— É verdade, é verdade! — cortou Oblómov. — Deus sabe que bobagens estou falando… Mas quem é o felizardo? Eu nem perguntei.

— Quem é? — repetiu Stolz. — Como você é pouco perspicaz, Iliá!

Oblómov fixou de repente no amigo um olhar imóvel: suas feições se endureceram por um minuto e o rubor fugiu de seu rosto.

— Não… será você, por acaso? — perguntou, de súbito.

— Assustou-se de novo. Por quê? — disse Stolz, e riu.

— Não brinque, Andrei, diga a verdade! — falou Oblómov, agitado.

— Não estou brincando, palavra de honra. Estou casado com Olga faz um ano.

Aos poucos, o susto desapareceu do rosto de Oblómov, cedendo lugar a uma meditação serena; ainda não havia erguido os olhos, mas sua meditação, um minuto depois, já estava cheia de uma alegria tranquila e profunda, e quando voltou o olhar lentamente para Stolz, em seus olhos havia ternura e lágrimas.

— Querido Andrei! — exclamou Oblómov, abraçando-o. — Querida Olga... Serguéievna! — acrescentou em seguida, contendo a alegria. — Deus abençoou vocês! Meu Deus! Como estou contente! Diga a ela...

— Direi que não conheço ninguém igual a Oblómov! — interrompeu Stolz, profundamente comovido.

— Não, conte, lembre a Olga que me aproximei dela para colocá-la no caminho certo, e que abençoo esse encontro, abençoo a ela e seu novo caminho! Que, se eu fosse outra pessoa... — acrescentou, com horror. — E também que agora — concluiu, com alegria — eu não fico envergonhado de meu papel, não me arrependo; um peso foi retirado de minha alma; está tudo bem claro e fico feliz. Puxa! Muito obrigado!

Sentado no sofá, por pouco ele não dava pulos de tanto entusiasmo; ora chorava, ora ria.

— Zakhar, champanhe no almoço! — gritou, esquecido de que não tinha nem uma gota em casa.

— Direi tudo a Olga, tudo! — disse Stolz. — Não é à toa que ela não consegue esquecer você. Não, você é digno dela: você tem um coração profundo como um poço!

A cabeça de Zakhar surgiu através da porta.

— Por favor, venha cá um instante! — disse ele, piscando o olho para o patrão.

— O que há? — perguntou Oblómov com impaciência. — Vá embora!

— Dê o dinheiro, por favor! — sussurrou Zakhar.

Oblómov ficou em silêncio de repente.

— Ora, não precisa! — sussurrou para a porta. — Diga que esqueceu, que não teve tempo! Vá!... Não, venha cá! — disse em voz alta. — Já soube da novidade, Zakhar? Dê os parabéns; Andrei Ivánovitch casou!

— Ah, meu Deus! Que bom que Deus me permitiu viver até ter esta alegria! Meus parabéns, meu caro Andrei Ivánitch; que Deus lhe permita viver anos incontáveis e ter muitos filhos. Ah, que alegria!

Zakhar cumprimentava, sorria, sibilava, arquejava. Stolz pegou uma cédula de dinheiro e deu para ele.

— Que Deus o acompanhe, e compre uma casaca nova para você — disse —, veja, parece um mendigo.

— Com quem o senhor casou? — perguntou Zakhar, segurando a mão de Stolz.

— Com Olga Serguéievna... lembra? — disse Oblómov.

— Com a senhorita Ilínskaia! Meu Deus! Que senhorita maravilhosa! Foi com razão que me repreendeu então, Iliá Ilitch, sou mesmo um cachorro velho! A culpa foi minha, pecador que sou: pus o senhor no lugar dele. Fui eu que contei aos criados dos Ilínski, não o Nikita! Foi uma calúnia. Ah, puxa vida, ah, meu Deus!... — repetia Zakhar, enquanto saía.

— Olga convidou você para se hospedar na propriedade dela: seu amor já esfriou, não há perigo: você não vai sentir ciúmes. Vamos.

Oblómov suspirou.

— Não, Andrei — disse ele —, não temo nem o amor nem os ciúmes, apesar disso não irei à casa de vocês.

— Do que tem medo?

— Tenho medo da inveja: a felicidade de vocês será para mim um espelho, onde verei toda a minha vida amarga e destruída; de resto, agora não vou começar a viver de outra maneira, não posso.

— Chega, querido Iliá! Mesmo sem querer, você vai passar a viver como vivem à sua volta. Vai fazer as contas, administrar, ler, ouvir música. Nem imagina como ela agora aprimorou a voz! Lembra da "Casta diva"?

Oblómov abanou a mão para ele não recordá-lo.

— Então, vamos lá! — insistiu Stolz. — É a vontade dela; Olga não desiste. Eu me canso, mas ela não. Tem tanto ardor, tanta vida, que às vezes até me sufoca. O passado vai começar a fermentar de novo em sua alma. Você vai lembrar-se do parque, dos lilases e vai se comover...

— Não, Andrei, não, não me recorde, não me provoque, pelo amor de Deus! — interrompeu Oblómov em tom sério. — Isso me faz sofrer, não é agradável. As recordações, ou são uma poesia magnífica, quando são as recordações de uma felicidade viva, ou são uma dor ardente, quando dizem respeito a ferimentos que já estão secando... Vamos falar de outras coisas. Sim, ainda não agradeci a você por seu zelo com meus negócios, com a situação de minha propriedade rural. Meu amigo! Não posso, não tenho forças; procure a gratidão em seu próprio coração... em Olga... Serguéievna, e eu... eu... não consigo! Desculpe-me por não ter, até agora, livrado você de tanto incômodo. Mas em breve virá a primavera e irei sem falta a Oblómovka...

— E você sabe o que se passa em Oblómovka? Você não vai nem reconhecer! — disse Stolz. — Não escrevi porque você não responde as cartas. A ponte foi construída, a casa ficou pronta com telhado e tudo no verão passado. Você só vai ter de cuidar da decoração interna, ao seu gosto... disso eu não cuido. Um novo administrador gerencia tudo, é um de meus homens. Você viu a lista das despesas...

Oblómov ficou em silêncio.

— Não leu? — perguntou Stolz, olhando para o amigo. — Onde está ela?

— Espere, depois do almoço eu procuro; tenho de perguntar ao Zakhar.

— Ah, Iliá Ilitch! Não sei se é para rir ou para chorar.

— Depois do almoço vamos procurar. Vamos almoçar!

Stolz franziu as sobrancelhas, sentando-se à mesa. Lembrou-se do dia de santo Iliá: ostras, ananases, narcejas; e agora via uma toalha de mesa grossa, vidros de vinagre e de manteiga sem rolhas, tampados com chumaços de papel; nos pratos, grandes fatias de pão preto e garfos com o cabo quebrado. Para Oblómov serviram sopa de peixe, e para ele um caldo de grãos de cereais e galinha cozida, depois veio uma língua dura e carne de carneiro.

Havia um vinho tinto. Stolz serviu meia taça, provou, pôs a taça na mesa e não quis mais tomar. Iliá Ilitch bebeu dois cálices de vodca de groselha, um depois do outro, e com avidez atacou a carne de carneiro.

— O vinho não presta! — disse Stolz.

— Desculpe, não tiveram tempo de ir ao outro lado para trazer outro vinho — disse Oblómov. — Olhe, não quer essa vodca de groselha? É ótima, Andrei, prove só! — Ele serviu mais um cálice e bebeu.

Stolz, com surpresa, olhou para ele, mas ficou em silêncio.

— A própria Agáfia Matviéievna faz esta vodca: é uma mulher maravilhosa! — disse Oblómov, um pouco embriagado. — Admito que eu não saberia como viver na aldeia sem ela: não vou encontrar em parte alguma outra dona de casa como ela.

535

Stolz o escutava com as sobrancelhas um pouco franzidas.

— Quem você pensa que preparou tudo isto? Aníssia? Não! — prosseguiu Oblómov. — Aníssia cuida das galinhas, colhe o repolho na horta e lava o chão; quem faz tudo isso é Agáfia Matviéievna.

Stolz não comeu nem a carne de carneiro, nem os *variéniki*, baixou o garfo e observou com que apetite Oblómov comia tudo.

— Agora você não vai me ver mais com a camisa do lado avesso — disse Oblómov, enquanto chupava um ossinho de um lado e do outro, com muito apetite —, ela cuida de tudo, observa tudo, não deixa nenhuma meia sem costurar, e faz tudo sozinha. E como prepara bem o café! Vou servir para você depois do almoço.

Stolz ouvia em silêncio, com o rosto preocupado.

— Agora o irmão dela se mudou, inventou de casar, assim as condições da casa, entende, já não são tão fartas como antes. Antigamente ela não tinha mãos a medir! Desde a manhã até a noite, não parava: ia ao mercado, à feira... Sabe, vou lhe contar uma coisa — concluiu Oblómov, que já não controlava muito bem a língua —, se eu tivesse uns dois ou três mil rublos, poderia regalar você com outra coisa que não uma língua e carne de carneiro; compraria um esturjão inteiro, truta, um filé de primeira. E Agáfia Matviéievna, sem um cozinheiro, faria maravilhas, sim, senhor!

Bebeu mais um cálice de vodca.

— Vamos, beba, Andrei, beba mesmo: a vodca é excelente! Olga Serguéievna não faz para você uma vodca tão boa assim! — disse com voz titubeante. — Ela canta "Casta diva", mas não sabe fazer uma vodca assim! Nem faz uma torta de frango com cogumelos! Essas coisas só sabiam fazer em Oblómovka, e agora aqui também! E o melhor é que nem precisa ter um cozinheiro nem nada; só Deus sabe como estão as mãos do cozinheiro quando faz uma torta; mas Agáfia Matviéievna é a limpeza em pessoa!

Stolz escutava com atenção, de ouvidos alertas.

— E as mãos dela eram tão brancas — prosseguiu Oblómov, fortemente afetado pela bebida —, era impossível não querer beijar! Agora ficaram rudes, porque tem de fazer tudo sozinha! Ela mesma engoma minhas camisas! — exclamou com emoção, quase com lágrimas. — Juro, eu mesmo vi. As esposas de outros não cuidam deles tão bem assim, palavra! Agáfia Matviéievna é uma mulher maravilhosa! Ah, Andrei! Venha para uma casa de veraneio por aqui, traga Olga Serguéievna: quem sabe morassem aqui? Poderíamos tomar chá no bosque, no dia de santo Iliá iríamos à Fábrica de Pólvora, atrás de nós iria uma carroça com alimentos, levaríamos até um samovar. Lá, na grama, arrumaríamos tudo sobre um tapete! Agáfia Matviéievna ensinaria Olga Serguéievna a cuidar de uma casa, garanto que ia ensinar. Só que agora, veja, as coisas andam mal: o irmão se mudou; mas se tivéssemos três ou quatro mil rublos, eu serviria para você uns perus tão grandes que...

— Mas eu mandei cinco mil rublos para você! — disse Stolz de repente. — O que fez com o dinheiro?

— E a dívida? — deixou escapar Oblómov, de repente.

Stolz levantou-se de um pulo.

— Dívida? — repetiu. — Que dívida?

E fitou-o como um professor terrível fita um menino dissimulado.

Oblómov calou-se de repente. Stolz sentou-se no sofá a seu lado.

— A quem você está devendo? — perguntou.

A embriaguez de Oblómov diminuiu, ele voltou à razão.

— A ninguém, eu menti — respondeu.

— Não, agora é que você mentiu, mas muito mal! Você não tem dinheiro! Onde enfiou o dinheiro?

— Na verdade, tenho uma pequena dívida... com a proprietária, por minhas refeições... — disse.

— Pela carne de carneiro e pela língua? Iliá, diga o que está acontecendo. Que história é essa, afinal? O irmão da proprietária se mudou, a situação em sua casa piorou... Tem alguma coisa errada aqui. Quanto você deve?

— Dez mil, de uma nota promissória... — murmurou Oblómov.

Stolz levantou-se de um pulo e voltou a sentar-se.

— Dez mil? Para a proprietária? Pelas refeições? — repetiu ele, com horror.

— Pois é, peguei muito dinheiro emprestado; eu vivia de modo muito dispendioso... Lembra os ananases e os pêssegos?... Aí comecei a ficar endividado... — murmurou Oblómov. — Mas para que falar disso?

Stolz não respondeu. Estava refletindo: "O irmão se mudou, a situação em casa piorou... ficou assim: tudo parece precário, pobre, sujo! Que tipo de dona de casa é essa mulher? Oblómov a põe nas alturas! Ela cuida dele; Oblómov fala dela com entusiasmo...".

537

De repente Stolz compreendeu a verdade e seu rosto se alterou. Ficou frio.

— Iliá! — perguntou. — Essa mulher... o que ela é para você?

Mas Oblómov tinha baixado a cabeça sobre a mesa e estava cochilando.

"Ela está roubando Iliá, arranca tudo dele... é a mesma história de sempre, e eu até agora não tinha adivinhado!", pensou.

Stolz levantou-se e abriu depressa a porta que dava para a parte da casa onde morava a proprietária, de tal modo que, com o susto, ao vê-lo, ela deixou cair da mão a colherzinha com que mexia o café.

— Preciso falar com a senhora — disse ele, educadamente.

— Por favor, entre na sala que eu já vou — respondeu ela, com humildade.

E, depois de pôr um lenço no pescoço, foi atrás dele rumo à sala e sentou-se na pontinha do sofá. Já não tinha xale e tentava manter as mãos cobertas com o lenço.

— Iliá Ilitch deu à senhora uma nota promissória? — perguntou Stolz.

— Não — respondeu ela, com um olhar obtuso de espanto —, não me deu nota nenhuma.

— Como não?

— Eu não vi nota nenhuma! — insistiu, com a mesma surpresa obtusa...

— Uma nota promissória! — repetiu Stolz.

Ela refletiu um pouco.

— O senhor devia falar com meu irmão — disse —, mas eu não sei de nota nenhuma.

"Será que é uma estúpida ou uma espertalhona?", pensou Stolz.

— Mas ele tem uma dívida com a senhora? — perguntou.

Ela fitou Stolz com uma expressão obtusa, depois seu rosto de repente tomou um ar de compreensão e até exprimiu temor. Lembrou-se das pérolas penhoradas, da prata, do casaco de pele e imaginou que Stolz se referia àquela dívida; só que não conseguia entender como ele havia sabido daquilo; não tinha deixado escapar nenhuma palavra sobre aquele segredo, nem para Oblómov, nem mesmo para Aníssia, a quem prestava contas de cada copeque.

— Quanto ele deve à senhora? — perguntou Stolz, inquieto.

— Não deve nada. Nem um copequezinho!

"Está escondendo de mim, está com vergonha, criatura gananciosa, usurária!", pensou. "Mas vou descobrir."

— E os dez mil? — perguntou.

— Que dez mil? — perguntou ela, com surpresa e preocupação.

— Iliá Ilitch deve à senhora dez mil, por causa de uma nota promissória? Sim ou não? — perguntou Stolz.

— Ele não me deve nada. Tinha uma dívida na Quaresma de doze rublos e cinquenta copeques com o açougueiro, mas pagou há duas semanas; também pagou à mulher do leite... ele não deve nada.

— Por acaso a senhora não tem nenhum documento assinado por ele? Ela olhou com ar obtuso para Stolz.

— É melhor o senhor falar com meu irmão — respondeu —, ele mora do outro lado da rua, na casa de Zamikalova, olhe, é logo ali, a casa tem um porão.

— Não, permita-me conversar com a senhora — disse Stolz em tom firme. — Iliá Ilitch se considera em dívida com a senhora, e não com seu irmão...

— Ele não me deve nada — respondeu ela —, a prata, as pérolas e as peles que penhorei, foi por minha própria conta. Comprei um sapato para Macha, comprei pano para fazer camisas para Vániucha e paguei ao verdureiro. Nisso não entrou nem um copeque de Iliá Ilitch.

Stolz olhava bem para ela, escutava e penetrava no sentido de suas palavras. Parecia que só ele estava próximo de desvendar o mistério de Agáfia Matviéievna, e o olhar de desdém, quase de desprezo, que Stolz lançava sobre ela deu lugar, sem querer, a um olhar de curiosidade e até de solidariedade.

Na penhora das pérolas e da prata, ele identificou, meio confusamente, o mistério do sacrifício, e só não foi capaz de decidir se ela havia agido por uma dedicação honesta ou na esperança de algum benefício futuro.

Stolz não sabia se devia ter pena de Iliá ou alegrar-se por ele. Havia ficado claro que Oblómov nada devia a ela, que tal dívida era uma espécie de tramoia fraudulenta do irmão, mas muitas outras coisas haviam sido reveladas... O que significava a penhora das pérolas, da prata?

— Então a senhora não tem nenhuma pendência com Iliá Ilitch? — perguntou.

— Tenha a bondade de ir conversar com meu irmão — respondeu ela, em tom monótono —, ele deve estar em casa agora.

— A senhora diz, então, que Iliá Ilitch não lhe deve nada?

— Nem um copequezinho, juro que é verdade! — disse ela, olhando para um ícone e fazendo o sinal da cruz.

— A senhora confirmaria isso diante de testemunhas?

— Diante de todo mundo! Até numa confissão! E quanto às pérolas e aos objetos de prata que penhorei, fiz tudo por minha própria conta...

— Muito bem! — interrompeu Stolz. — Amanhã voltarei à sua casa com dois conhecidos meus, e a senhora não se negará a dizer a mesma coisa diante deles?

— Era melhor o senhor conversar com meu irmão — repetiu a proprietária —, não tenho roupas adequadas... vivo na cozinha, não é bom que estranhos me vejam: vão pensar mal de mim.

— Não tem importância; amanhã irei falar com seu irmão, depois que a senhora assinar um documento...

— Desaprendi completamente a escrever.

— É muito pouco o que a senhora terá de escrever, duas linhas e mais nada.

— Não, me dispense; olhe, é melhor dizer ao Vániucha para escrever; ele escreve que é uma beleza...

— Não, a senhora não vai se negar — pressionou Stolz. — Se a senhora não assinar o documento, significa que Iliá Ilitch deve dez mil rublos para a senhora.

— Não, ele não deve nada, nem um copequezinho — repetiu a proprietária —, juro por Deus!

— Nesse caso, a senhora deve assinar o documento. Adeus, até amanhã.

— Amanhã, é melhor o senhor ir à casa de meu irmão... — disse ela, enquanto o acompanhava. — É logo ali, na esquina, do outro lado da rua.

— Não, e eu peço à senhora que não conte nada a seu irmão, senão Iliá Ilitch vai ficar muito descontente...

— Então não vou contar nada! — disse ela, obediente.

VII.

No dia seguinte, Agáfia Matviéievna entregou a Stolz uma declaração assinada que não tinha nenhuma demanda pecuniária em relação a Oblómov. Com aquela declaração, Stolz apareceu de repente diante do irmão.

Foi um golpe certeiro e estrondoso para Ivan Matviéievitch. Ele pegou o outro documento e, com o dedo médio trêmulo da mão direita, com a ponta da unha, apontou para a assinatura de Oblómov e para a autenticação do tabelião.

— É a lei, senhor — disse ele —, o resto não é da minha conta; eu apenas protejo os interesses de minha irmã, agora qual foi o dinheiro que o Iliá Ilitch pegou emprestado, eu não sei.

— Isso não vai ficar assim — ameaçou Stolz, ao sair.

— É um negócio dentro da lei, o resto não é da minha conta! — justificou-se Ivan Matviéievitch, escondendo as mãos dentro das mangas.

No dia seguinte, assim que chegou à repartição, veio um mensageiro do general, que exigia sua presença imediata em seu gabinete.

— O general! — exclamaram com horror todos na repartição — Para quê? O que houve? Será que vai exigir alguma coisa? O que será? Rápido, rápido! Arquivar processos, fazer inventários! O que será?

À noite, Ivan Matviéievitch chegou ao estabelecimento um tanto fora de si. Tarántiev já o esperava havia muito tempo.

— O que houve, compadre? — perguntou com impaciência.

— O que houve? — repetiu Ivan Matviéievitch, com voz arrastada. — O que você acha que houve?

— Você levou uma bronca, não foi?

— Você levou uma bronca! — arremedou-o Ivan Matviéievitch. — Antes me tivessem dado uma surra! E você também não é fácil! — repreendeu. — Não me disse que tipo de gente é esse alemão!

— Mas eu avisei a você que ele é bem esperto!

— Esperto, pois sim! Já vi muita gente esperta! Por que não me avisou que ele era ligado ao poder? Ele é unha e carne com o general, sabe, assim como eu e você. Acha que eu ia me meter com essa gente, se soubesse?

— Mas, afinal, é um negócio dentro da lei! — objetou Tarántiev.

— Um negócio dentro da lei! — arremedou-o de novo Mukhoiarov. — Vá falar isso lá, na frente dele: a língua fica grudada na garganta. Sabe o que o general me perguntou?

— O quê? — indagou Tarántiev com curiosidade.

— "É verdade que o senhor e um certo canalha embriagaram o senhor de terras Oblómov e o obrigaram a assinar uma nota promissória em nome de sua irmã?"

— Falou mesmo isso: "Um certo canalha"? — perguntou Tarántiev.

— Sim, falou assim mesmo…

— E quem é esse canalha? — perguntou de novo Tarántiev.

O compadre olhou bem para ele.

— Quer dizer que você não sabe? — disse em tom ácido. — Não será por acaso você?

— Mas como me meteram nessa história?

— Agradeça ao alemão e ao seu conterrâneo. O tal alemão adivinhou tudo, interrogou todo mundo…

— Compadre, você devia ter falado de outra pessoa, devia ter dito que eu nada tenho a ver com isso!

— Ah, vejam só! Você agora virou santo! — disse o compadre.

— O que foi que respondeu quando o general perguntou: "É verdade que o senhor e um certo canalha…"? Era nesse ponto que você devia ter passado o homem para trás.

— Passar para trás? Experimente só passar o sujeito para trás! Tem uns olhos verdes assim, olhe! Eu tentei de todo jeito, quis falar: "Não é verdade, é uma calúnia, Vossa Excelência, eu não sei de nada de nenhum Oblómov, nem quero saber: tudo isso é culpa de Tarántiev!"… Mas a língua não se mexia; só pude me jogar aos pés dele.

— Mas eles não vão querer abrir um processo, não é? — perguntou Tarántiev, em tom seco. — Aliás, eu não tenho nada a ver com isso, mas já você, compadre…

— Nada tem a ver? Você não tem nada a ver? Ah, essa não, compadre. Se alguém vai ser laçado, você é o primeiro: quem foi que convenceu Oblómov a beber? Quem foi que pressionou e ameaçou?…

— Foi tudo ideia sua — disse Tarántiev.

— E você por acaso é menor de idade? Eu não sei de nada, não ganhei nada.

— Isso é uma falta de consciência, compadre! Quanto dinheiro você ganhou por meu intermédio, enquanto eu só fiquei com trezentos rublos e mais nada…

— Como assim? Quer que a culpa caia toda sobre mim? Como você é malandro! Não, eu não sei de nada — disse ele —, foi minha irmã que me pediu, por causa da ignorância das mulheres com os negócios, para registrar a nota promissória no cartório. Foi isso e mais nada. Você e Zatiórti foram testemunhas, a responsabilidade é de vocês!

— Você também arranjou uma irmã que não é mole: como ela se atreve a agir contra o irmão? — disse Tarántiev.

— A irmã é burra; o que se pode fazer com ela?

— E como ela está?

— Como está? Chora e não para de dizer a mesma coisa: "Ele não me deve nada, o Iliá Ilitch, nunca dei nenhum dinheiro para ele".

— Só que você tem uma nota promissória assinada por ela — disse Tarántiev —, você não vai perder o seu…

Mukhoiarov tirou do bolso a nota promissória da irmã, rasgou em pedacinhos e entregou para Tarántiev.

— Pronto, vou dar de presente para você. Não quer? — acrescentou. —

O que posso tirar dela? A casa e a horta, talvez? Ninguém vai pagar nem mil rublos por isso: tudo está caindo aos pedaços. O que acha que eu sou, um pagão desalmado? Vou deixar minha irmã e os filhos na rua da amargura?

— Quer dizer que vão abrir um processo? — perguntou Tarántiev, assustado. — Temos de dar um jeito de escapar, compadre; você tem de me ajudar, meu caro!

— Mas que processo? Não vai ter processo nenhum! O general ameaçou me expulsar da cidade, mas o alemão interveio, não quer envergonhar Oblómov.

— Puxa vida, compadre! Que peso tirou de meus ombros! Vamos beber! — disse Tarántiev.

— Beber? Com o dinheiro de quem? Com o seu, na certa, não é?

— E o seu? Hoje você ganhou seus sete rublos!

— Pois sim! Adeus, salário. Ainda não terminei de contar o que o general falou.

— O que foi? — perguntou Tarántiev, de repente atemorizado de novo.

— Mandou que eu pedisse demissão.

— Puxa vida, compadre! — exclamou Tarántiev, de olhos arregalados. — Pois muito bem — concluiu ele com raiva —, agora vou xingar o conterrâneo com todos os palavrões do mundo!

— Você só sabe xingar!

— As orelhas dele vão doer de tanto que vou xingar! — disse Tarántiev. — Mas, quem sabe, talvez seja melhor eu esperar; olhe, pensei uma coisa; escute só, compadre!

— O que é agora? — retrucou Ivan Matviéievitch, com ar pensativo.

— É possível fazer com tudo isso um excelente negócio. Só é de lamentar que você não more mais na casa…

— O que é?

— O que é? — disse ele, fitando Ivan Matviéievitch. — Vamos observar bem o Oblómov e sua irmã, ver como andam assando tortas lá dentro, e então… testemunhas! Contra isso, o alemão não pode fazer nada. E você agora é um cossaco liberto: abra um processo, é um negócio dentro da lei! Não tenha medo, o alemão é que vai ficar assustado e vai querer entrar num acordo.

— Puxa, de fato, é bem possível! — respondeu Mukhoiarov, pensativo. — Você não é nada burro para inventar histórias, só que não serve para negócios,

e Zatiórti também. Mas vou dar um jeito nisso, espere só! — disse, animando-
-se. — Vou mostrar a eles! Vou mandar minha cozinheira para a cozinha da
casa da irmã: ela vai fazer amizade com Aníssia, vai descobrir tudo e aí…Va-
mos beber, compadre!

— Vamos beber! — repetiu Tarántiev. — E depois, mais tarde, vou lá
xingar o meu conterrâneo!

Stolz tentou levar Oblómov embora, mas ele pediu que o deixasse ficar
só mais um mês, e tanto pediu que Stolz não pôde deixar de sentir pena. Segundo suas palavras, precisava daquele mês para acertar as contas, entregar a
casa alugada e resolver seus negócios em Petersburgo, para não ter de voltar
mais lá. Além disso, precisava comprar tudo o que era necessário para sua
casa no campo; por fim queria arranjar uma boa governanta, do tipo de Agáfia
Matviéievna, e tinha até a esperança de convencê-la a vender a casa e mudar-
-se para o campo, para cumprir uma atividade digna dela — a administração
doméstica complexa e abrangente.

— A propósito da proprietária — interrompeu-o Stolz —, eu queria perguntar, Iliá, quais são suas relações com ela…

Oblómov ficou vermelho de repente.

— O que você quer dizer? — perguntou, apressado.

— Você sabe muito bem — respondeu Stolz —, do contrário não teria
por que ficar vermelho. Escute, Iliá, se ainda adianta lhe fazer uma advertência, em nome de toda a nossa amizade, eu lhe peço: seja cuidadoso…

— Com o quê? Como assim? — defendeu-se Oblómov, embaraçado.

— Você falou sobre ela com tanto entusiasmo que, sinceramente, come-
ço a pensar que você…

— Que eu a amo, é isso que você quer dizer? Meu Deus! — interrompeu
Oblómov, com um riso forçado.

— Bem, tanto pior se não existe nenhuma centelha moral, se é só…

— Andrei! Por acaso você acha que sou um homem imoral?

— Então por que ficou vermelho?

— Por ver que você pode admitir uma ideia dessas.

Stolz balançou a cabeça, em dúvida.

— Veja bem, Iliá, não vá se enfiar num buraco. Uma mulher simplória,
um ambiente sórdido, uma atmosfera sufocante, grosseria… Argh!…

Oblómov ficou em silêncio.

545

— Bem, adeus — concluiu Stolz. — Vou dizer a Olga que no verão vamos nos encontrar com você, se não for em nossa casa, então em Oblómovka. Lembre: ela não vai abandonar você!

— Sem falta, sem falta — respondeu Oblómov, com toda a convicção —, acrescente até que, se ela permitir, passarei o inverno na casa de vocês.

— Seria uma grande alegria!

Stolz foi embora no mesmo dia, e à noite Tarántiev apareceu na casa de Oblómov. Ele não se conteve em sua gana de lhe dizer poucas e boas. Mas não levou em conta uma coisa: no ambiente social da casa das senhoras Ilínski, Oblómov perdera o costume de visitas semelhantes a Tarántiev, e a apatia e a indulgência com a grosseria e com a rudeza haviam se transformado em repulsa. Aquilo talvez tivesse se tornado visível muito tempo antes e até já se manifestara em parte, quando Oblómov ainda morava na casa de veraneio, mas desde então Tarántiev o visitava mais raramente e, de resto, só aparecia quando havia também outras pessoas, e entre os dois não tinha havido conflitos.

— Bom dia, conterrâneo! — disse Tarántiev, em tom maldoso, sem lhe estender a mão.

— Bom dia — respondeu Oblómov friamente, olhando para a janela.

— Pois então, o seu benfeitor foi embora?

— Foi. Por quê?

— Que belo benfeitor! — prosseguiu Tarántiev, em tom venenoso.

— Por quê? Não gosta dele?

— Eu gostaria de enforcá-lo! — rosnou Tarántiev, com ódio.

— Ora essa!

— E você também, no mesmo choupo!

— Mas por quê?

— Seja honesto em seus negócios: se você deve, tem de pagar, não tente fugir. O que você inventou agora?

— Escute aqui, Míkhei Andreitch. Dispense-me de suas histórias; por preguiça, por indiferença, já dei ouvidos a você por tempo demais. Pensei que você tivesse talvez um pingo de consciência, mas não tem. Você e aquele trapaceiro quiseram me enganar: qual dos dois é pior, não sei. Só sei que os dois me dão nojo. Um amigo me livrou dessa questão estúpida…

— Que belo amigo! — disse Tarántiev. — Eu soube que ele roubou de você a noiva; que benfeitor, francamente! Bem, meu caro, você é um burro mesmo, meu conterrâneo...

— Por favor, pare com essas amabilidades! — deteve-o Oblómov.

— Não, eu não vou parar com nada! Você não quis saber de mim, você é um ingrato! Eu instalei você aqui, encontrei para você uma mulher que é um tesouro. Todo sossego e conforto... dei tudo para você, favores para todos os lados, e você só soube torcer o nariz para mim. Achou um benfeitor: um alemão! Arrendou a propriedade rural; espere só para ver: ele vai esfolar você, e depois ainda vai processar. Vai deixar você na indigência, guarde bem o que estou dizendo! Você é um burro, estou dizendo, e burro é pouco: é uma besta quadrada, além de um ingrato!

— Tarántiev! — gritou Oblómov em tom ameaçador.

— Por que está gritando? Eu é que vou gritar para todo mundo que você é um burro, uma besta! — gritou Tarántiev. — Eu e Ivan Matviéievitch cuidamos de você, tomamos conta de tudo, servimos você que nem dois escravos, andamos na pontinha dos pés, falamos olho no olho, e você foi dar queixa ao chefe dele: agora está sem emprego e sem um pedaço de pão para comer! Isso é uma baixeza, e um crime! Agora você tem de dar para ele metade de sua fortuna; dê uma nota promissória em nome dele: agora você não está embriagado, está lúcido, dê a nota promissória, estou lhe dizendo, não vou sair daqui sem isso...

— O que foi, Míkhei Andreitch, por que o senhor está berrando desse jeito? — falaram a proprietária e Aníssia, que olhavam por trás da porta. — Duas pessoas na rua já pararam para ver que gritaria é essa...

— Pois vou gritar mesmo — esbravejou Tarántiev —, até cobrir de vergonha esse animal! E que aquele patife alemão arrebente você, agora que está aliado com a sua amante...

No quarto, ressoou uma sonora bofetada. Atingido por Oblómov no rosto, Tarántiev calou-se no mesmo instante, sentou-se numa cadeira e, surpreso, girou ao redor os olhos perplexos.

— O que é isso? O que é isso... hein? O que é isso? — disse ele, pálido, arquejante, segurando o rosto. — Desonra? Você vai me pagar por isso! Vou agora mesmo falar com o governador-geral: vocês viram?

— Não vimos nada! — responderam as duas mulheres a uma só voz.

— Ah! É uma conspiração, isto aqui é um ninho de bandidos! Uma quadrilha de vigaristas! Roubam, assassinam...

— Vá embora, seu patife! — gritou Oblómov, pálido, trêmulo de raiva. — Neste minuto, não quero ver nem a ponta do seu pé aqui, senão mato você como a um cachorro!

Com os olhos, procurou a bengala.

— Meu Deus! Vão me matar! Socorro! — gritou Tarántiev.

— Zakhar! Jogue este vagabundo na rua, e que ele não se atreva a dar as caras aqui outra vez! — berrou Oblómov.

— Por favor, ali está Deus e do outro lado está a porta! — disse Zakhar, apontando para os ícones e para a porta.

— Não vim falar com você, vim falar com a minha comadre — esbrave-jou Tarántiev.

— Por favor! Não tenho nada para falar com o senhor, Míkhei An-dreitch — disse Agáfia Matviéievna —, o senhor vinha aqui falar com meu irmão, não comigo! Eu estou com o senhor por aqui. Vem para cá, bebe tudo, come tudo e ainda por cima reclama.

— Ah! Então é assim, comadre? Muito bem, seu irmão vai saber disso tudo, e aí a senhora vai ver! E você ainda vai me pagar por essa ofensa! Onde está meu chapéu? Vão todos para o diabo! Bandidos, facínoras! — gritou, ao sair pela porta. — Vão me pagar a ofensa!

Lá fora, o cachorro sacudiu a corrente e desatou a latir.

Depois disso, Tarántiev e Oblómov não se viram mais.

VIII.

Stolz passou alguns anos sem voltar a Petersburgo. Só uma vez fez uma visita rápida à propriedade de Olga e a Oblómovka. Iliá Ilitch recebeu dele uma carta na qual Andrei tentava convencê-lo a ir, ele mesmo, para o campo e assumir o controle da propriedade, agora posta em ordem; Stolz e Olga Serguéievna partiram para o litoral sul da Crimeia, com dois objetivos: cuidar dos próprios negócios em Odessa e tratar da saúde da esposa, abalada depois do parto.

Instalaram-se num recanto sossegado, na beira do mar. A casa deles era modesta e sóbria. A decoração, assim como a arquitetura, tinha um estilo peculiar, todo o seu aspecto trazia a marca do pensamento e do gosto pessoal dos proprietários.

Tinham trazido numerosos pertences, e muitos outros pacotes, malas e carregamentos foram enviados da Rússia e do exterior.

Um amante do conforto talvez encolhesse os ombros ao olhar de relance para a disparidade da mobília, para os quadros deteriorados, para as estátuas de mãos e pés cortados, para as gravuras e pequenos objetos às vezes feios, mas preciosos pelas memórias que traziam. Talvez os olhos de um especialista se incendiassem, mais de uma vez, no fogo da cobiça ao ver este ou aquele quadro, um ou outro livro amarelado pelo tempo, uma antiga peça de porcelana, ou pedras e moedas.

Mas em meio àqueles móveis e quadros de várias épocas, em meio àqueles pequenos objetos que não tinham importância para ninguém, mas que para eles marcavam a memória de momentos felizes, naquele oceano de livros e partituras, soprava o ar de uma vida quente, algo que estimulava a razão e o sentimento estético: em toda parte se fazia presente um pensamento desperto, ou brilhava a beleza da atividade humana, assim como em redor brilhava a eterna beleza na natureza.

Ali também havia encontrado um lugar a escrivaninha alta que tinha pertencido ao pai de Andrei, bem como suas luvas de camurça; num canto, perto do armário, pendia a capa impermeável, junto com minerais, conchas, pássaros empalhados, amostras de vários tipos de barro, artefatos e outras coisas.

Em meio a tudo isso, num lugar de honra, com enfeites dourados e incrustações, rebrilhava um piano Érard.*

Uma rede de parreiras, heras e murtas recobria o chalé de cima a baixo. Da sacada se avistava o mar e, do outro lado, a estrada para a cidade.

De lá, Olga Serguéievna vigiava, quando ele saía de casa para tratar de negócios e, ao avistá-lo de volta, ela descia, corria pelo belo jardim florido, pela comprida alameda de álamos, atirava-se contra o peito do marido, sempre com as faces ardentes de alegria, o olhar radiante, sempre o mesmo ardor de felicidade afoita, apesar de já não ser o primeiro nem o segundo ano de seu casamento.

Stolz encarava o amor e o casamento talvez de um modo original, exagerado, mas, em todo caso, bem pessoal. E ali ele encontrou um caminho livre e, assim lhe pareceu, simples; mas que árdua escola de observação, de paciência e de trabalho ele teve de suportar, enquanto aprendia a dar aqueles "passos simples"!

Do pai, herdara a capacidade de observar tudo na vida, até as coisas mais ínfimas, com seriedade; talvez tenha também herdado do pai a rigidez pedante, com a qual os alemães acompanham todo olhar, todos os passos na vida, inclusive o matrimônio.

Como se estivesse inscrita em placas de pedra, a vida do velho Stolz es-

---

* Sébastian Érard (1752-1831): fabricante de instrumentos francês.

tava estampada e exposta a todos, e ali nada havia de subentendido. Mas a mãe, com suas canções e seu sussurro afetuoso, depois a casa principesca de vida diversificada, a universidade, os livros e a alta sociedade — tudo aquilo desviara Andrei do trilho reto e bem marcado pelo pai; a vida russa desenhava seus ornamentos invisíveis e, de uma tábua descolorida, fazia uma paisagem larga e luminosa.

Andrei não impunha algemas pedantes aos sentimentos e até conferia uma legítima liberdade aos sonhos contemplativos, tentando apenas não perder "o contato dos pés no chão"; no entanto, ao passar o inebriamento com eles, por força de sua natureza alemã ou de alguma outra coisa, não conseguia deixar de tirar alguma conclusão e extrair algum ensinamento para a vida.

Tinha um corpo vigoroso, porque tinha a mente vigorosa. Era alegre, divertido na infância, e quando não estava fazendo travessuras, ocupava-se com afazeres práticos, sob a supervisão do pai.

Não tinha tempo para mergulhar em devaneios. Sua imaginação não se corrompia, o coração não se maculava: a mãe zelava pela pureza e castidade de ambos.

Quando jovem, instintivamente, ele preservava o frescor de suas energias, depois, ainda cedo, começou a descobrir que aquele frescor gerava a coragem e a alegria, formava aquela virilidade em que a alma devia ser retemperada a fim de não empalidecer diante da vida, como quer que ela fosse, e a fim de não encará-la como um jugo pesado, uma cruz, mas apenas como um dever, e travar de forma digna uma batalha com ela.

Stolz dedicou muita reflexão atenta ao coração e a suas leis traiçoeiras. Ao observar, de modo consciente ou não, os reflexos da beleza na imaginação, e depois a transição de uma impressão para um sentimento, seus sintomas, seus movimentos e seu resultado, e ao olhar à sua volta, enquanto avançava pela vida, Stolz adquiriu a convicção de que o amor movia o mundo, com a força da alavanca de Arquimedes; que no amor existem tantos bens e tantas verdades universais e incontestáveis quantas são as deformações que existem em seu mau uso e em seu mau entendimento. O que é o bem? O que é o mal? Onde fica a fronteira entre ambos?

Diante da pergunta: o que é a mentira?, em sua imaginação estendiam-se fileiras de máscaras coloridas, do tempo presente e de tempos passados. Ele ora ficava vermelho, ora franzia as sobrancelhas, enquanto olhava com um sorriso a interminável procissão de heróis e heroínas do amor: os Don Quixotes de luvas de aço, as damas de seus pensamentos, fiéis uns aos outros durante cinquenta anos de separação; pastores de rosto rosado e olhos inocentes, arregalados, entre eles as Chloés* com seus cordeiros.

Na sua frente, apareciam marquesas empoadas, de roupas rendadas, olhos cintilantes de inteligência e um sorriso devasso; depois Werthers** que se mataram com tiros, na forca ou jogando-se de uma janela; mais ao longe viam-se virgens com eternas lágrimas de amor, em conventos, e rostos bigodudos de heróis recentes, com uma chama impetuosa nos olhos, Don Juans ingênuos e calculistas, e os inteligentes que palpitam de desconfiança e de amor e que, em segredo, adoram suas criadas domésticas... todos, todos!

Diante da pergunta: o que é a verdade?, ele procurava longe e perto, na imaginação e com os olhos, exemplos da simples, honesta, mas profunda e indissolúvel intimidade com as mulheres, mas não encontrava; se parecia encontrar, era só aparência, depois vinha a decepção, e ele se punha a meditar com tristeza e até se desesperava.

"É evidente que não existe essa bênção em toda a sua plenitude", pensou, "ou então os corações iluminados pela luz de tal amor são tímidos: hesitam, encolhem-se, não tentam competir com os inteligentes; talvez tenham pena deles, dão-lhes seu perdão, em nome de sua própria felicidade, por terem pisado a flor na lama, na falta de um solo onde a flor pudesse lançar raízes profundas e crescer, até virar uma árvore que daria sombra para toda a vida."

Ele observava os casamentos, os maridos e suas relações com as esposas e sempre via uma esfinge com seu enigma, sempre havia algo incompreendido, inexplicado; e no entanto aqueles maridos não se detinham para pensar em questões traiçoeiras, seguiam pela estrada matrimonial num passo tão constante e tão senhor de si como se não houvesse nada para resolver nem procurar.

"Será que eles não estão com a razão? Talvez não seja preciso, de fato, mais nada", pensava com incredulidade, enquanto olhava como eles atravessavam o amor como se soletrassem o abecê do casamento, ou como uma

---

* Nome feminino tradicional nos poemas pastorais da Idade Média.
** Werther: herói romântico criado pelo escritor alemão Johann Wolfgang von Goethe (1749-1832).

forma de cortesia, como se fizessem uma reverência ao entrar num encontro social... e depois, rapidamente, iam cuidar do que interessava!

Com impaciência, retiravam dos ombros a primavera da vida; muitos até olhavam com malevolência as esposas pelo resto da existência, como que irritados por terem, algum dia, amado estupidamente tais mulheres.

Em outros, o amor não os abandonava por muito tempo, às vezes chegava à velhice, mas também nunca os abandonava um sorriso de sarcasmo...

Por fim, a maior parte se casava como quem toma posse de uma propriedade e deleitava-se com seus benefícios intrínsecos: a esposa trazia uma ordem radiante para o lar — ela era a dona de casa, a mãe, a preceptora dos filhos; e eles encaravam o amor como um proprietário de senso prático encara a localização de sua propriedade, ou seja, logo se acostuma com ela e nunca mais se detém para observá-la.

— O que acontece, então? Será uma incapacidade de nascença, devido às leis da natureza — dizia ele —, ou é fruto de uma preparação e de uma educação insuficientes?... Onde está essa simpatia que não perde nunca a beleza natural, não se recobre com as vestes da zombaria, que se modifica, mas não se extingue? Que cor e que matiz natural tem essa bênção, essa seiva da vida, que se derrama por toda parte e enche tudo?

Stolz lançava um olhar profético à distância, e lá, como numa neblina, surgia a forma de um sentimento, e também de uma mulher, vestida com a luz de tal sentimento, radiosa com suas cores, uma forma muito simples, porém luminosa e pura.

— Sonhos, sonhos! — dizia Stolz com um sorriso, voltando a si daquela ociosa agitação do pensamento. Mas, contra sua vontade, um esboço daquele sonho continuava a viver em sua memória.

De início, o futuro lhe vinha em sonhos na feição geral daquela mulher; quando depois ele viu, na Olga já crescida e madura, não só o esplendor de uma beleza plenamente desabrochada como também uma força pronta para a vida e ávida de compreender e de lutar com a vida — em suma, todos os ingredientes de seu sonho —, ressurgiu dentro dele a quase esquecida imagem do amor, e Olga passou a fundir-se àquela imagem em seus sonhos, e no futuro, muito adiante, parecia-lhe que era possível haver alguma verdade na afinidade entre eles — sem as vestes da zombaria e sem excessos.

Sem brincar com a questão do amor e do casamento, sem confundir com ela nenhuma consideração de dinheiro, de conhecimentos na sociedade, de posição social, Stolz no entanto refletia sobre como poderia conciliar sua atividade exterior, até então infatigável, com a vida interior de uma família, como poderia se converter de um turista e de um homem de negócios num homem caseiro e de família. Se ele sossegasse aquela correria exterior, com o que encheria sua vida numa existência caseira? Educar e formar os filhos, dar um rumo à vida deles, não era, naturalmente, uma tarefa vazia nem fácil, mas aquilo ainda estava muito distante: até lá, o que ele iria fazer?

Tais questões o inquietavam com frequência havia muito tempo, e a vida de solteiro não o incomodava; nem lhe passava pela cabeça prender-se aos grilhões do matrimônio assim que o coração começasse a bater mais forte ao sentir a proximidade da beleza. Por isso ele parecia até ignorar a Olga mocinha. Stolz a admirava apenas como uma criança encantadora, que despertava grandes esperanças; de passagem, de brincadeira, lançava para a inteligência ávida e impressionável de Olga alguma ideia nova, audaciosa, alguma observação precisa a respeito da vida e, sem supor e sem adivinhar tal coisa, impulsionava na alma de Olga a viva compreensão dos fatos, a visão correta, e depois Stolz se esquecia de Olga e das próprias lições descuidadas.

E às vezes, vendo que nela cintilavam traços completamente incomuns de inteligência e de opinião, vendo que em Olga não havia falsidade, que ela não procurava a admiração geral, que nela os sentimentos nasciam e iam embora de modo simples e livre, que nada havia em Olga que fosse alheio, que tudo era dela mesma, e que aquilo era muito audacioso, fresco e simples — Stolz ficava perplexo, sem entender de onde Olga havia obtido tudo aquilo, e não reconhecia ali suas lições e seus comentários fugazes.

Se detivesse sua atenção em Olga, entenderia que ela seguia seu caminho quase sozinha, protegida de extremos pela vigilância superficial da tia, mas que não pesava sobre ela uma tutela numerosa, a autoridade familiar de babás, avós, tias, com tradições de linhagem, de família, de patrimônio, com costumes, preceitos e regras ancestrais; que não a guiavam à força por uma estrada batida, que ela seguia por uma trilha nova, que ela mesma precisava abrir e desbastar com a própria inteligência, a própria visão, o próprio sentimento.

E a natureza não privara Olga de nada disso; a tia não guiava sua vontade e sua mente de forma despótica, e Olga adivinhava muita coisa, entendia sozinha, observava a vida com cuidado, escutava com atenção... entre outras coisas, também as palavras e os conselhos de seu amigo...

Stolz não pensava em nada disso e, de Olga, só esperava alguma coisa no futuro, mas num futuro muito distante, e nunca pensava nela como uma companheira.

Por um acanhamento orgulhoso, Olga ficou muito tempo sem deixar nada transparecer e, só depois da luta torturante que travou no exterior, Stolz viu, com espanto, em que ícone da simplicidade, da força e da naturalidade havia se tornado aquela criança tão promissora e que ele havia esquecido. Foi lá que se abriu à frente dele o abismo profundo da alma de Olga, que ele precisava preencher e nunca preenchia.

De início, Stolz teve de lutar muito contra a vivacidade da natureza de Olga, teve de interromper a febre da juventude, manter os impulsos em determinados limites, dar à vida um fluxo harmonioso, e apenas por um tempo: assim que ele fechava os olhos, confiante, a agitação se erguia outra vez, a vida se desvencilhava, ouvia-se uma nova pergunta da inteligência inquieta, do coração ansioso; era preciso aplacar a imaginação alvoroçada, aquietar ou despertar o amor-próprio. Olga refletia sobre um fato — Stolz apressava-se em lhe dar a chave para aquilo.

A fé no acaso e a neblina da alucinação desapareceram da vida. A distância revelou-se diante dela luminosa e livre, e Olga, como que no fundo de uma água serena, enxergava cada pedrinha, cada fissura, e depois o fundo claro.

— Eu sou feliz! — sussurrou Olga, enquanto lançava um olhar de gratidão a sua vida passada e, sondando o futuro, recordou seu sonho juvenil de felicidade, o sonho que ela teve outrora na Suíça, numa noite azul e meditativa, e viu que aquele sonho pairava sobre sua vida como uma sombra.

"Por que coube a mim este destino?", pensava com humildade. Olga mergulhava em pensamentos, às vezes até sentia medo de que aquela felicidade se rompesse.

Os anos passavam e eles não se cansavam de viver. Chegou a serenidade, os ímpetos amainaram; os caminhos tortuosos da vida tornaram-se compreensíveis, eram encarados com paciência e coragem, e no entanto a vida entre eles nunca emudecia.

Olga formara uma consistente compreensão da vida; as duas existências, dela e de Andrei, fundiram-se num único canal; não havia possibilidade de nenhum tumulto de paixões desvairadas: entre eles, tudo era harmonia e serenidade.

Parecia que podiam adormecer naquela paz merecida e assim regalar-se, como se regalam os habitantes de locais isolados, que se encontram três vezes por dia, bocejam durante suas conversas rotineiras, caem num cochilo embotado, movem-se lânguidos desde a manhã até a noite, porque tudo já foi repensado, rediscutido e refeito, porque não há mais nada para dizer ou fazer, e porque "a vida no mundo é assim".

Fora e dentro de sua casa, tudo se passava como na casa dos outros. Acordavam cedo, embora não ao raiar do dia; gostavam de passar muito tempo tomando o chá, às vezes até ficavam em silêncio, como que com preguiça, depois ia cada um para seu canto ou trabalhavam juntos, almoçavam, passeavam de charrete no campo, ocupavam-se com música... como todo mundo, assim como também havia sonhado Oblómov...

Só que no caso deles não havia desânimo, sonolência; passavam os dias sem apatia e sem tédio; não havia palavras e olhares indolentes; entre eles, a conversa não cessava, havia muitas vezes ardor.

Pelos cômodos, espalhava-se o som de suas vozes, que chegavam ao jardim, ou, como se desenhassem um para o outro as linhas gerais de seus sonhos, transmitiam em voz baixa os primeiros movimentos de uma ideia apenas nascente, um sussurro quase inaudível da alma...

E o silêncio deles era às vezes a felicidade pensativa com que Oblómov sonhara certa vez, ou o trabalho mental solitário sobre a matéria interminável que um fornecia ao outro...

Não raro, imergiam num assombro silencioso diante da beleza da natureza, eternamente nova e reluzente. Suas almas sensíveis não conseguiam se habituar a tal beleza: a terra, o céu, o mar — tudo estimulava seu sentimento, e eles ficavam juntos, em silêncio, sentados, contemplavam com os mesmos olhos e a mesma alma aquela glória da criação e, sem palavras, compreendiam-se mutuamente.

Não encaravam a manhã com indiferença; eram incapazes de imergir de modo insensível no crepúsculo de uma noite meridional, quente e estrelada. Eram estimulados pelo eterno movimento do pensamento, pelo eterno rebuliço da alma e pela exigência de pensar a dois, de sentir e de falar a dois!...

Qual era o assunto daquelas discussões acaloradas, das conversas e leituras em voz baixa, dos passeios para longe?

Era tudo. Ainda no exterior, Stolz habituou-se a ler e trabalhar sozinho: ali, a sós com Olga, ele pensava a dois. Mal conseguia acompanhar o ritmo da pressa aflitiva do pensamento e da vontade de Olga.

A questão do que ele faria no ambiente da vida familiar já se havia dissolvido, resolvera-se por si só. Stolz teve até de trazer Olga para o âmbito de sua vida de trabalho, dos negócios, porque na vida sem movimento ela sentia que sufocava, como se não tivesse ar.

Qualquer edificação, qualquer negócio de sua propriedade ou de Oblómovka, qualquer transação da empresa — nada se realizava sem o conhecimento e a participação de Olga. Nenhuma carta era enviada sem que ela lesse, nenhuma ideia e, menos ainda, nenhuma realização passava sem que ela se inteirasse do assunto; Olga sabia de tudo, e tudo era de seu interesse, porque era do interesse de Stolz.

No início, Stolz fazia aquilo porque não podia se esconder dela: escrevia uma carta, tinha uma conversa com um procurador, com algum empreiteiro — em presença de Olga, diante de seus olhos; depois ele continuou a agir assim por costume e afinal aquilo se tornou uma necessidade para ele.

O comentário, o conselho, a aprovação ou a desaprovação de Olga tornaram-se para ele um controle indispensável: Stolz via que Olga entendia exatamente como ele, e pensava e raciocinava não pior do que ele... Zakhar sentia-se ofendido ao perceber tal capacidade em sua esposa, e muitos outros também se sentiam ofendidos — mas Stolz ficava feliz!

E a leitura, o estudo eram o alimento eterno do pensamento de Olga, de seu desenvolvimento interminável! Olga tinha ciúmes de qualquer livro ou artigo de revista que não lhe mostrassem, zangava-se ou ofendia-se a sério quando Stolz achava que não valia a pena lhe mostrar algo, em sua opinião, muito sério, maçante e incompreensível para ela; Olga chamava aquilo de pedantismo, vulgaridade, atraso, acusava-o de "velho alemão presunçoso". Por causa disso, aconteciam entre os dois cenas nervosas e fortes.

Olga se zangava, e Stolz ria, ela se zangava mais ainda, e então só fazia as pazes quando ele parava de brincar e dividia com ela seu pensamento, conhecimento ou leitura. A conclusão era que tudo o que Stolz precisava e queria ler e saber, Olga também queria e precisava.

Ele não a obrigava a aprender assuntos técnicos para depois se vangloriar de ter uma "esposa instruída". Se acontecesse de Olga deixar escapar uma palavra ou mesmo um simples indício de tal pretensão, Stolz ficaria mais vermelho do que quando ela respondia com um olhar obtuso de ignorância a uma questão rotineira, mas ainda inacessível para a educação contemporânea de uma mulher. Stolz queria apenas, e ela em dobro, que não houvesse nada inacessível — não só à competência, mas também ao entendimento de Olga.

Stolz não traçava gráficos e tabelas para Olga, mas conversava sobre tudo, lia muito, sem se esquivar de pedantes teorias econômicas, de questões sociais e filosóficas, e falava com ardor e com paixão: parecia pintar para ela um panorama vivo e interminável de conhecimento. Depois os pormenores desapareciam na memória de Olga, mas o desenho geral nunca se apagava da mente impressionável, as cores não desapareciam e não se extinguia a chama com que Stolz iluminava o cosmos criado para ela.

Ele estremecia de orgulho e felicidade quando notava como depois uma centelha daquele fogo brilhava nos olhos de Olga, como o eco de uma ideia transmitida para ela ressoava em suas palavras, como aquela ideia penetrava na consciência e no entendimento de Olga, era reelaborado em sua mente e despontava em suas palavras, não de modo seco ou duro, mas com o brilho de uma graça feminina, e sobretudo se alguma gota fértil de tudo o que fora dito, lido, desenhado se alojava como uma pérola no fundo claro da vida de Olga.

Como um pensador e como um artista, Stolz tecia para ela uma existência racional, e nunca em sua vida, nem em seus estudos, nem em seus tempos mais estafantes, quando lutava com a vida, se desvencilhava de seus meandros e ganhava força, retemperando-se nas experiências da virilidade, nunca Stolz se ocupara com algo tão a fundo como agora ao se dedicar àquele incessante e vulcânico trabalho do espírito de sua amiga!

— Como sou feliz! — Stolz dizia para si mesmo e sonhava à sua maneira, sondava o futuro, quando já teriam passado os anos doces do casamento.

À distância, de novo sorria para ele uma imagem nova, não de uma Olga egoísta, nem de uma mulher terrivelmente apaixonada, não a mãe e a babá que depois se desbota numa vida sem colorido, sem utilidade para ninguém, mas outra coisa, elevada, quase desconhecida...

Stolz sonhava com uma mãe que criava os filhos e participava da vida social e moral de toda uma geração feliz.

Ele se perguntava com temor se Olga teria a força e a vontade... e se apressava a ajudá-la a subjugar a vida, a formar uma reserva de coragem para a batalha com a vida — justamente agora, enquanto os dois eram jovens e fortes, enquanto a vida tinha certa piedade deles ou seus golpes não lhes pareciam pesados, enquanto os desgostos submergiam no amor.

Seus dias eram cobertos por uma sombra, mas não por muito tempo. Insucessos nos negócios, a perda de uma considerável soma de dinheiro — tudo isso quase não os afetava. Acarretava afazeres adicionais, viagens, e depois tudo era logo esquecido.

A morte da tia provocou lágrimas amargas e sinceras em Olga e lançou uma sombra em sua vida durante meio ano.

As enfermidades dos filhos geravam o temor mais vivo e uma eterna apreensão; mas, assim que o temor diminuía, a felicidade voltava.

O que mais perturbava Stolz era a saúde de Olga: ela demorou muito tempo para se recuperar depois dos partos e, embora tivesse recobrado a saúde, ele não deixava de se preocupar com aquilo. Não conhecia angústia maior.

— Como sou feliz! — repetia Olga em voz baixa, encantada com sua vida, e no minuto em que tomava consciência daquilo, afundava em pensamentos... sobretudo depois de algum tempo, após três ou quatro anos de casamento.

Como o homem é estranho! Quanto mais plena era a felicidade de Olga, tanto mais ela ficava pensativa e até... apreensiva. Passou a se observar com rigor e se deu conta de que aquela vida de sossego e o marasmo nos momentos de felicidade a deixavam confusa. Olga tentava a todo custo desvencilhar o espírito daquele ânimo pensativo e acelerava os passos da vida, procurava febrilmente o barulho, o movimento, a agitação, pedia ao marido que a levasse à cidade, experimentava frequentar a sociedade, os conhecidos, mas não por muito tempo.

O tumulto da vida social lhe parecia superficial e Olga se apressava em recolher-se a seu recanto para livrar o espírito de uma impressão penosa e incomum, e retomava de novo os afazeres miúdos da vida doméstica, ficava dias inteiros sem sair do quarto das crianças, cumpria as obrigações de mãe e babá, ora afundava em leituras com Andrei, em conversas sobre "coisas sérias e maçantes", ou eles liam poetas, falavam sobre uma viagem à Itália.

Olga temia cair em algo semelhante à apatia de Oblómov. No entanto, por mais que tentasse livrar o espírito daquele momentâneo e periódico torpor e sono da alma, às vezes primeiro um sonho de felicidade se aproximava dela sorrateiramente, uma noite azul a rodeava e uma sonolência a envolvia, depois vinha outra vez uma pausa meditativa, como que um repouso da vida, e depois... confusão, temor, fadiga, uma espécie de melancolia surda, ressoavam questões turvas, nebulosas em sua cabeça inquieta.

Olga as escutava com toda a atenção, punha-se à prova, mas não conseguia extrair nada, não sabia o que a alma de tempos em tempos perguntava e procurava, mas perguntava e procurava alguma coisa e até mesmo — dava medo dizer isso — parecia sentir uma espécie de nostalgia, como se sua vida fosse pouco feliz, como se Olga estivesse cansada de sua vida e exigisse fatos novos, desconhecidos, e olhasse para o futuro mais distante...

"O que é isso?", pensava Olga com horror. "Será que é possível e necessário desejar mais alguma coisa? Para onde ir? Lugar nenhum! Não existem caminhos além daqui... Será que não? Será que você completou o círculo da vida? Será que isto é tudo... tudo...", dizia sua alma, e não concluía o que queria dizer... E Olga, com ansiedade, lançava um olhar em redor, para ver se alguém não teria percebido, não teria ouvido aquele murmúrio do espírito... Com os olhos, ela interrogava o céu, o mar, a floresta... Em parte alguma havia resposta: lá, ao longe, havia o abismo e a escuridão.

A natureza dizia sempre a mesma coisa; nela, Olga enxergava o perpétuo, mas rotineiro, fluxo da vida, sem início, sem fim.

Sabia a quem indagar acerca daquelas inquietações e sabia que poderia encontrar a resposta, mas qual? E se aquilo fosse o murmúrio de uma mente estéril ou, pior ainda, a ânsia de um coração que não fora criado para a compaixão, não fora criado para ser um coração de mulher? Meu Deus! Ela, o ídolo de Stolz, era alguém sem coração, de mente endurecida, que com nada se satisfaz! O que seria dela? Uma mulher com pretensões a intelectual! Como ela cairia aos olhos de Stolz, quando ele descobrisse aqueles sofrimentos novos, extraordinários, mas, está claro, já conhecidos dele!

Olga se esquivava de Stolz, ou inventava alguma doença, quando os olhos dela, contra sua vontade, perdiam a suavidade de veludo, fitavam de um modo seco e causticante, quando em seu rosto pairava uma sombra pesada, e ela, apesar de todo o esforço, não conseguia se obrigar a sorrir, a falar, e escutava com indiferença as notícias mais candentes do mundo político, as mais curiosas explicações de um novo avanço da ciência, de uma nova criação artística.

Ao mesmo tempo, ela não sentia vontade de chorar, não ficava inesperadamente trêmula, como quando os nervos borbulhavam e quando suas energias de mocinha estavam despertando e começavam a se manifestar. Não, não era isso!

— O que é isso, então? — perguntava Olga com desespero, quando de repente se sentia entediada e indiferente a tudo, a uma noite linda e contemplativa, ou diante do berço, e até em face dos carinhos e das palavras do marido...

De repente ela parecia tornar-se impassível, emudecer, depois se agitava com uma vivacidade falsa, a fim de esconder seu estranho mal, ou inventava uma dor de cabeça e ficava deitada no quarto.

Mas não era fácil abrigar-se do olhar arguto de Stolz: Olga sabia disso e, mentalmente, com a mesma inquietação, preparava-se para a conversa, quando chegasse a hora, como antigamente se preparava para a confissão na igreja. A conversa começava.

Certa vez, à noite, os dois passeavam por uma alameda de choupos. Olga andava quase pendurada no ombro de Stolz e estava em profundo silêncio. Encontrava-se atormentada por um de seus acessos desconhecidos e dava respostas curtas a tudo o que ele dizia.

— A babá disse que Ólienka tossiu de noite. Não é melhor chamar o médico amanhã? — perguntou Stolz.

— Dei algo quente para ela beber e amanhã não vou deixar que saia para passear, e então vamos ver! — respondeu Olga em tom monótono.

Chegaram ao fim da alameda em silêncio.

— Por que você não respondeu a carta de sua amiga Sónietchka? — perguntou ele. — Eu fiquei esperando até o último minuto e por pouco não perdi o prazo do correio. Já é a terceira carta dela sem resposta.

— Sim, eu quero esquecê-la logo... — respondeu Olga e ficou em silêncio.

— Eu cumprimentei Bitchurin em seu nome — começou Andrei de novo —, está apaixonado por você, portanto achei que isso podia consolá-lo um pouco, por ele ter chegado tarde demais.

Olga sorriu com secura.

— Sim, você me disse — respondeu em tom de indiferença.

— O que há com você? Quer dormir? — perguntou Stolz.

O coração de Olga bateu com força, como não era raro acontecer, assim que começavam as perguntas que iam mais direto ao ponto.

— Ainda não — disse ela com uma animação artificial. — Por quê?

— Não se sente bem? — perguntou ele de novo.

— Não sinto nada. Por que tem essa impressão?

— Então está aborrecida!

Ela apertou com força o ombro de Stolz com as duas mãos.

— Não, não! — negou, com voz falsamente atrevida, na qual ressoou, no entanto, uma espécie de fastio.

Stolz a conduziu para fora da alameda e voltou o rosto dela para o luar.

— Olhe para mim! — disse ele e olhou fixamente nos olhos de Olga. — Eu podia pensar que você... está infeliz! Seus olhos estão muito estranhos hoje, e não só hoje... O que você tem, Olga?

Conduziu-a de novo pela alameda, segurando-a pela cintura.

— Sabe o que é? Eu... estou com fome! — disse Olga, tentando rir.

— Não minta, não minta! Não gosto disso! — acrescentou ele, com severidade fingida.

— Infeliz? — repetiu Olga, com ar de censura, e o deteve na alameda. — Sim, sou infeliz só se for... porque já sou feliz demais! — concluiu com um tom de voz tão brando e afetuoso que ele a beijou.

Olga ganhou coragem. A hipótese, conquanto leviana, jocosa, de que ela podia estar infeliz despertou nela, inesperadamente, uma franqueza.

— Não estou aborrecida, nem tenho por que estar aborrecida; você mesmo sabe disso, é claro, não acredita nas próprias palavras; não estou doente, mas... estou triste... às vezes acontece... olhe só para você: um homem insuportável, não se pode esconder nada de você! Sim, estou triste e nem sei por quê!

Olga apoiou a cabeça no ombro de Stolz.

— Ora essa! Mas por quê? — perguntou ele em voz baixa, inclinando-se para ela.

— Não sei — repetiu Olga.

— No entanto deve haver uma causa, se não for em mim, nem em algo à sua volta, então em você mesma. Às vezes essas tristezas são apenas o embrião de alguma doença... Está bem de saúde?

— Sim — disse ela em tom sério —, pode ser alguma coisa desse tipo, embora eu não sinta nada. Você vê como eu me alimento, passeio, durmo, trabalho. De repente parece que uma coisa toma conta de mim, uma espécie de melancolia... a vida me parece... é como se tudo nela fosse... Não, não escute o que estou dizendo: tudo isso é vazio.

— Fale, fale! — insistiu ele com vivacidade. — Algo está faltando em sua vida: o que mais?

— Às vezes — prosseguiu Olga —, parece que tenho medo de que isso tudo se modifique, termine... Eu mesma não sei! Ou então me atormento com uma ideia tola: o que vai acontecer daqui para a frente?... O que é a felicidade?... O que é a vida?... — falou Olga cada vez mais baixo, com vergonha das próprias palavras. — Todas essas alegrias, desgostos... a natureza — sussurrou —, tudo me carrega para algum lugar mais além; eu fico insatisfeita com tudo... Meu Deus! Tenho até vergonha dessas bobagens... desses devaneios... Não repare, não ligue... — acrescentou com voz de súplica, enquanto o acariciava. — Esta tristeza logo vai passar e vou ficar de novo tão alegre, tão radiosa como já estou de novo agora!

Abraçou-se a ele muito tímida, muito carinhosa, na verdade com vergonha, e parecia lhe pedir perdão "pelas bobagens".

O marido a interrogou por muito tempo, e também por muito tempo, como uma enferma fala a seu médico, Olga lhe descreveu os sintomas da tristeza, expôs todos os problemas obscuros, pintou para ele o tumulto do espírito e depois — quando aquela miragem se desfez — tudo, tudo o que pôde recordar e notar.

Stolz caminhou de novo pela alameda em silêncio, com a cabeça afundada no peito, mergulhando todo o pensamento, com alarme, com perplexidade, na obscura confissão da esposa.

Ela o fitava nos olhos, mas não via nada; e quando, pela terceira vez, chegaram ao fim da alameda, Olga não deixou que ele desse meia-volta e, por seu turno, virou-o sob a luz do luar e fitou-o nos olhos com ar interrogador.

— O que você tem? — perguntou ela, em tom humilde. — Está rindo de minhas bobagens?... Hein? Eu sei, é uma grande tolice, essa tristeza... não é verdade?

Ele ficou em silêncio.

— Por que fica em silêncio? — perguntou ela, impaciente.

— Você ficou calada muito tempo, embora soubesse, é claro, que eu

563

estava observando você, desde muito tempo; deixe-me então ficar calado e refletir um pouco. Você me deu uma tarefa que não é nada fácil.

— Pois bem, agora você vai começar a pensar e eu vou ficar aflita, porque você estará pensando sozinho a meu respeito. Não adiantou nada eu falar! — acrescentou Olga. — É melhor você dizer alguma coisa…

— O que vou dizer a você? — disse ele em tom pensativo. — Talvez ainda se exprima em você uma perturbação nervosa: então caberá a um médico e não a mim resolver o que você tem. Posso chamar o médico amanhã… mas se não for isso… — começou e refletiu um pouco.

— E "se não for isso", o que tem? Diga! — insistiu ela com impaciência. Stolz andou, sempre refletindo.

— Diga! — exclamou Olga, puxando-o pelo braço.

— Talvez seja um excesso de imaginação: você tem uma vivacidade excessiva… mas talvez você tenha amadurecido a tal ponto que… — e concluiu em voz baixa, quase que só para si.

— Fale alto, por favor, Andrei! Não consigo suportar quando você resmunga para si mesmo! — queixou-se Olga. — Eu falo uma porção de bobagens e ele só inclina a cabeça e resmunga baixinho! Chego a sentir medo de você, aqui, no escuro…

— Não sei… o que dizer… "me vem uma tristeza, algumas perguntas me atormentam": como entender isso? Vamos discutir esse assunto outra vez, vamos examinar: parece que é preciso tomar banho de mar outra vez…

— Você disse para si mesmo: "talvez… você tenha amadurecido". O que foi que você pensou? — perguntou Olga.

— Pensei… — disse ele, devagar, em tom pensativo como se não acreditasse nos próprios pensamentos, como se tivesse vergonha das próprias palavras. — Veja… há momentos… eu quis dizer que, se não for um sinal de alguma doença, se você estiver em perfeita saúde, então talvez você tenha amadurecido, tenha chegado à fase em que cessa a expansão da vida… quando não há mais enigmas, e a vida se revelou por inteiro…

— Parece que você quer dizer que eu envelheci, é isso? — interrompeu Olga, enfática. — Não zombe! — Ela até o ameaçou. — Ainda estou jovem, forte… — acrescentou e se pôs ereta.

Stolz riu.

— Não tema — disse —, a mim parece que você está disposta a não envelhecer nunca! Não, não se trata disso... Na velhice, as forças diminuem e param de lutar com a vida. Não, sua tristeza, seu abatimento, se forem como eu penso, são antes o sinal de uma força... As indagações de uma inteligência viva e ativa às vezes se arrojam para além das fronteiras da experiência da vida e, é claro, não encontram respostas, e então vem uma tristeza... uma insatisfação temporária com a vida... É uma tristeza da alma que interroga a vida em seu mistério... Talvez esteja acontecendo isso com você... Se for assim, não se trata de bobagens.

Olga suspirou, mas de alegria, aparentemente, por seus temores terem terminado e por ela não ter sido rebaixada aos olhos do marido, ao contrário...

— Mas afinal estou feliz; minha mente não está ociosa; não fico sonhando; minha vida é diversificada... o que mais quero? Para que essas perguntas? — disse ela. — É uma doença, um peso!

— Sim, pode ser um peso para a mente fraca, turva, que não está preparada para isso. Essa tristeza e essas perguntas talvez enlouqueçam a mente de muitas pessoas; para outros, elas surgem como sonhos horrendos, como delírios da mente...

— A felicidade está transbordando, sinto tanta vontade de viver... e aí de repente me envolve uma espécie de amargura...

— Ah! É o preço do fogo de Prometeu! Não basta sofrer, é preciso também amar essa tristeza e respeitar as dúvidas e as perguntas: elas são um excedente, um luxo da vida e surgem sobretudo no auge da felicidade, quando não existem mais desejos vulgares; elas não nascem na vida cotidiana: onde há penúrias e sofrimentos, as multidões passam e ignoram essa névoa de dúvidas, essa angústia de questionamentos... Mas para quem as encontra no momento oportuno, elas não são um tormento, mas visitantes cordiais.

— Mas com elas não se pode discutir: geram melancolia e indiferença... a quase tudo... — acrescentou Olga, hesitante.

— Mas é por muito tempo? Depois reanimam a vida — disse Stolz. — Conduzem-nos ao abismo do qual não se obtém nenhuma resposta e nos forçam a encarar a vida com um amor maior... Convocam forças já experimentadas para lutar contra elas, como se não quisessem deixar que tais forças adormeçam...

— Atormentar-se com uma espécie de neblina, com fantasmas! — queixou-se Olga. — Tudo está claro e, de repente, na vida se aloja uma espécie de sombra maligna! Será que não existe alguma saída?

— Como não? O ponto de apoio está na vida! Se não houvesse, seria intolerável viver, mesmo sem essas perguntas!

— Então o que fazer? Render-se e entregar-se à melancolia?

— Nada disso — respondeu Stolz —, munir-se de firmeza e seguir seu caminho com paciência e tenacidade. Eu e você não somos titãs — prosseguiu ele, abraçando Olga —, não seguiremos, como Manfredos e Faustos,* num combate destemido com questões indomáveis, não vamos aceitar seu desafio, vamos baixar a cabeça e atravessar com humildade o momento difícil, e depois a vida vai sorrir outra vez, a felicidade e...

— Mas e se... elas nunca cessarem: se a tristeza exigir sempre mais e mais?... — perguntou Olga.

— E daí? Vamos aceitá-la como um novo elemento da vida... mas não, isso não vai acontecer, não pode ser assim conosco! Essa tristeza não é sua; é uma angústia geral da humanidade. Sobre você, caiu só uma gota... Isso é terrível quando a pessoa se afasta da vida... quando não existe um ponto de apoio. Mas conosco... Queira Deus que essa sua tristeza seja aquilo que eu penso, e não o sinal de alguma doença... isso seria pior. Seria um desgosto diante do qual eu cairia indefeso, sem forças... Afinal, será que uma neblina, uma tristeza, algumas dúvidas e perguntas podem tirar nossa felicidade, nossas...

Ele não terminou de falar, e Olga, como louca, atirou-se para ele num abraço e, como uma bacante, num alheamento de paixão, desfaleceu por um momento, enlaçando-o pelo pescoço.

— Nem neblina, nem tristeza, nem doença, nem... até a morte! — sussurrou Olga com entusiasmo, feliz outra vez, tranquila, alegre. Parecia que nunca havia amado Stolz de forma tão apaixonada como naquele momento.

— Cuidado para que o destino não escute seus murmúrios — concluiu ele, com uma observação supersticiosa, inspirado por uma precaução afetuosa —, o destino não suporta ingratidão! Não gosta quando não valorizam seus dons. Até agora você está conhecendo com a vida, mas terá de experi-

---

* Personagens, respectivamente, do poeta inglês Byron (1788-1824) e do poeta alemão Goethe.

mentá-la… Espere só quando ela começar a jogar a sério, quando o desgosto e as atribulações começarem… pois vão começar… e então… nem vai haver essas perguntas… Guarde suas forças! — acrescentou Stolz em voz baixa, quase falando para si mesmo, em resposta ao acesso de paixão de Olga. Nas palavras dele, ressoava a tristeza, como se já visse ao longe "o desgosto e as atribulações".

Olga ficou em silêncio, abalada por um momento pelo som triste da voz de Stolz. Ela acreditava infinitamente no marido, acreditava também em sua voz. Impregnou-se de sua atitude reflexiva, concentrava-se, voltava-se para dentro de si.

Encostada nele, Olga caminhava pela alameda de modo lento e mecânico, imersa num silêncio obstinado. A exemplo do marido, ela contemplava apreensiva o futuro ao longe, lá onde, segundo as palavras dele, começava a fase "da experiência", onde a esperavam "o desgosto e as atribulações".

Olga passou a sonhar com outra coisa, não com a noite azul; surgia outro extremo da vida, não sereno e festivo, em meio ao sossego, a uma fartura ilimitada, a sós com *ele*…

Não. Lá, Olga avistava uma cadeia de privações, de perdas envoltas em lágrimas, de sacrifícios inexoráveis, uma vida de abstinência e de renúncia involuntária das fantasias que nascem da ociosidade, os choros e os gemidos causados por sentimentos novos e por ora desconhecidos; sonhava com doenças, negócios malsucedidos, a perda do marido…

Olga tremia, fraquejava, mas encarava aquela nova face da vida com uma curiosidade viril, a examinava com horror e avaliava as próprias forças… Naquele sonho, só o amor não traía Olga, continuava a ser o guardião fiel também da nova vida; mas até isso era diferente!

Não havia a respiração ardente, os raios luminosos e as noites azuis; depois de alguns anos, tudo isso parecia brincadeira de criança em comparação com aquele amor distante que a vida profunda e temível assimilava a si mesma. Lá nada se sabia de beijos e risos, nem de conversas palpitantes e meditativas no bosque, entre flores, na festa da natureza e da vida… Tudo "havia murchado e perecido".

Aquele amor perene e indestrutível se mostrava tão forte quanto a força da vida no rosto deles — nos tempos de aflição compartilhada, ele reluzia na muda e vagarosa troca de olhares do sofrimento comum, fazia-se ouvir na infinita paciência mútua em face das provações da vida, nas lágrimas contidas e nos soluços sufocados...

Em lugar da tristeza nebulosa e das perguntas que assediavam Olga, estabeleceram-se sutilmente outros sonhos distantes, porém definidos, claros e ameaçadores...

Sob as palavras firmes e tranquilizadoras do marido, na fé ilimitada em Stolz, Olga repousava de sua tristeza enigmática, que não era familiar a todos, e também das proféticas palavras ameaçadoras do futuro, e seguia adiante com coragem.

Depois da "neblina", começava a manhã clara, com os afazeres de mãe, de dona de casa: ora era solicitada no jardim e no campo, ora no escritório do marido. Mas ela não se movimentava na vida com a descuidada satisfação consigo mesma que tinha antes; em vez disso, com um pensamento secreto e corajoso, ela vivia, preparava-se, esperava...

Olga se desenvolvia mais e mais... Andrei via que seu ideal anterior de mulher e de esposa era inatingível, mas estava feliz mesmo com o pálido reflexo daquele ideal que via em Olga: nunca havia esperado nem aquilo.

Por outro lado, ele também teve de encarar por muito tempo, quase por toda a vida, a grave preocupação de manter na mesma altura sua dignidade masculina aos olhos da orgulhosa e ambiciosa Olga, não por um ciúme vulgar, mas para que aquela vida cristalina não se turvasse; e isso poderia acontecer, se a fé de Olga em Stolz fosse abalada, ainda que num grau mínimo.

Para muitas mulheres, nada disso é necessário: uma vez casadas, elas aceitam com resignação as boas e as más qualidades do marido, reconciliam-se de forma incondicional com a posição e o ambiente preparados para elas, ou sucumbem, com igual resignação, à primeira paixão casual, reconhecendo na mesma hora que é impossível ou desnecessário opor-se a ela: "É o destino", dizem, "é a paixão... a mulher é uma criatura fraca" etc.

Mesmo quando o marido está acima da multidão em inteligência — essa força de atração que os homens têm —, tais mulheres se orgulham da superioridade do marido como de um colar caro, mas isso apenas no caso de tal inteligência se manter cega para seus pobres truques femininos. Porém, caso se atreva a perceber a comédia fútil da existência dissimulada, insignificante e às vezes maligna da mulher, essa inteligência se torna penosa e opressiva para ela.

Olga não conhecia essa lógica da resignação diante do destino cego e não compreendia as pequenas paixões e os pequenos arrebatamentos femininos. Uma vez tendo reconhecido que o homem que escolhera era digno e merecedor dela mesma, Olga acreditava nele e por isso amava, e se parasse de acreditar, deixaria também de amar, como aconteceu com Oblómov.

Mas naquela ocasião os passos dela ainda eram vacilantes, a vontade era instável; mal começara a observar a vida e a pensar sobre ela, mal começara a trazer para a consciência os elementos que formavam sua inteligência e seu caráter, mal começara a reunir seus materiais; a questão da criação ainda não começara, os caminhos da vida não tinham sido percebidos.

Agora, no entanto, ela passara a acreditar em Andrei não cegamente, mas com consciência, e nele se realizava seu ideal de perfeição masculina. Quanto mais acreditava nele e quanto mais consciente era sua crença, tanto mais difícil era para Andrei manter-se na mesma altura, ser um herói não só na inteligência e no coração de Olga, mas também em sua imaginação. E ela acreditava a tal ponto no marido que não reconhecia entre si e ele nenhum outro intermediário, nenhuma outra instância, senão Deus.

Por isso não admitiria a mais ínfima diminuição dos méritos que reconhecia nele; qualquer nota falsa no caráter ou na inteligência do marido soaria como uma dissonância chocante. O edifício demolido da felicidade sepultaria Olga sob os escombros, ou, caso suas forças ainda estivessem preservadas, ela procuraria...

Mas não. Tais mulheres não se enganam duas vezes. Depois da derrocada de uma fé como aquela, era impossível ressurgir um amor como aquele.

Stolz estava profundamente feliz com sua vida cheia e movimentada, na qual florescia uma primavera perene, e ele a cultivava, cuidava dela e por ela zelava com ciúmes e dedicação. Só se erguia um horror do fundo de sua alma quando lembrava que Olga estivera a um fio de cabelo do aniquilamento, que aquela coincidência dos caminhos que fundiu suas duas existências numa só podia se desfazer; que a ignorância dos caminhos da vida podia redundar num erro fatal, que Oblómov...

Ele estremecia. Não! Olga, naquela vida que Oblómov preparava para ela? Olga, em meio à pasmaceira do dia a dia, uma dama do campo, babá dos próprios filhos, dona de casa e mais nada!

Todas as perguntas, dúvidas, toda a palpitação da vida se dissiparia nos afazeres domésticos, na espera dos dias de festa, dos convidados, das reuniões familiares, dos aniversários, dos batizados, e na apatia e na sonolência do marido!

O casamento seria apenas formal, sem conteúdo, um meio e não um fim; serviria como uma larga e imutável moldura para as visitas, a recepção dos convidados, os jantares e as festas, as conversas vazias?...

Como ela suportaria essa vida? De início iria lutar, procurando vislumbrar o segredo da vida, iria chorar, sofrer, depois se acostumaria, iria engordar, comer, dormir, embotar-se...

Não, com ela não seria assim: ia chorar, sofrer, definhar e morrer nos abraços do marido amado, bom e sem forças... Pobre Olga!

E se o fogo não se apagasse, se a vida não sucumbisse, se as forças persistissem e começassem a exigir liberdade, se ela abrisse as asas, como uma águia forte e de olhos aguçados, capturada por um instante por mãos fracas, iria lançar-se ao elevado rochedo onde avistara uma águia ainda mais forte e de olhos ainda mais aguçados do que ela?... Pobre Iliá!

— Pobre Iliá! — disse Andrei certa vez, quando recordava o passado.

Olga, ao ouvir aquele nome, de repente baixou sobre os joelhos as mãos com o bordado, recostou a cabeça inclinada para trás e refletiu profundamente. A exclamação despertou uma lembrança.

— Como será que ele está? — perguntou Olga em seguida. — Será impossível saber?

Andrei encolheu os ombros.

— Quem olhar para nós poderá até pensar — disse ele — que vivemos num tempo em que não existe correio, em que as pessoas, dispersas em várias direções, se consideram perdidas umas das outras e, de fato, desaparecem sem deixar vestígios.

— Você podia escrever de novo para algum de seus amigos: pelo menos saberíamos se...

— Não saberíamos nada além do que já sabemos: está vivo, bem de saúde, morando no mesmo lugar... sei disso sem precisar dos amigos. Mas como ele está, como suporta a vida, se morreu espiritualmente ou se a centelha da vida ainda brilha, isso alguém de fora não sabe...

— Ah, não fale assim, Andrei: me dá medo e me faz sofrer! Eu gostaria de saber, mas também tenho receio...

Ela estava à beira de chorar.

— Na primavera, estaremos em Petersburgo... vamos saber por nós mesmos.

— Saber ainda é pouco, temos de fazer tudo...

— E por acaso eu não fiz? Foi pouco o que fiz para convencê-lo, para levá-lo a se mexer, para organizar seus negócios? E ele nem se mostrou grato por isso! Na hora em que nos encontra, está disposto a fazer tudo, mas assim que fica sozinho, adeus! Adormece de novo. É como lidar com um bêbado!

— Mas para que deixá-lo sozinho? — retrucou Olga com impaciência. — Com ele, é preciso agir de maneira resoluta: colocá-lo na carruagem conosco e levá-lo embora. Em breve, vamos nos estabelecer na propriedade; ele vai estar perto de nós... vamos levá-lo conosco.

— Quanta preocupação ele nos traz! — refletiu Andrei, andando de um lado para o outro na sala. — E é uma coisa que não tem fim!

— Você acha isso um fardo muito pesado? — perguntou Olga. — Isso é novidade! É a primeira vez que escuto você se queixar dessa preocupação.

— Não me queixo — respondeu Andrei —, estou só pensando.

— E de onde veio esse pensamento? Você por acaso se convenceu de que isso é um aborrecimento, um incômodo?

Olga fitou-o com ar interrogativo. Stolz balançou a cabeça negativamente:

— Não, um incômodo não é, mas é inútil: isso às vezes eu penso.

— Não fale assim, não fale assim! — interrompeu-o Olga. — Vou pensar nisso o dia inteiro e, como naquela semana, vou ficar melancólica. Se a amizade por ele se extinguiu dentro de você, então deve suportar essa preocupação por amor ao ser humano. Se estiver cansado, irei sozinha e não sairei de lá sem ele: vai ceder a meus apelos; sinto que vou chorar amargamente se o vir liquidado, morto! Talvez minhas lágrimas...

— Consigam ressuscitá-lo, você acha? — cortou Andrei.

— Não, não vão ressuscitá-lo para a vida ativa, mas pelo menos vão obrigá-lo a olhar em redor de si e a mudar sua vida para algo melhor. Ele não vai viver na imundície, mas perto de seus iguais, conosco. Daquela vez, mal eu apareci, ele despertou e envergonhou-se na mesma hora...

— Você já não o ama como antes, não é? — perguntou Andrei, em tom de brincadeira.

— Não! — disse Olga, sem brincar, com ar pensativo, como se contemplasse o passado. — Eu não o amo como antes, mas existe nele algo que eu amo, algo a que, parece, continuei fiel e não vou mudar, como os outros...

— Outros quem? Diga, serpente venenosa, se enrole, dê o bote: está se referindo a mim? Pois se engana. E se quer saber a verdade, fui eu que ensinei você a amá-lo e por muito pouco não meti você numa grande confusão. Sem mim, você nem olharia para ele, não ia nem notar que ele existe. Eu fiz você entender que nele há uma inteligência que nada deixa a dever à de ninguém, apenas está soterrada debaixo de um monte de lixo, e adormecida na indolência. Quer que eu lhe diga por que ele é caro a você, por que você ainda o ama?

Olga fez que sim com a cabeça.

— Porque nele há algo mais precioso do que qualquer inteligência: um coração honesto, leal! Esse é seu tesouro natural; ele o transportou a salvo através da vida. Ele caiu sob a força dos trancos da vida, esfriou, adormeceu, enfim, ficou abatido, desapontado, perdeu as forças para viver, mas não perdeu a honestidade e a lealdade. Seu coração não emite nenhuma nota falsa, nenhuma mancha aderiu a seu coração. Nenhuma mentira vistosa vai seduzir seu coração e nada o desviará para um caminho falso; mesmo que à sua volta se agite todo um oceano de sordidez, de maldade, mesmo que o mundo inteiro esteja impregnado de veneno e vire de cabeça para baixo, Oblómov jamais se curvará ao ídolo da mentira, seu espírito sempre será puro, claro, honesto... É uma alma cristalina, transparente; há poucas pessoas assim; são raras; são pérolas na multidão! Seu coração não se vende por nada; pode-se confiar nele em tudo, em qualquer situação. É por isso que você continuou fiel a ele e é por isso que a preocupação com ele nunca será incômoda para mim. Conheci muita gente com virtudes elevadas, mas nunca vi um coração mais puro, mais luminoso e mais simples; amei muitos, mas ninguém de modo tão duradouro e ardente como Oblómov. Depois que o conhecemos, é impossível deixar de amá-lo. Não é isso? Não adivinhei?

Olga ficou em silêncio, de olhos baixos, voltados para o bordado. Andrei pôs-se a refletir.

— Será que isso não é tudo? O que mais? Ah!... — acrescentou ele em seguida, reanimando-se. — Esqueci completamente a "ternura de pombo"...

Olga riu, pôs de lado rapidamente seu bordado, aproximou-se de Andrei, abraçou-o pelo pescoço, durante alguns instantes fitou-o bem nos olhos com seus olhos radiantes, em seguida se pôs a refletir, com a cabeça apoiada no ombro do marido. Em suas recordações, renasceu o rosto dócil e pensativo de Oblómov, seu olhar terno, sua humildade, depois o sorriso encabulado e de dar pena com que ele, na hora da separação, respondeu à repreensão de Olga... E ela sentiu tamanha dor, tamanha pena de Oblómov...

— Você não vai abandoná-lo, deixá-lo de lado? — disse Olga, sem afastar os braços enlaçados no pescoço do marido.

— Nunca! Só se um abismo se abrir de repente entre nós, se um muro se erguer...

Ela beijou o marido.

— Em Petersburgo, você vai me levar para vê-lo?

Stolz ficou em silêncio, indeciso.

— Vai? Vai? — insistente, ela exigiu uma resposta.

— Escute, Olga — disse ele, tentando desvencilhar o pescoço do emaranhado dos braços dela —, antes é preciso...

— Não, me diga sim, prometa, eu não vou largar você!

— Pode ser — respondeu Stolz —, só que não na primeira vez, mas na segunda: eu sei o que vai acontecer com você se ele...

— Não diga isso, não diga isso! — cortou Olga. — Sim, você vai me levar: juntos, faremos tudo. Sozinho, você não vai ser capaz, não vai querer!

— Pode ser; mas você talvez fique perturbada e, quem sabe, por muito tempo — disse ele, não de todo satisfeito por Olga ter arrancado sua concordância.

— Então lembre — concluiu Olga, sentando-se em seu lugar — que você só vai abandoná-lo se "um abismo se abrir ou se um muro se erguer entre ele e você". Não vou esquecer essas palavras.

IX.

Sossego e silêncio reinavam em Víborg, em suas ruas sem pavimentação, nas calçadas de madeira, nos jardins mirrados, nos canais cheios de urtigas, onde, atrás de uma cerca, uma cabra com um cordão no pescoço pastava o capim com afinco ou cochilava num torpor, onde, ao meio-dia, ressoavam os elegantes saltos altos do escrevente que passava na calçada, uma cortina de musselina se mexia numa janelinha e, por trás dos gerânios, a esposa de um funcionário espiava, ou de repente, por cima da cerca, no jardim, o rosto de uma garota se erguia por um minuto e no mesmo instante se escondia, atrás dele outro rosto se erguia da mesma forma e também desaparecia, depois aparecia de novo o primeiro e dava lugar ao segundo; ressoavam gritinhos e risos de meninas nos balanços.

Tudo era serenidade na casa de Pchenítsina. A pessoa entrava no pátio e se via envolvida por um idílio vivo: galinhas e galos ficavam alvoroçados e corriam para esconder-se num canto; o cachorro começava a sacudir a corrente, latia com toda a força; Akulina parava de ordenhar uma vaca, o porteiro parava de cortar lenha, e os dois olhavam com curiosidade para o visitante.

— Com quem o senhor quer falar? — perguntava ele e, ao ouvir o nome de Iliá Ilitch ou o da dona da casa, apontava em silêncio para a varanda e voltava a cortar lenha, enquanto o visitante seguia pelo caminho limpo, com areia espalhada, rumo à varanda, sobre cuja escadinha se estendia um tapete simples e limpo, puxava o cabo da campainha, de bronze lustroso e reluzente, e a porta era aberta por Aníssia, pelas crianças, às vezes pela proprietária mesma, ou por Zakhar — Zakhar era o último.

Tudo na casa de Pchenítsina exalava um ar de fartura e abundância que não havia lá nem quando Agáfia Matviéievna morava com o irmão na mesma casa.

A cozinha, os armários, o bufê — tudo estava repleto de pratos e louças, grandes e pequenos, vasilhas redondas e ovais, tigelinhas para molho, xícaras, pilhas de pratos, de panelas de ferro, de bronze e de barro.

Nos guarda-louças, estava a prataria dela, resgatada da penhora havia muito tempo e nunca mais penhorada, e agora também a vasta prataria de Oblómov.

Filas inteiras de chaleiras enormes, bojudas e em miniatura, e algumas fileiras de xícaras de porcelana branca, com desenhos, com douração, com inscrições, com corações em chamas, com chinesinhos. Grandes jarras de vidro para o café, a canela e a baunilha, potes de cristal, recipientes para óleo e vinagre.

Depois, prateleiras inteiras atulhadas de pacotinhos, frascos, caixinhas com remédios caseiros, com ervas, loções, emplastros, bebidas, cânfora, pós, incensos; havia também sabão, uma poção para a limpeza de rendas, para remover manchas etc. etc. — tudo o que se encontra em qualquer casa de província onde há uma boa dona de casa.

Quando Agáfia Matviéievna abria de repente a porta de um guarda-louça repleto de todos esses apetrechos, ela mesma sentia o choque do buquê de todos os aromas narcotizantes e, no primeiro momento, tinha de virar o rosto para o lado.

Na despensa, presuntos pendiam do teto para que os camundongos não comessem, e havia queijos, pães doces, peixe defumado, sacos com cogumelos secos, nozes compradas dos ambulantes finlandeses.

No chão, havia barris de manteiga, grandes vasos fechados com leite azedo, cestos com ovos — e tudo o mais que se quisesse! Seria necessária a pena de outro Homero para enumerar por completo e em detalhes tudo o que tinha sido resgatado em todos os cantos, em todas as prateleiras, daquela pequena arca da vida doméstica.

A cozinha era o verdadeiro bastião da atividade de uma grande dona de casa e de sua digna ajudante, Aníssia. Havia de tudo na casa e tudo estava à mão, em seu lugar, em perfeita ordem e limpeza, poderíamos dizer, se não houvesse um último canto em toda a casa onde nunca penetrava nem um raio de luz, nem um sopro de ar fresco, nem o olhar da proprietária, nem a mão ligeira de Aníssia, que arrumava tudo. Era o canto ou o ninho de Zakhar.

O quartinho dele não tinha janela, e uma escuridão eterna contribuía para a transformação de uma habitação humana numa toca escura. Se às vezes Zakhar encontrava a proprietária ali com alguns planos de melhorias e de faxinas, ele proclamava com firmeza que não era da conta de nenhuma mulher decidir onde e como deviam ficar suas escovas, sua graxa e seus sapatos, que não era da conta de ninguém o motivo por que suas roupas ficavam empilhadas no chão e sua cama ficava num canto empoeirado atrás da estufa, que era ele que vestia aquela roupa e dormia naquela cama, e não ela. E no que dizia respeito à vassoura, às tábuas, aos dois tijolos, ao fundo de um barril e às duas achas de lenha que guardava em seu quarto, ele dizia que sem aquilo não podia fazer seu serviço na casa, mas por que razão, isso não explicava; além do mais, a poeira e as aranhas não o incomodavam e, em suma, ele não metia o nariz na cozinha delas, portanto também não queria que fossem mexer com ele.

Num dia em que achou Aníssia lá, tratou-a com tamanho desprezo, ameaçou-a tão a sério com o cotovelo no peito, que ela passou a ter medo de ir ao seu quarto. Quando a questão foi levada a uma instância superior, para a apreciação de Iliá Ilitch, o patrão foi examinar o local para tomar a decisão devida, com severidade, mas depois de apenas pôr a cabeça na porta do quarto de Zakhar e dar uma rápida olhada em tudo o que havia ali, ele se limitou a cuspir e não disse nenhuma palavra.

— E então, estão satisfeitas? — exclamou Zakhar para Agáfia Matviéievna e para Aníssia, que tinham acompanhado Iliá Ilitch na esperança de que a intervenção dele fosse levar a alguma mudança.

Depois ele sorriu ao seu jeito, sorriu com o rosto inteiro, de tal modo que as sobrancelhas e as costeletas se afastaram para os lados.

Os outros quartos eram totalmente claros, limpos e arejados. As cortinas velhas e desbotadas desapareceram, as janelas e as portas da sala e do escritório eram sombreadas por panos azuis e verdes e por cortinas de musselina com festões vermelhos — tudo trabalho das mãos de Agáfia Matviéievna.

Os travesseiros eram brancos como neve e se avolumavam numa montanha quase até o teto; os cobertores eram de seda, acolchoados.

Durante semanas inteiras, o quarto da proprietária ficava atulhado com mesas de jogar cartas unidas umas às outras, sobre as quais se estendiam os cobertores e o roupão de Iliá Ilitch.

A própria Agáfia Matviéievna cortava, acolchoava com algodão e costurava, apertava o peito forte contra o pano, cravava os olhos no trabalho, usava até a boca quando era preciso prender a linha, e trabalhava com amor, com um zelo incansável, recompensando-se humildemente com o pensamento de que o roupão e o cobertor iriam recobrir, aquecer, deleitar e acalmar o magnífico Iliá Ilitch.

Ele passava dias inteiros deitado em seu sofá, admirava-se vendo como os cotovelos nus da proprietária se moviam para trás e para a frente, junto com a agulha e a linha. Várias vezes cochilava ao rumor da agulha que penetrava e estalava no pano, como acontecia em Oblómovka.

— Chega de trabalhar, descanse! — ele a continha.

— Deus ama o trabalho! — respondia ela, sem afastar os olhos e as mãos do trabalho.

O café era servido para Iliá Ilitch de maneira tão cuidadosa, correta e saborosa quanto no início, quando ele, alguns anos antes, se estabelecera naquela casa. Sopa de miúdos, macarrão com parmesão, pastelão de peixe, *botvínia*, galinhas criadas em casa — tudo aquilo seguia uma ordem rigorosa, uma coisa depois da outra, e diversificava de forma agradável os dias monótonos da vida na casinha.

Na janela, desde a manhã até a noite, batia um alegre raio de sol, metade do dia de um lado, metade do outro, sem ser barrado por nada, graças à horta que se estendia dos dois lados.

Os canarinhos cantavam alegremente; os gerânios e os jacintos que as crianças traziam às vezes do jardim do conde derramavam dentro do pequeno quarto um cheiro forte, que se misturava de forma agradável com a fumaça dos puros havanas, com o aroma de canela ou de baunilha, que a proprietária moía, movendo os cotovelos com vigor.

Iliá Ilitch parecia viver sua vida numa moldura dourada, na qual, como num diorama, só mudavam as fases habituais do dia e da noite e das estações do ano; outras mudanças, sobretudo os incidentes graves que levantam do fundo da vida todos os sedimentos, não raro amargos e turvos, isso não havia.

Desde o momento em que Stolz resgatou Oblómovka das dívidas desonestas do irmão da proprietária, e que o irmão e Tarántiev desapareceram de todo, com eles desapareceram também todas as contrariedades da vida de Iliá Ilitch. Agora à sua volta só havia pessoas simples, bondosas e amorosas, que trabalhavam em conjunto e a fundo para respaldar a vida dele, para ajudá-lo a não perceber, a não sentir a vida.

Agáfia Matviéievna estava no zênite de sua existência; vivia e sentia que vivia plenamente, como nunca antes, mas, como antes, não conseguia nunca exprimir o que sentia, ou melhor, tal coisa não passava por sua cabeça. Apenas rezava para que Deus prolongasse a vida de Iliá Ilitch e o poupasse de todas as "aflições, irritações e carências", e quanto a si, aos filhos e à casa toda, deixava por conta da vontade de Deus. Em compensação, seu rosto exprimia constantemente a mesma felicidade, plena, satisfeita e sem desejos, portanto rara e até impossível para pessoas de natureza diferente.

Havia engordado: o peito e os ombros reluziam com a mesma satisfação e fartura, nos olhos rebrilhavam a docilidade e também uma solicitude que se restringia aos afazeres domésticos. Tinham voltado para ela a dignidade e a calma com que antes governava a casa, em meio à submissão de Akulina, Aníssia e do porteiro. Como antes, menos andava do que flutuava do armário para a cozinha, da cozinha para a lavanderia e, num ritmo constante, sem pressa, dava ordens com plena consciência do que estava fazendo.

Aníssia estava ainda mais viva do que antes, porque havia mais trabalho: não parava de movimentar-se, agitar-se, correr, sempre sob as ordens da proprietária. Seus olhos estavam até mais brilhantes, e o nariz, aquele nariz eloquente, da mesma forma que antes se projetava sempre à frente de todo o resto de sua pessoa, resplandecia de preocupações, pensamentos, intenções, e falava, embora a língua se mantivesse muda.

As duas vestiam-se cada uma conforme a dignidade de sua posição e de sua função. A proprietária montara um grande guarda-roupa com uma porção de vestidos de seda, mantilhas e casacos de pele; os gorros eram encomendados do outro lado do rio, quase na avenida Litiéini, os sapatos não eram comprados em Apráksin Dvor, mas em Gostíni Dvor,* e os chapéus — imagine! — vinham da rua Morskaia! E Aníssia, quando terminava o trabalho, e sobretudo aos domingos, usava vestidos de lã.

Só Akulina continuava a andar com a bainha da saia enfiada na cintura, e o porteiro não podia passar sem seu casaco curto de carneiro, nem mesmo nas férias de verão.

Quanto a Zakhar, nem é preciso dizer: do fraque cinza, fez uma jaqueta, e era impossível saber qual a cor de sua calça ou de que era feita sua gravata.

Ele limpava os sapatos, depois dormia, sentava junto ao portão, olhando num estupor para os raros passantes ou, enfim, ficava sentado na mercearia-zinha mais próxima e fazia tudo o que tinha feito no passado, e do mesmo jeito, de início em Oblómovka, depois na rua Gorókhovaia.

E quanto ao próprio Oblómov? O próprio Oblómov era o reflexo e a expressão natural e perfeita daquele sossego, daquela satisfação e daquela calma imperturbável. Contemplando sua existência, ponderando sobre ela, e sentindo-se cada vez mais à vontade assim, ele resolveu afinal que não iria mais a lugar nenhum, não iria procurar nada, que seu ideal de vida tinha se realizado, embora sem poesia, sem os raios com os quais de vez em quando a imaginação pintava para ele a grandiosa, vasta e despreocupada corrente da vida na aldeia natal, em meio aos camponeses e servos domésticos.

Encarava sua existência atual como uma continuação da existência em Oblómovka, apenas com um outro matiz quanto ao lugar e, em parte, quanto ao tempo. E aqui, como em Oblómovka, custava-lhe pouco desvencilhar-se da vida, barganhar com ela e assegurar para si uma calma inabalável.

Exultava interiormente por ter escapado das exigências torturantes e fastidiosas da vida e de suas tormentas, que irrompem daquele horizonte sob o qual brilham os relâmpagos das grandes alegrias e ressoam os golpes repentinos dos grandes sofrimentos, onde brincam as esperanças ilusórias e os resplandecentes fantasmas da felicidade, onde o próprio pensamento do homem o devora e o consome e a paixão mata, onde a razão tomba e se regozija, onde o homem trava uma guerra incessante e sai do campo de batalha desfigurado, mas ainda insatisfeito e insaciado. Sem ter experimentado os prazeres do com-

---

* Apráksin Dvor: mercado situado entre a rua Sadovaia e o rio Fontanka; Gostíni Dvor: galeria de lojas elegantes localizada na avenida Niévski; ambos em Petersburgo.

bate, renunciava a eles em pensamento e, num recanto esquecido, sentia a tranquilidade na alma, alheio ao movimento, à luta e à vida.

E se nele a imaginação ainda fervia, se lembranças esquecidas e ideias não concretizadas se levantavam, se na consciência se agitavam censuras por ter levado a vida daquele modo e não de outro, ele dormia inquieto, acordava, erguia-se da cama bruscamente, às vezes chorava lágrimas frias de desesperança pelo luminoso e para sempre extinto ideal de vida, assim como choramos por um morto querido com o sentimento amargo de que, em vida, não fizemos o bastante por ele.

Em seguida, olhava à sua volta, provava bênçãos temporárias e se acalmava, vendo com ar pensativo como o sol vespertino se afogava com calma e serenidade nas chamas do crepúsculo, e por fim concluía que sua vida não só havia tomado uma forma simples e livre de complicações, como até se estabelecera e se desenhara assim para exprimir a possibilidade de uma face idealmente serena da existência humana.

Aos outros, pensava ele, cabia a tarefa de exprimir a face aflitiva da vida, pôr em movimento as forças que criam e destroem: a cada um sua função!

Eis a filosofia elaborada pelo Platão de Oblómovka e que o acalentava em meio às questões e às rigorosas exigências do dever e da posição social! Ele não nascera nem fora criado como um gladiador para lutar na arena, mas como um pacífico espectador do combate; sua alma tímida e preguiçosa não suportaria nem as inquietações da felicidade, nem os golpes da vida — por conseguinte ele exprimia em si mesmo só uma pequena parte dela, e tentar obter ou mudar alguma coisa, ou arrepender-se, não fazia nenhum sentido.

Com os anos, as inquietações e os arrependimentos tornaram-se cada vez mais raros e, lenta e gradualmente, ele se acomodava no caixão simples e espaçoso do que restara de sua existência, um caixão feito por suas próprias mãos, a exemplo dos eremitas do deserto que, dando as costas para a vida, cavam a própria sepultura.

Ele já havia parado de sonhar com a reforma da propriedade e com uma viagem para lá, levando tudo o que tinha em casa. O administrador designado por Stolz lhe enviava rigorosamente, todo ano, no Natal, a renda considerável da propriedade rural, os mujiques traziam cereais e galinhas, e a casa florescia em fartura e alegria.

Iliá Ilitch adquiriu até um coche e uma parelha de cavalos, porém, devido à cautela que lhe era peculiar, escolheu cavalos que só depois de três chicotadas se punham em movimento e se afastavam da varanda, pois no primeiro e no segundo golpes um cavalo vacilava e se mexia para o lado, depois o outro cavalo vacilava e se mexia para o lado oposto, e só depois, esticando o pescoço tenso, as costas e a cauda, moviam-se os dois ao mesmo tempo e corriam um pouco, sacudindo a cabeça. Assim levavam Vánia para o outro lado do rio Nevá, para o ginásio, e levavam a proprietária para fazer as compras.

No Carnaval e na Páscoa, a família toda e o próprio Iliá Ilitch davam um passeio de coche e iam ao parque de diversões; de vez em quando compravam ingressos para um camarote no teatro e também iam todos juntos.

No verão, iam para fora da cidade; no dia de santo Iliá iam à Fábrica de Pólvora, e a vida alternava acontecimentos rotineiros, sem admitir mudanças danosas, poderíamos dizer, caso os golpes da vida alcançassem aqueles recantos pacíficos. Todavia, infelizmente, o golpe estrondoso que abala os alicerces das montanhas e as imensas vastidões aéreas atinge também a toca do camundongo, embora ressoe ali mais fraco e abafado, mas ainda assim de modo sensível para a toca.

Iliá Ilitch comia muito e com apetite, como em Oblómovka, andava e trabalhava pouco e preguiçosamente, também como em Oblómovka. Apesar dos anos acumulados, bebia vinho e vodca caseira despreocupadamente e, com menos preocupação ainda, dormia bastante depois do almoço.

De repente, tudo isso mudou.

Um dia, depois do repouso e do cochilo diurno, quis levantar-se do sofá, e não conseguiu, quis falar uma palavra, e a língua não obedeceu. Com o susto, apenas abanou a mão, acenando para que viessem ajudá-lo.

Caso morasse apenas com Zakhar, poderia ficar telegrafando com a mão durante a manhã inteira e por fim morrer, e só saberiam no dia seguinte, mas os olhos da proprietária estavam acesos sobre ele como o olhar da Providência: ela não precisava da razão, mas apenas do pressentimento do coração para saber que havia algo errado com Iliá Ilitch.

E assim que esse pressentimento a iluminou, Aníssia foi voando num coche de aluguel buscar o médico, enquanto a proprietária cobria a cabeça de Oblómov com gelo e prontamente retirava do armariozinho de medicamentos todas as poções, loções, tudo o que o costume e a tradição lhe indicavam para aplicar ao caso. Até Zakhar, na ocasião, apressou-se em calçar uma bota e assim, com uma bota só, ajudou o médico, a proprietária e Aníssia a cuidar do patrão.

Fizeram Iliá Ilitch voltar à consciência, aplicaram uma sangria e depois declararam que se tratava de um ataque apoplético e que ele precisava levar um tipo diferente de vida.

Vodca, cerveja, vinho, café lhe foram proibidos, com poucas e raras exceções, bem como tudo o que fosse gorduroso, de carne ou muito temperado, e em lugar disso lhe prescreveram caminhadas diárias e sono moderado, só à noite.

Sem o olhar de Agáfia Matviéievna, nada daquilo seria cumprido, mas ela soube implantar um sistema tal que tudo na casa ficou subordinado a ela e, ora com astúcia, ora com carinho, desviava Oblómov das sedutoras tentações do vinho, do cochilo depois do almoço, do gorduroso pastelão de carne.

Mal ele começava a cochilar, uma cadeira caía no chão ali perto, como se tivesse caído sozinha, ou no cômodo vizinho ressoava com estrondo um faqueiro antigo, que ninguém usava, ou então as crianças começavam a fazer uma barulhada — dava vontade de ir embora dali correndo! Porém, se nada disso adiantava, a voz gentil da proprietária ressoava: ela o chamava e perguntava alguma coisa.

A vereda do jardim tinha sido estendida para a horta, e Iliá Ilitch, de manhã e de tarde, perfazia uma caminhada de duas horas por ali. Com ele, andava a proprietária, mas quando ela não podia, ia Macha, ou Vánia, ou seu velho conhecido Alekséiev, manso, obediente, que concordava com tudo.

Lá estava Oblómov andando devagar pela vereda, apoiado no ombro de Vánia. Já quase um rapaz, em uniforme de ginasiano, Vánia mal conseguia refrear seu passo vivo, apressado, enquanto se adaptava ao ritmo de Iliá Ilitch. Oblómov movia uma das pernas com muito pouca desenvoltura — consequência do ataque.

— Puxa, Vániucha, vamos logo para o quarto! — disse ele.

Dirigiram-se para a porta. Agáfia Matviéievna logo veio ao encontro deles.

— Para onde vocês vão tão cedo? — perguntou, sem deixar que entrassem.

— Como cedo? Andamos vinte vezes para um lado e para o outro, e de lá até a cerca são cinquenta *sájeni*...* quer dizer, no total são duas verstas.

— Quantas vezes caminharam? — perguntou ela para Vániucha.

O menino começou a gaguejar.

— Não minta, olhe para mim! — ameaçou a mãe, fitando-o nos olhos. — Vou perceber na mesma hora. Lembre-se de domingo, não vou deixar você sair.

— Não, mãezinha, é verdade, nós andamos... doze vezes.

— Ah, seu patife! — disse Oblómov. — Você ficou o tempo todo beliscando as acácias, mas eu contei cada vez que andamos...

— Não, andem mais um pouco: ainda não terminei de preparar a sopa de peixe! — decidiu a proprietária e bateu a porta na cara deles.

E a contragosto Oblómov contou mais oito vezes, depois foi para dentro de casa.

Lá, sobre a mesa redonda e grande, a sopa fumegava. Oblómov sentou-se em seu lugar, sozinho no sofá; a seu lado, numa cadeira à direita, Agáfia Matviéievna; à esquerda, numa cadeirinha de criança, com uma tranca de segurança, estava sentado um bebê de uns três anos. Ao lado dele estava Macha, já uma mocinha de treze anos, depois Vânia e, por fim, naquele dia, também Alekséiev estava ali, sentado de frente para Oblómov.

— Vamos, deixe-me servir mais um pouco desse peixinho para o senhor: achei um tão gordo! — disse Agáfia Matviéievna, pondo um peixinho no prato de Oblómov.

— Uma torta cairia muito bem para acompanhar! — disse Oblómov.

— Esqueci, juro, esqueci mesmo! Ontem pensei nisso, mas minha memória falhou! — dissimulou Agáfia Matviéievna.

— E para o senhor também, Ivan Alekséievitch, me esqueci de preparar o repolho e as costeletas — acrescentou ela, voltando-se para Alekséievitch. — Não leve a mal.

E de novo dissimulou.

— Não tem importância, posso comer de tudo — disse Alekséiev.

— Mas como? Francamente, não prepararam para ele um pernil com ervilhas ou uma bisteca? — perguntou Oblómov. — Ele adora...

* *Sájen*: medida russa, equivalente a 2,13 metros.

— Eu mesma fui procurar, Iliá Ilitch, olhei, mas não tinha carne boa!...
Em compensação mandei fazer uma geleia de xarope de cereja: sei que o
senhor adora — acrescentou ela, voltando-se para Alekséievitch.

Aquela sobremesa era inofensiva para Iliá Ilitch e por isso Alekséiev, que
concordava com tudo, devia gostar e comer.

Depois do almoço, nada nem ninguém podia impedir Oblómov de deitar-se. Em geral deitava ali mesmo no sofá, mas durante uma horinha só.

Para que não dormisse, a proprietária servia o café ali mesmo, no sofá,
brincava com as crianças no tapete, e Iliá Ilitch, a contragosto, tinha de
participar.

— Chega de importunar Andriucha: daqui a pouco vai começar a chorar! — ele repreendeu Vánietchka quando este mexeu com o bebê.

— Máchenka, cuidado, Andriucha vai se machucar na cadeira! — advertiu Oblómov, preocupado, quando o bebê tentou subir numa cadeira.

E Macha correu para segurar o "irmãozinho", como ela o chamava.

Tudo ficou calmo por um minuto, enquanto a proprietária foi à cozinha
ver se o café estava pronto. As crianças se aquietaram. No cômodo, ouviu-se
um ronco, de início baixinho, como que abafado por uma surdina, depois mais
alto, e quando Agáfia Matviéievna voltou com o café fumegante foi surpreen-
dida por um ronco igual ao que se ouve numa parada de carruagens de posta.

Balançou a cabeça para Alekséiev, com ar de censura.

— Eu sacudi, mas ele não acordou! — disse Alekséiev para se justificar.

Rapidamente, ela colocou a cafeteira sobre a mesa, apanhou Andriucha
do chão e, sem fazer barulho, colocou-o no sofá junto de Iliá Ilitch. O bebê
rastejou sobre Oblómov, chegou ao rosto e agarrou o nariz.

— Ah. O que foi? Quem é? — exclamou, agitado, Iliá Ilitch ao acordar.

— O senhor pegou no sono e cochilou e Andriucha subiu no sofá para
acordá-lo — disse a proprietária com carinho.

— Quando foi que cochilei? — desculpou-se Oblómov, enquanto segurava e abraçava Andriucha. — Então você acha que eu não senti quando ele
subia em cima de mim com suas mãozinhas? Ah, mas que malandro! Segurou
meu nariz! Vou mostrar para você! Espere só, espere só! — disse ele, miman-
do e fazendo carinhos na criança. Depois colocou o menino no chão e deu
um suspiro que encheu o cômodo inteiro.

— Conte alguma coisa, Ivan Alekséitch! — disse ele.

— Já falamos sobre tudo, Iliá Ilitch; não há mais nada para contar — respondeu.

— Como não há nada? O senhor está sempre na sociedade: não há nenhuma novidade? O senhor lê, não é?

— Sim, senhor, às vezes leio, ou então outros leem e me contam, e eu escuto. Veja, ontem na casa de Aleksei Spiridonitch, o filho dele, um estudante, leu em voz alta...

— O que ele leu?

— Sobre os ingleses, que eles mandaram fuzis e pólvora para alguém. Aleksei Spiridonitch disse que vai haver uma guerra.

— Mandaram para quem?

— Para a Espanha ou para a Índia... não lembro, só sei que o embaixador ficou muito aborrecido.

— Que embaixador? — perguntou Oblómov.

— Isso eu já esqueci! — respondeu Alekséiev, levantando o nariz para o teto e tentando lembrar.

— Essa guerra é contra quem?

— O paxá turco, parece.

— Puxa, então há uma novidade na política? — perguntou Iliá Ilitch, depois de um breve silêncio.

— Sim, escrevem que o globo terrestre está esfriando cada vez mais: um dia, tudo vai congelar.

— Será? Mas por acaso isso é política? — disse Oblómov.

Alekséiev ficou mudo.

— Dmítri Alekséitch começou comentando a política — desculpou-se ele —, mas depois continuou a ler sem parar e não disse quando terminava um assunto e passava para o outro. Sei que chegou até a literatura.

— E o que ele leu sobre literatura? — perguntou Oblómov.

— Leu que os melhores autores eram Dmítriev, Karamzin, Bátiuchkov e Jukóvski...

— E Púchkin?*

---

* Os escritores russos Ivan Dmítriev (1760-1837), Nikolai Karamzin (1766-1826), Konstantin Bátiuchkov (1787-1855), Vassíli Jukóvski (1783-1852) e Alexander Púchkin (1799-1837).

— Púchkin não estava lá. Também pensei por que não estava! Afinal, é um gênio — disse Alekséiev, que pronunciava o gê muito aspirado.

Seguiu-se um silêncio. A proprietária trouxe sua costura e pôs-se a mover a agulha muito ligeiro, para a frente e para trás, olhando de vez em quando para Iliá Ilitch, para Alekséiev, e escutando com os ouvidos aguçados se não havia alguma anormalidade, algum barulho, se Zakhar e Aníssia não estavam se xingando na cozinha, se Akulina estava lavando a louça, se o portão não rangia no pátio, ou seja, se o porteiro não se ausentava para ir ao "estabelecimento".

Oblómov aos poucos imergia no silêncio e na meditação. Essa meditação não era o sono nem a vigília: desatento, ele deixava à solta os pensamentos, que vagavam à vontade, sem concentrar-se em nada, escutava tranquilamente as batidas ritmadas do coração e de vez em quando piscava os olhos, como um homem que não detém o olhar em nada. Ele caía num estado indefinido, enigmático, uma espécie de alucinação.

Às vezes ocorrem raros e breves instantes reflexivos em que um homem parece estar vivenciando outra vez um momento que já viveu, não se sabe em que tempo ou lugar. Tenha ele visto já em sonhos os acontecimentos que se passam à sua frente, tenha vivido aquilo em algum tempo e esqueceu, o certo é que está vendo: à sua volta estão sentadas as mesmas pessoas que antes, são pronunciadas as mesmas palavras ditas antes: a imaginação é incapaz de transportá-lo de novo para lá, a memória não ressuscita o passado e apenas o conduz a um estado meditativo.

O mesmo se passava com Oblómov agora. Um silêncio que existira antes, em algum tempo, o recobria, um pêndulo conhecido balançava, ouvia-se o estalo de uma linha rompida com os dentes; repetiam-se as palavras e os sussurros conhecidos: "Olhe, não consigo de jeito nenhum enfiar a linha na agulha. Faça você, Macha, você tem olhos mais afiados!".

De maneira preguiçosa, mecânica, como que sem consciência, ele olhava para o rosto da proprietária e, do fundo de suas memórias, ergueu-se uma imagem conhecida, já vista em algum lugar. Tentou lembrar quando e onde tinha ouvido aquilo…

E viu a ampla sala da casa dos pais, escura e iluminada por uma vela de sebo, a mãe falecida e suas visitas sentadas em torno da mesa redonda: estavam costurando em silêncio; o pai caminhava calado. O presente e o passado se fundiam e se embaralhavam.

Oblómov sonhou que havia alcançado aquela terra prometida, onde correm rios de leite e mel, onde se come um pão que não é fruto do trabalho e se anda coberto de ouro e prata...

Ele escuta relatos de sonhos, de presságios, o retinir de pratos e de facas, aconchega-se à babá, escuta com atenção sua voz velha, rouca: "Militrissa Kirbítievna!", diz ela para Iliá Ilitch, apontando para a imagem da proprietária.

Parece a ele que a mesma nuvem do passado flutua no céu azul, que o mesmo ventinho sopra na janela e balança os cabelos, que o peru de Oblómovka anda e gorgoleja ao pé da janela.

Lá fora, o cachorro latiu: na certa chegou uma visita. Será que é Andrei e o pai que vieram de Verkhliovo? Era um dia festivo para ele. De fato, deve ser ele: os passos estão mais próximos, soam cada vez mais perto, a porta abre... "Andrei!", diz ele. De fato, à sua frente está Andrei, mas não é um menino, e sim um homem adulto.

Oblómov voltou a si: à sua frente, em verdade, e não numa alucinação, estava o autêntico e real Stolz.

A proprietária rapidamente agarrou o bebê, recolheu seu trabalho da mesa e levou as crianças embora; Alekséiev também desapareceu. Stolz e Oblómov ficaram a sós, em silêncio, e olhavam um para o outro sem se mexer. Stolz parecia cravar os olhos em Oblómov.

— É você mesmo, Andrei? — perguntou Oblómov com a voz quase inaudível de emoção, como apenas um namorado fala para a namorada após uma longa separação.

— Sou eu — respondeu Andrei em voz baixa. — Está bem de saúde?

Oblómov abraçou-o, apertou-o com força.

— Ah! — exclamou ele em resposta, de maneira prolongada, e naquele "Ah" derramou toda a força da tristeza e da alegria por tanto tempo guardadas na alma e que nunca, ou talvez desde o momento da separação, ele havia desabafado para alguém.

Sentaram-se e, imóveis outra vez, fitaram-se um ao outro.

— Está bem de saúde? — perguntou Andrei.

— Sim, agora estou, graças a Deus.

— Mas esteve doente?

— Sim, Andrei, tive um ataque...

— Será possível? Meu Deus! — disse Andrei com susto e compaixão. — Mas não teve sequelas?

— Só a perna esquerda, que não movimento com desenvoltura... — respondeu Oblómov.

— Ah, Iliá, Iliá! O que há com você? Decaiu tanto! O que fez esse tempo todo? Parece brincadeira, mas faz cinco anos que não nos vemos!

Oblómov suspirou.

— O que houve que você não foi para Oblómovka? Por que não escreveu?

— O que eu podia dizer a você, Andrei? Você me conhece, e não vamos falar mais disso! — disse Oblómov em tom tristonho.

— Então você ficou o tempo todo aqui nesta casa? — disse Stolz, olhando o cômodo em redor. — Não se mudou?

— Pois é, fiquei aqui o tempo todo... E agora não vou mais me mudar!

— Como assim? Não vai, definitivamente?

— Sim, Andrei... Definitivamente.

Stolz olhou com atenção para Oblómov, refletiu e pôs-se a caminhar pelo aposento.

— E Olga Serguéievna? Está bem de saúde? Por onde anda? Será que lembra...?

Oblómov não terminou a frase.

— Ela está bem e se lembra de você, como se tivesse se separado ontem. Daqui a pouco vou lhe dizer onde ela está.

— E os filhos?

— Os filhos vão bem... mas me diga, Iliá: não está brincando quando diz que vai ficar aqui? Pois eu vim para buscar você e levá-lo para nossa casa, no campo...

— Não, não! — respondeu Oblómov em voz abafada e lançando um olhar para a porta, obviamente apreensivo. — Não, por favor, não comece, não fale...

— Mas por quê? O que há com você? — começou Stolz. — Você me conhece: faz tempo que assumi essa missão e não vou desistir. Estive atarefado e fiquei tolhido por diversos compromissos, mas agora estou livre. Você precisa vir morar conosco, ficar perto de nós: eu e Olga resolvemos fazer isso e assim será. Graças a Deus ainda pude encontrá-lo como está, e não pior. Eu não

588

esperava… Vamos logo!… Estou pronto para levá-lo daqui à força! É preciso viver de outro modo, você compreende.

Oblómov ouvia aquele discurso com impaciência.

— Não grite, por favor, fale baixo! — pediu. — Lá…

— O que tem lá?

— Vão ouvir… a proprietária vai pensar que eu vou embora de verdade…

— Ora, o que é que tem? Que ela pense o que quiser!

— Ah, não pode ser! — cortou Oblómov. — Escute, Andrei! — acrescentou de repente, num tom resoluto que ele nunca usava. — Não faça tentativas inúteis, não tente me convencer: vou ficar aqui.

Stolz fitava seu amigo com surpresa. Oblómov olhava para ele de modo tranquilo e decidido.

— Você está perdido, Iliá! — disse Stolz. — Esta casa, esta mulher… toda esta existência… Não pode ser: vamos, vamos!

Segurou-o pela manga e puxou-o para a porta.

— Para que você quer me levar? Para onde? — disse Oblómov, opondo resistência.

— Para longe deste buraco, deste pântano, para a luz, para a amplidão, onde existe saúde e uma vida normal! — insistiu Stolz com determinação, quase em tom imperativo. — Onde você foi parar? O que foi feito de você? Acorde! Será que foi para esta vida que você se preparou? Para dormir? Como uma toupeira em sua toca? Lembre-se de tudo o que…

— Não lembre, não perturbe o passado: não o traga de volta! — disse Oblómov com a sinceridade estampada no rosto, com pleno domínio da razão e da vontade. — O que quer fazer comigo? Eu rompi inteiramente com o mundo para o qual está me arrastando; não se pode soldar, unir duas metades que se separaram. Eu estou preso a este buraco de uma forma doentia: tente me separar daqui e será a morte.

— Mas olhe em volta. Em que lugar você está, e com quem?

— Eu sei, eu sinto… Ah, Andrei, sinto tudo, compreendo tudo: há muito que me envergonho de viver no mundo! Mas não posso seguir o mesmo caminho que você, ainda que eu quisesse… Talvez ainda fosse possível na última vez. Mas agora… (baixou os olhos e ficou calado um minuto) agora é tarde… Vá e não se detenha por minha causa. Sou digno de sua amizade, Deus é testemunha, mas não sou digno de seus esforços.

— Não, Iliá, você está dizendo uma coisa, mas não está dizendo tudo. E de um jeito ou de outro eu vou levar você, e vou levar justamente porque desconfio… Escute — disse ele —, vista alguma coisa e vamos para minha casa, passe uma noite lá. Vou lhe contar muita coisa: você não sabe as coisas incríveis que estão começando a acontecer em nossa terra, não ouviu dizer?…

Oblómov fitou-o com ar interrogativo.

— Você não frequenta a sociedade, eu esqueci: vamos, contarei tudo a você… Sabe quem é que está agora no portão, na carruagem, à minha espera?… Vou chamá-la!

— Olga! — exclamou Oblómov, assustado. Seu rosto chegou até a mudar de cor. — Pelo amor de Deus, não permita que ela entre, vá embora. Adeus, adeus, pelo amor de Deus!

Quase empurrou Stolz para fora; mas Stolz não saiu do lugar.

— Não posso ir ao encontro dela sem você: dei minha palavra, está ouvindo, Iliá? Se não for hoje, então amanhã… Você só pode adiar, mas não vai se desfazer de mim… Amanhã, depois de amanhã, de todo jeito vamos nos ver!

Oblómov ficou calado, de cabeça baixa, sem se atrever a olhar para Stolz.

— Quando será? Olga vai me perguntar.

— Ah, Andrei — disse ele com voz afetuosa, humilde, abraçando-o e pousando a cabeça no ombro de Stolz. — Deixe-me para sempre… esqueça…

— Como assim, para sempre? — perguntou Stolz com surpresa, desvencilhando-se de seu abraço e fitando-o no rosto.

— Sim! — sussurrou Oblómov.

Stolz afastou-se um passo do amigo.

— Esse é você mesmo, Iliá? — repreendeu ele. — Você me rechaça, e por ela, por aquela mulher!… Meu Deus! — quase gritou Stolz, como que abalado por uma dor repentina. — Aquele bebê que acabei de ver… Iliá, Iliá! Fuja correndo daqui, vamos, vamos depressa! A que ponto você decaiu!… Essa mulher… o que ela é de você?

— Minha esposa! — proferiu Oblómov com serenidade.

Stolz ficou petrificado.

— E aquele bebê é meu filho! Dei a ele o nome Andrei, em sua homenagem! — Oblómov contou tudo de uma só vez e respirou aliviado, tranquilo, depois de livrar-se do fardo que tolhia sua franqueza.

Agora foi o rosto de Stolz que mudou de cor, e ele mirou em redor com olhos espantados, quase aturdidos. À sua frente, de súbito, "abriu-se um abismo", ergueu-se um "muro de pedra", e pareceu que Oblómov não estava mais ali, pareceu desaparecer de sua vista, sumiu, e ele apenas sentiu a angústia ardente que um homem experimenta quando corre apreensivo para reencontrar um amigo depois de uma longa separação e descobre que ele já não existe mais, que morreu há muito tempo.

— Está perdido! — disse ele num sussurro, em tom mecânico. — O que vou dizer a Olga?

Oblómov ouviu as últimas palavras, quis falar alguma coisa, mas não conseguiu. Estendeu as mãos para Andrei e os dois se abraçaram em silêncio, com força, como as pessoas se abraçam antes de uma batalha, antes da morte. Aquele abraço sufocou as palavras, as lágrimas, os sentimentos…

— Não se esqueça do meu Andrei! — foram as últimas palavras de Oblómov, ditas com voz apagada.

Andrei saiu em silêncio e, devagar, muito devagar, atravessou o pátio com ar pensativo e tomou seu assento na carruagem, enquanto Oblómov por sua vez sentou no sofá, apoiou os cotovelos sobre a mesa e cobriu o rosto com as mãos.

"Não, eu não vou esquecer o seu Andrei", pensou Stolz com tristeza, ao andar pelo pátio. "Você está perdido, Iliá: de nada adianta lhe dizer que a sua Oblómovka não é mais o fim de mundo que era, que chegou a vez dela, que os raios do sol caíram sobre ela! Não direi a você que daqui a quatro anos vai haver lá uma estação ferroviária, que seus mujiques vão trabalhar no aterro da ferrovia, e depois seus cereais serão transportados pela estrada de ferro até o porto… E que lá haverá escolas, alfabetização, e mais ainda… Não, você vai ficar assustado com a aurora da nova felicidade, sentirá dor nos olhos desacostumados. Mas levarei seu Andrei aonde você não pôde ir… e junto com ele tornarei realidade nossos sonhos de juventude."

— Adeus, velha Oblómovka! — disse ele, virando-se para olhar pela última vez para as janelas da pequena casinha. — Seu tempo já passou!

— O que houve? — perguntou Olga com o coração batendo forte.

— Nada! — respondeu Andrei, brusco e seco.

— O que houve que você voltou tão depressa? Por que não me chamou e ele não veio me ver? Deixe-me ir lá!

— Impossível!

— O que está acontecendo? — perguntou Olga, assustada. — Será que "o abismo se abriu"? O que vai me dizer?

Ele ficou em silêncio.

— O que foi que aconteceu lá?

— Oblomovismo! — respondeu Andrei em tom sombrio e, ante as outras perguntas de Olga, manteve um silêncio tristonho até chegar em casa.

X.

Passaram-se cinco anos. Muita coisa mudara também em Víborg: a rua vazia que levava à casa da sra. Pchenítsina estava cheia de casas de campo, entre as quais sobressaía uma comprida construção de pedra do governo, que impedia que os raios de sol batessem alegremente nos vidros do sossegado abrigo da preguiça e da tranquilidade.

E a própria casinha estava um pouco deteriorada, parecia malcuidada, suja, como um homem que não fez a barba e não se lavou. A tinta havia descascado, as calhas de chuva estavam quebradas em alguns lugares: por isso havia poças de lama no pátio e, no meio delas, como antes, tinham colocado uma tábua estreita. Quando alguém entrava na cancela, o velho cão negro não sacudia a corrente com raiva, mas latia de modo rouco e preguiçoso, sem pular do canil.

E dentro da casinha, quantas mudanças! Lá, outra mulher dava as ordens, outras crianças faziam arruaça. De novo surgia de vez em quando o rosto vermelho e descarnado do turbulento Tarántiev, e não mais o do dócil e manso Alekséiev. Não se viam Zakhar nem Aníssia: outra cozinheira, gorda, comandava a cozinha, cumprindo de maneira rude e a contragosto as ordens de Agáfia Matviéievna, e a mesma Akulina, com a barra da saia presa na cintura, lavava frigideiras e jarros; o mesmo porteiro sonolento, no mesmo casaco de pele de carneiro, no mesmo cubículo, consumia no ócio seu tempo. Pela cerca de treliça, num determinado horário da manhã, bem cedo, e na hora do almoço, novamente passava ligeiro a figura do "irmão", com um grande embrulho debaixo do braço, com galochas de borracha, no inverno e no verão.

O que foi feito de Oblómov? Onde está? Onde? Num cemitério ali perto, num caixão modesto, seu corpo repousa entre arbustos, em sossego. Ramos de lilases, plantados por uma mão amiga, cochilam junto à sepultura, e o absinto exala serenamente seu aroma. Parece que o próprio anjo do silêncio protege seu sono.

Por mais atentamente que o olho da esposa amorosa vigiasse com rigor cada instante da vida dele, o eterno repouso, o eterno sossego e a preguiçosa passagem dos dias fizeram parar serenamente a máquina da vida. Iliá Ilitch faleceu, pelo visto sem dor, sem agonia, como para um relógio no qual se esqueceram de dar corda.

Ninguém viu seus últimos minutos nem ouviu seu gemido de moribundo.

O ataque apoplético repetiu-se mais uma vez, depois de um ano, e de novo ele escapou: Iliá Ilitch apenas ficou pálido, fraco, comia mal, passou a andar pouco pelo jardim e tornou-se cada vez mais calado e pensativo, às vezes até chorava. Pressentia a morte próxima e a temia.

Várias vezes sentia-se mal, mas depois passava. Certa vez, de manhã, Agáfia Matviéievna foi levar seu café, como de costume, e encontrou-o tão mansamente repousado no leito de morte como no leito do sono, apenas a cabeça estava um pouco tombada do travesseiro e a mão apertada convulsivamente ao coração, onde pelo visto o sangue se havia concentrado e parado.

Agáfia Matviéievna estava viúva havia três anos: nesse tempo, tudo mudara e voltara à maneira de antes. O irmão havia trabalhado com contratos, mas ficara arruinado e recorrera a todas as espertezas e adulações possíveis para reaver o antigo posto de secretário na chancelaria, "onde registram os mujiques", e de novo ia a pé para o trabalho e trazia moedas de um quarto de rublo, de meio rublo e de vinte copeques, e com elas enchia um baú que mantinha bem escondido. Como antes da vinda de Oblómov, a vida doméstica transcorria de forma grosseira, simples, e a comida era farta e gordurosa.

A posição mais importante era ocupada pela mulher do irmão, Irina Pantelêievna, ou seja, ela tinha o direito de levantar mais tarde, beber café três vezes, trocar de roupa três vezes por dia, e só se preocupava com uma coisa na casa: que suas saias ficassem engomadas da maneira mais dura possível. Não se metia em mais nada além disso, e Agáfia Matviéievna era, como antes, o motor vivo da casa: cuidava da cozinha e das refeições, servia café e chá para a casa inteira, costurava tudo, cuidava da roupa de cama, das crianças, de Akulina e do porteiro.

Mas por que era assim? Afinal, ela era a sra. Oblómova, a proprietária; não podia morar sozinha, independente, sem precisar de nada e de ninguém? Então o que podia obrigá-la a assumir o fardo de uma casa alheia, dos cuidados com filhos alheios, de todas aquelas coisas miúdas às quais a mulher se condena por causa do apelo do amor, ou do sagrado dever familiar, ou da urgência de ganhar o pão de cada dia? Onde estavam Zakhar e Aníssia, seus criados, no rigor da lei? Enfim, onde estava o legado que seu marido deixara ainda em vida, o pequenino Andriucha? Onde estavam seus filhos do casamento anterior?

Seus filhos tinham crescido e viviam por conta própria, ou seja, Vániucha terminou o curso de ciência e ingressou no serviço público; Máchenka casou-se com o diretor de alguma repartição do governo e Andriucha estava sendo criado por Stolz e pela esposa, que o consideravam um membro da própria família. Agáfia Matviéievna nunca equiparava nem misturava a sorte de Andriucha com o destino dos filhos de seu primeiro casamento, embora em seu coração, talvez de modo inconsciente, desse a todos eles um lugar igual. Mas a educação, o modo de vida, a vida futura de Andriucha, ela mantinha separados, com um verdadeiro abismo, da vida de Vániucha e de Máchenka.

— Aqueles dois? São uns desleixados, como eu — dizia ela, em tom desdenhoso —, nasceram com o corpo moreno, mas este aqui — acrescentava quase com respeito, enquanto o acariciava com certa timidez ou cautela —, este é filho de nobre! Olhe como é branquinho, parece até que desbotou de tanto lavar; que mãozinhas e pezinhos miúdos, e o cabelinho, que nem seda. Todo igual ao falecido!

Por isso, sem hesitar, e até com certa alegria, ela acatou a proposta de Stolz para levar o menino para educá-lo, supondo que lá era seu verdadeiro lugar, e não ali, "na servidão", junto aos sobrinhos imundos, os filhos do irmão.

Durante seis meses após a morte de Oblómov, ela morou com Aníssia e com Zakhar, consumindo-se de tristeza. Seus passos tinham aberto uma trilha até o túmulo do marido, e ela se esgotou de tanto chorar, não comia quase nada, não bebia, apenas tomava uns golinhos de chá e, muitas vezes, à noite, não fechava os olhos e sentia-se exausta. Nunca se queixava com ninguém e, parece, quanto mais se distanciava do minuto da separação, mais fugia para dentro de si, de sua dor, e se fechava para todos, até para Aníssia. Ninguém sabia o que se passava em sua alma.

— Sua patroa não para de chorar por causa do marido — dizia o merceeiro para a cozinheira no mercado, onde iam comprar as provisões para a casa.

— Ela vive triste por causa do marido — dizia o estaroste, apontando para Agáfia Matviéievna na igreja do cemitério, onde toda semana a viúva inconsolável ia rezar e chorar.

— Desse jeito vai acabar morrendo! — dizia em casa o irmão.

Um dia, de repente, sob o pretexto da compaixão, sua casa foi invadida inesperadamente por toda a família do irmão, com os filhos e até com Tarántiev. Despejaram uma enxurrada de consolos banais, conselhos como "não vá se matar, tome cuidado com os filhos" — tudo aquilo que lhe haviam dito quinze anos antes, por ocasião da morte do primeiro marido, e que então produzira o efeito desejado, mas que agora, por algum motivo, produzia nela tristeza e aversão.

Ela ficou imensamente aliviada quando passaram a falar de outro assunto e anunciaram que agora podiam morar juntos de novo, que para ela seria mais fácil viver "com a sua gente", e para eles também, porque ninguém sabia arrumar e cuidar de uma casa tão bem quanto ela.

Agáfia Matviéievna pediu um prazo para pensar. Depois de padecer por dois meses, por fim aceitou morar junto com eles. Nesse intervalo, Stolz levou Andriucha para sua casa, e ela ficou sozinha.

Com um vestido escuro, uma echarpe de seda preta no pescoço, ela andava como uma sombra do quarto para a cozinha. Como antes, abria e fechava os armários, costurava, passava as rendas, mas devagar, sem energia, falava como que a contragosto, em voz baixa, e como antes olhava em volta de modo desatento, com olhos que saltavam de um objeto para outro e com uma expressão concentrada no rosto, com uma ideia oculta dentro dos olhos. Tal pensamento parecia ter se instalado de modo invisível em seu rosto, no instante em que ela, de maneira consciente e demorada, fitara o rosto morto do marido, e desde então não a deixou mais.

Movia-se pela casa, fazia com as mãos tudo o que era necessário, mas seu pensamento não participava disso. Diante do corpo do marido, depois da perda que sofrera, parecia que ela de repente havia compreendido a própria vida e refletia sobre seu significado, e tal reflexão deitou para sempre uma sombra em seu rosto. Depois de chorar seu ardente desgosto, ela se concentrou na consciência da perda: tudo o mais estava morto para ela, exceto o pequeno Andriucha. Só quando o via, pareciam agitar-se sinais de vida em Agáfia Matviéievna, as feições do rosto se animavam, os olhos enchiam-se de uma luz alegre e depois eram tomados por lágrimas de recordação.

Estava alheia a tudo que a rodeava: se o irmão se irritava com algum gasto inútil ou com algum rublo que podia ser pechinchado, com uma comida que queimava, com um peixe que não estava fresco, se a cunhada ficava de cara feia porque suas saias não tinham sido engomadas com a devida rigidez, porque o chá estava frio e fraco, se a cozinheira gorda falava de modo bruto, Agáfia Matviéievna não reparava em nada disso, como se não estivessem falando com ela; nem sequer ouvia o sussurro sarcástico: "A senhora da casa, a proprietária!".

A tudo ela respondia com a dignidade de seu desgosto e com um silêncio humilde.

Ao contrário, no Natal, na Páscoa, nas noites alegres do Carnaval, quando todos se regozijavam, cantavam, comiam e bebiam em casa, de repente, em meio à alegria geral, ela era dominada por lágrimas ardentes e se recolhia a seu canto.

Depois se concentrava de novo e às vezes até parecia olhar para o irmão e para a esposa dele com orgulho, com piedade.

Entendeu que sua vida se perdera, se queimara até o fim, que Deus infundira uma alma em sua vida e depois a havia tomado de volta; que o sol tinha acendido dentro dela e depois se extinguira para sempre... Para sempre, é verdade; mas em compensação sua vida também ganhara para sempre um sentido: agora ela já sabia para que vivia e que não vivia em vão.

Tinha amado muito e de maneira plena: amara Oblómov, como namorado, como marido e como senhor; só que, como antes, não conseguia jamais falar sobre isso com ninguém. E ninguém à sua volta a compreenderia mesmo. Onde ela ia achar palavras? No léxico do irmão, de Tarántiev, da cunhada, não existiam tais palavras, porque as ideias não existiam; só Iliá Ilitch a compreenderia, mas ela nunca havia exprimido aquilo para o marido, porque na época ela mesma não entendia nem era capaz de entender.

Com os anos, compreendia seu passado de maneira cada vez mais clara e o mantinha num segredo cada vez mais profundo, tornava-se cada vez mais calada e concentrada. Sobre sua vida inteira, derramaram-se os raios e a luz serena dos sete anos que passaram como se fossem um instante e não havia mais nada para ela desejar, nenhum lugar para ir.

Só quando Stolz vinha do campo, no inverno, ela corria ao seu encontro, à sua casa, e mirava Andriucha com sofreguidão, afagava-o com timidez delicada e depois sentia vontade de dizer algo para Andrei Ivánovitch, agradecer--lhe, enfim expor diante dele tudo o que se concentrava e vivia perpetuamente em seu coração: ele compreenderia, mas ela não sabia como fazê-lo e apenas corria para Olga, pressionava os lábios nas mãos dela e se desfazia numa torrente de lágrimas tão amargas que a própria Olga, mesmo sem querer, começava a chorar junto com Agáfia Matviéievna, e Andrei, emocionado, saía depressa da sala.

Um sentimento comum os unia a todos: a memória da alma pura como cristal do falecido. Imploravam que Agáfia Matviéievna fosse com eles para o campo, para morarem juntos, ao lado de Andriucha — ela apenas respondia: "Onde a gente nasceu e sempre viveu é o lugar onde a gente também tem de morrer".

Era em vão que Stolz lhe dava notícias sobre a administração da propriedade rural, enviava-lhe a renda devida — ela devolvia tudo e pedia que guardasse para Andriucha.

— É dele, não meu — repetia com obstinação —, ele vai precisar; é um nobre, eu posso viver como estou.

XI.

Certa vez, por volta do meio-dia, dois senhores caminhavam lado a lado pelas calçadas de madeira de Víborg; atrás, uma carruagem vinha devagar. Um deles era Stolz, o outro, seu amigo, um literato gordo de rosto apático, pensativo, com olhos que pareciam sonolentos. Chegaram a uma igreja; a missa tinha terminado, e o povo se derramava para a rua; à frente de todos, estavam os mendigos. O agrupamento de mendigos era numeroso e variado.

— Eu gostaria de saber de onde vêm esses mendigos — disse o literato, olhando para eles.

— Como assim, de onde vêm? Eles saem rastejando de diversos cantos e buracos...

— Não é isso que estou perguntando — retrucou o literato —, eu queria saber como é possível se tornar um mendigo, ficar nesse estado. Será que isso acontece de uma hora para outra ou é gradualmente, será de forma sincera ou falsa?

— Para que você quer saber? Por acaso está querendo escrever um *Mystères de St. Petersburg*? *

---

* Referência ao romance *Os mistérios de Paris*, de Eugène Sue.

— Talvez… — respondeu o literato, bocejando com preguiça.

— Pois aqui está uma chance: pergunte a quem quiser. Por um rublo de prata, ele vai lhe contar sua história e você escreverá e revenderá com lucro. Veja aquele velho, um mendigo típico, pelo visto, o mais normal possível. Ei, velho! Venha cá!

O velho virou-se ao ser chamado, tirou o chapéu e aproximou-se.

— Prezado senhor! — respondeu com voz rouca. — Ajude um pobre que ficou aleijado em trinta batalhas, aposentado das guerras…

— Zakhar! — exclamou Stolz com surpresa. — É você mesmo?

De repente, Zakhar calou-se, depois, cobrindo os olhos com a mão para proteger-se da luz do sol, olhou fixamente para Stolz.

— Queira perdoar, Vossa Excelência, não estou reconhecendo… estou completamente cego!

— Esqueceu-se do amigo de seu patrão, Stolz? — repreendeu-o Stolz.

— Ah, ah, meu caro, Andrei Ivánitch! Meu Deus, a cegueira me ofuscou! Puxa, Pai do Céu!

Agitou-se, tateou para pegar a mão de Stolz e, em vez disso, beijou a aba de seu paletó.

— Louvado seja Deus por permitir que eu, um cão amaldiçoado, vivesse para ter esta alegria… — esbravejou meio chorando, meio rindo.

Seu rosto inteiro, da testa ao queixo, parecia ter sido escaldado, coberto por uma estampa escarlate. Além disso, o nariz tinha uma mancha azulada. A cabeça toda estava careca; as suíças estavam como antes, mas desgrenhadas e emaranhadas, pareciam de feltro, e parecia que em cada uma tinham colocado uma bola de neve. Vestia um casacão surrado, todo desbotado, no qual faltava uma das abas; calçava galochas velhas e muito gastas nos pés sem meias; segurava nas mãos um gorro de pele, todo desfiado.

— Ah, Deus de misericórdia! Que bênção eu recebi neste dia de festa…

— O que houve para você estar nesta situação? Por quê? Não se envergonha? — perguntou Stolz, em tom severo.

— Ah, paizinho, Andrei Ivánitch! O que vou fazer? — disse Zakhar, depois de suspirar profundamente. — Como é que vou arranjar o que comer? Antigamente, quando Aníssia estava viva, eu não mendigava assim, ganhava o meu pão, mas quando ela morreu de cólera, que descanse em paz no Reino do Céu, o irmão da patroa não quis ficar comigo, me chamou de parasita.

Míkhei Andreitch Tarántiev vivia tentando me chutar pelas costas, quando eu passava por ele: daquele jeito não se pode viver! Suportei muitas descomposturas. Acredite, meu senhor, nem me davam mais o que comer. Se não fosse a patroa, que Deus lhe dê saúde! — acrescentou Zakhar, fazendo o sinal da cruz —, eu já teria morrido no frio faz muito tempo. No inverno ela me dava umas roupas velhas e quanta comida eu quisesse, e também me dava um cantinho perto da estufa... dava tudo por compaixão. Mas começaram a acusá-la por minha causa, e aí fui embora pelo mundo ao deus-dará! Agora já faz dois anos que vivo na rua da amargura...

— Por que não arranjou um emprego? — perguntou Stolz.

— Onde, paizinho Andrei Ivánitch? Hoje não tem emprego em lugar nenhum! Tive dois empregos, mas não me agradaram. Agora é tudo diferente, não é como antes: ficou pior. Exigem que o lacaio saiba ler; e as casas dos senhores nobres já não são mais entupidas de criados como eram. Todos têm um só lacaio, raramente dois. Eles mesmos descalçam suas botas: inventaram uma espécie de máquina para fazer isso! — acrescentou Zakhar com ar desolado. — É uma vergonha, um escândalo, a nobreza está desaparecendo!

Suspirou.

— Olhe, arranjei uma colocação na casa de um alemão, ficava sentado na entrada; tudo estava andando bem, mas aí ele me mandou servir no bufê: o que eu tenho a ver com isso? Um dia eu estava levando a louça, uma coisa lá da Boêmia, e o chão era assim muito liso, escorregadio demais... que vão para o diabo! De repente meus pés correram cada um para um lado, e toda a louça que estava na bandeja foi para o chão: pronto, me mandaram embora! Na outra vez, uma velha condessa gostou do meu aspecto: "Um ar respeitável", disse, e me colocou de porteiro. O trabalho era bom, à moda antiga: só ficar sentado na cadeira, com cara de sério, de pernas cruzadas, balançar o pé, e não responder logo, quando alguém viesse perguntar alguma coisa, primeiro a gente começa a resmungar e depois deixa a pessoa entrar ou põe para correr, como deve ser; e, é claro, com as visitas melhores, já sabe: fazer uma saudação com o bastão, assim! — Zakhar vira a mão de lado. — Era tranquilo, nem se discute! Mas a patroa vivia insatisfeita, Deus a abençoe! Uma vez foi no meu quartinho, viu um percevejo, começou a gritar, quase teve um troço, como se eu tivesse inventado os percevejos! Onde é que existe uma casa sem percevejo? Numa outra vez, passou por mim e cismou que eu estava cheirando a bebida... assim, sem mais nem menos! E me mandou embora.

— Mas de fato você está com cheiro de bebida, e bem forte! — disse Stolz.

— É de desgosto, paizinho Andrei Ivánitch, em nome de Deus, é de desgosto — sibilou Zakhar, franzindo o rosto com amargura. — Também tentei trabalhar de cocheiro de praça. Me empreguei com um dono de coches, mas meus pés doíam de tanto frio: eu tinha pouca força, fiquei velho! O cavalo ficava bravo; certa vez se jogou embaixo de uma carroça, por pouco não me quebrou todo; de outra vez atropelou uma velha, me levaram para a polícia...

— Está bem, chega de vagabundear e de beber, venha para a minha casa, vou arranjar um canto para você, vamos para o campo... está ouvindo?

— Sim, senhor, Andrei Ivánitch, mas...

Suspirou.

— Não sei se devo me afastar daqui, do túmulo dele! Do nosso amparo, Iliá Ilitch — gemeu Zakhar —, hoje rezei por ele de novo, que Deus o tenha no Reino do Céu! Que patrão Deus me tirou! Iliá Ilitch vivia para dar alegria às pessoas, devia ter vivido cem anos... — Zakhar soluçava e lamentava, franzindo o rosto. — Hoje mesmo estive no túmulo dele; toda vez que passo perto, vou lá, me sento e fico lá; as lágrimas escorrem tanto... Às vezes fico pensando muito, tudo fica no maior silêncio, e aí tenho a sensação de que ele chama: "Zakhar! Zakhar!". Correm até uns arrepios pelas costas! Não se consegue outro patrão assim! E como ele gostava do senhor... que Deus proteja sua almazinha no Reino do Céu!

— Vamos, venha ver como está o Andriucha: darei ordens para que alimentem você, lhe deem roupas para vestir, e você vai viver como quiser! — disse Stolz, e lhe deu dinheiro.

— Eu irei; como poderia deixar de ver o Andrei Ilitch? Deve estar bem crescidinho! Meu Deus! Que alegria Deus me trouxe afinal! Irei, sim, meu patrão, que Deus lhe dê boa saúde e incontáveis anos de vida... — murmurou Zakhar enquanto a carruagem se afastava.

— Puxa, você ouviu só a história daquele mendigo? — disse Stolz a seu amigo.

— Mas quem é esse tal de Iliá Ilitch de quem ele falou? — perguntou o literato.

— Oblómov: eu já falei com você várias vezes sobre ele.

— Sim, lembro o nome: seu camarada e amigo. O que aconteceu com ele?

— Morreu, uma vida desperdiçada.

Stolz suspirou e se pôs a pensar.

— E não era mais tolo do que os outros, tinha a alma pura e clara, como cristal; nobre, gentil... e desperdiçou a vida!

— Por quê? Qual foi a causa?

— A causa... qual foi a causa? Oblomovismo! — disse Stolz.

— Oblomovismo! — repetiu o literato com surpresa. — O que é isso?

— Vou lhe contar daqui a pouco, deixe-me organizar as ideias e a memória. E depois você escreve: quem sabe pode ser útil a alguém?

E ele contou o que aqui está escrito.

1857-8

1ª EDIÇÃO [2019] 2 reimpressões

ESTA OBRA FOI COMPOSTA EM ELECTRA PELO ESTÚDIO O.L.M. / FLAVIO PERALTA
E IMPRESSA EM OFSETE PELA GEOGRÁFICA SOBRE PAPEL PÓLEN SOFT
DA SUZANO S.A. PARA A EDITORA SCHWARCZ EM JANEIRO DE 2024

A marca FSC® é a garantia de que a madeira utilizada na fabricação do papel deste livro provém de florestas que foram gerenciadas de maneira ambientalmente correta, socialmente justa e economicamente viável, além de outras fontes de origem controlada.